통일의 시대가
오는가

조동일

조동일趙東一

서울대학교 불문학, 국문학 학사, 서울대학교 대학원 국문학 석박사.
계명대학교, 영남대학교, 한국학대학원, 서울대학교 교수 역임.
현재 서울대학교 명예교수. 대한민국 학술원 회원.

《한국문학통사 1~6》,《세계문학사의 전개》,《동아시아문명론》,《서정시
동서고금 모두 하나 1~6》 등 저서 60여 종.

통일의 시대가 오는가

초판 1쇄 인쇄 2019. 2. 22.
초판 1쇄 발행 2019. 3. 1.

지은이   조 동 일
펴낸이   김 경 회
펴낸곳   (주)지식산업사
          본사 ● 10881, 경기도 파주시 광인사길 53(문발동)
          전화 (031) 955 – 4226~7 팩스 (031) 955 – 4228
          서울사무소 ● 03044, 서울시 종로구 자하문로6길 18 – 7
          전화 (02) 734 – 1978, 1958 팩스 (02) 720 – 7900
          영문문패 www.jisik.co.kr
          전자우편 jsp@jisik.co.kr
          등록번호 1 – 363
          등록날짜 1969. 5. 8.

책값은 뒤표지에 있습니다.

이 책에 대한 문의는
지식산업사로 연락 바랍니다.

통일의 시대가 오는가

조동일

지식산업사

머리말

새로운 역사가 시작되려고 한다. 2019년 지금 3·1운동 백주년을 맞이한 시기에 통일의 시대가 오는가 하고 말할 수 있게 되었다. 감격을 누리면서 들뜨기만 하지 말고, 생각을 차분하게 가다듬어야 한다.

1945년에 민족해방을 맞이했을 때를 되돌아본다. 모든 것이 잘되리라는 기대는 무너졌다. 닥쳐오는 사태를 걷잡지 못하고 휘말려들었기 때문이다. 같은 과오를 되풀이하지 않고, 철저한 준비를 갖추어 통일 시대의 새 역사를 스스로 슬기롭게 창조해야 한다.

남북이 화해하고 협력하면서 통일로 나아가면 새로운 역사가 저절로 잘 이루어지리라고 하는 안이한 생각을 경계한다. 어디로 나아가야 하는지 분명하게 알고 필요한 노력을 철저하게 해야 한다. 한반도 안에서 우리끼리 잘하기만 하면 되는 것도 아니다. 고도의 철학을 갖춘 통찰력으로 세계사를 새롭게 창조하는 데까지 나아가야 한다.

통일 후의 국호를 '우리나라'로 하자고 제안한다. 우리나라는 좋은 나라여야 하는 것이 통일을 해야 하는 최상의 이유이다. 이런 희망이 때가 되면 일거에 달성할 수 있는 것은 아니고, 단계적인 노력을 힘들여 해야 한다. 어떤 나라가 좋은 나라인가? 이에 대해 깊이 연구하고, 우선 대한민국을 좋은 나라로 만들어 우리나라가 도달해야 할 이상에 근접되게 해야 한다.

주변의 여러 나라에 기대면서 잘 도와주기를 바라는 망상은 철저히 불식해야 한다. 앞서 나서서 일하는 정치인들이 실수를 하지 않을까 염려하지 않을 수 없다. 일시적인 인기를 노리고 임기응변을 일삼는 것은 아닌데도, 식견이 모자라 모처럼의 좋은 기회를 망칠 수 있다. 무엇을 어떻게 해야 하는지 알고 원대한 안목으로 백년대계를 수립하기 위해, 어느 누구에게 책임을 전가하려고 하지 말고 모두 함께 노력해야 한다.

막중한 과업 수행을 위해 학문이 크게 분발하고, 학자들은 가능한 시간을 최대한 활용해 부지런히 봉사해야 한다고 다짐하면서 이 책에 수록되는 글을 쓰고 발표해 왔다. 남들이 하는 말이나 옮기는 수입학에서 벗어나 창조학을 이룩하고, 세분화된 영역을 넘어서서 거대한 통찰력을 갖추어야 한다고 주장한다. 불행의 연속인 근대를 청산하고 다음 시대를 바람직하게 여는 학문을 하는 데까지 이르러야 한다고 말한다.

책을 두 권으로 나누어 낸다. 이 책 《통일의 시대가 오는가》에서는 역사 전환을 예견하고 맞이하기 위해 대한민국의 당면한 현실을 어떻게 바로잡아야 하는지 말한다. 문화정책이 파행으로 치닫는 것을 구체적으로 지적하고 시정 방안을 제시하는 데 특히 힘쓴다. 다음 책 《창조하는 학문의 길》에서는 학문이 막중한 임무를 깨닫고 수행하기 위해 어떤 노력을 해야 하는지 알기 쉽게 차근차근 말해 후학들을 깨우치고자 한다. 철학의 전통을 재창조해 인류를 깨우치는 데까지 나아가자고 한다.

이번에도 많은 도움을 받았다. 원고를 읽고 잘못을 고쳐준 임재해·최명환·서영숙·신연우·윤동재·김영숙·안동준·허남춘·김경동·이은숙에게 깊이 감사한다. 작업을 완료한 순서대로 성함을 적고, 존칭은 생략한다.

2019년 1월 1일
조 동 일

차 례

제1장

통일을
기대하면서

1. 새 시대가 시작되는가

시작하는 말

2018년 4월 27일 남북의 정상이 판문점 회담에서 새로운 역사가 시작된다고 선언했다. 어떤 역사가 시작된다는 말인가? 남북이 대결을 청산하고 화해하고 협력하면 시대가 달라진다고, 통일을 이룩하면 새로운 역사가 시작된다고 하면 되는가?

이렇게 하면 할 말을 다 하는 것은 아니다. 새로운 말을 하기 시작하는 결단을 내렸을 따름이고, 갖추어야 할 내용은 아직 없다. 상대방을 무시하고 일방적인 통일을 밀어붙이려고 하는 모험주의, 통일을 기피하고 저해하기 위한 명분 노릇을 하는 신중론을 잠재우고, 타당하고 유효한 설계를 하는 아주 힘든 과업을 수행해야 한다.

정치지도자들이 난국을 슬기롭게 풀어나가리라고 믿고 지지하면 된다는 것은 아주 위험한 책임 전가이다. 많은 사람이 광장에 모여 외치는 대로 따르면 된다고 여기는 대중 추수주의는 더욱 경계해야 한다. 모처럼 나타난 전기가 헛되지 않게 하려면, 고도의 통찰력을 갖추고 바람직한 미래를 창조해야 한다. 새로운 역사가 어떤 역사이고, 어떻게 시작되게 해야 하는가 하는 의문을 심각하게 받아들이고 타당하게 해결하기 위해 비상한 노력을 해야 한다.

어떤 기존의 사회이론도 역사철학도 지침이 되지 못하고, 세계사에 전례가 없는 과업을 스스로 수행하는 임무를 자각해야 한다. 수입학의 학설은 어느 것이든지 도움이 되기보다는 혼선을 일으키는 부작용이 더 크다. 오랜 기간 동안 축적한 민족의 지혜, 그 철학을 되살려 활용해야 막중한 임무를 감당할 수 있다. 이를 위한 주제발표의 서론에 해당하는 것을 여기 내놓고 열띤 토론을 기대한다.

2019년 3월 1일에는 3·1운동 백 주년을 맞이했다. 3·1운동은 어떤 의의가 있는가? 누구나 다 잘 안다고 생각하지만, 되풀이되기나 하는 언사에 실상이 가려져 있다. 민족의 쾌거를 자랑하고 일제의 만행을 규탄하는 수준을 넘어서서, 역사의 전환을 깊고 넓게 이해해야 한다. 주권을 되찾으려는 독립운동이 사회의 전반적인 변화와 어떻게 연결되었는지 알고, 그 의의를 세계사에서 평가하기까지 하는 통찰력을 갖추어야 한다.

3·1운동에 이르러 일본의 식민지 통치에 항거하는 독립운동의 규모가 커지고 성격도 달라졌다. 군주제에 미련을 가지지 않고 민국을 이룩하고자 했다. 양반 사대부를 대신해 중인 이하의 시민을 선도자로 하는 민중이 정치와 문화 양면에서 주도권을 장악했다. 대외적인 항쟁이 우리 역사를 쇄신하는 혁명으로서도 획기적인 의의를 지녔다. 중세를 청산하고 근대를 이룩하는 혁명을 민족해방 투쟁에서 진행한 사례로 높이 평가해야 한다.

1910년에 국권을 상실하자 우국 문인들이 앞장서서 비통한 심정을 토로했다. 황현은 〈絕命詩〉에서 "難作人間識字人"(세상에서 글 아는 사람 노릇하기 힘들다)고 했다. 김택영은 〈嗚呼賦〉를 지어 "箕子之神兮 何族于食"(기자의 신령이시여, 어느 족속이 제사를 지내리)라고 했다. 한문을 하는 선비가 기자를 받들어 자랑스러운 나라가 멸망에 이른 참사를 무지한 백성이야 알 수 없으리라고 여겼다. 오랫동안 민중의식이 성장한 것을 평가할 수 없었고, 항일의병의 주력이 하층민으로 교체되는 눈앞의 현실을 인지하지 못했다.

1910년에서 1919년까지 얼마 되지 않는 기간에 모진 억압과 가혹

한 침탈을 받은 시련이 각성의 원천이 되어, 오래 끌 수 있는 역사의 전환을 일거에 성취했다. 망국의 탄식에서 깨어나 미래로 나아가며 독립을 쟁취하기 위해, 상하를 뒤집는 혁명을 확고하게 하고, 구시대의 사고를 근본적으로 혁신해야 한다는 자각을 일제히 갖추게 되었다.

망명지 만주에서 작성한 〈독립선언서〉에서는 "專制와 强權"의 시대를 청산하고 "同權同富 等賢等壽"를 실현하겠다고 했다. 3·1운동을 일으킬 때에는 "二千萬 民衆의 誠忠을 合하야" 독립을 선언한다고 하고, "威力의 時代가 去하고 道義의 時代가 來하도다"라고 했다. 《동아일보》 창간사에서는 "少數特權階級"이 아닌 "單一的 全體로 본 二千萬 民衆"의 표현 기관이 되겠다고 했다.

이런 선언문에서 같은 말을 되풀이한 것은 합의가 이루어졌음을 입증한다. 전제나 강권에서 벗어나, 권리·재화·지식·수명을 누구나 대등하게 누리는 시대변화는 안팎에서 함께 이루어져야 한다. 위력을 도의로 대치하는 전환도 자기 혁신을 거쳐야 가해자에게 요구할 수 있다. "식자인" 대신 "이천만 민중"이 주역으로 나서야 새 역사를 바람직하게 창조할 수 있다. 이렇게 생각하는 것이 3·1운동의 정신, 줄여서 말하면 3·1정신이다.

이 정신이 3·1운동에서 실현되있는가? 말을 그럴 듯하게 하고 실행은 하지 못했으니 표리부동을 나무라야 하지 않은가? 3·1운동 주동자들 가운데 배신자가 속출했으니 운동의 의의를 소급해서 부정해야 하지 않은가? 이렇게 말하는 것은 성급하다. 독립을 해서 주권을 찾지 않고서는 가능하지 않은 일을 무리하게 요구하지 말아야 한다.

3·1정신을 문화·사상·사회에서 실현하기 위한 노력은 식민지 상태에서도 계속했으나, 제약조건 때문에 좌절하면서 고매한 이상을 재확인해야 했다. 정치에서도 3·1정신을 실현하는 것은 식민지 통치에서 벗어나 독립을 획득해야 가능했다. 독립 자체가 3·1정신의 실현

은 아니다. 전제나 강권에서 벗어나, 권리·재화·지식·수명을 누구나 대등하게 누리는 나라를 만들어야 이상이 성취된다. 아직 거기까지 이르지 않았다.

광복을 하고 독립을 얻은 70년 동안 남북으로 분단된 두 나라가 다투어 노력한 것 같으나, 3·1정신의 전면적이고 완전한 실현은 아직 이상으로 남아 있다. 정치는 문화·사상·사회의 변화를 가로막는 제약조건 제거에 힘써야 하는데, 할 일을 바로 알고 제대로 하지 못한다. 임무 자각의 수준이 낮아 차질이 생기는 것을 모르기도 하고, 의욕이 지나치고 계획이 무리를 빚어내기도 한다. 정치의 일탈이 새로운 제약조건을 만들어낸다고 하지 않을 수 없다.

통일을 이루면 할 일을 다 하는 것은 아니다. 통일된 조국은 잘 만든 좋은 나라여야 하는 것이 통일을 해야 하는 최상의 이유이다. 세계 어디에도 전례가 없는 최상의 국가를 이룩해야 한다. 이를 위해 모든 노력을 기울여야 한다고 다짐하면 되는 것은 아니다. 어느 방향으로 어떻게 노력해야 할 것이지 알아야 한다.

통일 후의 국호를 '우리나라'로 하자고 제안한다. '우리나라'는 '우리'라고 약칭할 수 있다.[1] 우리나라가 훌륭한 나라이기를 바라는 희망은 때가 되면 일거에 달성할 수 있는 것이 아니고, 단계적인 노력을 해야 한다. 우선 대한민국이 잘못되고 있는 것을 바로잡아 우리나

---

[1] 《한국문학통사》(지식산업사, 제4판 2005)에서 한 말이다. '대한'이나 '조선', 대안으로 삼자고 하는 '고려'와 함께 모두 다 좋은 말이지만, 이름을 두고 불필요한 논란을 벌일 필요는 없다. 아무런 논란 없이 함께 받아들일 수 있는 국호가 '우리나라'이다. 로마자로는 'Urinara'라고 표기하는 새로운 국호를 널리 알려 뜻을 모르더라도 기억하고 사용하도록 하자. 'Korea'는 관습적인 별칭으로 남겨두면 된다. '우리나라'는 국가를 지칭하는 경우가 아니면 '우리'라고 하는 것이 마땅하다. 말은 '우리나라말'이 아닌 '우리말'이다. 문학은 '우리나라문학'이 아닌 '우리문학'이다. 문학사는 '우리문학사'이다."(제1권, 15-16면)

라가 도달해야 할 이상에 근접되게 해야 한다. 한국의 시대가 와야 우리의 시대가 온다.

3·1운동에서 권리·재화·지식·수명을 누구나 대등하게 누리는 나라를 만들어야 한다고 한 것이 지속적인 이상임을 재확인할 수 있으나, 세부적인 내역은 갖추어지지 않았으며 실현 방법이 문제이다. 정치제도나 경제체제가 양극으로 갈라져 있어 근접이 어렵다. 문화의 동질성을 확인하고 확대하는 것은 가능해 선결과제로 삼아야 한다. 대외적인 위상 향상에 관해서는 어느 정도 분명한 말을 할 수 있다.

고정관념을 버리고 발상을 바꾸어야 한다. 정치의 통일을 이루고 경제를 합치면 다른 일은 저절로 잘된다는 생각은 버려야 한다. 순서를 잘못 잡아 싸움이 다시 격화되게 하지 말아야 한다. 대외적인 위상 향상에 관한 논의에서 출발해 문화 동질성의 요체가 무엇이어야 하는지 밝혀내 경제를 가속적으로 발전시키면서 통합하는 기틀을 마련하고, 정치의 통일은 맨 뒤에 이루어야 한다. 이렇게 하는 것이 통일을 순조롭고 타당하게, 유익하고 풍요롭게 이룩하는 최상의 방안이고, 유일한 방안이다.

대외적인 위상을 말하는 것은 역사가 우리만의 독무대가 아니기 때문이다. 남들과 함께 이룩해야 하는 동아시아사나 세계사를 위해 역사 이해를 확대해야 한다. 위상 향상은 국제사회에서 수행해야 할 책무가 더 커진다는 말이다. 책무를 자각하면 나라 안이 어떻게 되어야 하는지 말할 수 있는 단서가 발견된다. 어떤 나라가 좋은 나라인가에 관한 의견 차이를 좁힐 수 있다.

역사에는 미세한 변화도 있고, 거대한 전환도 있다. 미세한 변화를 살피는 데 치중하면 혼미에 사로잡힐 수 있다. 거대한 전환을 예견하고 실현하는 통찰력을 제공하는 학문을 해야 한다. 정치 지도자를 포함해 누구나 막연하게 생각하고 있는 것을 분명하게 밝혀 논하는 철학을 갖추고, 역사의 진로를 분명하게 하는 임무를 학문에서 감당해야 한다.

우리가 이룩해야 하는 새로운 역사가 무엇이어야 하는가를 중국이나 일본과의 관계를 들어 논의해보자. 이 말을 듣고 외교사를 말하는가 하고 생각하지 말기 바란다. 외교사보다 월등하게 넓은 문명사를 논의하고자 한다. 문명사는 거대한 통찰력을 갖추어야 눈에 들어온다.

동아시아문명권에서 중국은 중심부이고, 우리는 중간부이고, 일본은 주변부이다. 문명의 활력이 중심부에서 중간부로 넘어오고 주변부까지 이르면서, 선진이 후진이 되고 후진이 선진이 되는 역전이 일어났다. 역전이 다시 역전될 수 있다.[2] 이 몇 마디 말에 거대한 통찰이 요약되어 있다.

고대문명의 발생지 중국이 유교와 불교를 중세의 보편이념으로, 한문을 공동문어로 하는 동아시아문명의 정립을 선도해 중심부가 되었다. 중세전기라고 할 수 있는 12세기 北宋 때까지는 여러 면에서 압도적인 우위를 유지했다. 그 기간은 중국의 시대였다. 중국의 시대에는 우리, 월남, 일본 등의 변방이 모두 중국을 따르고 배우느라고 힘겨운 노력을 했다.

13-16세기에는 문명사의 거대한 전환을 거쳐 중세후기의 새 시대가 전개되었다. 그때 중심부 중국이 발전의 절정에서 생기를 잃고, 북방민족의 침공이 이어져 하강기에 들어섰다. 중간부 우리가 공유의 문명을 민족의 역량으로 재창조하는 데 열의를 가지고 활력을 얻었다. 蘇軾과 더불어 한 시대가 끝나고, 李奎報가 앞장서서 새로운 시대를 열었다. 이규보 이래의 신흥 사대부가 이룩한 고려후기의 각성

---

[2] 지금부터 하는 논의는 《한국문학통사》(지식산업사, 1982-1988, 제4판 2005);《동아시아문학사비교론》(서울대학교출판부, 1993);《세계문학사의 전개》(지식산업사, 2002)로 이어진 문학사에 사상사와 사회사를 보태 총체사를 서술하는 작업에서 입증된 것이다.

을 조선왕조에서 가다듬고 세종이 전성기를 이끌어, 우리는 民本의 이념과 제도, 학구열과 저술, 문자 창제, 과학기술 등에서 세계 최고의 수준에 이르렀다. 그 기간은 우리의 시대였다.

중세전기에는 중세보편주의를 중국과 대등하게 구현하고자 희망했으나, 唐宋의 시문에 필적할 만한 작품을 한문학권의 다른 어느 나라에서도 산출하지 못했다. 중세후기는 중세보편주의를 독자적으로 구현한 시기여서, 중국 漢族의 독주가 끝났다. 오늘날의 중국 영역 안에서도 한족이 아닌 다른 여러 민족 출신 문인들이 대단한 활약을 했다. 중국 밖의 우리, 월남, 일본 등지의 한문학이 일제히 높은 수준에 이르고 민족의 삶을 힘써 다루는 방향으로 나아갔다.

몽고군이 침공해 중세전기를 종식시키는 사태가 유라시아대륙 거의 전역에서 함께 일어났다. 그 위기를 이겨내고 중세후기를 만드는 작업은 각기 그 나름대로의 역사적 상황과 문화적 역량에 따라 수행했다. 우리의 경우에는 안에서 무신란이 일어나자 밖에서 몽고란이 닥쳐와 불운이 가중된 것이, 새 시대 창조를 위해 한층 유리한 조건이 되었다. 중세전기의 문벌귀족을 대신하는 신흥사대부가 등장해, 상하의 힘을 합쳐야 한다는 것을 절실하게 깨닫고 역사 창조를 새롭게 하면서 사상과 문학을 혁신했다.

17-19세기 중세에서 근대로의 이행기에는, 중간부 우리와 주변부 일본이 각기 장기를 가지고 경쟁했다. 우리는 이치의 근본을 따져 철학을 하는 열기나 업적이 뛰어난 것을 더욱 분명하게 입증했다. 임성주에서 최한기까지 이룩한 기철학의 발전이 중국보다 앞섰으며, 일본은 따를 수 없는 수준이었다. 일본은 실용적인 것을 소중하게 여기며 물질문화를 발전시키는 장기를 잘 보여주었다. 우리 쪽에서도 시민이 등장해 상업을 일으켰으나, 대도시의 경제적 번영을 자랑하는 일본과는 많은 격차가 있었다.

17세기부터 19세기까지 중국의 王夫之, 戴震, 우리의 任聖周, 洪大

容, 朴趾源, 崔漢綺, 일본의 安藤昌益, 월남의 黎貴惇(레뀌돈)이 이어서 나와, 기철학을 전개했다. 理와 氣, 性과 情은 차원이 다르다고 하는 이원론을 부정하고, 理는 氣의 원리에 지나지 않으며, 性과 情은 體와 用의 관계를 가질 따름이라고 한 것이 그 핵심이다. 현실 경험을 인식과 행위의 원천으로 삼아 창조적인 활동을 다양하게 펼칠 수 있는 사상을 제시해, 삶을 누리는 것이 善이라고 하기에 이르렀다.

王夫之와 戴震은 경전을 주해하면서 자기 생각을 단편적으로 나타냈다. 安藤昌益의 저작은 내용이 산만하고 논리가 거칠다. 黎貴惇은 일반적인 내용의 저술에서 철학에 관한 견해를 조금 나타냈다. 任聖周·洪大容·朴趾源·崔漢綺는 철학의 저술을 독창적으로 마련해 치밀한 논리를 전개했으며, 존재론·인성론·인식론을 모두 갖추어 氣철학을 완성했다.

우리 철학과 일본 경제의 경쟁이 평행선을 달리다가, 외부적인 요인이 작용해 승패를 결정했다. 일본은 재래의 경제력을 기술 도입으로 더욱 발전시켜, 19세기 말에 근대화로 나아가기 시작했다. 자본주의 경제력으로 부국강병의 길에 들어서서 유구·대만·조선을 식민지로 하고, 유럽 열강들과 맞설 수 있게 되었다. 20세기에는 통제 불능의 군사력이 무조건 복종하는 집단주의 정신력을 거느리고 침략 전쟁을 확대했다. 패전하고서도 경제대국으로 다시 일어섰다. 그 기간은 일본의 시대였다.

21세기에 이르자 일본의 시대가 끝나가는 조짐이 보인다. 후진이 선진이 되는 역전이 다시 일어나, 우리의 시대가 재현되고, 다시 중국의 시대가 도래할 것 같은 사태가 벌어지고 있다. 과연 그런가? 그럴 수 있는가? 결과를 보고 판단하겠다고 기다리고 있을 수는 없다. 우리의 시대가 올 수 있으면 오도록 해야 한다. 인식과 실천을 위해 최고의 통찰력을 발휘해야 하는 중대한 고비에 이르렀다.

일본과 우리의 우열이 역전되는 사례나 증거가 여럿 있다. 삼성전자가 소니를 앞질렀다. 한류가 일본을 휩쓸어 대중문화 수출이 수입을 초과한다. 민주화에서 우리가 일본보다 앞섰다. 우리는 인터넷 사용에 열광하면서 정보화사회를 먼저 만든다. 유럽문명권의 패권을 청산하고 대등한 세계를 만드는 문화이론을 창조한다. 마지막 것은 내 자신이 앞서서 하고 있어 분명하게 말할 수 있다.

2017년 9월 20일 대한민국학술원과 日本學士院이 문학사에 관한 공동학술발표회를 열었다. 나는 〈문학사의 내력과 진로〉라는 제목의 발표에서, 세계 도처의 기존 문학사가 보여주는 차질의 양상을 총괄해 검토하고 시정하는 것을 내 연구의 과제로 삼고 앞으로 나아간다고 했다. 일본 쪽의 발표자는 프랑스와 일본에 국한된 용어를 정밀하게 비교하는 데 몰두했다. 토론에서도 일본 쪽은 미시적인 사실을, 우리 쪽은 거시적인 문제를 중요시하는 특징을 보여주었다.3)

일본의 시대는 가고 우리의 시대가 오는 것을 여러 가지 증거가 있어 사실로 인정할 수 있다. 온다는 것을 알고 가만있으면 되는 것은 아니다. 사태 인식을 명확하게 하고, 올 것이 오게 하도록, 와서 기대한 것 이상으로 더 잘될 수 있도록 노력해야 한다.

일본의 시대는 가면 그만이라고 할 것은 아니다. 일본이 잘못되는 것은 우리의 행운이라는 생각도 버려야 한다. 우리의 시대는 우리가 일본에게 이기는 시대가 아니고, 일본에게 도움을 주면서 함께 나아가야 하는 시대이다. 위에서 든 발표에서 나는 일본의 문학사도 본격적으로 검토하고 무엇이 잘못되었는지 알아차리고 시정하라고 촉구했다. 내가 전개하는 이론이 일본을 위해서도 크게 유익하기를 바란다고 했다.

일본을 이겨야 통일이 가능하다는 말이 들린다. 이 말은 맞으면서

---

3) 발표문과 토론이 이 책 제4장 2절 〈문학사의 내력과 진로〉에 있다.

틀렸다. 일본을 능가하는 능력을 가져야만 통일을 무리 없이 이룩해 비약적인 발전의 계기를 만든다. 통일을 하면 일본에 타격을 주어 경쟁에서 승리할 수 있으리라고 기대하면 축적한 역량을 스스로 축소시키고 난관을 만들어낸다. 통일이 동아시아가 함께 평화와 번영을 누리고, 세계사가 더 나은 방향으로 나아가는 데 적극 기여할 수 있게 해야 한다.

올 것이 오도록 해야

우리의 시대가 오는 시기에 통일을 이룩해 우리나라를 만들 수 있게 되는 조짐이 나타났다. 이것은 우연의 일치이고 겹친 행운이라고 여기고 말 것이 아니다. 우리 시대가 올 수 있는 가능성을 실현하는 역량으로 통일을 이룩하고 통일된 나라를 잘 만들어야 한다. 통일된 나라를 잘 만들면 우리의 시대가 시작된 것을 분명하게 하고 그 성과를 제대로 누릴 수 있다.

우리의 시대는 저절로 오지 않는다. 잘못하면 오다가 간다. 우리 시대가 오다가 가면 통일이 이루어진다고 해도 나라가 제대로 되지 않아 차질을 빚어낸다. 통일이 되면 우리도 강대국이 된다는 환상은 버려야 한다. 중국이나 일본은 물론 월남보다도 작은 나라가 강대국일 수는 없다. 강대국은 밖으로 패권을 행사해 피해를 끼치고, 안으로는 사회를 안정시키는 균형이 깨져 곤란을 겪지 않을 수 없다. 우리는 강대국이 아니어서 좋은 나라가 될 수 있는 가능성이 크다.

우리의 시대가 올 수 있고, 좋은 나라가 될 수 있는 가능성이 커도, 적절한 노력을 하지 않으면 모두 허사가 될 수 있다. 가장 경계해야 할 것은 일본 추종이다. 일본이 하는 전례를 따르면 일본처럼 되지도 못하고 일본의 시대가 가는 데 휘말려 함께 망한다. 일본인은 시키는 대로 하고, 작은 일에 집착한다. 우리는 아무리 다그쳐도 일본인처럼 될 수 없다. 일본과 다른 길로 나아가야 희망이 있다.

우리 철학과 일본 경제가 경합하다가 일본 경제가 이겨 일본의 시대가 시작되었다고 했다. 이제 우리 경제가 일본 경제보다 앞서 우리 시대가 시작되는 것은 아니다. 물질생활의 어려움이 어느 정도 해결되면서 경제의 의의는 줄어들고, 경제보다 더 큰 가치를 창출해 인류를 위해 널리 도움이 되는 철학이 한층 소중하게 되어 우리의 시대가 온다.

철학이 빈곤한 일본인은 서양을 존경하고 추종하면서 자기네가 으뜸이라고 우기는 국수주의자이기도 한 양면성이 당착된 줄 모른다. 일본과 국수주의 경쟁을 해서 우리 역사는 중국보다도 더 오래되었다고 하고, 우리 민족이 가장 우수하다고 하면, 진위 여부와 관계없이 발상이 잘못되어 일본과 함께 망한다. 영문도 모르고 동반자살을 하는 결과에 이른다.

우리는 우리나라 사람이면서 동아시아인이기를 바라고, 동아시아문명을 민족문화의 저력과 결합해 새롭게 발전시키는 데 힘써야 한다. 문명권의 이웃 일본·중국·월남인과 지혜를 합쳐, 세계사의 새로운 시대를 여는 과제를 두고 유럽문명권과 선의의 경쟁을 해야 한다. 이렇게 해야 우리의 시대가 온다. 우리의 시대는 우리만의 시대가 아니고, 동아시아의 시대여야 한다.

이렇게 말하면 공상을 한다고 하고, 타당하다는 증거가 있는가 하고 나무랄 수 있다. 내가 하는 학문이 명백한 증거이다. 앞에서 소개한 발표에 덧붙여 말한다. 나는 조상 전래의 장기를 발휘해 일본이나 중국에서는 하지 못하고 있는 학문을 앞서서 한다. 상생이 상극이고 상극이 상생인 生克論의 철학에 입각해 커다란 문제를 다루는 연구를 다각도로 펼치고 있다. 이미 낸 저서가 많지만, 왕성한 의욕을 가지고 계속 새로운 작업을 한다.

여러 논저에서 펼친 견해를 《동아시아문명론》(지식산업사, 2010)에서 간추려, 동아시아문명의 보편적 가치를 함께 이어받고 키우자고 했다. 이 책은 2011년에 일본어로, 2013년에 중국어로, 2015년에는 월남어로 번역되었다. 일본어 역자는 다른 책 둘도 번역해 냈으며, 지금도 번역을 계속하고 있다.

동아시아 여러 나라에서 내가 전개하는 논의의 높이와 넓이를 경이롭게 받아들이면서 토론에 호응한다. 유럽문명권 학자들과의 논란도 성과 있게 전개되고 동의를 얻어낸다. 우리학문이 동아시아학이고 세계학임을 입증해, 우리의 시대가 온 것을 널리 알린다.

민족문화의 오랜 활력인 논쟁의 신명풀이를 동아시아문명의 정수와 합쳐 다시 하는 작업을 지난 시기보다 더욱 수준 높고 풍부하게 해서 세계를 움직여야 한다. 치열한 논란을 거쳐 보편주의 사고형태를 재정립하는 철학에 장기가 있는 것을 알고, 상생이 상극이고 상극이 상생인 생극론을 이어받아 활용하는 데 힘써야 한다. 이것을 기본 전략으로 삼아 교육을 바로잡고 정책을 바꾸어야 한다.

우리가 벌이는 거대한 토론에 중국이 다양한 문화 체험을, 일본이 치밀하고 정확한 고증의 장기를 가지고 참여해, 유럽문명권의 주도권을 넘어서는 다음 시대의 설계도를 함께 만들어야 한다. 이렇게 하면 우리의 시대가 온다. 우리의 시대는 우리가 홀로 잘나가는 시대가 아니고, 동아시아가 일제히 행복을 누리도록 하는 데 우리가 적극 기여하는 시대여야 한다.

우리의 시대가 오게 하고, 와서 잘되게 해야 한다. 어떻게 하면 되는가? 단점 고치기는 대책이 아니다. 일본과 다른 것은 단점이니 고쳐야 한다고 하면 일본을 추종하기나 한다. 앞질러 가려면 지름길을 찾아야 한다. 지름길은 오직 장점 살리기에서 찾을 수 있다. 일본인에게 없는 우리 장점을 살려야 일본인보다 앞설 수 있다.

일본에는 없는 우리 장점이 무엇이냐? 이것이 문제의 핵심이다. 이치의 근본을 따져 철학을 하는 열기, 논쟁으로 하는 신명풀이, 치열한 논란을 거쳐 보편주의 사고형태를 재정립하는 철학이 우리의 장점이다. 철학이란 총체로 이해한 모든 것에 대한 거시적인 통찰이다. 논쟁하면서 싸우는 상극에서 사고를 비약하는 상생의 성과를 산출하는 것이 철학을 하는 최상의 방법이다. 우리는 이렇게 하는 데 남다른 열정과 능력을 가지고 있다.

이런 일을 일본에서는 하지 않는다. 일본 학문은 정밀한 현미경인 것이 자랑이고, 망원경은 아니다. 우리는 현미경이 정밀하지 못한 대신에 망원경 학문을 한다. 우리도 현미경이 정밀해야 한다는 것은 단점 고치기이다. 우리는 일본에는 없는 망원경을 적극 활용하자는 것은 장점 살리기이다. 일본에는 없는 철학을 열심히 하는 것이 장점 살리는 망원경 학문이다.

〈일본철학사가 있는가?〉, 《우리 학문의 길》(지식산업사, 1993)에서 말했다. 일본철학사라는 책은 없다. 일본에는 철학사를 구성할 만한 유산이 적고, 열심히 돌아보지도 않기 때문이다. 오직 서양철학이라야 철학이라고 여기고, 지식으로 유용하다고 평가한다. 우리 주변에도 일본에서 하듯이 철학을 하는 사람들이 있다. 지난날의 철학은 가까이 다가가 이해하려고 하지 않고, 서양철학은 숭앙하면서 수입하는 것을 자랑으로 삼는다.

우리는 철학을 해온 내력이 일본과 다르다. 천지만물의 원리나 사람의 도리를 두고 치열한 논란을 계속해서 했다. 그 유산을 제대로 정리한 철학사가 없다고 한탄하지 말자. 철학 전공자들이 직무를 유기해도 다른 쪽에서 나서서 할 일을 한다. 나는 생극론을 이어받아 서양의 변증법을 넘어서는 철학으로 삼고, 당면한 여러 문제에 대한 거시적인 논란을 벌인다.

창조교육을 해야

우리의 장점을 살리려면 교육이 달라져야 한다. 주입교육에서 창조교육으로 나아가야 한다. 창조교육을 제대로 해서 공교육의 수준을 높이고, 주입교육에 기생하는 사교육을 없애야 한다. 누구나 하는 이런 말을 실행하는 방안을 마련해야 한다. 강력하게 지시하면 되는 것이 아니다. 개탄하고 분개해도 도움이 되지 않는다.

무엇이 문제인지 바로 아는 것이 선결 과제이다. 사교육은 비용이 많이 들어 형편이 되지 않는 사람들이 위화감을 느끼기 때문에 없애야 하는 것이 아니다. 창조력을 죽여, 선도자는 자취를 감추고 추종자들만 남아 선후를 다투게 하는 현행 교육의 폐해를 사교육이 부추기고 있는 것이 심각한 사태이다. 사교육을 추방해 폐해를 줄이면 되는 것은 아니다. 잘못의 근본인 현행 교육을 바로잡아, 주입교육에서 창조교육으로 나아가야 한다.

사태가 어느 정도 심각한지, 서울대학교 학생들의 경우를 들어 말하기로 한다. 서울대학교 학생들은 엄청난 경쟁을 거쳐 어려운 관문을 통과했으니 우수한 인재라고 하는 것은 잘못이다. 최상의 추종자로 선발되어 서울대학교에 입학했으니 일생의 목표를 달성했다고 여기고, 선도자로 나서는 창조력이나 의욕은 없는 학생이 대부분이다.

이것은 서울대학교 교수로 재직하면서 절감한 사실이다. 어느 해에 내게 전교 신입생에게 강연을 하라고 해서, 좋은 기회라고 여기고 단단히 벼르고 있던 말을 했다. 그 요지를 적으면 다음과 같다.

여러분의 입학은 올림픽선수촌에 입촌한 것과 같다. 올림픽에 출전해 금메달을 따기 위한 훈련을 해야 한다. 선수촌에 입촌해 일생의 목표를 달성했다고 여기고 안심하면 얼마나 한심한가?

중학교 때쯤 공부에는 희망을 가지지 않고 운동을 열심히 하기로 작정하고, 바로 그날 올림픽 금메달을 목표로 정한 친구들이 있었을 것이다. 너희들이 내심 얕잡아본 그 친구들은 올림픽 금메달을 목표로 했는데, 너희들은 올림픽 선수촌 입촌을 목표로 한 것을 부끄럽게 여겨야 한다.

크게 반성하고 세계적인 학문 선수와 시합을 해서 이길 준비를 해야 한다. 체육 선수는 경기장에서 만나지만 학문 선수는 책에 있다. 체육 선수는 산 사람만이지만, 학문 선수는 죽어서도 현역이다. 세계적인 학문 선수와 시합해서 이기려고 하지 않고 숭배하고 추종하려고만 하면 어리석다.

할 일을 하지 않고 자리만 차지하고 있으면, 이승에서는 무사할지 몰라도 저승에 가면 염라대왕이 용서하지 않을 것이다. 지옥의 형벌이 두려우면 당장 자퇴하라. 자퇴하지 않으려면 학문의 올림픽에 나가 세계적인 학문 선수와 겨룰 준비를 하라.

이렇게 열을 올리면서 필요 이상 과격한 말을 해도 효력이 당장 나타나지 않는다. 올림픽 선수촌에 입촌했으므로 일생의 목표를 달성해 족보에 올릴 만한 영광을 얻었다는 무리가 대다수이다. 조금 나은 녀석들은 세계적인 학문 선수들이 누구인가 알아보고 숭배하고 추종하는 것을 자랑하고, 평생의 먹거리로 삼으려고 한다. 사태가 심각하다고 깨우치려고, 비난을 들을 것을 각오하고 말을 아주 험악하게 하는 충격 요법을 쓰지 않을 수 없다.

내 말을 알아들어 공감하고 분발할 인재는 소수이다. 대부분 주입교육의 경쟁에서 승리자가 되려고 사교육이라는 비싼 독약을 먹고 혼이 나갔기 때문이다. 먼 시골에서, 가난한 가정에서 자라나 독약을 먹을 돈이 없는 불행이 다행인 선도자 후보가 소수라도 있어 희망을 가지고 이런 강연을 하고, 강의와 논문 지도를 열심히 했다.

주입교육은 추종자를 양성한다. 창조교육을 해야 선도자가 나타날 수 있다. 추종자가 되는가 선도자가 되는가는 개인의 차원을 넘어서서 나라의 운명과 직결되는 문제이다. 후진국에서 중진국으로 나아가는 발전은 선진국 추종자가 담당할 수 있었다. 이제 중진국을 넘어서서 선진국이 되어야 하는 단계에 이르렀으므로 앞길을 개척하는 선도자가 있어야 한다. 어느 선진국과도 경쟁해 앞설 수 있는 능력을 가진 각계의 선도자들이 나라를 이끌어야 한다.

과학 연구를 위해 막대한 투자를 해도 기대하는 성과가 나타나지 않는다고 야단이다. 그 이유는 선도자연구는 하지 않고 추종자연구만 하는 데 있다. 주입교육에서 기른 추종 능력이 남달라, 유학 가서 시키는 공부를 잘한 덕분에 박사학위를 취득하고 돌아와 교수가 된 자칭 우수 인재가 대학을 지배하다시피 하고 있다. 남들이 이미 한 연구에 한몫 끼어, 그 쪽에서 알아준다는 학술지에 많은 논문을 발표하고 인용빈도수가 높다고 자랑하기나 하고 선도자가 되어 앞질러 나가려고 고민하지는 않는다.

과학 연구를 추종자 수준에서 하는 것은 그대로 두고 창조경제를 해야 한다고 역설하는 것은 무리이다. 창조경제는 하라고 지시하면 할 수 있는 것은 아니다. 창조경제를 하기 싫어서 하지 않는 사람은 없다. 할 수 없는 일을 하라는 것은 면피용 정책에 지나지 않는다. 면피용 정책을 간판을 바꾸어 다시 하면서 사태를 더욱 악화시킨다.

기업인 가운데는 선도자가 더러 있어 나라 형편이 나아졌다고 하지만 많이 부족하다. 정치인은 선발 과정에 문제가 있어, 선도자와는 거리가 멀어지지 않을 수 없다. 권력 추종자가 아닌 국회의원이나 장관이 얼마나 있었던가? 국운을 타개할 경륜을 가진 국정담당자가 등장할 수 있는가? 이렇게 하는 말을 누가 듣는가?

교육개혁이라는 말은 너무 낭비해 효력이 없어졌다. 교육을 개혁한다면서 더욱 악화시킨 과오가 누적되어 개혁이라는 말이 재기 불능일 정도로 더럽혀졌다. 교육혁명이라는 말을 써서 주의를 환기하면서, 실현 방안을 제시하기로 한다.

교과서교육에서 토론교육으로 나아가야 한다. 이것이 가장 긴요한 대책이다. 국정교과서가 해로운 것은 물론이고, 검인정 교과서조차 없애야 한다. 상이한 주장을 펴는 여러 책을 견주어 읽고, 토론 상대로 삼고, 토론에 활용해야 한다. 교사는 토론 사회자 노릇을 하는 것을 임무로 삼아야 한다.[4]

선다형 수능시험은 폐지하고, 전에 없던 새로운 견해를 과감하게 논술하는 답안을 높이 평가해야 한다. 시험관과 논쟁해 이기는 학생은 최고점을 주어 우선적으로 선발해야 한다. 구체적인 방법은 어떻게 하든 토론 능력을 가장 높이 평가해 학생을 선발해야 한다.[5]

초등학교에서부터 철학을 공부해야 한다. 철학이라는 과목을 두자는 것이 아니다. 철학 과목을 따로 만들지 말아야, 철학을 수입학으로 하는 풍조가 더 퍼지지 않게 막을 수 있다. 철학이 따로 없고, 모든 과목, 날마다 하는 수업이 철학이게 해야 한다.

핵심이 되는 문제를 제기하고 논쟁해 창조적 성과를 얻는 것이 바로 철학이다. 철학이라는 말도 쓰지 않고, 이렇게 하는 작업을 창조학이라고 일컫는 것이 좋다. 옛 사람이 남긴 철학의 유산을 비판하고 재론하면서 토론의 능력을 기르고, 고금 합작의 창조를 하는 것이 도움이 되는 방법이다.

논의의 발전

통일을 무리 없이 이룩해 비약적인 발전의 계기가 되게 하려면, 문화 동질성의 요체를 확인하고 확대해야 한다. 그 요체는 철학의 창조력이고, 근본 문제에 관해 토론하는 열기이다. 이것이 일본의 시대

---

4) 교과서 없는 교육을 어떻게 할 것인가 하는 구체적인 방안의 하나를 〈고전 유산으로 교육을 해야〉에서 제시한다.
5) 중세 인도의 나란다(Nalanda)대학에서는 스승과 토론해 이겨야 입학을 하고 졸업도 할 수 있었다. 그 덕분에 불교세계 전역의 학문을 고도로 발전시키는 구심체 노릇을 했다.

가 가고 우리의 시대가 오게 해서, 동아시아사를 쇄신하고 세계사의 방향을 바로잡는 능력이다.

우리 철학의 창조력이 통일을 순조롭게 이룩하고 비약적 발전의 계기를 만드는 원동력이다. 경제 발전을 가져오는 기술이나 경영을 혁신할 수 있는 비결이고, 정치적 대립이 발전으로 나아가도록 하는 원리이다. 창조학을 학문에서 설계하고, 토론의 열기를 더욱 북돋우는 교육을 실시해야 이 원리가 작동된다. 먼저 할 일을 버려두고 앞으로 나아가려고 하면 걷잡을 수 없는 차질이 생긴다.

나는 창조학을 위해 진력하는 것을 사명으로 하고, 우리 철학의 가장 값진 유산인 생극론을 이어받아 발전시키려고 한다. 생극론이 당면 문제 해결에서 최상의 효력을 발휘할 수 있는 것을 확인한다. 상극에 치우친 북쪽의 이념과 상생만 선호하는 남쪽의 취향을 둘 다 넘어서면서 합치는 길이 상생이 상극이고 상극이 상생인 생극론에 있다.

생극론은 우리 문제를 푸는 우리 철학만이 아니고, 세계적인 의의를 지니고 있어 인류의 공유물로 삼아야 한다. 생극론을 분단이 빚어낸 대립에 적용해 바람직한 해결 방안을 찾는 것은 세계사의 난제를 푸는 획기적인 처사이다. 민족모순이나 문명모순을 해결하는 데 널리 적용할 수 있는 모범 답안을 제시한다. 문화 동질성의 요체인 우리 철학의 능력이 인류를 위해 큰 기여를 할 수 있게 해야 한다.

생극론은 철학으로 머물러 있지 않고 상황에 따라 달라지며 개별적이고 구체적인 문제에 널리 적용되어 효력을 입증한다. 이에 관해 이미 많은 작업을 한 데다 더 보태, 지금 당면하고 있는 과제 해결을 위한 책을 두 권 다시 내놓는다. 《창조하는 학문의 길》에서 학문 혁신의 과제를 말하고, 이 책 《통일의 시대가 오는가》에서 통일 시대를 위한 실천 방안을 제시한다.

내 업적을 자랑하려고 이런 말을 하는 것은 아니다. 혼자 할 수 있는 일은 얼마 되지 않고, 울림이 미약하지 않을 수 없다. 내가 하는 작업에 대해 널리 관심을 가지고 많은 동참자가 있기를 바란다. 총론을 더 다지고 넓히면서 각론을 갖추기 위한 열띤 노력이 사회 전역으로 확대되기를 기대한다.

통일을 앞두고 막연한 기대를 하고 우려도 하는 것은 마땅하지 않다. 정치가 무엇이든지 할 수 있다고 자부하지 말아야 한다. 통일 시대를 바람직하게 창조하는 통찰력을 마련하기 위해 중지를 모아야 한다. 그 요체에 관한 이 주제발표에 관심을 가지고 토론을 시작하기 바란다.

더 하는 말

위에서 하는 말을 다 듣고 북한을 살리는 경제 발전이 시급한데 무슨 딴 소리냐 하고 나무라는 사람들이 있을 것이다. 이에 대해 경제 발전은 어떻게 해서 이루어지는가를 들어 응답하기로 한다. 경제 발전은 두 가지 동기에서 시작된다. 하나는 돈을 벌자는 것이고, 또 하나는 창조적 발상을 시험하자는 것이다. 앞의 것은 정보화 시대 이전의 낡은 동기이고, 뒤의 것은 정보화 시대 이후의 새로운 동기이다. 미국의 경우를 들어 말하면, 록펠러 시대와 스티브 잡스 시대는 다르다.

돈을 벌기 위해 북한에 투자하기만 하면, 개성 공단의 전례에서처럼 저임금에서 수익을 얻기나 하고 북한 경제의 자생적 발전에는 도움이 되지 않는다. 재래의 산업을 붕괴시키고 사회갈등을 격화시킬 수 있다. 남북 어디서 시작하든 창조적 발상을 시험해야 북한 경제도 비약적으로 발전할 수 있다. 북한 사람들이 스스로 경제를 일으킬 수 있다. 돈을 잘 벌도록 하는 경영학보다 창조적 발상을 하도록 하는 철학이 월등히 중요하고, 북한의 경우에는 더욱 그렇다.

창조적 발상으로 이룩하는 새로운 기술 개발은 엄청난 수익을 가져올 수 있다. 이것이 어떻게 하면 가능한가? 투자를 많이 하면 되는 것은 아니다. 투자 관리를 위해 조직이 방대해지기나 한다. 높은 사람이 시키면 되는 것은 더욱 아니다. 높은 사람은 자기의 무식을 따르지 않으면 배척한다. 결재를 거치는 단계가 복잡해지면 되는 일이 없다. 컴퓨터를 잘 다루면 일이 되는 것도 아니다. 자동차 운전을 잘하면 좋은 곳을 찾아가고, 글씨를 잘 쓰면 훌륭한 시를 지을 수 있다고 착각하지 말아야 한다.

투자가 선결 조건이 아니다. 결재를 받지 않고 하고 싶은 일을 할 수 있어야 한다. 놀고먹어도 그만이고 실패해도 되는 자유가 보장되어 있는 조건에서, 창조적 발상이 모처럼 닥쳐왔다고 스스로 판단하면, 시상이 떠올라 종이에다 글을 쓰듯이 컴퓨터를 이용해 구체화하면 된다. 창조적 발상을 가능하게 하는 통찰력, 그 근거가 되는 철학이 최상의 가치를 가진다.

북쪽에서는 철학을 존중하지만, 경직된 철학이어서 창조를 방해한다. 남쪽에서는 경쟁력이 없는 철학을 죽이면 그 반작용으로 유용한 기술이 발전한다고 여긴다. 양쪽 다 철학을 살려야 한다. 경직된 철학을 살리는 것과 없애는 철학을 살리는 것은 어느 쪽이 더 어려운지 시비하지 말고, 장단점을 보완하면서 함께 진행해야 한다. 조상 전래의 철학 유산이 동일하기 때문에 힘을 합쳐 이어받고 발전시켜야 한다.

이렇게 해도 알아듣지 못하면 구체적인 예를 들어 더 쉽게 말하겠다. 자동차를 손을 대지 않고 말로 조작하는 기술을 누가 개발하는가를 두고 세기의 결투가 벌어지고 있다. 자본도 조직도 아닌, 뛰어난 창조력이 결판을 낸다. 기계공학이나 컴퓨터공학과 거리를 두고 탐구를 시작하는 언어학, 돈벌이가 되지 않는다고 천대받기만 하는 학문에서 놀라운 발상을 하는 창조를 이룩해야 한다.

스스로 깨닫고 자기 노력으로 성장한 우리 인재를 국내에서는 알아보지 못해 일할 기회를 주지 않고, 미국은 파격적인 대우를 하고 데려가면 어떻게 되겠는가? 미국에서 개발한 기술을 사다가 말로 조작하는 자동차를 뒤늦게 만들면 수지가 맞겠는가? 이것이 지금 실제로 벌어지고 있는 심각한 사태이다.

탓하고 나무라는 것을 능사로 삼지 말고 할 일을 하면 되는가? 창조력을 죽이는 교육에 시달리느라고 너무 힘들다. 발군의 인재가 입시에 실패해 자포자기를 해야 한다. 교육을 바로잡는다는 빈말을 오늘도 계속해 인기를 얻으려고 하면서, 능력을 죽이고 인재를 말살해 나라가 망하게 한다. 새로운 역사가 시작된다는 것이 거짓말이게 한다. 잘못을 바로잡기 위해 싸우려고, 나는 강연을 하고 책을 써낸다.

붙임

2018년 6월 28일 퇴계학부산연구원 주최로 부산일보사 강당에서 열린 강연회에서 위의 글 초고를 배부하고 강연을 했다. 질문을 받고 대답한 말 가운데 기록에 남길 만한 것들을 적는다.

문: 일본은 쇄국주의를 한다고 하는 기간에도 남쪽 항구 한 곳 열어놓고 네덜란드와 긴밀한 관계를 가지며 서양의 학술을 열심히 받아들였다. 우리는 이런 노력을 하지 못해 계속 뒤떨어지는 것이 아닌가?
답: 그 때문에 서양의 뒤를 따라 발전하는 시기에는 일본이 앞서서 일본의 시대를 이룩할 수 있었다. 이제 서양의 뒤를 따르지 않고 서양보다 앞서 나아가야 할 때가 되어 일본의 시대가 끝나고 한국의 시대가 시작될 수 있다. 동아시아철학을 발전시킨 전통을 되살리는 것이 한국의 시대가 와서 서양보다 앞설 수 있는 가능성이고 원천이다.
문: 한문공부를 그만두고 그럴 수 있는가?
답: 한문공부는 필수이다. 영어는 이제 유무식을 가르는 기준이 아니

고, 필요해서 사용하는 도구이기만 하다. 한문을 제대로 공부해 독해
뿐만 아니라 작문까지 하는 학자가 새로운 시대를 여는 데 앞설 수
있다.

문: 태극론과 생극론은 무엇이 다른가?

답: 태극론은 하나인 태극이 둘인 음양으로 갈라지는 원리를 말했다.
태극은 理이고 음양은 氣라고 하는 이원론에 머무르는 것이 예사이
다. 태극도 음양도 기라고 하는 일원론은 다음 단계로 나아가 음과
양은 상생하면서 상극한다고 한다. 이것이 생극론이다.

문: 교육개혁과 교육혁명은 어떻게 다른가?

답: 지금까지 해오는 교육개혁은 입시를 비롯해 여러 제도를 바꾸는
데 주안점을 두었다. 교육혁명은 교과서 없는 토론교육으로 철학의
창조력을 살리자고 주장한다.

2. 동아시아인이 되자

알림

이 글은 2016년 7월 14일 울산에서 울산학부모협동조합과 울산교
육연구소가 공동으로 주최하는 모임에서 초·중등학교 교사와 학부모
들에게 강연한 원고이다. 그때 백태명 선생이 수고를 많이 했다. 만
남을 확대한 인연 덕분에 새로운 작업을 했다.

동아시아인이 되는 것이 세계사의 전환을 바람직하게 실현하는 적
극적인 대책이다. 한국의 시대는 동아시아의 시대여야 한다. 한국의
시대가 동아시아의 시대이게 하려면 한국인이 한국인이면서 동아시
아인이 되어야 한다. 이런 주장을 알기 쉽게 풀어서 말한다.

여는 말

여러분은 누구인가? 여러분이나 나는 한국인이다. 한국에 살고, 한국말을 하고, 한국에서 활동하고, 한국이 잘되기를 바란다. 어디서 왔든 이런 사람이면 한국인이다.

그러면서 우리는 모두 어느 지방인이다. 지방화시대가 되고, 지방 자치가 정착되면서 지방인인 것이 소중하다. 여러분은 울산인이다. 울산에서 살고, 울산말을 하고, 울산에서 활동하고, 울산이 잘되기를 바라는 울산인이다. 외지에서 왔어도 이렇게 하면 울산인이 된다. 다음 세대는 울산인으로 태어난다.

선사시대 이래의 울산 문화 전통, 오늘날 울산의 첨단 산업이 나라의 자랑이고 동참자의 영광이다. 이에 대한 구체적인 설명은 여러분이 더 잘 알 것이므로 생략한다. 울산만 특별하다는 것은 아니다. 다른 어느 지방도 그 나름대로의 자랑이 있다.

울산인과 한국인은 둘이면서 하나이다. 울산인은 울산인이면서 한국인이고, 한국인은 한국인이면서 울산인이다. 울산인과 한국인은 하나를 위해서 다른 하나를 버려야 하는 것은 아니다. 훌륭한 울산인이어야 훌륭한 한국인이다. 한국인 노릇을 잘해야 울산인 노릇도 잘한다.

지금은 지방화시대이면서 세계화시대이다. 어느 지방인이면서 한국인인 데 머무르지 말고 세계인이 되어야 한다. 세계를 알고, 세계에서 활동하고, 세계가 잘되기를 바라는 세계인이어야 한다. 세계는 열려 있고, 할 일이나 하고 싶은 일이 넘친다. 훌륭한 세계인의 능력을 갖추고 발휘하는 것을 목표로 노력해야 한다.

세계인이 되려면

세계인이 되려면 어떻게 해야 하는가? 한국인이기를 그만두어야 세계인이 될 수 있는 것은 아니다. 한국인이면서 세계인이어야 세계인일 수 있다. 훌륭한 한국인이어야 훌륭한 세계인일 수 있다. 한국인의 역량을 살려 세계를 무대로 활동하면서 널리 혜택을 주고, 세계가 잘되는 데 적극 기여해야 자랑스러운 세계인일 수 있다.

세계인이 되는 방안에 관한 어이없는 실수도 있다. 한국어는 버리고 영어를 공용어로 해야 한다는 주장이 나와, 《영어를 공용어로 하자는 망상》(나남출판, 2001)이라는 책을 써서 나무란 적이 있다.[6] 온 세계 사람들이 한국어를 배우려고 하는데 정작 한국인은 한국어를 버리고 영어를 공용어로 하면 어떻게 되겠는가? 책 부제를 "민족문화가 경쟁력이다"라고 했다. 한국어와 함께 전승되어온 민족문화의 역량이 일으키는 한류의 열풍에 역행해 무엇을 얻겠다는 말인가?

지금 할 일은 민족문화의 경쟁력을 키우고 수준을 높이는 것이다. 경쟁력을 키우려면 저력 탐구에 더욱 힘써야 한다. 수준을 높이려면 반성이 필요하다. 한류가 한국의 자랑이라고만 하지 말고 인류를 위해 널리 기여하는 방향으로 나아가야 한다. 보편적 가치 정립에 힘써 인류 공동의 자산을 늘려야 한다.

남들이 하는 대로 따라가면 세계화를 하게 된다고 오판하지 말자. 상품은 수출하면서 사고는 수입하려고 하는 불균형을 하루 빨리 시정해야 한다. 기술에서나 사고에서나 남다른 경쟁력을 갖추고 비약적인 창조를 해야, 바람직한 세계화의 선도자가 되어 인류를 위해 널리

---

6) 책 서두에서 한 말을 옮긴다. "영어를 국어와 함께 공용어로 하자는 주장을 펴는 사람들은 그렇게 해야 영어를 잘 한다고 한다. 그러나 영어를 잘 못하면 공용어로 할 수 없다. 영어를 잘하면 공용어로 할 필요가 없다. 어느 쪽에서 따져도 말이 되지 않는다. 영어를 공용어로 해야 하는 이유는 영어가 경쟁력이라고 하는 데 있다. 그러나 영어를 공용어로 하려고 하는 불가능한 시책을 어거지로 밀고나가려고 하면 혼란과 파탄을 일으켜 우리가 이미 지닌 경쟁력을 약화시킨다. 사회결속을 깨고 민족문화를 훼손하는 자해소동을 벌인다. 보장되지 않는 가상의 이익을 노리고 자해소동을 벌이는 것보다 더 어리석은 짓이 있는가."(5면)

기여할 수 있다. 경쟁력은 상극의 능력이므로 상생의 능력일 수 있다. 상극의 능력을 발휘해 기존 지배세력의 패권주의와 싸우고, 상생의 능력으로 세계사의 진로를 바로잡아야 한다.

한국을 떠나 미국이나 프랑스로 가서 그 나라 사람이 된다면 세계인이 되는 것은 아니고, 세계인이 되고자 하는 목표에서 더욱 멀어진다. 미국인은 미국인이면서 세계인이어야 하고, 프랑스인은 프랑스인이면서 세계인이어야 하는데, 미숙한 이주자는 미국인이나 프랑스인이 되기까지 험난한 과정을 거쳐야 하니 세계인이 되는 것은 아득하다. 한국인이면서 세계인이 되는 지름길을 두고 멀리 돌아가 공연한 고생을 하는 것은 어리석다.

미국인이나 프랑스인은 선진국인이어서 세계인에 가까이 가 있다고 할 것은 아니다. 자기네 문명권이 앞서 나간다는 우월감에 들떠 다른 문명권에 대한 이해에서는 아주 뒤떨어져 있다. 선진이 후진임을 말해준다. 한국인은 후진임을 자책하고 유럽문명권을 이해하기 위해 많은 노력을 하면서 세계 인식의 범위를 넓히고 있다. 후진이 선진이게 하는 전기를 마련하고 있다.

프랑스인뿐만 아니라 미국인도, 프랑스인이나 미국인이면서 유럽문명인임을 의식하고 자랑한다. 유럽문명을 우월감의 근거로 삼는다. 한국인은 한국인이면서 동아시아인이라고 자각하고 동아시아문명의 역량을 갖추어야 한다. 동아시아인은 아니고 한국인만이어서는 유럽문명이 일방적으로 우월하다는 데 대해 반론을 제기하기에는 역부족이다. 차등의 세계관을 넘어서서 대등의 세계관을 마련하는 근거를 갖추지 못한다.

일본인이나 중국인은 잘하고 있는 것은 아니다. 일본인은 유럽문명과 앞서서 만난다고 자랑하다가 열등의식에 휘말려 脫亞入歐를 하겠다고 한다. 아시아를 떠나면 유럽에 들어갈 수 있다고 하는 것은 정신적 노숙자가 되지 않을 수 없게 하는 착각이다. 중국은 유럽문명과 부딪혀 생긴 상처를 거대국가의 위세로 극복하려고 허장성세를 일삼는다. 동아시아문명이 자국의 자부심을 드높인다고 주장하면서, 보편적 의의를 제거해 가치를 훼손한다. 양쪽의 일탈을 바로잡기 위해 우리가 분발해야 한다. 설득력 있는 연구 성과를 내놓고 우정 어린 충고로 삼아야 한다.

동아시아인이 되는 길

중국에서 강연하면서 중국은 國大學小이고, 한국은 國小學大라고 했다.[7] 중국이나 일본에는 없는 동아시아문명론을 이룩하는 것이 學大의 작업이다. 한국은 일본처럼 앞선다고 하지 않고, 중국과 같은 대국이 아니어서 국가의 가림막에서 벗어나 동아시아를 바라볼 수 있다. 한국은 문명권의 중심부인 중국, 주변부인 일본 사이의 중간부여서 문명권 전체를 이해하려고 오랫동안 시도해온 전례가 오늘날 필요한 작업에 유용하게 쓰인다.

중심부 중국은 공동문명을 이룩하는 데 앞섰다고, 주변부 일본은

---

[7] 《동아시아문명론》에 적어놓은 말을 든다. "중국은 위대한 나라라고 강조해서 말하면서 역사가 오래되고 땅이 넓다는 것을 자랑하면 보편적 시야를 잃어 생각이 협소해진다. 한국은 작은 나라여서 그냥 머물러 살기 갑갑해 멀리까지 나돌아 다니면서 인식의 범위를 넓히도록 만든다. 나라의 크기와 학문의 크기가 상반되어 國大學小이고 國小學大일 수 있다. 나는 문학에서 인문학문으로, 인문학문에서 학문 일반으로 나아가면서, 한국에서 동아시아로, 동아시아에서 세계로 연구 활동의 영역을 넓혀왔다. 중국, 대만, 일본, 인도, 카자크스탄, 프랑스, 스위스, 네덜란드, 독일, 영국, 스웨덴, 러시아, 미국, 오스트레일리아, 이집트, 남아프리카 등지에서 학술발표를 했다. 지금까지 일반이론으로 행세해온 유럽문명권 여러 학설의 잘못을 시정하고 타당한 대안을 찾아 널리 알리기 위한 모험의 여정이다. 국가가 크고 작은 것은 학문에서 긴요하지 않다. 학문이 넓은가 좁은가 하는 것이 문제이다. 국가의 크기를 잊고, 국가의 범위를 넘어서야 커다란 학문을 한다. 동아시아 각국이 자국 방어의 학문을 해야 하는 시기는 지나갔다. 유럽문명권의 근대학문을 넘어서서 다음 시대를 여는 인류 전체의 학문을 선도하는 사명을 자각하고 수행해야 한다."(23–24면)

민족문화를 키웠다고 자랑한다. 중간부 한국은 공동문명과 민족문화를 대등하게 존중하고 둘이 하나가 되게 하려고 힘썼다. 그래서 한국인이면서 동아시아인일 수 있는 유리한 조건을 갖추고, 동아시아문명의 전폭을 어느 한쪽에 치우치지 않게 파악하면서 장래를 논의할 수 있다.

유럽은 유럽통합으로 나아가면서 라틴어문명권의 동질성을 더욱 다진다. 아랍어문명권은 공동의 유대를 해체하지 않고 오늘에 이르렀다. 산스크리트문명권 각국도 공동의 유산을 이어받으려고 노력한다. 그런데 동아시아 한문문명은 과거에 그 셋 못지않게 동질성을 지녔으면서, 지금은 거의 파괴되고 망각되다시피 한 불행을 겪고 있다.

불행의 이유가 무엇인가? 중국의 고금 패권주의에 반발하느라고 문명의 보편성을 부인하는 민족주의가 일방적으로 성장했기 때문이다. 일본이 침략해 동아시아의 동질성을 훼손한 상처가 치유되지 않고 있기 때문이다. 교류를 활발하게 하고 유대를 찾으려고 하지만 과거사가 짐이 된다. 오늘날 나라의 크기와 체제가 달라 유럽통합 같은 것을 기대하기 어렵다.

절망하고 물러설 것은 아니다. 정치가 선도한 유럽통합과는 다른 길도 있다. 동아시아문명의 계승과 국가 간의 유대 재현을 학문이 나서서 선도할 수 있다. 불운을 행운으로 삼아 학문의 기여를 확대하는 기쁨을 누릴 수 있다. 이런 착상을 구체화해 나는 《동아시아문명론》(지식산업사, 2010)을 써냈다. 한국의 위치와 사명을 발판으로 삼아, 동아시아 다른 어느 나라에도 전례가 없는 최초의 시도를 했다.

중국·한국·일본뿐만 아니라 월남까지 포괄하고 각국의 소수민족도 독립된 실체라고 인정해, 동아시아문명을 총론, 문학, 역사, 철학, 오늘날 학문 등에 걸쳐 다각적으로 고찰한 내용이다. 총론은 중국에서 한 강연 원고를 기초로 새로 쓰고, 그 뒤의 것들은 기존의 여러 저서에서 가져와 손을 보았다. 2010년에 나온 책이 2011년에는 일본어, 2013년에는 중국어, 2015년에는 월남어로 번역 출판되었다. 책의 몇 대목을 들어보자.

한문은 익히기 어렵다는 이유에서 규탄의 대상이 된다. 한국에서는 열등한 문자인 한자를 버리고 우수한 문자인 한글만 쓰자는 말을 자주 한다. 그러나 한자는 한문을 위한 문자이다. 익히기 어려워 열등한 문자라고 하는 이유에서 한문의 가치를 부정하는 것은 잘못이다. 한문을 잃으면 동아시아문명의 계승이 중단된다. 산스크리트·아랍어·라틴어문명의 계승자들보다 무식해진다(66면).

고유문화로는 유럽문명권과 경쟁할 수 없다. 특수성으로는 보편성을 이겨내지 못해 추종자가 되고 만다는 교훈을 일본에서 얻어야 한다. 한문문명의 보편적 가치를 힘써 되찾아 새롭게 활용해야 유럽과 대등해져 선의의 경쟁을 하는 학문을 할 수 있다. 공유재산으로 사유재산을 만들고, 사유재산이 공유재산이게 하는 작업을 민족문화의 활력을 살려 적극적으로 진행해야 한다. 이것이 우리 학문을 세계화해 인류를 위해 기여하는 길이다(87면).

동아시아 문명사를 다른 문명권의 경우와 비교해 고찰하는 작업을 적극적으로 수행해야 한다. 이 작업에서 세 가지를 얻을 수 있다. 동아시아문명에 대한 자기 점검을 철저하게 하고, 다른 문명 특히 유럽문명권을 상대로 벌이는 선의의 경쟁을 피차 유익하게 전개하고, 인류 문명 전체에 대한 새로운 통찰을 얻을 수 있다. 이제 원대한 포부를 가지고 앞서가는 학문을 하자. 수입학과 자립학의 갈등을 넘어서서 창조학을 크게 이룩하자(375–376면).

유럽문명권이 선도한 근대학문의 한계를 극복하고 다음 시대 학문을 이룩하는 데 동아시아가 앞서서 다른 문명권의 분발을 촉구하는 것이 마땅하다. 국가끼리의 쟁패를 청산하고 보편적인 진리를 위해 하나가 되는 새로운 학문을 하는 모범을 보여 근대 다음 시대를 설계하는 지침이 되게 해야 한다(392면).

동아시아문명을 이어받자고 하다가 충효나 역설하는 복고주의에 빠지기나 하는 것은 경계해야 한다. 실천윤리의 말단이나 시비하고, 문명의 기본원리를 크게 살피려 하지 않는 것은 잘못이다. 동아시아문명은 보편주의 가치관의 근거와 효용을 두고 다른 여러 문명과 경쟁해왔다. 다른 여러 문명은 단일종교의 신에 대한 절대적 신앙에서 보편주의가 이루어진다고 하는데, 동아시아에서는 인간관계에 관한 보편주의 가르침을 유·불·도가가 각기 폈다.

오늘날 특히 소중한 유산을 들어본다. 유가는 "和而不同"을 말했다. 누구나 각기 자기 생각을 하면서 화합해야 한다는 가르침이다. 불가는 "應無所住"해야 한다고 했다. 마음이 어느 한쪽에 치우치는 집착이 없어야 한다고 깨우쳤다. 도가는 "無爲自然"을 말했다. 자연스러운 변화와 생성을 방해하는 무리한 짓을 경계했다. 문명의 충돌이 격화되어 더욱 불행해지는 시기에 동아시아문명은 싸움을 말릴 지혜를 지녀 인류 전체의 축복이다.

나는 지방학·한국학·동아시아학·세계학으로 한 단계씩 확대되는 연구를 해왔다. 나고 자란 경북 동북부 구비문학을 밑천으로 《서사민요연구》(계명대학출판부, 1970) 같은 지방학을 한 것이 출발점이다. 한국학은 《한국문학통사》(지식산업사, 제4판 2005), 동아시아학은 《동아시아문학사비교론》(서울대학교출판부, 1993);《하나이면서 여럿인 동아시아문학》(지식산업사, 1999);《동아시아문명론》(지식산업사, 2010) 등에서 한 작업이다. 세계학에는 《세계문학사의 전개》(지식산업사, 2002) 같은 것이 있다.

지방학·한국학·동아시아학·세계학 가운데 동아시아학을 하는 데 가장 큰 열의를 가지고 있다. 전례가 없는 작업을 하니 힘은 많이 들어도 보람이 크다. 동아시아학 저작이 번역에서 특히 환영받는다. 《동아시아문명론》이 일본·중국·월남어로 번역된 것은 이미 말했다. 일본어로는 《동아시아문학사비교론》과 《하나이면서 여럿인 동아시아 문학》도 번역되었다.

나는 외국에 유학하지 않은 순국산 학자여서 창조학을 스스로 이룩하고, 밖으로 나다니면서 폈다. 일본, 중국, 대만, 프랑스, 미국, 영국, 독일, 스위스, 네덜란드, 스웨덴, 러시아, 카자흐스탄, 인도, 이집트, 남아프리카 등 모두 16개국에 가서 40여 회 연구발표 또는 강연을 했다. 언제나 한국학을 출발점으로 삼고 필요한 만큼 더 나아갔다. 비교연구를 거쳐 한국학을 동아시아학으로 발전시키는 작업으로 가까운 나라 학계를 격발시켰다. 동아시아와 다른 문명권의 공통점을 밝혀 세계학을 혁신하는 시도로 더 먼 나라에서 논란을 일으켰다.

한국의 위상 재인식

한국인이면서 동아시아인이고, 동아시아인이면서 세계인이어야 하는 것은 학문하는 사람만 해야 할 일이 아니다. 누구나 이런 목표를 세우고 노력할 필요가 있다. 인식을 바로잡고, 활동 범위를 넓히며, 창조 작업을 진행하고, 화합을 이룩하는 데 기여하는 실질적인 소득이 있기 때문이다. 한국인은 모두 동아시아인이 되어 세계인으로 나아가는 것을 공인된 목표로 삼고 일제히 노력하는 것이 바람직하다.

이 목표를 달성하기 위해 우선 한국의 위상을 다시 파악해야 한다. 한국은 중국과 일본, 월남과 몽골, 이 네 나라의 중심에 자리 잡고 있다는 사실을 명시하는 지도를 만들어 잘 보이는 곳에 걸어놓자. 몽골도 동아시아의 일원이므로 추가해 공간 구성을 적절하게 하는 것이 좋다.

동아시아에 대한 이해를 광범위하게 균형 잡히게 해야 한다. 동아시아 각국 특히 중국과 일본에 관한 지식을 균형 있게 갖추고, 월남에도 적극적인 관심을 가져야 한다. 몽골도 잊지 말아야 한다. 독서에서 얻은 이해에 현지 체험을 곁들이는 것이 마땅하다. 각국을 여행하는 회수와 기간이 대등하도록 노력하고 견문한 바를 비교해 동질성과 이질성을 확인하는 것이 좋다.

동아시아인이 되려면 한문을 알아야 한다. 오늘날 글을 쓰면서 한자를 혼용하자고 주장하는 것은 아니다. 한자 혼용이냐 한글 전용이냐는 글의 내용과 독자에 따라서 선택할 사항이고 일률적으로 정할 수 없다. 한자만으로는 부족하고 한문을 알아야 한다. 고전을 읽기 위해 한문을 알아야 한다. 읽기에 그치지 않고 쓰기까지 해야 한다. 한문을 동아시아 공동문어로 되살려 공동연구와 학문교류에 사용하자고 제안해왔다.

중국어와 일본어 공부를 위해 한문 해득이 선행 조건이다. 중국어와 일본어 공부도 반드시 해야 하고, 어느 한쪽에 치우치지 않고 둘 다 잘하도록 노력해야 한다. 외국어는 잘하면 잘할수록 열등의식이 심해진다. 여러 외국어를 하는 것이 열등의식을 시정하는 유일한 방안이다. 중국어와 일본어뿐만 아니라 다른 여러 외국어도 알아야 훌륭한 세계인일 수 있다.

위에서 든 사항을 실행하기 위해 각자가 노력하는 것만으로 부족하다. 국가 시책이 달라져야 한다. 교육의 목표를 훌륭한 한국인에서 더 나아가 훌륭한 동아시아인이 되는 것으로 정해야 한다. 중국어와 일본어를 함께 필수로 하는 교육을 일제히 실시해야 한다. 동아시아 각국에서 나오는 책 가운데 읽고 연구해야 할 가치가 있는 책은 구비하는 도서관이 있어야 한다. 동아시아 여러 나라를 오가면서 대학 공부를 하는 장학생 제도를 만들어야 한다.

맺음말

오늘의 논의를 마무리해보자. 여러분은 울산인이면서 한국인이고 동아시아인이고 세계인이 되어야 한다고 권고한다. 이 과정에서 동아시아인 되기에 가장 큰 난관이 있어 뚫기 위해 각별한 노력을 해야 한다. "동아시아인이 되자"는 말을 제목으로 삼아 초점을 분명하게 했다.

선생님들이나 학부모들은 이 글을 학생이나 자식에게 읽히고 들은 말을 전해주기 바란다. 초등학생이라도 이해하고, 먼 장래를 설계하는 데 도움이 되기를 바란다. 일찍 깨달으면 효력이 더 크다. 말로만 하면 전달이 어려울까 염려해 글을 썼다.

붙임

한문 공부를 해야 한다고 하면 반대가 심하다. 배우기 쉬운 한글을 두고 배우기 어려운 한문을 공부해서 무엇을 하는가 하는 초보적인 억지가 계속된다. 한문으로 한글을 밀어내려는 것은 아니다. 한문을 공부해, 한글로 쓰는 글을 더욱 풍요롭게 하고자 한다. 조상이 한문으로 물려준 유산을 폐기처분하지 않고 이어받아 적극적으로 활용하기 위해 한문 공부를 열심히 해야 문화 강국이 될 수 있다

이런 말도 잘 먹혀들지 않을 정도로 사람들의 머리가 굳어 있다. 한글을 우상으로 받들면서 한문이라는 마귀를 퇴치해야 한다는 사이비 민족종교가 위세를 떨치고 있기 때문이다. 이에 대해 정면으로 대처하려고 하지 말고, 우회 전술을 택하자. 한문은 중국어나 일본어를 배우는 데 반드시 필요하다. 한글을 사랑한다는 이유로 중국어나 일본어도 배우지 말자고 할 수 없다. 한문을 익히고 중국어나 일본어를 공부하는 노력을 한데 모아 '한문·중국어·일본어' 통합교과목을 만들

면, 공부하기는 힘들어도 노력에 비해 성과가 더 크다. 동아시아인으로 살아가면서 널리 활동해 얻는 것이 많다.

동아시아인이 되려면 한문을 반드시 알아야 한다. 중국인이나 일본인이 남긴 한문 유산까지 널리 이어받아 활용해야 하는데, 한국 한문은 한글을 위협한다는 이유에서 외면해야 하는 것은 이치에 어긋나는 옹졸한 생각이다. 동아시아인은 한국인을 포함한 상위의 영역이다. 한국인이기만 하는가, 동아시아인이 되는가 하는 것은 공부의 수준이고 능력의 차이이며, 평가의 척도나 수익의 등급과도 직결된다.

학문도 이와 같다. 한국학이 세계학이려면 동아시아학이 되는 단계를 거쳐야 한다. 한문문명의 유산을 이어받아 활용해야 한국학이 수준을 높이고, 동아시아학을 주도할 수 있다. 산스크리트·아랍어·라틴어문명의 유산을 근거로 한 학문과 대등한 위치에서 비교연구를 하고 토론을 벌여 취할 것은 취해야, 학문의 역사를 바꾸어놓는 세계학으로 나아갈 수 있다.

3. 신명풀이를 이어받아야

알림

한국의 전통극에 관해 의문이 많다. 탈춤은 왜 극장에서 공연하는 고급의 연극으로 상승하지 못했는가 하는 것이 그 가운데 가장 긴요하다. 근래 이 질문을 홈페이지에서 받고 다음과 같이 대답했다.

탈춤이 상승하지 않은 이유는 상층 지식인이 유교 이념에 충실해 극작에 참여하지 않고, 공연물 영업이 성장할 만한 여건이 마련되지 않은 데 있다. 그 때문에 탈춤은 신명풀이를 온전하게 이어, 오늘날 세계적인 범위에서 한류가 일어나는 원동력을 제공한다. 불행이 다행이며, 후진이 선진이 되고 있다. 그런데도 서양연극이라야 온전한 연극이라는 편견이 지배적인 영향력을 행사해, 탈춤의 원리에 대한 인식이 연극 창작에서는 물론 연극학 연구에서도 이루어지지 않고 있다.

《탈춤의 원리 신명풀이》(지식산업사, 2006)에 이르기까지 이런 잘못을 시정하기 위해 많은 노력을 해왔어도, 이해하고 동조하는 사람들이 적은 것을 한탄한다. 대답이 너무 소략하다고 나무라지 말고, 써 낸 책을 읽기 바란다. 《한국학의 진로》(지식산업사, 2014)에는 탈춤의 원리와 한류의 관계에 관한 글이 있다.

이에 관한 보충 논의가 필요한데 간략하게 하기는 어렵다. 방대한 분량의 책을 써낸 내용을 이곳에 쉽게 옮겨올 수 없다. 긴요한 부분만 간추려 재검토하면서 관심을 촉구하고 입문 단계의 이해를 구하고자 한다. 논거 제시 등의 모자라는 부분은 책을 읽고 보충하기 바란다. 함께 읽었으면 하는 것들을 든다. 〈신명풀이의 파장〉, 《세계·지방화시대의 한국학 2 경계 넘어서기》(계명대학교출판부, 2005)에서 신명풀이의 의의에 대해 다각적인 고찰을 했다.

지금까지 신명풀이를 여러 차례 거론했다. 기존의 논의를 정리하고 한 걸음 더 나아가고자 하는 시도를 지금부터 한다. 너무나도 벅찬 과제여서 가능한 범위 안에서 감당한다.

세 가지 원리

서양연극이라야 온전한 연극이라는 편견은 고대그리스 연극에서 유래한 '카타르시스'catharsis의 원리가 독점적인 의의를 지닌다는 데 근거를 둔다. 카타르시스는 갈등의 원리이다. 연극은 갈등으로 이루어져야 한다는 견해가 연극 일반론으로 행세하면서 널리 영향을 끼치고 있다. 우리 주변의 연극론도 모두 이런 주장을 불변의 진리인 듯이 받들고 있으며 반론 제기의 가능성조차 의식하지 않는다.

연극의 원리는 카타르시스여야 한다는 것은 유럽문명권 중심주의의 낡은 사고방식이다. 이제는 유럽문명권의 제패를 청산의 대상으로 삼을 때가 되었다. 지구는 둥글고 세계는 넓다. 다른 여러 곳에서도 문명을 창조하고 전승해온 내력을 알아 균형잡힌 시각을 갖추어야 한다. 이렇게 주장하면 해결책이 생기는 것은 아니다. 서론에 머무르지 않고 본론에 들어서서, 연극 미학에 대한 문명권 단위의 비교 고찰을 실제로 해야 한다.

연극은 '카타르시스'의 원리를 지녀야 한다는 주장에 대해서 인도 학자들이 줄기차게 반론을 제기해왔다. 이 사실을 아는 것이 연극이론의 정상화를 위한 선결 과제이다. 중세인도의 연극은 '라사'rasa의 원리를 갖추고 있어 카타르시스의 척도로 이해하고 평가할 수 없다고 하는 것이 반론의 요지이다. 카타르시스는 갈등을, 라사는 화합을 기본 원리로 한다. '라사'의 재평가를 요구하면서 연극에서 소중한 것이 갈등이 아니고 화합이라고 한다.

우리 전통극 탈춤은 어떤가? 카타르시스의 갈등, 라사의 화합 가운데 어느 것을 기본 요건으로 갖추고 있으며, 어느 것에 입각해 이해하고 평가해야 하는가? 이것이 탈춤을 진지하게 고찰하기 위해 가장 먼저 제기해야 할 의문인데, 탈춤을 연구한다는 사람들조차 관심이 없고, 내가 무엇을 해도 반응을 보이지 않는다. 탈춤은 우리 것이니까 소중하다느니, 탈춤은 파계승이나 양반을 풍자하면서 민중의 애환을 나타냈느니 하는 잡담이 연구라고 우기지 않으려면 내가 전개하는 견해를 문제 삼고 찬반의 의견을 말해야 한다. 다른 견해를 내놓고 논쟁을 하자고 하면 더 좋다.

연구 성과를 몇 마디로 간추려보자. 탈춤은 '신명풀이'를 카타르시스나 라사와 동일 수준의 상이한 원리로 갖추고 있다. 카타르시스·라사·신명풀이가 연극미학의 세 가지 보편적 원리이다. 카타르시스는 고대그리스 연극에서, 라사는 중세인도 연극에서, 신명풀이는 중세에서 근대로의 이행기 한국 연극에서 특히 선명하게 나타나지만, 세 나라의 세 연극에 국한되지 않고 다른 여러 곳의 수많은 연극에서도 널리 확인된다. 다른 곳들의 연극에는 세 가지 원리가 훼손되거나 복합된 것들이 적지 않다. 중국이나 일본의 전통극도 이런 것들이다.

우리 탈춤은 신명풀이의 원리를 훼손이나 복합 없이 온전하게 지녀 세계적인 의의가 있다. 상층 지식인이 유교 이념에 충실해 극작에 참여하지 않고, 공연물 영업이 성장할 만한 여건이 마련되지 않은 후진의 역사가 이제는 선진의 학문을 주도할 수 있게 하는 출발점이 된다. 연극미학에 대한 올바른 탐구를 하는 세계적인 범위의 새로운 연구를 신명풀이의 유산이 온전하게 남아 있는 한국에서 시작해야 한다. 이 일을 국내 학계에서 먼저 하고 여러 외국인의 동참을 요구하는 것이 마땅한 순서이다.

탈춤에서 이어온 신명풀이의 원리가 세계적인 범위에서 한류가 일어나는 원동력을 제공한다. 오늘날의 우리 공연물은 의식하지 않으면서 신명풀이의 원리를 다양한 방식으로 재현해 널리 감동을 준다. 이것을 두고 한국문화의 독특한 가치가 대외적인 경쟁력을 가진다고 하지 말아야 한다. 인류 공동의 자산인 신명풀이가 다른 데서는 상층의 개입이나 상업화 때문에 훼손되었다가 한류의 자극을 받고 재발견되어 자아 발견의 기쁨을 누린다고 하는 것이 마땅하다.

신명풀이의 이론 정립

신명풀이연극의 이론은 카타르시스연극이나 라사연극의 이론처럼 정립되어 있지 않아 할 일이 많다. 철학의 전통을 이어받아 원리 해명에 활용하면서 한 걸음 나아간 이론을 마련해야 한다. 세계적인 범위의 일반론을 정리하기 위한 기초공사를 하는 데까지 나아가야 한다.

원효는 有無·眞俗·一二·中邊이 둘이 아니고 하나이며, 하나가 아니고 둘이라고 하는 이치를 밝혔다. 그렇게 말하는 데서 열거한 말들은 추상적인 개념이면서 또한 현실적인 대립을 집약하는 의미를 지니고 있다. 有無에는 부자와 가난뱅이, 眞俗에는 귀족과 민중, 一二에는 임금과 신하, 中邊에는 서울과 시골을 지칭하는 분별 개념이 다른 많은 것들과 함께 포함되었다고 이해할 수 있다.

서경덕은 하나인 기가 음양으로 나누어져 운동한다고 했다. 이것은 하나가 둘이고 둘이 하나라는 말이다. 음양은 상생과 상극의 관계를 가지고 운동한다고 해서 생극론의 원천을 제시했다. 이것은 화해가 투쟁이고 투쟁이 화해라는 원리를 말했다. 탈춤이 생극의 연극임을 밝혀 논하는 근거를 서경덕이 마련했다.

최한기는 천지만물과 함께 사람도 수행하는 활동운화를 표출해서 공감을 이룩하는 주체가 되는 기를 神氣라고 했는데, 神氣가 바로 신명이라고 할 수 있다. '神'은 양쪽에 다 있는 같은 말이고, '氣'를 '明'이라고 일컬을 수 있다. 안에 간직한 '神氣'가 밖으로 뻗어나서 어떤 행위나 표현 형태를 이루는 것을 '신명'을 '푼다'고 한다. 그래서 '신명풀이'란 바로 '神氣發現'이다. 사람은 누구나 신기 또는 신명을 지니고 살아가지만, 천지만물과의 부딪힘을 격렬하게 겪어 심각한 격동을 누적시키면 그대로 덮어두지 못해 신기를 발현하거나 신명을 풀지 않을 수 없는 지경에 이른다.

신명풀이연극이 대립을 다루는 방식은 뚜렷한 특징을 지녀 다른 두 가지 연극미학과 비교될 수 있다는 것은 분명해졌다. 패배에 이른다는 것은 애초에 생각할 수 없다고 하는 점에서 카타르시스연극의 근거가 되는 사상과 다르다. 대립의 문제를 심각하게 제기한 점에서 라사연극과는 입각점의 차이가 있다.

원효에서 최한기까지 전개된 한국철학의 가장 소중한 전통을 이어받아 생극론의 연극 이론을 정립하는 것이 더 크고 중요한 작업이다. 이 작업은 신명풀이연극의 원리를 선명하게 해명할 뿐만 아니라 카타르시스연극과 라사연극과의 비교론에서 커다란 진전을 이룩해 세계연극 일반론의 신천지를 연다.

지금까지 논의한 내용을 간추려보자. 카타르시스는 상극의 원리, 라사는 상생의 원리이고, 신명풀이는 생극의 원리이다. 기본 원리는 이 셋뿐이고, 대등한 수준의 다른 원리는 있을 수 없다. 세 가지 기본 원리는 언제나 공존하면서 경우에 따라서 그 가운데 어느 것이 두드러지게 나타난다. 그 교체 과정에 인류문명사의 거대한 흐름이 요약되어 있다.

생극은 모든 인류가 살아가면서 즐거움을 찾고, 가치를 창조하는 원리이다. 권위주의적 사고방식이 교리화되어 상극이나 상생을 일방적으로 존중하도록 한 것은 불행한 역사였다. 그런 추세에 휩쓸리지 않고 생극을 온전하게 이어온 한국의 탈춤에서 원동력을 제공하는 한류 공연물이 인류의 삶을 다시 생동하게 하는 데 널리 기여한다.

신명풀이와 한류

일본과 대중문화를 개방하면 크게 우려할 사태가 벌어진다고 했었는데, 결과는 반대로 나타났다. 공연물 교역에서 한국이 우세를 보여 수출액이 수입액보다 열 배나 많다. 한국의 공연물을 일본 못지않게 좋아하는 중국에서 지어낸 '韓流'라는 말이 국내에 수입되고, 'Korean wave'라고 번역되어 널리 알려졌다.

한류가 아시아 각국은 물론, 미국과 유럽, 멀리 중남미나 아프리카까지 번져나가 열광적인 환영을 받는 것이 널리 알려진 바와 같다. 공연의 범위를 넘어서서 한국문화 전반에 대한 선호가 광범위하게 나타나고 있다. 사실은 더 말할 필요가 없고, 이유를 알아야 한다.

한류의 근간을 이루는 대중 취향의 공연물, 대중가요, 방송극, 영화 등은 한국의 전통을 버리고 외래문화를 수용해 만들어낸 것들이다. 모조품은 성숙도가 모자라 수준이 낮게 마련이고 대외적인 경쟁력은 없다. 혼성모방이라고 할 것들은 비난받아 마땅하다. 이런 취약점을 지닌 것들이 본고장에까지 가서 환영을 받는다니 있을 수 없는 일이다. 있을 수 없는 일이 일어난 이유를 밝히는 것이 한류 이해의 핵심 과제이다.

한류가 일어나는 이유에 관해 네 견해가 있다. (가) 한류는 국력 신장의 결과이다. (나) 정부가 적극 지원해 한류로 형성되었다. (다) 기획하고 연기하는 분들의 특별한 재능과 노력이 한류를 이루었다. (라) 한류 공연에서 보여주는 삶의 모습은 특별한 매력이 있어 널리 환영받는다. (마) 공연예술의 전통이 원류로 작용해 한류가 생겨났다.

(가)는 타당성이 없다. 국력 신장이 한류를 만들어냈다면, 일본에 대한 우세를 설명하기 어렵다. (나)는 한류가 일어난 이유를 일본에서 설명하는 견해이고, 사실이 아니다. (다)는 어느 정도 인정되지만, 개인의 노력으로 대세를 바꿀 수는 없다. (라)는 타당하다. 남녀가 애정 성취를 밀고 당기는 것이 흥미롭고, 대립이 지나치게 격화되지 않고 해결되는 것을 보여주어 마음을 편안하게 한다. 그러나 현상을 지적하고 말 것은 아니다. 이런 특징이 어떻게 해서 생겼는지 밝혀야 하므로, (마)로 나아가야 신명풀이의 잠재적 계승에서 해답을 찾아야 한다.

오늘날의 공연자들은 전통이 무엇인지 모른다. 신명나게 노래하고 춤추고, 누구나 즐거워할 만한 대본을 가지고 신명난 연기를 하기만 한다. 이런 공연이 시청자들을 가만있지 못하게 한다. 의식하지 않고 있던 자기네 신명풀이의 전통이 살아나게 한다.

신명이나 신명풀이는 한국인만의 것이 아니다. 세계 어디서든 누구나 지닌 공유의 성향인데, 역사가 전개되는 과정에서 차이가 생겼다. 다른 여러 곳에서는 공연물이 카타르시스를 따르거나 라사를 갖추려고 하다가 변질되고, 고급화나 상업화를 거쳐 훼손된 신명풀이가 한국에는 온전하게 남아 있다. 세계 도처에서 한류가 일어나는 것은 퇴색된 신명풀이를 되살리고자 하는 열망을 일으키기 때문이다. 한국의 공연물에서 자극을 받아 자아발견의 기쁨을 누린다.

공연물의 내력을 거시적으로 살펴보자. 문명권이나 지역에 따라 각기 자기 나름대로 즐거움을 누리던 시기가 오래 계속되다가, 광범위한 교류가 가능하게 되면서 공연물도 세계화되는 변화를 몇 차례 겪었다. 유럽에서 신명풀이를 억압하거나 밀어내고 정립한 카타르시스를 원리로 하는 연극, 유사한 수준의 음악이나 무용이 고급예술이라는 평가를 과시하면서 널리 전파되고 이식된 것이 첫 단계의 변화였다. 이에 대해 아프리카에서 유래한 대중공연물이 거대한 규모의 반격을 진행했다. 고급예술이 따로 있지 않아 온전하게 살아 있는 아프리카의 신명풀이 공연을, 미주대륙으로 강제 이주된 흑인 노예들이 재창조해 세계에 널리 퍼뜨린 것이 둘째 단계의 세계화이다.

앞의 둘은 歐流·黑流라고 하자. 이 둘이 세계를 휩쓴 다음에 한류가 나타나 셋째 단계의 공연물 세계화가 진행되고 있다. 한국은 구류의 본고장 못지않게 고급문화가 발달되어왔어도 대중의 공연물은 간섭하지 않아 신명풀이가 생동하게 남아 있는 점이 남다르다. 한류는 공연이나 전달의 방식을 흑류보다 다채롭고 기발하게 마련하고, 구류의 고답주의나 엄숙주의에 맞서서 신명풀이를 자유롭게 하고자 하는 대중의 욕구를 폭발시켜 세계를 흔들고 있다.

이런 결과에 만족하지 말고 무엇을 더 해야 할 것인가 생각해야한다. 한류가 공연물에 국한되지 않고 문화 전반으로 확대되도록 노력해야 한다. 한류 학문을 해야 하는 것이 무엇보다도 긴요한 과제이다. 한류 공연에 대한 해명이 피할 수 없는 과제여서 한류 학문을 해야 한다. 한류 학문은 한류에 관한 학문만이 아니다. 한류처럼 세계에 널리 뻗어나가 환영을 받으면서 인류를 행복하게 하는 데 공헌하는 학문이 한류 학문이다.

학문은 정립된 의식의 소관이므로 자연발생을 기대할 수 없으며, 철학의 전통을 활용하는 의도적인 노력의 산물이어야 한다. 유럽중심주의의 잘못을 시정하고 차등이 아닌 대등의 관점에서 세계를 이해하면서, 필요한 곳으로 달려가는 왕진의 노릇을 해야 한다. 생극론에서 도출된 이론으로 난문제를 해결하면 평가할 만한 성과를 얻을 수 있다.

신명풀이의 현실적 기능

어떻게 하면 열심히 일하게 되는가? 이것은 생산성 향상을 위해 아주 긴요한 질문이다. 이 질문에 대한 대답은 나라마다 다를 수 있다. 미국 사람은 돈을 많이 주면, 일본 사람은 윗사람이 알아주면 일을 열심히 하지만, 한국 사람은 신명이 나야 일을 열심히 한다.

한국 사람도 돈을 많이 주고 윗사람이 알아주면 열심히 일을 할 수 있다. 다른 어느 나라 사람도 신바람이 나면 일을 열심히 할 수 있다. 돈을 많이 주고 윗사람이 알아주는 외부적 동기, 스스로 신바람을 내는 자발적 동기는 언제나 공존한다. 그러나 경우에 따라서 이 둘의 비중이 다르고 선후의 차이가 있다.

열심히 일하도록 하는 외부적 동기가 우선하는 나라는 합리성이 분명해 자발적 동기가 뒤따르게 한다. 미국은 자본주의 시장경제의 척도가 그 나름대로의 합리성을 가지고 확립되어 모든 가치가 금전으로 평가되는 데 대해 내부의 반론은 없다. 운동선수 연봉 협상이 본보기가 되는 사례이다. 일본에서는 오랜 내력을 가진 상하의 위계질서가 계속 존중되어 외부적 동기가 자발적 동기보다 우선한다. 상위자가 자기 나름대로 최선을 다해 존경을 받고자 한다.

한국에는 시장경제의 합리성이 자리 잡지 않아 가치 평가의 척도로 존중되기 어렵다. 치부는 부정의 산물이라고 여기는 것이 예사이다. 상하의 위계질서는 무자격자가 상위에 있어 잘못되었다고 여기고 반발의 대상이 된다. 외부적 동기에 입각해 일을 열심히 하기는 어렵다. 미국이나 일본과 같은 방식으로 일하면서 경쟁해야 한다면 연전연패할 수밖에 없어 절망적이다. 미국 같은 시장경제, 일본 같은 위계질서 확립을 발전의 전제조건으로 삼는다면 영구히 뒤떨어진다.

걱정이나 하고 있을 것은 아니다. 외부적 동기가 타당성이 없어 불신되는 바로 그 이유에서 자발적 동기가 밀려나지 않고 살아나 놀라운 기여를 한다. 미국이나 일본에서는 생각하지도 못하는 지름길을 찾아 세계사의 선두에 설 수 있다. 불행이 다행이게 하는 생극론의 이치가 여기서도 잘 나타난다.

신명풀이는 한국인만의 것이 아니다. 어느 나라의 누구든지 신명이 있고, 신명풀이를 한다. 한국인은 신명풀이에 남다른 열의가 있다. 사람의 마음에는 신명이 아닌 다른 성향도 얼마든지 있고, 사람의 마음을 드러내서 예술행위로 구현하고 철학사상에서 논의하는 방식도 여러 가지 선택 가능한 것들이 있다. 한국인의 예술행위나 철학사상에서는 신명이 특히 중요시된다.

신명풀이란 다시 말하면 "신명을 풀어내는 행위"이다. 안에 있는 신명을 밖으로 풀어내는 행위를 여럿이 함께 한다. 신명풀이는 신명을 각자의 주체성과 공동체의 유대의식을 가지고 발현하는 창조적인 행위라고 규정할 수 있다.

사람이 일을 해서 무엇을 창조하는 행위를 하는 것은 자기 내부의 신명을 그대로 가두어둘 수 없어 풀어내야 하기 때문이다. 그 점에서는 한풀이가 바로 신명풀이이고, 신명풀이가 바로 한풀이다. 신명을 풀어내는 과정과 사연이 바로 창조적인 행위이다. 창조적인 행위가 어떤 실제적인 이득을 가져오는가 하는 것은 나중에 판별할 문제이다.

신명풀이를 하는 동기는 각자 자기 신명을 풀기 위해서이다. 그점에 누구든지 개별적인 존재로서 주체성을 가진다. 그러나 신명풀이는 여럿이 함께 주고받으면서 해야 풀이를 하는 보람이 있다. 자기의 신명을 남에게 전해주고, 남의 신명을 자기가 받아들여, 두 신명이 서로 싸우면서 화해하고, 화해하면서 싸워야 신명풀이가 제대로 이루어지고, 그 성과가 더 커진다. 대립이 조화이고, 조화가 대립이며, 싸움이 화해이고, 화해가 싸움인 것이 천지만물의 근본이치인 것을 신명풀이의 행위에서 절실하게 경험한다.

신명풀이의 원리는 각자의 자발성과 주체성으로 창조가 발현된다는 것이다. 각자의 창조가 서로 만나 싸우고 모아져서, 대립이 조화이고 조화가 대립이며, 싸움이 화해이고 화해가 싸움임을 구현하는 것 자체가 창조이다. 예술창작, 철학사상, 사회조직, 생산활동 등에서 그런 원리가 구현된다. 그런 원리는 그 모든 영역에서 서로 같으면서 서로 다르다. 서로 같으므로 함께 논해야 하고, 서로 다르므로 각기 고찰해야 한다.

예술창작·철학사상·사회조직·생산활동이라고 열거한 것들 가운데 이번에는 철학사상부터 논의하기로 하자. 그 모든 영역에서 함께 인정되는 동일한 원리를 나는 생극론이라고 이름 지었다. 생극론은 탈춤으로 구현된 예술행위의 철학을 氣일원론에서 가져와서 오늘날의 시대적인 요구에 맞게 재창조한 창안물이면서 누구나 공유할 수 있는 공동의 자산이다. 생극론은 사상의 내용뿐만 아니라 사상을 만들고 전개하는 과정 또한 탈춤 방식의 관중의 참여로 이루어지고, 철학이면서 철학이 아닌 다면적인 특징을 지녀 인생만사를 다 다룬다.

그 가운데 문학사의 이론을 구체화하는 것은 나의 직접적인 소관사이고 저작권을 주장해야 할 범위로 삼으며, 그 밖의 여러 영역에 관한 더욱 광범위한 연구와 실천은 다른 분들의 소관으로 넘긴다. 그래서 하나이면서 여럿인 연구를 하나이면서 여럿인 작업으로 하자는 것이다. 예술창작·사회조직·생산활동의 당면과제를 전문적인 식견을 가지고 해결하는 구체화작업이 별도로 진행되어야 한다는 것을 강조하면서, 생극론의 총괄적인 관점에서 펼 수 있는 논의의 일단만 제시하고자 한다.

그런 원리를 구현하는 예술창작으로 지금은 영화가 가장 긴요하다. 카타르시스 영화가 세계를 제패하는 데 맞서서, 라사 영화가 독자적인 전통을 지키고 있는 노력에 자극을 받아, 생극론의 영화를 만들어야 한다. 그래야 영화전쟁에서 살아남을 수 있고, 문화제국주의 횡포를 제어하며, 인류문명을 더욱 다양하고 풍요롭게 가꾸어 가해자들마저 행복하게 할 수 있다.

사회조직에서도 구성원 각자의 내면적인 욕구를 발현하는 자발적인 창의력을 최대한 존중해야 한다. 규제를 푼다고 하는 소극적인 대책에서 한 걸음 더 나아가, 누구나 자기 행위의 최고책임자임을 명확하게 해야 한다. 작가의 신명풀이가 다른 사람들과의 공동작업에서 완수된다는 것을 믿고, 자발적인 협동이 자연스럽게 이루어지도록 해야 한다. 공동의 신명풀이를 위한 내심의 요구가 거대한 규모로 실현되면 생산활동을 더 잘하게 된다.

붙임

일본은 축제의 나라이다. 일본뿐만 아니라 세계 어디든지 야단스러운 축제가 있어 해방을 구가한다. 그런데 신명풀이가 억압되고 왜곡되어왔다고 말할 수 있는가? 신명풀이를 금지하면 반발이 생기기 때문에 시간과 장소를 정해놓고 허용하는 것이 공인된 축제의 일반적 특징이다. 일정한 순서에 따라 시작되고 끝나는 비정상적인 행사인 축제가 끝나면 정상인 생활로 되돌아가야 한다.

한류 공연은 기간이나 장소의 제한이 없고 순서를 갖추지도 않고 줄곧 진행되는 축제이다. 많은 사람이 모이는 야외 공연장이나 실내 극장에서만 놀이를 벌이지 않고, 한둘이 앉아 보는 텔레비전에서도, 혼자서 몰래 듣는 음악으로도 신명풀이의 즐거움을 제공한다. 축제 기간 동안만 예외적으로 허용되는 신명풀이를 일상생활의 통상적인 과정이게 하는 혁명을 진행한다.

그 의의를 밝히기 위해 위에서 펼쳐 보인 서론에 그치지 말고, 歐流·黑流·韓流를 비교해 고찰하는 연구를 본격으로 해야 한다. 구류나 흑류는 기존의 업적을 이용해 이해하면 되는 것은 아니고, 한류의 이론을 정립하면서 다시 고찰해야 한다. 많은 노력이 필요하고 오래 걸리지 않을 수 없는 작업을 하면서 자료와 사실에 매몰되지 않아야 한다. 세상은 볼 수 있는 것만큼 보인다고 다짐하면서 통찰력을 키워야 한다.

4. 상생하는 사회를 만들자

알림

서두의 글에서 말했다. 대한민국이 좋은 나라여야 통일된 조국 우리나라를 잘 만들 수 있다. 대한민국이 얼마나 좋은 나라인가? 좋지 못한 나라라고 해야 할 결함이 적지 않다. 결함을 찾아 진단하고 해결하기 위해 분투해야 한다. 이것은 통일운동으로서도 절대적인 의의가 있다.

앞에서 공동의 신명풀이를 거대한 규모로 하면 모든 일이 잘되리라고 하는 주장은 심각한 결함이 있다. 현실에서 당면하는 심각한 문제를 외면하는 지나친 낙관론이어서 그대로 받아들일 수 없다. 무엇을 어떻게 해야 하는지 구체적으로 고찰해야 실천 가능한 방안을 마련할 수 있다.

필요한 논의를 현실 인식에서 다시 시작한다. 〈동아시아인이 되자〉는 강연을 하러 울산에 갔다가 울산이 당면한 문제를 해결하는 방안에 대한 질문을 받았다. 울산이 공업도시로 성장하면서 삶의 질이 낮아지고 정신이 삭막해지며 사회적 갈등이 증폭되는 것을 어떻게 해야 하는가? 노동쟁의가 날로 격화되는 데 대한 대책은 무엇인가?

이것은 울산만이 아닌 전국의 문제이다. 전국의 문제가 울산에서 첨예하게 나타나고 있을 따름이다. 제기된 문제를 일거에 해결할 수는 없다. 바람직한 해결 방안이 무엇인지 토론을 거쳐 밝혀내고 실현을 위해 점진적인 노력을 하는 것이 마땅하다. 이 토론에 참가할 수 있는 자격을 나는 충분히 갖추지 못하고 있다. 사회문제에 관한 학문을 직접적으로 하고 있지 않기 때문이다.

그러나 한국의 시대가 오는가 하는 질문을 던지고는 정신적 자세에 관한 말만 하고 말 수는 없다. 올 것이 오도록 하려면 사회가 어떻게 달라져야 하는지 말해야 할 책임이 있다. 구체적인 실행 방안을 다 갖추지 못하더라도, 기본 방향이라도 제시해야 한다. 너무나도 무거운 과제에 조금 가볍게 접근하기 위해, 울산에서 강연할 때 질문에 대답한 말을 옮기고, 보충 논의를 하기로 한다.

공업도시로 성장하면서 정신이 삭막해지는 폐해를 시정하려면, 울산이 예술의 도시가 되어야 한다. 암각화, 처용무 이래의 오랜 전통을 이어 예술의 도시로 다시 태어나야 한다. 이렇게 하는 것을 광역시청의 기본 시책으로 삼고, 시민이 적극 호응해야 한다.

예술을 전문가의 예술로 폐쇄하지 않고, 시민의 예술, 노동자의 예술로 만드는 방안을 만들고 실천해야 한다. 다수가 향유뿐만 아니라 창작에서도 주체로 참여하는 미술, 음악, 연극 등의 활동을 권장하고 지원해야 한다. 또한 울산예술이 특수성과 함께 보편성도 풍부하게 지녀, 한국예술이고, 동아시아예술이며 세계예술이어야 한다. 예술의 도시를 선망해 멀리서도 찾아오게 해야 한다.

예술의 도시에 살면서 예술 행위에 참여하는 것을 자랑스럽게 여기면, 삶의 질이 높아지고 정신이 윤택해지고 사회적 갈등이 바람직하게 해결될 수 있다. 오랜 내력을 가진 탈춤이 이미 그랬듯이, 예술 작품이나 행위에서 상극이 상생이고 상생이 상극임을 체험하면 현실 문제 해결을 위해 큰 도움이 된다. 울산의 모든 문제·고민·갈등·싸움을 한데 집어넣어 녹이는 용광로 노릇을 하는 신판 탈춤을 거대한 규모로 만들어 온 시민이 신명풀이를 함께 하는 것이 바람직하다.

절박한 현실

위에서 든 것과 같은 말만 하고 말면 문학이나 예술이나 아는 사람이 능력을 넘어선 문제를 다룬다는 핀잔이나 듣는다. 예술에서 치유 방법을 찾을 수 없을 만큼 사태가 심각한 것을 직시해야 한다. 강연장에서 받은 질문에 적당히 어물쩍 대답하고 물러서려고 하지 말고, 거대한 현실이 직접 제기하는 질문을 온몸으로 받아들여 대답을 찾기 위해 분투를 해야 한다.

2016년 7월 19일 현재 울산의 현대자동차와 현대중공업이 연대파업을 한다는 소식이다. 요구 조건은 임금인상, 노조원 자녀 우선 채용, 노조원 해외연수이다. 현대자동차 노조가 4시간 파업을 하면 자동차 2천여 대 이상을 만들지 못해 400억원 이상의 손실이 생긴다고 한다.

파업을 강행하면 노조가 이겨 요구조건을 관철하는 것이 예사이다. 현대자동차 같은 대기업의 정규직 노조원은 이미 고소득자이고 갖가지 혜택을 누리고 있는데, 투쟁으로 이득을 확대한다. 회사의 손해를 걱정하는 것만이 이 말을 하는 이유는 아니다. 다른 쪽의 사정도 생각해야 한다.

문제는 능력이 모자라는 회사, 대기업이 아닌 중소기업, 정규직이 아닌 비정규직에 있다. 현대자동차 정규직 노조의 빛나는 승리는 노동계의 강자와 약자 사이의 격차가 더욱 벌어지게 한다. 대기업과 중소기업, 노조원과 비노조원, 정규직과 비정규직은 처지가 너무 달라 강자의 성공을 부러워하는 쪽은 더욱 비참해진다. 억울하면 출세를 하라고 할 것은 아니다.

노동자가 파업권을 가지고 권익을 쟁취하는 것은 정당하다. 이것은 사회주의의 발상이다. 능력이 앞서면 경쟁에서 이겨 얼마든지 이익을 확대할 수 있다. 이것은 자본주의의 원리이다. 사회주의적 발상에 근거를 둔 노동자의 파업권을 자본주의적 경쟁을 해서 이익을 확대하는 방식으로 사용하는 것은 자기모순이다. 납득할 수 없는 기만이고, 용납할 수 없는 배신이라고 해도 지나친 말이 아니다.

노동자의 파업권을 이득 확대를 위한 경쟁력으로 사용하지 말고 경쟁에서 밀려 박탈감을 지니는 쪽과 연대해 사회 전체에 유익하게 행사해야 한다. 이것은 노동문제는 勞使 문제라고 생각하면 있을 수 없는 말이다. 그러나 이제 일부의 노동자는 사회적 강자가 되어 노동문제가 노동자와 사회의 문제, 약칭하면 勞社 문제로 변모되고 확대되었다.

노사勞使·노사勞社 문제를 바람직하게 해결하려면 당사자들이나 일반 국민이 생각을 바꾸어야 한다. 이런 글을 많이 써서 깨우쳐주면 되는 것은 아니다. 제기되는 문제를 성과 있게 해결하는 방안을 찾아 필요한 제도를 만드는 것이 바람직하다. 지금 노동위원회가 하는 일을 더욱 확대해 맡을 노동법원을 신설하고, 배심원에 해당하는 민간인 노동위원들을 수시로 선발해 활동하게 하는 것이 필요한 대책이다.

이렇게 하는 것과 병행해 노동 문제에 대한 근본적인 재검토가 필요하다.

논란의 심화

사회주의적 노동권의 이론적 근거를 마련한 마르크스는 말했다. 노동은 생산을 해서 가치를 창출하는 유일한 행위이다. 노동자가 노동력을 상실하지 않고 노동을 계속하도록 하는 필수 부분을 제외한 나머지 잉여가치를 자본가가 착취하지 못하게 노동자는 단결해 투쟁해야 한다. 이 주장을 다소 완화한 형태로, 이념과 체제의 차이를 넘어서서 모든 선진국에서 받아들여 제도화하는 대열에 한국도 참여하고 있다.

마르크스가 말한 것은 고전적 잉여가치론 또는 노동가치론이다. 문자 그대로 따르면 기이한 결과가 나타난다. 중국에서는 이발사를 뇌수술을 하는 의사보다 우대한다고 한다. 이발사는 노동자여서 존중하는 것이 당연하고, 뇌수술을 하는 의사는 이른바 인텔리이니 대우를 낮추어야 한다는 것이 그 이유이다. 숙련 과정, 노동의 강도, 가치 창출의 정도를 모두 무시하고 단순한 구분을 하니 그렇게 된다.

중국은 사회주의 국가라 그런 일이 벌어진다고 웃고 말 것은 아니다. 한국에서도 한국정신문화연구원(지금의 한국학중앙연구원)을 만들면서, 기능직을 우대해야 한다고 관사를 지었다. 건물을 돌보고 보일러나 자동차 같은 기계를 만지는 기능직은 노동자이니 연구직은 바랄 수 없는 주택을 제공하는 것이 마땅하다고 했다. 연구기관에서는 연구직이 노동을 하고 생산을 한다는 것을 무시한 본말전도의 처사이다.

고전적 잉여가치론 또는 노동가치론을 그대로 이어받지 말고, 노동, 생산, 가치 등의 개념을 전면적으로 재검토해야 한다. 육체노동이라야 노동이라고 하는 것은 잘못되었다. 육체노동과 육체노동이 아닌 다른 노동의 구분은 무의미하다. 사람이 하는 모든 활동은 무엇이든 생산을 가져오고 가치를 창출하면 노동이다.

학자인 나는 이론을 생산하는 노동을 하고 있다. 물건을 생산하는 행위는 노동이고, 이론을 생산하는 행위는 노동이 아니라고 하는 것은 잘못이다. 물건이나 이론은 노동으로 생산하는 유용한 재화인 점에서 차이가 없다. 이론은 책과 같은 물건으로 나타나기도 하고 물건을 생산하는 원리나 방법을 제공하기도 한다. 이론생산 노동자도 노동 조건 개선을 요구할 수 있는 권리가 있다. 노동에 직접적으로 소요되는 비용을 임금에 포함시켜 임금이 많은 것처럼 보이게 하는 것이 부당한 기만이므로 시정해야 한다.[8]

오늘날에 와서는 컴퓨터 화면을 들여다보고 무엇을 지어내고 만들어내는 것이 생산 효과와 가치 증대에서 가장 많은 성과를 올리는 노동이다. 이것을 사이버노동이라고 하자. 사이버라는 말이 널리 쓰이고 국어사전에도 올라 있어, 우리말로 인정하기로 한다. 수많은 사람이 이 시간에도 사이버노동을 하고 있다. 내가 이 글을 쓰고 있는 것도 사이버노동이다. 사이버노동에 모든 연구 개발이 포함된다. 현대자동차도 현대중공업도 사이버노동에 힘입어 생산을 확대하고 수익을 증가한다. 사이버노동이 제조업이나 유통업을 선도하고 있다. 사이버노동은 勞使·勞社 관계를 크게 바꾸어놓는다. 종래의 개념으로는 이해하고 대처할 수 없는 사태가 벌어진다. 사용자와 노동자, 작업장과 사회, 조직과 개인, 직업인과 실직자, 노동과 취미 생활, 생산

---

8) 《인문학문의 사명》(서울대학교출판부, 1997), 194~197면에서 이에 관해 고찰했다. '정액연구비'를 임금에 포함시켜 지급하는 것이 잘못임을 비판했다. 물건 생산에 직접 소요되는 비용을 노동자의 임금에 포함시켜 지급하는 것과 같은 부당한 처사를 하면서 교수는 많은 임금을 받는 듯이 보이게 하고, 연구비를 연구에 사용하지 않고 생계비로 써서 유용하도록 유도하는 이중의 잘못이 있다고 했다.

과 소비, 국내와 국외의 구분을 모호하게 한다. 다툼이 일어나면 해결하는 방법이 단순하지 않고, 제도나 법이 미비하다.

사이버노동자도 단결과 권익 옹호를 위한 조직이 필요하다. 재래의 노동자만 노동자라고 하고 사이버노동자는 제외하는 노동조직은 부당하다. 사이버노동까지 포용하려면 종래의 노동조합과는 다른 조직을 만들어야 한다. 이에 대한 연구를 해서 법제화하는 작업을 노동법원을 신설하고, 배심원에 해당하는 민간인 노동위원들을 수시로 선발해 활동하게 하는 것과 병행해서 해야 한다.

상극이 상생이게

소고기 수입, 방폐장 설치, 세월호 침몰, 노동법 개정 같은 것들을[9] 둘러싸고 견해차가 커지고 시위가 격화되는 것이 심각한 문제이다. 논란이 벌어지고 시위가 일어나는 것은 나무랄 일이 아니고 당연하고 바람직하다. 그 양상이 지나쳐 폭력으로 치닫고 시간을 끄는 것 외에는 해결책이 없는 것이 걱정이다. 나라가 흔들리기까지 하니 그대로 두고 볼 수 없다.

잘못되고 있는 직접적인 이유는 둘이다. 저의가 의심스럽거나 전문성 부족이 이유가 되어, 정부가 불신을 받고 있으면 무슨 말을 해도 받아들이지 않으려고 한다. 불신을 이용해 괴담이 생겨난다. 전문적 시위꾼이 아닌지 의심되는 집단이 당사자들보다 먼저 나선다. 그래서 시위가 걷잡을 수 없이 격화되어 폭력이 오간다. 공론을 도출하

---

9) 원자력발전의 지속 여부는 이에 해당하지 않는다. 대립 관계에 있는 당사자들끼리 토론해 타협점을 찾으면 문제가 해결될 것은 아니기 때문이다. 일반인이 결정에 관여하기에는 너무 전문적인 문제이므로, 해당 분야 학자들에게 맡겨야 한다. 한 번 해결하면 될 일이 아니고, 항구적인 대책이 필요하다. 에너지 개발 전반을 담당하는 국립연구소를 설치해 지속적인 연구를 근거로 장기계획을 수립해 추진해야 한다.

는 토론은 밀어내고, 극단론을 내세워 목청을 높인다. 지금 내가 하고 있는 말도 내용의 타당성 여부와는 무관하게 어느 편인가를 가려 원색적인 비난의 대상이 될 수 있다.

입법부가 할 일을 하지 못하는 것이 다음에 들어야 할 이유이다. 여야가 대치로 일관하면서, 표를 생각하는 계산에 사로잡혀 사태를 악화시킨다. 국회선진화법이라는 것 때문에 국회의 기능이 거의 마비되기도 한다. 마땅한 해결책을 내놓지 못하다가 타협을 지나치게 해서 효력을 상실한 결의나 한다. 국회가 국회의원 자신들의 사사로운 필요성, 좋게 말하면 복지, 나쁘게 말하면 이권을 위해 존재하는 기관처럼 되어간다. 특권을 없애고 세비를 대폭 감축해야 한다는 주장이 지지를 얻는다.

언제까지나 이럴 수는 없다. 정부가 신뢰받아야 하고, 여야 사이의 중도 세력이 성장해야 한다. 국회 의결 방식이 정상화되고 의결 결과가 존중되어야 한다. 행정부나 입법부가 정상화되어 유능하게 활동해도 감당하기 무거운 짐이 적지 않다. 이 짐을 사법부가 나누어 맡는 것이 바람직하다고 생각하고, 제도 개선책을 내놓는다. 국민의 정치 참여가 사법부를 통해서도 이루어지게 하자고 제안한다.

모든 문제 해결을 최종적으로 담당하는 헌법재판소는 신뢰를 받고 있어 큰 다행이다. 그러나 감당할 수 있는 능력이 모자라고 판결이 있기까지 너무 오랜 시간이 소요되어 효력이 감소된다. 헌법재판소에 배심원을 두는 것을 제안한다. 배심원단이 공청회를 벌여 토론해 얻은 결과를 심의해 헌법재판소에 제출하면 판결 자료로 삼고서 판결을 빨리 내릴 수 있게 하자. 노동법원의 배심원도 같은 방식으로 선임하고 활동해야 하므로 함께 고찰한다.

정부가 하는 공청회는 설득과 회유를 위한 절차라고 여겨 거부된다. 시작도 하지 못하고 마는 것을 흔히 본다. 짜고 치는 고스톱에는 참가하지 않겠다는 것이다. 노동법원이나 헌법재판소는 객관적인 제삼자라고 인정되고 정부 이상의 결정권을 가지지만 공청회를 스스로 개최하는 것은 적합하지 않다. 배심원을 선정해 공청회를 열게 하는 것이 바람직하다.

배심원은 사안에 따라 수시로 선정하고, 연임하지 않는다. 전문가 집단에서 몇 명, 일반 국민 가운데 몇 명을 추첨해 선임한다. 선임된 사람은 법원이 인정할 만한 특별한 사유가 있지 않으면 선임을 거부할 수 없다. 배심원은 생업에 지장이 있는 손실을 충분히 보상하는 보수를 받는다. 배심원들의 호선으로 의장과 서기 몇 명을 선출하고, 의장과 서기는 직책 수당을 추가해 받는다. 법원 직원 약간 명이 실무를 돕고, 의견은 진술하지 않는다.

토론할 문제를 명시해 공청회를 공고하고 참가해 발언할 사람을 모은다. 상반된 주장을 할 발언자가 고루 등장하도록 배려해 초청자를 추가할 수 있다. 일반 청중의 즉석 발언도 허용한다. 공청회 장소는 교통이 편리하고 넓은 곳이 좋다. 되도록 많은 사람이 모일 수 있게 해야 한다.

장외 시위를 허용한다. 언성을 높여 격렬하게 발언해도 말리지 않고, 어느 정도의 언어폭력도 묵인한다. 흥분해 졸도하는 사람이 있을 수 있어 구급차를 대기시킨다. 하고 싶은 말을 다하면서 끝장 토론을 한다. 밤을 새울 수도 있고, 며칠 계속될 수도 있다. 상극이 최고조에 이르러 정점을 찍어야 상생이 바람직하게 이루어지는 원리를 실행한다. 진행 상황을 텔레비전으로 중계한다. 전 과정을 다 보여주는 방송도 있어야 한다.

토론이 끝나면 배심원들이 평결을 한다. 합의를 할 수도 있고, 견해차를 명시할 수도 있다. 그 결과를 내용 서술과 함께 법원에 제출한다. 법원에서는 당사자들을 다시 부르지 않고 배심원단의 평결을 자료로 삼아 판결을 한다. 배심원단의 평결과 다른 판결을 할 때에는 이유를 명시해야 한다. 배심원이 판결에 참여하기까지 하는 參審 제도를 만들 것인가는 연구할 과제이다.

이렇게 하는 전례가 어느 나라에 있는가 묻지 말자. 사이버노동에서 이미 우리가 가장 앞서고 있다. 전례가 없는 창조를 할 수 있는 열정과 능력이 있다. 나라 전체에서 모든 사람이 거대한 신명풀이를 하자. 요란하게 다투면서 상극을 키워 놀라운 상생을 이룩하자.

붙임

위의 논의는 한국이 당면한 어려움을 해결하자는 데서 시작해 학문 혁명을 요구하는 데까지 이르렀다. 스미스(A. Smith) 이래의 경제학, 콩트(A. Comte) 이래의 사회학을 통합하고 혁신한 마르크스(K. Marx)의 사회경제학을 넘어서서 한 단계 더 나아간 학문을 해야 한다. 다면적인 사회현상을 넓게 포괄하면서 상생이 상극이고 상극이 상생임을 분명하게 하는 작업을 세계 전역에서 진행해야 한다.

이런 학문은 아직 이름이 없다. 경제학, 사회학, 정치학, 법학, 심리학, 역사학, 철학, 미학 등을 각기 일컫는 말은 모두 적합하지 않고, 사회경제학, 정치철학, 역사심리학, 정치경제미학, 사회심리정치학, 경제정치법학역사학, 사회학정치학법학심리학미학 등의 용어를 쓰거나 만들어도 역부족이다. 모든 영역의 문제를 함께 다루니 총체학이라고 부를 수밖에 없다. 총체학이라고 해서 무엇이든지 보태기만 하면 되는 것은 아니다.

총체학이 총체학이려면 마땅한 원리를 갖추어야 한다. 體用論을 다시 활용하면서 말해보자. 그 體는 상생이 상극이고 상극이 상생임을 분명하게 하는 철학이어야 하고, 그 用은 한없이 넓어 모든 학문이 해온 작업을 다 포괄해야 한다. 이런 것이 가능한가? 선례가 있는가? 우선 이런 의문이 제기된다. 體用을 제대로 갖춘 총체학이 어느 정도 힘이 있는가? 이것이 다음에 제기되는 의문이다. 지금 우리

가 그런 것을 만들 수 있는가? 어떻게 만들면 되는가? 질문이 여기
까지 나아간다.

제2장

교육의 근본을
다져야

1. 고전의 유산을 이어받자

서두의 글에서 창조력을 기르는 교육을 하려면 교과서가 없어야 한다고 했다. 교과서 하나만 공부하지 말고, 학생들이 스스로 문제를 제기하고 문제와 관련된 많은 책을 선택해 읽고 교사와 함께 토론하는 방식으로 수업을 진행해야 한다고 했다. 이렇게 하려면 좋은 책이 있어야 한다.

출판사에서 스스로 투자해 내놓은 책에도 좋은 것들이 많이 있다. 그 가운데 필요한 것들을 선정해 읽어도 된다. 그러나 수업에서 다룰 만한 좋은 책이 크게 모자라, 시정하는 방책이 필요하다. 나라에서 힘써서 교육에 필요한 좋은 책이 많이 나올 수 있게 해야 한다.

한국고전에 대한 책은 특히 미비하다. 오늘날 독자가 읽을 수 있게 출판된 것이 많이 모자란다. 아주 소중한 책이 고서로만 존재한다. 출판된 것들도 대부분 원문 해독이나 현대화가 제대로 되어 있지 않다. 이런 결함을 민간출판사가 알아서 시정하라고 하는 것은 무리이다. 나라에서 돈을 내서 힘을 보태야 하는데, 그 방법이 문제이다. 한국고전 가운데 좋은 것을 골라 외국어로 번역하는 사업에 대해서는 관심을 가지면서, 국내 출판문제는 생각하지 않으니 많이 잘못되었다.

2007년 5월 15일 계명대학교 한국학연구원이 "한국학 고전자료의 해외 번역: 현황과 과제"라는 학술회의를 개최했다. 나는 기조발표를 맡아 해외 번역을 추진하기 전에 대표적인 고전을 선정하는 것이 더욱 긴요한 과제라고 했다. 기조발표 원고가 〈한국의 고전에서 무엇을 찾을 것인가〉, 《한국학 고전자료의 회외 번역: 현황과 과제》(계명대학교출판부, 2008)이다. 그것을 《세계·지방화시대의 한국학 10 학문하는 보람》(계명대학교출판부, 2009)의 〈최근에 다시 한 시도〉에 재수록했다.

2017년 5월 25일에 국회에서 국회의원 및 사무처 직원들을 대상으로 한국고전에 대한 강연을 해달라는 부탁을 받고 기존의 원고를 재활용하면서 고전의 선정, 출판, 보급 등에 관한 건의를 첨부했다. 국회의원들에게 말할 수 있는 좋은 기회여서 국가의 문화사업 진행 방법에 관한 전반적인 의견도 말했다.

〈붙임〉에서 한 말은 2008년의 출판에는 있었는데, 다시 내놓을 만한 가치가 없다고 여기고 2009년의 출판에서는 빼버렸다. 다시 생각하니 무시할 것은 아니다. 한국문학번역원이라는 국가기관이 일을 망치고 있는 것을 알릴 필요가 있다. 고전 선정이 얼마나 잘못될 수 있는지, 나라 일을 어느 정도 망칠 수 있는지 말해주는 자료여서 다시 내놓는다.

고전이란 무엇인가?

고전이란 무엇인가? '古典'은 '古'와 '典'의 두 가지 특징을 가진 저작이다. '古'는 오래되었다는 뜻이다. '典'은 모범이 된다는 뜻이다. 오래되고 모범이 되는 두 가지 조건을 함께 갖춘 저작이 고전이다.

모범이 된다는 것은 지속적인 가치를 가진다는 말이다. 시대의 한계를 넘어서서 계속 평가되어야 고전이다. 평가되는 기간이 오랠수록, 평가가 높을수록 상위의 고전이다. 그러나 그 과정은 단순하지 않다. 시대가 바뀌면 평가가 달라질 수 있다. 모르고 있던 것을 찾아내 대단하게 여길 수도 있다.

한국의 고전에는 어떤 것들이 있으며, 무엇을 높이 평가해야 하는가? 이 질문에 대한 대답은 어느 시기의 평가를 들어 말하는가에 따라 달라진다. 19세기까지는 한문 저작이라야 고전일 수 있고, 한문 글쓰기를 동아시아의 보편적인 규범에 맞게 잘한 작품이 높은 평가를 얻었다. 국문 작품도 평가해야 한다는 주장은 받아들여지지 않았다.

20세기에는 고전을 평가하는 기준을 동아시아의 보편주의에서 한국의 민족주의로 바꾸었다. 한문 저작은 글쓰기 기법이 아닌 내용으로 평가해, 민족의 삶이 훌륭했다고 하는 것들이라야 고전으로 지속될 수 있다고 했다. 국문으로 쓴 글은 모두 민족문화의 발전을 입증하는 의의가 있다고 하면서 언어 표현이 뛰어난 것들을 우선적으로 평가했다.

20세기말에 한 작업을 발전시켜 21세기에는 고전 평가에 새로운 기준이 필요하다고 나는 주장한다. 하나는 고전일 수 있는 범위를 확대하는 것이다. 또 하나는 지향하는 가치를 다시 설정하는 것이다. 두 가지 전환을 거쳐 한국 고전 재평가를 적극적으로 시도해야 한다. 20세기까지의 기준으로 평가한 고전을 현대화하고 외국어로 번역하는 데서 한국은 이웃 나라들보다 뒤떨어졌다. 그렇기 때문에 방향 전환에서 앞설 수 있다.

고전의 범위를 넓히자. 고전일 수 있는 저작이 종이에 글을 쓴 책이기만 한 것은 아니다. 종이를 사용하지 않은 금석문, 글을 사용하지 않은 구비전승도 고전일 수 있다. 구비전승을 행위전승과 함께 이해하고 평가하는 것이 마땅하다.

목표를 다시 설정하자. 한국의 민족문화가 그 자체로 소중하다고 여기는 데 머무르지 말고, 동아시아 또는 세계 전체의 보편주의 가치관을 이룩하는 데 기여하는 바를 소중하게 여기자. 누구나 소망하는 바람직한 미래를 이룩하는 구체적인 방법을 찾아내는 것을 소중한 과업으로 삼자.

고전 목록 작성

한국 고전 해제본과 출간본을 들면 다음과 같은 것들이 있다.

(가) 동아일보사 편, 《한국의 古典百選》, 동아일보사, 1969

(나) 고려대학교 교양학부 편, 《한국의 고전》, 일신사, 1970

(다) 독서신문사 편, 《한국 고전에의 초대》, 독서신문사, 1972

(라) 《한국의 사상 대전집》, 동화출판공사, 1972

(마) 《한국명저대전집》, 대양서적, 1972-1973

(바) 《한국고전문학전집》, 고려대학교 민족문화연구원, 1993-

(사) 성균관대학교 인문과학연구소 편, 《교양고전 100선 해제》, 성균
관대학교출판부, 1995

다룬 수를 보면, (가) 100편, (나) 14편, (다) 49편, (라) 24권
(마) 35권, (바) 36권, (사) 세계 전체의 100편 가운데 한국 것 24
편이다. (라)·(마)·(바)에는 한 권에 몇 편씩 들어간 것도 있다.
(바)는 계속 간행된다. (가)를 기본으로 삼고 다른 것들을 참고하면
서 목록을 다시 작성하기로 한다. 100이 적절한 숫자이다. 고전 100
선을 다시 만들기로 한다.

얻은 결과를 성격에 따라 분류한다. (가) 한문본 고전, (나) 국문
본 고전, (다) 구전 고전으로 나눈다. 한문본과 국문본이 다 있는 것
은 국문본에 넣는다. (가)는 (가1) 금석문, 역사서, 실기, (가2) 철
학, 사상, (가3) 실용서, (가4) 문학으로 나눈다. (나)는 (나1) 실기,
편지, (나2) 시가문학, (나3) 서사문학으로 나눈다. 동일 학문 안에
들어가는 저작은 시대순으로 배열한다. 다양한 저작을 남긴 사람은
여럿을 살펴야 하므로 대표작을 들고 "外"라는 말을 붙인다.

(가) 한문본

(가1) 금석문, 역사서, 기행, 실기

〈廣開土大王陵碑〉

眞興王 巡狩碑 〈黃草嶺碑〉 外

〈聖德大王神鐘銘〉

慧超 〈往五天竺國傳〉

金富軾 〈三國史記〉

一然 〈三國遺事〉

申叔舟 〈海東諸國記〉

崔溥 〈錦南漂海錄〉

金淨 〈濟州風土錄〉

李舜臣 〈亂中日記〉

柳成龍 〈懲毖錄〉

姜沆 〈看羊錄〉

羅萬甲 〈丙子錄〉

韓致奫 〈海東繹史〉

柳得恭 〈京都雜誌〉

洪錫模 〈東國歲時記〉

朴淙 〈白頭山游錄〉 外

劉在建 〈里鄕見聞錄〉

金河洛 〈陣中日記〉

朴殷植 〈韓國痛史〉

(가2) 철학, 사상

元曉 〈金剛三昧經論〉

義湘 〈華嚴一乘法界圖〉

知訥 〈修心訣〉

鄭道傳 〈朝鮮經國典〉外

徐敬德 〈論說選〉

李滉·奇大升 〈論四端七情書〉

李珥 〈論說選〉

休靜 〈禪家龜鑑〉

鄭齊斗 〈論說選〉

柳馨遠 〈磻溪隧錄〉

李瀷 〈星湖僿說〉

任聖周 〈論說選〉

洪大容 〈論說選〉

朴齊家 〈北學議〉

丁若鏞 〈牧民心書〉外

崔漢綺 〈氣學〉外

崔濟愚 〈東經大全〉

柳麟錫 〈宇宙問答〉

(가3) 실용서

世宗 〈訓民正音〉

成俔 〈樂學軌範〉

許俊 〈東醫寶鑑〉

洪萬選 〈山林經濟〉

李重煥 〈擇里志〉

正祖 命撰 〈武藝圖譜通誌〉

成周悳 〈書雲觀志〉

朴一源 〈秋官志〉

柳僖 〈諺文誌〉

徐有榘 〈林園十六志〉
趙斗淳 〈大典會通〉
李濟馬 〈東醫壽世保元〉

(가4) 문학

崔致遠 〈作品選〉
李奎報 〈作品選〉
金克己 〈作品集〉
冲止 〈作品集〉
李穡 〈作品集〉
李齊賢 〈作品選〉
金時習 〈金鰲新話〉 外
權鞸 〈作品集〉
朴趾源 〈熱河日記〉
李鈺 〈作品集〉
金鑢 〈作品集〉
申緯 〈作品選〉

(나) 국문본

(나1) 편지, 실기, 역사

蔡無易 아내 順天金氏 무덤에서 나온 편지
郭澍 아내 晉州河氏 무덤에서 나온 편지
南平曺氏 〈丙子日記〉
韓山李氏 〈苦行錄〉
惠慶宮 洪氏 〈閑中錄〉

柳義養 〈남해문견록〉, 〈북관노정록〉

洪大容 〈乙丙燕行錄〉

廣州李氏 〈閨恨錄〉

柳寅植 〈大東史〉, 〈大東詩史〉

申采浩 〈朝鮮上古史〉

金九 〈白凡逸志〉

(나2) 시가문학

新羅 鄕歌, 均如 〈普賢十願歌〉

鄭麟趾 外 〈龍飛御天歌〉

世宗 〈月印千江之曲〉

〈樂章歌詞〉

鄭澈 〈松江歌辭〉

尹善道 時調

金天澤 〈靑丘永言〉

金仁謙 〈日東壯遊歌〉

李運永 부자의 가사 〈순창가〉 외

具康 가사 〈북새곡〉 외

漢山居士 〈漢陽歌〉

李世輔 시조집 〈風雅〉

金中建 〈笑來集〉

(나3) 서사문학

許筠 〈洪吉童傳〉 外

金萬重 〈九雲夢〉

〈彰善感義錄〉

〈趙雄傳〉

〈沈淸傳〉

〈春香傳〉

〈興夫傳〉

〈靑邱野談〉

南永魯〈玉樓夢〉

〈泉水石〉

〈報恩奇遇錄〉

〈玩月會盟宴〉

(다) 구전

제주도 당본풀이 〈송당본향당본풀이〉 외
탈춤 〈봉산탈춤〉 외

논의의 심화

위의 목록에 있는 100편의 고전 가운데 10편을 택해 서두에서 말
한 새로운 가치를 어떻게 발견하고 평가하는지 논의하기로 한다. 균
형을 고려한 선택이지만, 새로 발견된 것들이 많이 들어간다.

〈聖德大王神鐘銘〉
一然 〈三國遺事〉
朴淙 〈白頭山游錄〉 外
崔漢綺 〈氣學〉 外
郭澍 아내 晉州河氏 무덤에서 나온 편지
具康 가사 〈북새곡〉 외
李世輔 시조집 〈風雅〉

金中建 〈笑來集〉

〈報恩奇遇錄〉

제주도 당본풀이 〈송당본향당본풀이〉 외

〈聖德大王神鐘銘〉: 현재 국립경주박물관에 있는 성덕대왕신종(771)
은 널리 알려지고 높이 평가되고 있다. 기술과 미술 양면에서 뛰어난
가치를 가진다고 거듭 밝히는 연구가 이루어졌다. 종에 새겨놓은 명
문이 또 하나의 소중한 문화재이고 최고의 문학작품이라는 사실은
무시되어 재인식이 요망된다. 신라가 삼국통일을 이룩한 자부심을 드
높여 바람직한 질서를 구현하고자 하는 이상을 나타낸 말이 오늘날
의 상황에서 새삼스러운 의의를 가진다.

산문으로 쓴 序에서는 눈으로 볼 수 있고 귀로 들을 수 있는 것
들의 한계를 넘어서 있는 궁극의 진리를 깨닫게 하려고 종소리를 듣
게 한다고 했다. 보이고 들리는 세계에서는 설사 대립과 갈등이 심각
하다고 해도 궁극의 질서는 온전하다고 했다. 네 자씩 짝을 맞추어
율문을 만든 銘에서는 자랑스럽기 이를 데 없는 나라가 "合爲一鄕"을
이룩해서 더욱 빛난다고 했다. 신라가 백제와 고구려를 아우른 것이
정복이 아니고 통일임을 분명하게 하고, 통일된 조국의 미래를 위해
필요한 각오와 다짐을 말했다. 나라 구석까지 성스러운 교화를 펴 모
든 것이 새롭게 뻗어나가게 하고, 다시는 흔들리지 않을 질서를 기반
으로 만대의 번영을 누리자고 했다.

글을 지었다고 밝혀 놓은 金弼奧(김필오)는 육두품이다. 최대의 포
부를 갖추어 국가 이념을 다시 선포하는 문장을 최고관직의 진골이
아닌 하위직의 전문가가 맡아 짓도록 했다. 그런데도 이름을 새겨놓
아 시대가 달라진 것을 보여준다. 종의 내력에 관한 전설도 있다. 종
을 만드니 시주하라고 다니는 승려에게, 혼자 사는 가난한 여인이 아
무 것도 없으니 자기 딸 봉덕이나 줄까 하고 농담했다. 종을 몇 번

만들어도 울리지 않아 그 탓이라고 했다. 딸을 데려가 쇳물 가마에 넣고 다시 만들었더니 소리가 났다고 한다. 국가에서 만든 종, 육두품 문인이 쓴 문장, 민중이 지어낸 전설이 각기 그것대로 소중한 의의를 지니고 상극하면서 상생하는 관계를 가졌다.

한문은 산스크리트, 아랍어, 라틴어 등과 함께 중세문명의 공동문어였다. 공동문어를 이용해 자국의 위업을 자랑하는 금석문은 어느 문명권에나 있었다. 산스크리트문명권의 크메르와 함께 한문문명권의 한국이 최상의 본보기를 보여주었다. 국가의 위업을 자랑하는 금석문을 중국보다 먼저 한국에서 더욱 풍부하고 다채롭게 이룩했다. 〈廣開土大王陵碑〉, 〈眞興王巡狩碑〉, 〈성덕대왕신종명〉, 이 세 대표작에서 사실 위주의 비문에서 상징을 중요시하는 비문으로 이행한 과정을 확인할 수 있다. 사실은 그 자체로 소중할 따름이고, 상징은 시대를 넘어선다.

一然, 〈三國遺事〉: 일연(1206-1289)의 〈삼국유사〉에 관해서는 이미 많은 논의가 있었으나 새로운 이해가 필요하다. 〈삼국유사〉의 기본특징은 정통사서인 〈삼국사기〉에 맞선 대안사서라고 규정하는 것이 마땅하다. 유교사관을 불교사관으로 바꾸어놓았다고 하고 말 것은 아니다. 역사 이해의 기본 개념을 道義에서 神異로 바꾸어 민족의식과 민중사상을 존중하는 새로운 보편주의를 추구했다고 평가해야 마땅하다. 도의는 행동을 제약하고 변화를 거부한다. 신이는 생각을 열어주고 비약을 마련했다.

동아시아 다른 나라에서도 대안사서라고 할 것들을 이룩했으나, 〈삼국유사〉처럼 수준 높은 원리를 갖추지는 못했다. 신기한 사건에 관심을 가진 것들은 역사서로 평가하기 어렵다. 불교사서는 불교의 연원과 직접 연결되어 자국의 국왕이 신성하다고 하는 것이 상례인데, 〈삼국유사〉는 견해가 다르다. 기독교의 자국사도 비교 대상으로 삼은 결과, 보편주의와 민족주의를 함께 갖추는 작업은 문명권 중간부에서 할 수 있었음을 널리 확인할 수 있다. 그런 과업을 〈삼국유사〉에서 모범이 되게 수행했다.

보편종교 이전의 민족사와 그 이후의 문명사를 연결시켜 이해하는 것이 비교 대상으로 삼은 여러 역사서의 공통된 과업이고 고민이었다. 민족사의 독자적인 위업과 문명사의 보편적 가치를 어느 한쪽으로 치우치는 관점에서 합치려고 하거나 병존시키는 것이 예사인데, 〈삼국유사〉는 한 걸음 더 나아갔다. 민족문화의 자랑인 신이가 보편종교에서 추구하는 이상과 둘이면서 하나이고 하나이면서 둘이라고 하는 논리를 마련했다.

국가의 내력을 다룬 역사서는 모두 통치자의 행적을 칭송했다. 보편종교 신앙이 더욱 빛나는 위업을 이룩하게 해주었다는 것이 흔한 주장이다. 오직 〈삼국유사〉만은 통치자가 아닌 사람들도 다수 등장시키고, 정치의 범위에서 벗어나 삶의 의미를 다양하게 살폈다. 이른 시기의 위대한 군주뿐만 아니라 무명의 승려나 하층 민중도 신이를 발현할 수 있어 새로운 가능성을 가진다고 했다. 누구나 자기에게 잠재되어 있는 신이를 알아차리고 각성의 주체가 될 수 있다고 하는 보편적인 원리를 제시했다.

朴淙, 〈白頭山游錄〉 外: 기행문은 국토 인식의 확대와 정신사의 변모를 함께 말해준다. 한국인은 산을 숭앙하고, 명산을 찾아 정신의 고향으로 삼아왔다. 고려후기에는 금강산에, 조선전기 영남의 사림파는 지리산에 특별한 애착을 가졌다. 그러나 백두산은 멀고 험한 산이어서 가기 어려웠다. 멀리서 바라보면서 글을 짓는 것이 예사였다.

申光河의 〈白頭錄〉처럼 산에 올라 지은 기행시도 있었다. 백두산에 올라갔다 와서 지은 기행문은 시만큼 많지 않다. 1712년(숙종 38)에 청나라와의 경계비를 세우는 일에 참가한 朴權은 〈北征日記〉

에서 백두산 일대를 둘러본 소견을 적었다. 백두산에 오른 유람 기행
문은 徐命膺(서명응)의 〈遊白頭山記〉에서 비롯했다.

박종(1735-1793)의 〈백두산유록〉은 백두산 기행문 가운데 특히
풍부한 내용을 갖추었다. 1764년(영조 40)에 백두산에 열두 번이나
올랐다는 사람의 안내를 받고, 험준

한 길을 개척하는 벅찬 모험을 되풀이한 끝에 마침내 정상에 올라
天池를 굽어보는 기백을 자랑했다. 백두산 일대에서 사는 주민의 생
활상을 파악한 것이 또한 특기할 사실이다.

지체 높은 유람객이 찾아오면 시달리기만 하는 탓에 산중 백성들
은 삶을 개척하는 비경을 공개하지 않으려고 했는데, 작자는 쉽게 물
러나지 않는 성미여서 깊숙이 들어갔다. 산밑 곳곳에서 농사짓고 사
냥하며 장사도 하는 백성들이 관가의 수탈에 찌들지 않고 꿋꿋한 자
세로 오지를 개척하는 모습을 보았다. 원시림을 헤치고 길을 내며 장
사꾼들은 강 건너 오랑캐 땅으로까지 왕래하는 것을 알았다.

박종은 3년 뒤에 칠보산을 찾아 〈七寶山遊錄〉을 지었다. 그 다음
해에는 경주를 찾아간 내력을 〈東京遊錄〉에 기록했다. 함경도에서 동
해안을 거쳐 경주까지 39일 동안 걸어가면서 곳곳의 명승지를 소개
했다. 경주에 이르러서 고적에 따라 항목을 나누어 관찰하고 고증한
바를 서술하면서, 국토를 사랑하는 마음에 역사의 자취를 찾는 깊은
회고의 정을 보탰다. 귀로에는 조령을 넘으면서 임진왜란 때의 패전
을 탄식하고, 충주 忠烈祠에 이르러 임경업을 간절하게 사모하는 뜻
을 나타냈다. 그 뒤에 다시 74일 동안 영남지방 각 고을을 순방하고
〈淸凉山遊錄〉을 짓기도 했다.

박종은 함경도 선비였다. 변방에 밀려나 있어 진출이 막힌 울울한
소회를 여행으로 풀고자 했다. 국토 곳곳을 찾아다니면서 기행문을
거듭 짓는 데 한문을 익힌 실력을 썼다. 기행문 작가라고 할 수 있
는 사람이 출현해 18세기 한국의 모습을 소상하게 보여주면서 많은

것을 이야기했다.

崔漢綺, 〈氣學〉 外: 최한기(1803-1877)는 젊어서 쓴 〈氣測體義〉에서 전개한 논의를 만년에 〈기학〉에서 재론하면서 학문하는 방법을 다양하게 고찰했다. 〈기학〉은 나중에 발견되어 최한기에 관한 초기의 연구에 등장하지 못했으므로 보완이 요망된다. 글을 어떻게 읽고 쓸 것인가 하는 교육과 학문의 근본 문제를 해결하는 지침을 발견할 수 있어 크게 도움이 된다. 철학은 난해하다는 선입견을 떨치고 필요한 논의를 쉽게 펼 수 있게 해서 더욱 반갑다.

최한기는 말했다. 옛 사람의 책을 읽는 것은 지금 살아가고 학문을 하는 데 도움을 얻고자 하기 때문이다. 빠지면서 읽으면서 그대로 받아들이지 말고 따지면서 읽으면서 타당성을 검증해야 한다. 독서보다 체험이 진실을 판정하는 더욱 확실한 근거이다. 체험에서 얻은 진실을 가다듬고 되돌아보며, 시비하고 일반화하기 위해 독서라는 수단이 필요하다.

옛 사람이 말한 바가 자기 체험과 합치되면 그 내용을 자기 것으로 한다. 소유주가 따로 없는 보편적 진실을 체험의 내용과 의미를 확고하게 인식하면서, 보충하고 비판하는 데 쓴다. 체험한 바와 어긋나 납득할 수 없으면 버려야 한다고 했다. 이것이 따지면서 읽기이다. 따지면서 읽기는 쓰면서 읽기로 이어진다.

기존의 저술을 토론의 대상으로 삼고 쓰면서 읽기를 하면서 새로운 저술을 하는 것이 더욱 적극적인 방법이다. 독서를 하면서 마음속으로 토론을 진행해 대안을 찾고, 독서를 마치고서 또는 중단하고서 자기 글을 실제로 쓰는 것이 마땅하다. 미흡하면 보충하고, 잘못되었으면 바로잡는 데 그치지 않고 새 시대 학문의 이론을 다시 만드는 데까지 나아가자는 것이 더 큰 목표이다.

세 경우에 독서하는 시간이 다르다. 빠지면서 읽기는 책이 요구하는 시간에 맞추어 진행해야 한다. 단숨에 다 읽었다는 것이 최상의 독서이다. 따지면서 읽기를 할 때에는 독서하는 사람이 완급을 조절한다. 그냥 따라가지 말고, 따질 것이 있으면 독서 속도를 늦춘다. 책을 덮어두고 길게 시비할 수도 있다. 쓰면서 읽기는 어떻게 하는가? 마음속으로 쓰던 것을 실제로 쓰기 위해 시간을 많이 가질 수 있다. 쓸 것이 벅찰 정도로 다가오면 읽기를 그만두어도 된다.

독서는 고금의 관계에서 이루어진다. 고금의 관계에 흔히 세 가지 잘못이 있다. 옛 사람이 말한 이치가 불변이라고 여겨 섬기는 것이 상등 잘못이다. 옛날은 어쨌는지 돌아다보지 않고 지금의 상황에 이끌려 임기응변을 둘러대는 것이 중등 잘못이다. 불변도 변화도 생각하지 않고 글만 잘 쓰려고 하는 것이 하등 잘못이다. 잘못의 등급이 높을수록 피해가 더 크다.

글읽기는 모두 같지 않고 각기 다르다고 한 것이 논의의 핵심이다. 빠지면서 읽기, 따지면서 읽기, 쓰면서 읽기가 있다고 했다. 뒤에 든 것일수록 더 나은 방법이라고 했다. 글읽기는 글쓰기를 도달점으로 해야 한다고 했다. 최한기 덕분에 글읽기와 글쓰기에 관한 오랜 의문을 바람직하게 해결할 수 있다.

郭澍(곽주) 아내 晉州河氏 무덤에서 나온 편지: 근래 옛 무덤을 이장할 때 관 안에 넣어둔 국문 편지가 거듭 발견된 것이 특기할 일이다. 무덤의 주인은 여성이다. 자기 자신이나 주위 사람들이 평소에 주고받은 편지를 간직하거나 베껴 애독하다가 무덤에 넣으라고 하는 풍속이 있었다. 무덤이 특수한 조건을 갖추어 묻은 것들이 썩지 않고, 이장하려고 여는 두 가지 조건이 갖추어지면 시신이나 의복 등과 함께 편지가 나온다.

무덤에서 나온 국문 편지는 여성이 국문을 사랑한 생생한 증거이고, 어떻게 살고 무엇을 생각했는지 소상하게 말해주는 작품이다. 그 가운데 특히 주목할 만한 것이 경상북도 고령군 현풍에서 나왔다. 곽주(1569-1617)의 아내 진주하씨의 무덤을 이장할 때 발견된 편지는 149통이나 된다. 수신자와 발신자가 다양한 가족 관계를 가지면서 서로 다른 사연을 전했다. 백두현, 《현풍곽씨 언간 주해》(태학사, 2003)에서 자료를 모두 수록하고 주해해서 이용하기 쉽다.

1602년(선조 35)에 곽주가 장모에게 써 보낸 편지부터 시작해서, 1646년(인조 24)에 넷째 아들 형창이 어머니 하씨에게 보낸 편지에 이르기까지 40여 년 동안 그 집안에서 오고간 편지를 고스란히 간직하고 있다가 무덤에 넣었다. 발신자와 수신자의 관계가 다양하고, 편지 종류가 문안지, 平信, 사돈지, 慰狀, 賀狀 등으로 다양하게 갖추어져 언간 연구의 좋은 자료가 된다.

곽주가 1612년(광해군 4)에 장모에게 보낸 문안지를 하나 보자. 심부름 시킬 종이 없어 편지를 보내지 못한 사연을 말하고, 자식들이 갔으니 언문을 가르쳐달라고 하기도 하고, 자기도 모심기하고 타작하면 가서 뵙겠다고 했다. 장모와 사위가 아주 가깝게 지낸 것을 확인할 수 있으며, 편지하고, 아이들에게 글 가르치고, 농사짓고 하는 생활방식이 드러난다.

具康 가사 〈북새곡〉 외: 가사는 새로운 작가와 작품이 계속 발견된다. 구강(1757-1832)의 가사가 나타난 것은 놀라운 사건이다. 생애를 보면 평범한 사람이다. 일찍 문과에 급제하고 여러 곳의 지방관장 및 암행어사를 역임하고 공조참의·대사간에까지 승진했으며, 특별한 시련이 있었던 것은 아니다. 그런데 남긴 가사 14편이 참신한 발상과 다채로운 표현을 갖추고 있어, 작가의 삶에는 표면과 이면이 따로 있다는 것을 실감하게 한다.

18세 때의 첫 작품 〈황계별곡〉에서 시작해 75세에 〈기수가〉를 지을 때까지 평생토록 가사 창작에 힘썼다. 작품 창작 시기가 모두 밝혀져 있어 삶의 중요한 고비마다 경험하고 생각한 바를 가사로 나타 냈음을 알 수 있게 한다. 자기 심경을 술회하는 데 머무르지 않고 당대 사회의 갈등을 심각하게 인식하는 데까지 나아갔고 주제에 따라 서로 다른 표현을 썼다. 36세 때에 지은 〈제석탄〉을 보면, 시간을 "자네"라고 지칭해 의인화하고서 세상일이 뜻대로 되지 않는데 시간만 흐른다는 한탄을 아주 묘미 있게 나타냈다.

57세 때의 〈북새곡〉은 함경도 암행어사가 되어 겪은 바를 다룬 장편가사이다. 자기 행색을 나타내지 못하고 일반 백성의 차림을 한 채 누구나 겪는 고생을 하면서 추위를 견디고 험준한 산을 넘어야 했다. 낯선 고장의 기이한 풍속에 관심을 가지는 데 그치지 않고 백성들이 실제로 어떻게 살아가고 무슨 이유로 어려움을 겪는지 살피면서 문제를 해결해야 하는 책임을 통감해야 했다. 어사 노릇을 못하겠다고 한탄했다. 고생도 견디기 어렵지만 출도를 해서 어느 관원을 처벌하면 자기 자손에게 화가 미칠 수 있다고 염려하면서 주저앉고 말았다. 평생토록 가사 창작에 힘쓴 시인이 어사 노릇을 제대로 못한 것은 그리 애석한 일이 아니다. 어려운 현실을 소상하게 그린 풍속도를 남긴 공적을 평가해야 마땅하다.

64세 때 淮陽(회양) 부사로 부임해 관내의 금강산을 돌아본 풍류를 자랑하고 경치를 칭송한 가사 〈금강곡〉·〈총석사〉·〈교주별곡〉을 거듭 지었다. 그 가운데 〈교주별곡〉에서는 그 고장 백성들이 어렵게 살아가는 모습을 그리고, 자기 책임이 막중하다고 했다. 금강산 때문에 다른 데는 없는 폐단이 생겨, 지체 높은 유람객을 모시느라고 가마꾼 〔轎軍〕들은 어깨를 쉴 사이가 없고 걸핏하면 매질을 당한다고 했다.

같은 해에 지은 다른 작품 〈진희곡〉에서는 지난날을 회고하고 여생을 생각하는 쓸쓸한 심정을 아내와 함께 나누며 말을 주고받았다. 남존여비·부부유별을 표방한 조선시대 사대부의 문학에서 찾아보기 어려운 이면의 진실을 허식 없이 전해 충격을 준다. 마지막 작품

〈기수가〉는 자기를 찾아온 농사꾼과의 대화로 전개했다. 과거에 급제해 벼슬살이를 한 생애를 농사지으며 산 것과 견주어보면 높고 낮은 구분이 있을 수 없다고 했다. 농사일을 아주 생동하게 그려 실감을 돋우며 전원 동경의 관념과는 상당한 거리를 두었다.

李世輔 시조집 〈風雅〉 외: 이세보(1832-1895)는 왕족이고 철종과 6촌 사이였으나, 영화를 누릴 처지는 전혀 아니었다. 안동김씨 세도정권의 미움을 사서 수난을 겪었다. 고종이 즉위하는 1863년까지 3년 동안은 귀양살이를 하다가, 벼슬길에 올라 공조·형조판서를 역임했다. 근래에 개인 시조집 〈풍아〉 및 그 초고와 이본이 발견되어, 남긴 작품이 무려 459수임이 판명되었다. 자료 발견자 진동혁이 《주석 이세보 시조집》(정음사, 1985)을 냈다.

이세보의 시조는 작품 수에서 누구도 따를 수 없는 우뚝한 위치를 차지할 뿐만 아니라, 경향이 다양해서 더욱 주목된다. 말을 다듬지 않고 쉽게 써서 다작할 수 있었다. 형식을 제대로 갖춘 경우에는 으레 맨 마지막 토막은 생략하는 것을 보면 시조창을 전제로 해서 창작을 했다. 젊은 시절에 시조창을 하는 사람들과 어울려 놀면서 익힌 수법을 다채롭게 활용했다.

애정시조는 기녀들과 가까이 하면서 서로 주고받던 사연이라고 할 수 있다. 청나라에 다녀오고 국내 여행도 해서 얻은 기행시조는 어느 정도 평가할 만하다. 그 정도에 머물렀더라면 풍류남아 소리나 듣는 범속한 작가로 기록되었을 것이다. 그런데 귀양살이를 해야 하는 수난이 닥쳐왔다. 남해 고도에서의 귀양살이를 하는 쓰라림을 〈薪島日錄〉에 국문으로 써서 전하면서 시조를 삽입했다.

사회의 최상층에서 밑바닥으로 밀려나 시달리며 번민을 하다가 세상을 새롭게 인식하는 시조를 짓게 되었다. 세도정권이 나라의 기강을 마구 무너뜨려 지방 수령은 수탈만 일삼고 백성은 목숨을 부지하기 어렵게 된 사정을 자기 일인 양 여기는 전환을 겪고, 전에 볼 수 없던 작품세계를 이룩했다. 하층민의 삶을 다루는 작품세계를 시조에서 처음으로 이룩했다.

"우리 생애 들어보소. 산에 올라 산전 파고,/ 들에 내려 수답 갈아 풍한서습 지은 농사/ 지금의 동징리증 무슨 일고." 이런 작품에서는 농민의 어려움을 하소연했다. 산에 올라 山田을 파고, 들에 내려와 水畓을 갈아 바람·추위·더위·습기를 다 견디어내며 농사를 지었다는 데서는 씩씩한 기상이 나타나 있다. 風寒暑濕이라는 한자어가 그런 효과를 내기 위해서 적절하게 사용되었다. 그런데 농사를 다 지어놓고 나니 洞徵이니 里徵이니 하면서 마을 단위로 모조리 거두어가겠다고 하니 그럴 수 있겠느냐고 한 항변이다.

金中建 〈笑來集〉: 김중건(1899-1933)은 일제의 침략에 항거한 애국투사이다. 자기 나름대로 독자 노선을 개척하고 남다른 노래를 지었다. 고향 함경도 영흥에서 구국의 방책을 찾으려고 애쓰다가 상경해서 천도교에 투신했으나 만족하지 못하고, 그 원리를 독자적으로 활용해 스스로 새로운 도리를 깨달았다고 했다. 1910년에 저술한 〈天機大經〉에 입각한 새로운 종교 元宗을 1912년에 창건하고 1913년에 선포했다.

경전을 보고 공감해 모여드는 사람이 많지 않아 원종은 종교로 정착하는 데 실패했다. 일제통치 아래에서 항일운동의 종교를 키우는 것은 가능하지 않았다. 만주로 옮겨가서 경전 대신에 노래를 짓는 또한 가지 방법에 더욱 열을 올렸다. 1908년부터 만년까지 지은 수천 편의 노래 가운데 87편 800여 수가 남아 〈소래집〉이라는 저작에 수록되어 있다. 그 형식은 고전시가의 복합판이다. 가사 형식으로 지으면서 민요처럼 여음을 달고 번호를 붙여 연을 나누어놓았다. 한 연을 한 수로 보면 800여 수에 이른다.

노래에 나타난 사상을 보면, 억압과 살육의 시대를 만나 잃어버린 낙원을 되찾자고 하면서, 자연·농업·여성을 존중해 모든 갈등에서 벗어나자는 극단적인 평화주의를 주장했다. 그런 이상을 실현하려면 적극적인 투쟁을 해야 한다고 했다. 일제의 침략을 격퇴하는 데 그치지 않고 인류를 억압하는 모든 세력을 파괴해야 한다고 역설했다. 〈농부불평가〉에서는 "시대 형편은 가까운 장래에 우리 세상이 될 것이라"고 하면서, 고통을 견디지 못해 해방을 쟁취하는 농민의 투쟁이 반드시 성공할 것이라고 하는 낙관론을 폈다. 투쟁의 기치를 높이 든 노래로 〈長劍歌〉를 들 수 있다. 일제의 수탈에서 벗어나고자 하는 해방투쟁이 전 세계 피압박민족의 염원과 일치한다고 노래했다.

만주에서 항일투쟁을 하다가 1927년에는 일제에게 잡힌 포로가 되어 고국으로 끌려와 옥살이를 하고 가까스로 풀려났다. 그때의 감회를 노래한 〈百八節〉은 현실인식이 잘 드러나 있는 문제작이다. 모두 108장이나 되는 장편으로, 식민지 통치를 받으면서 타락하고 변질된 서울의 모습을 절실하게 그려 동시대 어느 현대시도 따를 수 없는 박진감을 갖추었다.

〈報恩奇遇錄〉: 작자와 창작 연대 미상인 고전소설에 〈보은기우록〉이라는 것이 있다. 18책 분량에서 아버지와 아들 사이의 긴박한 대결을 전개했다. 아버지가 보수적이고 아들이 진보적인 것이 예사인데, 그 반대인 점부터 예사롭지 않다. 아버지는 벗어부치고 일하며 장사에 힘쓰고 고리대금도 해서 돈을 모았다. 하늘의 도리니 인륜의 명분이니 하는 것들은 우습게 여기고 오직 금전의 이익만 존중했다. 놀부와 상통하는 성격이 더욱 강하게 나타나 있으며 돈벌이의 과정이 구체화되었다. 그런데 흥부보다도 더 선량한 아들이 영웅소설의 주인공처럼 온통 미화되어 있으며, 성현의 가르침을 돈독하게 따르며 실현하는 데만 일신을 바치고자 했다.

아버지는 자기를 따르지 않는 아들을 가까스로 설득해 꾸어준 돈을 받아내는 훈련을 시키려고 멀리 보냈는데, 아들은 생각이 달랐다. 강산풍월을 찾아 여행을 하지 않고 장사꾼이나 가게주인을 만나 재물을 거두는 수전노가 되었으니 비참한 신세라고 했다. 맡은 일을 버리고 도망쳐, 자기가 하고 싶은 대로 글공부나 하고 시나 지어 인정받고 입신하는 길로 갔다. 아버지는 이익을, 아들은 도리를 강경하게 주장하며 조금도 양보를 하지 않아 충돌이 계속되다가 아버지가 아들을 죽이려고 하는 데까지 이르렀다. 이익을 추구하는 상인과 도리를 숭상하는 선비가 현실주의냐 이상주의냐 하면서 벌이는 싸움이 현실주의가 승리하는 방향으로 진행되다가 결말에서 역전되었다. 아버지가 첩의 모해 때문에 죽을 고비를 겪고 아들의 효심에 감동해 선인으로 바뀌고, 아들이 벼슬한 덕분에 천한 일에서 벗어났다고 해서 기울어진 사태를 역전시켰다.

이 작품은 기본설정이 일본 井原西鶴의 〈好色一代男〉, 독일 괴테(Goethe)의 〈빌헬름 마이스터의 수업시대〉(Wilhelm Meisters Lehrjahre)와 일치한다. 돈벌이를 잘하는 아버지가 아들도 돈벌이를 잘하도록 가르치려고 미수금을 받아오라고 멀리 보냈더니, 아들은 아버지 말을 듣지 않고 딴짓을 하면서 자기 길을 갔다. 일본에서는 '町人', 독일에서는 'Bürger', 한국에서는 '委巷人'으로 일컬어지던 초창기 市民의 화폐경제활동이 순조롭지 않았음을 아들의 반발로 나타냈다. 아들이 〈보은기우록〉에서는 한시 창작, 〈호색일대남〉에서는 色情, 〈빌헬름 마이스터의 수업시대〉에서는 연극을 택해 보수적인 관습이 서로 다른 양상을 보여주었다.

제주도 당본풀이 〈송당본향당본풀이〉 외: 제주도에는 마을 신당에서 섬기는 신의 내력을 신방이라고 하는 무당이 노래한다. 당본풀이라고 하는 이런 노래가 오랜 내력을 가지고 전승되는 구비서사시이다. 그 가운데 탐라국 건국서사시라고 할 것도 있다. 耽羅를 건국한 내력이 〈高麗史〉에 기록되어 있는 것을 구전과 비교해보자.

기록에서는 高乙那·良乙那·夫乙那가 땅에서 솟아나 사냥을 하면서 살고 있다가, 일본국 공주라고 하는 세 처녀가 바다를 건너와 부부가 되었다. 우마와 곡식의 씨앗을 가지고 와서 농사를 지을 줄 알게 되었다. 세 부부가 땅을 나누어 가지고 후손을 퍼뜨렸다고 했다. 〈송당본향당본풀이〉 같은 당본풀이에는 전후에 다른 내용이 더 있다. 여성시조도 남성시조처럼 땅에서 솟아났으며, 자기 스스로 판단해 제주도에 와서 배필을 구했다고 했다. 태어난 아들이 아버지의 미움을 사서 버림받아 무쇠상자에 실려 바다를 표류하게 되었다. 그 시련을 이겨내고 커다란 전공을 세우고 귀환해 도망친 아버지 대신 통치권을 장악했다고 한다.

구전이 고형이고 완형이며, 기록은 축약이고 개작이다. 세 여자가 일본국 공주이고, 아버지의 분부가 있어 오게 되었다고 하는 것은 고대인의 사고를 이해하지 못하는 후대 사람들이 납득할 수 있게 고친 내용일 것이다. 후반부는 너무 허황되다고 여겨 기록에 올리지 않았다고 생각된다. 부모의 만남에 이어서 자식의 출생을 말하는 것은 고조선이나 부여·고구려계 건국신화와 공통된 설정이다. 자식을 버릴 때 상자에 넣어 바다에 떠내려 보낸 것은 脫解의 경우와 일치한다. 고대국가의 창업주를 기리는 영웅서사시의 전형적인 모습을 국내외의 어느 자료보다도 더 잘 보여주고 있다.

세계를 두루 돌아보아도 고대 영웅의 일생을 말하는 서사단락을 그만큼 온전하게 갖추고 있는 유산을 찾아내기 어렵다. 탐라국은 작은 나라이지만 필요한 과정을 제대로 밟아 이루어진 증거를 분명하게 남겼다. 탐라국이 망한 것을 원통하게 여긴 제주도민은 고대문학의 보고를 자랑스럽게 지켜왔다. 세계적인 비교연구를 위해 소중한 기여를 할 수 있는 유산을 간직하고 있다.

　고전은 낡았다. 고전은 난해하다. 이렇게 생각되는 것은 죽은 고전이다. 이해 가능한 표현으로 되살려 새로운 독자와 만나야 산 고전일 수 있다. 고전은 죽지 않고 살아 있어야 한다. 한문을 국문으로 번역하고, 고문을 현대어로 옮기는 일을 잘하면 이렇게 되는 것은 아니다. 새로운 의미를 찾아내 오늘날의 것으로 만들 수 있어야 한다. 내용 재검토가 우선 과제이고, 말을 옮기는 것은 그 다음 일이다.

　고전으로 존중되어온 모든 저작을 되살릴 수는 없다. 과거에 머무를 수밖에 없고 현재의 생명을 획득하기는 어려운 것들이 적지 않다. 이런 것들은 고전 명단에서 제외하고 자료로 보존하면서 별도로 평가해야 마땅하다. 지금까지 고전으로 인정되지 않던 것들을 발굴하고 해석해 고전의 구성을 바꾸는 데 힘써야 한다. 고전의 교체나 순위의 변동이 연구의 긴요한 과제이다. 연구 결과를 출판과 교육으로 널리 알려야 한다.

　한국의 고전은 특수해서 생소하다거나, 한국 연구 전문가가 아니라면 돌아볼 필요가 없다고 생각하는 것은 잘못이다. 고전에 대한 인식과 평가를 바로잡아야 한다. 한국의 고전은 한국인이 아니라도 즐겨 읽고 감명을 받는 세계의 고전일 수 있다. 이렇게 평가될 수 있는 것들이라야 살아 있는 고전이다. 다시 읽고 새롭게 탐구해 가치를 발견하고 평가해야 한다.

　한국의 고전을 온 국민의 정신적 자양분으로 삼으면 많은 것을 기대할 수 있다. 교양의 수준을 높이고, 자긍심이나 주체의식을 키우며, 가치관의 혼란을 막을 수 있다. 통일을 바람직하게 이룩하기 위한 민족의 동질성을 심화하고 확대할 수 있다. 세계 시민으로 활동하면서 인류에게 널리 유용한 선물을 제공할 수 있다.

　이를 위해 해야 할 사업을 구상해본다. 《한국고전 100선 해제》를 단권으로 만들어 먼저 낸다. 다음에 《한국고전 100선집》 100권을 번역하거나 현대화한 형태로 간행한다. 여기까지는 영역본도 갖춘다. 한국고전을 번역하거나 현대화하는 사업을 계속 확대한다. 분야별로 총서를 만들 수도 있다. 《동양고전》, 《세계고전》으로 영역을 확대하는 것도 해야 할 일이다.

이런 사업을 민간에서 하기 어렵다. 정부가 전폭적으로 지원해야 한다. 그러나 한국고전원 같은 새로운 기관을 만들 생각은 아예 하지 말아야 한다. 새로운 기관을 만들면 땅 사고, 집 짓고, 임직원 월급을 주는 돈을 낭비한다. 국립국어원, 한국문학번역원 등에서 이미 볼 수 있듯이, 전문성이 없는 일반직이 주도권을 장악해 능률이 극소화되는 것이 더 큰 문제이다. 진료과는 빈약하고 원무과만 비대한 국립병원을 만들어 예산을 낭비하는 것과 같은 일이 다시 벌어진다. 한국문학관을 만든다고 하는데, 기존의 과오를 되풀이할 염려가 크다.

그러면 어떻게 해야 하는가? 한국의 고전을 담당하는 기관을 따로 만들지 말고, 실적이 뛰어난 한국학 연구소가 있는 대학 가운데 희망을 하고 능력을 갖춘 곳을 선정해 예산을 지원하는 것이 최상의 방법이다. 대학은 기존의 시설을 이용하고, 교수진과 대학원생을 수준 높은 전문인력으로 활용해 경비는 최소로, 능률은 최대로 할 수 있다. 사업이 확대되면, 참여하는 대학을 늘이고 분야별로 전문화할 수 있다.

작성한 원고 출판은 그 대학 출판사에서 할 수도 있고, 외부 출판사에 맡길 수도 있다. 출판한 책을 대량으로 구입해 전국의 모든 공공도서관 및 각급학교 도서관에 넉넉하게 비치하면, 최악의 상태에 이른 출판경기를 살리는 데도 크게 도움이 된다. 도서관을 더 만들고 장서를 늘리는 것도 함께 해야 할 일이다.

고전 재발견 사업이 출판을 살리고 도서관을 확대하는 계기가 되면 기대 이상의 파급 효과가 나타난다. 그 결과 인문학 전공자들은 일자리가 없어 실업률이 특히 높은 문제를 해결하고 나라 전체의 문화 수준을 높일 수 있다. 이것이 선진국이 되기 위한 필수적인 과업이다.

서양 각국의 고전은 세계의 고전이라면서 대단하게 여겨 열심히 읽고 우리 고전은 무엇이 있는지도 모르고 있는 풍조가 이어진다. 괴테의 〈빌헬름 마이스터의 수업시대〉는 누구나 읽으라고 널리 권장하고, 친절한 번역판이 어느 도서관에든지 있다. 문제의식이나 사건 전개가 비슷한 우리 작품 〈보은기우록〉은 극소수의 연구자나 알고 있다. 조상이 남긴 유산을 망각하고 가난 타령을 하면서 부끄러워한다.

영국이 산업혁명으로 경제 선진국이 되고, 프랑스는 시민혁명을 거쳐 정치에서 앞서나갈 때 독일 사람들은 후진의 처지를 한탄하면서 〈빌헬름 마이스터의 수업시대〉 같은 품격 높은 작품을 열심히 읽어 자긍심을 키우고, 괴테가 대단한 작가라고 추켜올렸다. 일본의 경제나 중국의 정치에 눌리지 않으려면 우리도 문화를 키워야 하는데, 식민지 통치를 받는 처지가 되어 차질이 생겼다. 그 불행이 아직 이어지고 있다.

광복 후에 북쪽에서 민족고전 현대화에 힘을 기울여 내놓은 책은 내가 사는 집 바로 앞의 군포시 산본도서관에도 여럿 있다. 대한민국은 미국을 따르기만 하면 된다고 여기고 있다가 북쪽에서 하는 일을 뒤늦게 알고 대북경쟁사업의 하나로 고전국역을 서두르고도 일반 국민을 위한 독본을 만들 생각은 하지 못하고 있다. 정부의 직무유기를 신문사, 출판사, 대학이 나서서 어느 정도 보완하다가, 지금은 사정이 달라졌다. 신문이 팔리지 않아 고민이고, 출판 불경기가 파국에 이르렀으며, 대학은 인문학 축소로 경쟁력을 키우려고 안간힘을 쓴다. 의병은 활동이 극도로 위축되어, 관군이 나서지 않을 수 없는 상황이다.

경제성장과 민주화를 함께 이룩하고, 민주화는 근래 더욱 진전되어 자랑스럽다고 하고 말 것은 아니다. 머리가 비어 정신을 차리지 못하는 것을 걱정해야 한다. 민족의 고전을 이어받아 중심을 잡고, 인류를 위해 널리 기여하는 창조적 발상의 원천으로 삼아야 하는 줄 모른다. 상품은 수출하면서 지식은 수입하기만 하는 불균형이 확대된다.

정치 과열은 문화 빈곤을 초래한다. 어떤 이유에서든 격렬한 시위가 일어나 나라가 흔들리면 책이 거의 팔리지 않는다. 이제 한 고비 지나갔으니 정치 과열을 진정시키고 문화 빈곤을 타개하는 단서를 마련해야 하는 책임이 국회에 있는 것을 알아야 한다. 국회는 정치의 중심체이므로 이열치열의 묘리를 살려야 한다. 국회의원 수가 너무 많다는 시비가 있다. 할 일을 찾아서 하면 수가 더 많아야 하고, 놀고먹는다는 비난에는 감원 요구가 뒤따른다.

민족의 고전을 이어받아 정신을 차리도록 하고, 통일을 바람직하게 이룩하는 기반을 마련하는 것이 국가가 할 일임을 정부 각 부처에서는 몰라도 국회의원들은 할 일을 해야 한다. 북한이 무기 개발 이외의 분야에서는 거의 무력하게 되어 고전 현대화 같은 일을 할 여력이 없으니, 남쪽에서 더욱 분발해야 한다. 북한은 그쪽 관점에서 현대화를 지나치게 하고, 새로 찾아낸 유산은 알지 못해 고전 현대화를 계속한다고 해도 기여하는 바가 그리 크지 않다. 북쪽에서 하지 못하는 일까지 남쪽에서 맡아 통일을 준비해야 한다.

학교 교육에서 고전 읽기를 별개의 과목으로 하지 않는 것이 좋다. 국어나 국사에서 맡는 것이 바람직한데, 거꾸로 가서 걱정이다. 영국에서는 당연히 문화과목인 영어를 미국에서는 다인종 사이의 소통을 담당하는 도구과목으로 하는 것을 본받아, 우리도 국어를 도구과목으로 하고 교과서에 항상 있던 고전마저 추방했다. 고등학생이면 누구나 〈관동별곡〉 같은 것을 외다시피 읽던 좋은 시절은 가고, 그런 것이 있는 줄도 모르는 우매한 시대가 시작되었다. 국사는 문화사를 외면하고 정치사로 치달아 싸움터가 되었다. 《국사교과서 논란 넘어서기》라는 책을 써서 나아갈 방향을 제시한 데에 덧보태 말한다. 지금은 교과서 없는 교육을 하는 방향으로 나아가고 있는 것이 세계적인 추세이다. 고전 읽기가 국어 공부이고 국사 공부여야 한다.

고전 읽기를 국어나 국사 공부로 하면 누가 가르친단 말인가? 이런 염려를 하지 말자. 고등학교 교사는 박사여야 하는 제도를 마련하고, 조교수·부교수·교수라고 일컬으며 대학교수와 동일하게 예우하는 것이 바람직하다. 이것이 프랑스의 예를 통해 알고 있는 유럽의 제도이다. 교수 직함을 가진 선생이 자유자재로 해설하면서 많은 고전을 읽도록 지도하면 학생들이 우러러보면서 학원 선생보다 실력이 월등한 줄 알게 될 것이다. 그래야 공교육이 정상화되고 사교육의 횡포가 시정된다. 나라가 바로 선다.

《한국고전백선》 해제집을 만들고, 쉽게 읽을 수 있는 책을 펴내 널리 보급하는 것이 당면과제라고 말했다. 이를 위한 국가기관을 원무과만 비대하고 진료과는 빈약한 것 같은 형태로 만들어 망조가 들게 하지 말아야 한다. 예산은 국가에서 지원하면서, 원고 작성은 대학의 연구소에, 출판은 민간 출판사에 맡겨 능률을 높이고 파급효과를 확대해야 한다고 거듭 말한다. 같은 사업을 복수로 진행해 선의의 경쟁을 유도하고, 이용자의 선택권을 보장하는 것이 바람직하다고 추가해 제안한다.

위와 같은 사업을 한국고전에 관한 것만 하면 된다고 생각하지 말아야 한다. 사업을 확대해 외국고전 또는 세계고전도 같은 방식으로 선정하고 정리하고 출판해야 한다. 교교서가 따로 없고 명저를 교과서로 삼는 교육혁명을 이루어야 한다. 교육용 명저를 일반 독자들도 널리 애독해 국민의 지적 수준을 크게 향상할 수 있도록 해야 한다. 학교교육과 사회교육이 긴밀한 관계를 가지고 함께 발전하게 해야 한다.

도서관이 적고 장서가 부족해 나라가 제대로 되지 않고 있다. 도서관을 더 짓고 장서를 늘려야 하지만, 장서 선택이 또한 문제이다. 출판사는 늘어나고 책 판매는 줄어들자, 독자의 관심을 쉽게 끄는 얄팍한 책을 내는 경쟁을 벌이고 있다. 그런 책을 많이 모아놓고 장서 수를 자랑하는 것은 어리석다. 사회교육의 수준을 향상하는 책을 우선적으로 구비해야 하고, 그런 책이 많이 나올 수 있게 촉진하는 정책이 필요하다.

붙임

2007년 5월 15일 계명대학교 학술회의에서 내 발표를 들은 한국문학번역원 관계자가 그 기관 홈페이지에 올라 있는 〈한국문학 번역 권장 도서 목록〉을 참고하지 않은 것이 유감이라고 했다. 알지 못해 한 실수이므로 원고를 개고할 때 바로잡겠다고 했다. 검토해보니 도움은 되지 않고 많은 결함이 발견되었다. 결함이 큰 것부터 든다.

(1) 〈한국문학 번역 권장 도서 목록〉이라는 명칭과 부합되지 않는 내용이다. "한국문학"을 "한국고전"으로 바꾸어야 한다. 한국고전 목록을 작성할 능력은 없으면서 권한 밖의 일을 했다.
(2) 선정 원칙, 방법, 과정 등에 관한 해명이 없다. 제시한 목록에 일관성이 없고, 순서를 납득할 수 없다.
(3) 1부터 100까지 부여한 번호가 무의미하다. 32 〈退溪集〉이 있고, 52 〈聖學十圖〉, 88 〈四七理氣往復書〉가 따로 있다. 李珥의 저작도 53과 77에 나누어져 있다. 10에 〈춘향전〉·〈심청전〉·〈흥부전〉이, 16에 〈태평한화〉와 〈용재총화〉가 들어 있다.
(4) 현대 학자들의 저작이 포함된 것은 납득할 수 없으며, 선정 내역이 부당하다. 김태준의 〈조선소설사〉는 이제 보면 거의 다 틀린 내용이어서 외국에 소개하면 혼란을 일으킨다. 손진태의 〈조선민족설화

연구〉에서 보인 전파론적 견해는 청산의 대상이다. 박용운의 〈고려시대사〉는 어떤 책이어서 근래의 국사 연구서 가운데 유일하게 선택되었는지 알 수 없다. 정민의 《한시미학산책》은 가벼운 내용인데 국문학 연구의 대표적인 업적으로 오해될 수 있다. 〈한국의 전통공예〉나 〈조선왕조궁중의궤복식〉은 포함시킬 수 있는 것이 아니다.

(5) 현대 학자가 고전 자료를 집성한 책을 번역의 대상으로 삼는 것은 위의 경우와 달라 잘못이 아니다. 그러나 선정이 잘못되었다. 임동권의 〈한국민요집〉은 자료 출처와 조사 방법에 문제가 있어 연구에서 이용되지 않는다. 이상보의 〈이조가사정선〉은 새로운 자료가 속속 발견되어 증보가 필요하다. 김용선의 〈고려묘지집성〉은 좋은 자료집이지만 더 큰 의의를 가진 자료집과 함께 들어야 한다. 〈한국도교논설자료집〉, 〈조선전기성리학논설자료집〉, 〈조선후기성리학논설자료집〉 등은 이미 있는 것인지, 만들어서 번역하라는 것인지 알 수 없다.

(6) 이미 높이 평가된 주요 고전을 빼놓았다. 〈三國史記〉, 〈訓民正音〉, 〈月印千江之曲〉, 〈樂學軌範〉, 徐敬德, 任聖周 등이 보이지 않는다. 李奎報, 李穡 등은 산문만 있고 시는 없다.

(7) 불균형이 심하다. 元曉는 〈大乘起信論疏別記〉만 들고, 知訥은 전집을 다 넣었다.

(8) 금석문은 고려묘지만 포함시켰다. 구비전승 자료는 민요집만 들었다. 종이에 쓴 글이라도 근래 발견된 자료는 선정하지 않고 낡은 목록을 만들었다.

(9) 오늘날 어떤 의의가 있는지 재고해야 할 고전이 적지 않다. 〈麗韓十家文抄〉는 한문 원문을 읽어야 가치를 알 수 있고, 외국어로 번역해 이해를 구할 수 없다. 〈四禮便覽〉 또한 오늘날 어떤 의의가 있는지 의문이고, 번역하기 아주 어렵다. 〈土亭秘訣〉이나 〈鄭鑑錄〉도 고전으로 평가해 번역을 지원해야 한다는 데 동의할 수 없다.

(10) 신소설을 고전으로 들고 번역해 소개할 필요가 있는지 의문이다.

(11) 도교 관계 서적이 8종이나 들어간 것은 비중이 지나치다.

(12) 〈高麗史〉, 〈經國大典〉, 〈熱河日記〉 등의 일부를 지정해놓은 것은 납득할 수 없다. 번역자의 재량권을 침해하는 처사이다.

부끄럽다. 외국인이 보라고 만든 목록이어서 더욱 부끄럽다. 공연한 짓을 해서 나라 망신을 시킨다. 결함투성이인 것을 목록이라고 만들어놓고 국가 예산으로 번역을 지원하는 것은 횡포이고 낭비이다. 고전을 외국어로 번역하는 목적을 달성하지 못하고 헛수고를 해서 역효과를 낸다. 당장 폐기하고 다시 만들어야 할 목록이다

왜 이렇게 되었는가? 한국문학번역원을 잘못 만들었기 때문이다. 이 기관을 2001년에 설립할 때, 국문학자 김용직 교수를 이사장으로, 독문학자 박환덕 교수를 원장으로 선임하기 전에 모든 직원의 인선이 완료되어 있었다. 당시의 상황을 박환덕 원장이 직접 술회해서 알고 있다. 이사장이나 원장은 관여하지 못하게 하고 선임된 직원들이 무능력한 문외한들이어서 업무 수행이 불가능할 정도였다. 취직시켜야 할 사람들이 있어 그럴듯한 기구를 만들었다고 의심하지 않을 수 없었다.

이 기관을 잘못 설립한 후유증이 〈한국문학 번역 권장 도서 목록〉을 이 따위로 만든 데 심각하게 남아 있다. 직원들은 목록을 잘못 만들 능력조차 없는 것으로 생각된다. 여기저기 닥치는 대로 의견을 물어 응답한 결과를 그냥 열거하기나 한 것 같다. 무엇이 얼마나 잘못되었는지 모르니 자랑스럽게 내놓고 부끄럽다고 여기지 않는다. 이 목록에 있는 책을 모두 번역하면 예산을 낭비하고 나라 망신을 시키기나 한다.

그 뒤에 자주 바뀐 원장이 번역은 알아도 한국문학은 모르는 외국문학 전공자들이다. 이 목록이 잘못되어 있는지 눈치채지 못한다. 일을 제대로 할 실무진을 구성해야 하는 데 필요한 식견도 권한도 없

다. 같은 잘못을 되풀이하지 않아야 하는 심각한 교훈을 남겼으나, 아는 사람이 거의 없어 그냥 넘어간다.

2. 일반교육의 내실화를 위하여

알림

이 글은 2018년 5월 11일 단국대학교 죽전캠퍼스에서 열린 '단국대학교 미래교육포럼'에서 기조발표를 한 원고이다. 발표 현장에서, 다시 그 뒤에 생각한 바를 보태 개고했다. 논의를 확대해 교육 전반의 문제를 다루는 데까지 이르렀다.

진행을 위한 발언

〈통섭과 융합의 시대: 인문학의 과제〉에 관한 발표를 하라는 주문을 받았다. 그대로 따르면 막연한 논의를 펼치다가 말 염려가 있으므로, 실속을 갖추려고 〈일반교육의 내실화를 위하여〉라는 제목을 내놓는다. 힘써 해야 할 것이 일반교육임을 밝히고, 당장 해야 할 일을 분명하게 말하기로 한다.

대학교육은 세분된 전공을 소중하게 여겨야 한다더니, 통·융합 추구를 새로운 과제로 삼는 시대에 이르렀다고 한다. 통섭은 무엇이고 융합은 어떤 것인가 하는 개념론을 장황하게 전개하면 말이 많아지고 소득은 적을 수 있다. 새로운 사조라는 것을 수입해 행세 거리로 삼는 폐단이 재현되면 대학교육이 더 망가진다. 삽바 싸움에 지나지 않는 서론을 길게 펴서 짜증나게 하지 말고 대뜸 본경기에 들어가자.

말을 쉽게 하자. 갈라 가르칠 것인가 모아 가르칠 것인가 하는 것이 문제이다. 갈라 가르치기는 세분된 전공 교육에 힘쓰는 것이다. 모아 가르치기는 무어라고 간명하게 말할 수 없다. 모아 가르치기를 하겠다고 이리저리 방황해온 내력이 있는 것을 알고 바로잡아야 한다. 실패에서 교훈을 찾는 것이 방향 전환을 슬기롭게 하는 최상의 방법이다.

대학마다 비슷한 소리를 하면서 개혁을 한다고 나서는 것이 유행이다. 초록은 동색인 것 같지만 眞假가 분명하다. 남의 장단에 맞추어 살아온 난봉꾼에게 공사를 맡겨 외관이나 현란하게 꾸미도록 하지는 말아야 한다. 진지한 연구로 학생들의 심금을 울리는 강의를 해온 일꾼이 오래 두고 절실하게 깨달은 바를 살려야 한다.

남들이 좋아한다는 낡은 시나리오를 사다가 제작자가 스스로 감독을 맡고, 출연자들 착취에서부터 이익을 남기려고 하면서 관객의 환영을 받는 영화를 만들겠다고 하는 영화사는 어떻게 되겠는가? 망한다는 것 말고는 더 할 말이 없다. 이런 수준의 대학이 시류를 타고 혁신을 하겠다고 하는 것을 흔히 본다. 공범이 되지 않겠다고 다짐하려고, 내막을 폭로한다.

이론에 관한 진술로 논의를 마무리할 수 없다. 이론보다 실천이 더 중요하다. 이론이 훌륭해 보일수록 실천이 더 어려운 것을 늘 경험해서 안다. 실천 가능한 방안을 구체적으로 제시하고, 스스로 실천해 보이겠다는 것을 믿어도 좋을 만큼 말해야 한다. 나는 하지 못할 일을 남들에게 시키려고 하지 말고, 내가 할 수 있고 하려고 하는 일을 말해야 한다.

무엇을 어떻게 해야 하는가?

모아 가르치기 위해 교양교육에 힘써야 한다고 한동안 이구동성으로 주장하다가 말이 달라졌다. 교양교육이라고 하던 것을 기초교육이라고 하더니, 이제는 이름을 무어라고 다시 고치려고 한다. 간판이 문제가 아니고 실질이 소중하다. 무엇을 어떻게 해야 할 것인지 잘 따져보아야 한다.

교양교육은 전공교육과 구별된다고 했다. 교양은 전공처럼 나날이 연구해 발전시켜야 하는 것이 아니고, 늘 하던 대로 교육하면 되는 편한 영역이며 긴장을 풀어주면 되는 듯이 여겼다. 이런 생각을 가지고 내실이 부족한 수업을 판에 박힌 듯이 되풀이하는 것이 예사여서 교양교육이 불신되었다.

기초교육은 전공교육을 받을 만한 능력을 함양하는 예비훈련이다. 교양교육을 느슨하게 하고 마는 것은 시간 낭비이고 대학의 위신을 손상시키기나 하므로 처음부터 다잡아 기초교육을 철저히 해야 경쟁력을 확보한다. 이렇게 주장하고 교양교육의 간판을 기초교육으로 교체했다. 'liberal arts education'을 하겠다는 것은 무슨 이상한 말인가? 어원을 캐고 내력을 밝히다가 정신을 다시 혼미하게 할 염려가 있다.

교양교육이냐, 기초교육이냐, 아니면 다른 무엇이냐 하는 데 문제의 발단이 있는 것은 아니다. 최상의 등급이라고 줄곧 숭앙해온 전공교육이 위기에 봉착하고 있다. 자폐증에 사로잡혀 세분화를 능사로 삼다가 총체적인 시야를 상실하고 있다. 급변하는 시대에 대처하는 능력을 잃고, 사라지는 직종을 위한 훈련을 하고 말 수도 있다. 이런 위기를 전공교육이 스스로 해결할 수는 없어, 대학교육에 대한 전반적인 반성과 개편이 필요하다.

세분화를 넘어서서 총체적인 시야를 갖춘 교육이 절실하게 요망된다. 이것을 두고 복잡한 말을 하면서 시간을 낭비하지 말고, 의미가 명백한 자생의 용어를 택해 일반교육이라고 간명하게 일컫자. 일반교육과 구분하기 위해 전공교육은 특수교육이라고 해야 된다. 특수교육이 시대 변화에 적응하고 앞질러 나가기까지 하는 능력까지 갖추도록 하려면, 일반교육에서 지침을 얻어야 한다.

교양교육이나 기초교육은 예비단계의 교육이라고 여기고 저학년에서 하고 마는데, 일반교육은 대학원 박사과정에서까지 계속해서 해야 한다. 교양교육이나 기초교육은 방에 들어가기 전에 거치는 현관이라면, 일반교육은 여럿이 함께 이용하는 거실이라고 할 수 있다. 일반교육을 중심에 두고 그 주위에 특수교육을 배치하는 방향으로 대학을 개편해야 한다. 일반교육을 잘해야 제대로 된 대학이다.

일반교육의 내용은 무엇이어야 하는가? 각 전공분야의 특수교육을 다 모아놓으면 일반교육이 되는 것은 아니다. 일반교육은 기본 특질을 양면으로 구체화한다. 한 면은 전인교육이고, 다른 한 면은 학문론교육이다. 학문의 내용에서 학문하는 행위로 관심을 돌려 행위 주체가 자기를 점검하고 각성의 수준을 높여야 한다. 이것은 전인교육에서 해야 하는 일이다. 학문은 무엇이며, 왜 어떻게 해야 하는지 끊임없이 묻고 따지고 토론하면서 학문하는 능력을 기르고 창조 훈련을 해야 한다. 이것은 학문론교육에서 해야 하는 일이다.

전인교육과 학문론교육은 하나이면서 둘이고 둘이면서 하나이다. 둘이 하나이므로 전인적 학문론교육이라고 총칭할 수 있다. 하나가 둘이어서 본말이나 표리의 관계를 가진다. 전인교육이 제대로 되어야 학문론교육을 잘할 수 있다. 학문과 사람됨의 관계, 학문에서 제기되는 윤리적인 문제를 다루자는 것만이 아니다. 전인교육에서 사람이 지닌 가치와 능력을 총괄해 학문을 위한 창조력을 점검하고 육성하는 것이 바람직하다. 그 근거 위에서 학문론교육을 해야 하므로, 전인교육과 학문론교육은 둘이면서 하나이다.

전인교육과 학문론교육은 어느 정도의 순차적인 관계를 가질 수 있다. 저학년에서는 전인교육에 더욱 힘쓰다가 학년이 올라가면 학문론교육의 비중을 늘리는 것이 적절하다. 전인교육은 여러 가지 제목을 내걸고 흥미로운 내용을 다채롭게 갖추어야 한다. 학문론교육은 체계적인 논의를 엄정하게 갖추는 데까지 이르러야 한다.

일반교육으로 나아가는 길

전인교육에서 학문론교육으로 나아가자고 했는데, 논의의 순서는 바꾸는 것이 좋다. 학문론교육은 명확하게 설명할 수 있어 먼저 다루기로 한다. 학문이란 무엇인가? 학문은 어떻게 펼쳐지는가? 학문은 무엇을 할 수 있는가? 학문은 누가 하는가? 학문은 어디까지 나아가는가? 학문이 막히면 어떻게 할까? 학문하는 자세에 모범이 있는가? 학문하는 여건, 무엇이 문제인가? 이런 문제를 제기하고 해답을 찾는 것이 학문론의 과제이고, 학문론교육에서 할 일이다.

그런 일을 누가 어떻게 할 수 있다는 말인가? 불가능한 목표를 세워 시야를 어지럽히지 말아야 한다. 이렇게 말하지 않기 바란다. 나는 《학문론》(지식산업사, 2012)이라는 책을 써서 그 제1부에서 위에서 든 여덟 가지 물음에 대한 해답을 찾았다. 해답을 일방적으로 찾아 전달하지 않고, 강의를 하면서 학생들과 토론한 경과를 보고했다.

학문은 學이라는 탐구와 問이라는 토론으로 이루어져야 하는 것을 분명하게 하고, 토론으로 탐구를 검증하고 유발하고자 했다. 한번은 울산대학교에서 여러 단과대학 많은 전공 분야 학사과정 학생들과 토론했다. 내 주전공과 거리가 먼 분야의 학생들이 참신한 질문을 하고 놀라운 발상을 보태 깨우침을 얻었다. 또 한 번 제주대학교 대학원 한국학협동과정에서 토론할 때에는 나와는 전공이 많이 다른 교수들도 참여해 진전을 함께 이룩했다.

그 책에는 제1부의 총론만 있지 않고 제2부와 제3부의 각론도 있다. 각론을 제2부에서는 큰 범위, 제3부에서는 작은 범위에서 전개해 총론을 구체화하는 본보기로 삼고자 했다. 예를 하나씩만 든다. 제2

부에는 〈유럽중심주의를 넘어선 세계문학사〉, 제3부에는 〈아리랑을 어떻게 연구할 것인가〉가 있다. 내가 하고 있는 구체적인 연구가 학문론과 어떤 연관을 가지는지, 학문론 총론에서 한 말을 어떻게 실현하는지 보여주는 작업이다.

울산대학교와 제주대학교에서 한 강의는 둘 다 여덟 번으로 끝나고 총론만 다루었다. 학문론 강의를 한 학기 동안 계속해서 하고, 상위 과정에서 다시 한다면 총론만 다룰 수는 없고, 같은 내용을 되풀이할 수도 없다. 진행하고 있는 연구를 본보기를 들어 각론을 충분히 갖추어야 논의의 타당성을 확보하고 유용성을 입증할 수 있다.

그 강의는 하는 사람에 따라 달라져야 한다. 강의 내용의 획일화나 표준화는 학문에 대한 배신이다. 들은풍월은 소용이 없다. 남들의 학설이나 소개하는 함량 미달의 강의를 해서 신뢰를 잃지 말고, 온몸의 체중이 실려 있어 생동하는 말을 해야 한다. 보편적 원리를 절실한 체험을 통해 입증해야 한다. 학문의 관중은 물론 코치도 할 수 없고 오직 현역 선수라야 할 수 있는 강의를 해야 한다.

누구도 만능일 수 없는 것을 인정하고 각자의 장기를 살려야 한다. 인문·사회·자연학문에 종사하는 교수들 여럿이 학문론 강의를 동시에 개설해 다양성을 갖추는 것이 바람직하다. 상호 토론과 어느 정도의 합의를 근거로 각자가 정리한 총론을 내놓고, 그 내용을 구체화하는 각론을 자기 학문의 연구 경험에서 가져와 강의 내용을 풍부하게 하는 것이 마땅하다.

자세한 강의계획서를 보고, 학생들은 그 가운데 어느 것을 선택하는 권리를 거듭 행사해야 한다. 강의를 하는 교수의 주전공이 편중되지 않는 다양한 선택을 의무로 하는 것이 좋다. 학생들이 박사과정에 이르기까지 학문론을 여러 번 수강하도록 하고 수준을 단계적으로 높이는 것이 마땅하다.

학문론교육의 강의에서는 총론을 제시하고 각각으로 구체화하는 하향식 전개가 적합하다. 전인교육의 강의는 각론에서 총론으로 나아가는 상향식 전개를 택하는 것이 마땅하다. 전인에 관한 총론을 먼저 제시하려고 하면 빛바랜 도의의 규범에 휘감기거나 개념적 논의를 열거하고 마는 함정에 빠질 수 있다. 살며 생각하며 삶의 보람을 찾는 생생한 체험이 잘 나타나 있는 자료 가운데 강의하는 사람이 잘 아는 것을 가져와 논의를 시작하는 것이 바람직하다.

이용할 만한 자료가 무수히 많아 미리 무어라고 규정할 수는 없다. 상향적 전개의 원리에 따라 구체적인 본보기를 드는 것이 최상의 방법이다. 다른 사람들도 각기 장기를 발휘하라고 당부하면서, 여기서 나는 내가 이용하고자 하는 본보기를 하나 들고자 한다. 그 본보기는 서정시이다. 《서정시 동서고금 모두 하나》 전6권(내마음의 바다, 2017)에 모아놓고 풀이한 작품에서 서정시에서 살며 생각하며 삶의 보람을 찾는 생생한 체험을 검증하고 토론하는 자료를 가져와 제시하고자 한다.

서정시가 전인교육을 위해 어떤 기여를 할 수 있는가? 이 물음에 대한 대답이 책 서두에 있어 옮겨온다. 책의 한 대목 〈인생의 길 되돌아보며〉라고 할 수 있는 부분을 골라 교재로 삼는다. 교재를 어떻게 다루어 전인교육을 할 것인지 말한다.

서정시는 무엇을 할 수 있는가?

서정시는 어디서나 서정시이다. 지역, 나라, 언어, 종교 등의 여러 차이점을 넘어서서 공통된 발상을 보여준다. 이런 착상을 작업가설로 삼고 출발해, 멀리까지 나다니는 오랜 여행을 하면서 타당성을 입증하고자 한다. 이질적이라고 생각되는 작품을 다양하게 포괄하면 공통점이 더욱 분명해질 것으로 기대한다.

서정과 서사는 어느 시대든 있는 큰 갈래이다. 서정에서 서정시라는 작은 갈래가 구현된 것은 확인하기 어려운 오래 전의 일이고, 서정시가 중세 동안 그 시대의 이상주의 사고와 부합되어 위세를 떨친 두 가지 이유가 있어, 서정이라는 큰 갈래는 서정시가 그 자리를 차지해 없어진 것으로 생각하게 되었다. 작은 갈래 서정시를 다루는 서정시론이 큰 갈래 서정에 관한 논의를 독점한다.

큰 갈래 서사가 구체화된 작은 갈래는 신화, 서사시, 전설, 민담, 야담, 소설 등으로 나타났으며, 각기 그 나름대로의 역사적 위치와 기능이 있다. 중세에서 근대로의 이행기에 출현한 소설이 근대에는 서사문학의 주역으로 자리잡고 시장경제와 더불어 크게 번성해, 서정시의 우위를 무너뜨리고 경쟁해서 이기려고 한다. 서정시와 소설은 나이나 신분에서 상당한 차이가 있으나, 오늘날 문학의 대표적인 갈래로 양립해 있어 비교고찰과 상호해명이 필요하다.

신라의 고승 義湘이 명확하게 정리한 불교의 화엄철학에서는 "一卽多 多卽一"이라고 한다. "하나가 여럿이고, 여럿이 하나이다"라는 것이다. 이 말을 가져오면, 소설과 서정시의 차이를 명확하게 할 수 있다. 소설이 "一卽多"라면, 서정시는 "多卽一"이다. "一卽多"인 소설은 사람은 누구나 사람이면서 얼마나 다르게 사는지 보여준다. "多卽一"인 서정시는 각기 다른 사람들이 같은 생각을 하는 것을 알려준다. "一卽多"는 "多"를 향해 나아가는 원심력을, "多卽一"은 "一"로 모여드는 구심력을 보여준다.

서사인 소설은 자아와 세계의 대결이라고 하고, 서정시는 세계의 자아화라고 해왔다. 두 견해를 합쳐보자. 소설은 사람이 다 같은 사람이라도 자아와 세계의 대결을 시간과 공간에 따라 다양하게 겪는 체험을 갈래 자체의 변천을 심각하게 겪으면서 보여준다. 서정시는 세계의 모습이 아무리 달라도 그대로 두지 않고 자아화해 자아 깊숙이 있는 속마음은 하나인 것을 보여주는 데 이용한다.

거기다 생극론을 보태 논의를 진전시킬 필요가 있다. 생극론은

"상생이 상극이고, 상극이 상생이다"라고 한다. "一卽多"나 "자아와 세계의 대결"인 소설은 상생이 상극임을 말해준다. "多卽一"이나 "세계의 자아화"인 서정시는 상극이 상생임을 말해준다. 이러한 사실을 확인하려면 작품을 들어 고찰하는 방법이 달라야 한다.

소설에 관한 논의에서는 각기 다른 삶을 보여주는 되도록 많은 작품을 찾아 멀리까지 나아가면서 문학의 원심력을 확인해야 한다. 서정시를 고찰할 때에는 소수의 뛰어난 작품에서 사람은 누구나 하고 있는 같은 생각을 찾아내 문학의 구심력을 발견해야 한다. 사람은 누구나 사람이면서 다양하고 복잡한 상극관계에서 살고 있는 것을 치열하게 보여주면 훌륭한 소설이다. 상이한 시공에서 서로 알아들을 수 없는 언어로 나타낸 각기 다른 생각이 상생관계를 이루어 크게 하나임을 알려주는 작품이 뛰어난 서정시이다.

서정시가 "多卽一"인 것을 밝히려고 이 책을 쓴다. 이 말을 제목에서 어떻게 나타내야 할지 몰라 고민했다. "多卽一"은 너무 생소해 풀이해야 한다. "서정시에서는 많음이 하나이다"라고 하면 말이 어색하다. "서정시는 많은 것이 하나이다"라고 하면 뜻이 축소된다. "서정시는 모두 하나이다"라고 하는 것이 가장 적합하다.

"서정시 동서고금 모두 하나"라고 하니 말을 하다가 만 것 같다. 체언만 있고 용언은 생략했으므로 보충해보자. 앞은 "서정시는 동서고금에 이루어진 것들이", "서정시는 동서고금의 구분을 넘어서서", "서정시는 동서고금의 차이가 있어도"일 수 있다. 뒤는 "모두 하나이다", "모두 하나로 이어진다", "모두 하나로 이해된다"일 수 있다. 앞뒤의 말을 연결시키면 아홉 가지 진술이 생겨난다. 그 가운데 어느 것이 타당한가? 모두 타당한가? 이런 의문을 지니고 앞으로 나아간다.

서정시는 모두 하나이므로 한자리에 모아 합치면 커다란 작품 한 편이 된다. 인류는 지금까지 서정시 한 편을 거대한 규모로 이룩하는 작업을 시간과 공간이 다른 곳에서 서로 다른 언어를 사용하면서 각기 자기 나름대로 했다. 서정시를 모아 한 편이게 하는 것은 생각하기 쉬우나 실행이 어렵다. 어렵다고 해서 포기할 것은 아니고, 가능한 범위 안에서 시도하기로 한다. 세계 어디에도 전례가 없는 일을 힘써 한다.

살아가는 길 되돌아보며

두갠, 〈위 아래로 구불구불한 인생의 길〉(Francis Duggan, "The Roads Of Life Keep Winding Up And Down")

The roads of life keep winding up and down
They take us to obscurity and renown
It is a journey we must undertake
And along the way there's joy and there's heartbreak.

A journey that one day does have an end
Along the way we do make many a friend
And having said that here and there a foe
As on the road that leads through life we go.

Their road through life to fame some people lead
They are the people destined to succeed
Whilst many fame and fortune never know
For their life journey little they do show.

The journey through life at birth does begin
For baby who is born free of sin

But the innocence of youth is quickly lost
Survival instincts come at a great cost.

And the innocence we are born with erode
As we journey on along our great life's road
A new day and new challenge greets us at every bend
On our journey that one day must have an end.

위 아래로 구불구불한 인생의 길
우리를 감추기도 하고 드러내기도 하고,
하지 않을 수 없는 여행을 하게 한다.
길에는 즐거움도 있고 가슴 아픔도 있다.

어느 날에는 끝이 날 여행을 하면서
길에서 많은 벗들과 만나기도 하고,
여기 저기 적대자가 있다고도 한다.
인생을 가로지르는 행로로 우리는 간다.

명성을 추구하는 길로 줄곧 나아가
잘되게 되어 있는 사람들도 있고,
명성이나 행운은 알지 못하고 살아
내세울 것이라고는 없는 사람도 있다.

태어나면 바로 인생행로가 시작된다.
어린 아이는 죄가 없이 태어나지만,
순진한 젊은 시절이 빨리 사라지고
생존의 본능이 비싼 대가를 치른다.

타고난 순진함이 부식되는 동안
우리는 인생이 위대하다는 길을 간다.
새로운 나날, 도전을 고비마다 만나다가,
우리 여행은 언젠가 끝나지 않을 수 없다.

두갠은 아일랜드 출신인 오스트레일리아 현대시인이다. 인생행로가
무엇인지 적실하게 밝히는 시를 써서 필요한 말을 갖추어 했다. 길이
위 아래로 구불구불해 좋고 나쁜 것이 교체된다고 했다. 사는 동안
타고난 순진함이 사라진다고 하고, 인생은 덧없다고 탄식하지는 않는
것이 서양인다운 발상이다.

이성선, 〈구름과 바람의 길〉

실수는 삶을 쓸쓸하게 한다.
실패는 生 전부를 외롭게 한다.
구름은 늘 실수하고
바람은 언제나 실패한다.
나는 구름과 바람의 길을 걷는다.
물속을 들여다보면
구름은 항상 쓸쓸히 아름답고
바람은 온 밤을 갈대와 울며 지샌다.

누구도 돌아보지 않는 길
구름과 바람의 길이 나의 길이다

이성선은 한국 현대시인이다. 구름과 바람의 길을 간다고 해서 방
랑자가 흔히 하는 말을 한 것 같다. 구름과 바람의 길은 쓸쓸하고

누구도 돌보지 않는다고 한 것도 새삼스럽지 않다.

　그런데 "구름은 늘 실수하고 바람은 언제나 실패한다"고 한 것은 들어보지 못한 말이다. 사람은 고난을 겪지만 구름과 바람은 초탈한 경지에서 논다고 하는 생각을 부정했다. 구름이나 바람에게서 위안을 얻어 고난에서 벗어나고자 하는 헛된 희망을 버렸다. 구름은 실수하고 바람은 실패하는 것을 알고, 그 길을 따라 가겠다는 것이 자기만의 결단이다.

　그라네, 〈되돌아오지 말아라〉(Esther Granek, "Ne te retourne pas")

Sur le chemin où tu chemines

jour après jour, face au levant,

musardant ou ployant l'échine,

et parfois aux heures divines

cueillant la fleur et contemplant,

l'oeil attendri,

dans l'écrin de tes paumes unies

des étamines et des corolles

aux lignes rares, ou sages, ou folles,

sur ce chemin de tous les temps,

pour qu'en tes mains ouvertes en bol

où tu regardes en t'émouvant

ne se faufile, s'interposant,

l'image aux traits si dégrisants

des lendemains de fleurs d'antan,

ne te retourne pas

Sur le chemin qui se déroule
de par ton pas poussant ton pas
flanqué d'écarts un peu mabouls
dont tu te soûles
dès qu'ils sont parés d'une aura,
sur ce chemin où tu louvoies
à ton gré ou contre la houle
entre deux murs longeant ta voie,
sortes d'invisibles parois
tel un couloir à ciel ouvert
(bâbord, tribord semblant offerts)
sur ce chemin qui se déploie,
toi qui te crois libre et le clames,
fier d'un zigzag baptisé « choix »
et que tu choies comme on se came,
si tu ne te veux peine en l'âme,
ne te retourne pas.

너는 길을 가는구나.
날마다 해 뜨는 곳을 향해
빈둥거리고 등을 구부리고,
이따금 성스러운 시간에
꽃을 꺾고 명상에 잠기고,
감동하는 눈으로
손바닥을 맞대 보석상자를 만들어,
얇은 천이나 꽃다발의
진귀하고, 정숙하고, 열광적인 대열,

이 길에서 언제나
너는 손을 둥글게 펴고,
감동하면서 바라보고
빠져나가지 않고 끼어들어,
환상에서 깨어나는 모습들
옛적의 꽃들이 핀 다음 날,
되돌아오지 말아라.

펼쳐져 있는 길 위에서
발걸음으로 발걸음을 밀어내며,
머리 돌게 하는 녀석들은 밀어두고
진절머리가 나게 하니,
신령스러운 기운 가까운 곳으로
바람을 거슬러 길을 가면서,
네가 좋은 대로 파도와 맞서고
길에 이어져 있는 두 벽 사이로 가서,
보이지 않는 칸막이에서 벗어나
하늘이 열린 빛이 나는 곳으로.
(배의 좌현과 우현이 봉헌되니)
뻗어 있는 이 길 위로
자유롭다고 생각하고 주장하는 너는
우왕좌왕하는 것을 선택이라고 자랑하고,
네가 선택하는 것에 도취되어
마음 아픈 것은 바라지 말고,
되돌아오지 말아라.

그라네는 벨기에의 현대 여성시인이며, 프랑스어를 사용해 여성다운 감수성이 오묘하게 짜인 시를 썼다. 인생행로를 자기 나름대로 말한 이 시도 그런 것 가운데 하나이다. 언어 세공이 지나쳐 번역하기 어렵고 이해가 쉽지 않다. 이치를 따지려고 하지 말고 감각으로 받아들이는 것이 마땅하다.

"너"는 자기 자신의 분신이라고 보는 것이 마땅하다. 자기 내심에서 다짐하는 말을 "너"에게 하는 말로 나타냈다. 살아가는 것이 제1연에서는 꽃다발을 받아드는 느낌을 주어 즐겁다고 하고, 제2연에서는 악천후에 항해를 하는 것 같아 힘들다고 했다. 즐겁거나 괴롭거나 앞으로 나아가기만 하고 되돌아오려고 하지 말라고 했다.

"손바닥을 맞대 보석상자를 만들어, 얇은 천이나 꽃다발의 진귀하고, 정숙하고, 열광적인 대열"이라고 한 말, 그 전후의 표현은 인생의 아름다움에 도취되어 떠오르는 환상을 말한 것이다. "손바닥을 맞대"는 감사하고 기도하는 자세이다. 그렇게 하면 마음에 보석상자가 생겨, 온갖 진귀한 것들이 생긴다고 했다. 진귀한 것들이 무엇인지 하나하나 이해하려고 할 필요는 없다.

"배의 좌현과 우현이 봉헌되니"는 설명이 필요한 말이다. 인생의 항해를 하고 있는데 배의 좌현이 보였다가 우현이 보였다가 하는 것은 파도가 심하다는 말이다. 그래도 고난을 한탄하지 말자고 "봉헌"이라는 말을 썼다. "봉헌"은 가톨릭 예배 때 신에게 바치는 물건이다. 시련을 신성하다고 여기려고 했다.

릴케, 〈나는 내 삶을 산다〉(Rainer Maria Rilke, "Ich lebe mein Leben")

Ich lebe mein Leben in wachsenden Ringen,
die sich über die Dinge ziehn.
Ich werde den letzten vielleicht nicht vollbringen,
aber versuchen will ich ihn.

Ich kreise um Gott, um den uralten Turm,
und ich kreise jahrtausendelang;
und ich weiß noch nicht: bin ich ein Falke, ein Sturm
oder ein großer Gesang.

나는 내 삶을 커져가는 동그라미 속에서 산다.
동그라미가 사물 위로 뻗어간다.
나는 끝내 동그라미를 완성할 수 없을지 모른다.
그래도 시도해본다.

나는 신의 주위를, 아주 오래 된 탑의 주위를 돈다.
몇천 년이나 돈다.
나는 아직도 모른다. 내가 매인지, 폭풍인지,
위대한 노래인지.

릴케는 오늘날의 체코 땅 보헤미아에서 태어난 독일어 시인이다. 예사롭지 않은 표현으로 이해하기 어려운 생각을 구현했다. 이 시는 제목에서 말했듯이 인생행로를 다루면서 예상하지 않은 방향으로 나아갔다. 깊이 생각해야 무엇을 말하는지 알 수 있다.

제1연에서 인생행로는 직선으로 나아간다는 통념을 깨고 동그라미 그리기라고 했다. 동그라미가 자꾸 커진다고 했다. 출발점으로 복귀하면서 경험을 축적하고 사고가 확대되므로 하는 말이라고 생각된다. 동그라미가 아무리 커져도 완성될 수는 없는데 완성되기를 바라고 노력한다고 하는 것도 이해 가능한 말이다.

제2연에서 "신의 주위를, 아주 오래 된 탑의 주위를 돈다"고 한 것은 종교적인 이상을 지니고 장구한 역사를 이으면서 살아간다는 말이다. 몇천 년 동안의 축적을 체험하므로 "몇천 년이나 돈다"고 했다. 위대한 유산 언저리를 돌면서 자기가 하는 행위는 어느 수준인지 모르겠다고 했다. 매와 같은 짓을 하면서 먹이나 노리는가? 폭풍 노릇을 하면서 흔들어놓고 훼손하기나 하는가? 시인이 할 일을 해서 위대한 노래를 부르는가? 이렇게 물었다.

작업 추진의 실제 방안

사람이든 다른 생명체든 사는 것은 기본적으로 같다. 다른 생명체는 그냥 사는 일차적인 활동만 하지만, 사람은 삶이 무엇인지 알고 사는 보람을 키우고자 하는 이차적인 소망까지 지닌다. 일차적인 활동에 필요한 지식을 전수하는 교육은 다른 생명체도 하지만, 이차적인 소망을 실현하기 위해 지혜를 키우는 교육은 사람이라야 한다.

교육이 세분화되고 분야마다의 정밀한 탐구가 진행되어 일차적인 활동에 필요한 지식 전달은 엄청나게 늘어났다. 학교교육 밖의 사회교육에서 보태는 지식은 더욱 폭발적으로 증가하고 있다. 이차적인 소망은 교육 이전의 개인적인 관심사로 밀려나고 말았다. 최대의 풍요가 넘치는 이면에서, 사람이 다른 생명체와 그리 다르지 않던 원시시대가 재현되고 있다. 불균형이 너무 심하면 공룡의 전례를 이어 인류도 멸종할 수 있다.

특수교육만 있고 일반교육은 없는 위기가 이처럼 심각하게 나타난 것을 알아차리고 바로잡아야 한다. 전인교육에서 시작해 학문론교육으로 나아가는 일반교육을 해야 위기를 진단하고 해결할 수 있다. 이런 말로 이상론을 펴고, 당위를 역설하는 것은 해결책이 아니다. 말을 더 거창하게 해도 도움이 되지 않는다. 말잔치를 풍성하게 하려고 이 자리에 모인 것은 아니다.

일을 누가 맡아서 하는가? 이것이 문제이다. 인문·사회·자연학문에 종사하는 교수들 여럿이 학문론강의를 맡아야 한다고 한 것은 이

상론이다. 내가 강력하게 권유해, 어느 대학 총장이 학내 교수들 가운데 희망자가 있는가 알아보았다. 학문론강의 하나를 하면 통상적인 강의 셋을 한 것으로 치는 혜택을 베풀겠다고 했다. 그래도 희망자가 없더라고 했다. 준비가 부족하거나 용기가 없는 탓이기도 하지만, 필요성을 인식하지 못하는 것이 더 큰 이유라고 본다.

사회·자연학문은 기대할 수 없으니 인문학문이 나서야 한다는 말을 많이 한다. 자연과학의 독선, 사회과학의 일탈을 시정하고 학문이 하나이게 하는 과업을 인문학문이 맡아야 한다고 한다. 인문학문이 문사철 통합을 이룩하고 학문 통합으로 나아가야 한다고 한다. 모두 말이 그렇다는 것이고, 실행을 위한 의욕도 능력도 없다. 외국에서 나온 약을 받아다가 파는 짓은 잘도 하지만 더 좋은 약을 스스로 만들기 위해 땀을 흘릴 생각은 없다. 주위에 있는 재료가 모두 낯설어 국산제조업은 하지 못한다.

나는 문사철을 통합하고 인문·사회·자연학문이 하나이게 하는 방향으로 나아가려고 《인문학문의 사명》(서울대학교출판부, 1997)에서 분투했다. 다시 《학문론》을 써서 인문·사회·자연학문을 아우른 학문 일반론을 이룩하고자 했다. 《서정시 동서고금 모두 하나》에서는 국·중·일·영·불·독문학과에서 국경 구분을 엄격하게 해놓고 제각기 하던 작업을 한데 모으고, 문학에서 역사나 철학으로 나가는 길을 열기도 했다.

이런 노력은 호응을 받지 못하고 오히려 반감을 사고 있다. 외국에서 새로 만든 용어 몇 개를 얻어듣고 적당히 섞어 말을 화려하게 하면 존경받는데, 힘든 일을 실제로 하면서 땀을 흘리는 것은 건방지고 어리석다고 여긴다. 학문 통합을 주장하는 유행에는 공감하고 따르겠다는 분들이 알고 보면 대부분 분과학문의 기득권, 그 속의 자기 지분을 완강하게 지킨다.

사회·자연학문은 물론 역사나 철학도 영토 수호에 민감하고 일반 교육을 위한 학문 통합에 열의가 없다. 역사는 개별적인 사실 고증에 매달리고 있다. 철학은 특정의 개념 수입에 몰두하고 있다. 양쪽 다 넓은 시야를 확보하려고 하지 않아 일반교육을 감당하기 어렵다. 학문론교육이든 전인교육이든 개별적인 지식이나 누구의 어떤 학설 소개로 대치하고 말 수 있다. 철학이 정신을 차려 재출발하고, 역사학도 지혜의 학문이 되어 함께 나아갈 수 있기를 기대하고 촉구하면서, 당분간 문학이 일인삼역을 하지 않을 수 없다.

문학은 학설 이전의 작품을 다루는 것이 큰 장점이다. 잡담 제하고 문학작품을 학생들과 함께 읽고 즐기면 대전환이 바로 시작된다. 위에서 본보기로 든 서정시 몇 편을 다시 읽어보자. 인생의 길에 대해서 의미심장한 말을 하면서 많은 것을 깨우쳐준다. 논란이 개방되어 있어 누구나 들어가 자기 목소리를 자유롭게 낼 수 있다. 열띤 토론을 거쳐 지혜를 모을 수 있다. 역사나 철학의 문제도 작품에서 다루어 총체적인 사고를 할 수 있다.

논의의 확대

창의적인 내용을 다양하게 갖추어 일반교육을 진행함으로써 전공이라고 일컬어온 특수교육도 살려야 한다. 창의적인 내용을 갖추려면 치열하게 작업을 할 수 있는 연구의 선도자가 일반교육을 맡아 자기 체험을 충분히 활용해야 한다. 연구보다는 강의에 더 힘쓰는 교수, 강의 전담 교수, 연구는 하지 못하고 강의나 하는 강사는 일반교육을 감당하지 못한다. 얻어듣거나 책에서 본 것은 소용이 없고, 자기 연구가 일반교육의 밑천이고 능력이기 때문이다.

연구를 한창 잘하고 있는 최전방의 용사를 후방으로 불러와 연구에 지장이 생기게 하는 것은 바람직하지 않으므로, 차선책을 택하는 것이 좋다. 정년퇴임 교수가 가운데 연구 열의와 업적이 특출하고 연구경험이 아주 풍부한 분들을 특임교수로 초빙해 일반교육을 맡도록 하면 된다. 최상의 후보를 알아보고 좋은 조건으로 재빨리 모셔가는 대학은 비약적인 발전을 할 수 있다.

최상의 후보 명단이 어디 나와 있는 것은 아니어서 실수를 하기 쉽다. 어느 대학에서는 여러 곳 전직 총장들을 모셔가 자랑으로 삼았다. 과대평가된 허풍선이의 화려한 이름에 현혹되어 헛다리를 짚는 대학이 이따금 있다. 어느 정도 알려졌어도 진가에 견주면 많이 과소 평가된 인재를 찾아낼 수 있어야 한다. 불교에서는 득도한 사람이라야 득도한 사람을 알아본다고 한다.

명문이라고 자부하는 쪽은 자만에 빠져 변화에 소극적이며 인재를 알아보고 모시겠다는 열의도 없다. 다소 뒤떨어진 것을 자책하면서 향상을 열망하는 대학은 슬기로운 방법을 발견해 후진이 선진이 되는 비약을 이룩할 수 있다. 위대한 변혁은 변방에서 시작되고 불만을 가진 쪽이 주도했다. 남다른 지혜와 용기가 있어야 가능한 일임은 물론이다. 교육에서도 이런 일이 일어나면 나라의 수준이 한 등급 향상된다.

우려할 일도 없지 않다. 권력과 돈만 있는 교육부가 공연히 나서서 간섭하고, 평가를 잘못하는 탓에 지원을 반대로 하면 대학을 망쳐 나라를 불행하게 한다. 교육부를 없애야 나라가 산다는 말이 나오지 않게 해야 한다. 교육부장관은 눈치 빠른 행정가나 코드 맞는 정치인이 되서는 안 되고 학문과 교육의 실적으로 최상의 존경을 받는 스승이어야 한다. 대통령은 교육대통령이라는 칭송을 듣고 싶은 야심은 완전히 버리고, 교육부장관의 임기와 권한 보장을 업적으로 삼아야 한다.

붙임

단국대학교에서 이 원고를 이용해 기조발표를 하고 얻은 것이 있다. 발표를 하면서 추가해 말하고, 다른 분들의 발표를 듣고 생각하고, 주최 측에서 보낸 메일을 받고 하고 싶은 말을 적는다. 모두 단국대학교에서 기대한 것과 반대가 되는 논의이다. 잘못을 바로잡기 위해 나서서 싸우지 않을 수 없다고 깨달은 것이 얻은 성과이다.

이 글에서 일반교육의 내실화를 위해 나는 어떻게 하겠다고 한 것은 구체적인 예시로서 의의가 있다. 내가 단국대학교에서 한 자리를 얻기 위해서 한 말은 아니므로 오해 없기를 바란다고 했다. 정년퇴임을 할 무렵 어느 대학 총장을 비롯한 보직자 전원이 모인 자리에 초청되어 가서 일반교육 혁신 방안을 말한 적 있다. 얼마 뒤에 그 대학으로 오라는 교섭을 받고 내가 취직하려고 한 것은 아니라고 하면서 거절했다. 나의 제안이 실행 착오로 허사가 되는 것을 보고 안타까워도 어쩔 수 없었다. 단국대학교의 경우에도 설계도를 제공하는 것으로 만족하고, 시공을 하는 수고는 감당할 수 없다.

주최 측에서 '미래교육'이라고 하고 나는 일반교육이라고 한 것을 어떻게 하면 잘할 것인가는 심각한 문제이다. 상식 수준의 일반론을 이 사람 저 사람 중언부언 길게 펴는 것을 토론이라고 하면서 시간 낭비를 하는 것이 안타까웠다. 쟁점을 집약해 검토하자고 하는 제안이 받아들여지지 않아 자리를 뜨지 않을 수 없었다.

어떤 교육을 어떻게 할 것인지 의사 결정에 깊이 관여하는 분들이 실질적인 논의를 해야 한다. 다른 여러 대학의 실패 사례를 구체적으로 분석하는 것을 필수과제로 하고, 자기 대학을 위한 최상의 대책을 마련해야 한다. 그런 자리에 와서 조언을 해달라고 하면 수고를 아끼지 않겠다고 했다.

일반교육의 성패는 담당자의 능력에 달려 있다고 거듭 강조해서 말했다. 교양교육은 전공을 감당하기는 어렵다고 평가되는 교수나 강사에게 맡긴 탓에 실패했다. 기초교육이라고 하는 것을 비정규직 강의교수가 전담하도록 하는 새로운 방법도 대학 교육의 수준을 낮추기나 해서 실패를 자초하지 않을 수 없다. 내가 주장하는 일반교육은 전공교육에서 탁월한 능력을 발휘하고 연구업적이 뛰어난 최상위급

교수들이 관심을 확대해 전인적 학문론교육에 헌신하고자 해야 성과를 거둘 수 있다.

교내에 적임자를 찾아야 하고, 정년퇴임 교수 가운데 적합한 분을 알아내 초빙해야 한다고 한 제안에 하나 더 보태자. 앞의 두 방법으로 목적 달성이 어려우면, 공개모집을 대책으로 삼아야 한다. 정교수는 변신이 어렵고 조교수는 미숙하므로, 대학의 현직 부교수에게만 응모 자격을 주는 것이 좋다. 다른 것들은 요구하지 말고 강의계획서를 제출하게 해서 심사 자료로 삼아야 한다. 구조조정의 대상이 되어 없어지는 학과 교수들 가운데 우수한 인재를 선발해 발탁하는 것이 여러모로 아주 좋다.

발표를 함께한 두 분 가운데 한 분은 인문학의 위기를 걱정했다. 인문학은 신세타령을 그만두고 교육을 위기에서 구하는 해결사로 나서야 한다. 인문학을 하라고 권유하지 말고 다른 어느 학문을 하더라도 인문학에서 제공하는 창조적 능력을 발휘하도록 해야 한다고 나는 말했다. 경영학, 전산학, 기계공학 등 잘나간다는 학문이 더 잘나가도록 하는 전인적 학문론을 개척하고 교육하는 것을 인문학의 유용성으로 삼아야 한다고 말했다. 그런 분야 교수들이 자기 학문을 출발점으로 삼은 전인적 학문론강의를 개설해 광범위한 학생들이 관심을 가지고 수강하도록 하는 것도 아주 좋다.

또 한 분의 발표자는 '자유학예교육'이라고 번역한 'liberal arts' 교육이 낡았다고 하지 말고, 되살리는 데 힘써야 하고, 그 임무를 맡아야 인문학이 살아나야 한다고 했다. 행사가 끝나고 주최 측에서 보낸 메일에서 말하기를 단국대학교에서 'liberal arts college'를 모범이 되게 만들려고 한다고 했다. 이런 계획은 부당하다고 발표에서 말한 것만으로는 저지하기 어려울 것 같아, 여기서 더욱 분명한 반론을 제기한다.

발표 원고 서두에서 "남들이 좋아한다는 낡은 시나리오를 사다가 제작자가 스스로 감독을 맡고, 출연자들 착취에서부터 이익을 남기려고 하면서 관객의 환영을 받는 영화를 만들겠다고 하는 영화사는"는 망한다는 것 말고는 더 할 말이 없다고 했다. 이 말이 그대로 적중하는 것을 두고 볼 수 없다. 잘못을 지적하고 바로잡아야 할 책임이 있다.

'liberal arts'는 남들이 좋아한다는 낡은 시나리오이다. 노예가 아닌 자유민이 생업은 걱정하지 않으면서 고급의 교양을 쌓아 우월감을 과시하려고 해서 필요한 것이었다. 영문명을 'college of liberal arts'라고 하면서 만든 서울대학교 문리과대학 문학부는 낡은 시나리오에 대한 미련을 버리고 인문대학과 사회과학대학으로 분리되어 오늘날의 학문을 하고자 한다. 뒤늦게 과거로 되돌아가 얻을 것이 없다.

단국대학교에서 'liberal arts college'라는 것을 모범이 되게 만들겠다고 하는 것은 "출연자들 착취에서부터 이익을 남기려고 하는" 영화사와 같은 짓이 아닌가 하고 교수들이 의심하는 소리를 들었다. 그럴듯한 말로 방패를 삼고 구조조정을 해서 학과를 통폐합하고 교수들을 감원하려고 하는 음모가 아닌가 하고 의심한다. "환영 받는 영화를 잘 만드는" 것은 불가능하다고 전제하고 원가 절감이나 하자는 옹졸한 처사가 아닌지 나도 의심한다.

새로운 단과대학을 만들거나 학교를 통폐합하는 구조조정은 필요 없다고 발표를 할 때 누누히 말했다. 전인적 학문론을 담당 교수 각자가 자기 전공분야의 연구 경험을 근거로 교육하는 강의를 여럿 개설하고 학생들이 선택하도록 하는 조처만 하면 된다. 전인적 학문론 강의는 준비하는 부담이 아주 크기 때문에 한 과목이 세 과목에 상당하다고 인정할 필요가 있다. 전인적 학문론을 하나 또는 몇 개 선택해서 수강하라고 학생들에게 요구하기만 하는 것 이상의 교과과정 개편은 필요하지 않다.

그런 강의를 하는 교수가 자기 학과를 떠나지 않을 수도 있으며, 신참자는 학생은 없는 미래교육혁신원에 소속되는 것이 적합하다. 자기 학과를 떠나지 않은 교수는 몇 학기에 한 번씩, 미래교육혁신원의 교수는 학기마다 전인적 학문론강의를 담당하도록 하면 된다. 강의를 한 원고를 수정하고 학생들과의 토론을 붙여 출판하고, 다음 강의는 새로운 내용으로 하도록 해야 한다.

대학 구조조정을 하고 새로운 제도를 만들어 모든 교수와 학생이 일제히 따르라고 하는 것은 백해무익한 횡포이다. 교수 감원에 의한 경비 절약을 목적으로 하지 않는다면 그만두어야 한다. 단과대학이나 학과 제도를 그대로 두고, 교수나 학생이 자율적인 판단에 의한 재량권을 가지고 강의를 개설하고 수강할 수 있게 하는 것이 실현하기 아주 쉽고 성과가 월등하게 큰 개혁이다.

전인적 학문론의 일반교육은 공동의 영역으로 하고, 교수나 학생이 선택 가능한 특수교육의 주전공을 예컨대 한국현대사, 한국사, 동아시아사, 비교사학, 인문학, 학문 일반론 가운데 어느 것일 수 있게 하는 재량권을 주면 된다. 동아시아사, 동아시아경제, 동아시아정치를 함께 공부해 동아시아학을 할 수 있게 하면 되고, 동아시아학과를 만들 필요는 없다. 한국현대사와 경영학을 함께 공부해 한국경영학을 주전공으로 삼을 수 있게 하면 된다. 인문학과 전산학을 함께 공부해 인문전산학을 이룩할 수 있게 하면 된다.

새로운 분야를 기성품으로 만들지 않아야 하고, 새로운 분야를 만들기 위해 기존의 분야를 없애는 것은 더욱 어리석다. 'liberal arts college'라는 것을 모범이 되게 만들겠다고 하는 것은 웃음거리 수준의 시대착오적 망상이므로 당장 그만두어야 한다. 전인적 학문론에서 자극받아 깨어난 자율적 창조력을 동력으로 대학 전체가 생동하도록 해야 한다. 이런 대학의 출현을 고대한다.

3. 창조력 향상을 위한 교육

알림

이 글은 2016년 10월 29일부터 수원 아주대학교에서 열린 세계인 문포럼에서 기조발표를 한 원고이다. 영문 요지를 배부하고, 발표를 영어로 동시통역을 했다. 발표를 하고 나서 외국인 참가자들이 감탄 하는 소리를 많이 들었다. 국내인은 거의 다 발표자나 사회자이고, 별다른 반응을 보이지 않았다.

한국연구재단을 거쳐 지출되는 나랏돈으로 행사를 크게 벌이고 많은 외국인을 초청했다. 기조발표자 두 사람이나 다른 외국인 발표자들이 경청할 만한 발표를 했다고 생각되지 않는다. 한국정부는 인문학을 크게 지원한다고 대외적으로 홍보하려고 겉치레에 힘썼다고 할 수 있다. 행사가 끝나고 얻은 결과를 책으로 내지 않아 무엇을 했는지 알려지지 않았다.

이 글 원래의 제목은 주최 측의 요청을 받아들여 〈인문학교육의 사명 자각〉이라고 했다. 인문학이 소중하다고 가르치는 것이 인문학 교육이라고 오해할 수 있는 것을 경계한다. 제목을 〈창조 능력 향상을 위한 훈련〉이라고 해서, 모든 전공분야의 학생들을 위해 창조 능력 향상을 위한 교육을 담당하는 것이 인문학의 사명이고 효용성임을 분명하게 한다.

창조 능력을 향상하려면 철학의 전통을 되살려야 한다고 책 서두에서부터 역설했다. 철학이 따로 있다고 하지 말고 모든 교과목이 철학이어야 한다고도 했다. 이 말을 실현하는 본보기를 보이는 것이 여기서 하고자 하는 일이다.

이름을 바르게

《인문학문의 사명》(서울대학교출판부, 1997)이라는 책을 써낸 적 있다. 후속 작업을 여러 가지로 하다가 《학문론》(지식산업사, 2012)에서 총괄을 시도했다. 앞의 책에서 19년, 뒤의 책에서 4년이 지난 시점에 〈인문학 교육의 사명〉이라는 발표를 했다. 이룬 성과를 간추려 재검토하고 새로운 논의를 보태기로 한다.

기존의 작업에서 용어 시비부터 했다. '(natural) science', 'social sciences', 'humanities'라는 것들을 가져와 '자연과학'·'사회과학'·'인문학'이라고 하면서, 몇 가지 잘못이 생겨났다고 했다. 셋 다 유럽문명권에서 하는 연구를 수입해야 한다고 한다. 셋은 차등이 있다고 한다. 셋의 공통점은 사라졌다.

이름을 바르게 해야 이런 잘못을 시정할 수 있다. '天之文'·'地之文'·'人之文'을 말하고 '學問'을 논한 동아시아의 전통을 가져와 유럽문명권 전래의 견해와 합쳐, '자연학문'·'사회학문'·'인문학문'이라는 용어를 사용하는 것이 바람직하다고 했다. 이렇게 하면 잘못을 시정하고 앞으로 나아갈 수 있다. 보편적인 연구를 스스로 할 수 있다. 셋은 학문이라는 공통을 지니고 대등한 관계임을 분명하게 한다.

이 대목에서 하는 말은 유럽문명권의 언어로 옮기기 어렵다. 우선 '학문'이 문제이다. 독일어에는 'Wissenschaft'가 있어 다행이지만 學만 지칭하고 問은 없다. 學과 問을 다 말하려면 'Wissenfragenschaft'라는 말을 만들어야 한다. '학문'이라는 말조차 없는데, '자연학문'·'사회학문'·'인문학문'을 논의하는 것은 무리이다. 이런 이유에서 내가 전개하는 학문론이 보편성이 없다고 하는 것은 잘못이다. 공통된 용어가 장차 마련되기를 기다리면서 보편성 확보를 위해 가능한 일을 하는 것이 마땅하다.

중세까지의 학문은 어디서나 인문학문이 중심을 이루는 통합학문이었다. 근대에 이르러서 자연학문이 독립해 대단한 발전을 자랑하고, 사회학문이 그 뒤를 이어 확고하게 자리잡아 학문이 분화되고 전문화되었다. 몰락한 종갓집처럼 된 인문학문 또한 독자적인 방법론을 갖추고 논리를 가다듬어야 했다.

분화나 전문화가 자연학문·사회학문·인문학문 내부에서도 계속 진행되면서 역기능이 커졌다. 세분된 분야마다 연구의 대상과 방법에 대한 그 나름대로의 주장을 확립하려고 경쟁한 탓에 소통이 막히고, 총괄적인 인식이 흐려졌다. 천하의 대세는 합쳐지면 나누어지고 나누어지면 합쳐진다는 원리에 따라, 나누어진 것을 합쳐야 하는 것이 지금의 방향이다. 세 학문의 관계를 살피면서 근접 가능성을 확인하고 통합으로 나아가는 길을 찾아보자.

學問은 學과 問의 양면이 있다. 學은 연구이고, 問은 연구에 대한 토론이고 검증이다. 연구는 그 자체로 완결될 수 없고 토론과 검증이 따라야 한다. 學에서 問으로 나아가기만 하는 것은 아니고, 問에서 學으로 나아가기도 한다. 토론이 제기되고 검증이 요청되는 과제를 받아들여 연구하는 것도 학문의 임무이다.

學과 問 관계의 실상은 학문의 분야에 따라 다를 수 있다. 자연학문은 學을 엄밀하게 하는 것을 자랑으로 삼아 問을 축소하고, 인문학문은 問을 개방해 學이 유동적인 것을 허용한다. 사회학문은 그 중간이어서 學의 엄밀성과 問의 개방성을 적절한 수준에서 함께 갖추려고 한다.

이러한 차이는 언어 사용과 직결된다. 자연학문은 수리언어를, 인문학문은 일상언어를 사용하고, 사회학문은 두 언어를 겸용한다. 연구의 대상과 주체라는 말을 사용하면, 또 하나의 구분이 확인된다.

자연학문은 주체와 대상을 분리해 대상만 연구하고, 인문학문은 대상에 주체가 참여해 연구한다. 이 경우에도 사회학문은 양자 중간의 성격을 지닌다.

대상에 주체가 참여하는 것은 연구의 객관성과 엄밀성을 해치는 처사라고 비난해야 하는가? 아니다. 대상과 주체의 관계 또는 주체 자체에 심각한 의문이 있어 연구하지 않을 수 없다. 주체에 관해 계속 심각한 問이 제기되는데 學을 하지 않는 것은 도리가 아니다. 각자 좋은 대로 생각하도록 내버려두지 말고, 공동의 관심사에 대해 납득할 수 있는 해답을 논리를 제대로 갖추어 제시해야 하는 의무가 학문에 있다.

역사 전개, 문화 창조, 가치 판단 등에 관한 긴요한 관심사가 연구를 요청한다. 이런 문제는 너무 커서 학문이 감당하지 못한다고 여겨 물러나면 시야가 흐려지고 혼란이 생긴다. 역사 전개는 정치지도자나 예견하고, 문화 창조는 소수의 특별한 전문가가 맡아서 하며, 가치 판단은 각자의 취향을 따르면 된다고 하면 어떻게 되겠는가? 이런 수준의 우매한 사회에서는 무책임한 정견, 말장난을 일삼는 비평, 사이비 종교 같은 것들이 행세해 인심을 현혹한다.

앞에서 든 것들이 모두 주체의 자각과 관련되므로, 혼란에서 벗어나 필요하고 타당한 논의를 전개하기 위해 인문학문이 먼저 분발해야 한다. 역사철학, 문화이론, 가치관 등에 관한 신뢰할 만한 견해를 연구 성과로 내놓아야 한다. 다루어야 할 문제가 여러 영역에 얽혀 있어, 연구를 심화하고 확대하려면 다른 분야와의 제휴가 필요하다. 인문학문이 홀로 위대하다고 자부하지 말고, 먼저 사회학문, 다시 자연학문과 제휴해야 할 일을 제대로 한다. 연구 분야가 지나치게 분화되어 배타적인 관계를 가지는 폐단을 시정하고, 학문이라는 공통점을 근거로 세 학문이 제휴하고 협력하고 통합하도록 하는 데 인문학문이 앞서야 한다.

이제는 학문 통합을 경쟁 과제로 삼아 자연학문이 앞서서 추진하겠다고 하는데, 인문학문은 자연학문보다 두 가지 유리한 점이 있다. 자연학문의 수리언어는 전공분야를 넘어서면 이해되지 않고, 인문학문의 일상언어는 소통의 범위가 훨씬 넓다. 인문학문은 연구하는 주체의 자각을 문제 삼고, 연구 행위에 대한 성찰을 연구 과제로 삼고 있어 사회학문이나 자연학문을 포괄하는 학문 일반론을 이룩하는 데 유리하다.

나는 국학에서 동아시아학으로, 동아시아학에서 세계학으로, 문학론에서 인문학문론으로, 인문학문론에서 학문론으로 나아가면서, 연구의 성과와 경험을 확대하고 일반화하는 데 힘썼다. 그래서 얻은 성과를 《세계·지방화시대의 한국학 1-10》(계명대학교출판부, 2004-2009)이라는 일련의 저작으로 내놓았다. 그 가운데 몇 가지만 들어본다. 《5 표면에서 내면으로》(2007), 《7 일반이론 정립》(2008), 《9 학자의 생애》(2009)가 학문론으로서 특히 중요한 의의를 가진다.

인문학문은 학문론이어야 한다. 인문학문 옹호론이나 펴는 어리석은 짓은 그만두고 학문 일반론으로 나아가야 한다. 과학철학이니 사회과학방법론이니 하는 것들이 유행해 학문의 분화나 특수화를 촉진한 잘못을 시정하고, 학문에 대한 총괄적인 논의를 제대로 하는 학문론을 인문학문에서 선도해 정립해야 한다.

학문이란 무엇인가? 학문은 어떻게 펼쳐지는가? 학문은 무엇을 할 수 있는가? 학문은 누가 하는가? 학문은 어디까지 나아가야 하는가? 학문이 막히면 어떻게 할까? 학문하는 자세에 모범이 있는가? 학문하는 여건, 무엇이 문제인가? 《학문론》에서 이런 문제를 제기하고 고찰했다.

이런 문제를 다루는 학문론이 공동의 관심사가 되어, 넓고 깊은 견해가 계속 나와 열띤 토론을 벌여야 한다. 문제를 거듭 다시 제기하면서 논의를 발전시켜야 한다. 대학이 학문의 전당이라는 간판을 내리지 않았다면, 대학마다 학문론을 강의하고, 교재를 겸한 연구서가 헤아릴 수 없이 많이 나와야 한다.

그런데 학문론다운 학문론이 하나도 없으니 사태가 심각하다. 학문이 세상의 모든 문제를 맡아 다룬다고 하면서 자기 자신에 대한 성찰은 잊은 바보가 되었다. 이 위기를 타개하는 데 앞장서기 위해 이 발표를 한다.

인문학교육이 분발해야

인문학문은 學이 問이고 問이 學이어서 연구와 교육이 상호보완의 관계를 필수적으로 가진다. 자연학문의 연구는 최고 수준에 이른 전문가가 아니고는 토론에 참여할 수 없다. 사회학문의 연구 성과는 교육 내용을 삼기 전에 정책에 반영하는 것을 우선 과제로 삼을 수 있다. 인문학문은 교육하면서 연구하고, 교육을 통해 전달되며, 교육에서 효용성을 발휘한다.

인문학문은 인문학문교육이어야 한다. 인문학문교육은 말이 너무 길어 줄일 필요가 있다. 인문학문의 問은 교육과 중복되어 하나를 뺄수 있다. 이 두 가지 이유에서 '인문학문교육'을 '인문학교육'이라고 일컫기로 한다. '인문교육'이라고 하면 學이 없어져 부적당하다. 연구는 하지 않고 교육만 하면 된다고 하는 잘못된 관행을 시정하기 위해 인문학교육이라는 이름을 분명하게 해야 한다.

자연학문에서는 학년이 올라가는 데 상응해 이해 능력이 향상되는 학생들을 상대로 단계적인 교육을 한다. 최상급생 이상이라야 연구에 참여하고 토론할 수 있다. 인문학교육에서는 처음부터 연구가 교육이고 교육이 연구이다. 공부를 시작할 때 이미 지닌 창조력이 지식이 쌓이면서 훼손되지 않도록 주의해야 한다. 이렇게 하기 위한 노력이 교육의 기본 과제이면서 연구의 원동력이고 핵심을 이루는 내용이다.

인문학교육에서는 입문 단계의 학생이 대석학이라고 자부하는 사람보다 더욱 놀라운 착상을 보여줄 수 있다. 박사과정 학생은 예상할수 있는 토론만 하는데, 내 전공과는 거리가 먼 분야 학사과정 1학년 학생이 놀라운 질문을 해서 온몸에 전율을 느낀 적 있다. "학문을 머리로 합니까, 가슴으로 합니까?"라는 질문을 받고 공사중인 학문론을 허물고 다시 쌓아야 했다.

어린아이는 언어를 습득하는 능력을 완벽하게 지니고 있다가 자라면서 상실한다. 그 능력의 수수께끼를 탐구하는 것이 영원한 연구 과제이다. 그림 그리기까지 관찰의 대상으로 삼으면 어려서는 누구나영재인데, 교육을 받으면서 둔재가 되는 것을 확인할 수 있다. 영재의 능력을 망치지 않고 살리는 어려운 일을 인문학교육이 맡아야 한다. 너무나도 어려운 일이므로 어린아이이기를 그만두지 않는 학생들을 공동연구자로 삼아야 한다.

인문학교육은 모든 중생 누구나 지닌 불성이 번뇌나 망상 때문에훼손되지 않도록 해야 한다. 번뇌나 망상을 파괴하고 불성이 드러나도록 해야 한다. 교육하는 사람은 학생들과의 만남을 깨달음의 계기로 삼아 거듭 다시 태어나 새로운 연구를 해야 한다. 불성에다 견준능력은 열려 있는 상태에서 자유롭게 발현되는 창조력이다.

지식이 쌓이고 경험이 확대되면 생각이 달라진다. 이에 따라서 교육의 방법을 바꾸고 소재를 다양하게 하는 것이 질적 향상이라고 안이하게 생각하지 말아야 한다. 복잡해진 상황에 휘말려 창조적 사고가 혼미해지는 것을 극도로 경계하면서 정신을 차려야 한다. 역사 전개, 문화 창조, 가치 판단 등에 관한 작업을 본격적으로 하면서 불성에 견준 능력을 폭넓게 발현해야 한다. 초심을 잃지 않아야 대성할수 있다는 것을 연구하고 교육하는 사람 자신이 솔선수범해 보여주어야 한다.

인문학교육은 전공자만을 위한 교육이 아니고 모든 학생들을 위한 교육이어야 한다. 학생뿐만 아닌 모든 사람을 위한 교육이어야 한다. 초·중등학교는 물론 대학에서도 공동 필수여야 한다. 대학원에서도 공동과목으로 삼아야 한다. 단일한 과목·내용·방법을 갖추어야 하는 것은 아니다. 과목·내용·방법을 새로 지어내는 일을 교사와 학생, 양쪽 참여자들이 함께해야 기대하는 성과를 거둘 수 있다.

국가의 경쟁력을 키운다는 이유에서 무용하다고 여기는 인문학교육은 되도록 멀리 하고, 자연학문은 유용하므로 교육에서부터 집중해 지원한다는 것은 어리석다. 인문학교육의 유용성은 자연학문에 필요한 창조력을 키우는 데서도 바로 입증된다. 장차 어느 시기에 최고의 수준에 이른다면 수학이나 물리학 논문을 자유자재로 쓸 수 있다는 꿈같은 사실을 지금 당장 시를 짓고 읽는 데서 체험하고 이해해 창조력을 죽이지 않고 살리도록 하는 인문학교육이 맡는다.

이른바 과학 영재라는 학생들을 소중하게 여겨 별도로 선발해 전공분야 공부를 다그치는 것은 능력을 죽이는 바보짓이다. 학습의 계단을 빨리 올라가라고 무리하게 등을 밀어 창조적 사고를 할 여유를 박탈하면서 획기적인 성과를 일찍 내놓으라고 요구하는 것은 심각한 인권유린이다. 국가나 기업의 이익을 위해 인간을 도구화하는 횡포를 그대로 두고 볼 수 없다. 모든 창조는 주어진 목표에 매이지 않는 자유로운 발상의 산물이고, 강제가 아닌 자발로 이루어져야 한다는 것을 분명하게 하면서, 인문학교육이 이에 맞서 싸워야 한다.

자연학문 전공자는 기존의 연구를 따르면서 배우는 고행으로 청춘을 다 보내고 극소수만 창조의 자유를 누리는 경지에 가까스로 이른다. 거기까지 가는 동안 대부분은 탈락하는 이유가 타고난 창조력이 산소 부족으로 숨을 쉬지 못해 죽기 때문이라고 할 수 있다. 이런 비극을 자연학문의 교육 방법을 바꾸어서는 해결할 수 없다. 인문학교육이 나서서 구조를 해야 한다.

인문학교육은 첫 단계부터 누구나 타고난 능력을 신명나게 발휘해, 창조를 경험하고 창조 훈련을 하게 할 수 있다. 과학 영재를 기르려면 인문학교육에서 영양분을 계속 공급해야 한다. 과학 영재만 영재가 아니고 모든 사람이 영재이므로, 영재를 죽이지 않고 살리는 인문학교육을 누구에게든지 해야 한다.

누구든지 목표에 매이지 않고 도구화되지 않은 열린 상태에서, 창조력을 자유롭게 발현하는 즐거움을 누리면서 서로 화합해야 한다. 인류는 이런 존재로 타고났으면서 타락의 길을 가다가 이제 정신을 차리려고 한다. 정신을 차리는 데 도움이 되려고 인문학교육이 분발한다.

당면 과제 (1)

학문은 타당성과 함께 유용성을 지닌다. 타당성은 일정하다고 할 수 있지만, 유용성은 시대에 따라 달라진다. 근대문명의 자랑인 자연학문은 자연의 횡포에 맞서서 인간을 보호하고, 생활의 물질적 향상으로 절대 빈곤을 몰아내는 공적을 세웠다. 근대에 이르러 독립하고 성장한 사회학문은 사람들 사이의 관계를 이해하고 조정하는 시야를 열고, 계급모순을 진단하고 해결하는 데 기여했다. 그러는 동안에 인문학문은 중세까지의 관습에 머물러 내면의 만족을 추구하는 것 이상의 기여는 없는 것 같았다.

지금은 근대를 넘어서서 다음 시대로 나아가는 시기여서 상황이 다르다. 절대 빈곤이 상당한 정도 해결되고, 계급모순 또한 적지 않게 완화되었지만, 인류가 행복해진 것은 아니다. 먹을 것이 있어도 싸운다. 계급모순 대신에 민족모순, 또는 민족모순의 성격을 지닌 문명권모순 때문에 세계 도처에서 피를 흘리고 있다. 이런 사태에 대처하는 방안을 자연학문이나 사회학문은 내놓지 못하므로, 인문학문이 분발해야 한다. 물질적 조건이나 계급 관계로 설명되지 않는 그 무엇이 민족모순을 빚어내는지 밝혀내고 해결 방안을 찾는 것이 인문학문의 사명이다.

돈 버는 방법인 치부술과는 구별되는 객관적이고 합리적인 경제학을 만들어내자 근대학문이 출현했다. 경제학이 정치학의 면목을 일신하고, 사회학의 탄생을 촉진했다. 경영학이라는 서자가 일세를 풍미한다. 이제 각 종교의 포교용 교리학과 결별하고 모든 종교의 본질에 관한 포괄적 해명을 하는 종교학이 확고한 모습을 드러내, 근대를 넘어서서 다음 시대로 나아가는 학문의 새로운 역사가 시작될 때가 되었다. 경제학에서 계급모순을 다루던 과업을 넘겨받아, 다음 시대를 위한 종교학은 민족모순을 다루는 데 앞장서야 한다.

근대 다음 시대로 나아가 학문을 선도하는 종교학은 중세의 유산인 통찰을 이어받아 근대학문의 이성을 넘어서야 한다. 이성의 배타적 우월성을 옹호하면서 근대학문이 발전한 공적이 이제 질곡이 되었다. 학문의 분야마다 자기 방법론을 엄밀하게 정립하고자 해서 소통이 단절되고, 현실과 멀어지고, 실천이 무력해졌다. 이성·감성·덕성을 통찰로 아울러 인식과 실천이 하나이게 하는 과업을 새로운 종교학이 선도해야 한다. 중세의 종교적 통찰을 이어받아 근대학문을 활용하면서 극복하는 길을 열어야 한다.

경제학은 경제 현상을 다른 것들과 구별하는 것을 능사로 삼지만, 새로운 종교학은 종교를 중심에 두고 모든 문화 현상을 함께 다루는 통합학문이어야 한다. 문·사·철을 포괄하는 종교문화사여야 한다. 그러나 사실 열거를 능사로 삼지 않고, 모든 것이 하나임을 입증하는 방증을 확대해야 한다. 지식을 자랑하지 말고, 핵심을 분명하게 해야 한다. 기존 학문을 넓게 포괄하고 넘어서는 통찰을 갖추어야 한다.

모든 종교는 하나이다. 어떤 종교를 믿어도 구원에 이른다. 특정 종교를 믿어 편견에 사로잡히는 것보다 아무 종교도 믿지 않아 너그러운 것이 더 훌륭한 믿음이다. 너그러움이 최상의 구원이다. 이런 가르침을 베푸는 통합종교학이 오늘날의 경제학처럼 전 세계 모든 곳 어느 학교에서든지 기본교과목이 될 날이 오기를 기대한다.

이 목표 달성을 위해 종교학계의 분발을 촉구할 것은 아니다. 관심이 있는 사람은 전공을 가리지 않고 누구나 나설 수 있다. 세계의 모든 종교를 포괄하는 거대 규모의 탁월한 이론 체계가 구축되기를 기대하면서 참여하고 협조해야 할 것도 아니다. 이론이 사고를 경색되게 하지 않아야 한다. 깨달음의 불꽃은 체계를 필요로 하지 않고 타올라야 한다.

정통에서 벗어나 이단이라고 의심되는 수도승이 종교를 혁신한 것과 같은 일이 학문에도 있게 마련이다. 종교는 교리가 아니고, 교리 이전의 사고이고 행동이라고 이해하면서 側攻이나 逆攻을 하자. 문·사·철에서 다루는 수많은 사례, 예술적 표현의 다양한 양상이 교리는 미치지 못하는 생동감을 지니고 삶의 약동을 빚어내는 것을 알아내 본질에 접근하는 탐구를 하자.

教祖의 종교는 불변의 경전으로 고착되어 절대적이고 배타적이지만, 대중의 요구에 따라 계속 등장하는 聖者의 종교는 개방과 포용을 지향한다. 기독교, 이슬람, 불교 등 여러 종교 성자들의 생애에 놀랄 만한 공통점이 있어 서로 인정하고 수용할 수 있다. 이에 관한 고찰을 〈성자전〉, 《문명권의 동질성과 이질성》(지식산업사, 1999)에서 하고, 영문으로 간추려 "Mutual Understanding of Hagiographic Tradition", *Interrelated Issues in Korean, East Asian and World Literature*(Seoul: Jimoondang, 2006)을 내놓았다.

혁신의 역군인 성자가 새로운 시대의 교리를 만든 입법자로 숭앙되는 것도 여러 종교에서 일제히 볼 수 있다. 그 때문에 사고가 경직되면 시인이 나서서 자유롭게 되는 길을 모색하는 것도 한 시기 세계사의 공통된 전환이다. 기독교의 아퀴나스(Thomas Aquinas)와 단테(Dante), 이슬람의 가잘리(Ghazali)와 아타르(Attar), 힌두교의

라마누자(Ramanuja)와 카비르(Kabir), 유교의 朱熹와 鄭澈을 비교해 이에 대해 고찰하는 작업을 《철학사와 문학사 둘인가 하나인가》(지식산업사, 2000)에서 했다.

내가 한 작업이 더 있으나 다 들 수 없다. 나는 하지 못하고 다른 사람들이 해주기를 기대하는 작업은 훨씬 더 많다. 나는 생각하지도 못하는 것이 무한하리라. 누구든지 나서서 힘써 연구하고 강의하면서 학생들과의 공동작업으로 내용을 더욱 풍부하게 하기를 바란다. 학생들이 다시 선생이 되어 종교에 대한 새로운 해명을 중심으로 해서 전개되는 통찰의 학문을 기하급수적으로 확대하면 세상이 달라진다.

당면 과제 (2)

앞에서 든 것은 너무 무거운 작업이다. 원대한 포부를 가지고 획기적인 연구를 해야 인문학교육을 잘할 수 있는 것은 아니다. 지금 당장 할 수 있는 일을 힘써 해야 한다. 문학작품 읽기를 기본 방법으로 삼는 전통을 이어나가면서 혁신하는 것이 더욱 손쉬운 방법이다. 어떤 작품을 읽고, 무엇을 어떻게 말할 것인가에 혁신의 과제가 있다.

최근에 시를 읽는 독본을 만들었다. 《서정시 동서고금 모두 하나》(내 마음의 바다, 2016)라는 책에 내가 해득할 수 있는 한국어·한문·중국어·일본어·영어·불어·독어시 가운데 좋다고 생각되는 것들을 골라 수록하고, 외국어에는 번역을 곁들였다. 한문·영어·불어시는 작자의 국적이 다양하다. 작품을 주제에 따라 나누어 《1 실향》, 《2 이별》, 《3 유랑》, 《4 위안》, 《5 자성》, 《6 항변》의 여섯 권을 만들었다.

언어와 국적이 달라도 동서고금의 서정시는 공통된 주제를 거의 같은 목소리로 노래해 모두 하나임을 밝히려고 했으며, 강의에서 확인하고자 한다. 시를 문학으로 이해하는 간단한 해설을 붙이고, 학생들과 함께 더 많은 논의를 하고자 한다. 문학을 철학으로도, 역사로도 이해하고, 인류의 지혜를 찾는 원천으로 활용하고자 한다.

한 대목을 본보기로 제시한다. 《2 이별》에 이별의 슬픔을 넘어서고자 하는 시를 수록한 것들 가운데 일부이다. 해설은 간추려 옮긴다.

뫼리케, 〈은둔〉(Eduart Mörike, "Verborgenheit")

Lass, o Welt, o lass mich sein!
Locket nicht mit Liebesgaben,
Lasst dies Herz alleine haben
Seine Wonne, seine Pein!

Was ich traure, weiss ich nicht,
Es ist unbekanntes Wehe;
Immerdar durch Traenen sehe
Ich der Sonne liebes Licht.

Oft bin ich mir kaum bewusst,
Und die helle Freude zücket
Durch die Schwere, so mich drücket
Wonniglich in meiner Brust.

Lass, o Welt, o lass mich sein!
Locket nicht mit Liebesgaben,
Lasst dies Herz alleine haben
Seine Wonne, seine Pein!

오 세상이여, 나를 내버려두어라.

사랑의 선물로 유혹하지 말아라.
이 가슴이 홀로 있으면서
기쁨과 고통을 지니게 하여라.

무엇을 슬퍼하는지 나는 모른다.
그것은 알려지지 않은 진통이다.
나는 언제나 눈물 사이로
사랑스러운 햇빛을 본다.

이따금 나는 헤아리지 못하고,
빛나는 즐거움으로 들떴다.
나를 억누르는 슬픔으로
내 마음을 기쁘게 하면서.

오 세상이여, 나를 내버려두어라.
사랑의 선물로 유혹하지 말아라.
이 가슴이 홀로 있으면서
기쁨과 고통을 지니게 하여라.

뫼리케는 독일 낭만주의 시인이다. 은둔을 노래한다고 했는데, 세상이 싫어서 견디지 못하고 은둔을 택한 것은 아니다. 사랑을 상실해 은둔한다고 말했다. 사랑을 버리고 물러나 슬픔을 혼자 간직하면 기쁨이 찾아온다. 눈물 사이로 사랑스러운 태양을 본다고 했다.

엘뤼아르, 〈확신〉(Paul Eluard, "Certitude")

Si je te parle c'est pour mieux t'entendre

Si je t'entends je suis sûr de te comprendre

Si tu souris c'est pour mieux m'envahir
Si tu souris je vois le monde entier

Si je t'étreins c'est pour me continuer
Si nous vivons tout sera à plaisir

Si je te quitte nous nous souviendrons
En te quittant nous nous retrouverons.

내가 너에게 말을 하면 너의 말을 더 잘 듣는다.
내가 네 말을 들으면 나의 이해가 분명해진다.

네가 웃으면 너는 내게로 더 잘 들어온다.
네가 웃으면 나는 온 세상을 다 본다.

내가 너를 껴안으면 내 품이 넓어진다.
우리가 살면 모든 것이 즐겁게 되리라.

내가 너와 헤어지면 우리는 그리워하리라.
우리가 헤어지면 우리는 다시 만나리라.

엘뤼아르는 프랑스 현대시인이다. 이 시에서 이별의 슬픔을 넘어
설 수 있다고 했다. 이별하면 그리워하고, 헤어지면 다시 만난다고
했다. 사랑은 서로 이해하고 가까워지게 하는 힘을 지니고, 이별을
부정한다고 했다. 주어진 상황보다 사람의 의지가 더욱 소중하고 강

력하다는 생각을 나타내면서, 다른 시인들보다 한 걸음 더 나아갔다.

타고르, 〈바치는 노래 84〉(Rabindranath Tagore, "Gitangali 84")

It is the pang of separation that spreads throughout the world and gives birth to shapes innumerable in the infinite sky.

It is this sorrow of separation that gazes in silence all night from star to star and becomes lyric among rustling leaves in rainy darkness of July.

It is this overspreading pain that deepens into loves and desires, into sufferings and joys in human homes; and this it is that ever melts and flows in songs through my poet's heart.

이별의 고통은 온 세상을 뒤덮고 무한한 하늘에 수많은 형상을 만듭니다. 이별의 슬픔은 밤새도록 이 별 저 별을 조용히 바라보다가, 비 내리는 7월의 어둠 속 서걱대는 나뭇잎 사이에서 시가 됩니다. 멀리 퍼져나가는 이 슬픔이 깊어져 사람이 머무는 곳에서 사랑과 갈망, 고통과 기쁨이 되고, 시인의 가슴 속에서 노래가 되어 녹았다가 흘렀다가 합니다.

인도 시인 타고르의 시이다. "바치는 노래"(Song of Offering)라는 뜻을 지닌 《기탄잘리》 연작시 84번이다. 이별은 고통스럽고 슬프지만, 많은 것을 생각하게 해서 삶의 단조로움을 깬다. 상상력을 넓혀 마음이 멀리까지 가도록 하고, 전에는 없던 형상을 갖가지로 만들어낸다. 그래서 생기는 사랑과 갈망, 고통과 기쁨이 녹았다가 흘렀다가 하면 시인의 가슴 속에서 시가 생겨난다고 했다.

한용운, 〈이별은 미(美)의 창조〉

이별은 미(美)의 창조입니다.

이별의 미는 아침의 바탕 없는 황금과 밤의 올 없는 검은 비단과 죽음 없는 영원의 생명과 시들지 않는 하늘의 푸른 꽃에도 없습니다.

님이여, 이별이 아니면 나는 눈물에서 죽었다가 웃음에서 다시 살아날 수가 없습니다.

오오 이별이여.

미는 이별의 창조입니다.

한용운은 한국 근대시인이다. 이 시에서 얼마 되지 않은 말로 세상의 통념을 타파하고 경이로운 각성을 전했다. "이별은 미(美)의 창조"라고 한 제목의 두 말을 짝이 맞고 쉬운 것으로 바꾸어 "헤어짐은 아름다움의 창조"라고 하자. 헤어짐이 나쁘지 않고 좋다고, 헤어짐이 아름다움과 등가이고 서로 창조하는 관계라는 것을 들어 말했다. 아름다움은 좋다는 것의 으뜸이다.

당면 과제 (3)

한국 정부는 일시적인 착오로 '국어'라는 교과목을 문화과목이 아닌 도구과목으로 만들어, 문학은 배제하고 언어 소통의 기술만 다루도록 했다. 착오가 더 심해져 '국사' 과목의 교과서를 국정으로 해서 단일화된 내용만 가르치겠다고 한다. 나는 이 처사가 잘못임을 밝히고 대안을 제시하는 《국사 교과서 논란 넘어서기》(지식산업사, 2015)라는 책을 썼다. 그 한 대목에서 창조력 향상과 역사 공부의 관계에 대해 말한 것부터 든다. 이하의 글에서는 한자를 괄호 안에 넣은 원문을 그대로 보인다.

창조력 향상은 허공에서 이루어지지 않는다. 가치에 관한 논란은 배제하고 내용이 없는 사고를 기계 조작과 같은 방식으로 하면 성과를 거둘 수 있다고 믿는 것은 망상이다. 현실에서 당면하는 가치관의 문제를 온당하게 인식하고 해결하는 데서 창조력이 향상된다. 문제가 사고를 촉발한다. 현실의 커다란 문제에 관한 창조적 해결이 창조력 향상의 최상 방안이고, 창조력 활용의 최대 성과이다.

학생들이 이런 작업을 직접 하라는 것은 무리이다. 현실 문제를 인식하고 해결하는 훈련을 하는 것이 교육이다. 이런 훈련은 현실을 직접 상대하지 않고 역사를 다루면서 하는 것이 마땅하다. 역사에서 제기된 문제는 오늘날 현실에서 직접 체험하는 것들보다 오히려 더욱 심각했다. 수많은 사람의 생사와 관련된 시련이 적지 않았다. 그런데 오늘날 우리는 한 걸음 물러나 자초지종을 다 알고 재검토한다. 이에 관한 논란을 학생들과 함께 교실에서 하는 것이 최상의 교육이다.

역사 논란으로 키운 능력이 학문을 연구하고, 과학을 발전시키고, 국정을 수행하고, 기업을 경영하는 등의 모든 영역에서 절대적으로 필요하다. 이런 교육은 하지 않으려고 하고, 올바른 역사의식을 가르치겠다고 하니 땅을 치고 통곡할 일이다. 확고한 정답이 있으니 올바른 역사의식을 믿고 따르라고 하는 교육이 허구이고 기만임을 밝히기 위해 역사에서 제기되는 문제를 들어보자.

여기서 드는 것들과 같은 문제를 감추거나 이미 정답이 있으니 방황하지 말라고도 한다. 주입식 교육으로 가르치는 대로 따르라고 하면서, 오늘날의 정치적 조작에서 필요한 주장을 역사의 이름을 도용해 분식하고 합리화하려고 한다. 武勇(무용) 사관으로 애국주의를 고취하면 역사교육에서 할 일을 다 한다고 하면서 국민을 우매하게 만들어 다스리기 좋게 만들고자 한다.

역사 공부는 문제 발견에서 시작된다. 학생들이 스스로 문제를 발견하는 것을 선결과제로 삼아 수업을 진행해야 한다. 발견한 문제에 대한 해답을 자료를 찾고 책을 읽고 생각을 가다듬어 정리해 발표하고 토론하는 것이 마땅하다. 여러 학생이 각기 다른 주장을 펴서 상극을 넓혀야 상생이 커진다.

학생들이 발견해야 하는 문제를 미리 말하는 것은 월권이고, 교육을 망치는 배신행위이다. 그러나 문제 발견이란 도대체 무엇이냐 하고 대들면서, 쓸데없는 수작 집어치우라고 하는 방해꾼들까지 알아들을 수 있게 말하고자 한다. 몇 가지 예를 들어 다음과 같은 문제에 대해서 어떻게 생각하는가 묻는다.[1]

초판이 매진되면 재판을 낼 때 넣으려고 마련한 수정본을 여기 내놓는다.

단군의 나라를 箕子가 망쳤는가, 발전시켰는가? 1910년에 국권을 상실하자 우국문인 金澤榮(김택영)이 〈嗚呼賦(오호부)〉를 지어 "기자의 제사를 누가 지낼 것인가"라고 하고 탄식한 것을 어떻게 생각하는가?

앞서서 발전하면서 위세를 떨치던 고구려가 아닌, 뒤떨어지고 미

---

1) 반대를 무릅쓰고 박근혜 정부에서 강행해 만든 국사 국정교과서는 모든 학교에서 사용을 거부해 폐기되었다. 탄핵을 당한 박근혜 대통령이 구속·기소되고, 조기 대선을 거쳐 새로운 대통령이 선출되어, 국사 국정교과서는 완전히 사라졌다. 그러나 국사 교과서를 검인정으로 만들면 문제가 해결되는 것은 아니다. 국사 교육을 어떻게 해야 하는가에 관한 근본적인 검토가 더욱 절실하게 필요하다. 여기서 하는 제안이 지속적인 의의를 지닌다. 책 말미 결론에서 한 제안을 옮겨 적고 시행할 것을 요구한다. (1) 문화사를 소중하게 여기는 총체사인 국사를 동아시아사·세계사와 관련시켜 병행해 서술하고, 책이나 교과목 이름을 '역사'라고 한다. (2) 이런 작업을 상이하게 수행한 여러 저작을 검정해 교과서로 선발하고, 각 학교에서 그 가운데 하나를 채택해 기본 안내서로 삼는다. (3) 채택하지 않은 검정 교과서 모두, 관련 서적 다수를 충분한 양을 확보해 학교 도서관에 비치하고, 학생들이 적극 이용하도록 한다. (4) 문제를 발견하고 토론하는 방식으로 수업을 진행하고, 자발적 참여와 창조적 사고를 존중하고 평가한다. (5) 한국의 위상이 향상되고 시대가 달라져 더욱 요구되는, 세계사를 바람직하게 창조하는 능력을 기르는 교육을 역사 교과에서 앞서서 한다.

약하던 신라가 삼국을 통일한 이유는 무엇인가? 이런 역전은 예외인가 상례인가?

최치원은 당나라에서 돌아와 신라에서는 뜻을 이루지 못하고 신선이 되었다고 한다. 어쩔 수 없었는가, 그러지 않을 수 있었던가? 여러분이 최치원이라면 어떻게 했겠는가?

삼국 통일과 후삼국 통일은 어떻게 다른가? 김춘추와 왕건을 비교하면 이 문제에 대한 해답을 얻는 데 어느 정도 도움이 되는가?

고려의 무신란은 역사를 파괴했는가, 쇄신했는가? 이규보와 관련시켜 이 문제를 논의하는 것이 필요하고 가능한가?

정몽주와 정도전의 차이를 어떻게 이해하고 평가해야 하는가? 두 사람 비교 평가의 시대적 변천에도 논의할 문제가 있는가?

고려말에 세상이 극도로 혼란하고 민생이 도탄에 빠졌다가 조선왕조 초기의 가장 안정되고 발전된 시대가 나타난 변화를 어떻게 이해하고 설명할 수 있는가? 이 문제와 관련시켜 이성계의 위화도 회군을 고찰할 필요가 있는가?

임진왜란에 참전하고 중국과 일본은 왕조가 교체되었는데, 본바닥의 조선왕조는 지속된 이유와 결과가 무엇인가? 선조 임금이 압록강을 넘어가지 않은 사실이 이 의문을 푸는 데 어느 정도 소용되는가?

당쟁에 대해서 어떻게 생각하는가? 당쟁을 하지 말았어야 한다면, 정권 교체는 어떻게 해야 했는가? 다른 나라에서는 어떻게 정권 교체를 했는지 알아 비교 고찰할 수 있겠는가?

홍경래란이 성공했다고 가정하면 나라가 어떻게 되었겠는가? 여러분이 그 시절에 살았다면 난의 진압 또는 성공에서 무엇을 기대하고, 어떤 노력을 했겠는가?

신채호가 "일본의 강도 정치하에서 문화운동을 부르짖는 자는 누구이냐?"하고 꾸짖은 것을 어떻게 평가해야 하는가? 문화운동의 본보기를 들어 이에 관해 검토할 수 있는가?

咸錫憲(함석헌)이 "해방은 도둑처럼 왔다"고 한 말에 동의하는가? '해방' 대신 '광복'이라는 말을 쓰면 논의가 달라질 수 있는가? 세계 정세까지 함께 고려하면 어떤 말을 할 수 있는가?

남북한 사이의 특히 두드러진 이질성과 동질성은 무엇인가? 어떤 이질성 극복을 위해 어떤 동질성이 기여를 할 수 있는가?

선진이 후진이 되고 후진이 선진이 되는 역전이 광복 후의 남북한에서도 인정되는가? 남북의 대립이 선의의 경쟁을 촉발하는 측면이 있었는가, 앞으로 있을 수 있는가?

우리말을 버리고 영어를 공용어로 해야 한다는 주장이 일어나고 얼마 지나지 않아 세계 도처에서 우리말을 공부하려고 하는 것을 어떻게 이해해야 하는가? 한류의 형성을 이와 관련시켜 고찰할 수 있는가?

외국인 이주가 늘어가 단일민족의 순수성을 해치니 걱정이라고 하는 말에 대해서 어떻게 생각하는가? 이 문제를 과거의 전례와 관련시켜 역사적인 관점에서 논의할 필요가 있는가?

살기 좋은 세상이 된다는 것과 인정이 메말라간다는 것은 어떤 상관관계가 있는가? 인정이 메말라 생기는 폐해를 어떻게 시정해왔으며, 어떤 노력을 더 해야 하는가?

몇백 년 이상 된 문학작품은 지금도 읽고 감명을 받으면서 같은 시기의 과학 연구는 거들떠보지 않는 것이 타당한가?

역사의 진실을 왜곡하지 말아야 한다고 하고, 역사는 시대마다 다시 써야 한다고 한다. 두 주장 가운데 어느 것이 타당한가? 둘이 동시에 타당할 수 있는가?

당면 과제 (4)

인공지능이 나날이 발전해 우려를 자아낸다. 사람이 직접 해야 일이 남아나는가? 이 사태에 대해 어떻게 대처해야 하는가? 이런 질문을 내 홈페이지에서 받고 대답한 말을 옮긴다.

사람의 의식 활동은 논리와 정감의 복합체이고 가치를 지향한다. 인공지능은 다른 것들과 분리된 단순논리에서 사람보다 앞설 수도 있으나, 논리와 정감의 복합체일 수 없고 가치를 지향하지 않는다. 아무리 발전해도 사람이 지닌 총체적 능력을 능가할 수 없고, 사람을 위한 도구로 유용성을 지니기만 할 것이다.

자료를 무한히 공급하면 인공지능이 문학사를 쓸 수 있는가 생각해보자. 인공지능은 문학의 정감과 가치를 인식하고 글로 옮길 수 없다. 자료를 단순논리에 맞추어 정리하는 초보적이고 일면적인 문학사를 쓰기나 하고, 그 이상의 작업은 하지 못할 것이다.

인공지능 때문에 두려움을 느끼게 된 이 시기에, 논리와 정감의 복합으로 가치를 지향하는 총체적 능력의 학문인 인문학문을 재평가해야 한다. 근대의 자랑인 자연학문이 논리와 효용성을 따로 분리해 극대화하다가 자초한 위기를, 근대 다음 시대의 학문으로 부활하는 인문학문이 맡아서 해결해야 하는 임무를 지닌다. 수호천사로 나서는 인문학문을 믿고 인류의 장래를 낙관하자.

인문학문뿐만이 아니다. 인공지능이 감당할 수 없는 예술이나 주위의 영역은 가치가 날로 커지고, 능력 있는 인재가 더욱 더 많이 필요하게 된다. 인공지능이 사람보다 더 잘할 수 있는 기술 분야는 소수의 개발자만 있으면 되므로 급격하게 일자리가 줄어들고 직업을 삼을 만한 매력을 상실한다. 후진이 선진이 되고, 선진이 후진이 되는 것이 당연하다. 대학 구조조정이나 각자의 진로 선택에서 이 점을 명심해야 한다.

마무리

지금까지 말한 인문학교육이 지금 실행되고 있는 것은 아니다. 잘하지 못하게 하는 장애가 도처에 있어 싸워서 물리쳐야 한다.

싸워서 물리치면 할 일을 할 수 있는 것도 아니다. 인문학문교육이 무엇이며 어떻게 해야 하는지 스스로 깨닫는 자기 혁신이 선결 과제이다. 내 마음을 마음대로 하지 못하니 세상을 마음대로 하려고 하지 않아야 한다. 자기가 하지 못하는 일을 남들에게 시키지 말아야 한다.

인문학교육은 자아각성이 최우선 과제이고, 힘의 원천이라고 믿는 데서 시작된다. 교육하는 사람이 솔선수범해야 효과가 있다. 교육은 말로 하므로 말이 말값을 하려면 실행을 수반해야 한다.

인문학교육은 종교의 성자처럼 세상을 구원하고자 한다. 인문학교육은 의사가 되어 세상의 질병을 진단하고 치료하고자 한다. 이 두 가지 비유 가운데 목표는 뒤의 것과 같고 방법은 앞의 것과 같다.

붙임

이 글을 기조발표의 원고로 삼은 행사는 영어로 "The 4th World Humanities Forum: The Humanities of Hope"라고 하고, 유네스코 주최로 2017년 8월 6일부터 12일까지 벨기에 리에즈(Liège)에서 열리는 제1회 "The World Humanities Conference"를 위한 예비 모임이라고 했다. "The World Humanities Conference"를 준비하는 인사 몇이 초청되어 왔다. 준비위원장 Adama Samassekou가 내 발표에 대해 찬탄하는 말을 하고, 벨기에의 리에즈에 오라고 했다. 그래서 논문 축약 영역본을 다음과 같이 만들었다.

The Changing Mission of Human Studies Education

Toward a proper name

Although I write this paper in English, the English word for the main point of discussion is inadequate. I would use the term "human studies" instead of "humanities." "Studies" here is a reluctant translation of the traditional East Asian term hakmun(學問). As its connotation is broader and more balanced than "science," it is equally applied to "human studies," "social studies," and "natural studies."

In this case, the problem of terminology is not a practical one, but it is connected with the turbulence of world history. The promotion of natural science as an independent discipline by modern Western society was splendid progress. But this young pioneer received too much praise and gradually became a tyrant that tried to rule all fields of knowing. The social sciences accepted the position of loyal subordinate. Those who disobeyed were exiled to a remote region and labelled "the humanities," without the title of science. So communal understanding was distorted and mutual communication was cut off.

Science, the tyrant, after shaking Western society, became a world conqueror. In all other civilizations, it disturbed the traditional paradigm of reasoning and established the Western model. In East Asia, the term gwahak(科學), as a translation of "science," exerted the power of a governor-general and made scholars the followers of Western precedents, diminishing their inherited ability. Replacing the biased alien governor, gwahak(科學), with a broad-minded native leader, hakmun(學問) is a turning point for world wide normalization. Then the intimate families of hakmun, "human studies," "social studies," and "natural studies" can share a common goal and methods to hopefully deepen and widen human wisdom.

We are not trying to go back to a glorious past before

Westernization, but to shake off the fetters of the modern age and usher in the next age in world history. This revolution must be initiated by human studies, the poor victim of modern science, as it has inherited the glimmering insights of traditional wisdom. Through world wide cooperation we can bring about a hopeful future, overcoming the worn-out insistence of Eurocentricism.

Research and inquiry

Hakmun is composed of two concepts, hak(學), which is research, and mun(問), which is inquiry. In all three fields of study mentioned above, these two concepts are necessarily connected. But the degree of this connection varies. In natural studies, only top rank experts can participate in inquiry. The results of social studies can be applied to policy in advance, and open inquiry is often treated as dispensable. In human studies, research is inquiry, and inquiry is research.

To get better results in natural studies, the researcher must be separated from the research. But for human studies, the researcher engages in research, as he himself is also the object of research. Research is a process of self-realization for advancing along with inquirers. The enormous task of unfolding history, creating culture, and establishing value judgments can be achieved only through broad cooperation between researchers and inquirers.

Education is the most widely open, productive field of inquiry. Research is verified and utilized in education, and education is a source and guide for research. Research isolated from education is obsolete. Education without research is barren. All fields of study desire education, but for human studies, education is research itself.

Students in natural studies are educated in steps as they move up through their curriculum, in concert with the development of their ability to understand. But in the education of human studies, teachers must exercise all caution not to destroy the innate creative ability of beginners through the accumulation of excessive knowledge. Since the innate creative ability guides research, students are teachers.

During more than forty years of teaching, I was openly confronted with unexpected and astonishing inquiries from untamed students. It was the best stimulus for my research. While the doctoral students in my classes discuss topics in a predictable scope, an unfamiliar freshman, identified as a beginner in natural studies, once asked, "Are academic studies done with the head or the heart?" My whole body trembled. I had to destroy the theory of academic studies I was constructing and start anew.

Children have the perfect ability to learn language but lose it as they grow up. Solving the riddle of this ability is the perennial task of research. Adding childrens' drawings as additional proof, we can say indisputably that every child is a genius, but they gradually lose their talents when subjected to questionable education. The difficult task of defending and nurturing inborn ability is given to human studies education. The students who manage to preserve their childlike creativity are indispensable co-researchers.

Human studies education must endeavor to ensure that the pure mind — the Buddha nature, according to Buddhism — is not damaged by mistakes or delusions. Eliminating is a more important task than giving. In doing so, the educator himself may be enlightened and return to a pure mind. The pure mind — the Buddha nature — is free creativity. We must stay awake, diligently guarding our creative ability so as not to be thrown into confusion. The teacher himself must lead students by example, showing that great success is only possible when the first mind is not lost.

The new role of human studies education

Human studies education is not only for those majoring in it, but for all students. And it is not only for students, but for everyone. As a course of learning, it must be a requirement for all students from elementary to graduate school levels, with varying subject, content, and methodology. It is highly desirable that teachers and students work together to create new subjects, content, and methodologies. This is excellent teaching as well as the best research.

Now, natural studies education is being promoted in particular to raise national competitiveness, and its unwelcome rival, human studies education, is disregarded, denounced as having no utility. But the utility of human studies education is straightforwardly proven in cultivating the creativity for natural studies. Human studies education offers opportunities to immediately experience what creation is by reading and writing poems, or through other similar methods. Natural studies students can imagine and prepare for the hopeful future of freely writing papers on mathematics of physics when they write the poems that they want to write.

It is a tragedy to separate the so-called gifted science students from others for unusually hard training. Pushing them from behind and forcing them to climb the stairs of learning faster, demanding that they produce wonderful results, is a severe abuse of human rights. This tyranny of turning human beings into tools for the profit of state or of businesses can not be tolerated. Human studies education must fight against it, making clear that creation is the product of free and voluntary thought, without attachment to a forced task.

Natural science students spend the prime of their life struggling with the ordeal of following existing learning. Only the smallest minority manage to reach the level of enjoying the freedom of creation. Most students fall to the wayside because their inborn creativity dies after being unable to breathe due to oxygen deprivation. This misery cannot be solved by changing the methods of natural studies education. Only human studies education can explain what is wrong and lead in innovation.

Human studies education allows anyone to happily experience creation by letting their innate ability shine. To breathe life into the students of natural studies, human studies education can continually provide them with nutrients—not only the gifted students of natural studies, but all students, since all students are gifted, everyone is gifted. We are required to provide the same nutrients to everyone, to let their gifts thrive instead of wither.

Overcoming cultural conflict

Academic studies have utility according to historical situations.

Natural studies, the pride of modern civilization, achieved the task of protecting mankind against natural disasters, and of driving out absolute poverty through material improvement of life. Social studies, newly independent and maturing in the modern age, opened the way to understanding the relationship between people and contributed to solving the problems of class conflict. During that time, human studies seemed to remain in the dream of the Middle Ages and contribute nothing outside of inner satisfaction.

However, now the situation is different. Absolute poverty has been alleviated to a considerable degree. Class conflict has relaxed in large part. But mankind is not happy. There are wars of bloodshed all over the world because of ethnic or civilizational conflict. Natural studies and social studies are unable to deal with this crisis. Human studies must awake up. It has been given to human studies the task of understanding the essential causes of ethnic or civilizational conflict and how to solve them.

Modern academic studies came into being with the appearance of a rational and objective study of economics, going beyond tactics to acquire wealth. Economics improved political science and induced the birth of sociology. Its upstart   offspring, business administration, enjoys tremendous popularity. Now is the time that a new academic studies must appear to solve the crisis faced by human history. It must be a new religious studies using the essential capabilities of human studies.

New religious studies are different from the hitherto so—called "science of religion," which is in fact a disguised apologetic theology of each religion. New religious studies stand on a truly neutral place between all religions and provide an inclusive explanation of the common nature of all religions. Taking up the torch of economics as it dealt with the problem of class conflict, new religious studies, in dealing with ethnic conflict, must play the role of guide to the next age beyond the modern age.

New religious studies, in order to be the leader of the academic studies of the next age, must adopt the tradition of the insights passed down from the Middle Ages. The achievements of modern academic studies based upon on the exclusive superiority of reason have now reached their limit. The efforts of all fields of study to strictly establish their own methodologies has resulted in the cutting off of communication, a distancing from reality, and incompetence of practice. Human studies can and must be the plaza of united studies. Their pioneer, new religious studies, should take up the task of combining recognition and practice, using its insights to unite reason, emotion, and moral values.

Although economics understands economic phenomena as distinct from all other things, new religious studies must be an inclusive effort that discusses various cultural and social problems together, with religion at its center. It has to be a broad religious cultural history encompassing all aspects of human creation. Through a broad understanding of apparent facts, new religious studies must extend the spotlight of insight to the fact that the essence of all things is one. That may be understood as another aspect of the human mind, the unspoiled pure mind.

All religions are one. Redemption is possible through any religion. To be generous without any religion is more religious than to be dogmatic because of a peculiar religion. Generosity is redemption. It is highly desirable that such sayings are taught to every student around the world, as well as some basic conceptions of economics.

To fulfill this hope is not only the given duty of professional scholars majoring in religious studies. All interested parties can equally contribute to this. It is not the case that a huge systematic theory of world religions has been established, and we are merely invited to participate in it. Let us not permit theory to lead to the stagnation of thinking. The fire of enlightenment blazes beyond the limit of reasoning.

The common history of religions

To make man free is the desirable role of religions. But religion does not always perform this role. The founding fathers of religions were liberal thinkers who destroyed old dogmas. But as they became great teachers confined by orthodox scriptures, freedom disappeared and was replaced by doctrine. Then an innovative type of religion appeared. This was the religion of hagiographies, which was different from the religion of scriptures.

The heroes of hagiographies are saints who are not fixed or limited. Any faithful man worthy of respect may become a saint. Their stories can be easily supplemented according to various temporal and spatial situations. Any one who is eager to vitalize fixed beliefs can participate in changing and creating them. Hagiographies are religious as well as literary works that are orally transmitted before written in various forms. The religion of hagiographies transforms theology into folklore, philosophy into popular culture, and gives the freedom of thought to the pious masses.

The heroes of hagiographies are very similar, and even the same in the Christian, Islamic, Hindu, and Buddhist cases. They left home, renounced the world, became wanderers, and practiced asceticism to seek the truth. With enlightenment they became very charitable to everyone. There is no reason for them to come into conflict with others, no place for ethnic or civilizational conflict. They contribute to the realization of a harmony that is beyond the limits of each religion, and they offer a common ideal for mankind.

It is also a common course of religious history that erudite saints who revitalized theoretically old religions appeared during a certain period. As they were worshipped as legislators, the vigor of this revitalization was weakened. Then poets took on the task of reforming those saints' thoughts beyond their original boundaries, in vernacular expressions easily understood by humble people. The relationship between Thomas Aquinas and Dante, Ghazali and Attar, Ramanuja and Kabir, Zhu Xi(朱熹) and Jeong Cheol(鄭澈) must be studied from this point of view. So new religious studies are also new literary studies.

Concluding remark

The above-mentioned mission of human studies can not be easily achieved. There are many hindrances to fight against. But what is most important is to achieve self awakening. With this awakening, we have to be saints or physicians. Human studies wants to save the people, as saints do, and to cure the world, as physicians do. The aim of human studies is similar to the latter, while the method is like the former.

"The World Humanities Conference" 주최 측에서 여비를 부담해 초청하면 벨기에에 가서 이 글을 발표하겠다고 생각하고 기다리고 있었으나, 행사를 알리는 홈페이지를 열어보니 참가 신청을 스스로 하고 자비로 참가하라는 것이었다. 행사 시작 6일 전인 2017년 8월 1일에야 소식을 들었다. "5th World Humanities Forum, The Human Image in Changing World, Busan 31 Oct.-2 Nov. 2018"을 알리는 영문 메일이 도착해 열어보니 알고 싶은 말이 있었다.

"World Humanities Forum will participate by presenting in a parallel session titled Humanities in Korea. The National Research Foundation of Korea and other presenters will talk about the overall achievements of humanities in Korea and the various policies that support the promotion of humanities."라고 했다. "The session is open to all those interested and we look forward to meeting you at Liege"라는 말을 덧붙였다.

나는 제외하고 올림픽에 나갈 선수단을 구성했다는 말이다. 생각이 있으면 와서 구경이나 하라고 했다. 인문학의 세계적인 관심사를 논의하는 정식 경기에는 참가하지 않고, 한국 정부가 인문학 육성에 힘쓴다는 알리는 장외 선전장을 따로 마련하는 데 그쳐 나와 같은 선수는 필요하지 않다고 여긴 것이다.

지금 세계 전역에서 제기되는 인문학 논란은 정부의 육성 여부에 관한 사항을 넘어선다. 인류의 장래에 대한 우려, 과학기술의 일방적인 독주로 학문이 왜곡되고, 천박한 상업주의 때문에 빚어진 인간성의 위기에 심각한 문제가 있다. 이런 문제의 해결책을 인문학교육의 각성에서 찾아야 한다는 나의 발표는 "the achievements of humanities in Korea"를 세계에 알릴 수 있어, 한국에 온 준비위원장 Adama Samassekou의 참가 권유를 받았다. 국내 모임 외국인 참가자들에게 열렬한 박수를 받은 것이 예고편이어서, 본격 경기에 참가하면 크게 평가되리라고 자부했다.

한국연구재단에서는 학문적 논의에는 관심을 가지지 않고, 본격 경기는 외면하면서 정부 홍보에만 관심을 가졌다. 한국이 정부 주도로 학문을 하는 전체주의 국가인 것 같은 인상을 주려고 했다. 정부에 충성을 하려고 하다가 국격을 떨어뜨리고 학문을 우습게 만들었다. 인문학을 육성한다고 자랑하면서 실제로는 말살한다고 하지 않을 수 없었다. 국사를 국정교과서로 하는 조처를 취소했는데도 사고방식이 달라지지 않았다. 민주화가 무엇인지 모르는 관료주의의 행태를 버리지 않고 있다. 한국연구재단을 관료기구가 아닌 학술기관으로 개편해야 하는 이유가 명백해진다.

나는 유네스코 주최로 2015년 7월 7일부터 10일까지 프랑스 파리에서 열린 "Our Common Future under Climate Change"라는 기후 변화에 관한 대규모의 국제학술회의에 대한민국학술원의 출장으로 다른 네 명의 회원과 함께 참가한 적이 있다. 기후 변화를 연구하는 학술원회원을 찾지 않고 인선을 대충해서 출장을 보냈다. 내 전공과는 거리가 먼 모임에 원하지 않은 채 가서 많은 것을 얻지 못해 유감이었다.

한국에서는 학술원회원인 원로 학자들만 참가한 것이 특이했다. 그 가운데 한 분이 발표에 참가해 가까스로 체면을 세웠다. 다른 나라에서는 기후 변화를 연구하는 현역 학자들이 참가해 적극적으로 발표하고 토론했다. 한국에는 기후 변화를 전공하는 중견 교수나 연구원들이 없는가 하는 의문이 들게 했다. 국가 정책과도 관련된 거대한 국제학술회, 이 또한 올림픽 경기 같은 곳에 최상의 선수를 선발해 보내지 않는 것은 국정 담당자의 직무유기라고 하지 않을 수 없다. 참가기를 공동으로 작성해 《대한민국학술원통신》 267호(2015년 10월 1일자)에 게재한 데 다음과 같은 말이 있다.

이 회의에 참가해 우리는 결코 적지 않은 새로운 사실들을 알게 되었다. 우리가 공유한 소감은 현재 기후변화 문제는 학문적으로나 정책적으로 매우 심각하다는 것이다. 그런데도 국내에서는 이 심각성에 대한 이해와 체계적인 반응을 표하는 데 미흡하다면 문제는 더욱 심각하다. 이렇게 중요한 회의에 우리들 이외에 다른 한국의 정책 당국자들과 연구소 실무자들이 불참하고 있었다는 사실을 우리들은 결코 간과할 수 없다. 이와 대조적으로 브라질, 멕시코 및 남아공화국 등 기타 중견국들의 당국자들은 이 회의에 직접 참여해 자국의 경험을 소개하고 활발한 토의를 보여준 것이 감동적이었다. 세계 제7대 탄소방출국으로 알려진 대한민국도 앞으로는 이러한 국제회의에 활발하게 참여해 기후변화 정책의 결정과정에서 우리의 국격에 걸맞는 역할을 담당해야 할 것이다.

제3장

문화정책을
바로잡아야

1. 한국문학관을 잘 만들어야

알림

이 글은 2017년 3월 17일 중앙대학교에서 열린 한국문학관 설립을 위한 학술회의에서 기조발표를 한 원고를 손질한 것이다. 한국문학사의 이해에 관한 앞 대목은 줄이고, 한국문학관 설립에 관한 뒷부분은 늘인다. 한국문학의 범위와 시대구분 논쟁을 다루니 기조발표를 해달라고 해서 그대로 하면서, 한국문학관을 어떻게 만들어야 하는가 하는 문제에 관한 소견을 곁들였다. 뒤에 다른 사람들이 한 발표까지 보니, 그리 긴요하지 않는 논란이나 하고, 한국문학관을 위한 준비는 아주 소홀했다.

준비 담당자가 근대문학 작품 희귀본 구입 가격에 관한 발표나 했다. 한국문학관에서 무엇을 해야 하는지 생각하지 않고 지엽말단의 문제나 다루었다. 집을 어떻게 지어야 하는지 설계는 하려고 하지 않고 거실에 진열할 하찮은 골동품 몇 개에 신경을 쓰는 격이다. 한국문학관 설립을 추진하는 국회의원도 문체부 실무자도 참석했으나 축사를 한다면서 뜬구름 같은 소리나 했다. 모두 남들이고 책임지고 일을 추진하는 당사자는 아무도 없었다.

근대문학관을 어떻게 만들어야 하는가는 내게 부탁하지 않은 사항이었다. 우려가 되어 글을 쓰는 데 추가했는데, 설계를 위한 복안으로서 유일한 것이었다. 없었더라면 큰일 날 뻔했다. 한국문학관을 아무렇게나 만들어도 할 말이 없게 되었을 것이다. 기대한 것 이상으로 중요한 문건이 된 발표문을 내놓으면서 〈고전소설을 제대로 알려라〉

를 추가하고, 〈붙임〉을 보탠다.

지혜의 원천

지금 하려고 하는 일을 잘하려면 옛사람의 지혜를 이어받아야 한다. 문학사를 비롯한 모든 역사는 오늘날의 오만에서 벗어나 옛사람을 스승으로 삼는 겸허한 자세를 갖추고 탐구해야 제대로 알 수 있다. 다음에 드는 분들의 가르침을 받으려고 나는 《한국문학사상사시론》(지식산업사, 1978)을 먼저 쓰고 문학사 서술을 시작했다.

15세기의 문인 서거정은 《東文選》 편찬을 주도하고, 서문에서 "我東方之文 非宋元之文 亦非漢唐之文 而乃我國之文也 宜與歷代之文 并行於天地間 胡可泯焉而無傳也"(우리 동방의 문은 송원의 문도 아니고 한당의 문도 아니며 바로 우리나라의 문이다. 마땅히 역대의 문과 더불어 천지 사이에 나란히 나아가야 하거늘 어찌 없어지고 전해지지 않을 수 있겠는가?)라고 했다. "동문선"의 '동'은 한국이고, '문'은 문학이고, '선'은 선집이다. 한문학 작품을 모아 한국문학선집을 만들고, 한국문학이 중국문학과 다른 독자적인 문학이라고 했다.

17세기에 이르면 김만중은 자기 생각을 자유롭게 펼친 《西浦漫筆》에서 말했다. "人心之發於口者 爲言 言之有節奏者 爲詩歌文賦 四方之言 雖不同 苟有能言者 各因其語而節奏之 則皆足以動天地通鬼神 不獨中華也"(사람의 마음이 입에서 나오면 말이 된다. 말이 절주를 가지면 가·시·문·부가 된다. 사방의 말이 비록 같지 않으나, 진실로 말할 줄 아는 자는 각기 그 말로 절주를 갖추어, 모두들 천지를 움직이고 귀신을 감동시킨다. 중국에서만 그런 것은 아니다.) '절주'는 일상의 말과 다른 문학에서 말의 짜임새이다. '가'·'시'·'문'·'부'는 문학갈래이다. '가'는 우리말 노래이고, '시'는 한시이다. 이런 문학은 사람은 물론 천지와 귀신까지 감동시킨다고 했다.

위의 논의에서 문학이 무엇이고, 한국문학의 범위를 어떻게 이해해야 하는가 하는 문제가 명확하게 해결되었다. 문학은 일정한 짜임새를 갖춘 말이고, 감동시키는 힘을 지닌다. 문학은 말이므로 구비문학이 일차적인 문학이다. 말을 국문으로 적은 노래 '가'가 그 다음이다. '시'라고 한 한시도 마음을 나타내는 말이고, 감동력을 지니므로 문학으로 평가할 수 있다. '문'·'부'는 한문학의 갈래를 일컫는 말이지만 국문문학에도 적용해 사용할 수 있다.

오늘날의 혼미 시정

한국문학 연구를 하고 문학사를 쓰기 시작하면서 이런 지혜를 이어받지 않고, 안목이 협소해 다루는 대상을 국문문학으로 한정하는 경향이 나타났다. 한문학은, 한문이 남의 글이어서 한국문학이 아니라고 한다. 문학에는 '文'이라는 말이 있고 'literature'도 글로 쓴 것을 의미하므로, 기록된 문학만 문학이고 말로 전하는 문학은 문학이 아니라고 한다. 이것은 유럽의 전례를 일본에서 재확인한 견해이다. 나는 《한국문학통사》(지식산업사, 초판 1982-1988, 제4판 2005)에서, 이에 대해 반론을 제기하고 한국문학은 구비문학·한문학·국문문학으로 이루어졌으며, 한국문학사는 이 세 문학의 상관관계의 역사라고 했다.

구비문학은 문학의 원초적인 형태이면서 후대까지 전승되고, 문학사의 저층으로 작용하고 창작의 본보기를 보인다. 서유럽은 산업화가 급격하게 진행되는 과정에서 구비문학을 훼손하고, 기록문학이라야 가치가 있다는 진화론에 사로잡혀 문학사 이해가 빗나갔다. 일본은 서유럽을 따르는 것을 자랑으로 삼고, 구비문학은 문학에서 밀어내 민속학의 소관이라고 하고 있다. 구비문학을 제외하고 쓰는 문학사는 비정상이다.

동유럽에서는 구비문학을 문학의 소중한 영역으로 인정하고 힘써 돌본다. 자국어 기록문학이 거의 없는 곳들, 특히 아프리카에서는 'literature'에 상응하는 'orature'라는 말을 만들어 구비문학을 지칭하고 그 유산을 적극적으로 평가한다. 우리는 기록문학이 발달했으면서도 구비문학의 유산이 풍부하다. 서유럽이나 일본의 전례에서 벗어나 구비문학의 정통성을 인정하는 획기적인 전환을 거쳐 많은 연구를 했다. 그 성과를 《한국문학통사》에서 받아들이고 발전시켰다.

한문은 동아시아 사람들이 함께 사용해온 '공동문어'이다. 누구 것이 아닌 '공동'의 자산이고, 구어의 변화를 거부하고 어법이 고정된 '문어'이다. 공동문어를 사용한 문학은 공동문어문학이다. 한문학은 어느 나라 사람이 창작했든 동아시아 공동문어문학이다. 산스크리트문학이 남아시아의 공동문어문학이고, 라틴어문학이 유럽의 공동문어문학인 것과 같다. 문명권마다 공동문어가 있어 공동문어문학을 창작한 시기를 함께 겪어왔다.

한문은 다른 공동문어와 차이점이 있다. 써놓은 한문은 같지만, 소리 내어 읽는 한문은 나라마다 다르다. 우리는 우리 음으로 읽으면서 구결을 지어냈고 토를 단다. 우리 독법으로 읽는 한문은 우리말 문어체이다. 한문은 다른 공동문어보다 민족적 특성을 더 많이 지닌다. 다른 공동문어는 구두어이기도 해서 국제적인 교류에 활발하게 사용되었다. 멀리까지 나다니면서 문학활동을 하는 다국적 작가가 많은 것이 그 때문이었다. 한문학은 어느 한곳에서 창작되고 밖으로 전해질 수 있는 기회가 드물어 국적을 가진 것으로 이해되었다. 동아시아 각국 한문학이 각기 그 나름대로 지닌 특성이 소중한 연구 과제이다.

한국 작가가 한국 독자를 상대로 해서 한국인의 생활을 다룬 문학을 한국문학이라고 한다면, 한국한문학이 한국문학이라고 하는 데 아무런 문제가 없다. 한문학은 제외하고 구비문학과 국문문학만 다루어서는 문학사의 실상이 드러나지 않는다. 문학사를 작품의 역사로 이해하는 데 머무르지 않고 문학생활 전반을 중요시하는 쪽으로 나아가는 것이 마땅해, 한문학의 창작과 수용을 힘써 연구해야 한다. 공동문어문학과 민족어문학의 관계를 동아시아 인접국가나 다른 문명권의 여러 민족의 문학과 비교해 고찰하는 넓은 시야를 가지기 위해서도 우리 한문학에 대한 깊은 이해가 필요하다.

한문학은 동아시아의 공동문어문학이면서 동시에 한국문학이라는 이중의 성격을 지니고 있다. 공동문어문학이라는 이유에서 한국문학임을 부인하지 말고, 한국문학이기 때문에 공동문어문학은 아니라고 할 것은 아니다. 한국문학에는 말로 된 문학인 구비문학, 문어체 글로 된 한문학, 구어체 글로 된 국문문학이 있다. 한국문학은 세 가지 문학의 복합체이다. 한국문학사는 세 가지 문학이 상호관계를 가져온 역사이다. 셋 가운데 어느 것이라도 문학사에서 논외로 한다면 커다란 차질이 생긴다.

세 문학의 기본 관계

구비문학·한문학·국문문학의 관계는 시대에 따라서 변했다. 어문생활이 달라지면서 문학의 양상이 바뀐 사실에서 명확한 증거를 찾아 문학사의 전개를 구체적으로 이해할 수 있다. 문학사의 시대구분을 두고 여러 견해가 대립되어 복잡한 논란을 벌였으나, 어렵게 생각할 것 없다. 어문생활사에 근거를 두고 구비문학·한문학·국문문학의 관계를 살피면 선명한 결과를 얻어 혼란에 빠지지 않는다.

처음에는 구비문학만 있었다. 기원 전후의 시기에 한문을 받아들이고 5세기까지 한문학을 정착시켜 고대에서 중세로 넘어왔다. 중세는 공동문어문학인 한문학의 시대였다. 한문학의 등장에서 퇴장까지 중세문학이 지속되었다. 중세가 되자 상층과 하층, 남성과 여성으로 지체가 구분된 사람들이 어문생활에서도 차등을 겪었다. 상층남성이 한문을 독점해서 사용하면서 상층여성·하층남성·하층여성에 대한 문화적인 우위를 확립했다.

한문학은 국문문학의 출현을 자극하고, 국문문학과 공존했다. 처음에는 한자를 이용한 鄕札로, 나중에는 한국어를 직접 표기하는 訓民正音을 창안해 국문문학을 육성할 수 있었다. 상층남성은 한문학에서 이룩한 규범을 국문문학으로 옮기는 작업을 하고, 한문 사용에서 제외되어 있던 상층여성이 국문을 자기 글로 삼아 생활 전반에서 널리 사용하기 시작했다.

중세후기에 나타난 그런 변화가 더욱 확대되어, 중세에서 근대로의 이행기에는 상층남성의 한문, 상층여성의 국문에 하층남성의 국문이 추가되었다. 국문을 익혀 문자생활을 하기 시작한 하층남성이 독자나 작가로 참여해 작품이 늘어나고 내용이 다채로워졌다. 상층남성의 한문학이나 상층여성의 국문문학도 그런 추세에 자극을 받아 격식에서 벗어나고자 했다. 상하·남녀의 대립적 합작품으로 성장한 일상의 구어를 사용하는 문학이 현실인식을 확대했다. 그것이 중세에서 근대로의 이행기문학의 특징이다.

한문을 버리고 국어를 공용어로 하고, 한문학을 대신해 국문문학이 최상의 문학이 된 시기가 근대이다. 우리 민족은 동질성이 두드러지고, 한국어는 방언 차이가 적어, 민족어를 통일시키고 표준화해서 근대민족문학을 일으키는 과업을 쉽사리 수행할 수 있었다. 일제의 침략과 식민지 통치로 많은 제약 조건이 있었어도, 이겨낼 수 있는 저력을 발휘했다.

1894년의 개혁은 철저하게 시행되지 못하고 국권을 상실해, 1919년 일제에 항거해 3·1운동을 일으킨 것을 새로운 계기로 삼았다. 하층여성도 국문 사용에 동참해 어문생활의 평등을 이룩해야 한다는 주장이 널리 인정되면서, 어려운 여건에서도 국문문학의 시대를 활짝 열었다. 국문문학으로 상하·남녀의 구분을 넘어선 소통을 하고, 사회

통합의 광장으로 삼게 되었다.

문학갈래의 내력

문학사 시대구분에서 그 다음 순서로 고려해야 할 사항은 문학갈래이다. 구비문학·한문학·국문문학이 각기 그것대로 특징이 있는 문학갈래를 제공해 서로 경쟁하는 역사가 전개되고, 문학사의 실질적인 변화가 나타났다. 시대에 따라서 주도적인 문학갈래가 교체되고 갈래체계 전반의 양상이 달라진 경과를 살피면, 어문생활사를 파악해 얻은 성과를 한 차원 높일 수 있다.

구비문학의 시대는 원시와 고대의 두 시기로 나누어진다. 원시시대의 신앙서사시나 창세서사시를 대신해 건국의 영웅을 주인공으로 한 건국서사시가 나타나면서 고대가 시작되었다. 건국서사시 자체는 사라지고 말았지만, 그 흔적은 남아 있다. 한문으로 기록된 건국신화가 그 개요라고 생각된다. 나라굿을 하면서 영웅의 투쟁을 노래하던 방식은 서사무가로 이어지고 있다. 그 둘을 합쳐 보면 건국서사시의 모습을 짐작할 수 있다.

한문학이 등장하면서 서사시를 대신해 서정시가 주도적인 구실을 하게 되었다. 한문학의 정수인 한시가 세련되고 간결한 표현을 자랑하는 서정시이듯이, 국문문학 또한 서정시를 가장 소중한 갈래로 삼았다. 향가는 민요에 근거를 둔 율격을 한시와는 다른 방식으로 가다듬어 심오한 사상을 함축한 서정시로 발전했다. 국문문학이 향가에서만 이룩되었다는 사실이, 바로 그 시기에 서정시가 다른 어느 갈래보다 소중한 구실을 했다는 증거이다.

향가를 대신해서 시조가 생겨나면서 갈래체계가 개편되었다. 향가 시대에는 서정시가 홀로 우뚝했던 것과 달리, 시조는 가사와 공존했다. 시조는 서정시이지만, 가사는 교술시이다. 가사뿐만 아니라 경기체가, 악장 등도 교술시이다. 교술시들끼리의 내부 경쟁에서 가사가 승리해 시조와 가사가 상보적이면서 경쟁적인 관계를 가진 시대가 오래 계속되었다.

서정시와 교술시가 공존한 것은 중세전기와는 다른 중세후기의 갈래체계이다. 중세전기의 향가는 세계를 자아화해 '心'의 이상을 멀리까지 나아가 추구하기만 했다. 중세후기의 시조는 세계를 자아화해서 '심'의 이상을 추구하는 범위를 일상생활의 영역 안으로 한정했다. 그래서 자아를 세계화해서 '物'의 실상을 탐구하는 가사와 상보적이면서 경쟁적인 관계를 가졌다.

한문학에서는 辭나 賦, 그리고 文이라고 한 것이 모두 교술이므로 교술이 새삼스러운 의의를 가지지 않았다. 그런데 국문 교술시가 여럿 등장한 시기에, 한문학에서도 실용적인 쓰임새는 없으며 서사적인 수법을 빌려 흥미를 끄는 교술문학 갈래인 가전이나 몽유록이 생겨났다. 교술이 활성화되는 변화가 국문문학과 한문학 양쪽에서 나타나 문학의 판도를 전과 다르게 바꾸어놓았다.

국문문학이 한문학과 대등한 위치로 성장한 중세에서 근대로의 이행기에 이르러서는 소설이 발달해 서정·교술·서사가 맞서게 되었다. 소설에는 한문소설도 있고 국문소설도 있어 서로 경쟁하고 자극했다. 국문소설의 발전으로 국문문학의 영역이 확대되고, 작품의 수와 분량이 대폭 늘어났다. 시조에서 사설시조가 나타나고 가사는 더욱 장편으로 늘어나, 생활의 실상을 자세하게 다루게 된 것도 주목할 만한 일이다.

그 시기에 구비문학 또한 활기를 띠고, 새로운 문학갈래를 산출했다. 민요와 설화의 재창조가 적극적으로 이루어졌다. 서사무가를 기반으로 해서 판소리가 생겨나 서사문학을 쇄신했다. 판소리는 영웅서사시를 범인서사시로 바꾸어 놓고, 교훈과 풍자가 서로 부딪치는 복합적인 구조를 만들었다. 당대의 논쟁을 수렴하고, 공연 방식 또한 뛰어나 흥행에서 크게 성공했다. 오랜 내력을 가진 농촌탈춤이 더욱 규모가 커지고 사회비판에 더욱 적극적인 도시탈춤으로 발전했다. 구비문학까지 고려하면, 서정·교술·서사·희곡이 경쟁하는 시대에 들어섰다.

근대문학이 시작되면서 문학갈래의 체계에서 나타난 가장 큰 변화는 교술의 몰락이다. 한문학이 퇴장하면서 교술의 커다란 영역도 사라졌다. 교술산문 가운데 수필이라고 하는 것만 문학에 속한다고 인정되었다. 시조와 가사는 운명이 서로 달라, 시조는 부흥하려고 애쓰면서, 가사는 구시대 문학의 잔존 형태에 지나지 않도록 해서 교술의 퇴장을 공식화했다. 그 대신에 희곡이 기록문학으로 등장해, 서정·서사·희곡의 갈래 삼분법이 확립되었다.

한국 근대문학 형성에 한국의 전통과 서양의 영향이 어떻게 작용했는가 하는 것이 오랜 논란거리이다. 그런데 그 양상이 서정·서사·희곡의 세 영역에서 각기 다르게 나타났다. 서사 쪽의 소설에서는 고전소설의 성장이 근대소설로 거의 그대로 연장되어, 언어 사용, 사건 전개, 독자와의 관계 설정 등에서 단절이 거의 없었다고 할 수 있다. 서정시에서는 고전시가의 전통이 이면에서 계승되고, 표면에서는 서양의 전례를 따르는 근대자유시를 이룩하려는 노력이 두드러졌다. 희곡에서는 사정이 달라, 구비문학으로 전승되는 데 그친 탈춤과는 이질적인, 기록문학이고 개인작인 희곡이 이식되었다.

문학담당층의 교체

문학갈래의 체계가 지금까지 살핀 바와 같이 변한 것은 문학담당층이 교체되었기 때문이다. 문학을 창조하고 수용하는 집단이 문학담당층이다. 문학담당층은 여럿이 공존하면서 서로 경쟁한다. 사회의 지배층, 그 비판 세력, 피지배 민중이 모두 문학당담층으로서 각기 그 나름대로의 구실을 하면서 서로 경쟁했다. 문학사를 문학담당층끼리 주도권 경합을 벌여온 역사로 이해하는 작업을 언어와 문학갈 래에 기준을 둔 지금까지의 고찰에 보태야 이차원을 넘어서서 삼차 원에 이를 수 있다. 작가를 들어 논할 때 문학담당층의 특성을 어떻 게 나타냈는지 살피는 것이 긴요한 과제이다.

앞에서 어문생활사에 관해 고찰하면서 상층남성·상층여성·하층남 성·하층여성이라고 한 것도 문학담당층이기는 하지만 막연한 말이다. 개념이 아닌 실체를 더욱 분명하게 할 수 있어야 문학담당층에 관한 논의가 제대로 이루어진다. 그 넷이 항상 같은 특성을 지니고 있었던 것은 아니다. 여성 쪽보다 남성 쪽에 논란거리가 더 많다. 상층남성 은 시대에 따른 변화를 특히 많이 보여주어 세분화된 이해가 필요하 다. 하층남성 또한 구성이나 특성이 복잡하다.

원시시대에는 무당이 문학을 주도해 신앙서사시나 창세서사시를 노래했다. 고대의 건국서사시는 정복전쟁의 주역인 군사적인 귀족의 문학이었다. 정치의 지배자가 종교의 사제자이기도 해서 문학을 직접 관장하다가 전문가에게 넘겨주었어도 기본 성격은 변하지 않았다고 생각된다. 건국의 시조가 하늘의 아들이고, 지배자가 하늘과 통하고 있어 자기 집단이 배타적인 우월감을 가지는 것이 마땅하다고 하는 고대자기중심주의를 건국서사시에서 나타냈다.

한문학을 받아들이고 격조 높은 서정시를 창작해야 하는 중세에 이르자, 문학을 관장하는 전문가 집단이 있어야만 했다. 신라에서는 六頭品이 바로 그런 임무를 맡았다. 육두품은 최고 지배신분인 眞骨 의 지위에는 오를 수 없는 하급귀족이었다. 글을 읽고 쓰는 능력으로 나라를 다스리는 데 실제로 기여하는 기능인이면서, 한문학과 불교 양면에서 중세보편주의의 이상을 추구하는 갈등을 겪었다.

10세기에 신라를 대신해 고려가 들어설 때에는 중세문학 담당층이 그런 지위에서 벗어나 스스로 지배신분으로 올라서고, 과거를 보아 인재를 등용하는 제도를 마련했다. 그렇지만 누구나 실력을 기르면 과거에 급제할 수 있다는 원칙이 그대로 실현되지 않고 몇몇 가문이 기득권을 누렸으므로, 고려전기의 지배층을 門閥貴族이라고 일컫는다. 그때 가장 두드러진 활동을 한 金富軾의 문학창작과 역사서술에서 문벌귀족의 의식을 명확하게 확인할 수 있다.

12세기말에 무신란이 일어나고, 이어서 몽고족이 침입하는 동안에 오랜 내력을 가진 문벌귀족은 밀려났다. 그 대신에 權門世族이라고 일컬어지는 새로운 집권층이 나타나 이념 수립의 능력은 없으면서 횡포를 일삼았다. 문벌귀족에 눌려 지내던 지방 鄕吏 가운데 한문학을 익혀 실력을 쌓은 인재가 중앙정계에 등장해 신흥 士大夫로 성장하면서 권문세족과 맞서서 사회개혁을 요구하고 나섰다. 그래서 중세전기문학에서 중세후기문학으로 넘어올 수 있었다.

그 선구자 李奎報가 민족을 생각하고 민족을 옹호하는 문학으로 나아가는 길을 열었다. 安軸이나 李穡 세대에 이르러서 방향전환을 더욱 뚜렷하게 하고, 경기체가와 시조를 창안해 국문시가를 혁신하기도 했다. 사대부는 '心'을 일방적으로 존중하는 이상주의를 거부하고 사람은 處事接物을 하면서 살아간다는 사고방식을 지녔다. 그래서 중세보편주의를 독자적으로 구현하는 방향으로 나아가고, 서정시와 교술시를 공존시키는 문학을 했다.

사대부가 스스로 권력을 잡고 조선왕조를 창건해 신유학의 이상을 실현하려고 한 15세기 이후의 시기에 노선 대립의 진통이 생겨났다. '文'과 '道'는 불가분의 관계를 가져야 한다는 것을 공동의 강령으로 삼으면서, 徐居正을 위시한 기득권층 훈구파는 '문'을 더욱 중요시하고, 李滉을 이념적 지도자로 받드는 사림파는 '도'에 힘쓰는 것이 더욱 긴요하다고 했다. 金時習의 뒤를 이은 方外人들은 사대부로서의 특권이나 우월감을 버리고 민중과의 동질성을 느끼면서, 조선왕조의 지배질서에 대해서 반발하는 문학을 했다.

17세기 이후 중세에서 근대로의 이행기에 이르러 신유학의 이념과 한문학의 규범을 더욱 배타적으로 옹호하려고 하는 집권 사대부들의 노력이 강화되었으나, 시대가 바뀌는 것을 막을 수 없었다. 사대부문학 내부의 분열이 확대되고, 사대부의 주도권이 흔들렸다. 지배체제의 모순을 절감하는 사대부 지식인들 가운데 朴趾源, 丁若鏞 등의 실학파 문인들이 나타나 사회를 비판하고 풍자하는 새로운 한문학을 이룩했다. 남성이 독점해온 사대부문학이 남녀의 문학으로 나누어졌으며, 여성이 국문문학의 작자와 독자로서 앞 시대보다 더욱 중요한 구실을 하게 되었다.

그 시기에 연행활동을 직업으로 삼는 광대가 크게 활약해 판소리의 발달을 보게 되었다. 농민도 구비문학의 재창조에 힘써 민중의식 성장의 저변을 튼튼하게 했다. 中人 신분을 지닌 사람들이 한시를 짓고, 시조를 전문적으로 노래하는 歌客 노릇을 하고, 판소리의 애호가가 되기도 하면서 다양한 활동을 했다. 가객으로서 金天澤과 金壽長이 두드러진 활동을 하면서, 시조를 창작하고 시조집을 엮기도 했다. 申在孝는 판소리를 후원하고 판소리 사설을 다듬었다.

중인 또는 그 이하 신분층에서 장사를 해서 돈을 모은 '市民'이 형성되어 문학의 양상을 크게 바꾸어놓았다. '시민'이라는 말은 번역어이기 이전에 '저자 사람'을 뜻하는 재래의 용어이다. 저자 사람은 흥밋거리의 문학을 이룩하고 상품화하는 방식을 마련했으며, 소설의 발전에 적극 기여했다. 소설을 빌려주고 돈을 받기도 하고, 목판본으로 간행해 시장에 내놓아 널리 판매했다. 그것이 근대 시민문학의 직접적인 선행형태이다.

사대부가 퇴장하고 시민이 지배세력으로 등장하면서 근대문학이 시작되었다. 염상섭, 현진건, 나도향 등은 서울 중인의 후예인 시민이어서 근대소설을 이룩하는 데 앞장설 수 있었다. 오래 축적한 역량이 있어 그럴 수 있었다. 이광수, 김동인, 김소월 등 평안도 상민 출신 시민층도 근대문학 형성에서 큰 몫을 담당했다. 그 고장 사람들은 중세 동안 천대받은 전력이 있어 새 출발을 위해 적극 나섰다.

근대문학의 주역인 시민은 자기 계급의 이익을 배타적으로 옹호하는 데 그치지 않고 더 넓은 활동을 해야 했다. 한편으로는 사대부문학의 유산을 계승하고, 다른 한편으로는 민중문학과 제휴해, 중세보편주의와는 다른 근대민족주의의 문학을 발전시키는 의무를 감당하는 것이 마땅했다. 그런데 근대화를 위한 스스로의 노력이 좌절되고 식민지시대가 시작되어 그런 과업을 수행하는 데 차질이 생겼다.

민족자본가를 대신해 매판자본가가 시민의 주류를 이루게 되면서, 중세에서 근대로의 이행기 동안의 축적이 망각되고, 근대문학을 일본을 거쳐 서양에서 수입하려는 움직임이 표면화되었다. 문단의 주도권 따위에는 관심을 두지 않고 창작에 몰두하는 작가들은 이미 형성된 기반을 충실하게 이용해 뚜렷한 성과를 거두었으나, 해외문학파로 자처하는 비평가들은 서양문학 이식을 요구해서 혼선을 일으켰다. 그래서 전통 계승에 차질이 생기고, 시민문학이 민중문학에서 멀어졌다.

시민문학을 배격하고 무산계급문학을 해야 한다는 운동은 하층에서 겪는 고난을 심각하게 다룬 공적이 있으나, 민족문학의 공동노선을 버린 것이 문제였다. 또한 지난 시기 민중문학을 이으려 하지 않고, 일본을 거쳐 서양의 본보기를 받아들이는 데 급급해 혼선을 빚어냈다. 지난 시기 사대부문학·시민문학·민중문학의 전통을 폭넓게 계승한 근대민족문학을 확립하면서 서양문학의 영향을 주체적으로 활용하는 것이 오늘날까지 이어지는 지속적인 과제이다.

다시 제기되는 문제

《한국문학통사》는 1945년 이전의 문학까지만 다루었다. 이에 관해 제4판 머리말에서 말했다. "1945년 이후의 문학을 제6권을 써서 다루겠다고 한 계획은 이번에도 실행하지 못한다. 남북이 하나가 되게 하겠다는 다짐만으로 자료와 관점 양쪽의 난관을 극복할 수 없다. 남북을 쉽게 오갈 수 있는 재외동포 학자들 가운데 누가 그 일을 해줄 것을 기대하고 부탁하기까지 했다. 그런 성과가 둘 출간되어, 나로서는 감당하지 못할 짐을 덜 수 있게 해주었다."

재외동포 학자가 쓴 책은 김병민 외, 《조선-한국당대문학사》(연변대학출판사, 2000), 김춘선, 《한국-조선현대문학사 1945-1989》(월인, 2001)이다. 앞의 책에서는 북·남, 뒤의 책에서는 남·북의 1945년 이후 문학을 같은 비중으로 취급하고 동일항목에서 교대로 다루었다. 양쪽 문학을 각기 그쪽의 관례나 관점에 따라 고찰해 병렬하는 데 그쳤다. 병렬을 넘어서서 통합을 할 수 있는가, 가능한 여건이 언제 어떻게 조성되고, 통합의 원리는 무엇인가? 아직은 의문으로 남아 있다.

재외동포문학이 한국문학이냐는 원론적인 검토를 필요로 하는 문제이다. 《한국문학통사》에서는 1945년 이전의 재외동포문학은 망명지문학이라고 규정하고 본국의 문학과 함께 고찰했다. 그러나 1945년 이후에는 망명할 이유가 없어져서 사정이 달라졌다. 망명지문학은 없어지고 해외에 영주하는 동포의 문학만 있어 재외동포문학이 문자 그대로의 의미를 지닌다.

재외동포문학은 한민족문학에는 포함되어도 한국문학이라고 하기는 어렵다. 한국문학의 외곽 영역이라고 하는 것이 마땅하다. 우리말을 사용하는 재외동포문학은 제1 외곽이고, 현지어를 사용하는 재외동포문학은 제2 외곽이라고 할 수 있다. 이 모두를 포괄하는 광의의 한민족문학사를 쓰는 것도 필요하다.

한국문학관이 할 일

정부에서 한국문학관을 만드니 잘하는 일이다. 문학을 돌보기까지

하니 칭송할 만하다. 그러나 잘하는 일이면 잘될 수 있는 것은 아니다. 한국문학관을 잘못 만들면 예산만 낭비하고 만들지 않은 것만 못할 수 있다.

한국문학관을 만들면 무엇을 해야 하는가? 원론을 들어 말하면 한국문학 전반에 관한 전시, 자료 수집과 제공, 연구 등의 일을 두루 해야 한다. 한국문학 자료 수집과 연구를 총괄해서 연보나 연감을 내는 것도 맡을 만한 일이다.

모든 일을 다 잘할 수 없으므로 어떤 일을 특히 힘써 해야 하는지 정해야 한다. 한국문학관과 관련되는 다른 기관이 여럿 있어, 사업을 어떻게 조정해야 할지 판단해야 한다. 다른 데서 하고 있는 일에 어설프게 끼어들어 방해하지 말아야 한다. 누락된 것이 있는지 알아보고 맡아야 한다.

근대문학관을 국립도서관에서 만든다고 한다. 구하기 어려운 근대문학 자료를 두고 무리하게 경쟁해 양쪽 다 부실해지지 않아야 한다. 근대문학은 그 쪽에 맡기고, 고전문학에 더욱 힘쓰는 것이 마땅하다. 이렇게 말했더니 국립도서관에서 맡겨 준비한 사업을 확대해 한국문학관을 만들기로 했다고 한다. 무엇을 얼마나 준비했는지 알고, 인계받는 절차와 방법을 정해야 한다.

근대 이후의 문학에 관해서도 따로 할 일이 있는지 찾아서 해야 한다. 북한문학 자료는 어디서 모으고 있는지 알아보고, 취급 여부를 결정해야 한다. 재외동포문학의 자료는 수집하는 곳이 없으므로 맡아야 할 것 같다. 그 밖에 무슨 일을 해야 하는지 상황 파악을 잘하고 결정해야 한다. 장기 계획과 지속적인 노력이 있어야 하고, 잠시 동안 관심을 끌기 위해 야릇한 행사나 하고 말 것은 아니다. 감독관청이 일시적인 홍보효과를 노리고 시키는 일이나 하지 않도록 더욱 경계해야 한다.

한국문학관은 근대문학관이기만 하지 않아야 한다. 고전문학을 더욱 소중하게 여기고, 전문적인 지식을 충분히 갖추고 제대로 돌보기 위해 각별한 노력을 해야 한다. 근대문학관은 출간된 서적을 모아 전시하면 할 일을 어지간히 하고, 친필 원고까지 입수하면 더 잘한다고 할 수 있다. 고전문학을 위한 준비는 이처럼 간단하지 않다. 어떤 영역에 무슨 무슨 자료가 있는지 소상하게 알고 적절한 방법으로 접근해야 한다.

고전문학은 구비문학, 한문학, 국문문학, 이 세 영역으로 이루어져 있다. 구비문학과 한문학은 다른 기관에서 다루고 있으므로 사정을 잘 알아 중복을 피하고 미비점을 보충하는 것이 좋다. 국문문학은 맡고 있는 곳이 없어, 많은 관심을 가지고 많은 노력이 필요한 일을 해야 한다. 한국문학관은 국문문학을 제대로 돌보는 것을 기본 임무로 하고 출발하는 것이 마땅하다.

구비문학은 녹음 자료나 영상 자료와 함께 모으고 전시하고 연구해야 한다. 한국학중앙연구원에서 《한국구비문학대계》를 만드는 것보다 앞서기 어렵다. 한문학은 고전 자료 전문 도서관인 규장각 같은 데서 하는 수준으로 돌볼 수 없다. 고전번역원에서도 많은 일을 하고 있다. 《한국문집총간》을 다시 내려고 나서지 말아야 한다. 지방에 흩어져 있는 문집은 더 모아야 하지만, 대학연구소에서 맡아서 하는 곳들이 있어 알아보고 필요하면 협동해야 한다. 국학진흥원과도 관계를 가지고, 중복되지 않은 사업을 맡아야 한다.

국문 고전문학은 시조·가사·소설이 대종을 이룬다. 이 세 영역의 자료 사정을 알고, 어디서 어떻게 정리하고 있는지도 파악해야 한다. 이미 하고 있는 일은 중복해 시작하지 말고, 도움이 필요하면 도와주어야 한다. 아무 데서도 하지 않는 작업은 한국문학관에서 집중적으로 해야 한다. 현황 파악을 제대로 해야 계획을 세울 수 있다.

시조는 고려대학교 민족문화연구원에서 철저하게 수집하고 정리해 《고시조대전》(고려대학교 민족문화연구원, 2012)을 내서 널리 모범이 된다. 5천 수 넘는 작품을 이본까지 모두 수록한 대단한 책을 냈다. 수집한 자료를 오프라인과 온라인 양면으로 공개하고 누구나 편리하게 이용할 수 있게까지 하면 좋을 것이다. 이 일은 한국문학관과 공동 사업으로 할 수 있다.

가사는 담양에 있는 가사문학관에서 맡고 있다. 의욕이 대단해도 담양군의 힘으로 해야 할 일을 감당하기 어렵다. 자료를 정리해 온라인에 올리고 있으나, 진행이 더디고 방법이 적절하지 못하다. 한 군의 역량으로 더 잘하기를 바라는 것은 무리이다. 국가에서 지원해 더 잘하게 해야 한다. 상황을 파악하고, 지원책을 마련하는 것을 한국문학관의 임무로 삼아야 한다. 《가사문학대전》을 완성해 온라인과 오프라인에 내놓는 데까지 나아가야 한다.

국문 고전소설은 자료가 흩어져 있고, 맡아 나서는 곳이 없다. 가사문학관은 있어도 고전소설문학관은 없다. 한글박물관이 생겼으나 기대를 저버리고 있다. 한글은 어학의 소관이라고만 여기고 한글문학은 최소한의 체면치레나 하는 정도에서 취급하는 데 그치고 있다. 종수나 분량이 엄청난 한글 고전소설의 존재를 알려주지 못해 한글은 만들어놓고 제대로 사용하지 못했다는 인상을 준다.

성경 번역 이후에 한글 사용이 일반화되었다는, 우리와는 다른 유럽의 전례를 그대로 가져온 전혀 그릇된 견해를 재확인하기나 한다. 진상은 어떤가? 독일에서는 루터가 성경을 번역하자 표준 독일어 글쓰기가 시작되었다. 한국에서는 외국인 선교사들이 가까스로 통하는 어색한 말로 성경을 번역해 이미 오래 전에 확립되어 있는 글쓰기 규범에 해를 끼쳤다.

사실을 바로 알고 잘못을 시정하는 것이 한국문학관의 중요한 임무이다. 한국문학관을 잘못 만들어, 방대하고 풍부한 국문소설에 대한 이해를 제대로 할 수 있게 하는 기회를 상실하면 시정할 방법이 없다. 무슨 박물관이나 문학관을 또 만들어야 한다는 말인가. 예산만 낭비하고 할 일을 저버리는 것은 용납할 수 없는 범죄행위이다.

조희웅 교수는 《고전소설이본목록》(집문당 1999)을 비롯한 일련의 저작에서 고전소설 자료에 대한 다각적인 기초조사를 했다. 이 작업을 계속해서 해야 하므로, 한국문학관에서 맡는 것이 마땅하다. 자료 원문은 거래되는 것들이 거의 없어 수집이 어렵지만, 이제 고령인 연구자들의 소장본은 많아 적극 교섭해 구입할 필요가 있다. 여러 도서관에 소장되어 있는 자료까지 모두 입력하고 출판하고 연구하는 일을 맡아야 한다. 자료를 망라하고 정리한 《고전소설대전》을 온라인과 오프라인 양쪽으로 만들어야 한다.

시조보다는 가사가, 가사보다는 소설을 정리하는 것이 더 많은 예산과 인력을 필요로 하는 한층 힘든 작업이다. 고전소설 총정리는 민족의 숙원 사업이다. 한국문학관이 아니고서는 할 곳이 없다. 고전소설문학관을 따로 만들어야 할 것은 아니다. 한국문학관을 보란 듯이 만들어 예산을 낭비하기나 하고 할 일은 하지 않으면 지탄을 면할 수 없다. 시작 단계부터 방향을 잘 잡아야 한다.

고전소설을 제대로 알려야

고전소설에 대해 무엇을 알려야 하는지 말해보자. 《玩月會盟宴》이라는 작품은 180책이고, 김진세 교수가 옮겨 적어 오늘날의 단행본 전10권으로 재출간했다. 100책 이상 되는 작품이 이 밖에 여럿 있다. 이런 분량의 대장편이 중국이나 일본의 고전소설에는 없었으며, 서양에서도 20세기에 이르러서 출현했다. 작품의 종수는 800여 편으로 확인되어 중국이나 일본보다 적지만, 필사하면서 개작한 이본이 아주 많아, 이본까지 합친 총수에서는 중국이나 일본의 소설보다 오히려 많을 수 있다. 국문소설 발전이 대단한 수준에 이르러, 한국 전통문화의 가장 큰 자랑 가운데 하나이다.

독자가 소설을 필사하면서 개작한 것은 다른 나라에서는 보기 어려운 일이다. 이런 이유에서 한국 고전소설은 독자의 구실이 두드러지게 큰 독자소설이어서, 작가소설인 중국소설이나 출판인소설인 일본소설과 다르다. 중국소설은 가명을 사용하는 작가가 세상에 대해 할 말이 있어 오랫동안 힘들여 쓴 것이 많아 작가소설이라고 할 수 있다. 일본소설은 쓰자마자 출판인이 가져가 목판으로 찍어 팔았으므로 출판인소설이라고 하는 것이 적합하다. 한국 고전소설은 독자의 취향에 맞게 써서 여성소설이라고 할 수 있는 것이, 남녀소설이라고 하겠는 중국소설이나 남성소설임이 분명한 일본소설과 다르다. 예를 들어 말하면 차이점이 분명하게 나타난다. 《九雲夢》·《金瓶梅》·《好色一代男》은 한 남성과 여러 여성의 관계를 다룬 세 나라 소설 대표작이다. 열거한 것과 반대의 순서로 특징을 들어보자.

《호색일대남》은 한 남성이 여러 여성을 상대로 색정의 쾌락을 추구하는 일련의 사건을 남성의 시각에서 문자 그대로 적나라하게 서술했으며, 여성은 이름도 없이 버려지는 일회용 소모품에 지나지 않는다. 남성독자가 소설을 차지하고 이런 작품을 즐겨 읽었다. 《금병매》는 남주인공의 색정 행각으로 진행되는 남성소설이면서, 여주인공의 생애에도 깊은 관심을 가지게 한다. 서문경이 죽은 다음에도 여주인공의 이야기가 한창 계속되어, 여성 독자를 끌어들이는 여성소설이기도 하다.

《금병매》와 《구운몽》은 위에서 내려다보는 여성과 지나가는 남성이 눈이 맞아 매개자를 통해 사랑을 언약한다는 공통된 사건에서 이야기가 풀려 나간다. 그러면서 먼저 발동을 건 주동자가 《금병매》에서는 지나가던 남성이고, 《구운몽》에서는 내려다보는 여성인 점이 다르다. 이런 차이점에 두 작품의 특성이 잘 나타나 있다.

《구운몽》에서는 한 남성과 여러 여성이 인연을 맺는 사건이 모두 여성 주도로 시작되고, 여성의 사회적 지위에 알맞게 진행된다. 색정적 관계는 생략되어 있고 정신적 이끌림 때문에 남녀관계가 이루어 진다고 한다. 金萬重이 어머니의 시름을 위로하기 위해 이 작품을 썼다고 하는 것이 의미심장한 말이다. 김만중의 어머니 같은 여성도 남성에 대한 사랑을 자기 처지를 바꾸어가면서 여러모로 상상하는 즐거움을 누리려고 이런 작품을 탐독했다. 상상의 즐거움이 노출되지 않도록, 아주 우아한 문체로 작품을 이어나가고, 불교의 초탈을 말하는 액자를 사용했다.

한국문학관을 찾아서 한 번 둘러보면 한국 고전소설은 이렇구나 하고 깨달아 알 수 있게 해야 한다. 다채로운 전시물을 내놓고 시선을 끌고, 갖가지 방법의 설명을 곁들여 즐겁게 보면서 알 것을 알게 해야 한다. 중국이나 일본 또는 다른 나라 소설과의 비교도 필요한 만큼 하는 것이 좋다. 전시물로 만족하지 못하면 도서실에서 연구서를 읽고, 더 많은 자료를 온라인에서 얻을 수 있도록 해야 한다. 한국문학관이 한국에 대해 깊이 알게 하는 최상의 교육기관이고 연구기관이 되어야 한다.

우려하지 않을 수 없어

한국문학관이 잘 되려면 전문성을 존중해야 한다. 유능한 연구원들을 충분히 확보해 장기간 안심하고 일할 수 있게 해야 한다. 안목이 협소한 사람이 책임자로 들어앉고 행정직만 자꾸 늘어나 어려운 일을 더 어렵게 하지 않도록 극도로 경계해야 한다.

국립국어원의 실패를 되풀이하지 않아야 한다. 예산과 인력이 부족한 국립국어연구원을 국립국어원으로 확대·개편한다면서 연구직은 줄이고 행정직을 대폭 늘였다. 국어사전을 수정하고 증보해야 하는 가장 중요한 임무를 담당할 연구 인력은 없고, 규정을 따지고 일을 복잡하게 하는 행정직만 많은 자리를 차지하고 떵떵거린다. 원무과만 비대하고 진료과는 형편없는 병원을 만들어 불필요한 인력을 위해 국가 예산을 낭비하는 것과 같이 되었다. 야당 국회의원도 언론도 모르고 있어, 면책 특권을 누리면서 나라 일을 망친다.

국정 담당자가 그럴듯한 기관을 신설하면서 사사로운 이익을 취하려 하면 사태가 더욱 악화된다. 한국문학번역원이라는 것을 만들 때 취직시켜야 할 사람들로 인원을 다 채우고 원장은 맨 나중에 선임하고, 이사장을 그 위에 앉혔다. 이사장이나 원장은 인사에 전혀 관여하지 못해 기관이 잘못되고 있는 것을 바로잡을 수 없었다.[1] 인문학연구원이라는 것도 비슷한 방식으로 만들려고 하다가, 반대가 드세 성사되지 못했다.[2]

한국문학번역원, 인문학연구원, 한국문학관, 이런 것들은 모두 이름이 좋아 만드는 데 찬성하기나 하고 어떻게 만드는지 따지지는 않도록 한다. 그래서 나랏돈 도둑들이 안심하고 둥지를 트는 낙원일 수 있다. 한국문학관은 잘 만들어 잘못을 되풀이하지 않아야 한다. 문학이 순진한 희생자가 아니고 영민한 감시자임을 입증해야 한다.

붙임 (1)

한국문학관을 잘 만들려면 외국의 선례를 알아야 한다. 같거나 비슷한 일을, 다른 나라에서는 어떻게 하고 있는지 알고 한국문학관을 설계해야 한다. 이 일을 위해 힘써달라고 부탁하면서 내가 해본 예비 탐색을 조금 제시한다.

문학관 또는 문학박물관이라고 하는 곳은 전 세계에 무수히 많다. 나라 전체의 문학, 어느 지역이나 도시의 문학, 어느 작가의 문학을 취급하는 것들이 있어 관장하는 범위가 일정하지 않고, 규모도 일정

---

1) 이에 대해 〈한국고전의 재발견을 위하여〉 말미에서 자세하게 말한다.
2) 이에 대해 《이 땅에서 학문하기》, 지식산업사, 2000, 207-251면에서 고찰했다.

하지 않다. 그 가운데 자료관(archive)이라고 해서 자료 수집을 임무로 하며 나라 전체의 문학을 관장하는 것 몇 개를 들어 참고 자료를 제공한다.

독일에는 '독일문학자료관 마르바흐'(Das Deutsche Literaturarchiv Marbach)라는 것이 있다. 마르바흐에 있어서 이름에 지명을 붙였다. 쉴러(Friederich Shiller)의 고향 마흐바흐에 쉴러협회(Scillergesellschat)에서 세운 '쉴러박물관 및 자료관'(Schillermuseum und archiv)을 확대해서 독일문학자료관을 만들었다. 독일문학자료관 구내에 쉴러박물관과 근대문학박물관(Literaturmuseum der Moderne)이 있다.

1750년 이래의 문학 자료를 모았다. 1,400점의 친필 원고, 30만 점의 초상 및 사진 자료, 100만 권의 도서가 있다. 출판 관련 자료도 모아놓았다. 다른 여러 기관이나 대학들과 연계를 가지고 활동하고, 자료를 널리 공개해 국제적인 이용에도 기여한다. 연구하러 오는 외국인에게 숙소를 제공하고 장학금도 준다.[3]

---

3) 홈페이지에서 소개한 말을 옮긴다. Das Deutsche Literaturarchiv Marbach (DLA) ist eine der bedeutendsten Literaturinstitutionen weltweit. In seinen Sammlungen vereinigt und bewahrt es eine Fülle kostbarster Quellen der Literatur- und Geistesgeschichte von 1750 bis zur Gegenwart. Seit seiner Gründung im Jahr 1955 dient es der Literatur, der Bildung und der Forschung. Die Sammlungen stehen allen offen, die Quellenforschung betreiben. Mit rund 1,400 Nachlässen und Sammlungen von Schriftstellern und Gelehrten, Archiven literarischer Verlage und über 300,000 bildlichen und gegenständlichen Stücken gehört das Archiv zu den führenden seiner Art. Die Bibliothek ist die größte Spezialsammlung zur neueren deutschen Literatur und umfasst etwa 1 Millionen Bände, daneben über 160 Autoren- und Sammlerbibliotheken. Das DLA führt gemeinsam mit anderen Institutionen und Universitäten interdisziplinäre und internationale Forschungsprojekte durch, die aus Drittmitteln gefördert werden. Die Ausstellungen in den Museen des DLA, dem Schiller-Nationalmuseum und Literaturmuseum der Moderne, zeigen die Handschriften, Bücher, Bilder und Gegenstände des Deutschen Literaturarchivs. Die Museen, literarische und wissenschaftliche Veranstaltungen sowie eine Vielzahl von Publikationen

벨기에는 '문학 자료관 및 박물관'(Archives et Musée de la littérature)
이라는 것이 있다. 자료관이라는 말과 박물관이라는 말을 다 써서,
자료를 수집하고 전시하는 곳임을 알린다. 벨기에 불어권문학을 주대
상으로 하면서, 아프리카 불어권문학까지도 포함한다. 자료를 수집하
고, 자료에 대해 고찰하는 행사를 개최하며, 자료를 전시한다고 사업
을 구체화해서 설명한다.[4]

벨기에는 네덜란드어와 불어, 두 가지 언어를 사용하는 국가이다.
불어권이 조금 약세여서 정체성을 유지하고 선양하기 위해, 불어권
공동체의 자치기관에서 이 기관을 설립하고 운영비를 제공한다. 그러

thematisieren aktuelle Fragestellungen aus Literatur und Wissenschaft und machen
die einzigartigen Archivalien einem großen Publikum zugänglich. Internationale
Begegnungen ermöglicht zudem das Collegienhaus für forschende Gäste,
Autorinnen und Autoren und Stipendiatinnen und Stipendiaten.

4) Wikipidea에서 소개한 말을 옮긴다. Les Archives et Musée de la littérature
(AML) sont un centre d'archives agréé par la Communauté française de
Belgique, consacré au théâtre et à la littérature belges francophones.
Concrètement, cette institution donne accès à d'importants fonds d'archives sur
des auteurs et des artistes belges, quelles que soient leurs formes d'expressions
(théâtre, poésie, essais, contes, textes narratifs, etc.) ou leurs supports (papiers,
photographies, enregistrements sonores, microfilms). Ces ressources sont
complétées par des fonds d'archives d'éditeurs belges et par des œuvres d'artistes
couvrant le domaine des arts plastiques. Les AML sont également un important
centre de documentation littéraire international au sein duquel se sont
développés, par exemple, des fonds d'archives pour l'Afrique centrale (Burundi,
Congo, Rwanda) ou l'ancienne Tchécoslovaquie, ainsi qu'une bibliothèque de
revues très importante, toujours centrées autour de la thématique de l'écriture.
En outre, les AML sont un centre de recherche sur le patrimoine littéraire,
théâtral et éditorial de la Belgique francophone, qui organise des colloques et des
séminaires ; participe à des organisations ou à des rencontres internationales ;
réalise des expositions, et communique ses travaux via l'édition littéraire ou la
production audiovisuelle. Les collections d'archives et les fonds documentaires
sont consultables dans la bibliothèque des AML, située à Bruxelles, et sont
diffusées plus largement par le musée de l'institution qui organise, par ailleurs,
des expositions artistiques et littéraires temporaires dans ses locaux.

면서도 기관 이름에 "문학"이라는 말만 내세우고 "불어문학"이나 "벨기에불어문학"이라고는 하지 않아 특수성을 넘어서서 보편성을 지향하는 자세를 보여주고 있다.

대만문학관도 긴요한 참고가 된다. 이 문학관은 2003년에 국립으로 설립되었다. 대만문학이 원주민, 네덜란드 통치기, 鄭氏 시대, 청나라, 일본통치기, 전후까지 발전한 과정을 말해주는 자료가 흩어져 있는 것을 애석하게 여겨 수집한다고 한다. 수집한 자료를 정리하고 보존하고, 대만문학 이해를 위한 교육을 한다고 한다.[5]

영어 설명에서 "말레이-폴리네시아 계통의 원시 문화"라고 한 원주민의 문학부터 든 것을 주목할 만하다. 대만이 중국인의 땅이라고 하지 않고, 뿌리를 중요시하고 있다. 이런 기관이 있어서 시대와 성격이 다른 대만문학에 대한 일관된 이해가 가능하게 되고, 대만의 역사를 서술할 수 있는 자료를 제공한다. 한국문학관에서 제주도의 구비전승을 중요하게 여겨야 하는 것이 당연하다.

일본에는 국립기관인 '국문학연구자료관'이 있다. 구성원은 대학의 교수와 동일한 지위의 교수이다. 교수 9명, 준교수(부교수) 14명의 명단이 올라 있다. 일본문학의 석학 市古貞次가 설립을 위해 애쓰다가, 1972년에 동경대학에서 정년퇴임하고 초대 관장을 맡았다. 대학

---

5) 홈페이지의 중국어 설명을 든다. 臺灣文學的發展, 從早期原住民、荷西、鄭氏、清領、日治、戰後, 世代更迭, 族群交融, 累積大量文學作品, 孕育出豐厚多元的內涵, 惟因歷史與政治之傾軋, 諸多文學書冊與相關史料隨世流失, 散迭各處, 殊為可惜.為能有系統蒐集、保存、研究這些珍貴的文學資產, 文化界人士極力奔走呼籲, 希望成立專責機構擔負此任.영어 설명도 든다. The NMTL records, organizes and explains Taiwan's literary heritage. Archives and displays include examples from indigenous Malayo-Polynesian cultures as well as from key periods in Taiwan history – from the Dutch, Ming/Koxinga, Qing and Japanese periods through modern times. Educational activities promote awareness of Taiwan literary traditions. The museum includes literature and children's literature reading rooms as well as a literary experience center designed to both excite and educate.

원도 있어, 교수들이 연구와 함께 교육도 한다. 연구 임무는 일본문학의 자료를 수집하고 정리해 널리 기여하는 것이다. 전국 여러 대학 등에 소속된 200명의 조사원이 원전 자료 소장처를 방문해 서지적 사항 위주의 조사를 한다. 수집한 자료를 다른 여러 기관과 제휴해 널리 공개한다고 한다.[6)]

일본에는 공익 재단법인인 '일본근대문학관'도 있다. 일본 근대문학의 자료를 수집하고, 열람 이용할 수 있게 하는 기관이다. 구성원은 교수가 아니며, 대학원은 없다. 1만 5천인이 자료를 기증하고 기금을 내서 설립했다고 한다. 그 뒤에도 계속 기부를 받아 운영한다. 이에 관한 사항을 길게 설명해놓았다.[7)]

---

6) 홈페이지에서 소개한 말을 옮긴다. 國內外に所藏されている日本文學及び関連資料の專門的な調査研究と、撮影·原本による収集を行い、得られた所在·書誌を整理·保存し、様々な方法で國內外の利用者に供することで、日本文學及び関連分野の研究基盤を整備し、展示·講演會等を通じて社會への還元を行っています. 全國の大學等に所屬する研究者約200名の調査員と緊密に連携し、日本文學及び関連する原典資料(写本·版本等)の所藏箇所に赴き、書誌的事項を中心とした調査研究を行っています. また、調査研究に基づき、撮影許可が得られた原典資料を、マイクロネガフィルム又はデジタル画像として全冊撮影して収集しています. 当館の閲覧室で閲覧·複写サービスを行っています. 遠隔地の利用者でも、図書館間の相互利用制度により、資料の複写等のサービスが利用でき、電話での所藏調査及び文書での質問についても受け付けています.

7) 홈페이지에서 소개한 말을 옮긴다. 日本の近代文學は、明治以降、海外から押し寄せる新しい思潮や古くからの伝統がせめぎあう中で、また、関東大震災や戦禍、言論弾圧など数々の苦難をこえて、発展してきました. こうした歩みを示すかけがえのない資料は、敗戦から立ち直り経済成長へ向かう、激しい社會の変遷の中で、散逸しつつありました. それを憂えた高見順、小田切進ら有志の文學者·研究者が、文學資料を収集·保存する施設の必要を広く訴え、1962(昭和37)年5月、設立準備會を結成、翌1963年4月、財団法人日本近代文學館が発足しました. その動きは大きな反響を呼び、15,000人にのぼる人から資料の寄贈や建設資金の寄付などの支援をいただいて、1967年4月、東京都目黒区駒場に、今の建物が開館しました. 当館はその後も、民間の財団として、文學者、研究者、文學や書物を愛する方々と、出版社、新聞社はじめ各界からの協力によって維持運営されています. 2007年9月、資料の増加にともない、千葉県成田市に分館を建設しましたが、その資金も、すべて募金によるものです. 当館は現在、図書や雑誌を中心に、数々の名作の原稿

일본의 이 두 기관은 설립의 주체가 다르지만 취급 대상은 겹친다. 국문학연구자료관에서 근대문학은 제외하기 때문에 일본근대문학관이 따로 있어야 하는 것은 아니다. 중복을 없애는 재조정이 필요하다, 官과 民이 하는 일은 각기 장점이 있다고 하더라도, 둘이 합쳐지거나 밀접한 관계를 가지고 상호보완을 해야 한다.

우리는 시작을 잘못하지 않아야 한다. 일본에 일본근대문학관이 있는 것만 알고 있는 사람들이 그 비슷한 한국근대문학관을 만들려고 일을 시작했다가, 한국근대문학관을 한국문학관으로 확대하려고 하는 것 같다. 어떤 경우든 기부를 받아 문학관을 만드는 것은 가능하지 않다. 한국문학관이 국립이어야 하는 것은 일본의 국문학연구자료관의 경우와 같다. 국립의 이점을 최대한 살려 전문적인 인력을 제대로 확보하는 것이 가장 긴요하다.

발표 현장에서 박사학위를 하고 일을 찾지 못한 인재가 많으니 한국문학관에서 능력을 발휘할 수 있게 모아들이면 된다고 하자, 학예연구직 자격이 없어서 안 된다고 했다. 한국문학 자료의 수집과 정리는 학예연구직 자격을 갖추면 누구나 할 수 있는 것이 아니고, 상당한 식견을 가진 학자라야 가능하다. 일본의 국문학연구자료관과 대등한 수준의 작업을 해서 뒤떨어지지 않아야 한다. 일본근대문학관과 같은 것을 국립으로 만들고 말면 어리석다.

일본은 대학 밖 연구기관의 전문 연구원도 교수이게 하는 제도를 채택하고 있다. 우리도 이 제도를 받아들여 연구원의 수준을 높이고 대우를 향상하고, 안정감을 가지고 장기간 일할 수 있게 해야 한다.

も含め、120万点の資料を収蔵するにいたりました。それらの資料を閲覧室や展示室で、また書籍や電子媒体として公開し、各種の講座・講演會を開催するなど、一般の読書家から専門の研究者まで、広くさまざまな要請に答えようと努めてきました。2011年6月には公益財団法人の認定を受け、引き続き、近代文學に関する総合資料館、専門図書館として、文學資料の収集・保存・公開と文芸・文化の普及・発展のために活動しています。

한국문학관이 사무직의 취직자리 노릇이나 하고 말지 않더라도, 학예
연구직이 무능력해 일을 감당하지 못하면 허울은 그럴듯해도 알고
보면 골칫덩어리가 되고 만다.

나라 전체의 문학박물관이라고 하는 것들은 여기서 거론하지 않
고, 명단만 일부 제시한다. 나라 이름을 가나다순으로 들고, 기관 이
름은 영어로 된 것들을 적는다.

> **네덜란드**: Museum of Literature, The Hague
> **러시아**: The Literary Museum of the Institute of Russian
> Literature
> **루마니아**: The National Museum of Romanian Literature
> **말레이시아**: Melaka Literature Museum
> **미국**: The American Writers Museum
> **보스니아 헤르체고비나**: Museum of Literature & Performing Arts,
> Sarajevo
> **아제르바이잔**: The National Museum of Azerbaijan Literature
> **오스트리아**: The Literature Museum of Austrian National Library
> **우크라이나**: National Museum of Literature of Ukraine
> **체코**: Memorial of National Literature, Praha
> **헝가리**: Literary Museum, Budapest

붙임 (2)

한국문학관건립추진위원회 위원 명단을 발표한 것을 보니, 문인단
체 및 관련단체 대표들을 망라하고, 학회대표나 학자는 없다. 정당
또는 정파 대표로 국사편찬위원회를 구성하는 것과 다름이 없다. 이
권 안배를 긴요한 과제로 하는 것 같다.

한국문학관을 만든다고 하면서 고전문학은 철저히 배제했다. 북쪽

에서 와서 본다면 어떤 생각을 하겠는가? 통일을 이룩하려면 민족의 동질성을 고전문학에서 확인하는 것이 절대적인 과제이다.

2. 국어사전을 부끄럽지 않게

알림

2003년 11월 4일 세종문화회관에서 열린 국립국어원 주최의 강연회에서 〈어문생활사로 나아가는 열린 시야〉에 관해 말했다. 국어원의 방향전환을 주장한 내용을 일반 청중에게 전하는 데 그쳤다. 국어원의 연구진에게 다시 말할 수 있기를 바라고 있었는데, 이상규 원장이 좋은 기회를 마련해주었다. 특히 긴요한 내용을 좀 더 구체화해서 재론하면서 새로운 의견을 보태기로 한다.

이것이 2006년 8월 22일 국립국어원에서 〈국립국어원에 바란다〉는 제목의 강연 서두의 말이다. 그날 국립국어연구원에서 낸 《표준국어대사전》이 잘못된 것을 낱낱이 들어 비판하고, 제대로 만들어야 한다고 했다. 내 비판에 대해 반론은 없고, 걱정만 들었다. 해결할 수 없는 걱정이 쌓여 탄식을 자아냈다.

국립국어연구원이 국립국어원으로 개편되면서 일반직은 늘이고 연구직은 줄여 국어사전을 맡아서 일할 사람이 없다고 했다. 원무과는 확대하고 진료과는 축소해 병원 기능이 마비된 것처럼 되었다. 행사 전에 이상규 권장이 내 원고를 들고 문화부 여러 국장을 찾아가 문제 해결을 도와달라고 하소연해도 호의적인 반응을 얻지 못했다고 했다. 국어사전을 제대로 만들 길이 없다고 탄식했다.

나라가 말이 아니다. 국어사전을 제대로 만들지 못하는 나라는 나라가 아니다. 독립을 했다고 할 것이 없다. 무엇이 왜 잘못되어 이 지경인지 밝히고 바로잡기 위한 싸움을 시작해야 한다. 할 일은 버려 두고 딴짓을 해서 혼란이 일어나는 것도 알리고 규탄해야 한다.

그때 국립국어원에 가서 발표하기 위해 쓴 글을 여기 내놓는다. 국어사전이 어떻게 되어야 하는지 납득하기 쉽게 하려고 앞뒤에 다른 말을 붙인다. 외국의 경우를 들어 우리는 어느 위치에 와 있는지 알 수 있게 한다. 부드러운 어조로 예사로운 말을 하는 것처럼 시작해 동지를 모으고 전열을 가다듬다가 본론에 들어가면서 싸움을 시작한다.

외국어사전부터 만나

사전이라고 하면 영어사전부터 생각이 난다. 영어를 배우면서 계속 영한사전을 찾아야 했다. 공부의 단계가 높아지니 영한사전이 미비한 것이 불만이었다. 고등학교 시절에 이양하·권중휘 공저 영한사전이 나와 사정이 달라졌다. 면수는 많아도 종이가 얇아 그리 두껍지 않고, 수록된 어휘가 많아 아쉬울 것이 없다고 생각했다. 이 사전은 영어 공부에 힘쓰는 학생들에게 신앙의 대상이 되다시피 했다. 다 왼다는 목표를 정하고 목표대로 한 것을 자랑하는 놀라운 학우들도 있었다.

대학에 입학할 때에는 불문과를 택했으나 영문과 강의도 여럿 들었다. 서울대학교 영문과에는 그 사전의 저자로 잘 알려져 있는 이양하와 권중휘 두 분 다 교수로 있어 존경을 받았다. 두 분 다 일본의 최고 명문인 동경제국대학 영문과 출신이어서 우러러보았다. 나도 영문과 학생들과 함께 권중휘 교수의 강의를 듣는 것을 큰 자랑으로 삼았다. 점수를 박하게 주는 것으로 이름이 났지만 개의하지 않고, 최고 수준의 영어 공부를 하면서 영문학에 입문한다고 자부했다.

어느 날 권중휘 선생이 강독 강의를 하다가 학생에게 번역을 시키니 학생이 무어라고 대답했다. 질문과 대답은 잊었고, 그 다음 말에 오고간 말은 분명하게 기억난다. "그런 뜻이 어디 있어?" "선생님이 지으신 사전에 있습니다." "누가 그런 사전을 보라고 했어!"

당신이 지은 사전을 보지 말라니! 이 무슨 이상한 말인가? 그럼 어떤 사전을 보아야 하는가? 이런 질문을 하는 것이 어리석다. 권중휘 선생의 강의를 처음 듣는 철부지임을 고백하는 처사이다.

답이 명백한 것을 모르면 바보였다. 다른 어떤 사전도 보지 말고 《옥스퍼드영어사전》(Oxford English Dictionary)만 보라는 것이었다. 약칭은 OED이고, 우리말 약칭은 《옥스포드사전》이다. 권중휘 선생의 평생 공부는 《옥스퍼드사전》을 보는 것이었다. 이 사전을 가장 많이 보고, 잘 보아 권중휘 선생은 존경받았다.

강의 시간에 번역을 하다가 한 말이 기억난다. "이렇게 번역하면 될 건데, 이 뜻이 《옥스포드사전》에 없다." 《옥스포드사전》은 절대적인 권위를 가지고 있으므로, 《옥스포드사전》에 없는 말을 해서는 안 된다. 목사님이 성서에 없는 말은 하지 않아야 하는 것과 같다. 권중휘 선생은 《옥스포드사전》을 성경으로 받들고 거기 있는 말을 있는 그대로 설교하는 목사였다.

권중휘 선생의 《옥스포드사전》 신앙은, 선생이 신앙을 얻은 동경제국대학 영문과를 우러러보게 한다. 동경제국대학 영문과는 중간 거점에 지나지 않는다. 신앙의 근원은 영국이고, 옥스퍼드대학이고, 영어이다. 권중휘 선생의 강의를 듣는 영문과 학생들 틈에 끼어 나도 권중휘 선생에게서 시작해, 일본 동경제국대학 영문과를 거쳐 신앙의 근원까지 상상의 여행을 하면서 조금은 격상되는 것 같은, 성스러워지는 것 같은 느낌을 얻었다.

신앙의 근원이 영국이고, 옥스퍼드대학이고, 영어라고 하면 조금 부정확하다. 그 모두가 하나로 응결된 《옥스포드영어사전》이 신앙하

고 예배하는 聖體이다. 영어사전이 여럿 있지만, 《옥스포드영어사전》
이 가장 위대하다고 숭앙된다. 어떻게 해서 사전이 성체의 위치를 차
지하는지 깊이 생각해야 한다. 영어의 위세를 나무라려고 하지 말고,
사전을 잘 만든 비결을 알아보아야 한다.

《옥스포드영어사전》은 1933년에 10권으로 출판되었다. 중사전(*The
Concise Oxford Dictionary*, COD), 소사전(*The Pocket Oxford
Dictionary*, POD)도 있어 쉽게 이용할 수 있다. 지금 내 책상 위에
1982년판 중사전이 놓여 있다. 그 뒤에 대사전은 1989년에 20권으로
다시 나왔다.

다음에는 불어사전 이야기를 하자. 불문과에 입학하고 불어 공부
를 본격적으로 하기 시작했으나 불한사전은 없었다. 《옥스포드영어사
전》과 견줄 수 있는 《라루스불어사전》(*Larousse Dictionaire de Français*)
을 직접 이용하기에는 역부족이었다. 《카셀불영사전》(*Cassel English-
French Dictionary*), 《三省堂佛和辭典》을 부지런히 뒤져야 했다. 서술
어는 앞의 사전, 한자로 표기할 수 있는 명사는 뒤의 사전을 이용하
는 것이 좋다는 요령을 알아도, 무슨 뜻인지 끝내 알쏭달쏭한 말이
적지 않았다.

4학년 때인 1961년에 이휘영 선생이 처음으로 《불한소사전》을 내
놓아 눈을 뜨게 해주었다. 불어를 우리말로 옮기니 뜻풀이가 너무나
도 명료하고 신선했다. 가까이 모시고 있어 잘 아는데, 이휘영 선생
은 불어 교육을 위해 일생을 바치다가 과로사하신 분이다. 사전 원고
를 한 장 한 장 육필로 쓰면서 너무나도 많은 수고를 했다.

영한사전은 이양하·권중휘가 저자라고 한 것조차도, 사실은 출판
사 편집사원이 《英和辭典》을 우리말로 옮긴 것이었다. 권중휘 선생이
당신이 저자인 사전을 보지 말라고 한 것은 믿을 수 없는 사전이기
때문이었다. 불한사전은 불어를 조금이라도 알아 그렇게 할 수 있는
출판사 직원이 없었다. 이휘영 선생은 그런 직원이 있다고 해도 일을

맡길 분이 아니었다. 처음부터 끝까지 완벽한 사전을 손수 만들려고 힘겹게 분투했다.

불어사전은 만들 수 있는 사람이 영어사전만큼 많지 않아 더 잘 만들었다. 불한사전은 외국어사전의 모범이 되었다. 큰 사전을 이휘영 선생이 불어불문학회에서 만들어 그 전통을 잇다가, 정지영·홍재성, 《불한사전》에까지 이르렀다. 거의 만족스러운 수준인 이 사전을 이용하면서 많은 분의 누적된 노고에 대해 감사한다.

국어사전의 내력

이제부터 국어사전에 대해 말하자. 국어사전은 외국인들이 먼저 만들었다. 19세기말에 서양인 선교사들이 선교를 위해 우리말을 알아야 할 필요가 있어 《한불자전》(1880), 《한영사전》(1890) 같은 것들을 내놓았다. 일제의 조선총독부는 식민지 통치에 필요해 《조선어사전》(1920)을 출간했다.

우리말 사전을 우리 스스로 만들고자 하는 노력도 일찍부터 있었다. 주시경과 김두봉은 1911년부터 《말모이》라는 사전을 만들기 시작했으나 완결되지 못하고 원고로 전해졌다. 출간된 최초의 사전은 심의린, 《보통학교 조선어사전》(1925)이라는 소사전이다. 문세영은 조선총독부, 《조선어사전》을 근간으로 《조선어사전》(1938)을 냈다. 이윤재가 1933년부터 집필한 《표준조선어사전》은 광복 후 1947년에 출판되었다.

조선어학회에서는 이극로, 이윤재, 한징 등이 주동이 되어 《말모이》 원고를 이어받고 사전 편찬을 시작했다. 1942년에 초고가 완성되어 인쇄 준비를 했다. 조선어학회 간부들이 피검되어 옥고를 치르는 사태가 벌어져, 사전을 출판하지 못하고 원고 상당수가 유실되었다. 1945년 광복 직후에 원고가 발견되어, 이극로, 정태진, 김병제 등이 주동이 되어 1947년 《조선말큰사전》 제1권을 내기 시작해 1957년에 제6권으로 완간되었다. 3권을 낼 때부터는 조선어학회가 한글학회로 개칭되고 사전 이름은 《큰사전》으로 바뀌었다. 수록 어휘는 16만가량이다.

그 뒤에 국어사전이 여럿 나왔는데 특기할 것은 셋이다. 이희승, 《국어대사전》(1961)에는 23만, 한글학회의 《우리말 큰 사전》(1992)에는 45만, 국립국어원의 《표준국어대사전》(1999)에는 50만 어휘가 수록되었다. 어휘 수가 늘어난 것은 고유명사, 새로 등장한 용어, 백과사전에서 취급할 사항 등을 대거 받아들였기 때문이다. 순우리말은 빠짐없이 수록하고자 했으나 고전문학 작품은 현대문학 작품만큼의 열의를 가지고 조사하지 않아 누락된 말이 적지 않다.

한자어 수록과 풀이에는 치명적인 결함이 있다. 일본어사전의 한자어를 베껴 넣기나 하고, 독자적인 조사는 한 번도 하지 않아 국어사전이라고 할 수 없을 정도이다. 구채적인 논의에 들어가기 전에, 내 홈페이지 질의·응답란에서 질문을 받고 응답한 말을 든다.

일본에서 온 일본인 학생이라고 하면서, "한국의 국어사전은 일본의 일본어사전을 베꼈다고 하는 것이 사실인가?" 이런 요지의 질문을 올렸다. 아주 난감하게 여기다가, "나는 분명한 대답을 할 수 없으니 사전 전문가에게 물어보라"고 했다. 이 문답은 씻을 수 없는 상처를 남겼다. 질문자가 한국 학생이었다면, "그 말이 부끄럽지만 사실이다. 사전을 잘 만들기 위해 노력해야 한다"고 했을 것이다. 국적차별을 둔 것을 깊이 사죄하고 참회한다.

사전 전문가에게 물어보면 분명한 대답을 얻을 수 있을까? 사전 전문가는 한자어에 대해서 아무 관심도 없다. 일본어사전에서 한자어를 베껴 넣은 것을 문제 삼지도 않고, 알지도 못한다. 사전 만들기는 어학의 소관으로 여기는데, 한자어는 어학의 연구 대상이 아니다. 국어사전을 편찬할 때 한자어 전문가는 한 번도 참여한 적 없다는 사실을 국어원에 가서 발표를 하고 들었다.

일본어사전의 한자어를 베껴 넣은 것은 조선총독부, 《조선어사전》에서 한 일이라면서 비난하는 말이 있다. 그것을 고스란히 받아들였다고 문세영, 《조선어사전》도 나무란다. 그 때문에 우리말이 아닌 일본어가 마구 들어와 있다고 분개한다. 그러면서도 조선어학회에서 사전을 만들 때의 잘못을 그대로 두어, 한글학회에서 낸 《큰 사전》에 고스란히 인계하고 추가했다. 어려운 시기에 우리말 사전을 만들다가 수난을 겪은 것은 아무리 칭송해 마지않을 훌륭한 일이지마는, 할 일을 하지 못했으며 해야 한다는 생각조차 하지 않았다.

이런 잘못이 시정되지 않고 더욱 확대되었다. 이희승, 《국어대사전》(1961)을 만들 때에는 수록 어휘 수를 23만가량으로 대폭 늘이기 위해, 민중서관 편집직원들이 일본의 일본어사전에서 한자어를 닥치는 대로 베껴 넣었다고 한다. 그때 일하던 사람들이 생생하게 기억하고 증언하는 사실이다. 그런 일을 용납하거나 방관한 과오가 있어, 만인이 칭송하는 이희승 선생에 대한 존경을 나는 일부 보류한다.

한글학회에서 낸 《우리말 큰사전》(1992)에는 수록 어휘가 45만가량으로 늘어났다. 그 이유가 인명, 지명, 사건, 서적, 작품 등의 고유명사를 대폭 수록한 것이어서 시비의 대상으로 삼지 않을 수 없다. 일본사전에서 베낀 한자어는 그대로 두고, 일본사전에는 없는 우리 한자어를 추가하지 않은 것은 용납할 수 없는 과오이다. 한글 전용의 시대가 되었으니 한자어는 아무렇게나 처리해도 되고 힘써 돌볼 필요가 없다고 여겨 과오가 과오인 줄 모르니 더욱 분개할 일이다.

이런 생각을 하면서 분개하지 않을 수 없어 비판하는 서평을 써야겠다고 하면서 우선 구두 서평을 하고 다녔다. 그 말을 전해들은 한글학회 허웅 이사장이 내 지도교수 장덕순 선생에게 서평을 쓰지 못하게 압력을 넣어달라고 부탁을 했다. 나는 그 분부를 거역하지 못해 서평을 쓰지 못하게 되었다는 사유를 《우리학문의 길》(지식산업사,

1983)에서 밝혔다. 한 대목을 인용한다.

한글학회에서 큰사전을 처음 만들 때 한자어의 뜻은 일본사전을 베낀 부끄러운 전례를 시정해야 한다고 생각조차 하지 않고 같은 잘못을 되풀이하면서, 애국주의의 낡은 구호를 야단스럽게 외치고 있다. 한글을 사랑한다는 것으로 모든 잘못을 덮어 가리는 면죄부를 삼고 있는데, 지금 한글을 사랑하지 않는 사람이 어디 있다는 말인가? 문제는 한글로 쓰는 글로 어떤 내용을 나타내야 하는가에 있다. 한글로 쓰는 글로 높은 식견, 깊은 논의를 갖춘 학문을 해야 하는데, 편협하고 안이한 애국주의 구호로 학문을 대신하는 것은 용납할 수 없다(57면).

그 사전만 잘못된 것은 아니다. 1999년에 낸 국립국어원의 《표준국어대사전》에 모든 잘못이 누적되어 있다. 국립국어원에서 일을 제대로 하지 못해 사전이 잘못되었다고 분개하는 말을 하고 다니니 기회를 주었다. 국립국어원에서 깔아준 멍석에서 굿을 했다. 발표 원고가 남아 있어 옮기면서, 어휘 본보기는 조금 보충한다.

국립국어원에 바란다

2003년 11월 4일에 국립국어원에서 주최한 강연회가 세종문화회관에서 열렸을 때 〈어문생활사로 나아가는 열린 시야〉에 관해 말했다. 국어원의 방향전환을 주장한 내용을 일반 청중에게 전하는 데 그쳤다. 국어원의 연구진에게 다시 말할 수 있기를 바라고 있었는데, 이상규 원장이 좋은 기회를 마련해주었다. 특히 긴요한 내용을 좀 더 구체화해서 재론하면서 새로운 의견을 보태기로 한다.

국어학 전공자들이 지금까지 하던 일을 그대로 하라고 국어원을 만들지 않았다. 타성에 젖었거나 준비가 부족한 탓에 빚어낸 차질을 합리화하려고 하지 말고 진로를 다시 설정해야 한다. 국어의 범위와 유산을 폭넓게 파악해 민족문화 발전에 적극 기여해야 한다. 다른 전공자들의 도움을 얻어야 가능한 일이다. 국어원의 구성원을 다변화하고, 외부 학자들이 연구에 동참해서 협력하도록 하는 방법도 써야 한다.

국어사전 편찬은 국어원의 기본 사업이다. 잘못하면 국어원이 존재 의의를 상실한다. 기존의 잡다한 사전을 베껴 국어사전을 커다랗게 만드는 관습을 과감하게 버려야 한다. 같은 일을 시중의 여러 출판사보다 규모를 확대해서 하라고 국가기관을 만든 것은 아니다. 사전을 어떻게 만들어야 하는지 알아야 하고 민족문화에 대한 넓고 깊은 이해를 보여주어야 한다. 국어사전을 불신해 찾지 않는 풍조를 시정하고, 외국에서 한국학을 하는 사람들에게 직접 도움을 주어야 한다.

국어원을 만들고 국어사전을 편찬하는 일은 우리만 하는 것은 아니다. 다른 나라에서는 어떻게 하는지 알아야 한다. 국어원의 진로 설정을 위해 두 가지 참고서가 필요하다. 항해를 하려면 해도와 나침판이 있어야 하는 것과 같다. 《세계의 국어연구원》이라는 책은 당장 내놓아야 한다. 《세계의 국어사전》은 더 많은 조사와 연구가 필요하니 시간을 두고 만들어야 한다.

프랑스에도 프랑스국립국어연구원(Institut National de la Langue Française)이 있다.[8] 거기서 근래에 낸 사전을 하나 보자. 제목을 번역하면 《프랑스어 지역특유어법 사전》(Rézeau ed., *Dictionnaire des régionalismes de France*, Bruxelles: De Boeck Duclot, 2001)이라는 것이다. 널리 알려지지 않은 어휘나 용법이 과거의 문헌에 등장한 전례를 찾아내고, 그런 의미로 오늘날 어느 지방 구두어로 사용되며 사용

---

[8] 이 기관은 2001년에 프랑스언어학연구원(L'Institut de Linguistique Française)으로 바뀌어, 《프랑스어 문법사 대계》(*Grande Grammaire Historique du français*) 편찬을 주요 사업으로 하면서, 프랑스어 연구를 언어학의 전반적인 발전과 연결시켜 진행하고 얻은 성과를 세계화하는 것을 목적으로 한다.

자가 어느 정도 되는지 지도와 통계를 작성해 나타냈다. 내가 가지고 있던 책을 국어원에 기증했다.

옛말과 방언의 관계를 다시 파악해 문헌조사와 현지조사, 통시적 연구와 공시적 연구를 합친 성과이다. 이런 작업 덕분에 프랑스어사전이 오늘날 흔히 사용하는 표준어 사전으로 한정되지 않고, 역사적 변천과 지역적 분포를 다양하게 보인 모든 프랑스어의 집성일 수 있다.

같은 일을 우리도 힘써 해야 한다. 이기문·이상규 외, 《문학과 방언》(역락, 2001)에서 한 작업이 있으나, 작업 확대를 위해 방향 재설정이 필요하다. 긴요한 작업의 본보기를 몇 개 든다. 현지의 구두어는 모두 내 자신이 알고 있는 경상도 말이다. 경상도 말이 다 같지 않다. 어느 곳에서 어떤 사람들이 쓰는지 조사해서 밝혀야 하는 과정을 거치지 못했다.

〈삼국유사〉〈二惠同塵〉에서 "惠空... 負簣歌舞於市巷 號負簣和尙 所居寺因名夫蓋寺 乃簣之鄕言也"라고 했다. 혜공이라는 승려의 파격적인 거동을 전한 말이다. "簣"는 삼태기를 뜻하는 한자이다. "負簣"는 삼태기를 짊어진다는 말인데, "부개"라는 발음은 삼태기를 뜻하는 순우리말이다. 절 이름 "夫蓋"는 "부개"의 음을 적었을 따름이고 한자로는 뜻이 없다. '부개'는 엄밀하게 말하면 삼태기의 한 종류를 일컫는 말이고 지금도 쓴다. 국어원의 《표준국어대사전》(두산동아, 1999, 이하 《사전》)에 이 소중한 어휘가 수록되어 있지 않다.

《악학궤범》의 〈鄭瓜亭曲〉에서 "니미 나롤 ᄒᆞ마 니ᄌ시니잇가"의 'ᄒᆞ마'는 후대의 문헌에 계속 나온다. 홍대용의 《을병연행록》을 보면 "대인들이 닉당의 효아 나와시리라 ᄒᆞ거늘"이라는 말이 있다.9) '하마'는 '벌써'의 뜻으로 쓰이는 말이다. 《사전》에서는 "하마2: '벌써'의 방언(강원, 경상, 충북)"이라고만 하고, 이런 용례를 들지 않았다.

---

9) 소재영 외 주해, 《을병연행록》, 태학사, 1997, 360면.

《시용향악보》의 〈相杵歌〉의 한 대목이 "<u>게우즌</u> 바비나 지서"이다. '게궂다'는 《사전》에서는 "궂다2: 언짢고 나쁘다"의 "방언(경상)"이라고 했다. "창피스러워 싫다"는 뜻으로 오래 전부터 널리 쓰이는 말을 부적절하게 풀이했다.

《을병연행록》에 "오늘 <u>뭇거지</u>는 궁주를 위흠이라", "이런 못거디를 당ᄒ야 한 귀를 나오디 못ᄒ니 극히 붓그려 ᄒ노라"라는 말이 있다 (272·522면). 이상화의 시 〈나의 침실로〉에 "마돈나 지금은 밤도 모든 <u>목거지</u>에 다니노라"라는 말이 있다. '뭇거지'·'못거디'·'목거지'는 같은 말이다. "사람들이 모여 잔치하고 노는 행사"라는 뜻으로 지금도 쓰이는 말이다. 《사전》에 수록한 말이지만, 이런 좋은 용례를 하나도 들지 않았다.

《을병연행록》에서 다른 예를 더 찾아보자. "예셔부터 밥 먹기를 닛고, 뎌리 외입ᄒ야 ᄃ니니"라고(53면) 한 '외입'은 '誤入'이 "딴짓하고 다닌다"는 것으로 변한 말이며, 지금도 흔히 쓰인다. 《사전》의 '오입'에는 이런 뜻이 없다.

"흠션ᄒᄂ 므음을 이긔디 못ᄒ나"(553면)에 보이는 '欽羨'은 한자어이지만, 구두어로 널리 사용한다. 《사전》에서는 "흠선: 공경하고 부러워함"이라고 했는데, "공경하고"는 빼야 한다. "부러워하면서 질투함"이라고 해야 한다.

표준국어대사전 재검토

사전은 언어를 규범화해야 하므로 이제부터는 쓰지 말아야 할 말은 수록할 필요가 없다는 주장은 부당하다. 사전의 일차적인 기능은 독해를 위한 길잡이 노릇을 하는 것이다. 지금까지 나온 책을 읽으려면 모르는 말을 찾아볼 수 있는 사전이 필요하다. 민족문화를 깊이 이해하려고 하는 국내외의 독자가 여러 사전 이것저것 뒤지다가 뜻을 이루지 못하고 지치도록 하지 말아야 한다. 사전이 미비하면 과거와 현재가 단절되고, 문화의 전승과 발전이 중단된다.

《표준국어대사전》이라는 표제는 무슨 뜻인가? "표준국어+대사전"인가? "표준+국어대사전"인가? "표준국어" 사전에 지나지 않는다면 "대사전"일 수 없다. "국어대사전"은 만들지 못했으면서 "표준"이라고 하는 것은 적절하지 못하다.

잘못을 합리화하려고 하지 말고, 명실상부한 《국어대사전》을 만들어야 한다. 표준어 사전을 만들면서 다른 것들을 일부 곁들이지 말고, 표준어인지 아닌지 구별하지 않고 모든 국어어휘를 수록하고 풀이하는 큰사전을 만드는 것이 국어원의 존재 이유이다. 시대와 지역에 따라 달라진 언어가 어떤 관련을 가지는지 설명해야 한다.

〈일러두기〉 (1)에서 "일반어뿐만 아니라 전문어, 고유명사"도 수록한다고 했다. "일반어" 수록이 우선 과제이다. 일반어를 찾아 수록하는 데 힘쓰지 않고 전문어나 고유명사로 항목을 늘이고 분량을 키웠다. 일반어를 찾아내는 것이 국어원의 고유 업무이다. 고유 업무는 소홀하게 하고, 국어사전을 백과사전처럼 만드는 잘못을 그대로 이어 겉치레만 요란하게 했다.

일반어를 찾으려면 선별 기준을 두지 말고 도움이 되는 모든 문헌을 이용해야 한다. 〈어원정보〉와 〈조사문헌〉에서 문헌을 17세기 이전의 것과 18세기 이후의 것으로 나누었다. 국어사를 음운사 위주로 고찰할 때 설정한 시대구분을 어휘사나 문법사에도 그대로 적용해 국어사전을 빈약하게 만들었다. 문학에서 작품 주해를 하면서 이룬 성과가 많이 있어도 받아들이지 않았다.

17세기 이전의 문헌은 어학 연구에서 소중하게 여기니 철저하게 조사한 것 같으나, 위에서 든 본보기에서 확인한 것처럼 〈삼국유사〉·《악학궤범》·《시용향악보》조차 제대로 이용하지 않았다. 〈삼국유사〉에서 어휘 조사를 하지 않은 것은 변명의 여지가 없는 잘못이다. 《악학궤범》·《시용향악보》에 등장한 어휘가 방언이라는 이유로 대단치 않게 여긴 것도 용납할 수 없다.

18세기 이후의 문헌은 20세기 것 특히 최근의 소설을 긴요하게 여겼다. 18·19세기 것은 거의 버려두었다. 《을병연행록》처럼 중요한 자료를 참고로 하지 않는 것은 변명의 여지가 없는 과오이다. 18·19세기에 이르러서 소설과 비소설 양면에서 국문 문헌이 획기적으로 늘어나고 국어를 풍부하게 보여준 사실을 무시했다. 이미 고전의 지위를 얻은 1920·30년대 소설은 무시하고 요즈음 잘 팔리는 인기작가 작품에서 용례를 찾은 것도 잘못이다.

어떻게 하든 말뜻만 풀이하면 되는 것은 아니다. 뜻이 생기고 변천해온 내력을 밝혀야 한다. 어느 어휘가 언제 처음 쓰이고, 다음 어느 문헌에서 뜻이 달라졌는지 설명해야 한다. 항목 하나하나가 어휘사여야 한다. 이렇게 하는 데 당연히 한자어도 포함해야 한다. 한자어에 관해서는 다음에 다시 말하고자 한다.

어휘를 서사어뿐만 아니라 구두어에서도 찾아야 한다. 구두어를 조사하지 못해 일부의 어휘를 "방언(경상)"이라는 방식으로 소개하고 만 것은 창피스러운 일이다. 어휘나 어형을 있는 대로 다 찾아내고 사용 지역과 사용자의 분포를 밝히는 조사를 해야 한다. 그렇게 하려면 시간과 노력이 많이 필요하므로, 먼저 《한국구비문학대계》에 수록된 유산을 이용하는 것이 바람직하다.

서사어와 구두어에서 새로 찾아낸 많은 어휘가 표준어인가를 가리는 것은 무의미하다. 표준어 사정을 할 때 그런 말이 있는지 몰라 대상으로 삼지 않았다. 표준어 사정에 들어가지 않은 말은 방언이니까 홀대해도 그만이라는 옹졸한 생각을 가지고 국어대사전을 만들 수는 없다. 국어대사전은 표준어 사전일 수 없다. 표준어인지 옛말인지 방언인지 가리지 말고, 고유어와 한자어를 차별하지 말고, 모든 국어를 포괄하는 사전이 국어대사전이다.

국어원은 국어학 내부의 영역에 머물러 있지 말고, 어문생활사의 여러 문제를 다루어야 한다. 사전 편찬에서 언어문화의 유산을 폭넓게 계승하는 데 그치지 않고, 작문법, 언어 사용의 실상, 세계의 한국어 등에 관해서도 조사하고 연구해야 한다. 현재의 제도와 규정으로는 개선이 가능하지 않다면, 국립국어문화원으로 이름을 고치고 성격을 바꾸어야 한다.

한자어 처리의 난맥상

위에서 지적한 여러 사항 가운데 대부분에 관해서는 국어원 내부에서 자체 반성도 하고, 학계에서 비판하는 소리도 있을 것으로 안다. 내가 특별히 하지 않아도 되는 말을 했을 수 있다. 그러나 국어사전을 만들면서 한자어는 제대로 돌보지 않는 잘못은 사정이 다르다고 여겨, 항목을 따로 두고 좀 더 자세하게 거론하고자 한다.

한자어는 한자 사용과 결부되어 심각한 논란의 대상이 되어왔다. 한글 전용론자들은 한자는 버려야 하고, 한자어는 순수한 우리말로 바꾸는 것이 바람직하다고 했다. 한자 혼용론자들은 한자를 공부하고, 한자어를 계속 써야 한다고 했다. 그런데 양쪽 다 사전을 만들 때 일본 사전에서 한자어를 베껴 넣기나 하고, 조상 대대로 사용해온 우리 한자어를 찾으려고 하지 않았다. 그래서 없어야 할 것은 있고, 있어야 할 것은 없다. 《사전》에 이르기까지 모든 국어사전이 하나 예외 없이 이런 잘못을 청산하지 못하고 있다.

수록한 한자어라도 설명이 잘못된 것이 많다. 한자 고전에 대한 무지를 곳곳에서 드러내고 있다. 오랜 유래를 갖춘 전통적인 의미가 있어도 말하지 않고, 근대 이후 일본에서 다시 규정한 뜻만 적거나 서양말의 번역어로 여기기나 하는 것도 흔히 볼 수 있다. 오늘날 사용하는 말의 혼란상을 그대로 보여주기나 하고, 민족문화의 유산을 계승하는 임무를 망각하고 있다. 오랜 기간에 걸쳐 많은 노력을 해서 이룩한 문화 창조의 유산을 무효로 돌리는 횡포를 자행한다.

한 나라의 문화 역량은 어휘 총수로 측정된다. 소중한 유산을 없애 가난을 자초하는 것은 잘못이다. 자국의 언어를 모두 수록한 방대한 사전을 나라마다 다투어내고 있는 것을 알아야 한다. 영어 사전에서 라틴어의 유산을, 터키어사전에서 아랍어의 유산을 돌보는 것과 같은 이유로 우리가 만들어야 하는 국어대사전은 한자어를 찾아 수록하는 작업을 충실하게 해야 한다. 이것은 한글 전용 여부와 무관한 일이다.

한자어에 대한 이해는 유래 구분에서 시작된다. (가) 중국 고전에서 유래해 동아시아 여러 나라에서 함께 사용해온 한자어, (나) 그 말의 의미와 용법이 한국에 와서 달라지거나 새로워진 한자어, (다) 한국 전통사회에서 만든 한자어, (라) 일본에서 만든 한자어, (마) 한국에서 근대 이후에 만든 한자어가 각기 다르다. 일률적으로 배격하거나 동일한 방법으로 수록하는 것은 잘못이다. 각기 어떻게 취급해야 할 것인지 고민하고 연구해야 한다.

(가)도 국어이다. 국어사전에 수록해야 찾아서 이용할 수 있다. 이런 말이라도 일본사전을 베끼거나 한 잘못을 청산하고, 우리가 다시 설명해야 한다. 중국 고전의 용례와 함께 우리 선인들이 사용한 용례를 찾아 넣어야 한다. 이런 한자어 '貫道', '瑣錄', '新意', '利祿', '天趣', '尖酸', '樞紐', '托傳', '和唱' 등이 《사전》에 누락되어 있다.

(나)의 좋은 예는 '小說'이다. 나는 〈중국·한국·일본 '小說'의 개념〉(《한국문학과 세계문학》, 지식산업사, 1991)에서 이 용어의 유래와 변천에 대해 자세하게 고찰했다. (1) 대단치 않은 수작, (2) 기록한 서사문학 (3) 거짓 일을 참된 듯이 말하는 창작 서사문학으로 요약되는 의미가, (1)은 이른 시기 중국에서, (2)는 조선전기쯤 한국에서, (3)은 조선후기 한국에서 생겼다. 같은 말이 서양말의 번역어로

쓰인 것은 그 다음의 일이다. 《사전》의 "소설3"에서는 이런 경과를 무시하고, (3)을 서양말의 번역어로 이해하고 설명했다.

순한문으로 쓴 글에서 사용한 보통명사에도 (나)라고 할 것이 있다. 중국 고전에서는 예사로 쓰던 단어를 특별한 의미를 부여한 용어로 만든 것들이다. 원효는 '和諍'의 철학을 이룩했다. 이이는 "잘 울린다"는 뜻의 '善鳴'을 '문학'을 의미하는 용어로 사용했다. 임성주는 '生意', 崔漢綺는 '神氣'와 '運化'를 자기 철학의 기본용어로 사용했다. 《사전》에 '和諍'·'善鳴'·'運化'가 없다. '生意'와 '神氣'는 있으나, 임성주와 최한기가 사용한 뜻은 설명하지 않았다.

사상을 창조하고 문화를 논하는 데 쓴 한자어는 대부분 (나)이고 (가)가 아니다. 예컨대 '敎觀幷修', '談禪法會', '事智', '寓興觸物', '離言眞如', '理一分殊', '智正覺世間', '推恕', '沖澹蕭散' 등이 있다. 이런 말이 《사전》에 하나도 등장하지 않는다.

(다)의 예는 '野談'이다. 이 말은 한국에서 생겼으므로 《中文大辭典》(臺北: 中華學術院, 1973)에 없는 것이 당연하다. 《사전》"야담2: 야사를 바탕으로 흥미롭게 꾸민 이야기"라고 한 것은 설명이 부정확하다. 고전은 다 버려두고, "이문열, 영웅시대"에서 용례를 가져온 것은 어처구니없는 일이다. '野談'은 '野史'와는 구별되는 말이다. '野史'와 '野乘'은 중국과 일본에도 있고, '野談'은 한국에서 만든 말이다. 《於于野談》, 《靑邱野談》 등을 들어야 했다. 이런 한자어 '口學', '羅言', '錄冊'. '端歌'. '蔓橫淸類', '言', '本事歌', '世德歌', '女提學', '肉談風月', '僧家', '鄕風體歌' 등도 《사전》에 없다.

(라) 일본에서 만든 한자어 가운데 우리는 전혀 쓰지 않고 일본어이기만 한 것들이 《사전》에 올라 있다.[10]

---

10) 일본 한자어는 이덕심, 《일본어 한자읽기 사전》(시사문화사, 1992)에 의거해 이해한다.

‘內金’은 “うちきん”이라고 훈독하는 일본어이다. 《사전》에 올려놓고 “지급하여야 할 총금액 가운데 미리 지급하는 일부의 금액”이라고 했다. “법”이라고 해서 법률 용어로 쓰이고 있는 말이라고 했는데, 사실이 아니다.

‘物騷’는 “ぶっそう”라고 읽는 일본어이다. 《사전》에 올려놓고 “세상이 조용하거나 편안하지 못하고 어수선함”이라고 설명했다.

‘三文文士’·‘三文文學’·‘三文小說’은 “서푼”을 뜻하는 ‘三文’(さんもん)에서 유래한 일본어인데 《사전》에 올라 있다. 우리말인 줄 잘못 아는 사람들이 있다면, ‘三文’만 내놓고 일본어라고 밝힌 다음 우리말로는 “서푼”이라고 해야 한다.

‘初孫’·‘初子’는 “ういまご”·“はつご”라고 훈독하는 일본어인데 《사전》에 수록했다. 잘못 쓰이는 것을 알리려는 의도에서 수록했다면, 둘 다 일본어임을 밝히고 우리말로는 ‘長孫’·‘長子’라고 해야 한다.

이런 말은 《中文大辭典》에서 찾을 수 없어, (가) 중국 고전에서 유래해 동아시아 여러 나라에서 함께 사용해온 한자어가 아니고 (라) 일본에서 만든 한자어임을 확인할 수 있다.

(마) ‘洋妾’은 자생적인 한자어이며 1930년대 소설에 흔히 등장했는데, 《사전》에 없다. 소설을 읽으면서 고유어만 찾았기 때문이라고 생각된다. 서양을 뜻하는 “洋”을 얹어 만든 수많은 어휘의 생성과 소멸을 일제히 추적할 필요가 있다.

‘敎述’은 내가 만든 신조어이다. 이제는 국문학계는 물론 고등학교 수준의 문학교육에서도 널리 사용되고 있는데 《사전》에 없다. 어디서 굴러들어왔는지 ‘교술민요’와 ‘교술시’만 있다. 일본의 신조어는 우대하고, 국내의 신조어는 박대하는 관습이 끈덕지게 이어진다.

(가)에서 (마)까지의 한자어를 모두 국어사전에 수록하고, 그 어느 것인가 구분해야 하고, 의미 변천을 설명해야 한다. 한자어는 국어가 아니라고 여기고, 한자어는 국어학 연구의 대상으로 삼지 않는

잘못의 폐해가 심각하다. 만약 기존 진용은 반성을 해도 역부족이라면, 식견 있는 인재를 발탁해 일을 맡겨야 한다.

원전을 모두 뒤지는 것은 어려운 일이므로 오늘날의 연구서를 먼저 조사하는 것이 효율적인 방법이다. 전통문화를 연구한 오늘날의 학술논저를 읽고 이해할 수 있게 하는 사전이 절실하게 필요하다. 한국학을 하는 외국인이 겪고 있는 어려움을 알고 해결해주어야 한다. 국어사전을 제대로 만들려면 장기간의 노력이 필요하므로 기다리고 있으라고 할 수는 없다. 한국학 용어사전 같은 것을 먼저 만들 필요가 있다. 기존의 사전을 베끼려고 하지 말고, 기본이 되는 연구업적에서 표제어를 뽑고 풀이를 하는 것이 마땅하다.

지금까지 지적한 결함은 북쪽에서 나온 국어사전에도 거의 그대로 나타난다. (가)·(나)·(다)의 본보기로 들고 《사전》에 없다고 한 말 가운데 《조선말대사전》(평양: 사회과학출판사, 1992)에 등장하는 것은 '新意'와 '和唱'뿐이며, 상식적인 설명을 하는 데 그쳤다. (라)는 어떤지 조사해보면 '物騷'·'初孫'·'初子'는 없지만, '內金'·'三文文士'·'三文文學'·'三文小說'은 있다. 다만 '內金'에는 "x" 표시를 해서 쓰지 말아야 할 말임을 알렸다.

《사전》에서 이미 《조선말대사전》에 있는 북한어를 대거 수록했다고 했다. 이제 와서 겨레말 큰사전을 만든다고 하는데, 무엇을 한단 말인가? 남북의 사전을 전면적으로 합치기나 하면 잘못이 더욱 고착화되고, 식민지 통치 때문에 생긴 불행한 과거 청산이 한층 어려워진다. 양쪽 다 그릇되어 그런 줄도 모르고 도출한 합의는 학문에 대한 반역이고 역사에 대한 배신이다.

마땅히 있어야 하는데 양쪽 사전에 다 없는 말을 찾는 것이 가장 긴요한 과업이다. 나라가 망하기 전부터 사용하던 모든 우리말을 문헌과 현지조사를 실시해 철저하게 조사, 정리하는 일을 힘을 합쳐 함께 해야 한다. 정치 이념이나 체제의 차이를 넘어서 민족문화를 함께 찾는 공동의 과업 가운데 이보다 더 크고 중요한 것을 생각하기 어렵다. 《조선말대사전》에서는 19세기말 이후의 문헌에서만 어휘를 뽑는다고 했다. 그 전의 자료는 거의 다 남쪽에 있어 북쪽에서 별도로 해야 할 일이 많지 않다. 그러나 구두어 조사를 위해서는 북쪽에서 절반의 노력을 해야 한다. 양쪽이 힘을 합쳐 언어문화의 유산을 제대로 이어받아 민족의 동질성을 확인하고 심화해야 통일을 바람직하게 이룩할 수 있다.

이 발표에 대한 현장의 토론에서 아무도 반론을 제기하지 않았다. 사실 그대로이지만 해결책은 막막하다고 했다. 국립국어연구원을 국립국어원으로 개편하면서 사무직은 늘어나고 연구직은 줄어들어 국어사전을 수정·증보하기 어렵게 되었다고 했다. 한자어가 잘못 수록된 것을 바로잡을 능력을 가진 전문가는 국어사전 편찬에 참여한 적 없고, 보충될 가능성이 없어 지적한 사항을 손보지 못한다고 했다.

이상규 원장이 나중에 술회했다. 발표 전에 내 원고를 문화부 국장들에게 보이고 문제 해결이 가능하게 도와달라고 해도 반응이 없었다고 했다. 국립국어원을 국어연구가 아닌 국어행정 기관으로 개편하는 방침이 이미 정해지고 진행되고 있어 원장이 어떻게 할 수 없었다. 개탄하기만 하다가 본직인 경북대학교 교수로 되돌아갔다.

참담한 현실을 타개해야

국어사전을 어떻게 해야 하는가? 국립국어원 설립 이전의 상태로 되돌아갔으나, 국어사전을 버릴 수는 없다. 관군이 주저앉으면 의병이 일어서야 하듯이, 대학 연구소가 나서고, 뜻있는 개인이 분발해 국어사전을 다시 만든다. 연세대학교와 고려대학의 연구소에서 새로운 국어사전을 내놓았다. 박재연 교수는 선문대학교 중문과 교수인데 놀라운 일을 했다. 중국고전소설 한국어 번역본에 사용된 어휘를 1,159개나 찾아내《고어ᄉ뎐》을 혼자 힘으로 만들어냈다.

그런데 지금은 디지털시대이다. 인터넷에 올라 있는 사전을 이용하고, 책을 사지 않으니 의병들의 눈물겨운 노력이 보상을 받지 못하고 알려지지도 않는다. 국가에서 알아 보상하면 될 것 아닌가? 국립국어원이라는 관군 조직이 사무직의 득세로 주저앉은 것은 그대로 두고 의병 지원에 국고를 사용하는 것은 잘못이다. 도움이 되지 않는 인원은 줄이고, 한문 전공자를 포함한 유능한 연구직으로 자리를 채워 국어사전을 계속 수정하고 증보하는 것을 항구적인 임무로 삼아야 한다.

국어사전을 잘 만들고 대규모의 국어대사전을 이룩하려면 분야별 사전이 있어야 한다.《한국한자어사전》(단국대학교 동양학연구소, 1996) 전4권은 책 이름을 보면 참으로 필요한 일을 했다고 할 수 있는데, 실상은 그렇지 않다. 인명, 지명, 제도 관계 용어, 책 이름, 물건 이름 등을 해설하고 출전을 밝혔을 따름이다. 보통명사에는 한국 한자어가 있다고 생각하지도 않았다. '野談'은 없고 '野譚'이라는 책 이름만 있다. 앞에서《표준국어대사전》을 시비할 때 들었던 '口學', '羅言', '錄冊', '端歌', '蔓橫淸類', '槃詩', '補言', '本事歌', '世德歌', '女提學', '肉談風月', '儈家', '鄕風體歌' 등이 이 사전에도 없다. '短歌'마저 없다.

《한국전통철학사전》이 이루어져《철학사전》이 필요한 내용을 제대로 갖출 수 있게 해야 한다.《한국한문학용어사전》이 이루어져《문학비평용어사전》을 바로잡아야 한다.《한국민속사전》,《한국무속사전》,《韓食사전》,《韓服사전》,《韓屋사전》 등도 있어야 한다. 비슷한 사전을 거듭 만들어도 좋다.《國樂사전》이라고 할 것은 있지만 용어 위주로 다시 만들 필요가 있다.《한국전통문화용어사전》이라는 종합적인 사전도 만들어야 한다. 이런 작업은《한국어대사전》이 충실한 내용을 갖추도록 하는 기초가 되고, 다른 한편으로는 민족문화백과사전을 만드는 데 활용하는 것이 마땅하다.

국립국어원에서는 국어사전을 수정·증보할 수 없게 하고서 《겨레말큰사전》이라는 것을 따로 만들도록 정부가 지원한다. 이것은 통일부에서 하는 남북 합작 사업이니 문화관광부 소관인 국립국어원과 다르다고 한다. 국어사전과 겨레말사전은 다른 사전인가? 이름이 달라도 내용은 다를 수 없다. 남북의 말을 합치는 작업은 국어사전을 만들면서 할 수 있다. 《표준국어대사전》에도 북한 사전을 이용해 북한말을 대거 수록했다. 국립국어원에서 하는 국어사전 편찬을, 북한의 사회과학원 언어학연구소에서 하는 국어사전 편찬과 교류하고 합작해서 진행하는 것이 바람직하다.

그런데 왜 딴전을 벌이는가? 북한에서 북의 官과 남의 官이 합작하는 것은 거부하고 북의 官과 남의 民이 합작하는 것만 허용해, 임시 조직을 따로 만들어 지원하고 있다. 남북이 《겨레말큰사전》을 함께 만들자는 목표는 나무랄 수 없으나, 당분간은 진전을 기대하기 어려운 형편이다. 정치 이념이 개재된 현대어는 뒤로 돌리고 민족문화의 동질성을 보장해주는 말을 방언, 구비전승, 고문헌 등에서 찾는 작업부터 힘써하는 것이 마땅하다. 따로 만든 조직을 국립국어원에서 흡수해 인원과 예산을 합쳐 국어사전을 잘 만드는 데 힘써 《겨레말큰사전》을 남쪽에서 먼저 내놓는 것이 적절한 대책이다.

남북의 불균형이 심각한 문제이다. 북쪽의 사회과학원 언어학연구소는 최고 수준 전문 연구원을 충분히 확보하고 국어사전 편찬을 항구적인 사업으로 하고 있다. 남쪽의 국가기관 국립국어원은 사무직이 득세하고, 국어사전 사업에서 배제되어 유명무실하게 되었다. 《겨레말큰사전》을 위해 별도로 구성한 조직은 비전문가를 책임자로 하고 있는 한시적인 기구이다. 다른 모든 분야에서도, 어떻게 하든 남북이 만나기만 하면 도움이 된다고 여기는 기회주의적 사고를 버리고, 서

로 대등한 위치에서 필요한 역량을 갖추고 합작하면서 통일의 기반
을 실질적으로 다져야 한다.

외국의 선례를 검토하면서

외국에서 자국어대사전을 어떻게 만들었는지 제대로 알려면 전문
적인 연구가 필요하다. 외국어학을 연구하는 학자들에게 연구비를 지
급해 각국의 국어연구기관과 국어사전에 대한 고찰을 하도록 하고
그 결과를 모아 책을 내는 일부터 당장 해야 한다. 우리는 국어대사
전을 어떻게 만들어야 하는지 연구하는 모임을 만들어 발표를 하고
책을 내는 일도 병행해서 해야 한다.

외국의 전례를 잘 알지 못하는 상태에서 섣부른 논의를 하는 것은
삼갈 일이다. 그러나 앞으로 어떤 것을 자세하게 알아야 하는지 대강
짐작은 하기 위해 몇 가지 본보기를 쉽게 확인할 수 있는 범위 안에
서 든다. 광고에 나와 있는 말 정도를 자료로 사용하므로 많이 모자
란다.

프랑스어사전은 가장 방대한 것이 《로베르 불어대사전》이고, 2001
년에 6권으로 나온 것이 최신판이다. 그 전에는 9권이었다. 8만 단어
모두 발음, 형성, 어원, 인용, 미묘하게 변하는 의미의 정의, 예상 가
능한 또는 불가능한 쓰임새, 문장 또는 어구 속에서 사용된 본보기,
비유적 사용을 밝힌 것을 자랑으로 삼는다. 모든 시대 갖가지 불어에
서 25만 건의 인용구를 찾아 수록했다.[11]

---

11) Amazon fr.에서 광고 문구를 옮긴다. "*Grand Robert de la Langue Française -
Coffret 6 volumes Relié - 15 novembre 2001de Alain Rey (Sous la direction
de)* La plus grande nomenclature de tous les dictionnaires actuels de la langue
française, enrichie de nombreux ajouts qui couvrent les évolutions du vocabulaire
jusqu'en 2001. - Pour chacun des 80,000 mots : la phonétique, la formation :
étymologie et datations, la définition pour chaque nuance de sens, le

가장 방대한 영어사전 《옥스포드 영어사전》 최신판은 1989년에 20 권으로 나왔다. 수록 어휘 60만 개를 영어 변천차의 관점에서 설명했다. 인용 240만 개를 고전문학, 전문학술지에서 영화시나리오, 요리책까지에서 뽑았다고 자랑한다.[12]

가장 방대한 일본어사전 《일본국어대사전》 최신판은 2000년부터 2002년까지 본문 13권, 별권 1권으로 출판되었다. 항목 수는 50만이다. 용례는 100만 건을 수록했다. 별권은 한자색인, 방언색인, 出典一覽으로 이루어져 있다.[13]

책의 권수를 보면 《표준국어대사전》 3권은 많이 모자란다. 《로베르 불어대사전》 6권의 절반은 된다고 할 것이 아니다. 그것은 9권이었던 것을 6권으로 압축했다. 《일본국어대사전》 본문 13권 정도는

---

fonctionnement − attendu et inattendu − du mot dans la phrase (discours, exemples, citations), les renvois analogiques. − Une véritable anthologie de la littérature française à travers plus de 250,000 citations extraites de textes d'auteurs, du Moyen Age à nos jours, mais aussi tirées de magazines, de journaux ou empruntées à la radio, à la télévision ou à des dialogues de films."

12) 출판사의 광고를 옮긴다. "*The Oxford English Dictionary Second Edition*, Edited by John Simpson and Edmund Weiner, Clarendon Press.The 20 volume Oxford English Dictionary is an unrivalled guide to the meaning, history, and pronunciation of over half a million words. The Dictionary traces the evolution of over 600,000 words from across the English−speaking world through 2.4 million quotations. Historical in focus, each of the OED's entries contain the word's earliest known use, as well as later examples which help plot the word's subsequent development in English. Its quotations are taken from a broad range of English language sources − from classic literature and specialist periodicals to film scripts and cookery books"

13) 출판사의 광고를 소개한다. "《日本國語大辭典》第二版, 出版社: 小學館. 刊行日：2000年12月20日−2002年1月20日. 卷册数：13卷＋別卷. 項目数：503,000項目. 文字数：88,510,000文字". Wikipedia에 올라 있는 말을 인용한다. "第二版は、初版完結から24年の歲月を經て2000年から2002年にかけて刊行、B5変型、全14卷(本編13卷、別卷1卷)、50万項目、100万用例を收錄し、別卷には漢字索引、方言索引、出典一覽を收錄する. 初版では批判があった用例に年代が付されていない点を第二版では大幅に改善した."

되는 분량을 갖추는 것이 바람직하다. 언어문화의 유산이 일본보다 적을 수 없다.

문제는 분량이 아니고 내용이다. 수록 어휘 수를 보면 《표준국어대사전》 50만이 적은 것이 아니다. 《일본국어대사전》의 50만과 대등하고, 《옥스포드 영어사전》의 60만보다 그리 적지 않다. 《로베르 불어대사전》의 8만보다 월등하게 많다. 그러나 백과사전적 어휘를 있는 대로 다 넣고, 한 어휘로 처리하면 될 것을 여럿으로 나누어 허장성세를 일삼고 내용은 아주 부실하다.

수록 어휘는 최대한 늘리면서 설명은 최소한의 것만 했다. 《로베르 불어대사전》에서 수록한 모든 어휘의 형성, 어원, 인용, 미묘하게 변하는 의미의 정의, 예상 가능 또는 불가능한 쓰임새, 문장 또는 어구 속에서 사용된 본보기, 비유적 사용을 설명했다는 것과 견주면 너무나도 초라하다. 《표준국어대사전》은 어휘의 형성과 어원에 대한 설명이 없고, 의미의 변천을 밝히지 못했다.

어휘 설명이 부실한 것은 용례 조사를 제대로 하지 않았기 때문이다. 용례를 《로베르 불어대사전》에서 25만 건, 《옥스포드 영어사전》에서 240만 건 수록했다고 한 것을 보고 분발해야 한다. 어느 쪽이든지 어휘 한 개당 평균 3~4개의 용례를 들었다. 이 비율대로 하면 《표준국어대사전》 50만 어휘의 용례는 크게 모자란다. 공연히 늘인 어휘 수를 줄이고 내실을 갖추어야 한다.

국어대사전을 잘 만들려면 거의 무한하다고 할 만한 노력이 필요하다. 국문을 사용한 모든 전적을 샅샅이 뒤져야 하고, 한문 전적에서도 새로 만들거나 의미를 바꾸어 사용한 말과 그 용례를 있는 대로 다 찾아야 한다. 얼마나 많은 사람이 필요한가?

그런 일을 프랑스와 일본에서는 민간출판사에서 했다. 영국의 옥스퍼드대학 출판부도 민간출판사이다. 그러나 우리 경우에는 민간출판사는 역량이 모자라고, 더구나 근래 출판 경기가 말이 아니다. 모든 일을 국어원에서 해야 한다. 국어원을 전문적인 능력을 갖춘 연구원이 지배하는 기관으로 개편하고, 연구원 수를 대폭 늘려야 한다. 부문별 특수사전까지 만들려면 전문분야가 각기 다른 연구원이 더 많이 있어야 한다.

국어사전 편찬은 국어학의 소관으로 여기고 문학이나 다른 분야의 참여를 허용하지 않는 관행도 혁파해야 한다. 한자나 한문은 국어학에서 다루지 않으니 사전을 만들 때 아무렇게나 처리했다. 생각을 바꾸지 않으면 개선이 가능하지 않다. 국어사전은 국어 사용의 모든 영역에 대한 총체적인 이해를 갖추어야 제대로 만들 수 있다.[14] 이름 때문에 혁신이 가능하지 않으면 국립국어원을 국립국어문화원으로 개칭할 필요가 있다고 위에서 이미 말했다.

국립국어원의 연구원의 지위를 안정시키고, 자율성을 보장해야 한

---

14) 프랑스한림원이라고 번역되는 Académie française는 원래 불어사전을 만드는 기관인데, 회원이 문화계를 비롯한 각계 인사로 구성되어 있다. Wikipedia에서 한 말을 보자. "L'Académie française, fondée en 1634 et officialisée le 29 janvier 1635, sous le règne de Louis XIII par le cardinal de Richelieu, est une institution française dont la fonction est de normaliser et de perfectionner la langue française. Elle se compose de quarante membres élus par leurs pairs. Intégrée à l'Institut de France lors de la création de celui-ci le 25 octobre 1795, elle est la première de ses cinq académies. La mission qui lui est assignée dès l'origine, et qui sera précisée le 29 janvier 1635 par lettres patentes de Louis XIII, est de fixer la langue française, de lui donner des règles, de la rendre pure et compréhensible par tous, donc d'uniformiser cette dernière. Elle doit dans cet esprit commencer par composer un dictionnaire : la première édition du Dictionnaire de l'Académie française est publiée en 1694 et la neuvième est en cours d'élaboration.. L'Académie française rassemble des personnalités marquantes de la vie culturelle : poètes, romanciers, hommes de théâtre, critiques, philosophes, historiens et des scientifiques qui ont illustré la langue française, et, par tradition, des militaires de haut rang, des hommes d'État et des dignitaires religieux."라고 했다. 불어를 표준화하는 것을 임무로 삼고 불어사전을 만든다고 하고, 문화계 명사 시인, 소설가, 극작가, 철학자, 역사가, 과학자, 불어학자를 구성원으로 하며, 군인, 정치가, 종교계 인사도 포함시키는 것을 관례로 한다고 했다.

다. 연구원에게 교수의 지위를 부여하고, 교수로 대우해야 가능한 일이다. 교수라야 사무직의 통제에서 벗어날 수 있다. 연구원이 교수면 좋은 사람을 모을 수 있고, 대학으로 빠져나갈 필요가 없게 된다. 일본에서 국립연구기관의 연구원을 교수라고 하는 제도를 받아들이는 것이 좋다.15)

국립국어원이 문체부의 산하기관으로 남아 있으면 대학과 같은 위치의 조직이 될 수 없다. 완전히 독립된 기관일 수는 없으니, 소속을 바꾸는 것이 좋다. 문체부에서 벗어나 대한민국학술원의 산하기관이 되는 것이 바람직한 해결책이다. 학술원회장이 국립국어원에 대한 인사권을, 국립국어원원장이 구성원에 대한 인사권을 가지는 것이 마땅하다. 학술원이 연구기관을 통괄하는 방향으로 나아가야 한다는 제안을 함께 한다.

서두에서 국어사전을 제대로 만들지 못하는 나라는 나라가 아니며, 독립을 했다고 할 것이 없다. 국어사전은 나라의 얼굴이고, 민족정신의 구심점이다. 경제적 능력이 모자라는 것은 아닌데, 정신적 능력이 말이 아니어서 나라의 얼굴을 망치고, 민족정신의 구심점을 더럽히고 있다. 통일된 조국 우리나라는 나라다운 나라여야 한다. 훌륭한 나라여야 한다.

부끄러운 줄 알고 대전환을 위한 결단을 내려야 한다. 국어대사전을 최상의 사전으로 만들 수 있게 해야 한다. 신앙의 대상이 되는 옥스퍼드 영어사전 같은, 아니 그보다 더욱 뛰어난 사전을 만드는 길을 열어야 한다. 가만히 있어도 되는 일이 아니다. 나서서 싸워야 한다.

---

15) 일본의 국립국어연구소는 "日本語の特質の全貌を解明し言語の研究を通して人間に関する理解と洞察を深めることを目的としています"라고 하고, 구성원을 교수로 한다. 일본어사전을 만들지는 않는다.

"한글, 바르게 쓸수록 내가 존중받습니다." 이것은 텔레비전에서 내보내고 있는 공익광고에서 하는 말이다. 한글 간판에 야릇한 외래어가 득실대는 장면에 이어서, 세종대왕 동상을 배경으로 어떤 젊은이가 몸을 이상하게 움직이는 모습을 보여주면서 이렇게 외친다.

말을 바로 써서 정신을 차리자고 특히 젊은이들을 깨우치려고 하는 것 같은데, 직무 수행을 거꾸로 한다. "한글, 바르게 쓸수록 내가 존중받습니다"는 다섯 단어로 이루어져 있는데, 그 가운데 무려 세 단어 "한글", "쓸수록", "내가"에는 아래에서 살피는 바와 같은 착오가 있다. 국어 오용의 표본을 보이는 자리에 배석하도록 해서 세종대왕을 모독하기까지 한다. 공익 광고를 한다면서 공익을 크게 해친다.

"한글, 바르게 쓸수록 내가 존중받습니다"에서 "한글"은 "우리말"이나 "국어"여야 한다. 화면에서 보여주는 간판에 한글을 바르게 쓰지 않은 것은 없다. 모두 획수가 틀리지 않고 글씨도 각기 그 나름대로 예쁘다. 잘못은 글이 아닌 말에 있다. 글과 말을 혼동하지 말아야 한다. 외래어를 함부로 써서 말을 더럽히는 것을 한글을 바르게 쓰지 않는다고 나무란다. 무식의 소치인 어불성설이어서 바로잡아야 한다.

"한글, 바르게 쓸수록 내가 존중받습니다"에서 "쓸수록"은 호응하는 말이 없어 잘못 쓰였다. "-ㄹ수록"은 "앞 절 일의 어떤 정도가 그렇게 더하여 가는 것이, 뒤 절 일의 어떤 정도가 더하거나 덜하게 되는 조건이 됨을 나타내는 연결 어미"인 것을 알고 써야 한다. 뒤 절에 "더" 또는 "더욱"이라는 말을 넣어야 어법에 맞게 된다. "더" 또는 "더욱"을 넣지 않고, "쓸수록"을 "쓰면"으로 고치는 것이 자연스럽다.

"한글, 바르게 쓸수록 내가 존중받습니다"에서 "내가"에도 문제가 있다. "다른 사람이 아닌 내가 존경받는다"는 것은 이상한 말이다. 내가 하는 행위의 결과가 내게 미치는 효과는 다른 사람과 무관하다. "내가 존중받습니다"를 "나는 존중받습니다"로 고쳐야 한다. 내가 하는 행위의 결과로 "나는 멸시받지 않고 존중받습니다"라는 것이 맞는 말이다. "내가"라고 하든, "나는"이라고 하든, "나"가 필요한가도 재고해야 한다. 생략할 수 있는 주어는 생략해야 우리말답다. 존중받을 사람이 "나"이어야 할 이유가 없고, 누구나 존중받아야 하므로 "나"는 없어야 한다.

"한글, 바르게 쓸수록 내가 존중받습니다"를 고쳐 "우리말을 바르게 쓰면 존중받습니다"라고 하면 좋겠다. "국어"는 엄숙한 말이어서 다정스러운 "우리말"을 택한다. "존중받습니다"고 하는 피동형도 조금 거슬린다. 피동형 남용을 경계할 필요가 있기 때문이다. "우리말을 바르게 써야 훌륭하다고 합니다"라고 하면 더 나을 수 있다.

"한글, 바르게 쓸수록 내가 존중받습니다"라고 하는 것이 공익광고협의회의 광고 문구인 것은 용납할 수 없다. 나랏돈으로 운영되는 공익광고협의회가 임무를 거꾸로 수행해 공익을 해치는 데 앞장서는 잘못을 그냥 두고 볼 수 없다. 나라를 해치는 가해자가 높은 자리에 앉아 국민을 훈계하는 것을 늘 보아왔지만 이렇게까지 심한 전례는 없다.

이런 잘못을 어떻게 바로잡아야 하는가? 범인을 경찰이 잡아야 하는 것과 같아 긴 말을 할 것 없다. 이 글은 범인을 고발하는 말에 지나지 않는다. 시민의 힘으로 범인을 잡으라고 하고 경찰은 놀고먹는 나라를 상상이라도 할 수 있는가? 이 나라 대한민국은 불행히도 아직 그런 나라이다.

국립국어원이 국어 오용의 범인을 잡는 경찰이어야 하는데, 임무를 망각하고 있다. 앉아서 사무를 보는 직원만 많고 범인을 잡으러 나가는 인력은 없어, 원망하고 나무라도 요지부동이다. 국립국어원은 국어사전을 잘 만들고, 국어 오용의 범인인 공공기관 내부에 도사리고 있는 녀석들부터 잡아야 한다.

국립국어원이 스스로 알아차려 개과천선을 할 가망은 없다. 장관은 사태를 파악하지도 못하고 어물거리다가 물러나는 것이 예사이다. 하는 수 없어 대통령이 나서야 한다. 대통령이 나서서 외쳐야 무슨 일이든지 될까 말까 하는 저급한 수준의 나라가 이제는 아니기를 간절히 바라면서, 이 응급사태는 그대로 둘 수 없다고 고발한다.16)

붙임 (2)

위의 글을 국립국어연구원 송철의 원장에게 보냈더니 다음과 같은 답장이 왔다.

조동일 선생님께
선생님 안녕하신지요? 송철의입니다.
선생님께서 국립국어원으로 보내 주신 메일 잘 전달 받았습니다.
그리고 〈국어사전 제대로 만들어야〉라는 선생님 글도 감명 깊게 잘 읽었습니다. 우선 국어사전에 깊은 관심을 가져 주시고, 좋은 의견을 많이 주셔서 감사합니다.
말씀하신 내용들 국어사전을 수정·보완하는 데에 꼭 참고하도록 하겠습니다.
사전 실무 담당자에게도 선생님 글 자세히 읽어 보고, 우선 국어원에서 할 수 있는 것은 무엇인지 계획을 세워 보라고 하였습니다.
정부 당국에서 국어의 중요성, 국어사전의 중요성에 대한 인식이 부족

---

16) "한글, 바르게 쓸수록 내가 존중받습니다"에서 여기까지 쓴 글에 〈국어 오용의 범인〉이라는 제목을 붙여 신문에 실어달라고 여러 곳에 보냈더니 반응이 없었다. 공익광고협의회가 신문의 생사까지 좌우하는 폭군인 줄 미처 모르고 실수를 했다. 그런데 《경향신문》은 폭군과 싸울 각오를 했는지 용감하게 나서서 2017년 6월 13일자 "기고"란에 이 글을 실어주었다. 그 뒤에 괴상한 광고가 없어졌다.

하여 안타까운 때가 한두 번이 아닙니다만, 사전을 조금씩이라도 개선하기 위한 노력은 계속하고 있습니다.

그리고 《표준국어대사전》은 '표준'이란 말 때문에 우리말 어휘를 총체적으로 담을 수 없는 한계가 있어서, 그런 한계를 극복하고자 《우리말샘》이라는 웹사전을 구축하여 작년에 개통하였습니다. 이 사전은 완성된 사전이 아니라 국민들과 함께 완성해 나갈 사전이며, 이 사전에는 고어든, 방언이든, 신조어든 전문용어든 다 등재될 수 있습니다. 위키피디아 방식을 원용하여 운용하고 있기 때문에, 국민 누구나 사전 내용을 수정 보완하는 데에 참여할 수 있습니다.

그렇지만 궁극적으로는 국어원 내에 사전편찬실을 신설하고 국어학, 사전학 전문가뿐만 아니라 문학, 한문 전문가 등 여러 분야 전문가들이 참여하여 항구적인 사업으로 국어사전의 수정·증보 작업이 계속되어야 할 것이라고 저도 생각하고 있습니다.

우리도 언젠가 《옥스포드영어사전》 못지않은 국어사전을 가져 볼 날이 오기를 염원해 봅니다.

국어사전과 관련한 좋은 말씀 다시 한 번 감사드립니다.

안녕히 계십시오.

2017.7.20.
국립국어원장 송철의 올림

송철의 원장은 서울대학교 교수를 사임하고 원장 일을 맡았다. 전임자들이 교수직을 유지하면서 파견근무를 한 것과 달랐다. 의욕을 가지고 업무에 전념하고자 했으나 뜻을 이루지 못하고, 3년 임기를 마치자 물러나야 했다. 생소한 사람이 새 원장으로 취임해 무엇이 문제인지 파악하기 위해 시간을 보내야 할 형편이다.

3. 민족문화대백과사전 개정

알림

이 글은 2017년 6월 22일 한국학중앙연구원에서 열린 "민족문화대백과사전 상시 수정증보를 위한 학술회의"에 기조발표를 한 원고이다. 구체적인 도움이 되도록 하려고 자세하게 쓰니 아주 길어졌다. 원고를 일찍 보내 행사를 기다리지 않고 미리 이용할 수 있게 했다. 발표는 시간제한에 맞게 요점만 추려서 했다.

하려는 말

《한국민족문화대백과사전》이 나아갈 방향에 대한 의견을 말해달라는 부탁을 받고 무척 기쁘다. 맡아서 수고하던 일을 더 잘하도록 하는 데 지금도 기여할 수 있어 사는 보람을 느낀다. 잘못된 곳이 많아 가슴 아프게 생각해왔는데, 수정증보를 계속해서 한다니 다행이다.

주어진 시간이 제한되어 있어 하고 싶은 말을 다 하지 못해 유감이다. 발표는 간추려 하기로 하고, 글은 필요한 만큼 길게 쓴다. 모처럼 얻은 기회를 충분히 이용하고자 한다. 개인적인 술회가 들어 있는 것을 나쁘게 여기지 말기 바란다. 비화에 해당하는 것도 공개해 자료로 남기고자 한다.

《한국민족문화대백과사전》을 "이 사전"이라고 하자. 이 사전의 수정증보를 위한 진단과 설계의 초안을 작성하려고 노력한 성과를 여기 내놓는다. 훨씬 더 길어져야 할 말을 간단하게 줄여 다듬었다. 두고두고 참고하면서 계속 이용하기를 간절하게 바란다. 수정증보를 잘하도록, 남은 힘을 다해 최대한 돕고 싶다.

이 사전은 커다란 의의를 가지고 세상에 나왔으나, 너무나도 잘못되어 통탄하지 않을 수 없다. 잘못된 이유를 알아야 잘못을 되풀이하지 않을 수 있다. 수정증보마저 잘못될 수 있다는 것을 생각하니 아찔하다. 알아야 할 것을 모르면 선의를 가지고 부지런히 노력해도 결과가 빗나가고, 그런 줄도 모른다. 실패에서 교훈을 찾지 않으면 희망이 없다.

잘못된 이유는 앞으로 자세하게 밝히겠지만 셋으로 요약된다. 집을 짓는 일에 견주어 말해보자. 설계를 하지 않고 시공에 들어갔다. 원고를 받고 원고료를 주면 일이 된다고 여겼다. 전체는 물론 어느 한 부분도 제대로 모르는 무자격자가 시공 책임자로 선정되고 또한 자주 바뀌어 짓고 있는 집이 무너질 지경에 이르렀다. 실무종사자들은 담당 영역 밖은 관심을 가질 수 없고, 전체를 바로잡아야 한다고 하면 하극상으로 여겨졌다.

나는 한 분과의 편집위원으로 일에 관여하고 맡은 원고를 쓰다가 막판에 책임자가 되어 설계부터 다시 하려고 애썼다. 공사를 새로 시작할 시간은 없어, 짓고 있는 집이 무너지지 않도록 하는 최소한의 보강공사를 하는 데 사력을 바쳤다. 책이 나오기는 했으나, 결함투성이였다. 나로서는 최선을 다했으나 역부족임을 깊이 자책하고 떠나갔다. 그래도 잊고 지낼 수 없어, 무엇이 어떻게 잘못되었는지 일제히 점검해 주겠다고 했는데 반응이 없었다. 잘못을 가볍게 진단하기나 한 글을 써서 발표했으나, 관심의 대상이 되지 않았다.

이제 수정증보를 상시로 한다니 얼마나 반가운가. 알 것을 알고 제대로 해야 한다. 이 사전의 수정증보는 통상적인 작업일 수 없다. 재건축까지는 가지 않아도 리모델링 정도는 되는 거의 전면적인 손질이어야 한다. 뼈대부터 진단해 어떻게 고쳐야 하는지 설계를 해야 한다. 뼈대가 허물어질 지경인 것은 알지 못하고 지엽말단만 손대는 것을 수정증보라고 하면 또 한 번 큰 죄를 짓는다. 개념용어 대항목은 제대로 된 것이 없다고 할 정도로 문제가 심각하다.

〈복식〉과 〈옷〉을 비슷한 분량과 내용으로 서술했다. 〈법률〉은 "국회에서 의결한 성문법"으로 출현했다고 했다. 〈통과의례〉는 없고, 유교에서 말한 〈四禮〉만 다루었다. 이런 잘못은 그리 심각한 것이 아니어서 쉽게 고칠 수 있다. 〈역사〉를 총괄하는 항목은 없고, 각 시대의 역사를 왕조별로 구체적으로 고찰하기나 한 것은 심각하게 재고해야 한다. 우리 역사의 전반적인 특징이나 의의에 관한 논의는 할 필요가 없다고 여기는 것은 잘못이다. 실증사관만 존중하고 역사철학은 논외로 하는 관습을 이 사전에서도 따라야 하는지 반성해야 한다.

〈문화〉, 〈철학〉, 〈미학〉 등이나 관련항목 또는 하위항목의 설정과 서술 내용이 아주 잘못된 결함이 있다. 한국문화를 알려고 하면, 한국문화에 관해서는 말해줄 만한 것이 없으니, 서양문화에서 최근에 가져온 문화, 철학, 미학 등에 관한 설명이나 조금 듣고 가라고 한다. 이런 설명마저 체계나 논리를 갖추지 않고 닥치는 대로 한다. 그래서 이 사전이 민족문화사전일 수 없게 하고, 수준을 최하로 끌어내렸다.

시대가 달라지면서 보완해야 할 사항이 추가된다. 한국문화가 밖으로 나가 한류를 일으키는 것이 주목할 만한 일이다. 〈한류〉에서 고찰한 내용이 한류를 과소평가해 너무나도 초라하므로 대폭 수정증보해야 한다. 한국이 중국의 일부였다고 한 것을 두고 시비가 일어나고 있다. 조공 또는 책봉 관계를 올바르게 이해하도록 하는 설명의 필요성이 더 커졌다. 〈조공〉은 내용이 아주 미비해 다시 써야 한다. 책봉을 중세 시기 여러 문명권에서 공통적으로 시행했음을 밝혀 논해야 당면한 시비를 올바르게 가릴 수 있다.

무엇이 어떻게 잘못되었는지 전면적인 점검을 일제히 해야 한다. 진단 능력도 없으면서 일을 맡아, 설계는 하지 않고 시공에 들어가는 잘못을 되풀이하지 말아야 한다. 건축의 비유만으로는 설득력이 모자랄 것을 염려해, 알아듣기 더 쉬운 말을 하겠다. 참모총장은 있으나

마나고, 작전계획이란 필요하지 않으며, 모든 소대가 다 잘 싸우면 전쟁에서 이기는가? 수정증보도 이렇게 할 것인가? 책임을 수행할 능력이 없으면 작전계획을 세우지 못하고, 작전계획이 필요한 것조차 모를 수 있다. 깊이 염려하지 않을 수 없어 거듭 경고한다.

책임자가 층층이 있어 책임이 분산되고, 어느 누구도 적극적으로 나설 수 없는 것도 경계해야 한다. 외부인사들로 구성된 위원회에 주요 결정을 맡겨 무능을 합리화하고, 책임을 전가하는 것도 잘못이다. 이용 가능한 모든 시간을 바쳐 연구해야 할 과제를 사전에 아무 준비도 하지 않고 한두 시간 회의를 하면서 해결할 수 있는 신통력을 가진 사람은 없다.

책임을 맡은 당사자가 누군지 명확해야 해야 한다. 책임자가 가장 많이 알고 최상의 판단을 내려야 한다. 책임자의 능력이 성패를 좌우한다. 최상의 능력으로 리모델링 설계를 최상의 수준으로 하고서 시공에 들어가야 한다. 부분 시공만 다시 하면 된다고 하면서 무능을 합리화하고, 시간과 예산을 낭비하지 않도록 경고한다.

수정증보는 지금까지의 잘못을 수정하는 작업만은 아니고, 미래를 향해 나아가는 지혜를 제공해야 하는 더 큰 임무를 지닌다. 한국문화 이해의 기본 관점을 재정립하는 데까지 나아가야 한다. 이 사전이 나온 1980년대에서 30여 년이 지난 지금의 2010년대는 세상이 달라지고 한국의 위상이 크게 향상되었다. 한국문화가 세계에서 널리 환영을 받으면서 한류를 일으키고 있다. 이런 변화를 분명하게 인식하고 더 잘 이끌기 위한 민족문화 사전을 만들어야 한다.

서양문화가 보편적인 가치를 가져 규범이고, 한국문화는 변두리에서 가까스로 명맥을 잇고 있는 예외이다. 중국문화가 압도적인 영향력을 행사하는 데 휘둘리어 한국문화는 제대로 뻗어나지 못했다. 이런 오해를 불식하고, 한국문화는 독자성과 주체성을 지니고 전개된 것임을 밝혀 논하는 것이 지금까지 하고자 한 일이다. 이에 관해 미진한 과업을 수행한 것이 수정증보의 소극적인 과제이다.

수정증보의 소극적인 과제가 과거의 인식을 바로잡는 것이라면, 적극적인 과제는 미래로 나아가는 지혜를 마련하는 것이다. 한국문화는 동아시아문명의 발전에 적극 기여하고, 인류문명의 보편성을 다양하고 풍부하게 하는 데 앞서고 있는 것을 정리해 보여주며, 더 잘할수 있게 하는 데 힘써야 한다. 이 사전이 한류 학문의 모체여야 한다. 최상의 능력을 갖추어야 가능한 일이다.

최상의 능력이란 무엇인가? 한국문화의 총체적·다면적인 이해, 한국문화의 특질과 가치에 관한 비교고찰의 식견, 학문의 원리 체계 방법에 대한 수준 높은 통찰, 인류의 미래를 위해 한국이 수행해야 할 사명을 깨닫는 지혜이다. 이 모든 능력을 갖추어야 《한국민족문화대백과사전》을 잘 만들 수 있다. 이 모든 능력이 사전에 나타나 있어야 한다.

잘못된 내력

백과사전은 한 나라의 문화수준을 나타내주는 대표적인 업적이다. 18세기 프랑스에서 처음 만든 이후 세계 대부분의 나라에서 내고 있는 백과사전은 문화 이해를 총괄해 창조의 방향을 제시하는 의의를 지닌다고 한다. 높은 이상을 현실이 따르지 못해, 기존의 서술을 받아들여 이용하면서 자국에 관한 내용을 추가하는 것이 공통적인 경향이다.

한국에도 백과사전의 선행 형태라고 할 수 있는 것들이 서양과 관련을 가지기 전의 전통시대 마지막 단계에 있었다. 나라에서 만든 《增補文獻備考》, 李圭景의 《五洲衍文長箋散稿》에서 한국문화에 대한 다각적인 이해를 정리하면서 중국의 경우와 비교했다. 일제 강점 이후에는 이런 전통을 잃고, 일본이 서양의 백과사전을 이식하는 것을 구경하기나 했다. 광복 후 한참 지나 일본에서와 유사한 방식으로 우리 백과사전도 만들려고 시도하다가 《동아원색세계대백과사전》(1984) 30권을 이룩하기에 이르렀다.

이런 백과사전은 남들의 시각에서 세계를 본 것이다. 한국에 관한 서술은 빈약하고, 전통문화에 대한 정리가 이루어지지 않았다. 민족문화에 대한 관심이 고조되고, 여러 분야에서 연구가 활발하게 이루어지고 있는 상황에 부합되는 독자적인 백과사전이 있어야 한다고 생각했으나, 막대한 투자가 소요되어 민간 출판사에서는 감히 시도할 수 없었다. 정부의 지원으로 난제를 해결하고, 한국정신문화연구원에서 《한국민족문화대백과사전》을 만들었다. 사업을 총괄한 기사를 소개한다.

1979년 9월 25일 대통령령 제9268호로 〈한국민족문화대백과사전 편찬사업추진위원회 규정〉이 공포되었다. 추진위원회는 한국정신문화연구원에 업무를 위탁하여, 1980년 4월 15일 민족문화대백과사전 편찬부가 발족했다. 연인원 3,200여 명이 집필에 참여했으며, 민족문화의 의미를 찾을 수 있는 것으로 약 6만 5,000개의 항목을 선정했다. 1980년에서 1987년을 편찬 준비기간으로 정하여 원고를 집필하고 자료를 수집했으며, 1988부터 1991년까지 순서대로 27권을 발간하였다. 1995년 보유편 1권을 출간하여 전28권으로 되었다. 이 기간에 175억 원의 국가예산이 투입되었고, 200자 원고지 42만 장의 원고를 작성했다.

이 사전은 기존의 백과사전을 번안하지 않고 원고를 우리가 전부 써서 만든 최초의 노작이다. 모든 원고의 집필자가 밝혀져 있고, 사진 하나라도 저작권에 책임을 지지 않는 것이 없다. 독자적인 백과사전을 만들고자 하는 실현하기 어려운 이상을 실현했다. 민족문화를 내용으로 한 세계 최초의 백과사전인 것이 자랑스럽다.

'최초'라고 하고 '유일'이라고 하지는 않은 것은 덴마크에서도 비슷한 것이 나왔기 때문이다. 《덴마크 민족백과사전》(*Den Store Danskr Encyklaedi*, 영어명 *Danish National Encyclopedia*) 21권이 1994년에서 2003년까지 간행된 것을 확인할 수 있다. 덴마크는 강대국들 사이에서 민족의 주체성이나 문화의 독자성이 위협받고 있다고 생각해 이런 일을 한 것 같다. 알아보고 싶은 생각이 간절하다. 다른 예가 더 있는지 조사해보아야 한다.

'최초'를 자랑하고 말 수 없다. 세계적인 비교고찰을 제대로 한다면 《한국민족문화대백과사전》은 성공 사례가 아닌 실패 사례로 평가될 것이다. 시작이 잘못되어 진통을 겪다가 좌초의 위기를 겪었다. 그때 내가 일을 맡아 난파선을 항구에 이르도록 하느라고 있는 힘을 다 바쳤다. 수정증보를 계속 한다고 하니 얼마나 다행인가? 오래 살아 좋은 세월을 만난 것 같다.

실패에서 교훈을 찾지 않으면 희망이 없다. 무엇이 실패였고 왜 실패했는지도 모르면 더욱 비참하다. 무엇이 왜 잘못되었는지 모르면 수정증보를 제대로 할 수 없다. 사전이 너무 방대해 한눈에 들어오지 않으니 어디를 어떻게 고쳐야 하는지 알기 어렵다. 장님 코끼리 더듬듯이 하면서 예산과 시간을 낭비하지 않을까 염려한다.

무엇이 잘못되고, 어디를 어떻게 고쳐야 하는지, 내가 알고 있는 비밀을 토로해야 한다. 개인적인 술회가 소중한 자료라고 믿고 감추는 것 없이 말한다. 잘못된 이유를 밝힐 때 말이 험해도 용서해주기 바란다.

나는 1980년에 문학 분야 편찬위원으로 참여해, 항목을 선정하고 많은 원고를 집필했다. 1986년 3월부터 1987년 2월까지 한 해 동안 실무 책임자인 편찬부장으로 일했다. 그래서 잘 알 수 있는 사실을 이용해 〈한국민족문화대백과사전의 폭과 깊이〉(《정신문화연구》 47, 한국정신문화연구원, 1992)라는 글을 썼다. 같은 글이 〈민족문화백과사전의 의의와 문제점〉이라는 제목으로 내 책 《독서·학문·문화》(서울대학교출판부, 1994)에도 수록되어 있다. 거기서 하지 않은 말을 보태 새로운 논의를 한다.

1979년 9월 25일은 박정희 대통령이 10월 26일에 서거하기 한 달 전이다. 국내 정세가 아주 긴박했는데, 어떻게 해서 이 사전을 편찬하게 되었는가? 이에 대한 설명을 이 사전 편찬을 시작할 때부터 들을 수 있었다. 이것은 對北경쟁사업이라고 했다. 북한에서 백과사전을 낸다는 계획을 발표하고, 김일성에 관한 항목만 취급한 제1권을 냈다.[17] 북한이 먼저 한 일을 따라가서 체제경쟁을 하고자 했다. 박정희 대통령이 결정해놓은 일을 사후에 실행하게 되었다.

1977년에 국민 의료보험을 실시한 것도 북한이 먼저 한 것을 보고 체제경쟁을 위해 따라서 했으니 대북경쟁사업이라고 할 수 있다. 문화 분야에서는 고전국역사업에 박차를 가하고, 이 백과사전을 만드는 것이 대표적인 대북경쟁사업이었다. 북한이 먼저 하지 않은 것은 대북경쟁사업이 아니므로 지원하지 않았다. 한국정신문화연구원에서 《한국민족문화대백과사전》 편찬과 병행해 전국구비문학조사를 시작하고 《한국구비문학대계》를 내는 것은 북한에서 먼저 한 전례가 알려지지 않아 중단하라는 지시를 계속 받았다.

북한은 백과사전을 여섯 권짜리 중사전을 내는 데 그쳤다. 1984년에 일본에 갔다가 大阪 鶴橋(쓰루하시)라는 곳에 있는 우리말 서적

---

17) 임채욱, 《북한문화의 이해》(자료원, 2004)의 〈백과사전〉에 의거해 북한 백과사전 편찬의 경과를 이해한다. 1964년에 김일성이 백과사전을 편찬하라고 했다. 1971~1972년에 《백과전서》 전3권이 나왔다. 1982~1984년에 《백과전서》 전6권이 나왔다. 1995~2001년에 《조선대백과사전》 전30권이 나왔다. 2002년 2월 14일자 조선중앙방송에서 《조선대백과사전》은 편찬 준비사업이 시작된 1964년부터 계산하면 38년만에 완성되었다고 했다. 장기간의 준비와 단계적인 작업을 거쳐 대백과사전을 완성한 것이 《한국민족문화대백과사전》을 아무 준비 없이 일거에 원고를 모아 내라고 한 것과 달랐다. 《조선대백과사전》에 대한 고찰을 붙임 (2)에서 한다.

파는 서점에 들렀다가 그 여섯 권을 발견하고 구입해 한국정신문화연구원 도서관으로 보내라고 하고 귀국해 돈을 돌려받았다. 내가 가지려고 사는 것은 물론 가지고 오는 것도 불가능했으며, 한국정신문화연구원 도서관은 불온간행물 취급 기관이므로 그런 책을 받을 수 있었다.

북한에서 대백과사전은 나오지 않는다고 해서 이 사전도 중단할 수는 없었다. 대북경쟁사업을 한다고 대외적으로 공언하지는 않았고, 예산이 계속 책정되기 때문에도 중단할 수 없었다. 북한이야 어쨌든 일단 시작한 일은 계속해서 해야 했다. 이 사전을 만드는 실무진은 북한의 사정을 알지 못하고 관심에 두지도 않았다.

그런데 사업 추진 일정이 문제였다. 계획을 세우고 항목을 정하는 기간을 인정하지 않고, 첫 해부터 원고료 예산을 세워 집행하라고 했다. 원고를 받고 돈을 주면 할 일을 한다고 여기고, 어떤 원고를 써야 하는지 정할 겨를이 없었다. 전체 계획은 하지 못하고, 각 분과별로 집필 항목을 정하는 대로 원고 청탁을 하라고 했다. 不問可知인 항목은 당장 집필하라고 했다. 그래야 10년 안에 책이 나온다고 했다. 이렇게 서두르는 이유를 당사자는 알지 못하고 불평만 하면서 일에 쫓겼다.

설계는 하지 않고 집을 짓기부터 했다고 말하면 무엇이 얼마나 잘못되었는지 알 수 있다. 설계 없이 지은 집이 고층건물이어서 문제가 더욱 심각했다. 아귀가 맞지 않고, 중복되고 무너질 수 있었다. 일이 중간쯤 진행되었을 때 잘못되는 것을 알 만한 사람은 알았지만, 공사를 멈추고 재검토할 겨를이 없었다. 원고를 받고 원고료 예산을 집행해야 되었다.

이 사전을 만드는 일을 총괄하는 사람은 한국정신문화연구원 편찬부장이었다. 한국정신문화연구원이 연구기관이 아니고 국민정신교육 기관이어야 한다고 하면서 원장을 자주 바꾸고, 원장이 바뀔 때마다 편찬부장이 교체되었다. 편집위원으로 참여할 기회도 없어 일이 어떻게 돌아가는지 모르는 사람이 편찬부장이 되어 정신을 차리기 전에 그만두어야 했다.

나는 1981년부터 한국정신문화연구원 한국학대학원 교수가 되어, 일이 돌아가는 꼴을 가까이서 보면서 아주 불안하게 여겼으나 내색을 하지 않고, 국문학 분야 편집위원으로서 할 수 있는 일이나 잘하자고 다짐하는 데 그쳤다. 잘못되고 있다고 따지고 나서면 일을 덮어쓸 판이었다. 조심을 하고 있는데도 위기가 닥쳐 편찬부장을 하라는 명령을 받고, 교수직을 사임하고 떠나간다고 해서 가까스로 모면했다.

1986년 3월부터 편찬부장을 하라는 명령을 다시 받고는 응낙했다. 이 사전 편찬이 파탄에 이른 것을 알고 그대로 두고 볼 수 없어 해결사로 나서기로 했다. 이 사전은 나오지 못하게 되었으니 감사에 대비해 모든 원고를 200자 원고지에 옮겨 써서 장수 계산에 대비하는 판국이었다. 지불한 원고료와 원고지 장수가 일치하면 징계는 받지 않고 문책을 면한다고 하는 말을 들었다.

잘못이 누구에게 있든 이 사전이 나오지 못하게 되고 파산하는 것은 자존심이 허락하지 않았다. 힘들여 연구한 성과를 간추려 원고를 정성들여 써준 수많은 집필자들을 모욕할 수 없었다. 대북경쟁사업을 무리하게 하다가 꼴좋게 되었다고 조롱하는 데 가담할 수도 없었다. 크게 창피하게 생각하고 분발해야 했다.

비장한 각오를 하고 나섰다. 나는 보직을 하지 않는 것을 평생의 신조로 삼지만 어기지 않을 수 없었다. 연구를 희생시키더라도 이 사전을 살려야겠다, 불이 난 것을 보고서 그냥 지나갈 수는 없다, 어떻게 하든지 꺼야 한다. 난파하는 배를 항해하면서 수리해 목적지까지 몰고 가야겠다. 이렇게 다짐했다.

벅찬 노력

임무를 맡은 첫 날 모든 편수원을 모아놓고 말했다. 우리 사전 편찬이 왜 잘 안 되는지, 어떻게 하면 잘될 수 있는지, 모두 의견을 적어내라고 했다. 적어낸 의견을 보고, 문장이 제대로 되지 않은 사람들에게는 바로 그날 경고하는 편지를 은밀하게 보냈다. 문장 공부를 제대로 해야 남의 글을 다듬는 편수원 노릇을 할 수 있으니 반성하고 노력해야 한다고 했다.

편수원들 다수가 제시한 진단서에 편찬부장의 지시가 아침저녁으로 달라져 손을 놓고 있을 수밖에 없었다는 말이 있었다. 이 병폐부터 해결해야 하겠으므로, 지체하지 않고 새로운 방침을 분명하게 했다. 편찬부장의 지시는 없다, 문제를 해결하고 개선책을 찾는 작업을 모두 회의에서 결정한다, 이렇게 천명했다.

편수원들은 무엇이 잘못되고 있는지 진단하고, 어떤 문제점을 어떻게 해결해야 하는지 잘 알아 유용한 의견을 많이 제시했다. 나는 앞에 나서지 않고, 편수원들이 제출한 진단과 의견을 분류하면서 선후를 가려 회의의 안건을 만들었다. 내 나름대로 생각한 바도 조심스럽게 안건에 포함시켰다.

문제 해결을 위한 회의에서 모든 참석자가 발언할 때까지 기다렸다가 맨 끝으로 내 의견을 말했다. 남들보다 앞서서 말하기를 좋아하는 급한 성미를 누르니 병이 날 지경이었다. 합의한 바를 정리한 회의록에 모든 참석자가 서명하고, 그대로 실행하는 데 차질이나 혼선이 생기지 않게 했다.

진행이 바라는 만큼 빠르지는 못했다. 편수원들이 자기 제안은 어떻게 되었는지 궁금해할 수 있었다. 일을 맡은 지 꼭 한 달이 되는 날 모든 편수원에게 편지를 보냈다. 제안한 사항 가운데 어느 것은 실현되었고, 어느 것은 곧 회의에 회부할 것이고, 어느 것은 더 연구해야

하고, 어느 것은 채택하기 어렵지 않을까 하고 일일이 명시했다.[18]

성씨 항목을 처리하는 데 큰 어려움이 있다고 편수원들이 지적하고, 나도 파악한 바가 있어 회의에서 심각하게 논의했다. 여러 성씨에 어느 쪽이 대종가냐 하는 다툼이 있어 소송을 하고 있는 상황에 개입해 시비를 가릴 수 없었다. 이런 시비를 가리는 위원회를 만들었어도 소용이 없다고 했다. 당시의 文鴻柱 원장은 자기네 성씨 대종회 회장을 하면서 반대파를 물리치고 자파의 주장을 이 사전에 수록해 기정사실로 굳히려고 했다.

성씨의 내력을 우세한 쪽의 주장대로 적어놓았으면, 이 사전이 나오자마자 판매금지 가처분 신청이 들어와 재판정에 서게 되었을 것이다. 성씨의 내력이나 족보의 진위는 이 사전이 맡아 판정하려고 하지 않아야 했다. 그래서 〈성씨〉라는 개관항목만 두고, 개별항목 〈김씨〉, 〈광산 김씨〉 등은 없애기로 했다. 선조 숭앙에서 벗어나야 사전을 제대로 만들 수 있었다. 성씨 항목을 제외한 이유는 이것만이 아니고, 다음에 드는 것이 하나 더 있었다.

역사적 유래가 뚜렷하지 않은 성씨는 시조가 중국에서 왔다고 족보에 기록되어 있는 경우가 많다. 이것은 전설이라고 하면 후손이 용납하지 않는다. 후손이 원하는 대로 사실이라고 적으면, 속사정을 모르는 외국 학자들은 한국인 대다수가 원래 중국인이었다고 판단하게 된다. 이 사전을 자료로 삼고 통계를 쉽게 내서 그런 논문을 써내기라도 하면 낭패이다.

다른 여러 문제점에 관해서는 포괄적으로 말하기로 한다. 총괄 계획이나 조정 없이 여러 분과, 많은 집필자가 각기 쓴 원고가 중복되기도 하고 상치되기도 했으며, 양과 질에서 격차가 심했다. 그런 난

---

18) 2017년 6월 22일 이 글을 발표하는 행사장에서, 당시의 편수원 가운데 그 편지를 아직도 보관한다고 말하는 분이 있었다.

맥상을 시정하기 위해 원고보완위원을 두고, 원고 삭제, 조정, 보완 등의 권한을 부여했다. 원고보완위원은 박사학위를 받고 아직 취업하지 않은 젊고 유능한 학자들로 구성했다. 각 편수원은 보완 과정을 거쳐야 할 원고를 찾아내고, 보완 결과를 점검하도록 했다. 이런 결정을 과감하게 시행해 출판할 수 있는 사전이 되었다. 그래도 아직 많은 문제점이 남아 있어 수정증보에서 해결해야 한다. 이에 관해서는 뒤에 다시 말하겠다.

원고를 많이 삭제하고 축소해 분량을 걱정해야 되었다. 한국문화의 특징을 어느 관점에서 심화해 고찰하는 특별기획항목이라는 대항목을 다수 만들어 원고를 보충했다. 〈웃음〉이라는 항목의 원고를 내가 써서 본보기를 보이고, 특별기획항목을 편수원들에게 공모하고 공동으로 심사해 결정했다. 당선작을 낸 편수원들을 포상했다. 그 결과 〈백두산〉, 〈한강〉, 〈소나무〉, 〈소〉, 〈봄〉, 〈여름〉, 〈어머니〉, 〈아들〉, 〈선비〉, 〈독서〉, 〈고향〉, 〈놀이〉, 〈사랑〉, 〈福〉 같은 항목이 선정되었다. 그래서 사전의 성격이 달라져, 다채롭고 풍부한 내용을 갖추게 되었다.

내가 써서 본보기로 삼은 〈웃음〉 항목을 들어본다. 한국의 웃음을 다각도로 고찰하고, 마지막 대목 〈한국문화의 특징과 웃음〉에서 다음과 같이 말했다.

한국 문화의 특징이 웃음을 통하여 어떻게 나타나고, 한국의 웃음문화가 다른 나라와 어떻게 다른가 분별하는 것은 쉬운 일이 아니다. 한국인은 낙천적인 기질을 지녀 웃으며 살아왔다는 모호한 전제를 내세우지 않고 이 문제에 접근하려면 비교문화론의 관점을 택할 필요가 있다. 웃음문화의 유형을 비교하면 한국인의 웃음이 어떤 특징과 의의를 가지고 있는지 어느 정도는 살필 수 있다.

그러기 위하여 불교문화에서의 웃음, 웃음을 나타내는 연극의 비중, 정치풍자의 전통을 특히 중요시할 만하다. 불교는 깨달은 경지를 원만한 미소로 나타내는 점에서 비극적인 것을 강조하는 기독교와 아주 다르다. 어느 나라에서나 불상이나 불교설화는 웃음을 한 가지 기본 요건으로 하고, 교리상 강조하여야 하는 다른 상징 형태와의 관련을 필요에 따라 적절하게 조절하는 것이 관례이다.

그런데 한국의 불상은 웃음을 특히 두드러지게 나타낸다. 인도의 불상은 사실적 기법이 돋보이고, 타이를 비롯한 남방의 불상은 위엄 있는 자세를 갖추고, 중국에서는 크고 우람한 불상이 나타나는 변화를 보였다면, 한국의 불상은 소탈하고 다정스러운 모습을 보여주는 것이 특징이다. 부분은 엉성한 듯하지만 전체적인 조화가 자연스럽게 이루어진 가운데 웃음을 머금은 얼굴이 돋보인다.

일본의 불상과 견주어보면 이런 특징이 더욱 선명하게 확인된다. 일본 경도 廣隆寺(고류지)에 있는 미륵반가상은 한국 불상 특유의 미소를 잘 나타내서 한국에서 전해졌으리라고 생각된다. 그러나 같은 시기나 그 이후의 일본 불상은 손이나 옷주름 같은 것을 만든 세부 기교는 뛰어나지만 전체적인 모습은 오히려 무섭고 귀기가 돈다. 부처나 보살이 비속한 모습으로 나타나고, 고승이 파격적인 행동을 하며 미욱한 사람들을 희롱한다는 설화가 불교설화의 주류를 이루는 것도 우리나라를 제외한 다른 나라에서는 찾기 어려운 현상이다.

연극은 세계 도처에서 숭고하거나 비장한 연극과 그 반대가 되는 희극으로 나누어져 있다. 그런데 한국의 전통극은 희극만으로 이루어졌으며, 발랄한 웃음으로 사회를 풍자하는 것을 거의 일관된 내용으로 하고 있다. 더러 확인할 수 있는 비극적 요소마저도 희극적으로 처리되어 눈물어린 웃음을 자아낼 따름이다.

한국에서는 하층민의 민속극이기만 한 탈춤이나 꼭두각시놀음이 일본 연극에서는 상층 취향의 엄숙한 내용을 자학적인 분위기마저 애써 조성하면서 다루는 것을 보면, 두 나라 문화의 차이점이 명확하게 인식된다. 중국의 고전극에도 애처롭고 비장한 느낌을 자아내는 것이 많아 연극사의 전통이 한국과 다르다.

일본 연극이 옮겨진 신파극이 자리잡고, 서양 연극의 영향을 많이 받아 체질이 바뀐 것 같으나 그렇지 않다. 번역극에서도 비극적인 것은 어색하게 느끼고, 희극적인 요소가 있어야 적극적인 호응을 한다. 더구나 창작극은 희극이라야 뛰어난 작품일 수 있다. 오늘날 탈춤을 이용한 마당극운동이 일어나 커다란 파문을 던지는 것을 이런 맥락에서 이해할 필요가 있다.

광대가 시사를 풍자하는 소학지희를 임금 앞에서 공연하여 폐해를 바로잡기도 하였다는 전례가 적지 않은 침해를 받으면서도 줄곧 이어졌다. 양반이 드센 마을에서 탈춤으로 양반을 풍자할 수 있었던 것은 웃음을 통한 비판을 너그럽게 보았기 때문이다. 도시의 탈춤은 체제비판의 주제를 더욱 확대하고, 법으로 다스려야 할 내용을 적지 않게 지녔으나, 아무런 제재를 받지 않았다.

그럴 수 있었던 것은 도시에서 탈춤을 공연하고 후원하는 吏屬(이속)이나 상인이 드셌기 때문만은 아니다. 官長(관장)이나 다른 양반이 탈춤에서 무슨 소리를 하건 시비를 가리려고 하지 않았다. 이런 전통은 오늘날의 신문 만화로까지 이어진다고 할 수 있다. 신문 만화의 웃음을 통한 비판은 어느 정도 자유로울 수 있는 관례에 힘입어 신문의 다른 지면이 준수하는 한계를 넘어선다.

웃음은 외국에서 수입할 수 있는 문화가 아니다. 불상을 만들고 만화를 그리는 것은 외국의 본보기를 보고 익혀서 시작되었어도, 나타내는 웃음은 본뜰 수 없다. 본뜨면 격식화되는데, 격식을 파괴하여야 웃음이 웃음다워진다. 불상에서 만화까지 웃음은 민족공동체의 생활에서 우러나는 맑고 밝은 마음씨의 자연스러운 표현이다.

외래문화를 권위의 근거로 삼아 웃음에 제동을 걸려는 시도가 한편으로 계속되었으나, 그런 어색한 짓을 웃음으로 풍자하여 녹여버리고는 하였다. 글을 한문으로만 쓰며 말까지도 한문투로 하는 양반네들을 두고서 "양반은 물에 빠져도 개헤엄은 안 친다"고 비꼬고, "수염이 대 자라도 먹어야 산다"고 빈정대는 데서 어쭙잖은 권위를 우스꽝스럽게 만드는 태도가 잘 나타난다.

요즈음 상점의 간판이 바뀌고 있는 것도 이런 맥락에서 주목할 필요가 있다. 검은 붓글씨로 쓴 한자 간판은 거의 찾아볼 수 없게 되었다. 서양말을 이상스럽게 써붙여 관심을 끌려는 풍조도 무색하게 되고 진부하게 느껴지기 시작하였다. 그 대신에 '알쏭달쏭', '오며가며', '찡구짱구' 같은 묘한 말로 된 간판이 늘어나기 시작하였으며 웃음의 문화가 더욱 자리를 넓혀가고 있다.

최내옥 교수가 집필한 〈고향〉도 들어본다. 고향이 전라도 남원 운봉인 것을 알고 〈고향〉 집필을 부탁했다. 서두가 이렇게 시작된다. 이런 내용이 없으면 민족문화사전이라고 할 수 없다.

'고향'이라는 말은 누구에게나 다정함과 그리움과 안타까움이라는 정감을 강하게 주는 말이면서도, 정작 '이것이 고향이다'라고 정의를 내리기는 어려운 단어이다.

고향은 나의 과거가 있는 곳이며, 정이 든 곳이며, 일정한 형태로 내게 형성된 하나의 세계이다. 고향은 공간이며 시간이며 마음[人間]이라는 세 요소가 불가분의 관계로 굳어진 복합된 심성이다. 공간, 시간, 마음 중에서 비중이나 우열을 논할 수는 없다. 살았던 장소와 오래 살았다는 긴 시간과 잊혀지지 않는 정을 분리시킬 수가 없다. 따라서, 고향은 구체적으로 객관적으로 어느 고을 어떤 지점을 제시할 수도 있고, 언제부터 어느 때까지 살았다는 시간을 제시할 수 있으면서도, 감정을 표현하는 데는 각인각색으로 모습을 달리할 수 있다.

그러나 그리움, 잊을 수 없음, 타향에서 곧장 갈 수 없는 안타까움이라는 면은 공통이다. 사람은 태어난 곳을 고향이라 한다. 어머니 뱃속에서 태어난 것은 생물학적인 탄생이며, 고향이라는 장소에서 태어난 것은 지리적인 출생이다. 그런데 내가 태어난 시간이 동일하기에 자연히 어머니와 고향은 하나가 된다. 대화로 고향을 정의하여 본다.

"댁은 삼터(쌈터라고도 한다.)가 어디시오?/예, 태어난 곳 태생지(胎生地) 말씀인가요? 전북 남원 운봉입니다. 지리산 기슭이지요. /아, 삼터 하나 좋습니다그려. 춘향이 고을 남원이며 산천경개 좋은 운봉이니 말이

오. /고맙습니다. 댁의 삼터는 어디인가요? /글쎄, 6·25 때 월남을 하였
으니 실향민이지요. 함남 북청이지요. 아이들은 서울이고. /本鄕(본향)을
가보셔야 할 것인데……. /글쎄요, 죽기 전에 될는지 꿈에나 고향산천을
밟지. 어디 통일이 쉬 되어야지요. 제일 先塋(선영)이 그립습니다그려."

특별기획항목이 상당한 비중을 차지해 사전의 성격이 달라졌다.
참고용으로나 사용하는 딱딱한 사전이 부드러운 면모도 갖추어 흥미
로운 읽을거리일 수도 있게 되었다. 표면에 나타난 사실에 머무르지
않고 내면으로 들어가 한국문화의 특징을 깊이 있게 이해할 수 있게
되었다.

특별기획항목을 많이 만들어도 사전의 전체 체계는 바로잡히지 않
았다. 수록 범위와 대항목 상호 간의 관계를 밝히는 것이 설계의 가
장 긴요한 과제인데, 설계를 하지 않고 시공을 했다. 시공이 상당히
진행된 단계였으나 설계도를 만들어 점검과 보수에 써야 했다. 그래
서 〈민족문화분류표〉라는 것을 작성했다. 먼저 내부의 편수원 전원,
다시 외부의 편집위원들의 합의를 얻어 다음과 같이 초안을 결정했다.

총괄적 문화
  1 민족
  2 강역
  3 역사
외면적 문화
  4 자연과의 관계
  5 생활
  6 사회
내면적 문화
  7 사고

8 언어와 정보 전달

9 예술

이것이 대분류이다. 대분류 하위에 중분류가 있다. 중분류는 일부만 예시한다.

2 강역

21 자연환경

22 인문환경

23 지방

24 교통

25 지명, 지지, 지도

5 생활

51 산업

52 의생활

53 식생활

54 주거생활

7 사고

71 학술

72 사상

73 민간신앙

74 불교

75 유교

76 도교, 도참사상

77 고유종교

78 기독교, 기타 근대 이후 외래종교

중분류 아래에 소분류가 있다. 소분류도 일부만 예시한다.

22 인문환경

221 촌락

222 도시

223 생활공간

224 산업단지

225 국토개발

52 의생활

521 의복

522 장신구

523 수예

524 이용, 미용

525 피복관리

526 의생활 관습

77 고유종교

771 천도교

772 대종교

773 증산교

774 원불교

775 기타 종교

소항목까지 모두 갖춘 이 표에 해설을 붙이고, 회의를 해서 결정한 주요 사항을 모아 〈한국민족문화대백과사전 편찬세부방침〉이라는 것을 만들었다. 설계 없이 지은 집을 적당히 손질하고 처음부터 설계도가 있었던 것처럼 꾸미는 것은 기만이었지만 어쩔 수 없었다. 출간한 사전을 점검하고 수정하고 증보하는 작업을 할 때에는 이 설계도를 이용하도록 했다.

이 표를 이용해 항목을 정하고, 이미 쓴 원고를 검토하는 일을 일제히 해야 했으나 가능하지 않았다. 사업을 멈추지 못하고 앞으로 나아가야 했으므로 해야 할 일을 하지 못했다. 들어온 원고에 문제가 있어도 아주 잘못된 것이 아니면 최소한의 수정을 해서 수록해야 했다. 잘못을 고치는 일은 수정증보에서 하기로 하고, 우선 책을 내야 했다. 책을 내야 수정증보가 가능했다.

내 나름대로 검토한 사항을 내놓을 겨를이 없었다. 수정증보에 참여하지 않아 해야 한다고 작정한 일을 하지 못하고 오늘에 이르렀다. 이제 의견을 물으니 무엇이 얼마나 잘못되었으며 어떻게 고쳐야 하는지 이 글 후반부에서 말하기로 한다. 그러기에 앞서 사전이 나오기까지의 경과를 더 설명할 필요가 있다.

편집 단계에 들어가자 디자인을 어떻게 할 것인가가 문제였다. 디자인 담당자들에게 일본백과사전과 프랑스백과사전을 보여주면서 말했다. 일본식으로 오막조막하게 꾸미지 말고, 프랑스 것을 참고로 삼아 멋있는 책을 만들면 좋겠다고 했다. 몇이서 목적지를 정하지 않고 자유 출장을 떠나 좋은 착상이 떠오르면 돌아오라고 했다.

책을 찍으려고 하니 종이가 문제였다. 국산 종이는 너무 두꺼웠다. 일본 종이를 쓰면 되지만 《한국민족문화대백과사전》과 어울리지 않았다. 직원 한 분을 대덕단지 화학연구소로 보내, 우리도 얇고 좋은 종이를 만들 수 있는지 알아보라고 했다. 결과는 기대 이상이었다. 종이 제조를 전공하는 연구원이 연구비만 넉넉히 주면 쉽게 만든다고 했다. 문교부를 거쳐 과학기술처에 사정을 이야기하고 연구비를 주라고 하니, 사전을 만들기에 적합한 종이가 탄생했다.

사전 첫 판이 결함투성이인 것은 어쩔 수 없었다. 책이 나온 것만 다행으로 여기고, 빠른 시일 안에 수정증보판을 만들어 결함을 시정해야 하는데 예산이 책정될 가망이 없었다. 5만 질 이상 팔리면 수정증보판을 만들 수 있다는 계산이 나와, 자세한 계획을 세웠다. 문제는 판매 수익금을 국고에 반납하지 않고 편찬부에서 사용할 수 있는가 하는 것이었다.

이에 관해 설명하고 교섭하기 위해 당시의 경제기획원 담당과장을 불러내 저녁을 대접했다. 예산을 쥐고 있어 하느님 만나는 것만큼이나 만나기 어렵다는 담당과장과 마주 앉아 장시간 할 말을 다 한 것은 생각할 수 없는 일이었다. 과장과 같은 대학 학과 동기인 배한식 교수가 적극 도와주고 동석해서 가능한 일이었다.

과장은 말했다. 대한민국 정부 수립 이후에 출연금에서 과실이 발생한 전례가 없다. 정부에서 사전을 만들라고 주는 돈이 출연금이다. 출연금을 받으면 모두들 쓰고 말았으며 수익을 낸 전례가 없다는 말이다. 대한민국은 과연 좋은 나라이다. 과장은 이어서 말했다. 과실은 국고에 환수해도 되고 재투자를 해도 되는데, 과실이 없어 전례도 없다. 이번에는 과실이 생길 터이니 재투자하게 해달라고 하니, 그대로 하도록 하겠다고 했다.

나는 이 사전 시제본이 나오는 것까지 보고, 1987년 봄에 서울대학교로 자리를 옮겼다. 그 뒤에 1988년부터 1991년까지 순서대로 27권이 출간되었다. 자리를 옮기지 않으면 편찬부장을 계속해서 할 수밖에 없었는데, 원하는 바가 아니었다. 선수·코치·임원이라는 비유를 사용하면, 나는 평생 선수이기를 바라고, 코치나 임원은 소관사로 여기지 않는다. 선수 노릇을 잘하는 것으로 코치나 임원 노릇은 면제받는 대가를 지불하고자 한다.

편찬부장을 그만두고 한국정신문화연구원을 떠날 때, 적성에 맞지 않고 너무 힘든 일을 무리하게 한 후유증이 컸다. 몹시 지치고 건강

이 상해 한동안 고생했다. 보직은 하지 말자고 다시 다짐했다. 그 뒤에 학과장도 하지 않았으며, 학회장마저 사양하고 맡지 않았다. 선수의 능력으로 하는 무슨 큰일이 있으면 설계는 해도, 코치나 임원의 임무인 시공은 내 소관사로 삼지 않았다.

이 사전을 파멸에서 구해 살려낸 것은 내 자신, 편찬부, 연구원, 학계를 위해 다행일 뿐만 아니라, 나라의 체면을 살린 공적이 있다고 자부할 만하다. 하고 싶지 않은 이 말을 굳이 하는 이유는 서울대학교로 가는 신원조회가 되지 않아 공중에 뜰 뻔했다는 것을 말하기 위해서이다. 대북경쟁사업에서 대한민국이 앞서게 한 공적을 조금도 인정하지 않고, 사상이 의심스럽다고 밀어내려고 했다.

이 사전을 만들었다고 나라에서 주는 상을 출간 후에 부임한 한국정신문화연구원장이 받았다. 나는 수상식에 참석해달라는 연락을 받지 않았으며, 자진해 가서 수상자에게 축하의 말을 하는 것은 우스운 일이었다. 상이 탐나서 하는 말은 절대로 아니다. 나는 학술상을 너무 많이 받아 면구스럽게 여기고 있다. 모르고 지나면 그만일 일을 우연히 알아 기억을 지워버리지 못하니 사람됨이 아직 모자란다고 자탄하려고 이 말을 한다.

이 사전이 나오고 몇 년 뒤에 물어보니 5만 질 이상 나갔다고 했다. 수정·증보 계획이 차질 없이 진행될 수 있었는데 그대로 되지 않았다. 김대중 정권에서 한국정신문화연구원 예산을 대폭 삭감해 이 사전에서 얻은 이익을 전용해 사용하고, 편찬부 편수원들을 거의 다 내보냈다. 수정증보가 불가능하게 되었다.

노무현 대통령 시절에 윤덕홍 한국정신문화연구원장을 만나, 이 사전을 수정증보하는 것과 구비문학 조사를 계속하기 위해 원장이 노력해야 한다고 했다. 이 말을 윤덕홍 원장은 수첩에 받아 적었다. 그 뒤에 수정증보가 시작된 것으로 안다. 이제는 상시 수정증보를 한다니 큰 다행이다.

이 사전이 나온 지 얼마 되지 않았을 때 영문본 축소판본을 만들기로 하는 회의를 하니 오라고 해서 갔다. 어디서 지시가 내려 서둘러 해야 하는 것 같았다. 설계 없이 집을 짓는 짓을 다시 하려고 했다. 원고료를 책정해 영문 원고를 받아내면 된다고 여겼다. 그래서는 일이 되지 않는다고 말해도 소용이 없었다. 회의를 소집한 실무자들은 계획을 다시 할 재량권이 없었다.

내가 할 수 있는 일은 회의에서 퇴장하는 것뿐이었다. 그 뒤에 아무 소식도 듣지 못했으나 영문본 축소판이 나오지 않은 것은 사실이다. 예산을 얼마나 낭비하고 어느 지경에서 파탄에 이르렀는지 너무 창피스러워 물어볼 수도 없었다. 지금 하고 있는 수정증보도 이런 수준이 아닐까 하는 우려를 떨칠 수 없다고 하면 지나친 우려라고 하겠는가?

이 사전을 설계 없이 시공한 잘못은 큰 교훈을 남긴다. 그런데 잘못을 뉘우치지 못하고, 알지도 못한 채 되풀이한다. 국사편찬위원회에서 거질의《한국문화사》를 만들기로 할 때 같은 일이 벌어졌다. 나는 그 회의에 참석해서 잘못을 지적하고 시정해야 한다고 했어도 역부족이라,《문화일보》2002년 6월 8일자에 〈'민족대백과' 편찬의 시행착오〉라는 칼럼을 써서 널리 호소했다. 그 글이 다음과 같다.

거대한 건물이라도 건축주가 스스로 필요한 인원을 고용하고 외부의 자문도 얻어 설계를 하고 시공을 하면 될 것 같은데, 그럴 수 없다고 한다. 안전에 문제가 있고, 외관도 잘못될 수 있으므로 맡겨둘 수 없다고 한다. 그러면 어떻게 해야 하는가 하는 질문에 대해 정답이 있어 새삼스러운 논의가 필요하지 않다. 건축주와 설계사를 분리하는 것이다.

설계사는 건물의 안전과 외관에 대해서 책임을 지고 설계하고 감리할 뿐만 아니라, 명예를 걸고 이룩한 작품에 이름을 남긴다. 설계를 보조하고 시공을 하는 데 많은 인원이 동원되는 것은 그 다음의 일이다. 건축주는 설계사에게 설계를 의뢰할 따름이고 지시하거나 감독하지는 못한다. 일정 규모 이상의 공공건물 설계는 온 세계에 널리 알려 공모한다.

건축가가 대단한 재량권을 가지고 창조작업을 하는 것은 놀라운 일이다. 돈과 권력을 상대로 한 오랜 투쟁을 승리로 이끌어 인류의 지혜를 한 단계 높이는 데 기여했다. 나라에 따라 법과 제도가 다른 것을 그대로 두지 않고 천하만국이 함께 문명되게 한 공적 또한 치하해 마땅하다.

문화사업의 건축물에는 설계사가 없는 오늘날의 우리 실정이 너무나도 개탄스러워 불필요할 듯한 서두가 길어졌다. 왕조시대에 국가사업으로 펴낸 《동문선》, 《동국여지승람》, 《문헌비고》 같은 것들은 누구의 작품인가 명시해놓았으며, 취지를 밝힌 서문이 명문으로 남아 있다. 그런데 지금은 무기명의 괴물을 만들어낼 따름이다.

시대가 바뀌어 다른 나라도 다 그런 것은 아니다. 프랑스, 독일, 영국, 미국, 러시아, 인도, 중국, 일본의 경우를 다 살펴보아도 백과사전, 총서, 대계 등으로 분류될 수 있는 거대저작에는 총설계자가 명시되어 있다. 사회주의 체제의 러시아나 중국은 개인의 활약은 무시할 것 같지만 전혀 그렇지 않아 부러워하지 않을 수 없다.

우리는 《한국민족문화대백과사전》을 내놓으면서 심한 시행착오를 겪었다. 주무기관 한국정신문화연구원 편찬부가, 건축주는 설계와 시공을 어떻게 의뢰해야 하는지 알지 못해 차질을 빚어냈다. 전체 설계를 하지 않아 무엇이 어떻게 돌아가는지 모르는 상태에서 예산 집행을 서둘러야 했다. 수많은 분과별 편집위원회에서 각기 작성한 세부

도면을 원고 집필자에게 넘겨 시공을 하면 완성품이 나온다고 안이하게 생각했다.

국정 책임자는 한국정신문화연구원장을, 원장은 편찬부장을 자주 바꾸어 최소한의 일관성마저 유지하지 못하고, 실정 파악도 어렵게 했다. 편중되고 중복되며, 상충되고 부실한 원고가 원고료 지불 액수에 비례해 쌓여가, 감사를 받아도 예산회계법상의 잘못은 없으나 목표 달성과는 점차 멀어졌다. 나는 그 단계에서 한 해 동안 편찬부장의 일을 맡아 죽을 고생을 했다. 설계의 기본도면 〈민족문화분류표〉를 새삼스럽게 만들고, 취급 범위와 서술 범례를 뒤늦게 정하고서, 마구잡이 공사로 거의 다 지은 집을 비상수단을 써서 헐고 고치고 다듬어야 했다. 그래서 나온 책이니, 힘써 수정하고 증보해야 한다.

그런 일은 한 번으로 그치지 않고 되풀이된다. 어느 연구기관에서 장기간에 걸쳐 거대한 규모의 《한국문화사》를 내고자 하는 계획을 세우고 있어, 자문회의에 참석해 발언할 기회를 얻었다. 임명을 받아 거취가 결정되는 공직자는 건축주 노릇을 제대로 하는 것이 임무인 줄 알고, 설계사를 따로 두는 것이 마땅하다고 했다. 계획안 공모를 거쳐 선정된 설계사가 처음부터 끝까지 책임지고 자손만대에 남고 세계만방에 자랑할 만한 위대한 작품을 만들도록 위촉하자고 했다. 같이 일할 사람들의 인선도 맡기자고 했다.

이 제안은 예산회계법상의 난점 때문에 받아들일 수 없다고 했다. 정부종합청사 설계를 공모하는 것과 같은 방식이 문화사업에는 적용되지 않는다는 실무자의 견해 때문에 더 말을 잇지 못했다. 도움이 될 길이 없어 자문위원을 그만두었지만, 없었던 일로 하고 말 수는 없다. 우리는 언제까지 설계자가 없는 학문의 건축물을 세우는 후진적 관료주의를 고집할 것인지 묻고 싶다. 시행착오를 얼마나 더 저지르면 반성할 것인지 묻고 싶다. 이 물음에 대답할 사람은 누구인지 알고 싶다.

이 글은 사전 수정증보를 담당한 사람들만 읽어야 할 것은 아니다. 문화정책 책임자가 알아야 하는 말을 했다. 교육부나 문화부 장관이라도 허울뿐이지 실질적인 권한은 없으므로, 대통령이 읽고 잘못된 관행을 바로잡아야 한다.

그러나 멀리 내다보고 있을 것만은 아니다. 이 사전 수정증보 담당자들이 한정된 범위의 자기 소관사를 처리할 때에도 설계 없이 시공을 하지 말아야 한다고 명심해야 한다. 크고 작은 일이 다르지 않다.

바로잡으려면

〈민족문화분류표〉를 만들고, 이 표에 따라 설계를 처음부터 한 것처럼 위장하지 않을 수 없을 때, 내심으로 통탄하면서 무엇을 어떻게 바로잡아야 하는지 생각한 바를 이제야 말한다. 나는 이미 떠났지만 가만있을 수 없었다. 무엇이 어떻게 잘못되었는지 일제히 점검해 주겠다고 했는데 반응이 없었다. 잘못을 최소한의 범위에서 간략하게 진단하는 글을 써서 발표했는데, 관심을 가지는 사람이 없었다. 사전을 잘 만든 것으로 알도록 덮어두려고 하는 것 같았다. 수정증보를 하는 길이 막혀 잘못을 지적해도 소용이 없었다.

잘못을 지적하는 글을 자세하게 써서 어디 발표할 곳이 없으면 내 책에라도 수록하려고 했으나, 수고만 많이 하고 보람이 없으며 공연히 말썽을 일으킨다는 비난이나 들을 수 있었다. 자기가 한 일을 자기가 나무라는 것은 누워서 침 뱉기 치고도 심하다. "이 사전은 조동일이 만들어 이 모양 이 꼴이다"라고 하는 사람까지 있었다. 변명하는 것도 공연한 수고라고 여겨 자제했다. 나라에서 하는 문화사업을 또 다시 망치려고 할 때 이 사전의 실패를 되풀이하지 말라는 글을 앞에서 보인 것처럼 신문에 쓰기만 했다.

살다보니 좋은 날이 왔다. 이제 수정증보를 상시로 한다고 한다.

무엇을 어떻게 해야 하는지 말해달라고 내게 부탁한다. 참고 기다린 보람이 있다. 그냥 말하기만 하면 불평불만이나 되고 말 것이 수정증보에 실질적인 도움이 될 수 있어 큰 다행이다. 최근에 새로 생각한 것까지 보태 할 말이 많다. 〈민족문화분류표〉를 수정해야 하는 것도 말한다.

이하의 논의는 현재 네이버에 올라 있는 사전을 자료로 한다. 수정증보를 거친 것일 수 있다. 초판본이 잘못된 것은 물론이고, 수정증보를 한다고 한 것이 또한 잘못일 수도 있다. 수정증보를 끝없이 계속하면 언젠가는 잘못을 바로잡을 수 있지만 노력과 예산의 낭비를 줄여야 한다. 수정증보를 잘못해서 수정증보를 해야 하는 일거리를 더 만드는 것이 가장 우려할 일이다.

이 사전의 수정증보는 재건축까지는 가지 않아도 리모델링 수준의 전면적인 개축이어야 한다. 집을 리모델링하려면 뼈대부터 살펴 안전진단을 해야 한다고 했다. 뼈대가 무너질 판인데 사소한 사항에 대해서 신경을 쓰고, 작은 일을 잘 하려고 하는 것은 어리석다.

개념용어 대항목은 제대로 된 것이 없다고 할 정도로 문제가 심각하다. 누가 맡아서 어떻게 하든지, 전면적인 점검을 일제히 해야 한다. 여기서 할 일을 다 말할 수는 없으므로 몇 가지 본보기를 들어 사태가 심각하다는 것을 알리고, 시정 방향을 제시하고자 한다.

여기서 제시하는 시정 방향에 맞게 원고를 쓸 필자가 있는가 하는 것이 또한 문제이다. 문제 해결의 방법은 둘이다. 하나는 최상의 필자를 찾기 위해 최상의 노력을 해야 하는 것이다. 또 하나는 어떤 내용으로 써달라는 주문서를 잘 만들어서 전해야 하는 것이다. 설계를 제대로 하고 시공에 들어가야 한다고 했다. 이 말이 개별 항목에도 적용되어야 한다. 개별 항목에 적용되지 않으면 공염불이다. 이를 위해서 사전을 맡아서 만드는 사람들이 고도의 통찰력을 갖추어야 한다. 외부 자문위원의 도움을 받아야 하지만, 자문위원이 일을 망칠 수 있는 것도 알아야 한다.

앞에서 한 말을 되풀이하는 것을 용서하기 바란다. 수정증보는 지금까지의 잘못을 수정하는 작업만은 아니고, 미래를 향해 나아가는 지혜를 제공해야 하는 더 큰 임무를 지닌다. 이 사전이 나온 다음 30여 년이 지난 지금 2010년대는 세상이 달라지고 한국의 위상이 크게 향상되었다. 한국문화가 세계에서 널리 환영을 받으면서 한류를 일으키고 있다.

이런 변화를 분명하게 인식하고 다 잘 이끌기 위한 민족문화사전을 만들어야 한다. 한국문화는 동아시아문명의 발전에 적극 기여하고, 인류문명의 보편성을 다양하고 풍부하게 하는 데 앞서고 있는 것을 정리해 보여주고, 더 잘할 수 있게 하는 데 힘써야 한다. 놀라운 통찰력을 가져야 이 일을 할 수 있다.

크고 작은 모든 일을 이런 생각을 가지고 해야 한다. 그러나 모든 것을 한꺼번에 할 수 없다. 원대한 포부를 필요한 단계를 거쳐 착실하게 실현해야 한다. 소극적 수정증보를 빈틈없이 해 나가면서 적극적 수정증보를 조금씩 해야 한다.

〈민족문화분류표〉의 상위항목 몇 개를 진단해보자. "1 민족, 2 강역, 3 역사"에서 "1 민족"은 〈한민족〉이라고 일컫은 항목에서 총괄론을 갖추었다. 〈강역〉은 명칭을 그대로 사용하면서 역대의 강역을 개관하는 작업까지 충실하게 했다. 그런데 "3 역사"가 문제이다. 〈역사〉에서는 역사 일반론을 서양사 위주로 서술했다. 〈한국사〉라는 총괄항목은 없어 "1 민족"이나 "2 강역"과 짝이 맞지 않는다.

앞에서 한 말을 되풀이한다. 〈역사〉를 총괄하는 항목은 없고, 각 시대의 역사를 왕조별로 구체적으로 고찰하거나 한 것은 심각하게 재고해야 한다. 우리 역사의 전반적인 특징이나 의의에 관한 논의는 할 필요가 없다고 한다. 실증사관만 존중하고 역사철학은 논외로 하는 관습을 이 사전에서도 따라야 하는지 반성해야 한다.

항목 명칭을 〈역사〉라고 하고, 한국사에 대한 전반적인 고찰을 하는 것이 마땅하다. 한국사의 전개를 요약하면 된다고 여기지 말고, 역사란 무엇이고, 어떻게 이해하고, 어떤 의의를 가지는가 하는 문제를 한국사의 견지에서 논의하고, 한국사는 어떻게 이해되어 왔는지 고찰해야 한다. 한국사의 특질을 다른 나라의 경우와 비교해서 해명하는 작업도 해야 한다. "711 인문과학계열 학문" 하위에 있어야 하는 "한국사학"을 별개로 취급하지 말고 여기 포함시켜 다루는 것이 바람직하다.

각 시대 역사 개관은 충실하게 했다. 연구가 충분히 축적되어 있는 것을 활용해서 정리하는 역사학계의 장기를 보여주었다. 한국사 총론은 벅차다고 하고 말 것이 아니다. 벅차도 해야 하고, 잘해야 이 사전이 빛난다. 국사학자라면 누구나 쓸 수 있는 글이 아니므로, 최상의 원고를 쓸 집필자를 찾아야 한다. 영문 축소판을 만들려고 한다면 이런 개관 항목만 번역하는 것이 좋다.

"1 민족"의 항목 이름이 〈한민족〉이어야 하는가도 재고할 사항이다. 〈역사〉를 〈한국사〉, 〈문학〉을 〈국문학〉이라고 하지 않는 것은 모든 항목이 한국에 관한 것이므로 "한"이나 "국"이라는 접두어가 필요하지 않기 때문이다. 〈한민족〉을 〈민족〉이라고 하고, 민족 일반에 관한 논의도 충실하게 갖추는 것이 바람직하다. 〈81 언어〉의 항목 이름을 〈국어〉라고 한 것도 함께 재고해야 한다. 〈언어〉라고 하고 국어에 관한 고찰을 하면서 언어일반론도 다룰 필요가 있다. "한"이라는 접두어를 사용하는 특정 명사 한옥, 한식, 한우 등은 그대로 두어야 하지만 항목 이름으로 삼을 필요는 없다.

"12 민족구성원"의 하위에 〈귀화인〉이라는 항목이 있어야 한다. 지금 귀화인이 늘어나 민족이 재구성되고 있는 시점에서 과거를 돌아보고 미래를 전망하는 작업을 할 필요가 있다. 민족이 무엇이냐 하는 문제도 귀화인의 증가와 관련시켜 재론해야 한다. 이것은 전에 하지 못하던 생각이다. 〈외국인〉이라는 항목도 필요하다. 귀화는 하지 않고 한국에 와서 활동한 외국인에 대한 총괄적인 서술을 하고 특히 중요한 예를 들어 고찰해야 한다. 외국인이 한국이나 한국문화에 대해 어떤 소견을 가지고 기록에 남겼는지 정리해야 한다.

"13 민족문화의 특성"은 "13 민족문화"라고 고쳐야 한다. 민족문화를 총괄해서 고찰하는 항목이 있어야 한다. 〈문화〉라는 항목이 있으나, 문화의 일반적인 개념을 말하고 문화사를 근대 이후의 것 위주로 간략하게 개관하는 데 그쳐 마지못해 쓴 것 같고, 이 사전에서 다루는 내용과는 상당한 거리가 있다. 《한국민족문화대백과사전》이라는 표제를 내세운 이 사전에서 다루는 문화의 범위, 내역, 의의 등에 대한 해설을 해야 한다. 〈민족문화분류표〉에 대한 설명을 이 항목에서 해야 한다.

구체적인 과제를 제시해보자. 문화는 "총괄적 문화(1 민족, 2 강역, 3 역사), 외면적 문화(4 자연과의 관계, 5 생활, 6 사회), 내면적 문화(7 사고, 8 언어와 정보 전달, 9 예술)"를 포괄하고, 구분의 항목으로 한다고 하는 기본 관점을 해명하면서 이 사전의 내용을 총괄해야 한다. 이것은 새로운 문화관을 제시하는 작업이기도 하다. 이 사전이 한국민족문화를 총체적으로 이해하는 의의를 가질 뿐만 아니라, 세계적인 범위에서 의의를 가지는 문화관 혁신의 선진적인 노력임을 알려야 한다.

"131 민족문화론"을 〈민족문화론〉이라는 항목으로 만들어, 〈민족〉에서와는 다른 내용을 취급할 필요가 있다. 민족문화에 대한 논의가 언제 어떻게 전개되었는지 개관하고, 대표적인 학설이나 주장을 검토하고, 바람직한 논의의 방향을 말해야 한다. 〈不咸文化論〉(불함문화론)이라는 항목에서 민족문화론을 고찰한 작업을 포괄적·다면적으로 하고 개별항목도 갖추어야 한다.

"4 자연과의 관계"에서 "자연관"을 취급해야 한다. "721 자연관"을 이쪽으로 옮겨와 분류표를 수정하는 것이 마땅하다. 〈자연관〉이라는 대항목이 있어 다행인데, 서술 내용이 문제이다. 서양과 동양의 자연관을 철학과 관련시켜 한참 말하다가, 한국의 자연관은 미술과 문학에 나타난 양상 위주로 설명했다. 한국의 자연관을 과학, 종교, 철학, 예술, 문학 등의 측면에서 논의하면서 비교고찰을 곁들이는 것이 마땅하다. 산악숭배가 자연관에서 큰 몫을 하는 것을 빼놓지 말아야 한다. 〈자연관〉에서 物我一體(물아일체)에 대해서 고찰하고, 〈물아일체〉라는 항목에서 구체적인 논의를 더 해야 한다.

"52 의생활, 53 식생활, 54 주거생활"은 대등한 위치에서 밀접한 관련을 가지므로, 일관된 방법으로 다루어야 한다. "52 의생활"은 〈복식〉과 〈옷〉에서 거듭 다루었다. 양쪽의 서술이 거의 대등한 분량이고 중복되는 내용이다. 설계 없이 집을 지은 잘못이 명백하게 드러나는 사례이다. 하나로 통일하고 명칭이나 내용을 재검토해야 한다. "53 식생활"은 〈식생활〉이라는 대항목에서 충실하게 서술했다. "54 주거생활"은 〈주택〉으로 다루었다. 〈복식〉이나 〈주택〉은 생활이 빠져 있어 〈식생활〉과 짝이 맞지 않아 재조절해야 한다.

"6 사회"를 〈사회〉에서 고찰했는데, 총괄론이라고 하기 어려운 각론의 집합이다. 한국사회나 한국인의 사회의식의 전반적인 성격이나 특징에 관한 거시적인 논의는 없고, 세부로 들어가 근래의 사회변동을 고찰하는 데 치우쳤다. 〈문화〉의 경우처럼 〈사회〉도 다시 쓰면서 둘의 대응이나 관련을 고려해야 한다.

"63 법제"라는 용어는 재고할 필요가 있다. "63 법률"이라고 하는 것이 나을 듯하다. 사전에서는 〈법제〉를 길게 다루면서 시대마다의 변천을 고찰했다. 〈법률〉이 따로 있으며, "국회에서 의결한 성문법"이라고 한 것은 적절하지 못하다. 〈법〉이라는 항목도 있는데 불교 용어에 대한 해설이다. 혼란을 시정하기 위해 필요한 작업을 다시 해야한다. 〈법률〉을 대항목으로 하고, 불문법과 성문법, 자연법과 실정법,

근대 전후 법률의 성격 변화 등에 관한 논의를 한국의 법률을 들어 전개해야 한다. 한국 법률의 특징을 법생활이나 법의식까지 들어서 고찰해야 한다.

"637 징벌"은 "637 형벌"이라고 명칭을 바꾸는 것이 좋겠다. 형벌 제도를 서술하는 데 그치지 않고 한국에서 실시한 형벌의 특징도 다루어야 할 것이다. "725 인생관"을 다룬 항목 〈인생관〉에서 서양 선교사의 말을 자료로 삼아 한국의 형벌이 서양에서보다 훨씬 온화하고 인간적이었다고 하는 논의가 있다. 이쪽 〈형벌〉에서 다루어야 할 내용이다.

"664 통과의례"는 주요 사항인데, 다루는 항목 〈통과의례〉가 없다. 하위항목 〈四禮〉(사례)는 있으며 유교의 예절서에 나오는 내용만 취급했다. 큰 것은 버리고 지극히 작은 것에 집착하는 잘못의 전형적인 본보기이다. 〈葬禮〉(장례)를 길게 다룬 것은 좋으나, 유교에 치우친 서술을 하고 풍장 같은 기층민속, 무속의 장례, 불교의 장례 같은 것들은 무시했다.

"67 교육"을 다룬 〈교육〉이라는 항목은 자세한 내용을 갖추어 잘 쓴 원고의 본보기라고 할 수 있을 것 같다. 그런데 학구열이 남다르게 대단한 것이 한국문화의 특징이어서, 사회적 뒷받침이 부족해도 학업 성적이 뛰어나고, 외국에 이주해서도 공부를 잘한다는 사실은 말하지 않았다. 한국인의 학구열에 대한 외국인의 관찰이 다음과 같은 것들이 있어 자료로 이용할 필요가 있다.

(가) 1123년 고려에 온 중국 송나라 사신 徐兢(서긍)이 견문한 바를 《高麗圖經》(고려도경)에 기록한 데 주목할 대목이 있다. 도서관 장서가 수만 권이고, 일반인이 사는 마을에도 서점이 몇 개씩 있다고 했다. 학구열이 대단해 군졸이나 어린아이들까지 글공부를 한다고 했다. 모두 중국에서 볼 수 있는 바를 능가해 놀랍다고 했다.

(나) 1866년 강화도에 침공한 프랑스 군인들이 남긴 기록에 있는 말을 보자. "감탄하면서 볼 수밖에 없고, 우리 자존심을 상하게 하는 또 한 가지는 아무리 가난한 집이라도 어디든지 책이 있는 것이다. 글을 해독할 수 없는 사람은 아주 드물고, 그런 사람은 다른 사람들로부터 멸시를 당했다. 프랑스에서도 문맹자에 대해 여론이 그만큼 엄격하다면 무시당할 사람들이 천지일 것이다."

(다) 1909년에 출판된 견문기, 캐나다인 기독교 선교사 게일(J. S. Gale)의 《전환기의 조선》(*Korea in Transition*)에서 한국인은 "책 읽기를 좋아하고", "학문을 좋아하는 심성"을 지니고, "교육열이 높다"고 했다. "학문적 성과를 따져보면, 조선 학자들의 업적이 예일대학이나 옥스퍼드대학 또는 존스 홉킨스대학 출신들보다 높다"고 했다.

"7 사고"는 차질이 가장 심각한 영역이어서 크게 손보아야 한다. 부분적인 땜질이나 하려고 하면 망친 것을 더 망친다. 전반적인 재검토를 거쳐 설계를 다시 하고 일관성 있는 시공을 진행해야 한다. 이 작업은 수정증보의 수준을 결정하고 성패를 좌우한다. 엄청난 일을 지금 감당할 수 없으므로, 본보기로 삼을 만한 논의를 조금 한다. 문제가 적은 것에서 많은 것으로 나아간다.

"72 사상"을 다룬 〈사상〉이라는 항목은 사상이 무엇이며, 어떤 의의를 가지는가, 사상은 무엇이고 철학은 무엇인가 하는 등의 원론적인 문제는 소홀하게 처리하고, 무속신앙, 유교사상, 불교사상, 도교사상, 실학사상, 천주교사상, 동학사상, 현대철학의 사조를 고찰했다. 철학사상이나 종교사상이 아닌 정치사상, 경제사상, 문학사상 등에 대한 고려는 없다. 항목 나누기를 능사로 삼지 말고 한국 사상에 대한 총론을 여러모로 충실하게 갖추어야 할 것이다.

〈과학〉은 한국과학기술사에 대한 자세한 열거 서술이다. 각론은 줄이고 총론을 제대로 갖추어야 한다. 과학이란 무엇이며, 한편으로는 철학, 다른 한편으로는 기술과 어떤 관련을 가지는가 하는 일반론이 한국에서는 어떻게 나타나는지 밝혀 논해야 한다. 한국과학이 과학 발전에 어떤 기여를 해오고 어떤 특징을 지니는지도 말해야 한다. 박식을 자랑하려고 하지 말고, 통찰력을 갖추어야 한다. 과학관이나 과학철학이 어느 수준인가에 따라 나타난 결과가 달라지는 것을 알고 깊이 반성하는 자세로 글을 써야 한다.

〈철학〉은 문제가 심각하다. 서양철학에 대해 길게 서술하고, 한국철학에 관한 간략한 설명을 첨부하기만 했다. 〈음악〉이 〈한국음악〉의 준말이고, 〈문학〉이 〈한국문학〉의 준말이듯이 〈철학〉은 〈한국철학〉의 준말이어야 한다. 〈음악〉이나 〈문학〉은 제대로 되어 있으나, 〈철학〉은 정신을 차리지 못하고 빗나가 이 사전을 망치고 있다. 〈음악〉이나 〈문학〉처럼 처음부터 한국철학에 관해 서술하면서 철학 일반에 관한 논의도 필요하면 하는 것이 마땅하다. 한국철학의 보편적 의의와 특징 양면에 관한 고찰이 필요하다. 서술자의 철학이 성패를 좌우한다.

이 항목을 철학에 대해 아는 것을 자랑으로 삼지 않고 스스로 철학하는 사람이 맡아 만고에 빛날 명문을 써야 한다. 최고의 석학을 필자로 선정하고, 잘 만든 주문서를 전한 다음에는 재량권을 보장해야 한다. 사실 위주의 객관적 서술을 해야 한다고 요구해 방해를 하지 말아야 한다. 최고의 석학을 기능공으로 취급하지 않아야 한다. 다른 모든 대항목에 대해서도 일제히 해야 할 말을 여기서 특히 힘주어 한다.

〈철학〉의 하위항목에 관해서도 할 말이 많다. 지금 있는 〈理氣心性說〉(이기심성설)에서는 한쪽에 치우친 서술을 한 결함이 있으므로, 〈理氣〉라는 항목을 포괄적인 내용을 갖추어 다시 쓸 필요가 있다. 개념론에 머무르지 않고 理철학과 氣철학의 논거와 전개를 비교해서 고찰하는 실질적인 내용을 갖추어야 한다. 서경덕·이황·이이의 견해 차를 들어, 한국철학사 전개의 근간을 밝혀 논하는 것이 바람직하다.

〈理〉라는 항목은 없고, 〈氣〉는 있는 것이 당연하다. 〈기〉는 다면적인 의미를 지녀 다면적인 서술이 필요하기 때문이다. 지금의 〈기〉는 철학에서 말하는 기만 너무 장황하게 다루었으므로, 새 원고로 대치해야 한다. 의학에서 말하는 기, 문학론에서 말하는 기, 철학에서 말하는 기를 차례대로 고찰하면서, 여러 경우의 비교론을 갖추는 것이 마땅하다. 豪氣(호기), 正氣(정기), 文氣(문기), 書卷氣(서권기) 등은 별개의 항목으로 하지 않고 〈기〉에 포함시켜 고찰하고, 찾아보기 표시를 하면 된다.

〈神氣〉(신기)는 최한기 철학의 주요 용어이므로 지금처럼 독립시켜 다루어야 한다. 최한기가 한 말을 그대로 옮기는 것을 능사로 삼지 말고, 기철학의 발전에서 어떤 의의를 가지고, 기의 다른 개념과 어떤 관련을 가지는지 밝혀야 한다. 신기와 신명의 관련에 대한 견해도 문제로 삼기 바란다.

〈미학〉은 〈철학〉이나 〈사상〉보다 문제점이 더 많다. 서양의 미학에 대해서 길게 말하고, 서양의 미학을 한국에서 어떻게 받아들였는지 덧붙여 설명했다. 미에 대한 인식과 논란인 미학은 서양과 관련을 가지기 전부터 있었으며, 중국의 전례와 관련을 가졌다. 이에 대한 고찰이 없으면 민족문화사전이라고 할 수 없다. 고금 한국의 〈미학〉을 일관되게 서술하고, 중국과의 관련, 서양과의 관련을 곁들여서 말해야 한다.

〈미학〉이 한국학사전의 항목이라면, 한국문화사전의 항목은 〈미의식〉이다. 〈철학〉에서는 한국문화가 한국학에 포함되는데, 이 경우에는 한국학인 〈미학〉에서 한국문화인 〈미의식〉이 분리되어 나온다. 한국문화를 소상하게 이해하기 위해서 〈미의식〉을 더 중요한 대상으로 삼고, 한국학 〈미학〉을 그 속에 포함시켜 다루는 것이 마땅하다.

〈美〉(미)라는 대항목이 있는데 〈미의식〉으로 바꾸는 것이 마땅하다. 미는 미의식을 통해 인식할 수 있기 때문이다. 〈미〉를 표제로 하고 〈미의식〉을 말했으므로 명실상부하게 해야 한다. 미의식을 오늘날의 미학에서 사용하는 개념으로 정리하면 할 일을 다 하는 것은 아니다. 미의식이 구체화한 전통적인 개념을 내놓고 충분히 고찰해야 한다.

〈풍류〉가 그런 것이다. 〈풍류〉에 관한 종합서술을 자세하게 한 것은 훌륭하다. 이와 유사하며 더 중요하다고 할 수 있는 〈신명〉을 무속의 신내림으로 국한해서 풀이하는 데 그친 것은 잘못이다. 신명·신바람·신명풀이가 연결되어 있는 한국문화의 기본 특질에 관한 다면적이고 종합적인 서술이 필요하다. 신명풀이가 예술에서, 사회생활에서, 정치에서 어떤 의의를 가지는지 밝혀 논하는 데까지 이르러야 한다. 그러려면 특별기획항목이 되어야 한다.

〈미의식〉, 〈풍류〉, 〈신명〉 등은 "9 예술"에 속하는 하위항목이어야 하는데, 지금의 분류표에는 마땅한 자리가 없다. "91 문학"을 "92 문학"이라고 하고, 이하의 것들도 번호를 수정하고, "91 예술문화"라는 총괄항목을 두어야 하겠다.

〈한류〉가 "91 예술문화"의 주요 항목이다. 〈한류〉에 써놓은 글이 부정확하고 미비하다. 사실의 일부만 고찰하고, 의의를 과소평가했다. 지금 뻗어나고 있는 한류에 견주어 〈한류〉가 너무나도 초라해 그대로 두고 볼 수 없다. 특별기획항목으로 승격시켜 다시 써야 한다. 어느 정도의 내용을 갖추어야 하는지 알리기 위해 《한국문화, 한눈에 보인다》(푸른사상사, 2017)의 한 대목을 가져와 보인다. 이것은 한류 총론 부분이고, 그 뒤에 각론이 길게 이어진다.

한국의 대중문화는 1990년대부터 외국으로 진출하기 시작했다. 중국에서 먼저 그 충격을 감지하고, '韓流(한류)'라는 이름을 1999년에 만들어 냈다. 이 말을 한국에서 받아들여 널리 사용하고, 'Korean wave'라고 번역해 밖에 알렸다. 한류는 "한국의 물결" 또는 "한국의 흐름"이라는 말이다. 한국의 대중문화가 물결을 이루어 세계 도처로 나가 널리 사랑을 받는 것이 한류이다.

근대 이전 한국의 대외적인 문화교류는 주로 중국에서 고급문화를 받아들여 재창조하고 일본으로 전하는 방식으로 이루어졌다. 이런 교류마저 오늘날처럼 활발하지는 않고, 대중문화는 거의 포함되어 있지 않았다. 근대에 이르러 수입선이 서구로 교체되고, 전달매체가 발달하면서 대중문화 교류가 본격적으로 이루어졌다.

공연물의 세계적 교류가 이루어진 내력을 대강 살펴보자. 첫 단계에서는 유럽문명권의 세계 제패와 함께 그곳의 공연예술이 세계 각지에 널리 이식되었다. 이것을 '歐流(구류)'라고 할 수 있다. 구류는 고대 그리스에서 물려받은 카타르시스(catharsis)가 공연예술의 최고 원리라고 하면서, 다른 모든 지역의 전통예술을 밀어내고 위축시키는 위세를 떨쳤다. 이에 대해 아프리카에서 유래한 대중공연물이 반격을 했다. 미주 대륙으로 강제 이주된 흑인 노예들이, 고급예술이 따로 있지 않아 온전하게 남아 있는 아프리카의 전통적인 신명풀이 공연을 시대변화에 맞게 재창조해 전파매체를 이용해 세계에 널리 퍼뜨린 것이 둘째 단계의 대변화이다. 이것은 '黑流(흑류)'라고 할 수 있다.

그 뒤를 이은 세 번째로 나타난 커다란 흐름이 바로 한류이다. 한류는 한국 민중이 인류 공통의 요구인 신명풀이를 손상되지 않게 보존한 것을 원천으로 삼는다. 재능과 열정을 자랑하는 오늘날의 연예인들이 밖에서 밀어닥친 구류와 흑류를 수용하고, 전통문화를 새로운 취향에 맞게 변용시켜 한류를 만들어냈다. 한국인의 신명풀이가 세계인의 신명풀이이게 했다.

한류는 문화 수입국 한국을 수출국으로 바꾸었다. 이것은 한국사의 획기적인 전환이며, 세계사에도 기록할 만한 사건이다. 한류가 일어나자 한국은 역사상 문화가 가장 융성한 시기를 맞게 되었다. 문화의 생산자이고 발신자가 된 역량이 산업에도 활용된다. 경제원조의 수혜국이 시혜국으로 바뀐 것은 한국이 첫 번째라고 하는데, 문화에서 일어난 변화는 훨씬 더 크다.

한류의 내적 동인은 한국 공연예술의 원리인 신명풀이에서 찾을 수 있다. 탈춤이나 판소리 등의 옛적 공연예술에서는 공연자와 관중이 신명을 함께 풀었다. 그런 전통을 이어받아, 오늘날의 한류 가요 공연에서 내외국인 관객이 공연자와 하나가 되는 공간의 확대가 이루어졌다. 드라마와 영화에서는 등장인물들끼리의 관계가 작품과 수용자 사이의 관계로 전이되어 신명풀이가 이루어진다. 드라마를 제작하면서 시청자들의 요구를 받아들여 내용을 바꾸는 것도 신명풀이의 한 형태이다. 한국인은 주인 노릇을 하면서 참여하는 공연이라야 좋아해, 피동적이기만 한 관객과는 다르다.

한류의 외적 동인은 지금이 바로 유럽문명권의 일방적인 지배를 벗어나는 새로운 문화를 갈망하는 시기라는 점이다. '구류'를 저질화하고 '흑류'마저 상업주의에 이용하면서, 할리우드 영화를 앞세워 세계를 공략하는 미국 공연문화의 패권 자랑에 대해 세계인이 반발하고 있다. 중국이 개방하고 인도가 부상하면서 세계의 판도가 달라져, 문화에서도 새로운 패러다임이 요구되었다. 이러한 외적 동인에 한류가 부응해 대안을 제시하고 있다.

중국은 시장경제를 도입했지만 서방 자본주의 문화에 직접적으로 노출되는 충격을 경계하고, 개방의 욕구를 접근하기 쉬운 방식으로 분출하는 한국의 공연문화를 대안으로 삼는다. 일본에서는 위계질서에 맞게 정형화된 문화의 경직성에서 벗어나고자 하는 탈출구를 한류에서 찾는다. 한문문명권의 중간부인 한국은 중국에게 눌리고 일본의 지배를 받던 시대를 지나 이제 신명풀이 공연예술 활성화로 민주정신 실행의 본보기를 보이면서 새로운 시대 창조를 선도한다.

한류는 일시적인 유행으로 끝나지 않고 장기적인 문화 현상이 되었다. 한류에 대한 광범위한 고찰을 학문의 과제로 삼아야 한다. 한류는 유럽문명권의 지배가 세계사의 결론이 아님을 입증하고 인류 역사가 다시 시작되는 것을 알리는 의의가 있음을 밝혀야 한다.

조동일·이은숙 공저, 《한국문화, 한눈에 보인다》(푸른사상, 2017)는 고금 한국문화의 여러 면모와 가치를 간략하게 고찰한 내용이다. 《한국민족문화대백과사전》에서는 하지 못한 말이 몇백 분의 일밖에

안 되는 작은 책에 있다고 자부한다. 위의 글은 이은숙이 집필한 대목에서 가져왔다.

지금 한국이 중국의 일부였다는 말 때문에 시비가 일어나고 있다. 이에 대해 해명하려면 조공 또는 책봉 관계를 올바르게 이해하는 것이 선결 과제이다. 이 사전이 국민을 계도하고, 외국인의 한국 인식을 바로잡아야 하는 임무가 더 커졌다. 그런데 〈조공〉에서 이미 한 서술은 조공이 종속적이지 않은 관계에서 이루어진 무역이며 외교 방식이라고 하는 데 그쳐, 억지 합리화이거나 약자의 변명인 것처럼 보인다. 지금 벌어지고 있는 시비를 해결하기에는 역부족이다.

조공 또는 책봉은 외교관계 이상의 복합적인 의미를 지니고 세계 여러 문명권에서 일제히 시행되었을 밝혀 논해야 한다. 광범위한 비교고찰이 필수의 과제로 등장하고, 실증사학의 범위를 넘어서서 논의의 수준을 높여야 한다. 민족문화백과사전이 때로는 세계문명백과사전이어야 한다. 세계문명사를 바로잡기까지 해야 한다. 이론의 수준을 높여 이 사전의 가치가 더 커지도록 하는 것이 또한 긴요한 과제이다. 논의의 확대나 발전이 필요한 사항을 골라내 바람직하게 다루려면 높은 안목을 갖추어야 한다.

〈조공〉은 내포가 너무 협소하다. 항목 이름을 〈책봉〉으로 바꾸고, 책봉의 보편성을 동아시아를 넘어서서 세계적인 범위에서 밝혀 논해야 한다. 천상의 지배자가 지상의 대리인에게 특별한 권능을 부여해 세계종교를 함께 신봉하는 각국의 통치자들의 주권 행사를 공인하도록 한다고 한 관행이 중세 시기 모든 문명권 공통의 책봉이었다. 이런 사실과 관련시켜 우리의 경우를 고찰해야 한다. 필요한 내용을 갖추어 조동일이 쓴 〈책봉 관계〉가 《한국문화, 한눈에 보인다》에 있다. 옮겨 적으면 다음과 같다.

한국의 통치자 國王(국왕)은 중국 天子(천자)의 册封(책봉)을 받고

朝貢(조공)을 했다. 이 사실을 오늘날의 한국인은 부끄럽게 여겨 외면하려고 한다. 중국인은 우월감을 느끼면서 기분 좋아한다. 책봉은 문서, 의관, 인장 등의 징표를 주어 국왕을 국왕으로 공인하는 행위이다. 한국뿐만 아니라 월남, 유구, 일본의 통치자도 중국의 천자와 책봉의 관계를 지속적으로 가졌다.

오늘날 사람들은 책봉을 받아 주권을 상실했다고 생각하지만, 책봉은 주권을 인정하는 행위이다. 책봉을 받지 않고 주권국가임을 선포하면 되지 왜 그런 어리석은 짓을 했느냐고 하는 것은 오늘날의 생각이다. 책봉을 받아야 주권이 인정되는 시대가 세계 전역에서 오래 지속되었다. 그 시기가 중세이다. 중세인을 근대인이 아니라고 나무라는 것은 잘못이다.

책봉은 중세인의 공통된 종교관에 근거를 둔 보편적인 제도였다. 중세인은 어느 문명권에서든지 천상의 지배자가 지상의 통치자와 단일 통로로 연결된다고 여겼다. 천상의 지배자와 단일 통로로 연결된 지상 최고의 지배자가 신성한 권능을 행사해 문명권 안 각국의 통치자가 정당한 통치자라고 공인하는 행위가 책봉이다.

책봉을 하고 받는 양자를 문명권에 따라 다르게 불렀다. 유교문명권에서는 그 둘을 '천자'와 '국왕'이라고 했다. 그 둘을 힌두교문명권에서는 '차크라바르틴'(cakravartin)과 '라자'(raja)라고 했다. '차크라바르틴'은 '轉輪聖王(전륜성왕)이라고 번역되었다. 이슬람문명권에서는 천자는 '칼리파'(khalifa), 국왕은 '술탄'(sultan)이라고 했다. '칼리파'는 정치적 실권을 가져 자기가 '술탄'이기도 했다. 기독교문명권에서는 '교황'(papa)과 '제왕'(imerator, rex)이라고 했다. 총대주교인 '교황'은 문명권 전체의 '황제'(imperator)를 책봉하고, '교황'의 위임을 받아 그 하위의 '대주교'(archiepiscopus)가 '국왕'(rex)을 책봉하는 것이 특이했다.

한국이 중국 천자의 책봉을 받은 것이 불만이라면 다른 문명권 천자의 책봉이라도 받아야 문명국일 수 있었다. 남아시아 '차크라바르틴'이나 서아시아 '칼리파'의 책봉을 받는 것은 거리가 멀고 종교가 달라 가능하지 않았다. 책봉체제에 들어가지 않으면 나라가 야만국이거나 통치자가 정당성을 갖추지 못한다. 책봉을 해주지 않으면 싸워서 쟁취하는 일이 흔히 있었다. 책봉하는 천자는 큰 나라에 있고 책봉받는 국왕은 작은 나라에 있는 것이 예사라고 할 것도 아니다. 동아시아 밖의 다른 문명권에서는 천자가 정치적 지배자가 아니고 종교적인 수장이기만 한 경우가 흔히 있었다.

유교문명권의 천자는 어느 민족 출신이든지 할 수 있게 개방되어 있었다. 정치적 실권을 가진 큰 나라 중국의 통치자가 줄곧 천자였던 것은 다른 문명권에서는 볼 수 없던 일이다. 그 때문에 책봉을 정치적 지배관계로 이해하고 종교적 기능은 무시하는 것은 잘못이다. 공동의 이념을 구현하는 책봉체제가 전쟁을 막고 평화를 가져와, 국제적인 협동의 길을 열고, 교역을 원활하게 한 것을 평가해야 한다.

15·16세기 중국의 明(명), 한국의 조선, 일본의 실정(室町, 무로마찌), 월남의 여(黎, 레), 유구의 중산(中山, 찌유잔) 왕조가 공존하던 시기를 되돌아보자. 다섯 나라 모두 안정을 얻고 대등한 수준의 문명을 누렸다. 전쟁은 물론 분쟁도 없이 오랫동안 평화가 계속되었다. 책봉체제가 그럴 수 있게 했다.

공동문어인 한문으로 일정한 격식을 사용해 쓰는 國書(국서)를 주고받는 것이 책봉체제 유지의 필수 요건이었다. 국서에서 '天道(천도)'의 규범이 '四海(사해)' 등이라고 지칭한 모든 곳에 일제히 대등하게 실현되기를 바란다고 했다. 종교를 정치의 상위에 두고, 정치에서 있을 수 있는 대립을 종교에서 해결하고자 했다.

《明史》(명사)에서 책봉 받는 나라가 '外國(외국)'임을 명시했다. 외국을 '蕃國(번국)'인가 아닌가에 따라서 둘로 나누었다. '번국'은 책봉받는 나라이다. 번국에는 유교문명권 안의 나라도 있고, 밖의 나라도 있었다. 밖의 나라는 임시적인 책봉국이고, 안의 나라는 고정적인 책봉국이다. 명나라에서 사신을 보낸 횟수의 순위를 보면 고정적인 책봉국의 경우 1 琉球(유구), 2 安南(안남), 10 조선, 13 일본이다. 3에서 9까지와 12는 임시적인 책봉국이다.

유구가 1위인 것을 주목할 필요가 있다. 유구는 통일국가를 이룩하고 책봉체제에 들어가 동아시아 공동체의 일원이 되었다. 중국과 유구의 이해관계가 합치되어 조공 무역에서 특별한 위치를 차지했다. 중국의 물산을 동남아 각국에, 동남아 각국의 물산을 중국에 공급하는 구실을 맡아 막대한 이익을 남긴 덕분에 국가의 번영을 구가했다. 그 때가 유구 역사의 전성기였다. 17세기 이후 유구는 주권을 상실하고 일본의 附庸國(부용국)이 되어 시련기에 들어섰다. 일본은 중국과 유구의 책봉관계를 폐지하지 않고 그대로 두면서 조공무역의 이익을 앗아갔다.

2위인 안남은 명나라의 침공을 물리치고 주권을 회복하고 책봉관계를 되찾았다. 명나라는 월남을 침공해 외국임을 인정하지 않고 중국의 일부로 삼았다. 월남인은 영웅적인 투쟁을 해서 명나라 군대를 완전히 패배시키고 새로운 왕조를 창건했다. "북쪽으로 명나라 도적을 무찔렀다"(北擊明寇)는 위업으로 "황제를 안남왕으로 봉했다"(封帝爲安南王)의 전례를 쟁취했다. 주어는 "중국의 천자"이다. 월남의 통치자는 나라 안에서 황제이지만, 천자의 책봉을 받아 대외적으로는 안남국왕이다.

10위 조선과 13위 일본은 차이가 크지 않다. 일본은 책봉체제에 소극적으로 가담했거나 거리를 두었다고 하는 것은 타당한 견해가 아니다. 거리가 멀어서 사신 왕래가 잦을 수 없었던 사정을 일본은 독자적인 노선을 택한 증거로 삼을 수 없다. 일본의 통치자는 나라 안에서 '將軍(장군, 쇼군)'인데 책봉을 받아 '日本國王(일본국왕)'이 되었다. 일본의 통치자에게 장군의 직함을 준 것은 '天皇(천황, 텐노)'이 한 일이다. 군사를 이끌고 아이누를 정벌하라고 해서 부여한 명칭이다. 천황이 국가의 통치자여서 책봉을 받아 일본국왕이 되었다가 정치적 실권을 상실하자 일본국왕의 지위를 장군에게 넘겨주었다.

통치자의 나라 안 호칭이 조선과 유구에서는 '왕'이고, 안남에서는 '황제'이고, 일본에서는 '장군'이고, 북방 나라들에서는 '干(칸)'이었지만, 대외적으로 공인된 호칭은 모두 어느 나라의 '국왕'이란 명칭과 위치가 동일해 서로 대등한 관계를 가졌다. 한국의 통치자도 고려 시대에는 월남처럼 황제라고 일컬은 적이 있으나 그 때문에 대외적인 지위가 달라진 것은 아니다. 일본 천황이 황제 위치의 통치자라고 자처하고, 조선국왕이 황제임을 선포하고, 월남의 황제가 대외적으로도 황제라고 한 것은 책봉체제를 청산하고 근대를 이룩할 때 일제히 일어난 변화이다.

일본이 책봉을 받다가 그만두었던 일이 두 번 있었다. 천황이 국왕일 때에 당나라와의 책봉관계를 중단한 적이 있다. 17세기 이후 德川(덕천, 토쿠가와)시대에도 책봉관계가 끊어졌다. 그 두 가지 사건에 대해서 오늘날의 일본인들은 흔히 일본의 자주성을 드높이고자 했기 때문이라고 한다. 책봉받는 것은 자주성을 손상시키는 굴욕적인 처사라고 전제하고 그런 주장을 편다.

일본이 당나라와의 책봉관계를 중단한 것은 교통의 불편으로 사신 왕래가 어려웠기 때문이다. 한문문명을 계속 받아들여 일본의 고유문화가 손상되지 않게 하자는 것이 더 큰 이유였다는 견해는 타당하지 않다. 고유문화를 온전하게 하는 데서는 아이누인이 일본인보다 앞섰다. 일본인과 아이누인의 오랜 투쟁에서 일본인이 승리한 것은 한문문명에서 얻은 역량 덕분이다. 鎌倉(겸창, 카마쿠라) 시대 이후의 무신정권은 책봉국가의 대열에 다시 들어섰기 때문에 동아시아문명의 발전에 동참할 수 있었다.

덕천시대에 책봉체제에서 다시 벗어난 것은 스스로 선택해서 한 일이 아니다. 중국의 청나라에서 침략전쟁을 일으킨 잘못을 용서하지 않아 책봉을 거절해, 일본은 '不整合(부정합)'하다고 스스로 규정한 위치를 감수하지 않을 수 없었다. 국가 통치자가 국왕이라고 칭하지 못하고 '日本國大君(일본국대군)'이라는 이름으로 국서를 발부하고 외교를 해야 했다. 유교문명권 회원 자격을 상실해 면구스럽고, 국교가 단절되어 공식적인 무역을 할 수 없었다.

16세기의 시인 林悌(임제)는 세상을 떠나면서, "천자의 나라가 되어 보지 못한 곳에서 태어나 죽어 서러워할 것 없으니 곡하지 말라"고 했다고 전한다. 한국인도 중원을 차지해 천자의 나라주인 노릇을 하지 못한 것을 아쉬워하는 말을 자주 듣는다. 그렇게 되었으면 무력을 키우고 유지하기 위해 수많은 사람을 희생시키고 갖가지로 무리를 해서 마침내 민족이 소멸되었으리라고 보는 것이 정상이다.

이것은 만주족의 전례를 두고 하는 말이다. 만주족의 나라 後金(후금)이 山海關(산해관)을 넘어가 천자국이 되지 말고, 자기 강역을 확보한

민족국가로 정착하고 성장했으면 얼마나 좋았을까 하고 생각해본다. 한국은 만주족 같은 모험을 하지 않고, 할 필요도 없어 책봉체제의 수혜자로 남아 있으면서 강토와 주권을 온전하게 지켰다. 동아시아문명을 중심부와 가까운 곳에서 받아들여 수준을 더 높이면서 민족문화 발전에 적극 활용한 것이 행운이다. 월남은 힘든 싸움을 해서 가까스로 얻곤 하던 이득을 평화를 누리면서 확보했다.

오늘날 문명권 전체의 유대를 공고하게 하는 과업을 문화나 경제에서뿐만 아니라 정치에서도 이룩하고자 하면서 책봉체제가 있던 시절의 상호관계를 재평가하지 않을 수 없다. 범아랍민족주의가 그 길을 찾고 있는 것은 이미 오래된 일이다. 유럽통합은 더 늦게 시작되었으나 더욱 두드러진 성과를 보여주고 있다. 그런데 동아시아만 책봉체제를 역사의 과오라고 규탄하는 근대주의 낡은 사고방식에 머무르고 있다.

위의 글은 《동아시아문명론》(지식산업사, 2010)의 한 대목 〈책봉체제와 중세문명〉을 간추린 것이다. 이 책은 2011년에 일본어로, 2013년에 중국어로, 2015년에 월남어로 번역되었다. 〈책봉체제와 중세문명〉은 《문명권의 동질성과 이질성》(지식산업사, 1999)의 첫 대목 〈책봉체제〉에서 여러 문명권의 사례를 풍부하게 들어 길고 자세한 고찰을 한 성과를 이용해서 썼다.

〈율격〉, 중항목 이하의 본보기

대항목만 잘 쓰면 되는 것은 아니다. 중항목 이하도 잘 써야 한다. 중항목 이하에서 본보기를 찾아 어떻게 하면 잘 쓸 수 있는가 말하려면 시간과 노력이 많이 필요하다. 이 글이 아주 길어져야 한다. 많은 일을 지금 다 할 수 없어 한 가지 본보기만 든다. 나는 근래 수정증보를 위해 〈律格〉(율격)이라는 항목의 원고를 써달라는 부탁을 받고 다음과 같이 써 보냈다. 이것을 예증으로 삼아 필요한 논의를 하기로 한다.

시가 또는 율문은 韻律(운율)을 갖춘 것이 산문과 다르다. 韻(운, rhyme)은 같은 소리가 되풀이되는 것이다. 律(율, meter)은 짜임새가 비슷한 말의 토막이 이어지는 것이다. 둘 가운데 율은 필수이고, 운은 선택이다. 한국 시가는 운은 선택하지 않고, 필수인 율만 갖추고 있다. 율은 율격이라고 하는 것이 예사이다.

율격을 이루는 단위는 토막(foot)이다. 音步(음보) 또는 律脚(율각)이라는 번역어를 사용하다가 토막이라고 하게 되었다. 토막은 음절수가 일정한 것을 기본 요건으로 하고, 부가적인 특징을 갖추기도 한다. 기본 요건만으로 이루어진 단순율격은 일본·이탈리아·프랑스어 시에 있다. 부가적인 특징까지 갖춘 복합율격에는 고저율·장단율·강약율이 있다. 漢詩(한시)는 고저율이고, 산스크리트·고대그리스·라틴어시는 장단율이고, 영시나 독일어시는 강약율이다.

한국 시가는 단순율격이면서 토막을 이루는 음절수가 고정되어 있지 않고 가변적인 점이 남다르다. 음절수를 나타내는 자수를 헤아려 34조, 44조 등의 자수율이 있다고 하는 견해가 한동안 통용되었으나 타당성이 없다. 토막을 이루는 음절수는 4를 중위수이면서 최빈수로 하고, 전후 몇 자의 범위 안에서 변한다. 시의 품격을 높이는 정교한 율격을 따로 만들지 않고, 민요의 율격을 거의 그대로 사용해 이런 특징을 지닌다. 상하층 문화가 공동체적 유대를 이어온 증거의 하나로 율격을 들 수 있다.

한 줄을 이루는 토막 수는 세 토막이기도 하고, 네 토막이기도 하다. 이 둘이 민요에서 대등한 비중을 가지고 양립되어 있다. 네 토막은 대칭의 안정감을 지녀 보행의 율격이라고 할 수 있다. 모노래에서 볼 수 있듯이 두 줄 정도로 끝나는 단형이기도 하고, 길쌈노래에서처럼 길게 이어지는 장형이기도 하다. 세 토막은 비대칭의 율동감을 보여 무용의 율격이라고 할 수 있다. 두 줄 정도 이어지다가 노래 하나가 끝나는 단형이며, 여음이 있는 것이 예사이다. 〈아리랑〉이 좋은 본보기이다.

율격론은 율격사로 이어진다. 향가, 고려 속악가사, 시조, 가사 등 역대 시가 갈래의 율격이 어떻게 이루어졌는가? 이에 관해 두 가지 가설이 있었다. 모두 중국 시가의 율격을 가져와 정착시킨 것이라고도 하고, 향가의 율격이 후대에 갖가지로 변모한 결과라고도 했다. 그렇다면, 민요의 율격도 중국에서 가져왔거나, 향가의 후대적 변모인가? 이런 의문을 해결하지 못하므로 두 가설은 효력이 없다. 선후 인식을 바로잡아야 한다. 역대 시가 갈래의 율격은 민요에서 필요한 것을 선택해 가다듬은 결과이다. 네 토막이냐 세 토막이냐 하는 것이 가장 긴요한 선택 사항이다.

한시를 받아들여 창작하면서 율격에 관한 인식을 갖춘 것은 사실이다. 한시와 대등한 수준의 율격을 자국어 시가에서 갖추려고 동아시아 여러 나라는 각기 노력했다. 월남에서는 한시와 자수가 같고 고저율까지 갖춘 國音詩(국음시)를 만들어냈다. 일본이나 한국에서는 언어의 차이가 커서 같은 방법을 사용할 수 없었다. 일본에서는 한시의 자수를 자국어시에서 절묘하게 재현해 57577의 和歌(와카)를 창안했다. 한시 한 줄과 와카 한 줄이 음절수에서 대등하게 했다. 한국에서는 다른 길을 택해, 음절수가 아닌 정보량에서 한시 한 줄과 향가나 시조 한 줄이 대등하게 했다. 일본의 와카는 율격의 이질성 때문에 민요와의 거리가 멀고, 한국의 향가나 시조는 율격을 받아들여 민요와 가깝다. 이것은 상하층 관계의 사회구조와 관련을 가진다.

신라 때 출현한 향가는 네 토막 단시를 민요에서 가져와 율격의 기본으로 삼고 필요한 변형을 했다. 고려의 속악가사는 여음이 있는 세 토막 율격을 민요에서와 거의 같이 사용하고, 景幾體歌(경기체가)에 넘겨주었다. 이런 변화는 문학담당층이 교체되어 일어났다. 품격 높은 문학을 이룩하던 중세전기의 귀족이 물러나자 사회 통제가 이완되어 하층에서 즐겨 부르는 민요가 궁중으로까지 진출했다.

사대부가 등장해 중세후기를 이룩하면서 상층 시가 재건에 필요한 원천을 민요에서 다시 찾아 시조와 가사의 율격을 정립했다. 이 둘은 네 토막의 안정감을 지닌 점이 같으면서, 시조는 단형이고 가사는 장형이다. 시조는 서정시여서 단형이 적합하지만, 가사는 교술시여서 장형이어야 했다. 시조와 가사는 민요의 율격에 향가에서 전례를 찾을 수 있는 변형을 추가했다. 세 번째 줄 종장의 서두를 특이하게 만들어 시상을 비약하면서 네 줄까지 가지 않고 세 줄로 마무리할 수 있게 했다.

시조는 한국의 대표적인 정형시라고 칭송해왔다. 자수가 3434/3434/3543인 것이 규칙이지만, 예외가 많아 비정상의 정형시라고 하기도 했다. 부적절한 관점을 버리고 다시 살피면 진면모가 나타난다. 시조는 네 토막세 줄이다. 토막을 이루는 자수는 4를 중위수이면서 최빈수로 하고, 2에서 7까지의 변이가 허용된다. 종장 서두의 첫 토막은 4보다 적고, 둘째 토막은 4보다 많다. 이런 특별한 장치가 있어, 종장을 결말로 삼고 더 늘어나지 않는다. 초·중장에서 하는 말을 받아 종장에서 마무리를 하면서 발상의 차원을 높인다.

시조의 율격은 이런 것만이 아니다. 이런 기본형을 그대로 나타내지 않고 조금 바꾼 변이형도, 많이 바꾼 일탈형도 있다. 변이와 일탈의 방법에는 축소도 있고 확대도 있다. 사설시조라고 하는 것은 확대일탈형이다. 변이형이나 일탈형은 물론이고 기본형이라도, 율격의 구체적인 양상은 각기 다르다. 공통율격을 작품마다 상이하게 구현하는 개별율격이 있어, 율격이 두 차원이다. 시조는 정형시이면서 자유시이기도 하다. 한국 시가 율격의 공통된 원리가 시조에서 잘 나타난다.

사설시조와 함께, 중세에서 근대로의 이행기에 새로운 시가 갈래로 등장한 잡가나 판소리는 갖가지 율격을 복합시키고 다채롭게 변형시켜 자유시의 성향을 확대했다. 근대시가 자유시로 시작된 것은 외래의 영향 때문만이 아니고 내재적인 원천을 활용한 결과이다. 전통적 율격을 새롭게 변형하는 시인들은 뛰어난 작품을 창작했다.

참고문헌: 《한국 고시 율격 연구》(홍재휴, 태학사, 1983); 《한국 시가 율격의 이론》(성기옥, 새문사, 1986); 《한국 민요의 전통과 시가 율격》(조동일, 지식산업사, 1996); 《하나이면서 여럿인 동아시아문학》(조동일, 지식산업사, 1999); 《한국 시가의 형식》(성호경, 새문사, 1999) (집필자 조동일)

〈율격〉을 본보기로 들어 수정증보의 방향을 구체적으로 제시하고
자 한다. 〈율격〉은 한국문화의 항목이면서 한국학의 항목이다. 그 자
체로 존재하는 한국문화이지만, 한국학을 통하지 않고서는 인식되지
않는다. 율격에 관한 한국학의 논의를 검토하면서 한국문화인 율격을
알아내는 것이 마땅하다.

　〈율격〉은 실체나 성격이 한정되어 있지 않아 단순한 사실로 간략
하게 설명할 수 없다. 사실 파악과 설명 방법에 논란이 따르므로, 복
합적인 서술을 하면서 논란을 정리해야 한다. 초심자는 읽기 어렵다
고 하더라도, 한국문화에 대한 깊은 이해를 바라는 독자를 만족시켜
야 한다. 율격을 갖춘 시를 쓰는 시인, 율격을 강의하고 연구하는 국
내외의 학자가 읽고 깨우침을 얻을 수 있게 해야 한다.

　〈율격〉은 지금까지 이루어진 연구 성과를 충분히 포괄했다. 반세
기 이상 동안 한국시가의 율격에 관해 어떤 연구가 얼마나 힘들게
이루어졌는지 설명하면서 쟁점 해결의 방향을 밝혀 논했다. 문제 해
결을 위해 내 자신의 노력도 드러냈다. 〈'율격' 원고 15매가 이루어
지기까지〉를 길게 써서 편수원들이 참고로 하도록 전해주었다. 이 글
은 너무 길어 부록에 수록한다.

　〈율격〉은 종합적인 내용에 대한 종합서술을 했다. 인식대상과 인
식방법을 함께 고찰하고, 공시론이면서 통시론이다. 율격의 개념 이
해, 율격에 관한 논란, 율격의 변천 과정, 다른 나라와의 비교, 한국
시가 율격의 특징과 의의 등을 상호관련을 통해 밝혀 논했다. 문장을
쉽게 써도 내용이 어려운 것은 피할 수 없다. 설명문을 논증문으로
발전시켜 수준 높은 사전을 만들어야 한다.

　〈율격〉은 한국문화론에 관한 논의를 일반론과 비교론을 갖추어 독
자적으로 하는 본보기이다. 한국시가 율격에 관해 고찰하면서 율격
일반론을 재정립하고, 다른 나라와의 비교를 하면서 한국시가 율격의
특징과 의의를 말했다. 한국에서 확인되는 사실을 근거로 세계적인

범위의 일반론을 재정립하는 방향을 제시했다. 한국문화에 관한 한국학이 세계적인 의의를 가지도록 해야 하는 것이 마땅하다.

지금 사전에는 〈율격〉은 없고 〈운율〉만 있다. 〈운율〉을 길게 다루면서 운율 일반론을 장황하게 펴고 한국 시가의 운율은 조금 첨부하고 예외적인 것처럼 말했다. 새로 쓴 〈율격〉을 넣으려면, 〈운율〉을 다시 쓰거나 없애거나 해야 한다. 다시 써서 얻을 것이 거의 없으므로 없애는 것이 마땅하다.

위에서 지적한 바와 같은 검토를 사전 전편에서 해야 수정증보를 잘할 수 있다. 잘못을 알아내고 바로잡는 설계를 제대로 하고서 시공에 들어가야 한다. 수정증보를 하면서 설계 없이 시공을 하는 잘못을 되풀이하지 말아야 한다.

책임자라는 사람은 사전 전체는 물론 어느 부분도 모르면서 자리를 지키고, 실무자는 전체에 대해 말할 자격이 없다. 책정된 예산을 써야 하니 원고부터 받고 보자. 일이 잘못된 이유가 이 둘에 있다. 지금은 어떤가? 잘못이 그대로 남아 수정증보마저 망치지 않을까 염려한다.

위에서 이 사전 영문 축소판을 만들려고 하다가 실패했다고 했다. 이 사전이 한류 학문의 모체임을 널리 알리기 위해 영문 축소판 만들기를 설계를 잘해서 다시 시도해야 한다. 설계의 기본은 한국문화를 개관한 대항목, 긴요한 내용을 지닌 중항목을 골라 번역하는 것이다. 위에서 든 〈율격〉도 중항목의 하나로 포함시킬 만하다.

그러기 위해서는 한국문화를 개관한 대항목이 구비되어 있는지, 서술 방식이 적절하고 내용이 충실한지 점검하고 필요한 수정증보를 해야 한다. 영문 번역을 위한 대본으로 삼으려면 원고를 손질해야 한다. 국내에는 널리 알려졌어도 외국에서는 모를 내용을 보완해야 한다. 너무 자세하거나 번역으로 전달하기 어려운 내용은 생략해야 한다. 고유명사를 열거하지 않아야 한다. 역자에게 축자역을 하지 않고 의역을 할 수 있는 재량권을 부여해야 한다.

영문판은 권수가 많지 않아도 되고 한 권일 수도 있다. 백과사전이라고 하지 않고 다른 이름을 붙이는 것이 좋다. 자모순이 아닌 내용 분류에 따라 항목을 배열하는 것이 더 나을 수 있다. 지금은 외국어 참고문헌은 거의 없는데, 최대한 찾아서 보충해야 한다.

〈율곡〉 원고가 이루어지기까지

원고 청탁 편지를 2017년 2월 7일에 받고 엿새 뒤인 13일에 원고를 보냈다. 개정증보를 계속한다니 반가워 돕고 싶었다. 율곡에 관한 논의를 정리하는 것은 하고 싶고, 해야 하는 일이다. 원고 전문이 위에서 든 것과 같다.

이 원고를 보내자 청탁을 한 편집자가 메일을 보내고 전화를 했다. 규격에 맞지 않으니 고쳐야 한다고 했다. 맨 처음에 "정의"라는 소제목을 넣어 명사로 끝나는 정의를 하지 않는 것부터 잘못되었다고 했다. 정해놓은 소제목이 그 뒤에도 있는데 따르지 않았으므로 수정이 불가피하다고 했다.

이에 대해 나는 고칠 생각이 없다. 고쳐야 한다면 원고를 취소한다. 이렇게 말했다. 원고는 내용의 특성에 따라 집필해야 하고, 고정된 소제목을 붙이는 것은 잘못이다. 형식을 갖추느라고 소중한 것을 잃는다. 15매 분량의 원고는 소제목이 없어도 무방하다. 더 긴 원고는 소제목이 있어야 하지만, 미리 정해주지 말고 집필자가 내용에 맞게 붙이도록 해야 한다.

〈율곡〉은 수많은 문제가 얽혀 있어 단순한 설명으로 처리할 수 없다. 복합적인 논의가 반드시 필요하다. 이런 항목을 최상의 연구 성과를 응축해 잘 다루어 수준 높은 한국문화론을 갖추어야 한국민족문화대백과사전이 빛날 수 있다. 내가 맡아 총괄편집을 한 적이 있으므로 분명하게 말할 수 있다. 개정증보 총괄 책임자에게 알려 시정을 요구하고 싶다.

이 원고는 분량이 얼마 되지 않지만 오랜 기간 동안 힘들여 연구한 결과의 응축이다. 연구의 내력을 하나씩 더듬어보자. 국문학 연구사의 전폭에 참여해온 과정을 회고할 수 있다. 자초지종을 밝히기로 한다.

조윤제는 1930년에 발표한 〈時調字數考〉가 국문학 연구를 최초로 본격적으로 한 논문이라고 자부했다. 수많은 자료를 철저하게 검토하고 면밀하게 분석한 결과 시조는 344(3)4/344(3)4/3543을 기준 자수로 하고 신축이 있다고 한 것이 핵심이 되는 내용이다. 이 견해가 널리 유포되고 오래 이어지면서 많은 폐해를 낳았다.

예외는 되도록 피하고 기준을 지키는 것이 바람직하다고 하게 되어 현대시조를 시조답지 않게 했다. 시조는 예외가 있어 온전하지 않은 정형시이고, 기준이라는 것도 자수가 일정하지 않아 정형시의 품격을 떨어뜨린다고 했다. 중장까지와 종장이 다른 것도 못마땅하게 여겨, 종장은 없는 양장시조를 만들자는 운동이 일어나기도 했다. 서양이나 일본의 정형시를 모범으로 여기고 시조는 모범에서 벗어나 불만이라고 했다.

말썽이 된 것은 시조의 잘못이 아니고 시조 字數考의 잘못이다. 자수고를 버리고 시조를 시조답게 이해하는 방법을 찾아야 했다. 자수를 융통성 있게 하는 것은 대안이 아니었다. 근본적인 변화가 필요했다. 그럴 때 이능우 교수가 놀라운 제안을 했다. 국문과 학사과정 학생일 때인 1965년 무렵에 이능우 교수가 '운율론' 강의를 하면서 자수고를 버려야 한다고 했다. 자수가 고정되어 있지 않고 가변적인 律脚(metric foot)이 우리 시가의 운율을 이루는 단위라고 했다. 강의는 몇 시간 하지 않았지만 강한 충격을 주었다. 학기말 리포트를 쓰면서 강의 내용이 옳다는 것을 입증했다.

정병욱 교수가 1954년에 〈고시가운율론서설〉을 《최현배선생환갑기념논문집》에 발표하고, 자수고를 재고해야 한다고 한 것이 먼저이다. 이능우 교수는 1957년에 〈자수고적 방법 비판〉을 《국어국문학》 17호에 내놓으면서, 서두에서 몇 해 전에 서울대학교에서 강의하면서 연구한 결과를 정리해 발표한다고 했다. 1958년에 《서울대학교논문집》에 발표한 〈자수고 대안〉이라는 장편 논문에서 자수 계산을 대신하는 새로운 방법을 찾으려고 외국 이론 및 사례와의 광범위한 비교고찰을 한 결과, 외국의 사례가 한국에는 해당되지 않아 그 어느 모형도 따를 수 없다고 하고, 독자적인 원리를 밝히는 독창적인 견해를 제시한다고 했다.

그러면 한국시가의 율격을 어떻게 정리해야 하는가? 인정할 수 있는 규칙은 무엇인가? 이 의문을 풀기 위해 몇 가지 시도가 있었다. 그 가운데 김소월의 시를 방송국 아나운서가 낭독하라고 하고 녹음해 고저장단을 기계로 측정한 것이 눈길을 끌었는데, 결과가 너무 복잡해 무슨 말인지 알기 어려웠다. 허망하다고 생각하고, 다른 길을 찾았다.

소월시가 율격 이해를 위한 일차적 자료일 수 있는가? 아니다. 민요라야 한다. 민요가 시조보다도 우선하는 자료이다. 율격을 알려면 음성을 기계로 분석해야 하는가? 아니다. 기계가 필요하지 않다. 율격 분석의 결과는 복잡할 수밖에 없는가? 아니다. 간단명료해야 한다. 대학원에서 석사를 하고 1968년에 계명대학으로 가서 가르치게 되었을 때 좋은 기회를 얻었다. 연구비 지원을 받아 민요 현지조사를 하고 《서사민요연구》(계명대학출판부, 1970)를 냈다.

경북 동북부 지방에서 채록한 서사민요는 가락이 발달한 가창민요가 아니고, 사설 위주의 음영민요여서 율격 분석에 아주 좋은 자료이다. 장르, 유형, 문체, 전승 등에 관한 다각적인 고찰을 하면서 문체론의 하나로 율격 분석에 힘썼다. 얻은 결과를 간추려 옮기면서 조금 손질한다.

율격을 이루는 최소단위는 음절이다. 몇 개의 음절이 모여 한 音步를 이룬다. 음보와 음보 사이의 休止는 한 음보 안의 음절과 음절 사이의 휴지보다 길다. 한 음보를 이루는 음절은 2에서 6까지인데, 그 가운데 4가 표준이다. 4가 표준이라고 하는 것은 최빈수이고 중위수이며, 평균이 3보다 많고 5보다 적기 때문이다.

몇 개의 음보가 모여 한 半行을 이룬다. 반행과 반행 사이의 휴지는 한 반행 안의 음보와 음보 사이의 휴지보다 길다. 한 반행을 이루는 음보는 2가 표준이다. 2가 최빈수이고 중위수이며, 평균이 1보다 많고 3보다 적다. 몇 개의 반행이 모여 한 行을 이룬다. 행과 행 사이의 휴지는 행 내의 반행과 반행 사이의 휴지보다 길다. 한 행을 이루는 반행은 2가 표준이다. 2가 최빈수이고 중위수이며, 평균이 1보다 많고 3보다 적다.

한 반행을 이루는 음보는 2가 표준이고, 한 행을 이루는 반행은 2가 표준이면, 한 행을 이루는 음보는 4가 표준이다. 이런 것을 4音步格이라고 한다. 서사민요는 4음보격이다. 다른 민요에도 4음보격이 흔히 있다. 다른 한편으로 한 행을 이루는 음보가 3을 표준으로 하는 3음보격도 민요에서 흔히 볼 수 있다. 가락이 발달한 가창민요는 대체로 3음보격이다. 3음보격의 한 행은 반행으로 나누어지지 않는다. 4음보격은 박자를 중요시하며 안정감이 있고, 3음보격은 가락이 유려하고 율동감이 두드러진다.

3음보격은 가락에 매여 있어 일정한 모습을 유지한다. 4음보격은 곡조의 제약이 적고 사설을 만들어낼 수 있는 폭이 넓어 쉽게 변이한다. 4음보격의 변이를 서사민요에서 자주 볼 수 있다. 4음보격은 한 행의 음보가 4인 것만 아니다. 음보 수가 2에서 6까지 변하는 가운데 4가 표준이다. 4가 최빈수이고 중위수이며, 평균이 3보다 많고

5보다 적다. 안정감을 4음보에서와 같이 유지하면서, 2음보는 긴장되고, 6음보는 유장하다. 3음보나 5음보는 파격이다. 4음보격 속의 3음보는 3음보격에서처럼 율동감을 나타낸다. 5음보는 파격이어서 거칠다고 할 수 있다.

4음보격의 민요에 이런 변이가 나타나는 이유는 둘로 이해할 수 있다. 어느 대목의 사설을 특별하게 부각시키기 위해 특이한 변이형을 적절하게 사용하는 것이 적극적인 이유이다. 4음보격을 이어나가려 하는데 기억이 흐려지고 말이 막혀 변이형으로 땜질을 하는 것이 소극적인 이유이다. 이 둘 가운데 어느 쪽인가는 채록된 자료를 검토하면서 판별해야 한다. 그 본보기가 되는 작업을 몇 가지 자료를 들어 했다.

율격에 관한 그 뒤의 탐구는 《한국민요의 전통과 시가율격》(지식산업사, 1996)에 집성되어 있다. 〈서장: 음치와 명창, 나의 민요 체험기〉는 "나는 음치이다"는 말에서 시작해 "나는 명창이다"라고 하는 데 이르렀다. 음치인 내가 민요 조사를 다니면서, 녹음한 민요를 거듭 들으면서 따라 부르다가 "내 나름대로 살리고 죽이는 내 노래"를 만들어 신명을 내는 명창이 되었다고 했다. 이 글로 민요가 무엇인지 말하고 서론을 삼았다.

다음 글 〈한국문학 전통론의 문제점〉에서는 전통에 대한 관념적인 설명을 배제하고, 율격을 의도하지 않으면서 이어받는 것이 전통 계승의 가장 좋은 본보기라고 했다. 정립된 의식에서는 그릇된 견해를 받아들여도 정립되지 않은 의식에서는 전통이 계승된다고 했다. 연구를 한답시고 그릇된 견해나 퍼뜨리지 말고 정립되지 않은 의식에서 계승되는 전통을 알아내야 한다고 했다.

그 다음의 〈민요의 실상 파악을 위한 현지 조사〉는 경북 여러 마을 민요 조사를 《경북민요》(형설출판사, 1977)라는 이름의 책으로 낸 것의 재수록이다. 경북민요는 민요 본래의 모습을 잘 이어오고 있어 소중한 자료이다. 재정리해 고찰하면 민요의 기능·가창방식·율격의 상관관계를 알 수 있다.

집단을 이루어 부르는 노동요·의식요·유희요는 대부분 선후창으로 부른다. 선창은 사설, 후창은 여음이다. 선창의 사설은 한 토막이거나 두 토막이다. 음보라고 하던 것을 지금은 토막이라고 하니, 용어를 바꾸어 설명한다. 동작이 긴박하면 한 토막이다. 노동요 가운데 모내기노래는 선후창이 아닌 교환창으로 부른다. 네 토막씩 교환하면서 부른다. 논매기노래 일부, 산에 가서 나무하면서 부르는 어사용, 길쌈노래는 한 사람이 길게 이어 부르는데, 네 토막 표준이고 토막이 줄어들 수도 있고 늘어날 수도 있다. 경북민요에는 세 토막이 보이지 않는다.

〈민요의 형식을 통해 본 시가사〉에서는 시가사의 표면에 등장한 향가, 속악가사(여요), 시조, 가사 등의 율격이 어떻게 형성되는가 하는 문제를 몇 가지 견해를 비교하면서 고찰했다. 중국 시가의 율격을 가져와 변형시켰다는 견해는 변형의 정도가 너무 커서 타당하지 않고, 민요의 율격도 수입품이라고 할 수 없어 더욱 부당하다고 했다. 향가 율격의 후대적 변화로 속악가사, 시조, 가사 등의 율격이 나타났다는 견해는 향가 율격은 어떻게 생겼는지, 선후 시가 율격의 차이가 왜 아주 큰지 말하지 못하는 이중의 난관에 부딪힌다고 했다.

역대 시가의 율격은 민요의 율격 가운데 어느 것을 가져갔다고 보아야 한다고 했다. 향가와 시조는 네 토막 단형을, 가사는 네 토막 장형을, 속악가사(여요)는 여음이 있는 세 토막을 민요에서 가져가 다듬었다. 이러한 견해에 입각해 시가의 역사를 통괄해서 서술하는 작업은 《한국문학통사》(지식산업사, 초판 1982-1988, 제4판 2005)에서 감당해야 했다.

이 정도에서 일이 끝난 것은 아니다. 시조는 율격 논란의 가장 큰 대상이라 쟁점이 많이 남아 있어 자세한 검토가 필요했다. 〈시조의 율격과 변형 규칙〉이라는 장문의 논문에서 시조에 관해 길게 논했다. 시조의 율격은 네 토막 민요를 기본형으로 하고, 두 가지 변형규칙을 사용해 만들었다고 했다. 줄을 추가해서 홀수 줄을 만드는 변형규칙으로 세 줄이 되었다. 토막을 추가하고 결합하는 변형규칙에 따라 종장을 초·중장과 다르게 만들었다. 한 토막 추가해서 다섯 토막인 것을 둘째 토막에 셋째 토막을 합쳐 네 토막으로 만든 결과 둘째 토막이 기준 음절 수 4를 초과하게 되었다고 했다.

시조의 종장이 특별한 점을 이렇게 설명하는 견해는 타당성이나 유용성이 모자라 버리고 싶다. 토막을 추가하고 결합하는 변형규칙은 인정하기 어렵다. 그러나 변형규칙을 말한 것은 계속 효력을 가진다. 줄 추가, 토막의 중첩이나 생략은 변형규칙이라고 할 만하다. 변형규칙이 추가되어, 현대시가 전통적 율격을 새로운 방식으로 계승했다고 이해하자 율격론의 새로운 지평이 열렸다.

현대시에 추가된 변형규칙에는 토막의 중첩과 분단, 기준 음절수 교체, 토막 교체 등이 있다. 이런 방법을 사용해 현대시의 명편이 이루어졌다고 하면서, 마지막 논문 〈현대시에 나타난 전통적 율격의 계승〉에서 실례를 들어 고찰했다. 전통적 율격을 파괴한 자유시가 유행하던 시기에도 뛰어난 시인은 전통적 율격을 새롭게 변형시켜 두고 두고 평가되는 명시를 남겼다. 그 본보기를 《한국문학통사》 제5권 서두에 옮겨 설명한 것을 가져온다(이 대목은 앞의 책 〈한국문학과 동아시아문학〉에서 말한 것과 중복되므로 생략한다).

지금까지 거론한 것과 같은 수준에 이른 작품이 흔하지 않으나, 다른 작품은 모두 율격의 전통과 무관하다고 할 수는 없다. 근대시는 자유시여야 한다는 구호에 현혹되지 않고, 서양시의 번역 같은 것을 새롭다고 자랑하는 시인이 아니라면, 자연스러운 호흡에 맞게 말을 다듬다가 의식하지 않은 가운데 전통적 율격의 어떤 양상을 부분적으로 활용해 시를 시답게 했다. 그런 작품은 잠재되어 있는 규칙에서 더욱 멀어졌을 따름이고, 아무런 질서가 없는 산문은 아니다.

이렇게 말하면 할 일을 다 하는 것은 아니다. 시조를 말하다가 현대시로 건너뛰는 것은 마땅하지 않다. 사설시조를 힘써 다루어 중간의 연결 고리를 찾을 필요가 있다. 판소리나 잡가도 중요시해야 한다. 사설시조, 판소리, 잡가가 중세에서 근대로의 이행기 시가 갈래로 출현해 전통적 율격을 다채롭게 복합시키고 변형해 자유시로 나아가는 길을 열어 현대시가 이루어졌다. 현대시가 자유시인 것은 외래의 영향을 수용한 결과만이 아니다. 내부의 축적이 의식하지 않았어도 자유시로 나아가는 길을 열었다.

이런 논의를 전개하기 위해 판소리의 율격을 분석을 하려고 한동안 노력했다. 김연수 창 《춘향가》 녹음을 틀어놓고 한참 애를 썼으나, 너무 복잡한 것을 감당하기 어려웠다. 판소리는 여러 율격을 복합시켜 변형시킨 사실을 확인하는 데 그치고, 구체적인 성과는 거두지 못했다. 1910년대부터 1930년대까지 잡가가 유행하고 잡가집이 많이 유행한 것도 주목할 일이다. 현대시 창작을 선도한 시인들은 민요와 직접 관련을 가지지 않고 잡가집에 수록되어 널리 알려진 민요에서 전통적 율격을 체험하고 의식하지 않으면서 활용했을 것이다.

이광수가 처음 쓴 시 〈獄中豪傑〉은 자유시나 산문시라고 해왔는데, 가사임을 밝혔다. 전통적인 시형이 직접 이어지는 양상을 더 찾아 고찰해야 한다. 현대시의 개척자 가운데 김억은 율격에 대해 깊은 관심을 가지고 전통적 율격을 거의 그대로 이으려고 한 것을 주목하고 《한국문학통사》에서 언급했으나 자세한 연구를 하지 못했다. 김억과 김소월의 관계를 율격 문제를 중심으로 깊이 고찰하는 것이 앞으로 해야 할 일이다.

전통적 율격을 창조적으로 계승한 현대시의 사례를 위에서 든 것들 이상 더 찾아내는 일도 하지 못했다. 현대시 작품을 샅샅이 뒤지면 좋은 연구를 많이 할 수 있는데 시간을 내지 못했다. 필요한 작업을 다각도로 철저하게 해서 한국시가의 율격을 총괄해 정리하는 책을 쓰는 데까지 나아가는 것이 바람직하다. 이런 생각을 막연하게 하는 데 그치고 실행을 하지 못했다.

율격론은 국내에서 논의하면 할 일을 다 하는 것은 아니다. 시야를 확대해 연구의 범위를 넓혀야 한다. 다른 곳들, 특히 동아시아 이웃 나라들과의 비교고찰을 해서 한국 시가 율격의 특징을 밝히는 작업까지 해야 한다. 《하나이면서 여럿인 동아시아문학》(지식산업사, 1999)의 〈민족어시의 대응 방식〉에서, 동아시아 각국이 중국에서 漢詩를 받아들여 대등한 수준의 민족어시를 이룩하고자 하는 노력을 일제히 하면서 한시에 대응하는 민족어시의 율격을 어떻게 마련했는지 비교해 고찰했다. 길고 복잡한 논의를 《세계문학사의 전개》(지식산업사, 2002)에서 간추려 소개하고 다른 문명권의 경우도 함께 말한 대목을 든다.

한시의 연원을 이루는 〈詩經〉의 시는 한 행을 이루는 음절수가 가변적인 단순율을 사용했다. 그런 자연스러운 율격으로 만족하지 않고, 5세기 무렵에는 음절수를 다소 정비하고 고저율의 특징을 어느 정도 갖춘 시형을 마련했다. 7세기의 당나라 시인들은 앞의 것은 古詩라고 하고 새로운 시인 近體詩를 이룩해 더욱 엄격한 규칙을 제정했다. 음절수가 5언과 7언으로 고정되고, 仄聲이라는 고음과 平聲이라는 저음이 일정하게 교체되는 고저율을 확립했다. 그것이 문명권 전역에 전파되어 천여 년 동안이나 위세를 누렸다.

공동문어시를 확립하기 위해서는 율격의 규칙을 마련하는 데 그치지 않고, 표현의 기교를 정비하고, 보편주의의 이념을 지향하는 격조 높은 시상을 갖추어야 했다. 그 작업을 온전하게 한 시는 최상위의 문학으로 인정되었다. 문명의 수준을 과시하고, 이념의 타당성을 입증하며, 창조자의 능력을 입증하는 데 공동문어시만한 것이 없었다. 엄격한 규칙에 맞추어 공식화된 사고를 전하면서 창의적인 발상을 천연스럽게 갖추어 충격을 주는 서로 모순된 양면의 신이로운 통일을 이룩하는 걸출한 시인은 시대의 한계를 뛰어넘어 항구적인 칭송의 대상이 된다.

공동문어문학의 규범을 받아들여 민족어문학이 성장했다. 구비문학에서 시작된 민족어문학이 기록문학이 되기 위해서 공동문어문학과의 만남이 필수적인 조건이었다. 민족어 기록문학은 구비문학을 어머니로 하고, 공동문어문학을 아버지로 해서 태어난 자식이라고 할 수 있다. 어머니 쪽에서는 내질을, 아버지 쪽에서는 외형을 더 많이 물려받았다.

민족어 기록문학에서 외형이라고 할 수 있는 것은 우선 문자사용이다. 민족어를 기록할 수 있는 문자는 공동문어 문자에서 가져오는 것이 상례이다. 문자를 차용하고, 글쓰기 규칙도 배웠다. 그 가운데 시의 율격도 있다. 시의 율격은 언어의 특질에 따라 이미 결정되어 있어 내질에 속한다고 해야 하지만, 공동문어시의 율격을 경험하고서 민족어시의 율격을 의식하고 힘써 정비한 측면은 외형에 해당한다고 할 수 있다.

어느 문명권에서든지 변방의 여러 민족은 중심부에서 가져온 공동문어시를 같은 방식으로 창작하려고 하다가, 공동문어시의 율격을 자기네 민족어시에서도 재현해 민족어시도 품격을 높이려고 했다. 그 희망이 이루어질 수 있는가는 민족어의 특성에 달려 있었다. 공동문어시의 율격을 받아들일 수 있는 자질이 민족어에 있는 경우와 그렇지 않은 경우가 각기 달랐다. 공동문어시의 율격을 받아들일 수 있는 경우에도 다소의 변형이 불가피하고, 그렇지 못한 경우라고 해도 가능한 재현을 부분적으로 시도했다.

한문문명권의 여러 민족 가운데 월남인과 白族은 단음절의 단어가 많고 모음의 고저가 의미 구분에 필수적으로 작용하는 언어를 사용하고 있어 고저율의 규칙을 받아들일 수 있었다. 한국인·일본인·만주인은 다음절의 단어가 많고 모음의 고저, 장단, 강약이 의미 구분에 필수적으로 관여하지 않는 언어를 사용하므로 단순율이 아닌 다른 율격을 마련하지는 못했다. 단순율을 정비하면서 한시의 율격에 대응되는 규칙을 갖추고자 했다.

한문문명권의 여러 민족은 한자를 이용해서 민족어를 표기하는 방법을 일제히 고안했다. 한국에서는 '鄕札', 일본에서는 '假名', 白族은 '白文', 월남에서는 '字喃'이라고 하는 차자표기를 마련했다. '鄕札'은 자기 고장의 글이라는 뜻이다. '假名'이라는 말은 한문을 '眞名'이라고 여겨서 만들어낸 상대어이다. '白文'은 '漢文'과 구별되는 白族의 글이다. 월남에서 한문은 선비의 글이라 '字儒'라고 하는 데 대한 상대어로 만든 '字喃'은 민중의 글을 뜻한다. "喃"은 한자어가 아니고 "민중"을 뜻하는 월남어의 字喃 표기이다.

한국에서 鄕札로 지은 시는 '鄕歌'라고 했다. 일본에서 假名으로 지은 시는 '和歌'(와카)라고 했다. 白族이 白文으로 지은 시는 '白文詩'라고 했다. 월남에서 字喃으로 지은 시는 '國音詩'라고 했다. 문자 이름에 상응하는 시 이름을 각기 갖추었으면서, 한쪽에서는 '歌'라고 하고 다른 쪽에서는 '詩'라고 하는 돌림자를 쓴 점이 서로 다르다.

민요는 '歌'이고, 한시는 '詩'라고 하는 용어 구분은 어디서나 공통되게 사용했다. 그 사이의 민족어기록율문은 노래할 수 있으니 '가'이고, 글로 지었으니 '시'인 이중의 성격을 지니고 있는 중간물이므로 어떻게 일컬어도 되지만 어느 한쪽을 택해야만 했다. 민족어기록율문이 한시와 근접된 점을 강조해서 말하려면 '시'라고 하고, 민요와 동질성이 크다고 하려면 '가'라고 하는 것이 바람직한 구분이었다. '백문시'와 '국음시'는 앞의 것이고, '향가'와 '와카'는 뒤의 것이다. 그러나 여기서는 공통된 명칭이 필요해서 '민족어시'라는 말을 일관되게 썼다. 그것을 '민족어노래'라고 하면 민요와 혼동될 염려가 있어, 적합하지 않다.

한시와 민족어시가 율격 형성의 조건에서 유사한 경우에는 그 둘을 결합시키기 쉬웠다. '백문시'가 바로 그런 경우이다. '백문시'는 민요의 율격을 사용하면서 한시와 '음절수'와 '정보량' 양면에서 대등할 수 있었다. '국음시'에서도 한시와 '정보량'과 '음절수' 양면을 대등하게 하려고, '음절수'에서 민요를 버리고 한시를 따랐으나, 그 차이가 그리 크지 않았다.

'향가'나 '와카'의 경우에는 율격을 형성하는 조건이 한시의 경우와 달라서, '정보량'을 대등하게 하는 것과 '음절수'를 대등하게 하는 것 가운데 하나를 택하지 않을 수 없었다. 그 둘 가운데 '향가'는 '정보량'의 대등함을, '와카'는 '음절수'의 대등함을 택해 서로 다른 길로 나아갔다. 그 결과 '향가'는 '음절수'를 민요에서 가져와 민요와 연결되었으나, '와카'는 '정보량'에서도 민요와 멀어졌다.

백족의 '백문시'와 월남의 '국음시'는 '정보량'과 '음절수'의 둘 가운데 하나를 택하지 않고, 그 둘 다 한시와 대등할 수 있는 공통점이 있었다. 그러나 '음절수'를 대등하게 하는 방법이 '백문시'에서는 민요의 율격을 받아들인 것이고, '국음시'에서는 민요의 율격을 버리고 한시를 따르는 것이었다. 그래서 '국음시'는 '백문시'보다 더욱 품격 높은 시가 될 수 있었지만, 민요와 어긋난 비정상이 말썽거리여서 오래 지속되지 못하고, 내부의 와해와 외부의 도전을 겪다가 붕괴되지 않을 수 없었다.

일본 '와카'의 음절수 57577을 이루는 5음절과 7음절이 민요에 자주 보여도, 그 둘은 구조가 전혀 다르다. 5음절이나 7음절이 '와카'에서는 한 줄을, 민요에서는 그 하위 단위인 한 토막을 이룬다. 그런데 월남 '국음시'의 7777과 월남민요의 6868은 율격형성의 기본원리가 같아, 그 둘을 갈라놓는 장벽이 없다. 그래서 민요에서 국음시의 위엄을 대단치 않게 여기고 원래의 규칙을 파괴하는 도전을 감행할 수 있었다.

한시와 대등하게 되면서 민요와도 가장 가까운 관계를 가진 '백문시'와는 반대쪽에, 한시와 대등하게 되려고 민요와 가장 멀어진 '와카'가 있다. '국음시'와 '향가'는 둘 다 그 중간에 있으면서 '국음시'는 한시와 대등한 품격을 갖춘 상층의 '시'이고, '향가'는 상하층이 함께 노래할 수 있는 '가'인 특성을 각기 지닌 점이 서로 달랐다.

만주족의 '淸宮滿文詩'는 민요와 멀어진 정도가 중간 등급이면서 '가'라고 하지 않고 '시'라고 한 점에서 월남의 '국음시'와 유사하다. 일시적인 창안물에 그쳤으며, 오랜 기간 동안 지속되면서 문학의 기능을 수행하고, 문학사적 변화를 겪은 것은 아니다. 그 두 가지 사유 때문에, 다른 넷과 대등한 자리를 차지하는 사례로 인정하기 어렵다.

산스크리트문명권의 경우에도 타밀과 캄보디아는 서로 대조가 되는 길을 택했다. 타밀시에서는 산스크리트시의 율격과 구별되는 특징을 가진 독자적인 장단율을 마련했다. 모음으로 끝나는 음절과 자음이 첨가된 음절을 교체하는 것이 특별한 사항이다. 그러나 캄보디아어시는 언어의 특성 때문에 장단율일 수 없고 단순율이다.

팔리어시가 민족어시에 수용된 양상은 타이와 라오스의 경우를 들어 살필 수 있다. 두 곳의 시는 원래 음절수의 규칙을 가진 단순율이다. 그런데 타이시에서는 장단율을 자기네 방식대로 받아들여 독자적인 율격을 이루었다. 라오스시에서는 장단율을 받아들였으나 규칙화하지는 않고 경우에 따라 선택할 수 있는 것으로 했다.

아랍어시의 장단율을 페르시아시에서 재현하면서 다소 융통성이 있게 고쳤다. 터키에서도 그렇게 하려고 했으나, 터키시의 율격은 원래 단순율이어서 뜻대로 되지 않았다. 상이한 율격이 공존하면서 갈등을 빚어내다가 결국 단순율이 승리했다. 아프리카의 하우사(Hausa)시에서는 이미 사용하던 장단율을, 아랍시의 전범을 받아들여 재창조했다. 스와힐리(Swahili)시는 아랍시의 영향을 하우사시 못지않게 받았으면서 단순율로 일관했다.

라틴어시의 장단율은 문명권 전체 여러 민족의 시에서 그대로 따르려고 했지만 그 어느 쪽에서도 잇지 못했다. 라틴어를 이어받은 이탈리아어와 프랑스어의 시는 장단을 상실한 탓에 노력한 보람 없이 단순율에 머물렀다. 게르만인은 강약이 의미 구분에 관여하는 언어를 사용해 라틴어시도 강약율로 읽다가, 라틴어시의 장단율을 재현한 결과가 강약율로 나타났다. 강약율은 공동문어문학에는 없고 후대에 출현한 민족어시의 율격이라는 점에서, 중세의 기준에서 본다면 다른 여러 곳의 단순율과 같은 저급한 율격이다.

독일인이나 영국인은 라틴어시의 장단율에 상응하는 강약율의 규칙을 마련해 같은 용어를 사용해 지칭했다. 그러나 주변부 가운데서도 주변부인 아이슬란드에서는 라틴어시를 자극의 원천으로 삼고 거기에 대응되는 자기네 강약율을 독자적으로 발견하고 정비하고자 하는 노력을 일찍부터 했다.

이런 작업을 더 많이 해서 세계시가 율격사를 이룩하는 것이 바람직하다. 이 작업에서 단순율의 양상을 비교해 고찰하면서 한국의 경우와 같거나 비슷한 것을 찾아내야 한다. 요즈음 언어유형론이 활발하게 연구되고 있는 추세에 자극을 받아 율격유형론에 대한 새로운 탐구를 할 만하다. 한국어도 한국시가의 율격도 유형론 연구의 진전에 따라 특성을 새롭게 해명해야 한다. 이 엄청난 일을 아직 시작하지 못하고 있다. 의욕과 능력을 갖춘 뛰어난 연구자의 출현을 고대한다.

멀리 나다니기만 할 것은 아니다. 안에서 할 일도 많이 남아 있다. 율격 연구에서 항상 중심을 차지하고, 문학 유산의 핵심을 이루는 시조에 관해서도 더 해야 할 연구가 많다. 진정으로 중요한 연구는 아직 하지 않았다고 할 수 있다. 이런 생각을 하고《시조의 넓이와 깊이》라는 책을 썼다. 머리말 서두에서 말했다. 시조는 우리문학의 고향이고, 시조 연구는 우리학문의 종가이다. 이제는 멀리 나다니지 않고, 고향으로 돌아와 종손 노릇을 착실하게 하겠다고 작심한다. 지나치게 넓힌 논의를 안으로 모아들여 시조를 깊이 있고 알뜰하게 살피려고 한다. 책 한 대목에서 시조의 율격을 다시 살렸다. 얻은 결과를 옮긴다.

기본형이 어떤 것인지 정리해 말해보자. 시조는 네 토막 세 줄이다. 두 토막 반줄이 짝을 지어 네 토막이 한 줄을 이룬다. 이런 줄이 짝을 지어 초장과 중장을 이루고, 종장은 짝이 없는 줄 하나이다. 토막 구성은 짝수로 나가고, 줄 구성은 짝수로 나가다가 종장은 홀수이다. 짝수 반복에 홀수가 개입해 변화를 나타낸다.

토막을 이루는 자수는 4 앞뒤의 몇이다. 2·3·4·5·6·7의 범위 안에서 변이가 허용된다. 1은 가능하지 않고, 8은 특별한 경우에 한 토막을 이룬다고 인정된다. 이 범위 안의 자수가 반복되면서, 짝수와 홀수, 많은 숫자와 적은 숫자가 교체되는 변화가 있다. 종장 서두의 첫 토막은 4보다 적고, 둘째 토막은 4보다 많다. 4보다 적은 것은 2나 3이다. 4보다 많은 것은 5에서 8까지이다. 이런 특별한 장치가 있어, 종장에서 노래가 끝나고 더 늘어나지 않는다. 초·중장에서 하는 말을 받아 종장에서 마무리를 하면서 발상의 차원을 높인다.

기본형을 이루는 토막의 자수가 가변적이어서, 어느 것을 택하는가에 따라 공통율격이 개별율격으로 구체화된다고 했다. 개별율격을 특이하게 만드느라고 공통율격을 위태롭게 해서 변이형이나 일탈형이 나타나기도 한다. 토막을 이루는 자수가 한쪽으로 치우친 것은 변이형이다. 자수를 줄인 축소변이형, 늘인 확대변이형이 있다. 토막 수를 줄이기도 하고 늘이기도 하는 것은 일탈형이다. 토막 수를 줄인 축소일탈형, 늘인 확대일탈형이 있다. 사설시조는 정도가 심한 확대일탈형이다.

이렇게 해서 시조의 율격은 반복과 변화를 뚜렷하게 갖추고 있다. 둘 가운데 어느 한쪽으로 고착되기를 거부한다. 반복과 변화가 따로 놀지 않고, 밀접한 관련을 가지고 상생하면서 상극한다. 반복과 변화가 대등한 역량으로, 반복이 변화이고 변화가 반복인 상생을 해서 조화로운 노래를 다채롭게 빚어낸다. 반복과 변화가 상극의 관계를 가지면서, 정태적인 반복보다 동태적인 변화가 더욱 확대되어 역동적인 창조력을 발휘한다.

시조는 정형시이면서 자유시이다. 공통율격에서는 정형시이고, 개별율격은 자유시의 성향을 지닌다. 변이형이나 일탈형에서는 자유시가 자라난다. 확대일탈형이라도 정형시에서 아주 떠나가지는 않으면서, 자유시다운 발상과 표현을 다채롭게 보여준다. 정형시와 자유시가 별개의 것이라는 고정관념을 깨고, 둘이 하나이면서 둘이고 둘이면서 하나여서 생극의 관계를 가지는 것이 마땅하다고 알려준다.

위와 같은 연구를 해서 얻은 성과를 충분하게 서술하면 원고를 몇백 매 써도 모자란다. 〈율격〉 원고 15매는 너무 적은 분량이다. 그러나 그 속에 우리 시가 율격의 규칙과 특성에 관한 모든 연구가 응축되어 있다. 민요에서 바로 가져온 음절수가 가변적인 단순율격으로 여러 갈래의 시가를 다채롭게 만들어내고, 정형시가 자유시이기도 한 것은 다른 어디서도 보이지 않는 우리 율격의 특징이다. 이에 대한 고찰을 최소의 분량에 집약했다.

붙임 (1)

2017년 6월 22일 한국학중앙연구원에서 열린 '한국민족문화대백과사전 편찬의 회고와 전망'이라는 학술회의에서 기조연설을 하고, 새삼스럽게 알아차리고 주장한 바를 정리한다.

《한국민족문화대백과사전》 수정증보를 2007년부터 10년 동안 교육부의 위탁과제로 수행하다가 이제 끝내고, 다음 해부터는 한국학중앙연구원 자체 사업으로 하기로 교육부와 협의해 예산이 편성되었다고 했다. 예산이 국회에서 통과되면 2018년부터는 수정증보를 본격적으로, 항구적으로 하게 된다고 했다. 이 말을 듣고 분노했다.

지난 10년 동안 무엇을 했는가? 지엽말단의 항목을 보태기만 한 것이 수정증보인가? 골수에 든 병은 고치려 하지 않고 피부미용에나 신경을 쓰는 격이 아닌가? 내년부터 하는 본격적이고 항구적인 수정증보도 같은 방식으로 할 것인가? 근본을 바로잡지 않는 것을 용서할 수 없다. 설계 없이 집을 짓는 과오를 되풀이할 것인가?

이 질문을 실무자가 감당할 수 없어 한국학중앙연구원 이기동 원장에게 따지고 들었다. 원장이 인사말만 하고 회의장을 떠난 것을 공개적으로 나무라고, 별도로 만난 기회에 단단히 일렀다. 잘못되었는지 알기나 하는가? 이 사전을 잘 알고 능력이 뛰어난 설계자를 발탁해 권한을 부여하고 장기간 일하게 해야 하는 것을 아는가? 원장의 무지나 태만으로 앞으로의 수정증보마저 망치면 얼마나 큰 죄를 짓는지 아는가?

설계자는 기본 설계를 다시 하는 것을 선결과제로 삼아야 한다. 기본 설계에서 감당해야 하는 긴요한 과제를 제기하고, 의견을 말했다. 현장에서 말하지 못한 생각까지 전한다.

(가) 앞으로도 계속 민족문화사전으로 할 것인가, 일반 백과사전으로 나아갈 것인가? 민족문화사전을 전향적인 자세로 더 잘 만들기 위해 논의를 개방하고 확대한다. 문화일반론을 곁들이고, 한국문화와 여러 외국문화의 비교고찰을 하며, 한국문화의 보편적 가치, 세계문화를 위한 기여를 밝히는 데 힘쓴다.

(나) 한국민족문화사전이냐 한국학사전이냐? 이 사전이 한국민족문화사전인 원칙을 견지하면서 한국학에 관한 고찰도 한다. 한국문화를 4분의 3 분량으로 서술하고, 이에 관해 고찰한 한국학 연구 성과를 4분의 1 분량으로 곁들이는 것이 바람직하다. 연구에 관한 고찰을 하면서, 하단에 제시하는 참고문헌 가운데 특히 중요한 것을 해설하는 것이 권장할 만한 방법이다.

(다) 〈민족문화분류표〉와 항목 설정의 관계를 어떻게 조절할 것인가? 양면의 작업을 해야 한다. 〈민족문화분류표〉에 의거해 항목 설

정을 점검해야 한다. 빠진 항목을 보태고 제목이나 내용이 잘못된 항목을 바로잡으면서 민족문화분류표를 수정해야 한다.

(라) 어떤 항목의 서술부터 바로잡아야 하는가? 모든 일을 한꺼번에 할 수 없으므로 작업의 순서를 말한다. (다)의 작업에서 특히 중요한 개념 대항목을 10개 내외를 선정한다. 이들 항목을 (가)·(나)의 원칙에 따라 다시 서술하는 개요를 작성한다. 그 가운데 두 항목 '문화'와 '역사'를 본보기로 들어 전문 서술한다. '문화'는 내가 맡아서 쓸 용의가 있다. '역사'는 이기동 원장에게 맡기기 바란다.

(가)에서 (라)까지를 갖춘 기본 설계를 원내외의 적임자들에게 보내 검토 의견서를 받는다. 모두 자리에 모여 검토 의견을 토론하는 공청회를 연다. 공청회 결과에 따라 기본 설계를 수정한다. "원내외의 적임자"에 특히 중요한 개념 대항목으로 선정한 10개 내외를 집필할 분들을 우선적으로 포함시킨다. 원내의 적임자를 우선적으로 선택한다. 이 사전을 위한 협조가 원내 연구진의 임무임을 명시하고 평가에 반영한다. 원장이 솔선수범을 해야 한다. 원장은 본보기 원고를 쓰고, 공청회에 시종 참석해야 한다.

설계자는 무한 책임을 감당하면서, 기본 설계를 다시 하고 공청회를 개최하기 위해 몇 사람과 긴밀한 관계를 가지고 함께 일해야 한다. 능력을 향상하고, 후계자를 기르는 것이 중요한 과제이다. 공청회에 초청되는 인사들 이외의 외부인은 도움이 되지 않는다. 상설 위원회는 만들지 말아야 한다.

나는 설계자를 도와주기 위해 가능한 노력을 다할 것이다. 자원봉사자가 바라는 것은 오직 일할 기회를 달라는 것이다. 운명적으로 연결되어 있는 이 사전을 제대로 만들어야 편안하게 눈을 감을 것이다.

그 뒤에 이기동 원장이 사임하고 원장이 교체되었다. 신임 원장에게 이 글이 전달되었는지 의심스럽다. 원장이 자주 교체되는 탓에 《한국민족문화대백과사전》 편찬이 잘못된 전례가 되풀이되지 않은지 염려된다.

붙임 (2)

북쪽의 《조선대백과사전》이 내가 사는 곳 경기도 군포시 산본도서관에 있어 직접 보고 검토하면서 남쪽의 것과 비교하는 소견을 적는다. 대운서적이라는 곳에서 원본을 수입해 보급한다고 밝혀 놓았다. 책은 본문 29권, 부록 색인 1권 모두 30권이다. 제1권은 1991년에 내고 10년 동안 점차적으로 간행해 제30권까지 2001년에 완간했다.

제1권 서두의 〈일러두기〉에서는 표기에 관한 사항만 다루고, 한면 분량의 〈머리말〉에서 편찬의 경과를 간략하게 설명했다. 간행 연도를 밝히지 않은 《백과사전》을 1970년대 이후 많은 자료를 보충해 제2판을 《조선대백과사전》라고 하고 다시 낸다고 했다. 올림말은 10만 개, 집필자는 1,500명이라고 했다. 권말에 〈편찬 성원〉 일부와 〈교정 성원〉 명단을 제시했다.

남쪽의 《한국민족문화대백과사전》("남쪽"이라고 약칭한다)과 비교해보자. 규모는 남쪽의 27+1=28권과 그리 다르지 않다. 남쪽에서는 1988년부터 1991년까지 27권, 1995년에 부록까지 28권을 완간해, 북쪽이 시작은 3년, 마무리는 6년 늦었다. 남쪽 것을 참고하면서 편찬을 진행할 수 있었다. 남쪽은 6만 5천 개의 항목을 3,200명이 집필했다. 항목을 더 크게 잡고, 집필자는 더 많다.

남쪽에서는 항목마다 집필자와 참고문헌을 밝혔다. 북쪽에서는 이미 말한 바와 같이 집필자 일부의 명단을 권말에 제시하고, 참고문헌은 어디에도 없다. 남쪽에서는 "한국민족문화" 백과사전을 만들었는데, 북쪽 것은 "조선의 일반백과사전"이다. 여러 외국과 공통된 내용은 외국의 백과사전에서 가져오고, "조선"에서 특별히 말할 것만 새로 집필하면 되었다. 남쪽보다 수고가 적었다. 제1권 서두에 김일성과 김정일에 관한 항목을 두고 파격적인 길이로 서술한 것은 비교의 대상이 될 수 없어 논외로 한다.

백과사전의 항목은 개념 항목과 사실 항목이다. 개념 항목은 모두 외국의 백과사전에서 받아들이고 주체사상에 관한 것만 추가했다. 그 어느 쪽이든지 개념 설정을 위한 고민이나 차질이 남쪽보다 적었다. 사실 항목도 받아들인 것이 많고 추가한 것은 적다. 〈고향〉, 〈풍류〉, 〈신명〉, 〈한류〉 같은 개념 항목을 설정해 민족문화의 특징을 밝히려는 노력은 하지 않았다.

내용을 보고 짐작하건대 외국의 백과사전은 러시아 것을 주로 이용한 듯하다. 유물론적 관점에서 개념이나 사실을 설명한 것을 그대로 이용하면서 주체사상에 입각한 설명을 가능한 대로 보태려고 했다. 유물론의 동어반복이 주체사상에서는 더 심해져 항목이 달라져도 내용은 거의 그대로이다. 기본 개념에서 할 말을 다 하지 않고, 부수적인 개념을 늘어놓아 다각전인 고찰을 하는 것 같지만, 그 말이 그 말이다. 반복으로 설득력을 높이려는 것 같다.

〈철학〉 외에 〈철학사〉, 〈철학적 깊이〉, 〈철학적 인간학〉, 〈철학의 근본 문제〉, 〈철학의 근본 원리〉, 〈철학의 당성〉 등이 더 있다. 〈력사〉, 〈문화〉, 〈민족〉, 〈사회〉 등에도 이와 유사한 방식으로 부수적인 개념을 여럿 늘어놓고 각기 설명했는데, 한꺼번에 다 할 수 있는 말의 장황한 열거이다. 그 어느 것도 개념론에 치우치고 실질적인 내용은 적다. 남쪽에서 한국철학, 한국사, 한국문화, 한민족, 한국사회 등에 관한 총괄론을 마련하지 못해 고민하는 것과 거리가 멀다.

철학에 관해서는 〈변증법〉, 〈유물론〉, 〈유물변증법〉, 〈주체철학〉 등의 항목이 더 있어 많은 말을 했으나, 우리 전통철학의 전개를 정리하는 작업은 하지 않았다. 문제가 된 항목 다음과 같은 것들만 잡아

제한된 범위 안에서 논의를 한 것이 남쪽과 다르지 않다.

남쪽	북쪽
이기성정설	리기설
이기호발설	리기호발설
사단칠정	사단칠정론
인심도심론	인심도심
인물성동이론	인물성동이론

공통된 항목을 두고 서술한 내용은 다르다. 남쪽에서는 사실을 자세하게 말하려고 하다가 전체를 보지 못하고 어느 한쪽에 치우쳤다. 북쪽에서는 문제가 된 개념을 유물론의 관점에서 해설하는 데 그쳐 대상과 거리가 멀어졌다. 대상과 관점, 미시와 거시의 관계를 재조정해 결함을 시정하는 작업을 서로 관련을 가지면서 해야 한다.

기철학에 관한 일관된 논의는 양쪽에 다 없다. 기철학이 남쪽에서는 정통을 뒤흔드는 이단이라는 이유에서, 북쪽에서는 유물론의 위세를 재검토하도록 하는 경쟁자라고 여겨 멀리 하는 것은 상통한다. 우리 철학사에서 철학사 일반론을 바로잡아야 한다.

〈문학〉에 관한 서술은 개념론, 우리 문학사, 다른 나라들의 문학사로 이루어져 있다. 〈미술〉이나 〈음악〉에 관한 서술도 이와 같은 방식을 택했다. 다각적인 서술을 한 것을 평가해야 하겠으나, 받아들인 내용과 추가한 사실이 유기적으로 연결되지 않는다. 독자적인 노력으로 정립한 개념론으로 세계문학사, 세계미술사, 세계음악사를 새롭게 논의하면서 우리 것을 좋은 예증으로 드는 것이 바람직하다.

남북이 힘을 합치면 좋은 백과사전을 만들 수 있다고 쉽게 말하지 말자. 심오한 연구에서 교류와 합작이 있어야 한다. 세계학문의 발전을 선도하는 노력을 함께해야 한다. 기철학을 이어받아, 유물론을 생극론으로 넘어서야 길이 열린다.

4. 국가 학술정책 개선 방안

알림

학술정책은 국가의 기본 정책 가운데 하나이다. 이에 대한 인식이 부족하고, 제기되는 과제를 사안별로 해결하고자 해서 적지 않은 차질이 빚어지고 있다. 무엇이 문제인지 전반적인 검토를 하고 개선 방안을 마련할 필요가 있다. 2017년 대한민국학술원의 정책 연구 과제로 이 작업을 진행해, 2017년 8월에 초고를 작성했다.

이에 관해 세 단계의 검토를 받아 수정·증보를 거쳐 논문을 완성하고자 한다. 첫 단계에는 많은 대학 여러 전공 교수들의 검토 의견을 요청한다. 둘째 단계에는 대한민국학술원에서 토론회를 한다. 셋째 단계에는 학술정책과 관련된 각 부처 당사자들을 초청해 공청회를 한다.

많은 대학 여러 전공 교수들의 검토 의견을 받아들여, 2017년 10월에 1차 개고를 했다.[19] 2018년 11월 6일 이 논문에 대한 대한민

---

[19] 이 논문 초고를 검토하고 의견을 제시해준 교수들이 다음과 같다. 의견 도착순으로 명단을 작성하되, 같은 대학의 교수들은 한자리에 모은다. 성명, 전공, 교수 재직 연수를 적는다. 제시한 의견을 논의할 때에는 존칭을 생략하고 성명만 밝히는 것을 양해해주기 바란다. 경상대학교 안동준(한국고전문학, 20년), 김홍기(수학, 22년), 김홍범(경제학, 30년 이상); 제주대학교 서영표(사회학, 5년), 황임겸(의료인문학, 6면), 허남춘(한국고전문학, 27년); 강원대학교 이민희(한국고전산문, 14년), 김진영(경제교육, 32년), 박영철(야생동물학, 9년); 원광대학교 양승문(경찰행정학, 19년), 박경주(국문학, 19년), 익명 교수(생명과학, 19년); 충북대학교 김문황(러시아문학, 23년), 김수갑(법학, 20년 이상), 김용은(물리학, 36년), 안규복(기계공학, 12년); 한남대학교 최인식(전자공학, 10년), 박선희(교육공학, 11년), 백제인(컴퓨터공학, 29년), 류성한(컴퓨터공학, 9년), 서영숙(국문학, 17년); 전남대학교 김성근(과학사, 5년), 김대현(한국한문학, 17년), 한은미(화공학, 20년); 부경대학교 남인용(신문방송학, 17년), 장대흥(통계학, 32년); 고려대학교 성용준(심리학, 13+4년), 최귀묵(동아시아비교문학, 14년), 김기덕

국학술원의 토론회를 했다. 그때 있었던 논의를 정리해 〈붙임 (2)〉에 수록한다.

무엇이 문제인가?

학술 연구는 교육과 문화의 수준을 결정하고, 국가 발전의 원동력을 제공한다. 교육을 위한 백년대계가 없는 것은 걱정하고, 학술 연구는 정책도 계획도 필요하지 않다고 여기는 것이 예사이다. 경제 발전 계획은 거듭 세우면서, 학술 발전은 일관성을 고려하지 않고 경우에 따라 달라져 능률이 떨어지고 문제점이 누적되어 있다.[20] 이에 대한 전반적인 검토를 하고 일관된 개선을 해야 한다.[21]

학술정책은 학문을 모르는 외부인이 맡아서 수립할 수 없다. 학문을 하는 학자들은 자기 분야를 넘어서는 통찰력이 모자라 사태의 전모를 파악하고 총괄적인 해결을 제시하지 못하는 것이 예사이다. 한국문학연구에서 인문학문으로, 인문학문에서 학문론으로 나아가면서, 나는 학문의 정책과 제도에 관한 광범위한 고찰을 했으므로 난제를 맡아 해결책을 모색하는 연구를 한다.[22]

(식물병제어학, 20년); 경기대학교 김헌선(국문학, 23년), 이윤규(회계세무학, 28년), 이상섭(미생물학, 27년)

20) 김용은은 말했다. "학술정책이 국가의 기본 정책 중 가장 중요한 정책임에는 공감한다. 그럼에도 우리나라의 학술정책은 일관성이나 전통성과 정통성, 특이성, 수월성을 유지하지 못하고, 정치권력이 바뀜에 따라 조변석개한다." 김은미는 학술정책은 정권과 무관하게, 합리성의 원칙에 따라 수립하고 시행해야 한다고 했다.

21) 문재인 정부가 들어서자 교육을 교육부에 맡겨둘 수 없다고 하면서 개혁을 시작하고 있다. 대통령 직속으로 국가교육회의를 설치해 교육을 관장하고, 국가교육회의를 장차 국가교육위원회로 발전시키겠다고 한다. 연구를 위해서는 이런 움직임이 없다. 교육부가 연구부이지 못해 생기는 차질은 검토의 대상이 되지 않고 있어 이 연구가 절실하게 필요하다.

22) 나는 국문학연구에서 인문학문으로, 인문학문에서 학문 일반으로 나아가면서, 학문이 무엇이며 어떻게 해야 하는가 하는 문제를 한국의 현실과 관련시켜 심각

최근의 동향을 살펴보자. 정부는 2017년 8월 대학 연구소에 예산을 지원해 인문학을 살리겠다는 정책을 발표했다.[23] 선정된 연구소는 지원받은 예산으로 도서를 구입하고, 학술대회를 개최하며, 대외적인 강좌를 개최하라고 한다. 원자재를 구입하고 제품을 팔라고만 하고, 생

하게 다루는 작업을 계속하고 있다. 그 결과가 《우리학문의 길》(지식산업사, 1993); 《인문학문의 사명》(서울대학교출판부, 1997); 《이 땅에서 학문하기》(지식산업사, 2000); 《학문의 정책과 제도》(계명대학출판부, 2008), 《학문론》(지식산업사, 2012); 《한국학의 진로》(지식산업사, 2014) 등의 여러 책에 나타나 있다. 이들 책에서 다룬 내용을 여기서 활용한다. 주장의 타당성을 《문학사는 어디로》(지식산업사, 2015)에 이르기까지의 이론 업적이 입증해준다고 생각한다.

23) 〈"인문학 살리자"…대학부설 연구소 35곳에 360억 지원: HK플러스 사업 시행…8개 연구소·성과확산센터 신규 선정〉이라는 제목으로 《연합뉴스》에서 2017년 8월 9일에 보도한 기사 전문을 들면 다음과 같다. (세종=연합뉴스) 고유선 기자 = 정부가 인문학 활성화를 위한 장기 프로젝트인 '인문 한국'(Humanities Korea HK) 후속사업에 7년간 약 360억 원을 지원하기로 했다. 교육부는 올해부터 2023년까지 7년간 HK플러스(+) 사업을 운영하기로 하고 대학 부설 35개 연구소에 모두 359억원을 투입한다고 9일 밝혔다. HK지원사업은 교육부가 인문학을 집중적으로 육성하고자 2007년부터 학술진흥재단을 통해 대학 부설 인문학 연구소를 지원했던 사업이다. 교육부는 올해 2주기 사업을 시작하면서 8곳 안팎의 신규 지원 연구소와, 기존 HK사업 대상 가운데 연구소 간 네트워크·홍보 기능을 할 수 있는 '성과확산총괄센터' 1곳을 선정해 136억원을 지원한다. 사업유형은 인문기초학문 분야, 사회 문제에 대한 인문학적 해결 방안을 연구하는 국가전략·융복합 분야, 인문학의 새로운 방향을 제시하는 창의·도전 분야 등 4가지다. 선정된 연구소는 서적·자료 구입과 국내외 학술대회 개최를 비롯한 각종 활동비로 사업 기간 최대 17억 원씩을 받을 수 있다. 이와 별도로 기존 HK사업 대상으로 선정된 연구소 27곳도 223억 원을 계속 지원받는다. 신규사업 지원 대상은 전국 4년제 일반대학 인문학 분야 부설 연구소다. 교육부는 HK+사업을 효율적으로 진행하고 인문학 활성화에 속도를 내기 위해 각 연구소가 '지역 인문학센터' 기능을 하도록 할 방침이다. 이들 연구소는 지방자치단체·학교와 협업해 인문학 강좌를 운영하는 등 인근 주민을 위한 초·중등 인문소양 교육과 평생교육을 담당하게 된다. 교육부는 또, 연구전담교수(HK교수)의 고용 안정성을 위해 각 대학이 6년차 사업이 끝날 때까지 연구소 소속 HK교수를 정년트랙 교수(정년보장 심사를 받을 권리가 있는 교수)로 임용하도록 하고 대학이 이런 사업조건을 잘 이행하는지 점검한다. 앞서 2007년 HK사업 대상으로 선정됐던 부산대는 올해 사업 종료를 앞두고 연구소 소속 HK교수를 일부만 임용승계 하겠다고 밝혀 교수진과 마찰을 빚은 바 있다.

산을 하라고 하지는 않는다. 핵심은 빠지고 겉치레만 있다. 헛된 이름이 나서 이미 지원을 많이 받은 대학들을 다시 선정했을 것이다. 액수가 늘어난 돈을 쓰느라고 강의교수들을 더 바쁘게 하기나 한다.

연구교수를 지원해야 연구를 제대로 할 수 있다고 생각하지 않는다. 비정규직인 기존의 연구교수를 정년 가능한 정규직으로 임명하라고만 하고, 연구교수를 늘이고 연구를 충실하게 할 수 있게 할 계획은 없다. 연구비 따는 경쟁으로 대학을 바쁘게, 피곤하게 하기나 하고, 능력과 의욕이 각별한 탐구자들이 조용한 시간을 얻어야 내실을 갖춘 연구를 하는 줄 모른다.

연구를 잘하도록 하려면 어떻게 해야 하는지 연구는 하지 않고 정책을 안이하게 세워 실행하는 것이 더 큰 문제이다. 학술정책이라는 좀 더 포괄적인 용어를 사용하자. 학술정책은 경제정책과 마찬가지로 지원하고 투자할 곳과 그 방법을 정확하게 찾아야 예산을 효율적으로 사용할 수 있다. 현재의 정부 조직에는 이 일을 담당할 곳이 없다. 이 일은 정부가 직접 할 수 있는 것이 아니다.

학술정책은 경제정책보다도 전문성이 더 크다. 전문성 부족으로 목표와 방법이 어긋나, 예산을 증액하면 성과가 크다는 일반적인 논리가 전혀 타당하지 않고 반대로 나타날 수 있다. 높은 수준의 전문가 집단이 맡아서 해야 학술정책에 관한 연구를 제대로 할 수 있다. 이것은 다른 나라에서 모두 하고 있는 일이다. 학술정책을 개선하기 위해 다루어야 할 큰 항목을 정리해보자.

(가) 총괄기관: 학술 연구를 기획하고 관리하는 총괄기관이 있어야 한다. 한국에는 대통령 직속 과학기술자문회의, 국무조정실장 산하 과학기술연구회, 경제인문사회연구회, 준정부기관 한국연구재단 등이 각기 설치되고 독립된 활동을 하고 있어 혼선을 빚어내며, 총괄은 그 어디서도 하지 않은 채 방치되어 있다.[24] 이것은 한국은행이 여럿 있어 없는 것과 같다. 한국은행에 해당하는 총괄기관이 학술에

도 있어야 장기 계획을 세워 실행하고, 연구비 투자효과를 확대할 수 있다. 외국의 선례를 참조해 한국에 맞는 제도를 입안하고자 한다.

(나) 연구교수: 대학의 교수는 누구나 연구도 교육도 잘해야 한다는 것은 세계 어느 나라에도 없고 한국에만 있는 무리한 요구이다. 그 때문에 연구와 교육 양쪽 다 부실해진다. 연구비를 증액하고 업적이 늘어나도 연구의 질적 향상은 이루어지지 않는다. 추종자연구를 하는 데 그치고 선도자연구는 하지 못한다.[25] 편수를 늘리기 위해 마지못해 쓰니 논문이 함량 미달이 아니면 가짜이다. 형식 요건이나 갖추고 평가할 만한 내용이 없어 함량 미달이라고 하지 않을 수 없다. 대다수 선량한 교수는 함량 미달의 논문을 가까스로 내놓고, 소수의 불량한 교수는 표절을 해서 가짜를 만든다. 가짜를 만드는 일부

---

[24] 대통령 직속 문화융성위원회 및 그 산하의 인문정신특별위원회도 있으나 학술에 관한 것은 아니다. 인문학은 인문정신으로 취급되어 문화체육부 소관이 되었다. 박근혜 정부에서 만든 문화융성위원회 등의 5개 위원회를 문재인 정부에서는 폐지하기로 했다. 이와 관련해 《동아일보》는 〈대통령 직속 위원회의 수명은 5년인가〉 하는 사설을 2017년 6월 5일자에 게재하고 위원회가 단명한 것을 문제 삼았다. "노무현 대통령 시절에는 대통령·총리·각부처 소속 위원회가 579개나 되어 '위원회 공화국'이라는 말을 들었던 일을 상기시키고, 단기적인 안목에서 위원회를 만들어 국가의 중대사를 처리하려고 하는 잘못을 되풀이하지 말아야 한다"고 했다. 장대홍은 지적했다. "대통령·총리·각부처 소속 위원회가 너무 많아 '위원회 공화국'이 되는 이유는 해당 부처 관리들이 해당 분야 전문가들이 아니어서 책임행정을 할 수 있는 능력도 없을 뿐만 아니라, 책임행정을 하고자 하는 의지도 없(기 때문이)다. 정책입안 및 시행에 대한 최종 책임을 위원회 위원들에게 돌리고 자기들은 책임면피하려는 비겁한 복지부동이 너무 너무 많다."

[25] '선도자'는 영어로 'pioneer'이다. 세계 석학이라는 사람들 12명이 11개월 동안 서울대학교 자연과학대학의 연구 경쟁력을 평가하고 2016년에 발표한 보고서에서 "pioneer 학문은 하지 않고 follower 학문만 하므로 연구 경쟁력이 부족하다"고 했다. 자연과학에서 하는 말을 듣고 자극을 받아 선도자 학문을 논의하는 것은 아니다. 2006년 11월 29일 서울대학교 자연과학대학 젊은 교수들의 모임에 초청되어 선도자의 학문을 하는 자세와 방법에 대한 나의 경험을 알리는 발표를 했다. 그때의 발표와 토론이 《세계·지방화시대의 한국학 7 일반이론 정립》(계명대학교출판부, 2008)의 〈제2강 학문하는 이유〉에 있다.

불량한 교수가 공직 후보자가 되어 교수 전체의 명예를 실추시킨다. 연구중심대학과 강의중심대학을 구분해 이 문제를 해결할 수는 없다. 연구중심대학의 교수는 연구를 더 잘하는 사람들이 아니며, 강의 부담이 경감되지 않는다. 연구교수와 강의교수를 구분해 각기 어느 한쪽을 위해 성실하게 노력하도록 하는 것이 바람직하다. 이에 관해서도 외국의 선례를 참조해 한국에 맞는 제도를 입안하고자 한다.

(다) 연구평가: 연구 계획서를 심사해 연구비를 지급하는 현재의 방식은 연구의 수준을 낮춘다. 심사위원의 심사 능력 이상의 연구 과제는 채택되지 않는다. 계획에 맞추느라고 연구가 뻗어나지 못한다. 실패를 허용하지 않는 조건까지 추가되어, 진정으로 창의적인 연구는 하지 못한다.[26] 계획서 심사를 결과 심사로 바꾸어야 질적 향상이 이루어진다. 이에 관해서도 외국의 선례를 참고해 한국에 맞는 제도를 입안하고자 한다.

외국의 선례 고찰

한국에 적합한 제도를 입안하기 위해서 먼저 외국의 선례를 알아본다. 프랑스의 연구부와 국립과학연구센터, 사회주의권의 과학원, 독일의 막스프랑크협회 및 그 산하의 여러 연구소, 일본의 일본학술회의와 대학공동이용기관법인이 소중한 참고 자료가 되므로 하나씩 고

---

26) 연구비를 많이 들였는데 왜 노벨상 수상자가 나오지 않느냐 하고 다그친다. 자연학문 분야의 노벨상은 전례가 없는 영역을 개척해 새로운 이론을 만들어낸 선도자에게만 준다. 외국에서 하고 있는 연구의 추종자 노릇을 부지런히 해서 국제적으로 평가가 높은 학술지에 논문을 많이 내는 것과 관계가 없다. 일본에서는 자연학문 분야의 노벨상 수상자가 계속 나오는 이유가 연구비를 더 많이 들이는 데 있는 것도 아니고, 국제적으로 평가가 높은 학술지에 발표하는 논문이 많은 것도 아니다. 연구계획서를 제출해 연구비를 받지 않고 예산으로 배정되어 있는 연구비를 이용해 하고 싶은 연구를 하고, 실패를 할 수 있기 때문이다.

찰한다. 미국의 경우도 추가해 논의한다.

프랑스

프랑스에는 교육부와는 별개로 연구부가 있어 먼저 고찰하기로 한
다. 교육부는 정식 명칭이 '국민교육부'(Ministère de l'Education
nationale)이며, 중등교육까지만 관장한다. 공식 명칭을 들면, '고등교
육·연구·기술혁신부'(Ministère de l'Enseignement supérieur, de la
Recherche et de l'Innovation)인 연구부는 고등교육과 연구개발을 관
장한다. "고등교육, 연구, 기술, 공간 분야의 정부 정책을 수립하고
실행하는 것을 임무로 한다"고 한다.27) 프랑스에서 연구부가 연구를
관장할 수 있는 것은 연구행정을 행정의 주요 분야로 인정해 전문가
를 적극적으로 양성하고 발탁해 능력을 발휘하도록 하기 때문이다.
　연구부는 국립 연구기관을 통괄한다.28) 그 가운데 한국연구재단과

---

27) Le ministère de l'Enseignement supérieur, de la Recherche et de l'Innovation
　　(MESRI) est l'administration publique française chargée de préparer et mettre en
　　œuvre la politique du Gouvernement dans les domaines de l'enseignement
　　supérieur, de la recherche, de la technologie et de l'espace. Il est dirigé par le
　　ministre de l'Enseignement supérieur et de la Recherche(*Wikipedia*).
28) Les établissements publics nationaux suivants, classés par ordre alphabétique,
　　sont placés sous la tutelle du ministre chargé de l'enseignement supérieur,
　　éventuellement en lien avec un ou plusieurs autres ministères : Académie des
　　technologies; Agence bibliographique de l'enseignement supérieur; Agence de
　　l'environnement et de la maîtrise de l'énergie(ADEME); Agence nationale de la
　　recherche; Bibliothèque nationale et universitaire de Strasbourg; Centre national
　　d'enseignement à distance(CNED); Centre national des œuvres universitaires et
　　scolaires(CNOUS); Centre national de la recherche scientifique(CNRS); Centre
　　technique du livre de l'enseignement supérieur, Institut agronomique, vétérinaire
　　et forestier de France; Établissement public d'aménagement universitaire de la
　　région Île-de-France;Institut français de recherche pour l'exploitation de la
　　mer(IFREMER); Institut français des sciences et technologies des transports, de
　　l'aménagement et des réseaux(IFSTTAR); Institut national de la recherche

유사한 연구재단(Agence nationale de la recherche), 연구원이 1만 4천여 명이나 되는 국립과학연구센터(Centre national de la recherche scientifique, CNRS)도 포함되어 있다. 연구부가 통괄하고 예산을 배분해, 여러 국립연구기관이 유기적인 관련을 가지고 효율적인 활동을 할 수 있다.

국립과학연구센터는 학문의 거의 모든 분야 연구원(chercheur)이 소속되어 연구에 종사하는 거대한 연구기관이다.[29] 실험이 필요한 분야가 아니면 출근을 할 수 있는 건물이 없고, 각자 자기 집이나 공동도서관에서 개인 연구를 하는 것이 특징이다. 연구원은 대학교수를 겸직할 수 있고 대학의 보직도 맡지만, 정해진 월급 외의 보수는 더 받지 않는다.[30]

프랑스에는 이 밖에 강의는 하지 않고 연구에만 전념할 수 있는 기관이 여럿 있다. '콜레주 드 프랑스'(Collège de France)는 최고의 석학 50여 명이 자기 연구에 관한 공개강의만 하면 되는 대학 이상의 대학이다. '프랑스극동학원'(École Française d'Éxtême Orient)은 동양학을 하는 학자들이 소속되어 연구만 하면 되는 기관이다. '고등연구학교'(École Pratique des Hautes Études)나 '사회학문 고등연구학교'(École Pratique des Hautes Études en Sciences Sociales)는 연구를 하면서 소수의 학생만 지도하는 대학원대학이다.

---

agronomique(INRA); Institut national de recherche en informatique et en automatique(INRIA); Institut français de l'éducation(IFÉ); Institut national de recherche en sciences et technologies pour l'environnement et l'agriculture (IRSTEA); Muséum national d'histoire naturelle(MNHN); Office national d'information sur les enseignements et les professions(ONISEP)

29) Jean-François Picard, *La république des savants, la recherche française et le C.N.R.S.*(Paris: Flammarion, 1990)

30) 한국문학을 전공하는 Daniel Bouchez는 SNRS 연구원이면서 파리7대학 동양학대학 학장 보직을 맡고, 1990년 12월부터 1991년 2월까지 나를 초청해 그 대학 한국학과에서 강의를 하도록 했다.

연구부가 할 일을 잘하고 있고, 여러 연구기관의 연구원들이 각자 창의적인 연구를 해서 프랑스는 학문의 나라라고 자부한다. 미국처럼 범속한 업적을 양산하지 말고 프랑스의 자랑인 탁월한 학문에 계속 힘써야 한다고 했다.[31] "연구를 바람직하게 하려면 학문의 광범위한 영역을 조망하는 능력을 갖추고 있으면서 상투적인 방식에서 벗어나 창조적인 정신을 간직해야 한다. 국제적인 학문 공동체를 지배하고 있는 경쟁의 정신은 그렇지 못하게 하고, 유행을 따르는 연구를 하게 한다. 연구업적을 발표한 논문의 수량과 발표한 잡지의 등급에 따라 평가하는 방식 때문에 사태가 더욱 악화된다."[32] 미국이 주도하는 국제적 경쟁에 휘말려 프랑스 학문이 타락하지 말아야 한다고 이렇게 다짐했다.

그러나 모든 것이 잘되고 있다고 여기는 것은 아니다. 학문과 관련된 국가의 당면 정책을 심의하는 기구는 있어야 한다고 여겨, 학자들 대표로 구성된 자문회의를 만들었다. 과학·기술최고회의(Haut Conseil de la science et de la technologie)라는 것을 대통령 직속으로 창설했다가 연구부로 옮겼다. 이것을 폐지하고, 2013년에는 연구전략회의(Conseil stratégique de la recherche)를 총리 직속으로 다시 창설했다.[33] 소속에 혼란이 있는 것을 알 수 있다. 구성원은 남녀를

---

31) 프랑스의 석학 50인이 모여 프랑스 학문의 장래에 관한 논의를 한 결과를 모은 Quel avenir pour la recherche?(Paris: Flammarion, 2003)에서 이런 결론을 내렸다.

32) 같은 책, 33면.

33) Le Conseil stratégique de la recherche, institué à l'article L. 120-1 du code de la recherche, aura pour missions de : proposer au Gouvernement les grandes orientations de l'agenda stratégique pour larecherche, le transfert et l'innovation et participer au suivi et à l'évaluation de leurmise en oeuvre, traiter de toute question relevant de son domaine de compétences qui lui est soumise par le Premier ministre ou le ministre chargé de la recherche. Une des premières missions sera d'identifier un nombre limité de grandes priorités scientifiques et technologiques

동수로 하고, 대표 자격을 중요시한다. 이런 회의가 얼마나 적극적인 기능을 하는가는 어느 나라에서든지 문제가 될 수 있다.

프랑스에는 대한민국학술원 같은 학술원이 없다. 오랜 기간에 걸쳐 각기 설치된 여러 학술원이 있을 따름이다.[34] 그 가운데 어느 것도 학문의 전 분야를 포괄하지 못한다. 연구전략회의나 연구부를 대신할 수 있는 곳은 없다.

사회주의권 여러 나라

러시아에서는 표트르(Пётр) 대제의 유업인 과학원을 이어받아 소연방과학원(Академия наук СССР)을 만들고, 사회주의 국가를 건설하고 마르크스주의를 발전시키는 임무를 담당하게 했다.[35] 소연

pour préparer et construire la France de demain. Ces priorités devront être partagées par tous, ministères, établissements d''enseignement supérieur et de recherche, chercheurs et industriels mais aussi être suffisamment claires et compréhensibles pour permettre aux citoyens de s''approprier pleinement ces enjeux scientifiques. Il s''appuiera, pour mener à bien ses missions, sur un Comité opérationnel(CoMop) associant l''ensemble des ministères concernés par les politiques de recherche, les Alliances de recherche et des représentants du monde économique, sous la présidence du directeur général pour la recherche et l''innovation du ministère de l''Enseignement supérieur et de la Recherche.

34) (1) 프랑스 아카데미(Académie française) 1635년 설립, 프랑스어 선양, 문화계 명사 40명, (2) 금석문 및 문학 아카데미(Académie des inscriptions et belles-lettres) 1663년 설립, 고전어 및 프랑스어 어문학 관장, 어문학 및 인접분야 학자 55명, 외국회원 40명, 통신회원 100명. (3) 예술 아카데미(Académie des beaux-arts) 1648·1669·1671년에 설립된 각 분야의 기관을 1816년에 통합, 예술 각 분야 관장, 57명. (4) 도덕 및 정치학 아카데미(Académie des sciences morales et politiques) 1795년 설립, 1803년 폐지, 1832년 재설립, 사회학문 여러 분야 관장, 50명. (5) 과학 아카데미(Académie des sciences) 1966년 설립, 자연과학 각 분야 관장, 250명.

35) 초고에서는 러시아어 고유명사를 로마자로 적었는데, 김문황의 교시를 받아들여 러시아어로 교체했다.

방과학원최고회의(Президиум академии наук СССР)에서 학문 연구를 총괄하고, 그 산하 수많은 연구소에서 상근 연구원들이 연구에 종사하도록 했다. 소연방 안의 여러 공화국에도 같은 성격의 과학원과 산하 연구소들을 설치했다.

1965년에 러시아에 166개의 연구소, 14,000명의 연구원, 소연방 전체에 600개의 연구소, 50,000명의 연구원이 있었다. 몇몇 본보기를 들면, 연구원이 러시아어연구소에는 114명, 심리학연구소에는 200명, 슬라브 및 발칸 연구소에는 230명, 경제학연구소에는 234명, 세계사 연구소에는 250명, 철학연구소에는 280명, 고고학연구소에는 300명, 동양학연구소에는 300명, 세계문학연구소에는 300명, 소련역사연구소에는 400명, 사회학연구소에는 400명이었다.

이 제도는 과학원을 대학보다 우위에 두는 것이 특징이다. 과학원에 소속된 최고 수준의 학자는 아카데믹(академик), 영어로는 'academician' 이라고 하는데, 중국과 북한에서 번역한 말을 사용해 '원사'라고 하자. 원사는 대학교수보다 월등한 예우를 받는다. 과학원에서 하는 연구를 받아들여 대학은 교육을 하는 것을 임무로 했다. 대학교수가 강의를 하면서 하기 어려운 대단위의 연구, 특수 분야의 연구를 과학원에서 지속적으로 해서 체제의 우위를 자랑했다.

소련에서 과학원을 만들 때 정치적인 이유에서 진통이 있었다.[36] 공산당 정치국원이면서 과학원 원사인 부하린(Бухарин)은 "학문을 위한 계획"만 해야 한다고 했는데, "학문의 계획"까지 해야 한다는 스탈린이 세력을 잡고 과학원을 공산당의 직접적인 통제하에 두고 연구의 자율성을 인정하지 않았다. 연구는 계획에 의해 집체적으로 해야 한다고 하고, 이념 통제를 강화했다. 1930년에 제정한 강령에서

---

36) Loren R. Graham, *The Soviet Academy of Sciences and the Communist Party 1927-1932*(Princeton: Princeton University Press, 1967)에서 이에 관해 고찰했다.

순수한 학문을 배격하고 실천적인 의의를 우선적으로 고려하는 연구를 해야 한다고 했다. 소연방과학원이 모든 연구를 계획하는 중추기관이어야 한다고 했다. 새로운 방침에 반대하거나 적극적으로 동조하지 않는 연구 종사자들은 다수 체포되고 숙청되었다.

연구 종사자들이 모두 불행한 것은 아니었다. 다른 직종보다 월등한 대우를 받으면서, 노동 강도가 높지 않은 것이 공통적인 혜택이었다.[37] 순수이론이나 자연과학 전공자는 혜택만 누리고 고민할 것이 없어, 하고 싶은 연구를 마음대로 해서 높은 성과를 올려 누구나 선망하는 대상이 되었다. "능력 있는 모든 사람이 과학자를 지망했다. 상대적인 자유를 누리고, 공산당에 가입하라는 요구를 받지도 않았기 때문이다. 소득이 많기 때문이기도 했다. 과학을 하면 아주 정직하게 살 수 있기 때문이기도 했다."이것이 적절한 말이다.[38] 정치적인 문제를 다루지 않을 수 없는 분야의 연구자들은 긴장해야 하지만, 순수학문의 영역을 가능한 넓히면서 소극적으로 움직여 업적 경쟁을 하지 않는 것으로 요령을 삼을 수 있었다.

이런 제도를 모든 사회주의 국가에서 받아들였다. 중화민국은 南京에 수도를 둔 시절 1927년에 소련과학원을 본받아 中央研究院을 만들고 영어로는 'Academia Sinica'라고 했다. 이 연구기관은 인문 및 과학 연구를 포괄하고, 학술 연구를 지도하고 연결하고 장려하며, 고

---

37) Alessandro Mongili, *La chute de l'U.R.S.S. et la recherche scientifique*(Paris: L'Harmattan, 1998)는 소련이 붕괴되는 과정에 들어선 고르바초프 집권기에 과학원의 한 연구소에 가서 오래 머무르면서 공동연구를 한 외부인의 기록이다. '과학기술역사연구소'의 200여 명 연구원이 각자 자기 나름대로 연구를 하다가 한 주일에 이틀 출근해 몇 시간 동안 차나 마시면서 이야기하는 방식으로 연구를 한다고 했다. 연구원은 노동 강도가 낮고, 신분과 생활이 보장되어 있는 좋은 직종임을 알 수 있게 한다.

38) 프랑스로 이주한 체코의 핵물리학자가 공산주의 시절 동유럽 각국의 학자들이 어떻게 살았는지 면담 조사해서 쓴 책 Geoges Ripka, *Vivre savant sous le communisme*(Paris: Berlin, 2002)에서 폴란드 물리학자가 한 말이다(136면).

급학술의 인재를 양성한다. 산하에 많은 연구소가 있어 소속된 원사들이 연구를 진행한다.[39] 다녀온 한국인 학자들이 찬사를 아끼지 않으면서, 본받아야 한다고 역설한다.

중화인민공화국은 1949년에 과학원을 만들고, "마르크스-레닌주의, 모택동 사상을 연구"하고, "국가가 요구하는 사회주의 물질문명과 정신문명 건설"을 담당하고, "문화유산을 계승"한다고 했다. 1977년에는 과학원에서 사회과학원을 분리시켰다. 사회과학원은 "중국공산당 중앙의 직접 영도를 받는다"고 해서, 이념적 성향이 분명한 국가 기관임을 명시했다. 2016년 현재 6개의 대단위 學部, 40개 가까운 연구소 등 여러 기관을 거느리고, 연구에 종사하는 인원이 3,200여 명이다.[40]

북한에서도 1952년에 과학원을 창설했다. 1963년에는 의학과학원, 1966년에는 농업과학원을 설립하고, 1964년에는 사회과학원을 분리했다. 사회과학원이 있어 전쟁 후의 어려운 시기에도 고전을 번역하고, 방대한 규모의 역사서를 내놓고, 국어사전을 만들었다.

1991년에 소연방이 해체되고 이어서 동유럽 여러 나라에서도 유사한 변동이 일어나자 과학원도 위기를 맞이했다. 이념적인 제약이 없어진 대신에 예산 지원이 줄어들어 운영이 어려워졌다. 자연과학 분

---

39) 현재 人文及社會科學 분야에 歷史語言研究所, 民族學研究所, 近代史研究所, 經濟研究所, 歐美研究所, 中國文哲研究所, 臺灣史研究所, 社會學研究所, 語言研究所, 政治學研究所, 法律學研究所, 人文社會科學研究中心이 있다.

40) 中國社會科學院(Chinese Academy of Social Sciences, CASS)是中共中央直接領導、國務院直屬的中國哲學社會科學研究的最高學術机構和綜合研究中心, 其前身是1955年成立的中國科學院哲學社會科學部.1977年5月7日, 經党中央批准, 在中國科學院哲學社會科學部基础上正式組建了中國社會科學院.党中央对中國社會科學院提出的三大定位是：马克思主义的堅强阵地,中國哲學社會科學研究的最高殿堂、党中央國务院重要的思想庫和智囊团.截至2016年11月, 中國社會科學院拥有6大學部, 近40个研究院所, 10个职能部门, 8个直屬机构, 2个直屬公司, 180余个非实体研究中心, 主管全國性學術社团105个, 并代管中國地方志指導小組办公室.全院有二三级學科近300个, 其中國家重点學科120个.全院在职总人数4,200余人, 科研业务人員3,200余人, 其中高级专业人員1,676名, 學部委員61人,荣誉學部委員133人.研究生院有在校生3,100余人(Baidu).

야의 연구원들은 대거 미국으로 이주했다. 과학원을 없애야 한다는
주장이 나왔다. 소련에 대한 반감이 심한 발트해 연안 세 나라에서는
과학원을 없애고 산하의 연구소들이 정부 각 부처에 직접 소속되도
록 해서 연구의 수준이 낮아졌다는 지적을 받는다. 심각한 검토를 하
고서, 과학원은 반드시 필요하므로 청산의 대상으로 삼지 말고 지속
시키면서 부족한 재원 조달을 하는 방법을 찾아야 한다고 한다.[41]

중국은 사회주의 체제를 유지하므로 과학원의 지속 여부에 관한
논란은 없으나 동요가 나타난다. 연구의 자율성이 조금은 확대되는
반면에 재정적 지원이 줄어 문제가 생긴다. 대학은 수익사업을 해서
연구 역량도 키우고 있어, 대학에 대한 과학원의 우위가 흔들린다.
이념 강화로 연구의 질이 떨어지고 재정난이 겹쳐 무력해지는 과학
원과 맞서서 대학이 경쟁자로 나서고 있다.[42] 북한은 여러 과학원에
대한 국가의 요구를 강화하다가 주체과학원이라는 상위기관을 만들
어 혼선을 빚어내고 있다.[43]

---

41) Loren R. Graham, *Science in Russia and the Soviet Union, a Short History*
(Cambridge: Cambridge University Press, 1993); Loren R. Graham, *What Have
We Learned About Science and Technology from the Russian Experience?*(Stanford:
Stanford University Press, 1998); Michael David-Fox and György Pèteri ed.,
*Academia in Upheaval, Origin, Transfers, and Transformations of the Communist
Academic Regime in Russia and East Central Europe*(Westport, Connecticut:
2000); Alessandro Mongili, *La science en Russie, la nouvelle organisation de la
recherche*(Paris: L'Harmattan, 2005) 등에서 이에 관해 고찰했다.

42) Margaret Sleeboom-Faulkner, *The Chinese Academy of Social Sciences(CASS),
Shaping the Reforms, Academia and China(1977-2003)*(Leiden: Brill, 2007)을
참고한다.

43) 이상섭은 "베트남의 과학 학문을 총괄하는 기관 VAST, Vietnam Academy of
Science and Technology가 과연 바람직하게 운영되고 있는지 적지 않은 의문이
있다"고 했다. 월남의 경우도 《학문의 정책과 제도》에서 고찰했으나, 다른 사회주
의 국가들과 그리 다르지 않아 생략했다. 관심이 확인되어 일부를 옮긴다. 월남
에는 자연학문 분야의 월남과학원(Vietnamese Academy of Sciences)과 인문·사회
분야의 월남사회과학원(Vietnamese Academy of Social Sciences)이 나누어져 있다.

독일

사회주의 국가의 과학원과 유사한 연구기관이 사회주의 국가 아닌 곳에도 있는 것이 대만의 중앙연구원만은 아니다. 독일의 막스프랑크 학술진흥협회 및 그 산하 연구소들도 국가에서 제공하는 예산으로 학자들이 하고 싶은 연구를 할 수 있는 대규모의 기관이다. 참고할 사항이 많기 때문에 자세하게 고찰하기로 한다.

독일에는 여러 나라로 나누어져 있을 때 각기 만든 연구기관이 있다. 1751년에 괴팅겐학술원(Die Akademie der Wissenschaften zu Göttingen), 1759년에 바이에른학술원(Die Bayerische Akademie der Wissenschaften), 1763년에 하이델베르그학술원(Die Bayerische Akademie der Wissenschaften)이 창립되었다. 이들 기관이 오늘날까지 존속하면서 그 나름대로 활동을 하고 있다.[44] 통합된 학술원은 없다.

프러시아가 주도해 독일을 통일하자 새로운 연구기관이 필요했다. 기존의 여러 연구기관은 큰 기여를 하지 못하고, 대학이 잘되고 있어도 연구를 대학이 온통 감당할 수 없다고 판단하였다. 카이저빌헬름학술진흥협회(Kaiser-Wilhelm-Gesellschaft zur Förderung der Wissenschaft)라고 일컬은 거대한 규모의 연구총괄 기관을 1911년에 설립했다. 빌헬름은 빌헬름 2세라고 하는 군주이며, 1888년부터 1918년까지 독일을 통치했다. 그 기간 동안 독일은 근대화를 이룩하고 열강의 대열에 들어서서 1914년에 제1차 세계대전을 일으켰다가 패망했다. 그 때문

사회과학원의 홈페이지(http://www.vass.vn)에서 말했다. "월남사회과학원은 월남 사회과학의 기본적인 문제를 연구하는 정부 기구이다. 계획의 노선과 전략, 신속하고 지속적인 발전을 사회주의 방식으로 이룩하는 윤곽과 정책을 제공하고, 사회과학에 대한 자문과 대학원 교육을 조직하며, 국가 전체가 지닌 사회과학의 잠재적인 가능성을 실현하는 데 기여한다." 이런 연구기관이 있어 전쟁이 계속되는 상황에서도 필요한 연구를 계속해서 착실한 업적을 내놓았다.

44) Friedrich Domay, *Handbuch der deutschen wissenschaften Akademien und Gesellshaften*(Wiesbaden: Franz Steiner, 1977)에 이에 대한 자세한 소개가 있다.

에 빌헬름 2세가 퇴위하고 공화국이 되었다.

카이저빌헬름협회는 국가 예산을 근간으로 한 연구비를 산하의 여러 연구소에 나누어주어 연구를 수행하게 하는 기관이다. 대학과 두 가지 점이 달랐다. 연구소 소속 학자는 가르치는 부담 없이 연구에 전념하도록 해서 연구의 생산성을 높였다. 국가가 필요로 하는 연구를 집중적으로 수행하게 했다. 순수학문은 대학에서, 응용학문은 연구소에서 맡다가, 연구소에서도 순수학문을 하게 되었다. 히틀러의 나치 정권은 기존의 제도를 그대로 두고 학문을 정치에 이용했다.

1945년 제2차 세계대전이 끝난 뒤에 카이저빌헬름협회를 확대 개편해 1948년에 새로운 연구기관을 만들고, 명칭을 막스프랑크학술진흥협회(Max-Planck-Gesellshaft zur Förderung der Wissenschaft)라고 고쳤다. 군주 이름을 버리고 독일을 대표하는 학자 이름을 내세웠다. '독일'이라는 말을 쓰지 않아 국가학문을 한다는 인상을 피하고, 학자를 존중한다고 알렸다. 본부는 뮌헨에 두고, 개별연구소는 전국에 분산시켰다. 연혁지에 자세한 내력이 있다.[45]

1992년에 제정한 막스프랑크협회설치법(Satzung der Max-Planck-Gesellshaft zur Förderung der Wissenschaft)을 보자. 제1조 명칭과 목적 제1항에서 "막스프랑크학술진흥협회는 연구 수행을 위해 개별 연구소를 지원한다"고 하고, 제2항에서는 "협회의 연구소는 학문 연구를 자유롭고 불편부당하게 한다"고 했다. 정부는 재정을 부담하면서 간섭하지 않는다. 독자적인 조직을 만들어 자율적으로 운영한다.

구성원(Mitglied)들 총회에서 선출된 사람들이 이사회(Senat)를 구성하고 이사회에서 회장(Präsident)을 선출하는 민주적 자치 조직이다. 구성원은 연구 종사자만이 아니다. 후원구성원(Fördernde Mitglieder),

---

45) Eckart Henning und Marion Kazemi, *Chronik der Max-Planck-Gesellshaft zur Förderung der Wissenschaft*(Berlin: Duncker & Humbolt, 1998); 기관 전체의 홈페이지 http://www.mpg.de, 개별연구소의 홈페이지를 참고한다.

학문구성원(Wissenschaftliche Mitglieder), 공직구성원(Mitglieder von Amts wegen), 명예구성원(Ehrenmitglieder)으로 이루어져 있다. 후원구성원은 일정 금액 이상을 후원하는 개인 또는 법인이다. 학문구성원은 연구에 종사하는 인원이다. 공직구성원은 사무를 담당하는 직원이다. 명예구성원은 현저한 공로가 있는 퇴임자이며, 이사회의 추천을 받아 총회에서 선출한다. 이들 네 구성원이 구성원총회의 회원이 되고 대등한 투표권을 가진다.

총회에서 선출한 12인 이상 32인 이내의 이사가 이사회를 구성한다. 이사회는 막스프랑크협회 운영에 관한 주요 사항을 결의해 회장이 시행하도록 한다. 산하 연구소의 창설, 합병, 분리, 해산 등의 주요사항을 결의하고, 학문구성원을 선정하며, 예산을 배정하는 것이 그 가운데 특히 긴요하다. 학문구성원 선정은 두 단계로 이루어진다. 연구소를 맡아 운영하는 소장(Direktor 또는 Leiter)을 이사회에서 인선한다. 연구소에서 연구를 담당하는 학자는 공동연구원(Mitarbeiter)이라고 하고, 소장이 인선해 이사회에 추천한다.

소장을 뜻하는 말이라고 괄호 안에 적은 것이 둘이다. 앞의 것은 연구소를 정식으로 이끌어나가는 소장을 의미한다. 뒤의 것은 조금 격이 낮아 소장 대리자 또는 연구소 이하의 연구단위 책임자를 뜻한다. 그러나 수행하는 기능에서는 차이가 없는 것 같다. 제28조에서 연구소장의 권리와 의무를 규정할 때 두 말을 함께 사용했다. 둘 다 연구소장이라고 번역할 수 있다.

이사회는 연구소를 만들고 연구소장을 선임하고 예산을 배분하는 권한을 가져 연구를 이끌어나간다. 있어야 할 연구소가 무엇인지 판단하고 누구를 소장으로 해야 하는지 결정하는 데 필요한 능력을 제대로 갖춘 사람들이 이사가 되어야 한다. 이사 선출권을 구성원 총회에 맡기고, 정부는 관여하지 않는다. 지원 예산의 증액을 요구하거나 하는 중대사에 관해서는 정부와 협의하겠지만, 정부가 감독권을 가지지는 않는다.

연구소 소장은 대학의 정교수 가운데 선정되고 초빙되는 것이 예사이다. 이사회에서 바라는 바와 자기가 하고자 하는 연구가 일치하면 대학을 떠나 연구소로 자리를 옮긴다. 가르치는 부담에서 벗어나 연구에 전념해 뜻한 바를 이루고자 하고, 여러 연구자의 도움을 얻어 커다란 작업을 하고자 한다. 공동연구자는 연구소 소장이 인선해 이사회에 제출하면 이사회의 심의를 거쳐 회장이 임명하는 절차가 있지만, 첫 단계의 인선이 사실상 전권을 가진다.

연구소 소장이 전권을 가지고 자기와 뜻이 맞으면서 능력을 보태주는 공동연구자들과 함께 진행하는 공동연구가 최상의 연구 형태라고 여겨 독일 특유의 제도를 마련했다. 이 제도에서 연구소는 항구적인 조직이 아니다. 이사회의 판단에 따라 만들 수도 있고, 없앨 수도 있다. 연구소 소장이 정년퇴임하는 시기에 모든 것을 재고할 수 있다. 연구소를 다시 만들지 않아도, 새로 초빙된 소장은 전과 다른 연구를 해서 방향이 달라질 수 있다.

어떤 연구를 어떻게 하는가? 홈페이지에서 한 말을 들어보자. "현존하는 83개의 연구소 및 연구시설에서 자연학문, 생명학문, 정신·사회학문에 관한 기초연구를 수행해 공익에 봉사한다. 막스프랑크연구소들은 특별히 혁신적이거나 비용과 시간이 특히 많이 소요되는 연구를 집중적으로 한다. 연구 분야가 계속 확대된다. 미래지향적 학문적 물음에 대한 대답을 발견하기 위해서, 새로운 연구소가 설립되고 기존의 연구소가 개편된다. 이처럼 계속 쇄신되기 때문에 막스프랑크협회는 학문의 새로운 발전에 재빠르게 반응하는 놀이터가 된다."[46]

---

46) Die derzeit 83 Max-Planck-Institute und Einrichtungen betreiben Grundlagenforschung in den Natur-, Bio-, Geistes- und Sozialwissenschaften im Dienste der Allgemeinheit. Max-Planck-Institute engagieren sich in Forschungsgebieten, die besonders innovativ sind, einen speziellen finanziellen

이 말의 요점을 둘로 정리할 수 있다. (가) 대학에서 하기 어려운 비용과 시간이 특히 많이 소요되는 연구를 여러 연구소에서 한다. (나) 연구소를 개편하기도 하고 신설하기도 하면서 혁신적이고 미래지향적 연구를 하는 데 힘쓴다. (가)에서 요구되는 안정과 (나)에서 추구하는 변화를 함께 실현하려면 상당한 어려움이 있을 것이다.

이사회에서 선임한 연구소장이 공동연구원을 인선해 공동연구를 이끌어나가는 방식에도 문제가 있다. 공동연구원은 연구의 자발적인 주체가 되지 못해 창의력 발휘에 제약이 있고, 연구소가 없어지거나 개편되면 쉽게 해임된다. 연구소장은 대학교수 가운데 선임되어 연구소가 대학과 대등하다고 할 수 있으나, 공동연구원은 능력 발휘나 직업 안정에서 대학 구성원보다 못하다.

프랑스의 국립과학연구센터에서는 모든 연구원(chercheur)이 대등한 위치에서 개인연구를 한다. 업적이 지나치게 부실하지 않으면 정년까지 일할 수 있다. 연구원은 대학의 교수를 겸하거나 대학에서 보직도 할 수 있어, 대학교수와 동격이다. 대등한 관계에서의 개인연구와 상하관계에서의 공동연구가 프랑스인과 독일인의 특성에 맞는 선택이며, 인문학과 자연과학에서 각기 장기를 발휘한다.

일본

일본의 대학이나 학문에 대해서는 자기비판이 많이 있다. 국립대학은 계획성이, 사립대학은 자립성이 결핍되어 있어, 학문을 제대로 하지 못한다고 한다.[47] 일본은 서양철학을 이해하기 위한 훈련을 무

---

oder zeitlichen Aufwand erfordern. Ihr Forschungsspektrum entwickelt sich dabei ständig weiter: Neue Institute werden gegründet oder bestehende Institute umgewidmet, um Antworten auf zukunfts-trächtige wissenschaftliche Fragen zu finden. Diese ständige Erneuerung erhält der Max-Planck-Gesellschaft den Spielraum, auf neue wissenschaftliche Entwicklungen rasch reagieren zu können.

술 시합을 하듯이 엄격하게 해서 자기 철학을 이룩하지 못하고 대석학이 없다고 개탄하기도 한다.[48] 대학에 강좌별로 배분하는 연구비 예산이 부족하고, 인문학의 경우에는 특히 적어 연구를 하기 어렵다고도 한다.[49] 대학의 연구소에서 연구교수들이 하는 연구는 관심이 너무 협소하다고 비판한다.[50]

앞의 둘은 한국에서도 그리 다르지 않다. 일본에서 하는 대로 따라 해서 같은 결함을 지닌다고 할 수 있다. 뒤에서 든 두 가지 사항, 대학에 예산으로 배정되는 연구비나 연구교수는 한국에 없다. 대학이나 연구를 염려하는 책이 일본에는 많이 나와 있고, 한국에는 없다. 일본을 경쟁상대로 삼으면서 지금 지적하는 차이점은 모르고 있다. 학술 총괄기관도 일본에는 있고, 한국에는 없는 것에는 관심을 가지지 않는다.

일본에는 日本學術會議라는 학술 총괄기관이 있다.[51] "일본학술회

---

47) 文部大臣을 지낸 永井道雄이 저서 《日本の大學》(東京: 中央公論社, 1965, 33판 1985)에서 말했다. "일본의 대학은 국가의 대학이 중심을 차지하는 점에서 소련과 유사하지만 철저한 계획이 결핍되어 소련에 뒤떨어져 있다. 다른 한편으로는 사립대학이 많다는 점에서는 미국과 비슷하지만, 전통적인 자립정신이 결핍되어 비슷하면서 다르다 … 계획성이 결핍된 국립과 자립성이 결핍된 사립이 오늘날 일본 대학의 모습이다."(18면)
48) 安原顯 編, 《日本の大學, どこがダメか》(東京: メローグ, 1994)
49) 産業經濟新聞社會部 編, 《大學を問う》(東京: 新潮社, 1993)에서 "인문학문이 푸대접받아, 동경대학 문학부는 가난하다. 고고학강좌 연구비가 연간 1,000만엔 정도여서 발굴 작업을 하고 학회 출장을 하는 데 모자란다. 문과계는 강좌당 연간 연구비 200만엔 이하가 63.4퍼센트이다. 연구용 도서를 자기 돈으로 사는 연구자가 51퍼센트에 이른다"고 했다(80~81면).
50) 같은 책에서 "경도대학 인문과학연구소는 연구자의 '梁山泊'이라고 하는 곳인데 지반침하를 겪고 있다는 비판이 있다. 학자들이 세상을 등지고 독립 왕국을 이루고 있어 《水滸傳》에 등장하는 도적들의 소굴에다 견준다. 지반침하를 겪는다는 이유는 연구하는 안목이 협소해 "나무만 보고 숲은 보지 못하다가", "지금은 잎맥만 보고 잎은 보지 못한다"고 했다(61~63면).
51) 홈페이지에 있는 설명을 옮긴다. "日本學術會議は, わが國の人文・社會科學, 自然科學全分野の科學者の意見をまとめ, 國內外に对して発信する日本の代表機関です. 日

의는 우리나라 인문·사회과학·자연과학 전 분야 과학자의 의견을 모아, 국내외에 대해 발신하는 일본의 대표기관이다"라고 한다. "과학이 문화국가의 기초라는 확신하에 행정, 산업 및 국민생활에 과학을 반영·침투시키는 것을 목적으로 1949년 총리 관할 아래, 정부에서 독립되어 직무를 수행하는 특별기관으로 설립되었다"고 한다.

"과학에 관한 중요사항을 심의하고 실현하며", "과학에 관한 연구의 연락을 담당하고 그 능률을 향상시키는" 두 개의 사항을 기본 임무로 한다. 정부에 대한 정책 제안, 국제적 활동, 과학자들 사이의 네트워크 구축, 과학의 역학에 관한 여론 개도를 구체적인 과제로 한다. 학문 전 분야 약 84만의 과학자를 대표하는 기관이며, 210명의 회원, 약 2,000명의 연대회원이 직무를 담당한다. 총회, 임원(회장과 3명의 부회장), 간사회, 3개의 部, 4개의 機能別委員會(상설), 30개의 學術分野別委員會(상설), 課題別委員會(임시), 地區會議, 젊은이 아카데미, 사무국이 설치되어 있다."

일본학술회의는 학술정책 총괄 기관이면서, 학문에 종사하는 사람들을 대표하는 기관이라는 이중의 성격을 지닌다. 회원 선출을 보면 그 어느 쪽도 온전하지 않다.52) 회원의 임기는 6년으로 하고, 3년마

本學術會議は、科學が文化國家の基礎であるという確信の下、行政、産業及び國民生活に科學を反映、浸透させることを目的として、昭和24年(1949年) 1月、内閣総理大臣の所轄の下、政府から独立して職務を行う「特別の機關」として設立されました。職務は、以下の2つです。科學に関する重要事項を審議し、その実現を図ること。科學に関する研究の連絡を図り、その能率を向上させること。日本學術會議の役割　日本學術會議は、我が國の人文・社會科學、生命科學、理學・工學の全分野の約84万人の科學者を内外に代表する機関であり、210人の會員と約2,000人の連携會員によって職務が担われています。日本學術會議の役割は、主にⅠ政府に対する政策提言、Ⅱ國際的な活動、Ⅲ科學者間ネットワークの構築、Ⅳ科學の役割についての世論啓発です。日本學術會議には、総會、役員(會長と3人の副會長)、幹事會、3つの部、4つの機能別委員會(常置)、30の學術分野別の委員會(常置)、課題別委員會(臨時)、地区會議、若手アカデミー及び事務局が置かれています(なお、必要に応じ、幹事會には幹事會附置委員會が、各委員會には分科會等が置かれます。)"

다 반수를 교체해서 상설기구일 수는 없다. 1년에 두 번 회원 총회를 해서 주요 안건을 처리한다고 하니 회의가 형식에 그칠 수 있다. 회원 210명은 업적이 우수한 학자들 가운데 임명한다. 회장은 회원들이 선출하고 임기는 3년이고 1회 연임할 수 있다. 2,000인의 연대회원은 회장이 임명한다. 모든 회원은 70세를 정년으로 한다. 회원을 임명하니 학자들의 대표기관일 수 없다.

일본학술회의는 日本學士院과 무관하다. 학술 총괄기관을 일본학사원으로 하지 않고 따로 만들었다. 일본학사원은 대한민국학술원과 유사한 기관이며, 공적이 두드러진 학자를 예우하고, 아울러 학술 발전에 필요한 사업도 수행한다고53) 하는 점은 그리 다르지 않으나, 회원 구성에서는 상당한 차이가 있다.

일본학사원 제1분과(문학·사학·철학)의 현재 회원 26명(정원 30명) 가운데 일본문학 1명, 일본사 1명이고, 일본어학이나 언어학은 한 명도 없다. 서양고전학, 인도고전학, 신약성서학, 인도·티베트불교학, 중앙아시아사 전공자도 있다. 분야 안배나 대표성은 고려하지 않

---

52) Wikipidea에 있는 설명을 옮긴다. "優れた研究·業績がある科學者のうちから任命される,210人の會員と約2000人の連携會員により構成される.いずれも任期は6年で, 3年毎に約半數が任命替えされる.會員は再任できない(補欠の會員は1回再任可能)が, 連携會員は2回まで再任できる.會員は內閣総理大臣から任命され,連携會員は日本學術會議會長から任命される(日本學術會議法第7条·第15条·第17条,日本學術會議法施行令第1条,日本學術會議則第12条).會員の任命から次の任命までの3年間が日本學術會議の活動の一單位となっており,會長·副會長の任期も同じ3年間(再任可)である.この3年間の活動單位が一期となっており,現在は第22期(平成23年10月-26年9月).日本學術會議會長は,日本學術會議の會員の互選により選出される.任期は3年だが,再選は妨げない.ただし,補欠の會長の場合,任期は前任者の殘任期間となる[19].なお,日本學術會議會員の定年は70歳のため,日本學術會議會長も70歳に達した場合は退任する."

53) "日本學士院(にっぽんがくしいん)は,學術上功績顕著な科學者を顕彰するための機關として文部科學省に設置されており,學術の發展に寄与するための必要な事業を行うことを目的としています."라고 홈페이지에서 말했다.

고, 업적이 뛰어난 학자를 회원으로 선임한다. 대한민국학술원에서는
제1분과 철학, 윤리학, 논리학, 미학, 종교학, 교육학, 심리학 13명,
제2분과 어문학 13명, 제3분과 사학, 고고학, 민속학, 인문지리학, 문
화인류학 13명을 정원으로 하고, 제2분과에 국어국문학, 중어중문학,
영어영문학, 불어불문학, 독어독문학, 기타어문학, 언어학 전공자가
고루 분포되어 있는 것이 일본학사원과 많이 다르다.

일본은 국립대학에 연구소를 두고 강의의 의무가 없는 연구교수가
연구를 담당하는 제도를 오래 전부터 시행하고 있다. 연구비는 예산
으로 책정되어 있어, 계획서를 제출해 심사를 받을 필요가 없다. 그
러나 편중이 심하다. 제2차 세계대전 이전부터 있던 6개의 국립대학
에 연구소가 편중되어 있고, 다른 모든 국립대학이나 사립대학은 혜
택에서 제외되어 있다. 학문 분야 편중도 문제이다. 연구소는 대부분
자연과학 분야이고, 인문·사회 분야의 연구소는 몇 개만 있다.54)

연구소가 대학 안에만 있는 것은 아니다. 大學共同利用機關法人이
라는 이름의 연구기관도 있다.55) 대학의 연구소가 일부 대학에 편중
되어 있는 것을 비판하는 여론을 무마하는 대책을 세워, 대학 밖에
연구소를 만들어 대학이 공동으로 이용하는 제도를 만들었다. 분야

---

54) 東京大學: 東洋文化研究所, 社會科學研究所, 史料編纂所. 東京外國語大學: アジ
  ア·アフリカ言語文化研究所. 一橋大學: 經濟研究所. 京都大學: 人文科學研究所 經濟
  研究所_ 東南アジア研究所. 大阪大學: 社會經濟研究所. 神戸大學: 經濟經營研究所
55) 大學共同利用機関法人人間文化研究機構(東京都港区虎ノ門) 國立歷史民俗博物館(千
  葉県佐倉市) 國文學研究資料館(東京都立川市)國立國語研究所(東京都立川市)國際日本
  文化研究センター(京都府京都市西区)総合地球環境學研究所(京都府京都市北区)國立民
  族學博物館(大阪府吹田市千里万博公園)大學共同利用機関法人自然科學研究機構(東京
  都港区虎ノ門)國立天文台(東京都三鷹市)核融合科學研究所(岐阜県土岐市)基礎生物學
  研究所(愛知県岡崎市)生理學研究所(愛知県岡崎市)分子科學研究所(愛知県岡崎市)大學
  共同利用機関法人高エネルギー加速器研究機構(茨城県つくば市) 素粒子原子核研究所
  (茨城県つくば市)物質構造科學研究所(茨城県つくば市)大學共同利用機関法人情報·
  システム研究機構(東京都港区虎ノ門)國立極地研究所(東京都立川市)國立情報學研究所
  (東京都千代田区一ツ橋)統計数理研究所(東京都立川市)國立遺伝學研究所(静岡県三島市)

편중도 어느 정도 시정해, 인문학 분야 연구소도 여럿 있다. 日本學
術會議가 새로운 연구소 창설을 건의할 수 있다.

이들 연구소의 연구원은 교수라고 하고 대학의 교수와 구별이 없
다. 이들 연구소에서 대학원 교육도 실시한다. 연구소에서 연구와 교
육을 함께 하는 것은 이중의 효과가 있다. 첫째 대학원 교육의 질적
향상을 이룰 수 있다. 둘째 연구에 종사하는 사람들이 교수의 직위를
가져 안정을 얻고 예우를 받을 수 있다.

첫째 효과에 대해서는 평가가 엇갈릴 수 있다. 자기 분야의 전문
성에만 치중하고 학문의 보편성은 소홀하게 여기는 역기능도 있기
때문이다. 그러나 둘째 효과에 대해서는 반론을 제기하기 어렵다. 일
본은 교수가 존중받는 사회이므로 우수한 인재를 확보해 연구소가
안정을 얻고 발전을 이룩하려면 연구진을 교수로 해야 한다. 교수가
존중받는 점에서 일본과 한국은 동일한데, 한국에서는 대학 밖의 연
구소 근무자는 교수라고 하지 않고 교수보다 낮은 대우를 해서 대학
으로 가게 만든다.

미국

미국의 경우는 초고에서 다루지 않았는데, 몇 분이[56] 부당하다고
지적해 추가한다. 미국의 경우를 다루지 않은 이유는 모든 연구를
통괄하는 학문 정책이 없으며, 모든 연구가 자유경쟁 방식으로 이루
어지기 때문이다. 학문 정책을 논의하는 자리에 미국을 등장시키는
것은 적합하지 않다.[57]

---

56) 이민희, 백제인, 남인용
57) 미국에는 국영 또는 공영의 기차도, 전화도, 의료보험도, 방송 없어, 그런 국제
   회의를 할 때 참여할 수 없는 것과 같다. 미국에서 하는 방식을 따라 국영을 없
   애고 모두 민영으로 하면 다 잘된다고 할 것인가? 오바마 대통령이 국영 의료보
   험을 만들려고 분투하다가 실패한 것을 보고 공연한 짓을 했다고 나무랄 것인가?

미국처럼 학문 정책이 없는 것이 최상의 정책이라고 주장하는 사람들이 있다. 미국의 방식을 따르면 한국의 학문도 크게 발전할 수 있다는 주장이 드세, 교수 계약제를 실시하고, 논문을 게재지의 등급에 따라 평가하는 등 몇 가지 관행을 받아들여 시행하고 있다. 그러나 미국에서 하는 대로 하면 한국의 학문이 바람직하게 발전해 선진화되고 세계화되는 것은 아니다.

미국에서 하는 학문의 특질을 밝히고, 우리가 따라갈 수 없고, 따라가는 것이 바람직하지 않다는 것을 이미 자세하게 고찰한 바 있다.[58] 한마디로 요약하면, 미국의 학문은 경영이라는 것이다. 투자를

---

[58] 《학문의 정책과 제도》, 323–358면에서 한 작업이다. 허투루 한 논의가 아님을 알리기 위해 참고하고 인용한 문헌을 든다. Jacques Barzun, *The American University, How It Runs, Where It Is Going*(Chicago: University of Chicago Press, 1968, Second Edition with an Introduction by Herbert I. London 1993); Jonathan R. Cole, Elinor G. Barber, Stephen R. Graubard ed., *The Research University in a Time of Discontent*(Baltimore: The Johns Hopkins University Press, 1993); Christopher J. Lucas, *Crisis in the Academy: Rethinking Higher Education in America*(Griffin: St. Martin's Press, 1996); Bill Readings, *The University in Ruins*(Cambridge: Harvard University Press, 1996); Roger G. Noll ed., *Challenges to Research Universities*(Washington D.C.: Brookings Institution Press, 1999); Derek Bok, *Universities in the Marketplace, the Commercialization of Higher Education*(Princeton: Princeton University Press, 2003); Herman Prins Solomon, *Creed and Corruption, the Downfall of Humanities at Suny Albany* (1995–2003)(Braga: Edicoes Appacdm, 2003); Roger L. Greiger, *Knowledge and Money, Research Universities and the Paradox of the Marketplace*(Stanford: Stanford University Press, 2004); Donald G. Stein ed., *Buying In Or Selling Out, the Commercialization of the American Research University*(New Brunswick, New Jersey: Rugers University Press, 2004) Luc E. Weber and James J. Duderstadt ed., *Reinventing the Research University*(London: Economica, 2004); Jennifer Washburn, *University Inc., the Corporate Corruption of Higher Education* (New York: Perseus Books, 2005); Richard H. Hersh and John Merrow ed., *Declining by Degree, Higher Education at Risk*(New York: Palgrave Macmillan, 2005); Harry R. Lewis, *Excellence Without a Soul, How a Great University Forgot Education*(New York: Public Affairs, 2006); Robert Zemsky, Gregory R. Wegner, William F. Massy, *Remaking the American University: Market–Smart*

하고 이익을 얻는다. 기업의 투자가 정부의 투자보다 많고 더 늘어나고 있다. 한국에는 연구에 투자할 자본이 부족하다. 기업의 투자는 미미하고, 정부도 힘이 모자란다. 적은 연구비를 아껴서 효율적으로 사용해야 한다. 경쟁보다 협동에 힘써야 한다.

미국에서는 교수들이 교환가치를 측정하는 시장의 원리에 따라 보수를 정하고 계약을 한다. 한국에는 학문 시장이 없어 교환가치가 평가되지 않으므로, 계약제가 연구의 향상과 직결되지 않고 불요한 구속을 가져오는 부작용을 낳는다. 학문외적 이유에서 재임용에 탈락되고, 탈락되어 다른 어느 대학에도 가지 못하는 것을 볼 수 있다.[59]

프랑스나 독일은 미국의 방식을 몰라 따르지 않는 것이 아니다. 미국과 경쟁해 자국 학문을 발전시키기 위해 독자적인 정책과 제도를 택하고 있다. 미국에서 하고 있는 학문의 시장 경쟁은 학문의 국제적인 관계에서 거대한 자본이 있는 미국에게 유리하고, 미국의 승리를 보장하므로, 독자 노선에 입각해 자국 학문을 보호하고 미국과는 다른 창조력을 보인다.

소연방의 제도에는 권력의 횡포가, 미국의 방식에는 시장의 횡포가 있다. 둘 다 잘못되었다. 그러나 권력의 횡포는 제거할 수 있다. 소연방의 뒤를 이은 러시아는 권력의 횡포를 제거하고 과학원을 자율적으로 민주적으로 운영하고자 한다. 과학원 제도를 갖춘 여러 나라도 같은 방향으로 나아간다. 미국 학문을 지배하는 시장의 횡포는 더 심해진다. 미국의 방식을 받아들이면서 시장의 횡포를 제거하는 것은 다른 나라에서도 가능하지 않다.

---

and Mission-Centered(New Brunswick, New Jersey: Rutgers University Press, 2006)

59) 계약제는 시장의 지배를 따르자는 것인데 "시장 대신에 도장이 지배한다"고 하기에 이르렀다. 도장은 권력의 상징이다. 도장의 위력을 줄이려면 시장을 키워야 하는 것이 아니고 계약제를 재고해야 한다.

미국에서 학문을 하는 방식이 미국의 사회적 여건에서는 최상의 선택이라고 할 수 있는 것도 아니다. 학문의 시장 경쟁이 가져오는 양적 팽창과 발전의 이면에 파탄과 차질이 있다. 연구해 개발한 지식의 유용성을 지나치게 존중하는 탓에 진정한 가치가 무엇인지 추구하지 못한다. 인류가 힘 기울여 가꾼 학문을 금전적 이익과 직결되는 상품으로 만들어 오랜 염원을 배신하고 있다.

경쟁하면 발전한다는 주장이 그대로 실현되어 미국 학문은 대단한 경지에 이르렀다고 하지만, 성과보다 폐단이 더욱 두드러지고 있다. 경쟁에서 지는 다수의 대학이 패퇴되지 않을 수 없는 것이 문제일 뿐만 아니라, 소수의 승리자는 지나치게 거대화되어 자멸의 길에 들어선다. 경쟁이 지구 전체로 확대되어 폐해가 더 커지고 있다. 미국이 하는 대로 하려고 하지 말고, 프랑스나 독일이 어떻게 하는지 살피면서 우리는 우리 길을 찾아야 한다.

학술총괄기관

학술총괄기관이 한국에도 위의 여러 나라처럼 있어야 한다. 과학기술자문회의, 과학기술연구회, 경제인문사회연구회, 한국연구재단 등이 각기 설치되고 서로 무관하게 활동하고 있어 혼선을 빚어내며, 총괄은 그 어디서도 하지 못한 채 방치되어 있는 것은 잘못이므로 시정해야 한다. 총괄기관이 있어야 장기 계획을 세워 실행하며, 연구비 투자 효과를 확대할 수 있다. 총괄기관이 지녀야 하는 특징을 든다.

(1) 총괄기관은 정부의 부서가 아닌 독립체여야 한다. 준정부기관인 것이 적합하다. 프랑스에는 정부에 연구부가 있는 것은 연구행정 전문 공무원이 확보되어 있기 때문이다. 다른 나라는 프랑스와 사정이 달라 같은 제도를 채택하지 않는다. 한국에는 연구행정 전문 공무

원이 전연 없어, 교육부나 과학기술정보통신부에서 연구부를 분리시켜 별도로 운영하는 것은 가능하지 않다. 교육부는 교육에 관한 업무도 제대로 감당할 능력이 없어 비난의 대상이 되고 있다. 다른 여러 나라에서처럼 한국에서도 학술총괄기관은 정부 기구가 아닌 별개의 독립기구여야 한다.

(2) 총괄기관은 하나여야 한다. 프랑스에서는 연구부 외에 연구전략회의라는 것을 총리 직속으로 만들어, 총괄기관이 이원화되어 있다. 다른 여러 나라에서는 총괄기관이 하나이다. 한국에서도 총괄기관은 하나여야 한다. 과학기술자문회의, 과학기술연구회, 경제인문사회연구회, 한국연구재단 등이 각기 설치되고 서로 무관하게 활동하고 있는 것은 적절하지 않으므로 총괄기관을 단일화해야 한다.

(3) 총괄기관은 상설기구여야 한다. 프랑스의 연구전략회의, 일본의 일본학술회, 한국의 과학기술자문회의, 과학기술연구회, 경제인문사회연구회의는 모두 협의체이고 상설기구가 아니다. 협의체는 학술 연구를 기획하고 관리하는 임무를 일관성 있게 수행할 수 없다. 사회주의권의 과학원이나 독일의 막스프랑크협회는 상설기구여서, 학술 연구를 기획하고 관리하는 임무를 일관성 있게 수행하고, 산하에 여러 연구소를 설치하고 통제한다. 한국의 총괄기관도 상설기구여야 한다.

(4) 총괄기관은 학술의 모든 영역을 관장해야 한다. 프랑스의 과학부나 연구전략회의, 일본의 일본학술회는 학술의 모든 영역을 관장하지만, 총괄기관은 하나이여야 하는 조건이나 상설기구여야 하는 조건에 맞지 않는다. 사회주의권의 과학원이나 독일의 막스프랑크협회는 상설기구이지만, 관장하는 영역 안의 학술 연구만 관장하고, 대학에서 하는 학술 연구는 소관사로 여기지 않는다. 한국의 총괄기관은 대학 안팎 학문의 모든 영역을 관장하게 만들어야 한다.[60]

---

60) 류성한은 "모든 학술 연구 기능을 총괄하고 조정하는 최고의 기관이 있어야 한

(5) 총괄기관은 최고 수준의 학자들을 구성원으로 하고, 학술 연구를 기획하고 관리하는 최상의 능력을 발휘해야 한다.[61] 프랑스의 연구전략회의, 일본의 일본학술회는 이런 조건을 갖춘 것처럼 보이지만, 그렇지 않은 면이 있다. 연구전략회의 구성원은 남녀를 동수로 하고, 대표 자격을 중요시한다. 일본학술회의 구성원도 임기를 마치면 교체해 참여의 기회를 넓힌다. 사회주의권의 과학원이나 독일의 막스프랑크협회의 간부는 학계를 대표하는 인물이라고 하지만, 정치적 위상이나 관리 능력이 더 중요시된다. 한국의 총괄기관은 최고 수준 학자들의 역량을 집결하는 곳이어야 연구를 기획하고 관리하는 최상의 능력을 발휘할 수 있다.[62]

위에서 든 (1)에서 (5)까지의 특징을 모두 갖춘 총괄기관은 검토의 대상으로 삼은 어느 나라에도 없다. (1)에서 (4)까지의 특징 가운데 각기 다른 셋까지를 갖춘 기구는 여럿 있다. (5)의 특징까지 갖춘 기관은 하나도 없다. 한국은 총괄기관을 뒤늦게 이제야 만들고자 하므로 최상의 선택을 할 수 있다. 한국에서는 (1)에서 (5)까지의 특징을 다 갖춘 총괄기관을 만들 수 있다. 정부의 부서가 아닌 독립기구이고, 여럿이 아닌 하나이며, 협의체가 아닌 상설기구이고,

다"고 했다. 김헌선은 학술 총괄기관은 당연히 있어야 하지만, 거대조직이 세분화된 학문과 어떤 연관을 가질 것인가가 문제라고 했다. 이윤규는 학문 분야가 각기 특성이 있고, 연구나 용역의 특성이 같지 않은데 어떻게 총괄할 수 있을지 의문이라고 했다. 지금의 상태로 두는 것이 더 좋다고 할 수는 없다. 한국연구재단에서 하고 있는 일을 거시적이고 장기적인 계획을 갖추고 더 잘하기 위해 학술 총괄기관이 있어야 한다.
61) 최귀묵은 학문 총괄기관이 권력을 가지고 횡포를 부리며, 젊은 학자들의 참여를 배제하고 새로운 분야의 대두를 억압할 염려가 있다고 했다. 권한이 큰 기관은 어느 것이든지 이럴 가능성이 있다. 구성원의 인선을 잘하고, 학계의 의견을 수렴할 수 있게 운영하도록 해서 잘못될 가능성을 배제해야 한다.
62) 박영철은 개념이 모호한 "최고 수준 학자"들이 뛰어난 전략을 세울 수 있는 것은 아니라고 했다. 뛰어난 전략을 세울 수 있어야 최고 수준의 학자이다.

학술의 모든 영역을 관장하며, 최고 수준의 학자들이 최상의 능력을 발휘하는 총괄기관을 만들 수 있고, 만들어야 한다.[63)]

이런 기구를 어떻게 만들어야 하는가? 지금까지 고찰한 어느 나라의 방식을 따르면 되는 것은 아님을 분명하게 할 필요가 있다. 총괄기관을 프랑스의 연구부처럼 만들려고 하면 전문성이 확보되지 않고 불필요한 규제만 늘어난다. 사회주의권의 과학원, 독일의 막스프랑크협회 같은 것은 막대한 투자가 필요한 거대기구이며, 대학에서 하는 연구와는 무관해 관할의 범위가 한정되어 있다. 일본의 일본학술회의는 상설기구가 아닌 협의체여서 기여하는 바는 그리 크지 않다.

한국의 총괄기관은 독자적인 방식으로 만들어야 한다. 독자적인 방식으로 만드는 것이 새로 만드는 것을 의미하지는 않는다. 새로 만들려면 힘이 많이 든다. 예산도 문제이지만 시간이 많이 필요하다. 최고 수준의 학자들을 모으는 것이 가장 난제이다. 필요한 노력을 다해도 기대하는 효과를 거두기 어렵다. 기존의 기구 가운데 가장 적합한 것을 택해 임무 수행에 적합하도록 개조하는 것이 바람직한 대책이다.

학술총괄기관은 다음과 같은 사항에 대해 연구를 근거로 정책을 입안해 정부에 제출하고, 정부의 승인을 얻어 가능한 것은 스스로 시행한다.

(가) 학술 전반에 관한 점검, 평가, 진로 개척[64)]

---

63) 박경주는 현재 여러 기관에서 하고 있는 과업을 무리 없이 통합하기 위해 진지하게 고민하고, 과도기의 상황에 잘 대처해야 한다고 했다. 총괄기관이 너무 방대하고 권한이 지나치면 역효과를 낼 수 있다고 백제인은 지적하고, 급변하는 상황에 대처하기 어렵다고 양승문은 말했다. 총괄기관도 평가의 대상이어야 한다고 양승문과 박선희는 지적했다. 이런 문제점은 장차 더 연구해야 한다.

64) 이민희는 학술총괄기관이 "자국용인지, 세계용인지" 분명하지 않다고 했다. 세계 학문의 동향을 점검하면서 우리의 진로를 설정해야 한다.

(나) 연구비 예산 및 배분의 적정성, 사용의 효율적 방안

(다) 연구 분야의 재조정, 중점 육성 분야 선정 및 지원[65]

(라) 학술의 장래와 관련된 대학 개편

(마) 연구기관의 평가와 감독, 관계 및 구조조정, 신설 및 폐지

(바) 학술의 국제교류

(사) 학술 연구 정보 수집 제공[66]

연구교수

위에서 고찰한 모든 나라에 강의교수와는 구별되는 연구교수 또는 연구원이 있다. 연구교수 또는 연구원은 강의 부담에서 벗어나 연구에 전념해 수준 높은 업적을 이룩할 수 있다. 이들이 프랑스·사회주의권·독일에서는 대학 밖의 연구기관에 있다. 일본에서는 대학 밖의 연구기관에도 대학 안의 연구소에도 연구교수가 있다.

한국에도 대학 밖의 여러 연구기관에 연구원이 있으나 교수와 같은 대우를 하지 않고 연구 수준이 높지 않다. 대학 연구소에도 연구교수가 있어야 한다는 주장이 거듭 제기되어, 근래에는 국가가 지원해 연구교수를 두는 제도를 시행하기 시작했으나 잘못된 점이 많다. 양쪽을 함께 고찰해 전반적인 개선책을 마련해야 한다.[67]

---

65) 황인경은 전공분야인 의료인문학에 대한 이해가 부족해 많은 어려움이 있다고 했다. 융복합 분야의 중요성을 인식하고 지원하는 것이 중요한 과제라고 했다.

66) 이 마지막 항목은 김홍기와 안동준의 지적을 받아들여 추가했다. 김홍기는 국내외의 연구 정보를 수집해 온라인으로 제공하는 것이 긴요한 사업이라고 했다. 안동준은 중국에서 〈中國社會科學報〉라는 신문을 일주일에 3회 발간해 학술연구 정보를 제공하는 것을 본받을 필요가 있다고 했다.

67) 김대현은 지금은 대학 연구소가 잘못 운영되어 개혁이 필요하다고 했다. "국립대학에서는 지금처럼 교수들이 몇 년씩 돌아가면서 연구소를 맡는 식으로는 그 연구소를 장기적으로 발전시켜나가기가 힘들다고 생각한다. 좀 더 바람직한 방안을 강구할 때인데, 강의에서 좀 자유로운 연구소 연구교수들을 많이 양성할 필요

먼저 검토해야 할 문제는 연구의 중심을 대학 밖의 연구소로 할 것인가 대학 안의 연구소로 할 것인가? 이에 대한 대답은 연구의 중심을 대학 연구소로 해야 한다는 것이다. 프랑스의 국립연구센터, 사회주의권의 과학원, 독일의 막스프랑크연구소 같은 대단위 연구소를 대학 밖에 만들어 연구를 총괄하게 하는 것은 막대한 예산이 소요되어 가능하지 않다. 대학 밖의 연구소가 대학원을 겸하는 것은 교육체계의 혼란을 초래한다. 대학이 연구의 중심이어야 행정적인 규제에서 벗어나 자율성을 가지고 신뢰와 존경을 받을 수 있고, 연구와 교육이 유기적으로 연결된다. 대학 밖의 연구소는 축소하고, 대학 안의 연구소는 확대해나가는 것이 바람직한 방향이다.

한국에도 연구교수가 있어야 한다는 주장이 드세게 일어났다. 나도 한몫 거들어 연구교수의 필요성을 거듭 역설했다. 그 결과 국가가 지원해 대학 연구소에 연구교수를 두는 제도를 시행하기 시작했으나, 몇 가지 점이 잘못되었다. 무엇이 잘못인지 알고 시정을 위한 근본적인 대책을 마련해야 연구교수 제도가 정상화되어 기대하는 성과를 낼 수 있다.

연구교수 인원을 평가가 높다는 몇몇 대학에만 배정해 선의의 경쟁을 하기 어렵게 했다. 강의교수가 보직으로 연구소 운영을 맡아 식민지 통치를 하듯이 하고, 연구교수는 연구소 운영의 주체와는 거리가 먼 피고용자의 처지에 머무르고 있다. 연구교수는 시한부의 비정규직이어서 강의교수가 되고자 하는 후보자가 임시로 맡은 자리가 되고 있다. 연구소에서 대형 연구과제를 만들어 연구비를 따야 연구교수 자리를 유지할 수 있어 연구교수는 하고 싶은 연구를 하지 못한다.[68] 평가가 높다는 대학은 자기 대학에서 배출한 박사 실업자

<hr>

가 있다고 여겨진다."

68) 대학 연구소 연구교수 제도가 생기던 해 2008년 4월 12일 연구교수의 정원을 가장 많이 배정받은 부산대학교 인문학연구소에 가서 연구교수들에게 강연을 했

많아 연구교수의 자리를 줄 수밖에 없고 인재를 널리 찾아야 할 필요성을 느끼지 않는다. 이런 잘못을 시정하고 연구교수가 연구를 제대로 할 수 있게 하려면 다음과 같이 해야 한다.[69]

연구의 업적과 능력이 탁월한 교수가 학술총괄기관의 심사를 거쳐 연구교수가 된다. 선발된 연구교수는 학과를 떠나 소속 대학의 어느 연구소에 자리를 잡거나 연구소를 창설한다. 연구교수는 자기가 판단해 임의로 초빙한 동료교수 약간 명과 연구단을 만들어 함께 연구하고 함께 평가받는다. 동료교수는 그 대학 안의 다른 교수일 수도 있고, 다른 대학의 교수일 수도 있고, 교수가 되고자 하는 후보자일 수도 있다.

경쟁력이 없다는 이유에서 폐과가 되는 학과의 유능한 교수가 연구교수로 선발되거나 초빙될 수 있게 하는 것이 바람직하다. 전공분야가 인기를 얻지 못해 밀려나는 교수 가운데 연구의 의욕과 능력이 뛰어난 사람이 적지 않다. 재기의 기회를 제공하지 않으면 개인이 불행해질 뿐만 아니라, 소중한 인재를 잃어 국가가 손해를 본다. 연구에는 모든 분야가 다 필요하다. 대중적인 인기나 직접적인 실용성은

다. 2014년 4월 22일에는 연구교수가 가장 많아진 서울대학교 인문학연구원이 이화인문과학원의 연구교수들까지 불러와 개최한 행사에 초청되어, 연구교수들에게 강연을 했다. 두 번 다 학문을 어떻게 할 것인가 하는 문제에 관해 오래 두고 생각한 소견을 말하고, 많은 토론을 기대했는데 뜻대로 되지 않았다. 연구교수들은 자기가 해오던 좁은 전공에 관한 연구를 그냥 하려고 하고 장기적인 연구의 방향을 거시적인 안목으로 설정하는 통찰력이나 포부를 보여주지 않았다. 연구소 운영을 맡은 강의교수들에게는 내색할 수 없는 반감을 지니고, 처지가 달라 소통의 대상으로 삼지 않았다. 연구소라는 곳이 관료적인 조직이 되고 학문공동체이지 못하다.
69) 김진영은 연구교수 제도가 정착하려면 대우를 잘해야 한다고, "외국에서는 연구를 좋아하고 전업으로 하는 사람들이 있지만, 한국에서는 연구원의 안정성이 낮다고 인식되기 때문에 대부분 학교로 옮기고 학교에서는 제자가 있어야 한다는 인식이 높기 때문에 이를 보상할 정도의 적절한 인센티브가 있어야 할 것으로 생각한다"는 견해를 제시했다.

연구에서 기여하는 바와 무관하다. 학제적 연구, 융복합연구가 요망되어 비인기 분야의 기여가 더 커진다.

연구교수는 국가에서 인건비를 지원해야 한다. 국공립대학이든 사립대학이든 차이가 없어야 한다. 연구교수를 두느라고 대학의 재정적인 어려움이 가중되지 않고, 그 반대가 되어야 한다. 연구교수는 대학의 등급을 보고 선정하지 않는다. 자기 능력에 따라 선정된 연구교수가 많으면 대학이 격상된다. 모든 대학이 같은 조건에서 선의의 경쟁을 해서 수준 향상이 이루어질 수 있다. 지금은 이름 없는 대학이라도 연구교수가 아주 많아 학문 발전을 선도하고 교육에서도 모범을 보일 수 있다. 정부가 간섭하고 독려해서는 이룰 수 없는 성과이다.

연구교수 지원이 국가가 학문을 위해 할 수 있는 가장 효율적인 투자이다. 연구를 하라고 대학에 지원하는 예산을 이 한 항목에 모아 허세나 낭비를 없애야 한다. 연구교수가 아닌 강의교수는 연구가 필수가 아니고 선택으로 하고자 하므로 연구비 지원이 줄어들어 연구교수 인건비를 확보하는 데 도움이 될 것이다. 총예산을 증액하지 않고 연구교수 지원을 시작할 수 있다. 예산을 증액할 수 있으면 연구교수를 그만큼 증원할 수 있다.

연구교수는 봉급만 받으면 연구를 잘할 수 있는 것이 아니다. 도서관을 충실하게 하는 것이 연구의 발전을 위한 절대적인 조건이지만, 정책 수립이 선행해야 하고 오랜 기간의 노력이 필요하다. 연구를 잘하려면 자료 구입비 외의 다른 비용도 필요하므로, 연구교수에게 연구비를 주어야 한다. 1인당 연간 1천만 원 정도의 연구비를 전도금으로 지급하고 연구 결과를 평가할 때 정산하도록 하는 것이 마땅하다. 연구의 질을 연구비 사용의 적합성과 긴밀하게 연계해야 한다.

연구단 구성원은 3인으로 하는 것이 적절하다.[70] 독일인이 선호하

---

70) 김흥범은 연구단 구성원을 3인으로 하자는 것은 지나치게 구체적인 의견이라고

는 연구소 단위의 공동연구, 프랑스의 취향을 나타내는 개인연구의 중간 형태를 택해, 3인이 서로 자극을 주고 조언과 비판을 하면서 함께 연구하는 것이 한국인의 심성에 가장 적합한 제도이다. 집단이 크면 능률이 떨어지고, 개개인이 따로따로 연구하면 잘하고 있는지 알기 어렵다. 3인이 공동운명체가 되어 같이 연구하게 하는 것이 최상의 방법이다. 개개인을 평가하지 않고 3인의 업적을 함께 평가하면 서로 최대한 도우면서 노력을 몇 갑절 하고 능률을 극대화할 수 있다.[71]

이런 개혁이 이루어지면 지금까지는 하지 못하고 있는 놀라운 연구를 할 수 있다. 학과의 한계를 넘어서서 탐구의 범위를 넓히고, 강의 부담에서 벗어나 시간을 충분히 확보하고, 출근의 의무가 면제되어 외국에 가서 장기간 체재하면서 연구할 수 있어 신천지가 열린다. 다른 어디서도 하지 못하는 연구를 해서 세계 전역 학문 발전을 선도할 수 있다.[72]

3인이 연구단을 만들어 함께 연구하고 함께 평가를 받는 방식이 다른 어디에서도 전례가 없는 장점을 발휘해, 세계 학문 발전을 선도하는 연구 성과가 쉽사리 나올 것이다.[73] 몇 가지 본보기를 들어보

했다. 황임경은 분야에 따라서 융통성을 두자고 했다. 지금 본보기를 제시하고 장차 더 연구하기로 한다.

71) 판소리에 一鼓手 二名唱이라는 말이 있다. 고수가 첫째이고, 명창이라는 광대는 그 다음이라는 것이다. 얼핏 들으면 말이 되지 않지만 깊은 뜻이 있다. 고수는 반주자이고, 지휘자이고, 관중 대표이고, 예술 활동의 지속적 동반자이다. 이런 고수의 도움이 있어야 판소리를 잘할 수 있으므로 一鼓手 二名唱이라고 한다. 이는 우리 민족의 뛰어난 지혜이므로 연구를 하는 데서도 활용하고자 한다. 연구단을 구성하는 3인은 一鼓手 二名唱의 관계를 자리를 바꾸어가면서 하기로 하자. 둘이서 고수도 되고 명창도 되는 것보다 총원이 셋이면 더 좋다. 셋에서 둘은 고수가, 하나는 명창이 되는 구실을 바꾸어가면서 하면 연구도 잘할 수 있다. 셋은 생사를 같이 하므로 나태하거나 불성실할 수 없고, 최선을 다해 능력을 확대하고 업적을 드높인다.

72) 이상섭은 연구 결과를 내기만 하지 않고 응용하고 대중화를 하는 것이 또한 긴요하다고 했다. 응용이나 대중화는 새로운 연구를 하는 것을 선결 과제로 삼아야 가능하다. 생산 없는 유통을 과제로 삼을 수 없다.

자.74) 이밖에도 좋은 과제가 얼마든지 있음은 물론이다.

(가) 획기적인 이론을 만들어 학문의 역사를 바꾸는 연구: 선도자의 연구, 패러다임(paradigm) 교체, 창조학 등으로 일컬어지는 것이 어떻게 이루어지는지 밝히고, 필요한 작업을 실제로 할 수 있다.

(나) 학문 분야의 구분을 넘어서서 협동하는 연구: 인문·사회·자연학문; 문학·사학·철학; 한국·중국·일본문학, 이와 같은 여러 차원에서 다양한 공동의 관심사를 연구할 수 있다.75)

(다) 작업량이 아주 많아 하기 어려운 연구: 세부 사항까지 갖춘 철학사, 문학사, 사회사 같은 것을 쓸 수 있다. 아직까지 이루어지지 못한 한국철학사를 명실상부하게 쓰려면 이 방법을 사용해야 한다. 한국철학의 어느 측면을 각기 전공해 상보적인 관계를 가진 3인이 여러 해 동안 공동작업을 해서 한 사람이 쓴 것 같은 한국철학사를 내놓는 것이 바람직하다.

(라) 장기간 현지에 체재하면서 해야 하는 연구: 중국의 어느 소수민족에 대한 현지연구를 언어·문학·문화 전공자가 장기간 현지에

---

73) 장대홍은 "세계 학문 발전을 선도하는 연구 성과를 위하여 획기적인 이론을 만들어 학문의 역사를 바꾸는 연구, 학문 분야의 구분을 넘어서서 협동하는 연구, 작업량이 아주 많아 하기 어려운 연구, 장기간 현지에 체재하면서 해야 하는 연구 등을 중심으로 연구교수를 선발하는 방안에 전적으로 동의한다"고 했다.

74) 백제인은 성공률이 높은 분야부터 하자고 했는데, 희망자가 있는 분야부터 하는 것이 적절한 순서이다.

75) 서영표는 연구교수들이 협력해 학제 간의 공동학위를 수여하는 것이 바람직하다고 했다. 법학, 사회학, 정치학이 인권 문제를, 생물학, 대기과학, 사회학, 정치학이 환경문제를 위해 협력하는 것이 본보기라고 했다. 연구교수들이 협력해 그런 연구를 하는 것은 바람직하지만 학위 과정을 운영하려면 학과에 준하는 일관성이 있어야 하는데, 연구교수는 연구 주제를 자유롭게 개척해야 한다. 연구교수가 스스로 개설하는 강의를 수강하고 그런 분야 학위를 취득하는 데 필요한 학점으로 삼는 것에 그치도록 하고, 학제 간의 공동학위는 관련 학과들이 협력해 운영하는 것이 마땅하다.

서 함께 체재하면서 하는 것과 같은 작업을 세계 어디 가서든지 다양하게 할 수 있다.76)

　　연구교수는 사전에 연구계획을 제출하지 않고, 하고 싶은 연구를 자유롭게 한다.77) 연구 영역이나 주제뿐만 아니라 연구 형태도 희망하는 대로 선택한다. 공동으로, 장을 나누어, 각기 혼자 쓴 책이나 논문이 다 가능하다. 3인 공저인 책 한 권만 쓸 수도 있고, 각자의 논문이 도합 수백 편일 수도 있다. 업적의 수량은 고려하지 않고 질만 평가한다. 학문의 역사를 바꾸어놓을 만한 수준의 업적이라야 높이 평가한다.

　　연구단 구성원 3인의 업적에 대한 평가를, 5년이 적당하다고 생각되는 기간마다 받도록 하는 것이 좋다. 개인별 평가는 하지 않고 총괄평가만 한다. 연구 결과 평가에 연구비 전도금 사용의 적합성이나 효율성도 포함한다. 상위의 평가를 받으면, 연구단을 확대할 수 있다. 3인이 각기 2인씩의 동료 연구교수를 선임해 독자적인 연구단을 구성하고 원하는 연구를 확대·발전시킬 수 있다. 중위의 평가를 받으면, 연구단이 그대로 유지된다. 하위의 평가를 받으면 연구단이 해체되고, 3인의 연구교수가 모두 해임된다.78)

---

76) 허남춘은 중국이나 일본을 연구하는 연구교수가 많이 있어야 하고, 태평양, 이슬람권, 동남아시아 등 미개척 분야 연구를 힘써 해야 한다고 했다.
77) 한은미는 연구 결과를 단기간에 제출하게 하는 실적 위주의 연구를 하지 말아야 하고, 연구의 자율성을 보장하고 독자적인 연구 영역을 도출할 수 있게 해야 한다고 했다. 백제인은 실패가 용인되는 연구를 하고 싶다고 했다. 연구계획서를 제출하지 않고 연구를 하면 실패가 드러나지 않고 문제될 수 없다.
78) 최귀묵이 지적했다. "이렇게 되면 직업의 안정성이 보장되지 않는다. 5년 뒤에 해임될 가능성이 있는데, 누가 연구교수를 하려고 지망하겠느냐?" 직업의 안정성은 현재의 계약제에서도 보장되지 않는다. 현재의 계약제에서는 연구에 충실할 수 있는 여건을 제공하지 않고 업적 부진을 이유로 교수를 해임할 수 있는데, 여기서 제안하는 연구교수 제도는 연구를 충실하게 할 수 있는 여건을 보장한다.

이런 과정을 여러 번 거치면 선의의 경쟁을 거쳐, 기존의 평가가 높다는 대학이 몰락하고 새로운 명문대학이 출현할 수 있다. 연구교수가 줄어들거나 늘어나는 것은 대학의 내실에 대한 자연적인 평가와 직결된다. 이미 말한 바와 같이 연구교수의 인건비를 국고에서 부담하는 것은 대학 지원의 가장 효율적인 방식이다. 대학 운영자는 자기 대학 연구교수가 연구를 잘할 수 있게 도와주기 위해 노력할 것이다. 유능한 연구교수를 모셔가려고 경쟁할 할 것이다.

연구교수는 연구가 필수이고 강의는 선택이다. 진행하고 있는 연구와 관련된 강의를 하나 임의로 개설할 수 있게 한다. 연구교수는 박사논문 지도 자격을 얻고, 학과에서 요청하면 박사논문을 지도할 수 있다. 박사논문 지도 자격을 얻은 교수가 강의교수에는 없고 연구교수에는 있을 수 있다. 석사논문까지는 강의교수가 지도하고, 박사논문은 연구교수가 지도하는 것이 바람직할 수 있다.[79]

연구교수가 아닌 강의교수는 강의가 필수이고 연구는 선택이다. 연구는 하고 싶으면 하고, 원하면 논문을 쓸 수 있다. 연구비를 받을 수도 있다. 그러나 강의교수는 강의로 평가를 받고, 연구 업적 평가는 강의 평가를 보완하는 의의만 가진다. 담당 분야에 따라서는 연구교수는 되기 어렵고 강의교수로 일관하는 것이 적합할 수도 있다. 무리하게 논문을 쓰지 않고 잘 가르치는 것을 큰 보람으로 삼을 수 있다.

연구교수 1인, 강의교수 9인인 것이 적절한 비율이다. 연구교수와

---

79) 안동준은 연구교수라고 하더라도 강의의 의무에서 벗어날 수는 없도록 하자고 하고, 강의 시간수를 줄이거나 대학원 강의만 맡는 것이 바람직하다고 했다. 구체적인 조절은 더 연구해야 하지만, 하고 있는 연구를 임의로 개설하는 강의에서 발표하고 점검하는 것이 바람직하다. 김헌선은 교과과정에 참여하지 않고 학문이 진척되고 완성될 수 있을지 의문이라고 했다. 새로운 연구는 기존의 교과과정에서 벗어나야 하고 싶은 대로 할 수 있으며, 장래의 교과과정을 만들어내기 위한 시험이어야 한다. 소속될 학과가 없는 분야의 연구는 하지 못하는 현재의 폐단을 시정하기 위해서 연구교수가 반드시 있어야 한다.

강의교수는 상대적으로 구분되고 바뀔 수 있다. 5년 동안 연구를 하고 중위 이상의 평가를 받은 연구교수는 강의교수가 되는 권리를 가진다. 강의교수는 어느 때든지 신청해서 선임되면 연구교수가 될 수 있다.

지금은 모든 교수가 강의교수와 연구교수를 겸하고 있어 논문을 써야 한다. 논문을 한 해에 여러 편 써야 한다. 모든 교수가 논문을 써야 하는 나라는 지구 위에 더 없다. 모든 교수가 논문을 한 해에 여러 편 쓰게 하는 별난 시책을 택해 학문 발전을 가속화하는 것은 아니다. 오히려 많은 부작용이 일어나 대학을 황폐하게 한다.

교육부에서나 학교 경영자나 약점을 잡아 교수를 통제하기 위해 이렇게 한다고 볼 수밖에 없다. 강의 부담이 너무 많은 대학에서 교수들이 연구 중심 대학 이상의 연구 업적을 내놓으라고 한다. 학생 부족이 심각한 상황에서 살아남기 위해 분투하는 대학에서는 업적을 탈잡아 교수들을 더욱 들볶는다.

한 해에 여러 편 논문을 쓰는 것은 사실상 불가능하므로, 거의 다 논문이 함량미달이거나 가짜이다. 대다수의 선량한 교수는 시간에 쫓기어 함량미달을 내놓는다. 소수의 불량한 교수는 표절로 가짜를 만들어내면서 아는 사람이 없다고 믿고 큰소리를 치다가, 공직 후보가 되어 검증에 걸려 들통난 것이 널리 보도된다.

논문은 다른 무엇이 아닌 필요악이 되어 학문을 황폐하게 한다. 논문답지 못한 논문을 양산해서 이로울 것이 없다. 연구가 즐겁지 않고 괴롭기만 하기 때문에 좋은 결과를 내놓지 못한다. 노예노동은 노예의 인권에 대한 염려와는 무관하게 생산성이 낮기 때문에 폐기된 것을 알아야 한다. 노예노동으로 논문을 쓰게 하느라고 교육도 황폐해졌다. 학문 생산성을 높이고 교육을 정상화해야 나라가 발전하는 것을 알고, 교수가 노예가 아닌 자유민이 되게 해야 한다.

교수는 강의를 하는 사람이다. 강의를 잘하려면 공부를 해야 하는 데, 논문을 쓰느라고 공부를 하지 못한다. 특정 분야, 한정된 주제의 논문을 쓰는 데 몰두하는 탓에 시야가 좁아지지 않을 수 없다. 논문에서 다루는 자료나 문제의 범위를 넘어선 탐구는 하지 못하고 광범위한 독서가 불가능해 강의가 부실해진다. 논문을 제조하는 노예 노릇을 하려면 자유인의 특권인 여유 있는 사색은 포기해야 한다. 교수는 논문을 쓰지 않아도 된다고 해야 이런 적폐가 청산된다.

논문을 쓰지 않아도 된다는 것이 쓰지 말아야 한다는 것은 아니다. 논문을 쓸 만한 연구가 축적되고 논문을 쓰고 싶으면 쓰는 것이 좋다. 그래서 나오는 논문은 함량이 충분해 학문 발전에 적극 기여한다. 강의를 충실하게 하면서 절실하게 깨닫고, 여유 있는 사색을 깊이 해서 찾아낸 것이 있어 그대로 덮어둘 수 없으면 논문이나 책을 써서 널리 알릴 만하다. 연구에 전념해 논문을 더 쓰고 싶은 강의교수는 연구교수가 될 수 있게 한다.[80]

교수에 대한 평가는 강의를 중심에 두고 연구는 부가적인 조항으로 해야 한다. 승진을 위한 평가도 마찬가지이다. 지금은 해마다 몇 편씩 써야 하는 논문을 몇 해에 하나씩 내놓으면서 양이 아닌 질로 가치를 삼는 것이 마땅하다. 강의의 교재가 되는 책을 쓰는 데 더욱 관심을 가지는 것이 바람직하다. 초고를 작성해 강의하면서 가다듬고, 학생들을 토론자로 삼아 내용을 더욱 충실하게 하는 작업을 여러 해 동안 하다가, 학술서적이기도 하고 교양서적이기도 한 명저를 내놓는 것을 평생의 목표로 할 만하다. 이것은 연구교수가 하기 어려운 일이다.[81]

---

80) 성용준은 미국의 경우 연구비를 받은 교수가 연구비의 일부로 강사를 고용해 강의를 맡길 수 있어, 강의교수와 연구교수를 가르지 않고서도 강의 부담을 덜면서 연구에 전념할 수 있다고 했다. 한국의 경우에는 이런 제도가 없으며, 강사를 고용할 만큼 많은 연구비를 받을 수 없다. 미국과 같은 제도를 채택한다고 해도 연구에 전념하기는 어려우며, 고용된 강사의 처지에 대한 고려도 해야 한다.
81) 최귀묵은 논문을 (가) 의무적으로 써야 하는 제도가 없어지면 좋은 업적이 나

정교수가 되고 박사논문을 지도하는 자격을 얻으려면, 강의교수든 연구교수든 연구 업적을 평가받는 절차를 거치도록 하는 제도가 필요하다. 이 제도를 실시해 대학에서 가르치는 사람을 교수와 부교수 이하로 나누고 자격을 구분하는 것이 좋다. 능력을 갖춘 사람이 교수가 되고 박사논문을 지도해야 한다.82) 이를 위해 독일에서 만든 모형을 유럽 각국에서 받아들여 실시하고 있는 교수자격(Habilitation) 제도를 우리도 채택할 것을 제안한다.83)

같은 제도를 중국이나 일본에서도 시행하고 있다. 중국에서는 博士生導師라는 이름으로 이 제도를 시행하고, 신청 자격을 논문이나 저서, 주요 연구비 수령으로 명시하고 있다.84) 일본에서는 석사학위

올 수 있으므로 (나) 연구교수 제도가 따로 필요하지 않다고 했다. (가)는 사실이다. (나)에는 동의하지 않는다. 연구교수는 강의를 하는 여가에는 할 수 없는 대단위 연구, 힘든 연구, 획기적인 연구를 위해서 반드시 필요하다.

82) 서영숙은 연구는 하지 않으면서 보직을 하는 것을 권위라고 자랑하면서 박사논문 지도를 하는 교수들이 있는 풍조를 개탄했다.

83) Wikipedia에 있는 설명의 요긴한 대목을 든다. "Habilitation defines the qualification to conduct self-contained university teaching and is the key for access to a professorship particularly at German, Austrian and Swiss universities but also many other European countries. A habilitation thesis can be either cumulative (based on previous research, be it articles or monographs) or monographical, i.e., a specific, unpublished thesis, which then tends to be very long. Its level of scholarship is considerably higher than for a doctoral thesis in terms of quality and quantity, and must be accomplished independently, without direction or guidance of a faculty supervisor."

84) 近五年来在國内外核心刊物上发表论文不少于8篇(第一作者或本人指導的研究生为第一作者)或正式出版过學術专著.所发表的论文或专著曾被同行多次引用或曾获得过省.部级二等奖以上的奖励.目前承担有國家或部(省)级的重点科研项目或攻关项目, 负责國家自然科學基金项目或其他有重要价值的研究项目, 在研的經費不少于3万元(个别基础研究项目不少于1.5万元)近五年来在國内外核心刊物上发表论文不少于5篇(第一作者或本人指導的研究生为第一作者)或正式出版过學術专著, 或有重要的技術成果发表的论文或专著曾被同行多次引用或曾获得过省, 部级二等奖以上的奖励, 获省部或國家级成果登记2项或发明专利(授权)2项.目前承担國家或部(省)级的重点科研项目或攻关项目, 负责國家自然科學基金项目或其他具有重要价值的研究项目, 在研的經費不少于6万元

까지 포함해 대학원 논문지도를 할 수 있는 교수의 자격을 따로 규정하고 있다.85)

이런 전례를 참고해 우리 제도를 구상해보자. 교수자격을 얻으려면 박사학위를 받고 상당한 기간이 지나 지도교수 없이 스스로 진행한 높은 수준의 연구물을 제출해야 한다. 연구물은 연작 논문이나 단행본이어야 한다. 이 자격을 얻은 사람만 정교수가 되고 박사논문을 지도할 수 있다. 독일에서는 정교수가 될 때 초빙을 받아 대학을 옮기는 것이 관례인데, 학풍을 쇄신하는 긍정적인 효과가 있으므로 받아들일 만하다. 이 제도를 실시하면 박사과정 인가가 따로 필요하지 않다. 박사논문을 지도할 수 있는 교수가 있으면 박사과정 학생을 모집할 수 있다. 연구교수가 박사논문을 지도할 수 있게 하는 것도 교수자격 획득을 전제로 해야 한다.

교수 자격을 얻지 못하고, 부교수까지 승진하는 데 그치더라도 잘 가르치면 정년까지 봉직할 수 있게 해야 한다. 지식을 전수하거나 기

(Baidu) 학술회의에 참가한 교수 명단을 작성할 때에도 博士生導師인지를 반드시 명시한다.

85) 大學院の修士課程および博士課程の担当教員は,講義および學位論文の指導が担当できる「マル合教員」か,講義および學位論文指導の補助が担当できる「合教員」講義のみが担当できる「可教員」としての資格審査を受けねばならない.大學院で學位論文の指導が担当できる教員は,マル合(○の中に合)教員と呼ばれ,修士論文の指導ができるMマル合教員,博士論文の指導ができるDマル合教員がある.マル合教員の資格基準は「修士課程」および「前期2年の博士課程」の場合で論文著書30件程度,「後期3年の博士課程」「前期2年、後期3年の区分を設けない博士課程」の場合は40件程度といわれている(基準は大學によって異なる).合教員は,それぞれその半分程度の研究業績が必要とされる.ただし,単著論文の多い文系のマル合教員の資格基準は,修士課程の場合,修士學位があれば20件程度,博士學位があれば10件程度であり,博士後期課程の場合,博士學位があれば30件程度であることが多い(基準は大學によって異なる).講義のみが担当できる可教員の資格基準は当該専門科目についての専門的知識ないし経験で判断され,他大學の大學院教授の他,弁護士,公認會計士、マスコミ関係の論説委員・解説者・キャスター,自治体首長経験者などが大學院教授(兼職の場合は大學院客員教授)として任用され.

능을 가르치는 사람은 부교수이면 충분할 수 있다. 교수로 승진하지 않아도 정년퇴임할 수 있게 하는 것 또한 유럽의 제도이며, 미국식 계약제와는 많이 다르다. 유럽은 미국과 같은 뜨내기들의 나라가 아니고 옛날부터 살던 사람들이 그대로 사는 공동체여서 미국식 계약제를 실시하지 않는다.

미국에서 실시하는 제도는 무엇이든지 좋다는 천박한 사고에서 벗어나 세계를 두루 알아야 한다. 미국처럼 교수 거래 시장이 형성되어 있지 않은 조건에서 미국식 계약제를 이식해 부작용만 낳는다. 교수 거래 시장이 형성되는 것은 기대할 수 없고, 바람직하지 않다. 미국을 나무랄 필요는 없으며, 우리에게 필요한 더 나은 제도를 만들어야 한다.

교수의 일차적 임무는 교육인데 연구가 부실하다는 이유에서 내쫓는 것은 미국에서조차 하지 않는 일이다. 특별한 대학 일부를 제외하고 미국 대학은 대부분 교육을 하는 곳이다. 미국의 특별한 대학에서 하는 별난 짓거리를 한국에서는 전국의 모든 대학에서 따르면서, 연구업적이 모자라면 교수를 내쫓으라고 한다.[86] 이것은 교수를 괴롭혀 장악하려고 하는 불순한 의도에서 만든 시책이므로 이제는 버려야 한다.

강의가 연구보다 더 중요한 교수의 직분이다. 강의를 열심히 하고 잘 하는 데서 교수가 사는 보람을 찾는 것이 당연하다. "좋은 강의를

---

86) "업적을 낼 것인가 죽을 것인가"라고 하는 뜻의 "to publish or to die"는 미국의 극소수 연구중심대학에서 하는 말이다. 업적을 내지 못하면 그 대학에서는 죽지만 다른 대학에 가서 수입이 줄어들어도 잘 가르친다는 소리를 들으면서 살아날 수 있다. 한국에서는 모든 대학이 업적을 내지 못하면 죽을 곳이어서, 다른 대학에 가서 살아날 수 없다. 망해가는 대학일수록 교수들을 더 들볶는다. 영어로 말해보자. "to teach well or to die"도 한국의 모든 교수를 얽어맨다. 연구도 잘하고 교육도 잘해야 한다. 한국의 교수가 죽지 않고 살아 있는 것은 연구나 교육을 잘못하고 있는 증거이다. 모든 교수를 벼랑에 내몰아 죽을 지경이게 하는 것은 통제하고 지배하기 위한 방책에 지나지 않는다. 유신정권 이래의 악습이 남아 연구도 죽이고 교육도 죽인다. 대학도 죽이고 나라도 죽인다.

준비하고, 강의의 질적 개선을 위해 독서를 열심히 하는 강의교수가 되고 싶다"는[87] 말을 하는 사람이 많아져야 대학교육이 정상화되고 수준이 향상된다. 이것이 교육문제 해결의 관건이다.

대학교육이 정상화되고 수준이 향상되어야 초·중등교육이 정상화되고 수준이 향상된다. 대학교수가 연구를 하는 여가에 교육을 하는 것은 초·중등교사가 자기의 지적·정서적 활동을 하고 힘이 남으면 수업을 하는 것과 같다. 대학교수가 뛰어난 연구를 하고, 초·중등교사가 시를 잘 쓰면 교육도 잘할 수 있는 것이 아니다.

연구평가

연구교수는 연구 계획을 제출해 심사를 받지 않고 연구 결과에 대한 사후 평가를 받는다고 했다. 필요한 경우에는 구체적인 연구 계획은 제시하지 않고 연구비를 전도금으로 받아 사용하고, 연구 결과와 함께 사용의 적절성을 평가받고 정산한다. 전도금을 받은 연구 결과가 부실하거나 전도금 사용이 적절하지 않으면 문책을 받고 이자를 포함해 전액 배상하도록 한다. 이렇게 하면 연구계획서 심사의 문제점은 해소되고, 평가가 정확하게 된다.

연구비를 받으려면 지금은 다음과 같이 해야 한다. (가) 연구 제목을 정하고 계획서를 작성해서 한국연구재단에 제출한다. (나) 연구자를 밝히지 않은 계획서를 누군지 모를 사람들이 심사한다. (다) 심사에 통과된 연구를 계획대로 진행해야 한다. (라) 연구비 사용

---

87) 이것은 허남춘이 한 말이다. 앞뒤의 말까지 직접 옮긴다. "강의교수는 연구에서 벗어나 평가에서 자유롭고, 연구논문 대신 강의나 교재가 되는 책으로 평가한다는 제안이 가장 마음에 들었습니다. 학생을 지도하는 것이 교수의 가장 큰 임무였는데 연구에 발목이 잡혀서 지도를 게을리하고, 학생의 진로는 결국 방치되는 결과가 컸습니다. 지금부터라도 좋은 강의를 준비하고 강의의 질적 개선을 위해 독서를 열심히 하는 강의교수가 되고 싶습니다."

증빙서류를 충실하게 갖추어 문책당하지 않아야 한다. 다 잘된 것 같은데 조항마다 문제점이 있다.

(가) 진정으로 창의적이고 획기적인 연구는 제목을 정할 수 없고, 계획서를 작성하지 못한다.[88] 연구를 진행해야 무엇이 어떻게 되는지 알 수 있게 된다. 진정으로 창의적이고 획기적인 연구는 계획서를 작성하지 못하니 연구비 지원을 받을 수 없다. 연구비 지원을 받으려면 연구를 완성하고 연구비를 신청해야 한다. 연구비가 없으면 연구를 진행하지 못하는 경우에는 연구를 완성하고 연구비를 신청하는 것이 가능하지 않다.

진정으로 창의적이고 획기적인 연구는 이해를 구하지 못하는 것이 당연하다. 인정받으려고 하지 말고 비밀로 한 채 연구를 진행하는 것이 마땅하다. 연구 결과가 막대한 이익을 가져오는 경우에는 비밀 엄수가 필수이다. 지금의 제도는 이런 연구는 하지 못하게 막는다. 연구 지원 제도가 잘못되어 경쟁력 향상을 포기할 수밖에 없다.

(나) 심사자의 수준이 문제이다. 연구비를 신청하지 않은 사람, 신청자와 무관하다고 생각되는 사람에게 위촉해 심사를 한다. 그러면 심사가 공정해지는 것은 아니다. 심사자의 능력이 문제이다. 연구비를 신청하지 않는 사람은 신청하는 사람보다 수준이 낮은 것이 예사이다. 수준이 낮은 심사자는 어떤 것이 좋은 연구인지 판단하지 못한다. 좋은 연구는 낮게, 나쁜 연구는 좋게 평가할 수 있다. 연구비를 받아야 할 사람은 받지 못하고, 받지 말아야 할 사람은 받게 한다. 그래서 국고를 낭비하고, 학문 발전을 가로막고, 사회정의를 훼손한다.

---

88) 김홍범은 이 연구가 "진정으로 창의적이고 획기적인 연구"를 편애하고, 그렇지 않은 연구는 무시하는 결함이 있다고 했다. 그러나 범속한 연구를 키우기 위해서 학술정책이 있어야 하는 것이 아니다. 탁월한 연구만 진정한 연구이고, 힘써 지원해야 한다.

연구비 신청자와 무관한 사람에게 심사를 맡겨 익명을 보장하고 신원을 공개하지 않으면 공정한 심사가 이루어지는 것은 아니다. 이 것은 행정관서에서, 자격은 중요시하지 않고 익명의 재판관을 남모르 게 선정해 밀실에서 비밀 재판을 하도록 하는 방식과 다름이 없다. 부적격자가 인품은 훌륭해 공정한 판단을 하려고 해도 능력이 모자 라 알 것을 알지 못하는 탓에 정반대의 판결을 할 수 있다. 심사나 재판에서는 전문적인 식견이 가장 중요하다. 자격을 갖춘 판사가 공 개된 법정에서 자기 이름을 걸고 판결을 해야 합당한 결과를 기대할 수 있고, 공정성 보장에서도 더 유리하다. 연구 심사도 이와 같이 해 야 한다. 최고 수준임이 공인된 심사자가 타당한 심사를 해야 연구비 가 효율적으로 사용되어 기대하는 성과를 이룩할 수 있다.89)

(다) 연구는 계획서에 있는 대로 진행되지 않고 다른 방향으로 나 아갈 수 있다. 연구를 하는 동안에 다른 방향을 찾아 연구가 더 잘 될 수 있다. 연구가 다른 방향으로 나아가는 것을 허용하지 않으니 더 잘될 수 있는 연구를 하지 못한다. 연구는 하다가 실패할 수도 있다. 진정으로 창의적이고 획기적인 연구는 모험을 수반하는 것이

---

89) 불교에서는, 깨달은 사람이라야 깨달은 사람을 알아볼 수 있다고 한다. 깨달은 사람을 알아볼 수 있는가 하는 것을 수준 이하의 사람은 전연 알지 못한다. 중 국 당나라의 문인 韓愈는 〈雜說〉이라는 글에서, 名馬를 잘 알아보는 伯樂 같은 인물이 있어야 가장 뛰어난 말 千里馬가 있을 수 있다고 했다. "세상에 백락이 있은 다음에 천리마가 있다. 천리마는 항상 있으나 백락은 항상 있지 않다. 백락 이 항상 있지 않아 명마가 있다고 해도 노예의 손에서 굴욕이나 당하다가 모두 마구간 안에서 죽는다."(世有伯樂 然後有千里馬 千里馬常有 而伯樂不常有 故雖有名 馬 只辱于奴隷人之手 駢死於槽櫪之間) 뉴튼(Newton)은 새로운 연구를 발표하고 무자격자의 논박을 너무 심하게 받아 발표 기피증에 걸려 학문의 역사를 바꾸어 놓은 업적이 사라질 뻔했다. 아인슈타인(Einstein)이 상대성이론에 관한 논문을 써서 독일 물리학잡지에 투고했을 때 막스 프랑크(Max Franck)가 심사를 맡지 않았더라면, 알아보지 못해 휴지가 될 뻔했다. 깨달은 사람, 伯樂, 막스 프랑크, 이분들 수준으로 뛰어난 안목을 가진 사람이 심사하지 않으면 연구비 지금제도 가 원천적인 낭비이고, 학문 발전을 가로막는다.

예사이고 실패할 가능성이 크다. 여러 번 실패하고 예상한 것 이상의 결과를 얻을 수 있다. 七顚八起라는 말이 딱 어울린다. 현행 제도는 계획서를 변경하려면 까다로운 절차를 거치게 하고, 실패는 허용하지 않는다. 실패하면 연구비를 횡령했다는 이유로 문책을 받고, 다시는 연구비를 받지 못한다.

(라)는 연구비를 유용하거나 횡령하지 못하게 막기 위한 조처이다. 유용이나 횡령을 막으면 연구가 잘되는 것은 아니다. 연구비 사용 증빙서류를 모범이 되게 잘 갖추고 하나마나 한 연구를 한 것은 연구비를 유용하거나 횡령한 것보다 나을 수 없다. 연구비 관리에 신경을 쓰느라고 연구를 제대로 하지 못하게 하지 말아야 한다. 유용이나 횡령은 영수증 철이 아닌 연구의 질을 보고 판단해야 한다. 연구비를 방만하게 사용하고, 중간에 실패를 해서 횡령을 했다는 의심을 받아도, 연구 결과가 훌륭하면 연구비를 지급한 목적을 달성했다.

현행 제도는 진정으로 창의적이고 획기적인 연구는 하지 못하게 막는다. 새로운 이론을 만들거나 새로운 철학을 하는 것은 가능하지 않다. 生克論을 학문학의 원리로 삼아, 역사철학이나 문학사의 이론을 정립하는 작업을 하겠다고 연구비를 신청하는 것은 생각할 수도 없다. 이해하고 평가해줄 심사자를 기대할 수 없다. 창조학이라고 용어를 바꾸어 수위를 낮추어도 난관이 없어지지 않는다.

널리 사용되는 선도자라는 말을 사용하면 소통이 가능하다고 생각하고, 간추려 말한다. 지금은 선도자연구를 금지하고 추종자연구만 하게 한다. 학문 선진국이 될 수 없게 막는다. 연구비를 증액하면 이런 잘못이 더욱 확대된다. 연구비는 학문 발전을 저해하므로 차라리 없애는 것이 좋다.

현행 제도가 얼마나 잘못되었는지 뒤에 첨부하는 자료가 구체적으로 입증한다. 시급히 진단하고 대수술을 시작하지 않을 수 없다. 그러나 시간이 걸리고, 절차가 복잡하다. 시간이 필요하다는 이유에서 지금의 제도를 그대로 둘 수는 없으므로 과도기의 조처를 제안한다.

한국연구재단의 모든 심사를 담당하는 심사위원의 수준을 높이는 것이 시급한 과제이다. 이를 위해 필요한 당면 대책을 강구한다. 심사위원은 65세에서 70세까지의 학문 각 분야 석학으로 한다.[90] 각 분야의 학회에서 심사위원을 추천한다. 심사위원의 심사 결과를 기명으로 공개한다. 심사위원에게는 상당액수의 수당을 지불한다.[91]

연구 지원의 원칙을 바꾸어야 대수술이 시작된다. 모든 연구는 계획이 아닌 결과로 평가한다. 연구비는 전도금으로 지급하고, 연구를 종료하고 정산하도록 한다. 연구비 정산에서 연구의 우수성을 중요시한다. 연구 결과가 우수하면 중간 과정의 실패 때문에 연구비를 낭비한 것을 문제 삼지 않는다. 연구비 없이 내놓은 좋은 업적에 대해 사후 포상을 하는 학술상을 제정하고, 수상자의 수를 제한하지 않는다. 연구 결과 평가는 장차 학술총괄기관에서 담당하는 것이 이상적인 방안이다.[92]

---

90) 황정임, 박영철, 익명 교수, 안규복, 백제인은 65-70세의 석학이 심사를 잘 할 수 있을지 의심스럽다고 한다. "팔이 안으로 굽을 수 있다"고 하고, 노쇠해 판단 능력을 상실했을 수도 있다고 했다. 이윤규도 석학 평가단을 어느 정도 준신할 수 있을지 의문이라고 했다. 학회에서 평가단을 선발할 때 최상의 선택을 해서 염려를 줄이는 것 외에는 대책이 없다. 정년퇴임을 하면 연구비 신청은 하지 않으므로 최상의 심사위원을 선발할 수 있어 이 제도를 제안한다. 완벽하지는 않아도 더 좋은 제도가 있다고 생각되지 않는다. 이 제도는 학술총괄기관에서 심사를 관장할 때까지의 과도기에 시행하자는 것이다.

91) 박영철과 남인용은 현행 제도에서도 심사료가 적어 심사가 제대로 이루어지지 않는다고 했다. 제도를 개선하면 심사료를 대폭 증액해, 책임지고 심사해 결과를 공개하는 부담을 보상해야 한다.

92) 연구 결과를 평가해 연구비를 사후에 지급하자는 것에 대해서는 논란이 있었다. 김기덕은 연구비가 있어야 연구를 시작할 수 있다고 하고, 연구비 사후 지급은 연구 성과를 판매하는 일로 여겨 꺼릴 수 있다고 했다. 성용준은 많은 연구비가 소요되는 대단위 연구는 결과를 기다리지 않고 중간 평가를 하고, 연구비를 단계별로 지급하는 것이 좋겠다고 했다. 최귀묵은 우수 연구논저 포상 제도를 보

결론

(가) 총괄기관: 학술 연구 협의체나 기관이 서로 무관하게 여럿 있어 차질을 빚어내고 효율이 떨어지는 나라는 한국밖에 없으므로 시정해야 한다. 정부에 학문부가 있는 프랑스, 과학원이나 유사기관이 학술을 총괄하는 여러 나라, 학자들 대표로 학술회의를 만든 일본의 전례를 모두 참고할 만하지만, 각기 장단점이 있으며 우리 실정에 맞지 않으므로, 독자적인 해결책을 마련하는 것이 바람직하다. 학술 제반 영역의 최고 수준 학자들로 구성된 단일 상설기구 학술총괄기관이 있도록 하고, 학술 발전 장기계획을 수립하며, 필요한 정책을 입안하고 실행할 수 있게 해야 한다. 기존의 기구 가운데 가장 적합한 후보를 택해 임무 수행에 적합하게 개조하는 것이 바람직한 대책이다. 학술총괄기관은 학술 전 영역에 관한 점검, 평가, 진로 개척; 연구비 예산 및 배분의 적정성, 사용의 효율적 방안; 연구 분야의 재조정, 중점 육성 분야 선정 및 지원; 학술의 장래와 관련된 대학 개편; 연구기관의 평가와 감독, 관계 및 구조 조정, 신설 및 폐지; 학술의 국제 교류; 학술 연구 정보 수집 제공 등의 임무를 수행한다.

(나) 연구교수: 모든 교수가 연구와 강의를 다 잘하라고 해서 둘 다 부실해지도록 하는 잘못을 시정해야 한다. 대학의 교수를 연구교수와 강의교수로 구분해, 연구교수는 연구를 필수로 강의는 선택으로, 강의교수는 강의를 필수로 연구는 선택으로 하는 세계 각국의 제도를 한국에서도 실시해야 한다. 이를 위해 한국인의 특성에 맞는 제도를 강구한다. 연구 역량과 업적이 뛰어난 교수가 학술총괄기관의 평가를 거쳐 연구교수가 되면 소속 대학 연구소에 자리를 잡고, 동료

완하고 확대하면 연구비를 사후에 주는 효과를 충분히 달성할 수 있을 것이라고 했다.

교수 2인을 임의로 선발해 3인으로 연구단을 구성해 함께 연구한다. 연구교수 인건비는 국공립대학이나 사립대학이나 국가에서 부담한다. 연구교수는 연구비를 전도금으로 받아 사용하고, 연구 결과와 함께 연구비 사용의 적합성도 평가받는다. 연구단은 계획서를 제출하지 않고, 원하는 연구를 5년 동안 해서 3인의 업적을 함께 학술총괄기관의 평가를 받는다. 평가가 상위면 연구단을 확대하고, 중위면 연구단을 유지하고, 하위면 연구단을 해체한다. 강의교수는 강의를 잘하는 것을 임무로 한다. 강의교수든 연구교수든 독일을 비롯한 유럽 각국의 경우처럼, 정교수로 승진하고 박사논문을 지도하고자 하는 사람은 뛰어난 업적이 있어야 하며, 일정한 절차를 거쳐 자격을 부여한다.

(다) 연구평가: 연구계획서를 심사해 연구비를 지급하는 현행 방식은 심사의 질이 낮아 심각한 파탄을 빚어내고 있어 근본적인 시정이 필요하다. 연구에 대한 평가는 계획서가 아닌 결과로 해야 한다. 필요한 경우에는 연구비를 전도금으로 받아 사용하고, 연구 결과와 함께 연구비 사용이 적합했는가도 평가받는다. 당분간 각 학회의 추천을 받아 65세에서 70세까지의 석학으로 평가단을 구성해 임무를 담당하도록 한다. 필요한 단계를 거쳐 준비가 되면, 학술총괄기관에서 모든 평가를 최종적으로 관장하도록 한다.

이 연구에서 제시하는 국가 학술정책 개선 방안은 어느 한 부처에서 받아들여 시행하면 되는 것이 아니다. 일차적인 책무는 교육부에 있지만, 그 이상의 결단과 노력이 필요하다. 이것이 나라를 다시 만드는 중대한 과업임을 대통령이 알고 추진해야 하고, 국회의 동의가 있어야 한다.[93] 대학 운영과 연구 여건이 전반적으로 정상화되어야

---

93) 김수갑은 지적했다. "입안을 실현하려면 교육부 이상의 결단이 필요하다. 대통령이 결단해야 하고, 국회의 동의가 있어야 한다."

하므로 다각적인 노력이 또한 필요하다.94)

나는 학문이 향상하는 길을 찾기 위해, 진정으로 창의적이고 획기적인 연구는 무엇이며 어떻게 이루어지는지 밝혀내고 싶은 생각이 간절하다. 이것은 소속을 가린다면 학문학 연구의 과제이다. 학문학이라는 분야는 아직 공인되지 않았으므로, 이해를 구하기 위해 도움이 되는 방법을 찾았다. 이미 알려져 있는 선도자 학문이라는 말을 기본 용어로 삼고, 학문의 선도자는 창의적이고 획기적인 연구를 하기 위해 어떤 노력을 하고, 어떻게 해서 바라는 결과를 얻는가? 문제 제기를 이렇게 했다.

선도자 학문의 일반적인 특징과 방법을 해명하는 연구를 하겠다고 하면 연구비를 받을 가능성이 거의 없다. 특정 분야의 연구사에서 선도자들이 한 학문의 구체적인 내용을 연구한다고 하면 긍정적인 평가를 얻을 수 있다. 이런 생각을 가지고 국문학의 경우를 연구의 대상으로 삼았다.

국문학은 연구를 시작할 때에는 국내외의 전례가 없어 개척자들은 바라는 바가 아니어도 선도자가 되지 않을 수 없었다. 이룬 성과는 그리 크지 않아도 선도자의 자세나 의욕은 주목하고 평가해야 한다. 국문학연구는 선도자연구에 대해 연구할 수 있는 최적의 분야이다.

---

94) 서영표는 대학 운영이 민주화되고 기업화에서 벗어나야 연구를 발전시키기 위한 좋은 제도가 왜곡되거나 유명무실해지지 않을 수 있다고 했다. 이에 대해서는 별도의 고찰이 필요하다.

95) 김흥범은 판단의 공정성이 흔들릴 염려가 있으므로, 이 자료는 삭제하는 것이 좋겠다고 했다. 그러나 연구비 심사가 잘못되는 구체적인 증거를 제시하지 않고, 추측에 의거해 비판하고 개선을 주장하는 것은 부당하다. 다른 누가 당한 피해를 자료로 제공해주지 않으므로, 내 자신의 것을 이용할 수밖에 없다.

내 자신이 이 분야에 종사하므로 연구하기 쉽고 심화된 논의가 가능하다. 국문학 연구 선도자들의 학문을 그 자체로 고찰하는 데 그치지 않고, 내 자신이 받아들이고 더 높였는지 말해 연구의 진전을 이룰 수 있다.

이런 생각을 그대로 나타내지 않고 연구계획서를 작성하면서 조금 작전상 후퇴를 했다. 심사자가 이해하고 납득하기 쉽도록 하려고 학문학이라는 말을 앞세우지 않고, 선도자에 관한 예비적인 고찰을 길게 해 반발을 사지 않으려고 조심했다. 공인된 분야인 국문학연구사에 관한 연구를 새롭게 한다고 했다. 국문학 연구에서 남들보다 앞서서 두드러진 업적을 이룩한 학자들에 대해 고찰하는 것을 주된 내용으로 하고, 선도자 학문으로서의 특징과 의의를 평가한다고 했다.

국문학연구 선도자들의 학문

1. 저술계획

1) 저술 목적:

이 저술은 국문학연구사 연구의 발전을 위한 새로운 연구이다. 국문학 연구를 선도한 12인을 선정해, 선도자가 될 수 있었던 이유를 밝히고, 생애와 업적에 대한 심도 있는 고찰을 하는 새로운 시도를 한다. 이룩한 성과를 계승하고 극복하는 방향을 제시하고, 국문학연구가 나아갈 길을 찾는 작업을 연구자 자신의 연구와 관련시켜 한다.

국문학연구는 수입할 수 없는 자생적인 학문이고, 독자적인 연구를 해야 하므로 선도자가 있어야 개척이 가능하고, 발전이 이루어진다. 학문연구에서 선도자는 누구이고, 어떻게 하면 될 수 있는가? 선도자는 어떤 기여를 하고, 어떤 위험을 감수해야 하는가? 선도자의 교체는 어떤 조건에서, 어떻게 이루어지는가? 이런 의문에 대한 대답을 국문학연구에서 얻어 선도자연구를 선도하고자 한다.

국문학의 유산은 민족의 정신적 구심점이고, 국민교육을 위한 기본적인 자산이다. 국문학연구는 국학 또는 한국학의 핵심 영역이며, 오늘날 학문의 수준을 입증하는 임무를 지닌다. 일제의 식민지 통치에 항거하면서 이 과업을 어렵게 시작한 이후 백 년 가까운 기간 동안, 여러 선학이 많은 노력을 해서 자랑스러운 업적을 이룩했으나, 적지 않은 문제점이 있는 것도 사실이다. 이에 대해 점검하는 것이 이 책의 과제이다.

문학연구는 문학작품이 단순논리로 파악되지 않아 방법론의 어려움이 크다. 자료와 사실에 대한 실증주의적 정리는 연구의 도달점이 아닌 출발점이므로, 그 이상 어떤 작업을 어떻게 해야 하는지 계속 문제가 된다. 국문학연구의 선도자들이 난점 해결을 각기 다른 방향으로 시도해온 내력이 연구사의 중심 내용을 이룬다. 이에 대한 점검과 비판을 심도 있게 하면서 새로운 방향을 찾고자 한다.

국문학연구는 시대의 산물이고, 역사적인 사명을 지닌다. 민족 해방, 국가 건설, 남북통일 등의 커다란 과업 성취에 국문학연구가 얼마나 기여했는지, 파탄을 일으키고 차질을 빚어내지나 않았는지 점검하고, 바람직한 방향을 찾고자 한다. 국문학연구가 안으로는 한국학의 여러 분야 가운데, 밖으로는 세계 도처의 자국문학연구에서 어떤 위상을 차지하는지 평가하는 것도 함께 해야 할 일이다.

2) 저술 내용:

이 저술은 국문학연구 선도자들이 남긴 논저, 이에 대한 연구를 모두 자료로 이용한다. 그러나 무엇이든지 다 말하려고 하지 않고 핵심을 찾아, 연구업적의 역사와 구별되는 연구행위의 역사를 마련한다. 나타난 사실을 고찰하는 데 그치지 않고, 그 내면으로 들어가 연구가 이루어진 내력을 밝히고자 한다. 연구란 무엇이고, 왜 하며, 어떻게 하는가를 국문학연구 선도자들의 경우를 들어 고찰한다.

국문학연구 선도자들은 어떻게 살면서 무엇을 생각하고 왜 그런 연구를 했는지 밝혀 논하고자 한다. 생애와 연구의 관계를 심도 있게 고찰하려고 자료 확대를 시도한다. 기록에 남아 있지 않은 개인적인 만남도 자료로 이용하고, 비화라고 할 것들도 공개한다. 사람의 생애와 학문이 어떤 관계를 가지는지 가까이서 지켜보면서 생각하고 깨달은 바를 제시한다. 작가론에 상응하는 학자론을 개척하는 본보기를 보인다.

논문 작법에 매이지 않고 친근하고 부드러운 서술 방법을 다양하게 갖춘다. 국문학연구 선도자들과 연구자는 어떤 관계를 가지고 가르침을 받았으며, 무엇을 얻고 깨달았으며, 새로운 길을 어떻게 찾았는지 밝혀 논한다. 이런 이유에서 책의 부제를 《선학들과의 만남》이라고 하고 싶다.

학문은 무엇인가? 학문은 왜 하고, 어떻게 하는가? 어떤 조건과 노력에서 지속적인 의의가 있는 연구가 이루어지는가? 이런 의문을 제기하고, 해결에 접근하는 작업을 국문학연구의 선도자들을 본보기로 들어 진행한다. 추상적인 일반론에 머무르지 않고, 연구 상황과 내용에 대한 구체적인 고찰을 하면서 기존의 논의를 넘어선다. 학문론, 한국학의 진로 등에 관해 연구자가 이미 한 작업을 발전시킨다.

국문학연구는 국문으로 창작한 작품이라야 국문학이라고 인식하고 평가하는 데서 시작되었다. 이것이 근대 민족주의 문학관의 기본 전제이다. 그러나 국문학이 국문문학만이면 유산의 폭이 줄어들고, 민족문화가 협소하게 되어, 기본 전제에 대한 반성이 나타났다. 국문문학만 국문학일 수 없고 한문학을 포함시켜야 한다는 반론이 제기되었다. 문자로 정착된 기록문학만 국문학일 수 없고, 말로 전하는 구비문학도 포함시켜야 한다는 주장도 나타났다. 국문학연구의 선도자들이 이에 관해 논란을 한 내력을 고찰하고, 문제 해결의 방안을 찾는다.

국문학연구는 근대학문의 방법을 갖추어 감상이나 비평과 구별되는 연구로 출발했다. 근대학문은 실증주의의 방법에 의해 역사적 연구를 하고, 분야를 세분하는 방향으로 나아갔다. 그러나 실증주의는 국문학의 의의, 역사적 성격, 심미적 원리들을 해명하는 데 무력하고, 문학의 이론이 아니어서 관점의 전환이 요구되었다. 국문학연구사가 이론과 방법의 논쟁사이지 않을 수 없어, 민족사관, 유물사관, 원형비평 같은 것들이 등장했다. 이에 대한 시비가 또한 중요한 과제이다.

국문학연구를 선도한 선학 12인을 연구 대상으로 한다. 한국문학연구가 외국에서도 이루어지고 있으므로, 두드러진 업적이 있는 외국인 2인도 포함한다. 비슷한 시기에 학문을 한 여러 사람 가운데 선도자는 특별하다. 선도자는 어떻게 해서 연구를 개척하는 모험을 했는지 밝혀 논하고자 한다. 선도자들은 어떤 공통점이 있는지 고찰해 선도자 일반론 정립을 시도한다.

선도자에 대한 전반적인 고찰을 하면서 12인을 선정한 이유를 밝히는 것을 서장의 작업으로 한다. 본론은 다음과 같이 장을 구성해, 한 장에서 2인씩 고찰한다. 중요한 공통점이 있고, 직접 또는 간접의 경쟁관계이기도 한 사람을 한 장에서 다루면서 특징을 비교한다. 특징 비교는 상호이해를 위한 좋은 방법이고, 평가를 위해 신뢰할 만한 척도를 제공한다.

조윤제와 김태준, 이가원과 이우성, 이능우와 김동욱, 정병욱과 장덕순, 황패강과 김열규, 韋旭昇(위욱승)과 다니엘 부세(Daniel Bouchez), 이 12인을 고찰의 대상으로 삼는다.

조윤제와 김태준은 국문학연구를 시작한 최초의 선도자이다. 일제가 설립한 경성제국대학에서 공부하고 민족의 학문을 하려고 분투했다. 불리한 여건과 억압을 무릅쓰고 국문학연구를 정착시킨 노력을 평가한다. 식민지 대학에서 받아들인 근대적인 연구방법을 활용해 국문학연구의 체계와 방법을 갖추려고 분투한 내력을 힘써 고찰한다. 조윤제는 민족사관을 정립하고, 김태준은 유물사관을 수용하고자 했다. 두 사람이 남긴 유산이 오늘날의 국문학연구에서 어떤 의의를 가지는지 밝혀 논한다.

이가원과 이우성은 전통 한학을 이어 국문학을 연구한 공통점이 있다. 일본을 거쳐 받아들인 서구 전래의 근대 학문과는 다른 전통 한학이 국문학연구를 이끈 것은 특기할 사실이어서 힘써 고찰할 필요가 있다. 두 사람은 한문학 작가이기도 하고, 한문학의 유산을 소중하게 여겼다. 이가원은 한문학이 국문학임을 역설하고 한문학사 서술에 힘썼다. 두 사람의 경우를 들어, 전통 한학이 오늘날의 국문학연구에서 어떤 의의를 가지는가 하는 문제를 집중적으로 논의한다. 전통한학을 어느 정도 혁신했으며, 더 나은 길은 없는지 검토한다.

이능우와 김동욱은 여러 분야에 걸쳐 국문학 연구를 본격적으로 하고, 후진 양성에 힘썼다. 국어국문학회를 만들고, 대학에서 고전문학 연구와 강의를 하는 틀을 마련했다. 그 노력의 성과와 문제점을 다각도로 고찰한다. 국문 고전문학을 연구와 교육의 중심으로 삼고 하위의 여러 영역을 각기 돌보아 얻은 것과 잃은 것이 무엇인지 문제로 제기하고 논의한다. 이능우는 국문학 내부의 연구를 심화하고자 하고, 김동욱은 관심을 확대하고 연구범위를 넓히는 데 힘썼다. 이두 가지 지향의 관계가 오늘도 문제가 된다.

정병욱과 장덕순은 서울대학교에서 고전문학을 연구하고 강의하고 논문 지도를 한 주역인 공통점이 있으면서, 기질과 학풍에서 많은 차이점을 보였다. 두 사람의 교수 임무 수행과 관련시켜, 서울대학교가 국문학연구에서 어떤 기여를 했는지, 기대에 미쳤는지 고찰한다. 두 사람의 차이점을 들어 학풍과 연구방향에 관한 논의를 한다. 정병욱은 시가를 국문학의 중심 영역으로 삼고 세련된 형식미를 평가하고, 장덕순은 소설에서 설화까지의 산문을 즐겨 다루면서 구비문학을 국문학으로 인정하고 평가해야 한다는 주장을 선도했다.

황패강과 김열규는 국문학연구를 혁신해 방향 전환을 시도한 전환의 선도자이다. 자료와 사실에 대한 실증주의적 고찰을 넘어서서 문학을 문학으로 이해하는 새로운 방법을 찾으려고 서구에서 개발한 이론을 받아들였다. 두 사람은 원형비평을 받아들인 것이 같고, 원형을 한국문화에서 재발견하는 작업을 황패강은 불교에서, 김열규는 민속에서 하면서 다른 방향으로 나아갔다. 그 결과 평가할 만한 업적을 이룩했는지, 새로운 시도가 일시적인 모험으로 끝났는지 문제 삼는다. 자료와 이론, 이론의 수입과 창조에 관한 전반적인 문제를 함께 다룬다.

위욱승은 중국인이고, 다니엘 부셰는 프랑스인이다. 외국인 가운데 한국문학연구에서 가장 많은 업적을 남겨, 한국문학연구를 대외적으로 확산한 선도자라고 평가될 수 있다. 중국과 프랑스는 아주 먼 나라이지만, 국문학연구의 본고장이 아닌 곳에서 본격적인 탐구를 하려고 하면 고민하고 분투하지 않을 수 없는 점이 상통한다. 그러면서 중국과 프랑스는 여건과 학풍에 커다란 차이가 있어 두 사람의 연구 성과가 상이하게 나타났다. 위욱승은 한중비교문학을 쉽게 할 수 있었고, 다니엘 부셰는 국문학 작품의 원전 연구를 그쪽에서 개발한 방법으로 하는 것을 업적으로 삼았다. 이 두 사람의 경우를 들어 외국에서 한국문학 연구를 어떻게 할 것인가 하는 문제를 논의한다. 외국문학 연구의 전반적인 문제점을 고찰하는 데까지 이른다.

이 분들 12인의 학문에서 평가하고 계승해야 할 유산을 발견하고, 또한 비판하고 극복해야 할 과제를 확인한다. 연구자는 이 유산을 어떻게 수용해 발전시키고, 이 과제를 어떻게 해결했는지 밝혀 논한다. 연구 성과의 계승과 극복을 위해 앞으로 더 해야 할 일이 무엇인지 논의하고 국문학연구의 장래를 위한 전망을 제시한다.

3) 활용과 효과

이 저술은 국문학연구사에 관한 심도 있는 고찰을 갖추어, 연구 후속 세대를 위해 필수적인 지침을 제공하고자 한다. 국문학연구사를 한국학 또는 한국학문의 모범적인 분야로 평가해 널리 관심을 가지게 한다. 연구 업적과 이에 대한 고찰 양면에서, 다른 여러 학문에서도 적극적으로 이용할 만한 참고서적이 되기를 바란다.

이 저술은 학문론의 여러 문제를 고찰하는 좋은 본보기이기를 희망한다. 대학의 역사와 학문의 내력, 교육과 연구의 관계를 고찰한다. 연구의 방법과 이론에 관한 논란을 심도 있게 다루고, 전통 학문 계승과 외래 학문 수용의 관계를 힘써 살핀다. 기존의 관습을 넘어서서 학문을 혁신하고자 하는 방법을 제시하는 데까지 이르고자 한다.

이 저술은 학문 연구 선도자에 관한 고찰이 성과로 인정되어, 이에 관심을 가지는 사람들이 널리 이용하기를 바란다. 학문 선도자 일반론을 위한 좋은 시도로 평가되어 국문학연구 이외 다른 여러 분야에서도 필수적인 참고서적일 수 있기를 희망한다. 선도자의 학문을 하고자 하는 희망자들에게 실질적인 도움을 주어야 한다고 생각한다.

이 저술은 교육적 기능을 광범위하게 수행할 것을 기대한다. 국문학뿐만 아니라 다른 분야에서도 학문을 하고 학자로서 살아가고자 하는 후진들을 위해서도 유용한 지침서가 되기를 희망한다. 학문하는 내용을 배우기보다 학문하는 자세, 학문하는 환경에 대처하는 방법, 생애 관리의 지혜 등에 대해 더 많은 관심을 가지고 읽는 책이기를 바란다(2. 출판계획, 3. 연구역량, 4 참고문헌은 생략함).

이 계획서를 학술연구재단에 제출하고 2017년도 인문저술지원사업 연구비에 신청했더니 결과가 불합격이었다. 불합격의 이유가 다음과 같다고 했다.

최근 초기 '국문학' 연구자들에 대한 연구가 상당한 수준으로 축적되고 있다. 이는 '국문학'이라는 개념이 어떻게 형성되고 어떻게 대학 교육과 연구 영역에서 제도적으로 정착되었는지 추적하는 과정과 맞닿아 있으며 '국문학사' 저술의 문제나 '국문학'의 하위 개념 및 장르에 대한 논의들과도 긴밀한 연관성을 지니는 연구주제라고 할 수 있다. 또한 식민주의의 영향을 벗어나 '탈식민적' 지향을 노정하며 '국문학' 연구에 매진했던 50-60년대 이후 국문학 연구자들의 업적과 한계를 역사적으로 고찰하는 작업은 오늘날 '국문학' 연구에서 매우 긴요한 작업이라고 할 수 있다. 그러나 해당 연구자의 연구 계획에서는 '국문학'의 개념이 역사적으로 어떻게 형성되었는지, 혹은 '국문학' 연구의 핵심적 인물들이 누구이며 왜 이들이 중요한 인물인지 설득하는 과정이 상대적으로 소략하게 다루어지고 있다. 또한 연구자가 선정한 '국문학 연구의 선도자들'이 어떤 기준에서 선정된 것인지 명확하지 않으며 이들을 어떤 관점에서 평가하려는 것인지 명확하지 않아 그 연구 성과와 의의가 분명하게 드러나지 않는다.

평가자는 자기가 생각하고 있는 국문학연구사의 일반적인 내용이 잘 나타나 있지 않다는 이유에서 내 계획서에 대해 평가를 절하하고, 내가 하려고 하는 연구가 무엇인지에는 관심을 가지지 않았다. 제도 정착자가 아니고 연구 혁신자인 선도자의 학문이 무엇이며 어떤 의의가 있는지 생각해보려고 하지 않았다. 자세가 오만하고, 성실성과 능력이 모두 의심스럽다. 이의를 신청하는 제도가 있어서 〈이의 신청서〉를 다음과 같이 써서 보냈다.

평가자는 본인의 저술을 국문학연구의 일반적인 사항에 관한 것으로 오해하고, 국문학의 개념, 국문학사의 등장, 탈식민지 학풍 극복 등에 관한 내용이 없다고 했습니다. 이 저술은 국문학연구 선도자들을 통해서 선도자의 학문이란 무엇인가, 지금까지 하지 않고 있던 새로운 연구를 어떻게 했는지 고찰하는 것을 주내용으로 합니다. 지금까지 없던 새로운 연구이고, 학문학 발전에 기여하고자 합니다.

선도자 학문에 대한 학문론의 문제를 국문학연구를 통해서 해명하고자 합니다. 국문학연구는 국내외에 전례가 없어 선도자 학문일 수밖에 없으므로 선도자 학문에 대해 고찰하는 최상의 자료라고 했습니다. 선정한 12인은 국문학을 선도자 학문으로 한 사람들입니다. 선도자 학문을 어떻게 해서 선정되었는지 연구계획서에 명시했습니다.

본인은 한국고전문학 분야 단 한 사람뿐인 대한민국학술회원입니다. 수준 이하의 연구를 하고서 부당하게 선임된 것은 아닙니다. 70여 종의 연구저서를 내고 10개의 학술상을 받았습니다. 지난해 국제 인문학포럼에서 기조발표를 했습니다. 만년을 빛낼 작업을 하고자 해서 연구비를 신청했는데, 수준 이하의 평가자가 부당한 평가를 해서 탈락되는 것을 수긍할 수 없습니다. 본인의 탈락이 대한민국학술원의 수치로 알려질까 두렵습니다.

문제의 핵심인 선도자연구의 의의를 평가할 수 있는 심사위원의 재심을 요구합니다. 국문학을 하면서 학문학의 문제를 고찰하는 분이 없으면, 학문학 자체에 관심을 가지고 연구하는 다른 전공 학자의 심사를 받고 싶습니다.

이 이의 신청은 받아들여지지 않고, 저술 지원 대상자 최종 명단에서 나는 제외되었다. 명단에 포함된 저술 명단을 보니, 사실을 설명하거나 지식을 전달하는 것들이 대부분이다. 이론을 정립하고자 하는 것은 없다. 몇 달 지난 뒤에 이의신청에 대해 다음과 같은 회신이 왔다.

이 연구에 대한 당초 평가 의견은 "'국문학'의 개념이 역사적으로 어떻게 형성되었는지에 대한 검토가 부족하고, '국문학연구의 선도자들'이 어떤 기준에서 선정된 것이며 또 이들을 어떤 관점에서 평가하려는 것인지 명확하지 않다."는 것이 중심을 이루고 있다. 이에 대해 신청자는 "평가자가 국문학연구의 일반적 사항에 관한 것으로 오해하고 국문학의 개념 등에 관한 내용이 없다고 했는데 이는 이 연구가 국문학연구 선도자들의 학문 고찰하는 것을 주 내용으로 하는 새로운 연구라는 점을 간과한 데 기인한 것이며, 선도자 12인을 어떻게 선정한 것인지에 대해서는 계획서에 명시했다."고 이의를 제기하였다.

우선 평가자가 국문학의 개념을 문제 삼은 신청자가 이의신청서에서 밝힌 것처럼 국문학연구의 일반적 사항에 관한 것으로 오해하였기 때문으로 보이지 않는다. 오히려 평가자들은 이 연구가 국문학연구 선도자들의 학문을 연구하는 것이라는 점을 파악하고 있었으나 국문학 연구선도자들이 누구인지, 그리고 그들의 학문에 대한 평가가 왜 지금 이 시점에서 긴요하게 필요한 것인지 등에 관한 내용을 설득력 있게 제시하기 위해서는 국문학의 개념에 대한 신청자의 명확한 입장이 요구된다는 차원에서 지적한 것으로 이해된다.

다음으로 '국문학연구의 선도자들'이 어떤 기준에서 선정된 것이며 또 이들을 어떤 관점에서 평가하려는 것인지에 대한 문제의 경우 신청자가 이의신청서에서 선도자 12인을 어떻게 선정한 것인지에 대해서는 계획서에 명시했다고만 밝혔기 때문에 이의 제기 내용에 포함된다고 보기 어렵다. 신청자는 계획서에 충분히 밝혔다 하더라도 평가자는 그 내용으로 충분하지 않다고 본 것이므로 이 평가에 대한 이의가 있을 경우 계획서에 제시된 내용과 별도로 보충 의견이 필요한데 그것이 없으므로 이 평가에 대해서는 본격적으로 이의제기를 하였다고 판단되지 않는다.

이상의 사실을 근거로 할 때 평가자의 평가에 신청자의 이의제기는 인정하기 어렵다고 판단된다.

이 회신에서 "명확하지 않다", "충분히 밝히지 않았다"는 등의 결함이 있어 연구계획이 부당하다는 말을 되풀이했다. "명확"하고 "충분"한 것은 연구 결과에서 기대해야 하고, 계획서에서 만족스러운 수준에 이를 수 없다. 어느 연구계획서도 이 점에서 예외일 수 없다. "명확하지 않다", "충분히 밝히지 않았다"는 것을 불합격의 이유로 삼는다면 심사에 합격할 수 있는 연구계획서는 하나도 없다. 연구는 가능성을 믿고 시작하는 모험이기 때문이다. 아무도 거역할 수 없는 절대적인 이유가 전혀 무용한 이유 노릇을 하면서 연구를 방해하는 횡포를 그냥 두고 볼 수 없다.

연구의 가치를 인식하고 가능성을 평가하는 것이 계획서 심사의 가장 중요한 임무이다. 이 연구의 목표는 선도자 학문의 의의를 밝히는 것이다. 국문학연구를 적합한 자료로 삼아 선도자 학문의 일반적인 의의를 해명하고 학문학 발전에 기여하고자 하는 연구계획을 제출했다. 이것은 미지의 세계로 나아가는 모험이다. 연구의 가능성을 믿고 나아가지만 어려움이 많을 것이다. 미리 만전을 기할 수는 없다. 기대와 설렘을 안고 출발한다.

학문학이라는 것은 불필요하고, 선도자 학문이라는 것은 성립되지 않는 개념이고, 연구할 가치가 없으며, 연구가 가능하지 않다고 하는 등의 이유를 들면 불합격 판정을 할 수 있다. 연구 목적과 내용에 관해서는 전혀 말하지 않고, "명확하지 않다", "충분히 밝히지 않았다"는 결함을 든 것은 불합격 판정을 내리기 위한 구실에 지나지 않는다. 이런 심사는 무지의 소치가 아니면 악의적인 가해이다.

그 이유가 무지이든 악의이든 문제가 심각하다. 연구가 무엇인지 모르는 부적격자를 심사위원으로 선임해 무지의 횡포를 부리고 악의적인 가해를 하도록 한 한국연구재단의 책임을 심각하게 추궁하지 않을 수 없다. 한국연구방해재단이라고 이름을 고치라고 해도 지나친 말이 아니다. 막대한 국가 예산을 써서 연구를 방해하는 것은 용납할 수 없는 매국행위이다. 이 기회에 연구비 지급 제도에 대한 전면적 개혁을 하는 데까지 나아가지 않을 수 없다.

평가가 부당하기 때문에 불합격이 부끄럽지 않다. 연구비를 신청한 것을 후회하지도 않는다. 이번의 실패 때문에 나는 평가가 손상되지 않는다. 평가를 더 받아야 할 이유도 없다. 쓰고자 하는 책을 연구비를 받지 않고도 완성할 수 있다. 불합격이 부당하다는 것을 책을 다 써서 최종적으로 입증할 것이다.

불합격이 오히려 축복이다. 불합격이 이 글을 쓰는 좋은 자료가 되어 합격보다 더욱 값지다. 같은 피해가 거듭 나타나 학문을 학문답게 하지 못하게 방해하는 잘못을 바로잡아야 하는 사명감을 느낀다. 전해 들은 이야기만 해서는 설득력이 없다. 내가 직접 겪은 수난을 최상의 증거로 삼아 해야 할 말을 자신 있게 한다. 피해대중의 대변자가 되는 영광스러운 임무를, 보이지 않는 손이 내게 부여한 것을 감사하게 여기고 투쟁을 맡아 나선다.

피해대중이라는 말이 과장된 것은 아니다. 내가 겪은 바를 증거로 삼아 추정해보면, 획기적인 연구를 하려고 하는 계획서를 제출했다가 불합격하고 분노하는 학자들이 얼마든지 있을 수 있다. 모든 것이 비밀이어서, 동병상련의 동지들을 찾아 함께 투쟁할 방도가 없는 것이 안타깝다.

내가 나서서 투쟁하고 시정을 요구하는 이 글이 널리 읽혀 동지들의 결속이 이루어지기를 바란다. 불합격자가 되었어도 조금도 좌절하지 말고 분발하자. 하려고 하는 연구를 한층 열심히 해서 더 좋은 결과를 내자. 한국연구재단의 횡포를 그대로 둘 수 없는 증거를 자랑스러운 업적으로 제시하자. 한국연구재단의 횡포를 고발하는 말을 출간하는 논저에 반드시 넣기로 하자.

그러나 위에서 말한 것은 인문사회학문에서만 가능하다. 자연학문에서는 연구비를 받지 않고 훌륭한 연구를 한 결과를 내놓을 수 없다. 연구비 신청서를 지금과 같이 하면 선도자연구는 막고, 추종자연구만 하도록 한다. 외국에서 하지 않는 연구를 앞서서 하는 것은 허용하지 않는다. 연구비를 많이 늘리면 늘릴수록 연구의 질이 더 나빠

질 수 있다.

한국연구재단이 나를 피해자로 만든 것 같은 짓을 일삼으면, 연구의 질이 연구비 지급 액수에 비례해 저하된다. 연구를 진지하게 하려는 학자는 사라지고 요령 좋은 연구비 사냥꾼들만 남는다. 의욕을 죽이고 하나마나한 연구계획서를 내서 연구비를 수입으로 삼기나 한다. 최하 수준의 오만한 평가자에게 잘 보이려고 온갖 추태를 일삼을 수 있다. 한국연구재단이 연구를 방해하는 원흉이 될 수 있다.

연구비 심사가 잘못되면, 연구비가 학문 발전을 가로막는다. 후진국 학문에 머무르게 하고 선진국 학문으로 나아가지 못하게 한다. 연구비를 많이 책정하면 연구를 방해하는 역기능이 더욱 확대된다. 거대한 예산을 낭비하고, 학문 후진국으로 되돌아가게 한다. 나라가 죽을병에 걸린다. 이런 잘못을 현행 제도를 그대로 두고 시정하기는 것은 가능하지 않아 근본적인 개혁이 필요하다.

붙임 (2)

2018년 11월 9일 대한민국학술원에서 이 논문을 발표하고 토론하는 모임이 있었다. 먼저 발표를 시작하면서 한 말을 든다. 괄호 안에 넣은 부분은 써 가지고 갔으나 말은 하지 않은 것이다.

2018년 10월 17일 KBS 저녁 9시 뉴스 시간에 세종시에 새로 모아놓은 여러 국책 연구기관에 관한 보도를 했다. 연구원들이 근무시간에 대학에 출강해 부당 이득을 취한다고 했다. 도서실을 각기 운영해 낭비를 초래한다고 했다. 이런 잘못 지적은 시정을 위한 요구이기도 하다. 연구원들은 근무시간을 지키고 나다니지 말아야 한다. 도서실은 공동으로 운영해 중복을 막아야 한다. 이렇게 하면 연구가 잘될 것인가?

다른 나라에서는 어떻게 하는지 알아볼 필요가 있다. 프랑스 국립과학연구센터(CNRS)의 경우는 어떤가? 개별 연구소가 독립되지 않고, 모든 연구가 연결되어 있다. 실험이 필요하지 않은 분야의 연구원은 출근의 의무도 출근할 건물도 없으며, 모두 재택근무를 한다. 대학 강의는 권장사항이고, 강사료는 급료에 포함되었다고 간주한다. 연구에 필요한 도서는 국립도서관에다 모아놓고, 연구자를 위한 고정좌석을 제공한다.

어느 쪽이 바람직한가? 결론을 내리기 전에 다른 많은 사례를 들어 광범위한 비교검토를 할 필요가 있다. 비교검토를 거쳐, 연구 능률 제고를 위해 우리가 택해야 할 최상의 방안이 무엇인지 찾아야 한다. 이런 것이 학술정책 연구의 과제에 포함된다. 학술정책은 정부의 어느 부서이든 능력 부족으로 맡아 연구할 수 없다. 연구에 근거를 두지 않고 결정을 내리는 것은 무리이다. 국정책임자가 실수하지 않도록 도와주어야 한다.

학술정책 연구는 대한민국학술원의 임무이다. 이를 위한 시도의 하나로 나는 이 논문을 썼다. 다른 회원은 다른 논문을 쓰는 것이 마땅하다. 토론을 거쳐 의견 접근을 시도하고 중지를 모으는 것은 당연하고, 견해차를 이유로 논지를 변경하라고 하는 것은 월권이다. 정부에서 당장 어떻게 생각할까 염려할 필요는 없다. 결론에서 제시한 제안은 지금 받아들이지 않더라도 계속 유효하다. 발표에 제한을 두려고 한다면 학문의 자유 침해이다.

이 논문에 대해서 장호완(자연 2분과) 회원이 지명토론을 했다. 논문을 간추려 정리했거나 보충설명을 한 대목은 생략한다. 중요한 내용을 (가) 자료 보완, (나) 견해 보완, (다) 견해 수정, (라) 견해 반대에 관한 것으로 나누어 옮긴다.

(가) 자료 보완:

우리나라에서는 교육부가 학술진흥법 제4조에 의거하여 학술진흥 정책을 수립하고, 학술정책 수행 및 연구비 지원은 한국연구재단이 맡고 있다. 이외에 학술지원사업으로 설치법에 따라 설치된 대한민국 학술원, 한국고전번역원, 한국학중앙연구원, 한국교육학술정보원 등 여러 기관이 있다.

한국연구재단은 2009년 6월에 한국과학재단, 한국학술진흥재단, 국제과학기술협력재단이 하나로 통합되어 새롭게 출범한 연구관리 전문기관으로 인문·사회·자연 분야의 연구비, 인력양성, 국제협력, 정책개발, 학술 및 연구개발 관련 기관·단체의 연구·운영 지원 등 포괄적 연구지원을 하고 있다.

국가과학기술자문회의(심의기구): 의장(대통령), 부의장(1명), 위원(30명 이내)으로 구성되고, 소위원회, 과학기술심의회(산하에 운영위원회 둠), 사무기구(과기부 직원 파견 등)를 두고 있다. 국가과학기술의 혁신과 정보 및 인력의 개발을 위한 과학기술 발전전략 및 주요 정책방향에 관한 사항, 그 밖에 과학기술 분야의 발전을 위하여 필요하다고 인정하여 대통령이 과학기술자문회의에 부치는 사항 등 과학기술과 관련된 모든 사항을 협의할 수 있다.

국가과학기술연구회(상설기구): 우리나라의 연구회는 독일의 막스플랑크 연구협회를 벤치마킹하였다. 막스플랑크 연구협회 산하에는 비영리 성격의 기초과학분야 연구소들이 있는 Gemeinschaft 협회와 영리를 추구하는 산업기술분야 연구소들이 있는 Gesellschaft 협회 즉 핼렘홀츠 연구협회와 프라운호퍼 연구협회 등이 있다. 우리나라 과학기술분야의 정부출연연구기관은 1999년에 국무총리 산하의 3개의 연구회 즉 기초기술연구회, 공공기술연구회, 산업기술연구회로 나뉘어 출범하였고, 2014년에 과학기술정보통신부 산하의 국가과학기술연구회(25개 연구원)로 모두 통합되었다.

경제인문사회연구회(상설기구): 국무총리 산하의 공공기관으로, 경제·인문사회 분야의 정부출연연구기관(26개 연구원)을 지원하고 육성하며 관리한다.

(나) 견해 보완

Boudreau, K. J et al. (2016)은 연구계획서의 내용과 평가자의 전문지식 사이에는 "지적인 거리"가 존재하며, 평가결과와도 관련이 있었다고 밝혔다. 이들은 그 관계를 추정하기 위해, 2,130개의 평가자와 연구계획서를 하나의 쌍으로 만들어 연구비 지원 선정과정을 추적하였는데, 평가자들은 의도적으로 자신의 전공분야와 가까운 분야의 연구계획서를 평가할 때에는 더 낮은 점수를 매긴다는 사실을 발견하였다. 특히 새로운 아이디어에 대한 평가가 매우 인색하였으며, 편향된 시각을 갖고 있었다고 한다.

Boudreau, Kevin J., Guinan, Eva C., Lakhani, Karim R., Riedl, Christoph. 2016. "Looking Across and Looking Beyond the Knowledge Frontier: Intellectual Distance, Novelty, and Resource Allocation in Science." *Management Science*, Vol. 62 Issue 10, pp. 2765-2783.

따라서 조동일 회원의 '붙임1 : 내가 당한 수난'과 같은 사건은 충분히 일어날 수 있는 사실임을 이해할 수 있었다.

연구지원 시스템: 효율적인 연구지원 시스템은 연구자의 높은 자율성을 보장하고 지원기관의 권한을 최소화한 연구관리 시스템으로서, 연구 후 평가시스템을 특징으로 하고 있기에 조동일 회원의 제안은 매우 적절하다.

연구평가 시스템: 근본적인 시정이 필요하다는 조동일 회원의 지적에 전적으로 동의한다. 그러나 근본적인 시정 방법에 관해서는 많은 논의가 있어야 할 것이다.

(다) 견해 수정

고등과학원(KIAS)과 기초과학연구원(IBS)은 오로지 연구만을 하는 현직 교수급으로 구성된 독립 연구원으로 설립되어 운영되고 있다. 벤치마킹한 미국 프린스턴 고등연구소에는 인문사회과학도 포함하고 있기 때문에, 고등과학원(KIAS)을 인문사회과학분야를 포함한 고등연구원(가칭)으로 확대 개편하면 조동일 회원이 제안하고자 하는 연구원으로 될 것이다.

(라) 견해 반대

사립대학의 연구교수 인건비를 국가에서 책임지는 것은 문제를 야기할 것으로 본다. 국가의 지원비란 결국 국민의 세금이므로 국가예산이 투입되고 집행되게 되면 사학이 통제를 받게 되어 모든 권한과 책임을 자유롭게 일임 받는 것은 불가능할 것이다. 그러나 기본인건비는 사립대학이 책임지고, 연구수당 및 기타 경비를 국가에서 보완 지원하는 방안도 있을 수 있을 것이다.

이제는 공·사립을 막론하고 각 대학 마다 발전기금이 있으므로, 대학자체의 발전을 위하여도 연구교수 제도를 대학 스스로 시행하는 것이 바람직하다. 조동일 회원이 제안한 국가 지원 연구교수 제도와 함께 이루어지면 대학의 연구풍토를 획기적으로 바꿀 수 있을 것이다.

장호완 회원의 토론에 대해 나는 다음과 같이 응답했다.

장호완 회원의 토론문을 감사하게 읽고, 학술정책 개선의 구체적인 방안을 논의하기에 앞서, 기본 원리를 재점검할 필요가 있다고 절감한다. 지금의 정부가 당장 채택할 용의가 있는 방안인지 생각하지 말고, 연구의 획기적 발전을 위한 최상의 전략을 수립해 어느 때든지 실행하기를 바라는 것이 마땅하다. 이 일은 학술원의 임무라고 생각해 연구를 진행했다.

대통령이 주재하는 회의에서 장기적인 학술정책을 심도 있게 연구하고 토론하는 것은 가능하지 않으며, 과학기술만 취급하는 것은 더욱 부당하다. 자연과학과 인문사회과학으로 나누어 정부출연연구소를 감독하는 기구를 두는 방식으로는 연구 전반을 통괄해서 기획하지 못한다. 몸체만 비대한 한국연구재단이 막강한 힘을 가지고 횡포를 부리는 것을 방치하지 말아야 한다. 인문·사회·자연 분야 최고 석학들로 구성된 총괄기관에서 학술정책을 넓고 깊게 연구한 결과를 제출해 국가에서 실시하도록 하는 것이 최상의 방안이다.

연구를 잘하도록 하는 것은 국가의 책임임을 분명하게 해야 한다. 모든 교수가 논문을 쓰도록 하는, 세계의 다른 어느 나라에도 없는 제도를 실시해, 추종자연구라고 하기에도 결격사유가 있는 함량 미달이거나 가짜인 논문을 양산하지 않을 수 없게 된 잘못을 시정하고, 창조적 역량이 뛰어난 선도자연구를 할 수 있게 해야 한다. 연구 예산을 공평하게 나누어 생활비에 보태도록 하는 복지에 기여하지 말고, 집중적으로 사용해 효율성을 최대한 높여야 한다. 이를 위해 학술정책 전반의 근본적인 개선이 요구된다.

창조적 역량이 뛰어난 선도자연구를 이룩해 학술 최선진국으로 나아가지 않으면 희망이 없다. 많은 노력을 하고 갖가지 방법을 시도해도 교육의 질이 향상되지 않는 것은 수준 높은 연구가 교육을 이끌어주지 않기 때문이다. 대학의 역사는 부끄럽다. 대부분의 사학은 사리를 추구하는 운영자가 횡포를 부려 교육을 망치고 연구를 방해한다. 그 모두 국립으로 할 수 있는 재원은 없으므로, 연구 살리기의 일단을 국가가 지원하는 방식으로 추진해 숨통이 트이게 하는 비상대책이 필요하다. 국립대학은 안일에 빠져 나태하고 인습에 사로잡혀 있다. 최상급 국립대학에 진입한 교수나 학생은 놀고먹어도 된다고 착각한다. 창조학은 하지 못하고 수입학에 머물러 외국유학을 위한 예비교 노릇이나 하면서 최상이라고 자부한다. 착각을 시정하고, 어리석음을 깨우쳐야 한다.

교육을 잘하라고 요구하고 야릇한 평가 척도나 휘두르면 대학의 수준이 더욱 저하된다. 연구다운 연구를 제대로 해서 놀라운 성과를 자랑하면, 소생을 위한 생기를 불어넣을 수 있다. 어느 특정한 대학이 아닌 전국의 모든 대학이 이런 변화를 겪어야 한다. 어느 대학에서든지, 특별히 선정되고 평가된 연구교수들이 국가의 직접적인 지원으로 연구에 전념해 탁월한 업적을 이룩하면 교육의 향상도 일제히 이루어진다. 특정대학만 지원하면 놀고먹어도 되는 특권을 조장하고, 입시경쟁 과열을 더욱 부추긴다.

사립뿐만 아니라 국립대학도 학생 수 부족으로 위기를 겪고 있다. 소수가 될 수밖에 없는 학생이 세계 최상위 교육을 받도록 하려면 연구의 수준을 최상위로 올려야 한다. 학생 수 부족으로 실직자가 되는 교수 가운데 최상위 연구를 할 수 있는 능력을 가진 사람은 연구교수로 발탁해 더욱 분발할 수 있게 해야 한다. 배우는 학생들이 있는 학과에서라야 연구를 하고, 담당 과목이 있어야 대학에 자리를 잡을 수 있게 하는 제도는 근본적으로 잘못되었다. 연구가 교육에 종속되거나 부속된 분야라고 여기지 말아야 하며, 교육을 이끌고 국가를 발전시키는 사명을 수행할 수 있게 해야 한다. 지금은 아직 없지만 진정으로 소중한 미래의 학술을 연구해야 교육의 미래를 전망할 수 있다.

몇 사람의 뛰어난 연구가 교육을 향상시키고 국가를 발전시키며 만인에게 정신적·물질적 풍요를 제공할 수 있다. 모든 교수를 동일한 제도로 묶어두고 교육을 하는 여가에 연구도 하라고 하는 것이 얼마나 어리석은지 알아야 한다. 이 점을 분명하게 하고 개혁을 요구하려면 이런 연구를 더 많이 해야 하고, 최고 석학들로 구성된 연구총괄기관이 있어야 한다.

학문을 제대로 하려고 평생 분투하면서 간직한 비통한 소원을 이 논문을 쓰는 동기로 삼았다. 여기서 다 하지 못한 말을 다음 여러 책에서 보충한다.

《학문론》(지식산업사, 2012)
《학문의 정책과 제도》(계명대학교, 2008)
《인문학문의 사명》(서울대학교출판부, 1994)
《이 땅에서 학문하기》(지식산업사, 2000)
《한국학의 진로》(지식산업사, 2014)

지명토론이 끝난 다음에 일반토론이 있었다. 과학기술 분야 회원 몇 분이 다른 견해를 제시한 데 대해 다음과 같이 응답했다.

학술 총괄기관은 횡포를 자행하며 학문에 정치적 간섭을 할 염려가 있다. => 염려할 일이 아니다. 독일의 막스프랑크협회는 정부가 제공한 예산과 위임한 권한을 가지고 운영하는 학자들의 자치기구이다. 우리는 그런 것을 더 잘 만들 수 있다.

대학의 현황에 대해 부정적인 평가를 하는 것이 지금은 많이 개선되었으므로 타당하지 않다. => 누적된 비리나 나태를 시정하지 못하고 있는 대학이 학생 수 감소로 붕궤의 위기에 직면하고 있다. 방대한 예산을 투입해도 문제를 해결하지 못하고 모두 낭비하고 말 수 있다. 연구교수가 뛰어난 연구를 해서 대학이 생기가 돌게 하는 것이 최소의 노력으로 최대의 성과를 올리는 방안이다.

현행 제도가 연구의 발전을 위해 상당한 기여를 한다. => 과학기술 분야는 혜택을 누리고 있다고 여겨 시야가 좁아진 탓에 문제를 총체적으로 검토하지 못할 수 있다. 혜택에서 제외된 학문을 하는 사람들은 불만을 토로하기나 하고 연구정책을 구체적으로 검토할 만한 지식을 갖추지 못한 것이 예사이다. 양쪽이 만나 장단점을 보완하면서 깊이 토론하고 함께 연구해야 한다.

발표를 마치면서 제안했다. 내가 작성한 어설픈 초안을 이용해 여러 분야 회원들이 공동연구를 하기를 희망한다. 그 결과를 관계기관 공청회를 거치고 다시 수정해 "국가 학술정책 개선 방안"에 관한 대한민국학술원의 제안을 단행본으로 출판해, 정부에 제출하고 세상에 공포하는 것이 바람직하다.

제4장

미래를
설계하는 학문

1. 어학·문학·문화연구

알림

이 논문으로 2018년 9월 14일 전북대학교에서 열린 한국언어문학회 발표대회에서 기조발제를 했다. 대회의 주제 〈차이 갈등 공동체: 상생의 언어와 문학〉에 맞는 발표를 준비해, 연구의 방향 전환에 기여하고자 했다.

머리말

오늘 모임의 주제는 차이와 갈등을 넘어서서 상생을 이루자는 것이다. 언어·문학·문화연구는 별개라고 하면서 차이점을 강조하다가 갈등을 일으키는 것은 잘못이다. 상극에서 상생으로 나아가 셋을 아우르는 학문 공동체를 이룩해야 한다. 이에 필요한 논증을 미시적인 방법으로 전개하는 데서 시작해 生克論을 거시적 통찰의 이론으로 제시하는 데까지 나아간다.

세 연구의 상관관계

언어·문학·문화는 별개가 아니고 연관되어 있다. 따로 다루지 말고 이어서 연구해야 한다. 셋이 어떤 관계인지 다음 세 가지로 말할 수 있다.

(가) 언어 〈 문학 〈 문화

(나) 언어연구는 문학연구로 확대하고, 문학연구를 문화연구로 확대
   해야 한다.
(다) 언어연구는 문학연구이지 않을 수 없고, 문학연구는 문화연구이
   지 않을 수 없다.

(가)는 '언어+x=문학', '문학+y=문화'라는 것이다. 'y'가 무엇인
지는 음악, 미술, 철학, 종교, 역사 등으로 열거할 수 있다. 'x'가 무
엇인지는 미리 말하기 어렵고 문학연구의 과제이거나 목표이다.

(나)는 "해야 한다"는 당위이다. 말하는 사람은 하지 않는 일을
듣는 사람에게 시키려고 하면, 당위는 잔소리가 된다.

(다) "않을 수 없다"고 하는 것은 필연이다. 필연은 환영할 만하
지만, 타당성을 입증하지 못하면 헛소리가 된다.

(다)를 입증하고자 하는 것이 여기서 하려는 일이다. 이해하기 어
려운 개념을 모아 이론의 집을 거창하게 지으려는 것은 아니다. 누구
나 관심을 가질 만한 예증을 들고 한 단계씩 풀이하면서 언어에서
문학으로, 문학에서 문화로 나아가지 않을 수 없다는 것을 입증한다.

어떻게 하려는가?

安玟英의 시조 한 수를 예증으로 든다.

높으락 낮으락 하며 멀기와 가깝기와
모지락 둥그락 하며 길기와 자르기와
평생에 이러 하였으니 무슨 근심 있으리

《시조의 넓이와 깊이》(푸른사상, 2017), 427-428면에서 들고 풀
이한 것을 훨씬 자세하게 말한다. 이것을 "이 자료"라고 지칭한다.

무슨 말인지 알만 하니 주석은 달지 않는다. 부분을 지칭하는 용어를 정리하기만 한다.

"높으락 낮으락 하며 멀기와 가깝기와"는 줄1, "모지락 둥그락 하며 길기와 자르기와"는 줄2, "평생에 이러 하였으니 무슨 근심 있으리"는 줄3이라고 한다.

"높으락"은 토막1, "낮으락 하며"는 토막2, "멀기와"는 토막3, "가깝기와"는 토막4라고 한다. 줄2도 이와 마찬가지이다. 줄3에서는 "평생에"가 토막1, "이러 하였으니"가 토막2, "무슨 근심"이 토막3, "있으리"가 토막4이다.

정리해 보이면 다음과 같다.

줄1: 토막1 토막2 토막3 토막4
줄2: 토막1 토막2 토막3 토막4
줄3: 토막1 토막2 토막3 토막4

이 자료에 관해 세 단계의 작업을 한다. 먼저 언어연구에서 하는 작업을 한다. 그 뒤에 문학연구로, 다시 문화연구로 나아간다.

언어연구부터 하자

먼저 되풀이되어 나타나는 어미(토)를 보자. 토막1·2에서 "-락"이 되풀이되고, 토막2에 "-며"가 있고, 토막3·4에서 "-와"가 되풀이된다. 이런 것이 줄1·2에서 되풀이된다. "-락"·"-며"·"-와"는 복수의 것들을 열거하는 어미인 것이 같으면서 다른 점도 있다.

"-락"은 반드시 짝을 지워, 대조되는 의미를 지닌 서술어 둘을 열거한다. "붉으락 푸르락", "들락 날락", "오락 가락", "쥐락 펴락" 같은 것들이 더 있다. "높으락 낮으락", "모지락 둥그락"이라고 한 것이 정상적인 용법이다.

"-며"도 짝을 지워, 대조되는 의미를 지닌 동사 둘을 열거할 수도 있다. "가며 오며"도 있다. 짝을 짓지 않고 단독으로 쓰일 수도 있다. "높으락 낮으락 하며", "모지락 둥그락 하며"의 "하며"에서는 단독으로 쓰이는 것을 선택했다.

"-와"는 한 번만 쓰여 앞뒤의 명사를 연결하기만 하는 것이 예사이다. 여기서 "멀기와 가깝기와", "길기와 자르기와"라고 해서, 뒤에 첨가한 "-와"가 앞의 "-와"가 짝을 이루도록 한 것은 특이하다. "-와"로 연결되는 것들이 두 쌍만이 아니고 그 이상이 더 있을 수 있다는 생각도 하게 한다.

세 조사 "-락"·"-며"·"-와"가 어떻게 쓰였는지 각기 설명하면 할 일을 다 하는 것이 아니다. 이처럼 복수의 것들을 열거하는 작업을 일제히 하고, 열거하는 방법을 다양하게 한 것은 무슨 이유이며 어떤 의미를 가지는가? 이 의문을 지금까지의 언어연구에서는 감당하기 어렵다.

다음에는 의미를 살펴보자. 줄1에서는 높고 낮은 高低, 멀고 가까운 遠近을 말했다. 줄2에서는 모지고 둥근 角圓, 길고 짧은 長短을 말했다. 공간적 존재의 여러 양상을 둘씩 짝을 지워 말한다. 줄1에서 말한 것들은 기준점이 있다. 줄2에서 말한 것들은 기준점이 없다. 갖가지 경우를 모두 들어 대조가 되는 것들을 말했다. 이렇게 한 것은 무슨 이유이며 어떤 의의를 가지는가? 이 의문도 지금까지의 언어연구에는 감당하기 어렵다.

여기서 언어연구의 영역이 어디까지인지 검토해보아야 한다. 지금까지의 언어연구는 말이 어떻게 되어 있는가 하는 연구만 해왔다. 이것을 어형연구라고 하자. 어형연구는 말이 어떻게 쓰이고 무슨 구실을 하는가 하는 다음 단계의 연구로 나아가야 한다. 이것은 어법연구라고 하자.

어형연구를 하다가 어법연구로 나아가지 않을 수 없다. 어법연구로 나아가면 정체성에 혼란이 일어나니 어형연구를 고유한 영역으로 고수해야 한다고 하면, 사실판단에 그치고 인과판단이나 가치판단은 포기해야 하니 온전한 학문이 아니다. 사실판단·인과판단·가치판단은 학문의 세 요건이다. 셋 다 알자는 것이 학문을 하는 이유이기도 하다.

"복수의 것들을 열거하는 작업을 일제히 한다"는 것은 사실판단이다. "왜 그렇게 했는지" 밝히는 것은 인과판단이다. "그렇게 한 것이 어떤 의의가 있는지" 알아내는 것은 가치판단이다. 어형연구에서 어법연구로 나아가야 사실판단의 영역을 넘어서서 인과판단이나 가치판단으로 나아갈 수 있다. 어법연구는 언어연구이면서 언어연구를 넘어서서 문학연구와 만난다.

문학연구로 나아가자

위에서 진행한 언어연구에서는 줄1과 줄2만 다루고 줄3은 건드리지 않았다. 줄3에 관해서는 언어연구가 특별히 할 일이 없기 때문이다. 줄3을 문학연구에서 고찰하면서 언어연구에서 문학연구로 넘긴 두 가지 의문을 다루기로 하자.

줄3 서두에서 "평생에 이러 하였으니"라고 한 것은 줄1·2에서 말한 것이 살아오는 과정이라는 말이다. 과정에는 시제가 들어가야 한다. 시제를 넣으면서 생략되어 있는 것을 "그밖에 여러 일이 있었으며"라는 말을 괄호 안에 적어 보충해보자.

"높았다가 낮았다가 하고 멀었다가 가까웠다가 하며 (그밖에 여러 일이 있었으며), 모질었다가 둥글었다가 하고 길었다가 짧았다가 하며 (그밖에 여러 일이 있었으며), (이렇게 살아왔으니) 무슨 근심 있으리"라고 했다고 연결해 말할 수 있다.

그러면 앞에서 넘어온 두 의문에 대답할 수 있는가? 두 의문을 확인해보자. 복수의 것들을 열거하는 작업을 일제히 하고, 열거하는 방법을 다양하게 한 것은 무슨 이유이며 어떤 의의가 있는가? 존재하는 모든 것들, 존재하는 모든 양상을 정리해 말한 것은 무슨 이유이며 어떤 의의를 가지는가?

변화의 곡절을 많이 겪고 인생 경험이 풍부하다고 자랑하려고 별난 노래를 지었으며, 표현 방식과 사고의 영역을 넓힌 것을 의의로 한다고 할 수 있다. 고유어만 사용하고 어형 변화를 소중한 자산으로 활용해 세상을 깨우쳐줄 만한 명작을 이룩한 것을 높이 평가해야 한다. 한자어에 토를 단 것과 같은 시조가 많은 가운데 이런 것이 있어 더욱 돋보인다.

이런 말을 늘어놓으면 의문이 풀리는 것은 아니다. 줄3의 전반부 "평생에 이러 하였으니"를 경험 자랑으로 이해하고 말면 "무슨 근심 있으리"가 너무 단순해진다. 경험이 많다고 자랑이면 근심이 없다고 할 정도의 만족감을 주는 것은 아니다. "무슨 근심 있으리"라는 말이 왜 나오고 어떤 의의가 있는지 알려면 문학연구의 통상적인 수준을 넘어서야 한다.

언어연구에 어형연구와 어법연구가 있듯이, 문학연구에도 작품 자체의 연구와 작품이 어떻게 해서 이루어지고 무슨 구실을 하는가에 관한 연구가 있다. 앞의 것은 문학의 어형연구, 뒤의 것은 문학의 어법연구라고 할 수 있다. 언어에서든 문학에서는 어형연구를 하지 않고 어법연구를 하겠다는 것을 억지이다. 어형연구에 머무르고 어법연구로 나아가지 않으면 옹졸하다.

언어의 어법연구는 문학연구와 만난다고 했다. 문학의 어법연구에서 작품이 어떻게 해서 이루어지고 무슨 구실을 하는지 밝히는 작업은 문화연구와 만난다. 연구가 발전하면서 단계적으로 확대되는 것이 필연적인 과정이다. 앞으로 나아가기만 하면 잘하는 것은 아니다. 먼저 할 일을 제대로 하지 못하면 통념을 되풀이하는 수준에 머문다.

문화연구를 해야 한다고 하면서 통속적인 수준의 한국문화론을 되풀이하는 것은 학문이 아니다. 언어연구에서 문학연구로, 문학연구에서 문화연구로 진행하면서 밝혀 논한 성과가 통념이나 상식을 우습게 만드는 획기적인 성과가 있어야 학문을 제대로 한다고 할 수 있다.

문화연구를 위한 시도

문화연구는 아무나 쉽게 한다고 나서서 북새통을 이루고 있다. 無主空山을 서로 차지하려고, 연구하는 절차는 거치지 않고 기묘한 말을 늘어놓는 도깨비들이 설쳐댄다. 문화는 범위가 너무 넓고 형체가 불분명한 것 같아 연구하기 어려운 줄 알아야 한다.

가능한 길 한가닥이 문학연구에서 더 나아가면 발견된다. 문학연구가 통상적인 수준을 넘어서서 제기된 문제를 풀기 위해 적극 노력하면, 문화연구를 정리하고 혁신하는 너무나도 힘든 작업을 조금이라도 할 수 있다. 문화의 문법이라고 할 것을 어느 정도는 알아낼 수 있다.

당위론을 펴기만 하는 것은 무책임한 짓이다. 마름 행세를 하고 싶은 유혹을 뿌리치고 일꾼으로 나서야 한다. 이 자료 고찰에서 본보기가 될 만한 것을 내놓아야 타개책이 생긴다. 그 가능성을 밝히고 방향을 제시하기로 한다.

높은 것은 낮고 낮은 것은 높고, 먼 것은 가깝고 가까운 것은 멀고, 모진 것은 둥글고 둥근 것은 모지고, 긴 것은 짧고 짧은 것은 길다.

이렇게 말한 것은 생극론의 사고이다. 상생이 상극이고 상극이 상생이라는 것이 여러 모습으로 나타난다. 아주 쉬운 말로 커다란 깨달음을 나타냈다. 세상은 생극론의 이치를 가지고 움직인다는 것을 아니 근심이 없다. 낮다, 가깝다, 모지다, 짧다고 한탄할 것은 없다.

낮다, 가깝다, 모지다, 짧다는 것이 있을 수 있는 일이 아니고, 실제 상황이어서 문제가 심각하다. 억눌려 사는 처지에 있는 불운이 행운이어서, 세상의 움직임을 알 수 있다. 높고, 멀고, 둥글고, 길다고 으스댈 것은 아니다. 생극의 이치에 의해 세상은 돌고 돈다.

그처럼 놀라운 말을 중인 가객 안민영이 시조를 지어 했다. 하층민의 성장과 의식의 확대로 거대한 역전이 실제로 진행되고 있는 것을 알렸다. 관념적인 설명은 전연 없는 작품을 내놓아 걸고넘어지지 못하고 제대로 알면 압도되지 않을 수 없도록 했다.

수식어나 활용형을 다채롭게 사용해 우리말의 아름다움을 잘 나타냈다는 작품들과는 차원이 다르다. 언어 자산의 더욱 기본적인 층위인 어미(토)를 자재로 삼아 크고 넉넉한 집을 지어, 문학이 철학이고 역사인 문화통합을 확보하고 혁신했다. 정철이나 윤선도보다 안민영이 더욱 심오하고 탁월한 창작을 한 것이 대변동이다.

논의의 확대

전공 세분이 학문 연구의 선결 조건이라고 믿는 것은 근대 특유의 배타적 분리주의 사고방식에 휘둘린 탓이다. 언어연구와 문학연구는 원수가 되다시피 해서 둘 다 멍들고, 문화연구는 자리를 잡을 곳이 없어 허공에서 떠돌고 있어 사태가 심각하다. 연관관계 상실 때문에 생긴 파탄을 각론을 각기 수입해 시정하려고 하다가 미궁이 확대된다. 혼란을 일거에 청산하는 대오각성이 필요할 때이다. 상극의 시대인 근대를 넘어서서 상생을 소중하게 여기는 다음 시대로 나아가는 생극론의 학문을 선도해 후진이 선진이게 해야 한다.

문화는 文史哲의 통합 영역이다. 위의 작업은 文史哲 통합이 막연한 당위론을 넘어서서 성과 있게 이룩할 수 있게 하는 시발점이다. 文에서 언어 -〉 문학 -〉 문화로 나아가 史나 哲에서도 통합을 지향하도록 촉구한다. 史는 언어 수준의 '사건'에서 문학에서와 같은 '연관'으로, 거기서 더 나아가 문화의 '총체'로 연구를 확대하는 것이 마땅하다. 哲에서 해야 하는 세 단계 작업은 '저작'의 개별적 양상, '개념'의 상관관계, '사고'의 총체에 관한 연구라고 할 수 있다. 文史哲에서 각기 추구한 성과가 모여 문화를 총체로 인식하고 창조할 수 있게 해야 한다.

전공을 세분해 文史哲을 나누고 더 나누는 동안 글을 길고 자세하게 쓰려고 경쟁하는 악습이 생겼다. 논의를 복잡하게 하고, 인용을 많이 하고, 주를 번다하게 달아 더욱 높이 평가되는 논문을 내놓겠다고 했다. 이제 분화에서 통합으로, 상극에서 상생으로 나아가면서 글쓰기도 달라져야 한다. 말을 줄여 핵심을 분명하게 하면서 포괄하는 범위는 넓혀야 한다. 논증의 학문을 넘어서서 통찰의 학문을 해야 한다. 논문작법의 성가신 규칙에서 벗어나 성현의 말씀을 기록한 경전 같은 글을 쓰는 것이 바람직하다. 학자가 새로운 시대의 성현이 되어 세상을 이끌어야 한다.

학풍을 쇄신하려면 모든 사람을 같은 제도로 묶어두지 말고 각자의 선택을 존중해야 한다. 학과나 전공의 구분을 넘나들면서 공부를 좁게도 하고 넓게도 할 수 있어야 한다. 글쓰기 방식에서도 최대한의 재량권을 인정해, 짧은 시 한 편 같은 글이 박사논문일 수 있어야 한다. 교수의 임용과 승진에 필요한 업적도 외형적인 요건은 없애고 오직 내질만 소중하게 여겨야 하고, 연구와 창작의 구분을 넘어설 수 있게 해야 한다.

붙임

〈차이 갈등 공동체: 상생의 언어와 문학〉을 다루겠다고 한 거대한 모임이 허전했다. 기조발제를 포함해 다른 분들이 한 모든 발표는 각론 차원의 특수한 논제를 다루기나 했다. 실망을 달래려고 나는 예상 이상의 활약을 하지 않을 수 없었다.

개별발표를 들으면서 토론에 참여해 말했다. "왜 논문을 길고 자세하게 쓰기만 하고 핵심을 잃어버리는가? 사실 설명을 지루하게 열거하다가 무엇이 문제인지 몰라도 되는가?" 이런 폐단이 학문을 망친다고 할 수 있어 심각하게 논의하지 않을 수 없다.

구체적인 예를 들어보자. 전재강(안동대)의 李穡 시문 불교 수용에 관한 논문은 사실을 설명하느라고 너무 길어졌다. 지명토론자 강동석(전주대)이, 이색은 불교는 자세하게 말하고 "吾學"이라고 한 성리학에 관해서는 파탄을 보였다고 李滉이 나무란 말을 듣고 어떻게 생각하는가 물었는데, 경청할 만한 대답이 없었다. 듣고 있던 사람 누가 자기는 잘 안다면서 성리학의 역사에 대한 강의를 장황하게 해서 무엇이 문제인지 알 수 없게 만들었다.

나는 말했다. "이색은 성리학을 하고자 했으나 논리가 모자라 불교에 의존하지 않을 수 없었기 때문에 파탄을 보인 것이 아닌가? 이것을 철학에서는 나무라도, 문학에서는 평가해야 하지 않는가? 이를 두고 보면, 문학과 철학의 관련 양상을 어떻게 말해야 하는가?" 사실 설명을 자세하게 하는 수고는 사양하고, 이 문제를 집중적으로 고찰하면 미시와 거시 양면에서 좋은 논문이 될 것이다. 자료의 정밀분석에서 시작해 문화통합론에 이르는 성과를 거둘 수 있기를 기대한다.

고승관(제주대)은 權好文의 閑居와 獨樂에 관해 자료를 많이 들어 자세하게 설명했다. 閑居가 무엇이고 獨樂은 무엇인지 핵심을 찔러 말하지는 않았다. 토론에 참여해 한 말을 한문으로 "不求名利 托心物外 曰閑居 不與世交 得山水趣 曰獨樂 可讚也 然 閑居而不知農勞 獨樂而不參民興 可責也"라고 써 주었다. 핵심을 분명하게 하는 데 한문이 유리했다.

대강 번역하면서 말을 보탠다. 명예나 이익을 추구하지 않고 마음을 세상 밖에 두는 것이 한거이다. 속된 사람들과 사귀지 않고 산수의 흥취를 얻는 것이 독락이다. 한거는 존재이고, 독락은 의식이다. 한거하면서 독락하는 것은 기릴 만하다. 그러나 한거하기만 하고 농민의 수고는 모르며, 혼자 즐거워하기만 하고 민중의 흥취에는 참여하지 않으면 나무랄 만하다.

이렇게 말하면 사실판단을 분명하게 하고 인과판단을 거쳐 가치판단으로 나아간다. 李玄逸이나 魏伯珪가 "農勞"나 "民興"에 동참하려고 한 것과 비교고찰을 하면 논의가 더욱 분명해진다. 이 연구도 미시적인 분석에서 거시적인 통찰로 나아가는 것이 마땅하다.

내 발표에 대한 질문에 대답하면서 말했다. 정년퇴임을 하니 두 가지가 좋다. 논문작법을 따르지 않고 연구 성과를 정리할 수 있다. 핵심만 가려 글을 간명하게 쓴다. 전공 분야를 넘어설 수 있다. 문학을 논의하면서 문화 전반을 마음대로 문제 삼을 수 있다.

이런 자유를 누리지 못하는 분들은 신세한탄이나 하고 있지 말고 작전을 잘 세워 대처하면 된다. 전공을 넘나들면서 깊이 깨달은 바를 간명하게 간추려 써놓고, 필요한 것을 떼어내 세상에서 요구하는 방식으로 살을 붙여 가공하면서 된다. 근본을 다져놓으면 논문을 얼마든지 만들어낼 수 있다.

현장에서 미처 하지 못한 말을 보태 마무리를 삼는다. 학문은 보는 행위이다. 본다는 것은 세 차원에서 이루어진다. 눈으로만 보지 않고, 현미경으로도 보고, 망원경으로도 본다. 눈으로 보는 것은 누구나 한다. 학자는 현미경으로 보는 미시나, 망원경으로 보는 거시 작업을 특별하게 해서 맨눈으로 보아도 다 안다고 착각하는 사람들을 깨우쳐주어야 한다.

자료를 보고 있는 대로 설명하는 것은 눈으로 보기나 하는 차원이다. 눈이 있는 사람은 누구나 볼 수 있으니 길게 염려하지 않아도 된다. 현미경으로 특별한 것을 보고 알아차린 이치가 망원경으로 볼 수 있거나 이상인 광대한 영역에서 널리 타당하다고 하면 최상의 연구를 한다. 우리가 하는 언어·문학·문화연구를 이렇게 하는 모범을 보여주어야 한다.

2. 문학사의 내력과 진로

알림

이 글은 2017년 9월 20일 서울대학교에서 열린 한국학술원과 日本學士院 공동학술발표회에서 발표한 원고이다. 모임을 기획할 때 《岩波講座 日本文學史》 主編者인 久保田 淳(쿠보다 준)이 와서 일본문학사에 대한 발표를 해서 내가 하는 발표와 짝을 맞추고 공동의 관심사를 논의하자고 제안했는데, 해외여행을 할 수 없는 사정이라고 했다. 불문학자 塩川徹也(시오카와 데쓰야)가 와서 〈고전과 클래식―용어와 개념〉이라는 제목의 발표를 했다. 내 발표에 대해 대한민국학술원의 김수용(독문학), 일본학사원의 玉泉八州男(다마이즈미 야스오, 영문학)가 질의를 했다. 질의와 응답을 뒤에 수록한다.

논의의 단서

문학사를 나는 평생의 일거리로 삼아왔다. 오랜 준비 기간을 거쳐 《한국문학통사》(서울: 지식산업사, 제1판 1982-1988, 제4판 2005) 전5권(부록 포함 전6권)에서 한국문학사를 통괄해 서술하면서 문학사의 이론과 방법을 정립하는 작업을 함께 진행했다. 연구를 확대해 얻은 성과를 활용해 세 차례 개고를 했다. 이 책 축약본 불어판이 나오고, 영어판도 출간이 임박했다.

한국문학사에서 얻은 성과를 적용하고 확대해 중국·일본·월남문학과의 광범위한 비교연구를 시도하고, 동아시아문학사로 나아갔다. 《동아시아문학사비교론》(서울: 지식산업사, 1993), 《하나이면서 여럿인 동아시아문학》(서울: 지식산업사, 1999) 등 일련의 저작에서 동아시아문학사에 대한 새로운 탐구를 했다. 이 두 책은 일본어로 번역되었다.

다음 순서로 세계문학사 이해를 바로잡고자 했다. 《세계문학사의 허실》(서울: 지식산업사, 1996)에서 영어·불어·독어·이탈리아어·러시아어·일본어·중국어·한국어를 사용한 38종의 세계문학사를 검토하고, 유럽 중심의 편향된 시각을 비판하면서 새로운 출발을 다짐했다. 대등한 관점에서 세계문학사를 다시 쓰는 기본설계에 해당하는 제안을 《세계문학사의 전개》(지식산업사, 2002)에서 제시했다. 이 책은 일본어 번역이 진행 중이다.

근래에는 《문학사는 어디로》(지식산업사, 2015)를 내놓았다. 한국, 일본, 중국, 월남, 인도, 프랑스, 독일, 영국, 아일랜드, 미국, 이탈리아, 러시아 등 세계 여러 곳의 자국·지방·광역·세계문학사를 검토하고, 문학사의 등장, 시련, 진로 등에 관한 논의를 한 내용이다. 문학사는 근대의 산물이지만, 근대를 넘어서는 다음 시대에도 살아남아 더 큰 구실을 해야 한다고 했다. 여러 문학사 가운데 자국문학사가 가장 긴요한 위치를 차지해 재론하고자 한다.

이 모임은 한·일학술회의여서 한국과 일본의 자국문학사가 관심의 초점이 되지만, 근접 비교의 협소한 관점을 넘어서야 한다. 문학사를 쉽게 이용할 수 있는 예증으로 삼고 공동의 관심사를 해결하는 지혜를 찾아, 동아시아 학문의 수준을 높이고 온 인류를 위해 봉사하는 새로운 연구를 이끌어나가는 것이 바람직하다. 이렇게 다짐해야 오늘의 발표와 토론이 커다란 성과를 거둘 수 있다.

지금까지 어느 나라에서 내놓은 자국문학사라도 모두 그 나름대로의 문제점이나 결함이 있다. 이에 대한 검토를 철저하게 해야 향상이 가능하다. 문학사를 두고 개인끼리, 나라끼리 경쟁하려고 하지 말고, 더 잘 쓰기 위해 함께 노력하고 지혜를 모아야 한다. 어느 나라 문학사에 관한 작업이든 공동의 관심사로 삼고, 자국문학사의 폐쇄성을 넘어서서 진정으로 보편적인 세계문학사로 나아가는 길을 함께 찾아야 한다.

자국문학사의 지향점

자국문학사는 근대 국민국가의 문화적 자화상이라고 존중되어 어디서나 다투어 썼다. 근대 민족국가를 먼저 이룩한 곳은 자국문학사 서술에서도 앞서 나가고, 뒤떨어진 곳은 불리한 여건에서 힘든 노력을 해야 했다. 그러나 선진과 후진의 격차가 계속 이어진 것은 아니다. 선진의 자만은 침체나 퇴보를 초래하고, 후진은 분발로 새로운 길을 열었다. 자국우월주의에 빠지는가, 인류의 보편적 이상을 추구하는가 하는 차이가 역전을 결정했다.

영국은 근대화로 일찍 나아가 자국문학사를 내놓는 데서도 앞섰다. 세계 최초의 자국문학사라고 인정되는 와튼, 《12세기부터 16세기 말까지의 영국시의 역사》(Thomas Warton, *The History of English Poetry from the Twelfth to the Close of the Sixteenth Century*, London: Ward, Lock, and Tyler, Warwick House, 1774-1790)를 보자. 몽매한 시대에서 벗어나 "우리 국민의 시"(our national poetry)가 대단한 발전을 보여 "세련됨이 최고 경지에 이른 시대"에 이르렀다고 했다. 그 뒤를 이은 영국문학사도 이와 같이 자국 우월감을 고취하고, 문학사를 어떻게 써야 하는지 고민하지는 않았다.

영국의 식민지가 되어 오랜 기간 동안 고통을 겪은 아일랜드는 민족의 자각과 독립을 위해 어려운 여건을 무릅쓰고 자국문학의 내력을 찾았다. 독립 후에 형편이 나아지자 자국문학사를 잘 쓰기 위해 더욱 힘쓰면서 서술 방법을 적극 탐구했다. 밴스, 《아일랜드문학의 사회사》(Norman Vance, *Irish Literature, a Social History*, Oxford: Blackwell, 1991)를 본보기로 삼아 이룬 성과를 확인할 수 있다. 영국에 항거하는 민족의식의 성장을, 문학의 사회사의 이론을 가다듬으면서 고찰했다. 피압박민족의 각성을 위한 문학사의 본보기를 제시하고, 문학사와 사회사의 관계에 관한 일반론 수립에 기여했다.

자국문학사 서술은 문학의 유산을 정리해 보여주고 학문하는 수준을 알리는 이중의 기능을 수행한다. 이 둘은 잘 맞아 들어가기 어렵다. 문학의 유산이 방대하다는 자랑이 지나치면 널리 인정될 수 있는 이론이나 방법에서 멀어져 학문하는 수준이 낮다는 광고를 한다. 참신한 발상을 갖추고 대담한 추론을 전개하는 쪽으로 나아가면, 자료의 실상에서 멀어져 불신을 받을 수 있다. 자국의 자료에서 논거를 찾아 세계 전역에서 타당한 보편적 이론을 이룩해야 양쪽의 잘못을 한꺼번에 시정할 수 있다.

영국은 유산 자랑을 능사로 삼았다. 워드 외 총편, 《캠브리지 영문학사》(W. A. Ward and A. R. Waller eds., *Cambridge History of English Literature*, Cambridge: Cambridge University Press, 1907-1916) 전14권을 냈다. 이것을 트렌트 외 공편(W. P. Trent, J Erskine, S. p. Sherman, and C. Van Doren eds.) 미국편 전4권을 보태 《캠브리지 영미문학사, 백과사전 전18권》(*Cambridge History of English and American Literature*, an Encyclopedia in Eighteen Volumes, 1907-1921)으로 늘려 대단하다고 감탄하게 했다. 영어로 쓴 글은 모두 영문학이라고 했다. 영국인이 이주한 모든 나라의 문학이 영문학이라고 했다. 동원 가능한 자료는 다 열거해 엄청난 물량 공세로 위신을 높여 다른 모든 나라를 압도하려고 해서, 바람직하지 않은 경쟁을 유발했다.

프랑스에서는 문학의 유산 자랑보다도 문학사를 쓰는 방법 정립이 더욱 긴요한 과제라고 여겨 많은 노력을 한 결과가 랑송, 《불문학사》(Gustave Lanson, *Histoire de la littérature française*, Paris: Hachette, 1894) 이래 여러 저작에서 나타났다. 랑송은 "민족적인 학문은 있을 수 없으며, 학문은 인류의 것이다"라고 했다. 문학사 서술은 독자적인 과학성을 갖추어야 한다고 하고 문헌고증의 방법을 제안했다. 독일 또한 쉐러, 《독문학사》(Wilhelm Scherer, *Geshichte der deutsche Literatur*, Berlin: Weidermann, 1883) 이래로 문학사 서술의 문헌학적 방법을 정립한 성과를 뚜렷하게 보여주었다. 문헌고증학으로 문학사 연구가 학문으로 자리 잡을 수 있게 하고, 문학사 서술의 교본을 마련해 널리 영향을 끼쳤다.

문헌고증을 넘어서서 새로운 방법을 개척하기 위한 노력에서도 프랑스와 독일이 앞서고, 유산 자랑이나 일삼는 영국은 뒤떨어졌다. 갖가지 방법을 제안하고 시험하다가 문학사회학을 개발하는 것이 바람직하다고 하는 의견은 근접했으나 실제 작업은 만만하지 않다. 프랑스에서 낸 책은 너무 많아 어수선하다. 파양 외 공저, 《불문학》(Jean Charles Payen et al., *Littérature française*, Paris: Arthand, 1970)은 전16권이나 되는데, 갖가지 쟁점을 두고 다양한 접근을 하면서 말이 많기 때문이다. 독일에는 보이틴 외 《독문학사, 기원에서 현재까지》(Wofgang Beutin et al., *Deutsche Literaturgeschichte, von den Anfängen bis zu Gegenwart*, Stuttgart: J. B. Metzlersche, 1979)라는 대표작이 있다. "문학적 발전과 사회적 변천이 상호작용"을 한 내력을 다각도로 밝혀 논하고자 했다. 자료를 산만하게 열거하고 논의가 철저하지 못한 결함이 있지만, 모든 것을 포괄하려고 하는 노력을 평가할 만하다.

일본은 영국과 상통하는 위치에서 자국문학사 서술을 시작했다. 三上參次(미카미 찐지)·高津鍬三郎(타카쓰 쿠와사부로우), 《日本文學史》

(東京: 金港堂, 1890)를 일찍 내놓으면서 "문학사는 자국을 사랑하는 관념을 깊게 한다"고 했다. 그 뒤에 문학사를 위한 문헌학적 방법은 받아들이고, 이해의 시야 확대나 방법 혁신에는 동참하지 않았다. 佐佐木信綱(사사키 노부쯔나) 外, 《日本文學全史》(東京: 東京堂, 1935-1941)는 12권이나 된다. 여러 필자가 시대별로 분담해 자료를 확대하고 서술을 자세하게 하며 도판도 많이 넣어 호화판을 만든 것이 대단하다고 하겠으나, 문학사를 서술하는 방법을 두고 고심한 흔적은 없다. 근래에 나온 久保田 淳(쿠보다 준) 主編, 《岩波講座 日本文學史》(東京: 岩波書店, 1995-1997) 전18권은 《캠브리지 영미문학사, 백과사전 전18권》과 맞먹는 분량이어서 물량 경쟁의 정점을 공유했다.

한국은 아일랜드와 유사한 위치에서 민족해방을 지향하는 자아각성을 위해 문학사를 쓰고자 했다. 최초의 시도인 安廓, 《朝鮮文學史》(서울: 韓一書店, 1922)에서, 모든 역사를 해명할 수 있는 포괄성을 가지는 문학사를 써서 '自覺論'의 서설로 삼는다고 했다. 식민지 시대에 어렵게 집필하다가 광복 후에 완성한 趙潤濟, 《國文學史》(서울: 東國文化史, 1949)에서는 위축된 민족정신을 소생시키고 분열을 극복하는 과업을 문학사가 맡는다고 했다. 조동일, 《한국문학통사》에서는 자료 포괄과 함께 이론 발전에 함께 힘써 文史哲을 아우르는 총체학문을 전통철학의 生克論에서 이룩했다. 문학사 서술의 물량 경쟁에는 북한이 참여해 《조선문학사》 전15권(평양: 사회과학원출판사, 1991-)을 내놓는데, 내용이 분량을 따른다고 하기 어렵다.

차질의 양상

근대 국민국가는 배타적인 주권을 확립하고 자국 우월주의를 내세워 국민이 단결하게 한다. 자국문학사는 이렇게 하는 데 봉사해 편향성을 키울 수도 있고, 그렇게 하는 것이 잘못이라고 깨우쳐주면서 개방성을 대안으로 제시할 수도 있다. 자국문학사만 쓰고 자국문학의 특수성을 자랑하는가, 자국문학사를 넘어서서 더 넓은 문학사로 나아가는가 하는 데 갈림길이 있다. 더 넓은 범위의 문학사로 나아가야 타당성이 큰 논의를 갖추어 이론의 수준을 높일 수 있다.

근대 국민국가는 단일체이기를 원하고 이질적인 요소는 부정하거나 배제하려고 한다. 주류민족이 아닌 소수민족의 문학은 무시하고, 지방문학의 독자성을 배척하며, 자기 나라가 문화적·정신적 단일체임을 입증하는 데 문학사가 큰 구실을 한다. 주류민족이 나라의 중심부에서 이룩한 문학이라도 사회적 위상에 따라 구분해 최상층 남성의 문학이라야 널리 모범이 된다고 받든다. 이런 차등을 타파하고 대등 또는 평등의 원리에 따라 문학을 재론하는 것이 긴요한 과제로 등장한다.

앞에서 든 랑송, 《불문학사》는 프랑스어문학만 취급하고 프랑스 안에 있는 프랑스어와 계통이 같거나 다른 여러 언어의 문학은 모두 제외했다. 사실과 다르게 프랑스는 단일언어를 사용하는 국가라는 허상을 만드는 데 봉사했다. 이런 편파성은 아직도 시정되지 않고 있다. 쉐러, 《독문학사》 이래로 독일문학사는 독일어의 유래를 설명하면서 독일어와 밀접한 관련을 가지지 않은 다른 지파 게르만어의 문학은 조금 언급하는 것이 관례이다. 보이틴 외《독문학사, 기원에서 현재까지》도 이런 관례를 따랐을 뿐이고 개선을 위한 노력을 하지 않았다.

일본문학사는 모두 일본이 단일민족·단일언어의 나라인 것처럼 말하다가, 小西甚一(코니시 진이찌), 《日本文藝史》(東京: 講談社, 1985-2009)에 이르러 '日本'에는 좁은 의미의 일본인 즉 야마도민족 외에 琉球人과 아이누인도 포함되므로 일본문학사의 범위를 넓혀야 한다고 했다. 그런데 아이누문학과 유구문학을 본격적으로 다루지 않고, 〈유구문학의 야마도化〉(琉球文學のヤマト化)를 두 차례 거론하기만

했다. 久保田 淳 主編, 《岩波講座 日本文學史》 전18권이나 되니 일본 문학의 범위를 최대한 넓히는 것이 당연한데, 15권에서 유구문학, 17권에서 아이누문학을 개괄적으로 소개하는 데 그쳤다. 아이누문학이나 유구문학을 일본문학으로 받아들여 일본문학사를 풍성하게 하려고 하지 않았다.

중국에서는 문학사를 쓰면서 소수민족문학을 무시하거나 소수민족 작가를 漢族이라고 하는 것이 관례였다. 이에 대해 소수민족이 항의하고, 사회과학원 소수민족문학연구소가 가만있지 않아, 張炯 外 主編, 《中華文學通史》(北京: 華藝出版社, 1997) 전10권에서는 방침을 바꾸었다. 사회과학원 문학연구소와 소수민족문학연구소의 합작으로 한족의 문학과 소수민족의 문학을 함께 다루어 '中國'보다 더 큰 범위인 '中華'문학사를 만들었다고 했다. 그러나 한족문학사와 소수민족 문학사를 통합하는 서술 체계를 마련하지 못하고, 소수민족문학을 곁들인 한족문학사를 중화문학사라고 했다. 중국왕조가 소수민족에게 끼친 작용은 중요시하면서 상호 간의 친선을 부각시키고, 소수민족문학이 반작용을 하면서 민족의 주체성을 옹호하려고 한 노력은 무시했다.

한국은 소수민족이나 소수언어의 문제가 없는 나라이지만, 나는 《한국문학통사》에서 문학사를 단일체가 아닌 다원체로 서술해야 한다고 강조해 말하고, 제주도문학의 독자적인 의의를 서두에서부터 부각시키며, 지방문학을 중요시하고, 여성문학을 적극적으로 평가했다. 귀화인의 기여를 밝히는 데도 힘썼다. 그래도 부족한 점을 보충하기 위해 《지방문학사 연구의 방향과 과제》(서울: 서울대학교 출판부, 2003)라는 책을 별도로 써냈다. 소수민족·지방·여성문학을 중요시하는 것은 차별이 없이 평등한 사회를 이룩하기 위해 당연히 해야 할 일이다.

오랜 기간에 걸쳐 풍부한 문학 유산을 축적했는가, 나라가 생긴지 얼마 되지 않아 문학사를 서술할 자료가 그리 많지 않은가, 이것이 중요한 차이점이다. 뒤의 경우에라도 할 수 있는 일을 충실하게 하면 되지만, 과욕을 부려 무리하게 될 수 있다. 생긴 지 얼마 되지 않는 나라가 강대국으로 올라서면 허세를 부려 혼란을 일으키게 마련이다. 자기 나라는 문학이 위대하다고 주장해도 설득력을 얻지 못하면, 문학사를 일제히 평가 절하하다가 문학사를 쓰는 것은 무의미한 일이라는 부정론을 편다.

미국은 문학 유산이 풍부하지 못하고 자국문학사 서술을 늦게 시작했다. 이런 결함을 메우려고 부지런히 노력해 트렌트 외 공편, 《캠브리지 미국문학사》(W. P. Trent, J Erskine, S. p. Sherman, and C. Van Doren eds., *Cambridge History of American Literature*, Cambridge: Cambridge University Press, 1917-1921) 전4권; 스필러 외 공편, 《미국문학사》(Robert E. Seidel Spiller, Willard Thorp, Thomas H. Johnson, Henry Canby eds., *Literary History of Unites States*, New York: Macmillan, 1948) 전2권; 엘리어트 총편, 《컬럼비아 미국문학사》(Emory Elliott General Editor, *Columbia Literary History of Unites States*, New York: Columbia University Press, 1988)를 거푸 내놓았다. 총체적인 내용의 자국문학사를 학계의 역량을 집결해 거대한 규모로 집필하는 작업을 세 차례 했다. 마지막 것은 단권이지만 면수가 많다.

총편자와 보조편자, 편자와 집필자가 유기적인 관계를 가진 조직 능력이 돋보인다. 영국문학에서 미국문학을 분리시켜 독자적인 의의를 찾고, 문학사를 단일체로 이해하다가 다원체임을 인정하는 방향으로 나아갔다. 그래도 설득력이 부족하고 성과가 미흡하며, 미국에도 문학사가 있다고 할 수 있는 정도에 이르렀을 따름이다. 세계를 제패하는 초강대국의 체면을 문학사 서술에서 살리기는 어려워 방향을 바꾸었다. 퍼킨스, 《문학사는 가능한가?》(David Perkins, *Is Literary*

History Possible?, Baltimore : Johns Hopkins University Press, 1992)
같은 야유조의 소책자가 앞서서, 포스트모더니즘의 해체주의를 내세
우면서 문학사 부정론을 부르짖어 세계 도처에서 추종자가 생기도록
한다.

논란의 핵심

자국문학사를 충실하게 쓰는 일은 일생을 다 바쳐도 감당하기
어려울 만큼 작업량이 많다고 랑송이 《불문학사》 서두에서 말한
것을 잊을 수 없다. 그 어려움을 공저를 해서 해결하려고 하는 것
이 당연하다고 할 수 있다. 그러나 공저는 분담 집필을 어떻게 하
든지 일관성이 없어지고, 하향평준화를 할 수밖에 없어 분량이 확
대되는 데 비례해 논의의 수준이 낮아질 수 있다. 단독저서에 여러
사람이 참여해 단독저서와 공저의 장점을 아우르려는 시도가 있으
나 성공하기 어렵다.

일본문학사를 공저로 총괄하는 작업을 久松潛一(히사마쯔 센이찌)
主編, 《日本文學史》(東京 : 至文堂, 1955-1960)에서 하고, 市古貞次
(이찌코 테이지) 主編, 《日本文學全史》(東京 : 學燈社, 1978)가 그 뒤
를 이었다. 이런 책에서 주편자와 보조편자, 편자와 필자가 유기적인
관계를 가지는 조직을 잘 만들고 빈틈없이 운용한 것이 미국의 경우
와 같다. 미국과 일본은 조직을 하고 관리하는 데 남다른 능력이 있
는 것을 문학사에서도 보여주었다.

그러면서 미국에서는 선거로 정권교체를 하듯이 문학사 서술의 사
령탑도 바뀌었는데, 일본의 경우에는 東京大學 인맥이 주도권을 세습
했다. 일본문학 전공의 주임교수가 일본문학사 主編者의 대권을 상속
받고 전임자가 한 작업을 시대 변화에 따르는 최소한의 수정만 거쳐
다시 했다. 일본문학사를 백과사전식으로 정리한 전6권의 규격품 교

본을 거듭 내놓아 널리 모범으로 삼도록 한다. 단일체를 잘 만드는 것을 능사로 삼고 다원체로 나아가야 하는지 고민하지 않았다. 그래서 조직이 정비되면 창조력은 감퇴한다는 것을 보여주었다.

그러다가 3대째에 이르자 이변이 일어났다. 久保田 淳 主編,《岩波 講座 日本文學史》(東京: 岩波書店, 1995-1997) 전18권은 분량이 크게 늘어나고, 규격이 흩어졌다. 입각점을 밝히는 서문이 없고 시대구분을 하지 않았다. 단일체로 이해하던 문학사가 다원체이게 하는 전환을 적절하게 거치지 못해 파탄을 보인 것이 아닌가 한다. 미국에서 유행하는 해체주의 풍조를 지나치다고 할 정도로 받아들여, 수많은 글을 모아놓은 것들이 각기 그것대로 논다. 그러면서도 사회가 다원체이게 하는 갈등에는 관심을 보이지 않았다. 가장 방대한 문학사가 문학사를 부인하는 데 이르러 조성된 위기를 어떻게 극복할 수 있을지 염려된다.

공저가 아닌 단저로 일본문학사를 총괄하는 작업은 동경대학 인맥 밖에서 진행해, 小西甚一,《日本文藝史》(東京: 講談社, 1985-2009) 전5권(별권 포함 전7권)이 나왔다. 자기 견해를 분명하게 한 것이 동경대학 쪽의 공저와 다르다. '文學'은 너무 광의이므로 협의의 '文藝'를 살핀다고 했다. 일본문예는 짧은 형식을 좋아하는 '短章的' 경향이 있고, 대립이 첨예하지 않고, '主情性'과 '內向性'이 두드러지는 특징이 있다고 했다. 이런 사실을 들어 일본문학의 특질을 체계적으로 파악하는 것을 목표로 한다고 했다. 이런 관점에서 일본문학사를 서술하려고 하니 시야가 좁아져 다루지 못한 것이 많다.

이것은 참신한 발상을 갖추고 대담한 추론을 전개하는 쪽으로 나아가면 자료의 실상에서 멀어져 불신을 받을 수 있는 경우라고 할 수 있다. 일본과 서양은 반대의 성향을 지니고 한국은 그 중간이라고 하면서, 한국 시가는 단형도 장형도 아닌 중형이라고 한 것을 비롯해 여러 조항이 사실과 어긋나 〈한·일문학 특질론 비교〉,《우리 학문의 길》(서울: 지식산업사, 1993)에서 비판한 바 있다. 사실이 어떤가를 떠나서 이런 특질론이 문학사에서, 문학사 이해의 방법에서 어떤 의의를 가지는지 의문이 아닐 수 없다.

시대구분에 관한 견해는 고대는 일본 고유의 시대이고, 중세는 중국화된 시대이고, 근대는 서양화된 시대라는 것이다. 이에 관해서는 직접 토론을 했다. 1994년 1월 京都의 國際日本文化研究센터에 초청되어, 小西甚一와 함께 문학사에 관한 발표를 한 적 있다. 발표 후에 누가 질문을 했다. 小西甚一는 일본의 고대는 일본 고유문화의 시대, 중세는 중국화한 시대, 근대는 서양화한 시대라고 하는데, 한국의 경우는 그렇지 않은지 묻고, 다른 소리를 하는 것이 무슨 까닭인가 했다.

이에 대해 응답했다. 그렇다면 중국의 중세도 중국화된 시대이고, 서양의 근대도 서양화된 시대인가? 나는 한국, 일본, 중국, 서양 등 그 어느 곳에서든지 함께 통용되는 시대구분을 한다. 고대는 공동문어 이전의 시대, 중세는 공동문어의 시대, 근대는 공동문어 대신 민족구어를 공용어로 삼은 시대라고 하는 것이 한국, 일본, 중국, 서양 등 그 어느 곳에서든지 타당한 보편적인 이론이라고 했다.

한국에서는 久松潛一 主編, 《日本文學史》; 市古貞次 主編, 《日本文學全史》와 같은 공저 규격품 교본이 이루어지지 않았다. 여러 권으로 쓴 개인작이라는 점에서 小西甚一, 《日本文藝史》와 상응하는 《한국문학통사》에서, 나는 한국문학사를 처음으로 자세하게 쓰면서 이론이나 방법을 일관되게 갖추었다. 명백하게 드러나는 표면에서 숨은 내면으로 들어가는 순서로 시대구분 문제를 해결했다. 문학작품의 표면에 나타나 있는 의미부터 이해하고 文史哲의 복잡한 얽힘을 풀어나가는 生克論의 철학을 전개했다.

언어 사용이 가장 명백하게 드러나 있는 표층이어서, 구비문학만 있던 시대, 기록문학으로 나아가 한문학이 등장한 시대, 국문문학이 이루어진 시대, 한문학은 밀려나고 국문문학이 국민문학으로 승격된 시대가 명백한 증거에 의해 쉽게 구분된다고 했다. 다음 층위인 문학 갈래 개편에서 두드러지게 나타난 사실은 건국서사시 또는 건국신화, 한시, 향가, 시조, 가사, 소설의 등장이다. 이것은 문학담당층의 교체로 이루어진 변화이므로 양쪽을 연결시켜 시대구분을 구체화할 수 있다. 그 저변의 사회경제사의 변화에까지 이르는 것은 가능한 대로 하면 되고, 다 하지 않아도 문학사 서술의 임무는 수행한다.

언어 사용의 변화, 문학갈래의 개편, 문학담당층의 교체를 총괄하면, 말썽 많은 고대·중세·근대의 구분을 명확하게 해서 사회경제사에 지침을 제공할 수 있다. 고대의 지배자는 건국서사시를 만들어 자기중심주의라고 할 사고를 나타냈다. 중세의 귀족은 한문학을 받아들여 한시를 짓고 향가를 만들어 서정시로 주관적 관념론을 구현하면서 보편주의의 이상을 추구했다. 다음 시대를 주도한 사대부는 이상과 현실을 함께 중요시하는 객관적 관념론을 갖추어 서정시 시조와 교술시 가사를 공존시켜 중세후기로의 전환이 일어났다. 시민이 등장해 사대부의 지배를 흔들면서 양자의 경쟁적 합작품인 소설을 발전시킨 것이 중세에서 근대로의 이행기에 나타난 변화이다. 시민이 주도하고 노동자가 비판세력으로 등장하는 근대에는 한문학과 함께 교술시 가사를 퇴장시키고, 서정시·소설·희곡으로 축소된 문학을 국문으로 창작하면서 민족주의를 새 시대의 이념으로 삼았다.

이런 사실과 이론은 한국문학사에 국한된 의의를 가지지 않고, 더 넓은 범위의 문학사를 새롭게 이해하는 지침이 된다. 한국문학사에서 동아시아문학사로, 동아시아문학사에서 세계문학사로 나아가면서 이미 이룬 성과를 적용하고 검증하고 발전시켰다. 그러나 한국문학사에 관해서도 할 일이 아직 많이 남아 있다. 일이 커질수록 개인의 능력으로는 감당하기 더욱 어려워 공동작업이 필요하다. 공동작업을 어떻게 할 것인가 참으로 문제이다. 이에 관한 대책을 나중에 말하기로 한다.

작업의 어려움

자국문학사를 쓰는 작업을 국가 기관에서 관장하고, 국가 예산으로 수행하면 많은 어려움을 해결할 수 있을 것 같지만 역효과를 낼 수 있다. 국가 이념을 받들어야 한다고 요구하지는 않는다고 하더라도, 관료적인 통제를 일삼아 사고가 경직되게 하고 작업이 더디게 할 수 있다. 국가나 국립기관을 대신해 출판사가 문학사 서술을 기획하고 관장하면 작업 능률은 향상되지만, 상업주의가 개재되어 얄팍한 결과를 내놓는다.

중국은 식민지가 되지는 않았어도 발전이 더디고 극심한 혼란을 겪어 자국문학사를 제대로 쓰기 어려웠다. 유산이 너무 많은 것도 난관이었다. 劉大傑, 《中國文學發展史》(昆明: 中華書局, 1941, 1949) 전 2권; (上海: 古典文學出版社, 1957) 전3권; (上海: 新華書店上海發行所, 1962) 전3권을 가까스로 이룩하고, 중국문학사를 더 큰 규모로 총괄한 개인의 저작은 없다. 처음에는 진화론의 관점을 택했다가 마르크스-레닌주의로 방향을 바꾸어 재집필하고자 했는데 뜻대로 되지 않았다.

중화인민공화국이 들어선 이후에는 국가기관에서 문학사도 맡아 1962년에 社會科學院 文學硏究所, 《中國文學史》(北京: 人民文學出版社) 전3권을 집체집필로 내놓았는데, 아주 미흡하다. 마르크스-레닌주의의 관점에 따라서 중국 고전문학의 발전과정을 고찰하려고 했으나, 능력과 수준이 모자라 결점이나 착오가 상당히 많다고 했다. 독자가 많은 의견을 내주리라고 기대하고 재판에서 고치겠다고 했다.

수십 년이 지난 뒤에야 張炯 外 主編, 《中華文學通史》(北京: 華藝出版社, 1997) 전10권이 사회과학원 문학연구소와 소수민족문학연구소의 합작으로 나왔다. 중간에 문화대혁명이라는 것이 있어 차질이 생겼다고 하더라도 게으름이 심하다. 국가 주도 사업의 비능률을 입증한다. 공저보다 제약이 더 많은 집체집필의 결함을 드러냈다. 자료를 늘였을 따름이고 관점이 나아진 것은 없다. 마르크스-레닌주의를 잘 이해하고 충실하게 따른 것도 아니고 결함을 찾아 수정한 것도 아니다. 소수민족문학을 제대로 다룬다고 하고서 그대로 하지 않았다.

일본은 철저한 자본주의 국가여서 문학사를 국책으로 만들지 않고, 국가 지원이 있다는 말을 듣지 못했다. 국립기관 대신 출판사가 나선다. 학자가 자발적으로 쓴 원고를 출판사에서 받아 출판하는 것이 아니고 출판사에서 기획하고 모든 일을 선도한다. 市古貞次 主編, 《日本文學全史》는 學燈社가 창업 30주년 기념사업으로 기획하고 추진했다. 久保田 淳 主編, 《岩波講座 日本文學史》는 책 표제에 출판사 이름부터 적어 누가 주역인지 명시한다. 출판사는 책을 잘 꾸미고 잘 팔리게 할 수는 있어도, 질적 향상에 기여했다고 하기 어렵다.

학자들이 결정한 작업조직도 통일성이나 일관성을 확보하느라고 관료적 통제의 폐해를 낳고, 창의적 발견을 제약할 수 있다. 위계에 따라 책임자가 정해지고, 재원 공급자가 이해하는 수준의 설계도를 가지고 작업을 해서 양적 확대 이상의 결과를 내놓지 못하는 것이 예사이다. 문학사 서술은 조직을 갖추어 하기 어렵다. 자연과학에서는 잘하고 있는 공동연구를 문학사에서는 하지 못하는 것은 무슨 까닭인가 깊이 생각하고 개선책을 찾아야 한다. 비관론만 늘어놓고 말 것은 아니다. 가능하게 하는 길을 찾아야 한다.

가능하게 하는 길에 가까운 것이 인도에서 있었다. 인도에서는 국립문학연구소(Sahitya Akademi)가 설립되어 여러 언어의 문학사를 각기 서술하는 작업을 지원해왔다. 돈은 주고 간섭은 하지 않은 방식이다. 여러 언어의 문학사를 모아 인도 전체의 문학사를 이룩하는 것은 간단한 일이 아니다. 서양인들이 이것저것 해놓았으나 모두 많이 모자란다. 획기적인 타개책이 문학연구소의 지원으로 실현되었다.

델리대학 벵골문학 교수인 다스(Sisir Kumar Das)가 나서서 인도 전체의 문학사를 전10권 분량으로 이룩하는 설계도를 제시하고, 지원을 요청하자 문학연구소에서 응낙했다. 연구비를 함께 일할 여러 언어의 문학 전공자들에게까지 지원했다. 개인저작을 전공과 능력이 각기 다른 전문가 여럿이 돕는 최상의 방안을 마련했다.

그 결과 책이 셋 나왔다. 다스, 《인도문학사 500-1399, 궁정에서 민간으로》(Sisir Kumar Das, *A History of Indian Literature 500-1399 From the Courtly to Popular*, 2005); 다스, 《인도문학사 1800-1910, 서양의 충격과 인도의 응답》(Sisir Kumar Das, *A History of Indian Literature 1800-1910 Western Impact: Indian Response*, 1991); 다스, 《인도문학사 1911-1956, 자유를 위한 투쟁: 승리와 비극》(Sisir Kumar Das, *A History of Indian Literature 1911-1956 Struggle for Freedom: Triumph and Tragedy*, 1995)이다 (출판은 모두 New Delhi: Sahitya Akademi임).

진행이 예상보다 아주 느렸다. 맨 위에 든 《인도문학사 500-1300》는 저자가 2003년에 세상을 떠난 뒤에 나온 사후 출판이다. 다른 사람이 이어받아 집필을 계속할 수 있을 것 같지 않다. 대단한 계획이 미완으로 끝났다. 진행이 느린 첫째 이유는 저자가 교수의 통상적인 임무를 다 수행하면서 이 일을 했기 때문이다. 둘째 이유는 조력을 하는 전문가들이 지원이 부족한 탓인지 열성을 보이지 않았기 때문이다. 돈을 적게 쓴 것도 문제이지만, 돈보다 더 소중한 시간을 확보해주지 않아 저자가 과로사하게 했다.

장래의 과제

건축에서 사용하는 방법을 택하면 한 단계 발전할 수 있지 않을까 한다. 규모가 방대하고 내용이 충실하고 이론적 수준이 높은 자국문학사를 공공의 예산으로 이룩하기로 방침을 세운다. 먼저 기본설계를 공모한다. 기본설계 응모작 가운데 최상의 것을 관심 있는 사람이 누구나 참여하는 토론을 거쳐 선발한다.

당선작을 낸 사람이 원하는 조력자를 지명해 구체적인 내용을 갖춘 본설계를 한다. 본설계를 다시 토론에 회부해 검토하고 수정을 거쳐 확정한다. 기본설계 당선작을 낸 사람이 본설계에 따라 시공을 진행해 책을 완성하는 작업을 전권을 가지고 지휘한다. 다른 일은 맡지 않고 이 일에 평생을 바쳐 전념할 수 있게 해야 한다. 집필 참가자들 상당수도 생계를 유지할 수 있는 보수를 받게 해야 한다.

이런 작업을 단일화하지 말고 다원화해서 동시에 몇 개 진행하면 더 좋다. 설계가 다르고 내용도 상이한 대단위 문학사를 여러 책임자가 맡아 각기 이룩하면서 많은 사람이 토론과 집필에 참가하면 연구의 발전이 크게 촉진되고, 더욱 바람직한 결과를 얻을 수 있을 것이다. 공동의 노력으로 지혜를 모으면서 집단주의의 횡포나 관료적 통제에서 벗어나는 최상의 본보기를 문학사에서 보여주기를 바란다.

자국문학사에서 더 나아가 동아시아문학사를 이룩하고, 세계문학사를 바람직하게 마련하는 것이 장래의 목표이다. 동아시아문학사는 제대로 쓴 것이 없고, 세계문학사라는 것들은 모두 잘못되었다. 나는 동아시아문학사를, 더 나아가서 세계문학사를 바람직하게 쓰는 기본설계를 제시하려고 노력해왔다. 이 노력의 성과가 평가되어 국제적인 공조로 다음 작업이 이루어지기를 간절하게 바란다.

자국문학사를 위해 기본설계를, 다시 본설계를 마련하고, 설계자가 시공을 지휘하는 방식을 국제적인 범위로 확대해 동아시아문학사나 세계문학사에 적용하면 해결책이 생긴다. 본설계 단계에서부터 다국적 참여자를 모아야 한다. 원고를 각기 자기 말로 쓰고 검토하면서 번역하면 된다. 최종 결과를 각국 참가자들의 언어로 동시에 출판하는 것이 마땅하다. 이 작업도 동시에 여럿 진행하면 더 좋다.

발표자 조동일 교수는 평생을 문학사 연구에 헌신해온 학자이고, 지금까지 수많은 문학사 연구 저서들을 집필해왔다. 그의 연구 영역은 비단 한국문학의 역사에 한정되지 않고, 일본 중국 문학 등을 포괄한 동아시아 문학, 그리고 동아시아를 넘어 유럽 문학, 아랍 문학, 미국 문학, 중남미 문학, 심지어는 동남아시아 국가들의 문학에까지 확대된 글자 그대로의 세계문학을 포괄하고 있다. 조동일 교수의 《한국문학통사》는 한국문학연구에서 이미 '고전'의 반열에 올라 있다. 오늘의 강연은 이러한 연구들의 주요 맥락을 집약한 것으로 생각된다.

조교수는 오늘의 강연에서도 문학사 연구가 편협한 지역주의나 민족주의의 한계를 극복하고 항시 더 넓은 지역으로 확대되어, 모든 언어권, 모든 문명권들을 포괄하는 세계의 문학을 연구대상으로 삼아야 한다고 강조하고 있다. 문학이 전 인류의 보편적 자산임을 감안하면 이는 전적으로 동의할 수 있는 지극히 타당한 제안이다. 그러나 강연에서 이미 시사되었듯이 납득할 수 있는 내용과 수준의 세계문학사 연구는 결코 간단한 작업이 아니다. 이 작업은 무수히 많은 서로 다른 언어들의 차이를 극복해야 하고, 양과 질에서 엄청나게 다양하고 많은 자료들을 정돈해야 한다. 어느 한 사람의 힘으로는 불가능한, 조교수의 말대로 "다국적 참여자들"의 "국제적인 공조"가, 그것도 철저하고 완벽한 공조가 필수적인 지난한 작업이다. 바람직한 세계문학사의 집필에 걸린 이러한 어려움들과 연관하여 발표자께 다음과 같이 문의하고자 한다.

문학사는 기본적으로 수많은 자료들의 집합체이다. 많은 문학작품들, 경우에 따라서는 하위 단위의 문학사들도 자료로서 섭렵해야 한다. 즉 문학사는 발표자의 말대로 "하나이면서도 여럿"이다. 서구의 역사학자들은 이런 현상을 "집단적 단수"라고 정의한다. 그런데 집단적 단수인 문학사가 혼란스런 자료들의 혼합체를 넘어서서 하나의 통일적 전체를 구성하기 위해서는, 즉 제각각인 "여럿"이 완전한 "하나"로 통합되기 위해서는, 자료들을 선별하는 원칙, 그리고 전체를 구성하는 질서가 있어야 한다. 조동일 교수의 용어로는 "기본 설계"가 있어야 한다. 이 기본 설계가 자료의 '직접성'을 극복하면서도 동시에 자료들의 '사실성'을 배려할 수 있다는 전제하에서 비로소 '문학사'의 생성가능성이 주어질 것이다. 조교수의 기본설계에 대한 복안은 무엇인가?

문학사는 문학의 역사이다. 그리고 문학작품은 특정한 시대와 공간의 좌표에 위치한 역사적 사실이기도 하지만 또한 예술작품으로서 미적 현상이기도하다. 즉 문학작품은 이미 종결된 과거의 언어적 '사건'으로서 역사적 관찰의 대상인 동시에 예술작품으로서 미적 관찰의 대상이기도하다. 예술로서의 문학작품은 굳어진 '사료'는 아니다. 그럴 것이 하나의 동일한 문학작품에 대한 독자들의 반응과 해석은 매 시대마다 결코 동일하지 않기 때문이다. 즉 문학작품은 모든 독자들에게 일방적으로 '똑같은' 말을 하는 모놀로그적 존재가 아니라 독자들과의 대화를 통해 무한히 변신해가는 존재이다. 이 같은 문학작품에 대한 역사적 관찰과 미적 관찰은 어떻게 문학사 안에서 매개될 수 있을까?

개별적인 것들의 폐쇄성을 넘어서려면 이 개별적인 것들이 공유하는 보편적 본성이 전제되어야 한다. 지역문학사에서 민족문학사로, 민족문학사에서 동아시아문학사로, 동아시아문학사에서 세계문학사로 나아가기 위해서 전제되어야 할 보편성은 무엇일까? 첫 번째 전제는 어렵지 않게 추론될 수 있다. 문학은 모두 인간의 창조물이라는 공통점이 있기 때문이다. 그렇다면 문학 더 나아가서는 예술과 관련되어 모든 인간들이 공유하는 보편적 본성은 무엇일까?

문학이나 문학사의 본질을 심도 있게 밝히도록 요구하는 문제를 제기한 것을 감사하게 받아들인다. 제기한 문제는 두고두고 연구해야 할 것들이어서 이 자리에서는 간략하게 대답할 수밖에 없다. 문학을 철학으로 다루도록 요구한 덕분에 그 방향으로 더욱 힘써 나아가겠다. 무엇이든 공동의 과제로 삼고 함께 분발하기를 바란다.

세계문학사를 바람직하게 쓰기 위해 다국적 참여나 국제적인 공조가 있어야 한다고 한 것이 적절한 지적이고, 내가 절실하게 바라는 바이다. 대한민국학술원과 일본학사원이 공동으로 개최하는 이 행사에서 문학을 다루도록 하라는 요청을 받고, 일본에서 오는 발표자는 일본문학사를 출발점으로 하고, 나는 한국문학사를 출발점으로 해서, 문학사를 바람직하게 쓰는 방향을 개척하는 공동의 관심사를 논의하자고 했으나 뜻을 이루지 못했다. 일본 측에서 이 제안을 받아들이지 않고 다른 발표를 했다. 국제적인 공조는 다시 모색해야 하겠다.

첫 대목에서 말한 문학사 이해의 기본 설계는 문학의 갈래와 시대의 공통점에서 찾을 수 있다. 갈래가 서정·교술·서사·희곡으로, 시대가 고대·중세·근대로 크게 구분되는 것이 어느 문학사에서든지 공통된 多即一의 측면이라고 생각한다. 이를 분명하게 해서 一以貫之하는 이론을 정립하려고 거듭 탐색하는 것이 문학사 원론 정립의 기본 과업이다. 고대 영웅서사시, 중세전기 공동문어 서정시, 중세후기 민족어 교술시, 근대 소설의 교체가 어느 문학사에서든지 공통된 과정임을 입증해 天下公論이라고 할 것을 정립하고자 한다. 이 작업은 개인의 통찰을 요구하지만, 활발한 검증과 토론의 대상이 되어야 타당성을 확대할 수 있다.

둘째 대목에서는 시공이 구체화되는 상황에 따라, 선택하고 평가하는 주체의 취향에 따라 얼마든지 다르게 나타나 끝을 알 수 없는

一卽多의 측면을 말했다. 多를 확대하려고 줄곧 노력하는 것이 문학사 서술의 실제 작업이고, 각기 이룬 千差萬別의 성과가 모두 미흡해 겸손하지 않을 수 없다. 한국문학사는 어느 정도 충실하게 수습했다고 생각하고, 동아시아문학사로, 다시 세계문학사로 나아가니 茫茫大海가 펼쳐져 있어 감당하기 어려운 것을 절감한다. 여러 나라의 많은 탐구자와 힘을 합쳐 함께 노를 저어 나아가야 하므로 널리 협력을 구한다. 이 작업은 혼자 감당할 수 없고 공동의 노력을 필요로 한다. 참여자가 많고 성향이 다양할수록 성과가 커질 수 있다. 국적과 언어의 구분을 넘어서서 세계적인 범위의 협동을 시도해야 할 때이다.

셋째 대목에서 뒤의 둘을 합치라고 요구한 것으로 이해하고 논의의 진전을 얻는다. 多卽一·一卽多를 체험과 인식의 내용으로 삼고 같으면서 다른 방식으로 표현하면서, 相生이 相克이고 相克이 相生임을 확인하는 주체의식, 바로 이것이 인간의 보편적인 본성이라고 생각한다. 이 내역을 문학작품이 보여주는 것을 문학사에서 고찰하고, 문학사의 원론인 철학으로 그 근거를 해명하는 데 힘쓰는 학문을 하고자 한다. 이를 위해 동아시아문명의 정수를 이은 生克論을 적극 활용하면서 다른 문명권의 여러 철학에서 각기 제시하는 선진적인 사고와 적극 소통하고 융합하기를 바란다

玉泉八州男의 코멘트

전 인류 '공통의 관심사 해결의 지혜'를 제시하고 인류에 봉사하는 문학사를 만들고자 하는 대단히 뜻이 높은 보고에 대해 감사드린다. 다만 번역의 문제 탓인지 몇 군데 의미가 불분명한 부분이 있어서 실례를 무릅쓰고 몇 가지 질문을 드리고자 한다(순서 부동).

1. 문학은 민족, 국민, 개인의 다양한 삶을 생생하게 그려내는 것을 목적으로 하는 것, 그러한 특성과 차이 일체를 '폐쇄성'으로 간주하여

捨象한 '과학'으로서의 '세계문학사'에 과연 어떠한 의미가 있는가?

2. 피압박 민족 각성을 위한 슬로건은 세계문학사 작성이라는 고매한 목표에서 보면 편협한 것이 아닌가?

3. 세계 전역에 타당한 보편적 이론이 가능한 것일까요? 가능하다고 해도 '하향 평준화'가 되는 것은 아닐까?

4. 문학적 고증을 바탕으로 하지 않는 문학사는 있을 수 없을까요? 영문학사도 나름대로 그것을 바탕으로 하고 있다고 생각되는데 어떻게 생각하시는가?

5. 한국의 시대 구분에서 '공동 문어의 시대(중세)', '구어 공용의 시대(근대)'에 대하여 좀 더 설명 부탁한다.

6. "문학 작품의 표면에 나타나 있는 의미부터 이해하고 문사철의 복잡한 얽힘을 풀어나가는 生克論의 철학"이라는 문장 뜻을 이해할 수 없다.

7. 향가, 시조, 가사 교술시 등의 장르에 대하여 좀 더 자세하게 가르쳐 주시기 바란다.

8. "개인의 저서를 전공과 능력을 달리하는 복수의 전문가가 돕는"다는 것은 대공방과 같은 것을 염두에 두고 있는지요? 또한 공방 개념은 '감수'나 '편'과 어떻게 다른가?

9. 국가에 의한 강제는 차치하고 출판사 등이 부과하는 제약은 르네상스 시기의 예술가 공방의 후원자(patron)의 의향과 같이 집필자의 의욕을 불러 일으켜 본인이 뜻하지 않은 성과를 낳을 가능성도 있지 않을까?

응답

1. 개성과 다양성을 무시한 '과학으로서의 세계문학사'는 이루어질 수 없는 환상이고, 문학사에 대한 올바른 이해를 방해할 따름이다.

2. '세계문학사 작성의 고매한 목표'를 말하는 것은 '과학으로서의 문학사'와 그리 다르지 않은 발상이다. 패권을 장악하고 있는 문명이나 나라의 문학사라야 고매한 이상을 실현하는 방향으로 나아가는 세계문학사라고 하는 시대착오의 주장을 이제는 청산해야 한다. 세계문학사는 인종, 민족, 지역, 계급 등의 차별을 넘어서서, 인류가 이룩한 모든 문학을 포용하고 평가하는 것을 내용으로, 사명으로 삼고 해야 한다. 아이누인을 무시하지 말고, '유카르'(yukar) 전승이 소중하다는 것을 밝혀 논해야 일본문학사 서술이 정상화되고, 세계문학사 이해의 새로운 전망이 열린다.

3. 선진국이라야 상위의 문학을 창작한다고 여기는 것도 지난 시기의 낡은 사고방식이고, 문학사의 실상과 어긋난다. 문학은 정치나 경제의 우위를 뒤집어, 선진이 후진이고 후진이 선진임을 말해주는 의의를 지닌다. 일본의 아이누인, 한국의 제주도민, 중국 雲南 지방의 여러 소수민족은 낙후한 상태에서 막강한 강자의 정치적 압력에 맞서야 했으므로, 상대방은 잃어버린 구비서사시를 소중하게 이어오고 거듭 창조해 세계문학사를 다채롭게 하고 인류의 지혜를 빛냈다. 이에 관한 고찰을《동아시아 구비서사시의 양상과 변천》에서 했다. 유럽에서는 해체의 위기에 이른 소설을 제3세계 특히 아프리카 작가들이 생생하게 살려내 인류가 희망을 가지게 한다. 이에 관한 고찰은《소설의 사회사 비교론》에서 했다.

4. 모든 문학사는 자료를 수집하고, 자료의 진위, 작자나 창작 연대, 이본의 변이 등에 대한 고증을 하는 작업을 기초로 해서 이루어진다. 나도 그런 작업을 토대로 방대한 분량의《한국문학통사》를 썼다. 그러나 문학은 자료 이상의 것이며, 문학사 서술의 방법은 고증을 넘어서야 한다. 이에 대해 탐구하고 논란하는 것이 세계적인 과제로 등장한 지 오래되었다. 출발 단계의 초보적인 이야기를 되풀이하지 말고 탐구가 진전된 성과를 보여주어야 한다. 내가 이룩한 성과를

오늘의 발표에 내놓고 토론을 청했다.

5. 한문, 산스크리트, 아랍어, 라틴어 등의 공동문어를 일제히 사용하면서 중세전기가 시작되었다는 사실을 한국문학에서 동아시아문학사로, 동아시아문학사에서 세계문학사로 나아가면서 입증하는 것이 내 연구의 중심을 이루는 작업이다. 그러다가 민족구어를 공용어로 사용하고 문학어로 삼고 근대가 되었다. 그 사이의 중세후기, 중세에서 근대로의 이행기에 공동문어문학과 민족어문학의 비중이 단계적으로 변천한 것도 널리 확인되는 공통적인 현상이다. 《공동문어문학과 민족어문학》을 써서 이에 관한 비교론을 세계적인 범위에서 전개했다.

7번 질문이 이와 관련되므로 먼저 대답하겠다. 중세전기의 귀족 문인들은 '心'만 소중하다고 여겨 '세계의 자아화'인 抒情詩(lyric poetry)만 선호했다. 한국의 鄕歌가 그런 것이다. 중세후기에 등장한 새로운 지배층은 지방에 생활 기반이 있고 생산하는 사람들과 가까운 관계를 가져 '心'과 '物'을 함께 중요시한 까닭에, '세계의 자아화'인 서정시 時調와 '자아의 세계화'인 敎述詩(didactic poetry) '歌辭가 대등한 비중을 가지게 하고, 양쪽 다 즐겨 창작했다.

이것은 문명권의 중심부 중국 같은 곳이나, 문명권의 주변부 일본 같은 데서는 확인되지 않고, 문명권의 중간부인 한국이 다른 여러 문명권의 중간부와 공유한 사실이다. 또 하나의 한문문명권 중간부인 월남, 산스크리트문명권의 중간부인 타밀(Tamil), 아랍어문명권의 중간부인 페르시아, 라틴어문명권의 중간부인 프랑스는 중세후기가 일제히 시작된 13세기 무렵부터 한국의 가사와 흡사한 민족어 교술시를 활발하게 창작해 많은 유산을 남긴 것을 자랑했다. 《문명권의 동질성과 이질성》에서 이에 대해 고찰했다.

6. 生克論은 동아시아의 오랜 전통을 이어받아 이룩한 이론이고 철학이다. 相克을 말하는 것은 변증법과 상통하지만, 相克이 相生이고 相生이 相克임을 명시해 변증법의 편향성을 넘어서서 진실을 온

전하게 인식하면서, 다양성과 융통성을 가진다. 상생과 상극뿐만 아니라 표면과 이면, 선진과 후진도 서로 맞물려 돌아가는 것을 밝혀 문학 이해를 심화하고, 문학사의 이론 정립에 유용하게 사용한다. 문학이 역사이고 철학인 것도 밝혀 논해 인문학문의 이론을 마련하고, 인문학문이 사회학문·자연학문과 하나일 수 있게 하면서 학문 일반론으로 나아간다. 생극론을 수많은 개별적인 연구에 다채롭게 활용하면서, 학문원론을 위한 철학일 수 있게 가다듬는다. 연구 논저가 어느 것이든 생극론과 관련을 가지지만, 《소설의 사회사 비교론》이 특히 중요하다. 책 서두에서 생극론이 무엇인지 정리해 설명하고, 변증법 소설이론과의 토론을 거쳐, 실제 연구에서 생극론이 지니는 장점과 효력을 수많은 작품을 고찰하면서 입증했다.

8과 9의 질문은 모아서 대답하겠다. 개인저작과 공동저작을 엄격하게 구별하고, 편자나 감수자가 개인저작을 어느 정도 연결시켜 내놓는 공저로 공동저작을 대신하는 관습이 서양 근대 자본주의 사회에서 확립되었다. 사회주의권에서는 집체집필에 의한 공동저작을 이상으로 삼고 다른 길로 가려고 했다. 개인저작을 하는 데 그치면 개인의 능력을 넘어서지 못하고, 공동저작은 창의력이 모자라게 마련이다. 양쪽의 단점을 함께 극복하기 위해 개인저작에 공동의 참여가 있도록 하는 방식을 제안한다.

이것은 기상천외의 새로운 방식이 아니다. 동아시아 중세에 널리 사용되던 것이다. 한국 고전으로 높이 평가되는 金富軾의 〈三國史記〉, 鄭麟趾의 《高麗史》, 徐居正의 《東國通鑑》이 좋은 예이다. 당대 석학 金富軾·鄭麟趾·徐居正이 전력을 기울여 저술하는 책에 주위에 있는 다른 학자들이 능력을 보태 천고의 명저를 이룩했다. 국가가 후원자가 되어 그럴 수 있게 했다. 근대 동안 자본주의와 사회주의가 각기 극단으로 나아가 생긴 상극이 상생이게 하면서 다음 시대로 나아가려면, 근대의 중세 부정을 다시 부정할 필요가 있다. 국가의 후원도 민주적인 방식으로 다시 해야 한다.

붙임

玉泉八州男가 원고에 없는 질의를 보충해서 했다. "영문학사를 오래된 것부터 최근 것까지 차이를 무시하고 함부로 거론해도 되는가?" 영문학사는 어느 시기의 것이든 자국문학 자랑이나 하고 문학사를 어떻게 쓸 것인지 고심하지는 않는 공통점이 있어 함께 고찰해도 된다.

"출판사의 기여를 과소평가해도 되는가?" 이에 대해서도 대답했다. 출판사가 주도해서 내는 문학사는 상업주의 성향에서 벗어나기 어려워 연구 성과를 잘 보여주지 못한다. 지금은 세계 어디서나 종이책이 잘 팔리지 않아 출판사가 힘을 잃고 있다. 공공의 연구비로 문학사를 이룩하는 작업을 지원해야 하는 필요성이 커진다.

일본에서 온 참가자가 좌중에서 일어나 물었다. "나는 법제사 전공자이다. 바람직한 법제사가 있는지 의문이다. 문학사에는 바람직한 문학사가 있는가?" 법과 문학은 다르다. 문학은 사람됨을 그대로 보여주는 일차적인 창조물이고, 법은 사람됨을 일정한 의도를 가지고 규제하는 이차적인 창조물이다. 이미 드러나 있는 법의 실상 이상으로 법제사를 잘 쓸 수는 없다. 문학사는 자의적인 선택이나 왜곡을 하지 않고, 문학의 실상을 있는 그대로 밝혀내야 하는 아주 어려운 임무를 지니고 있다. 이 임무 수행에 등급이 있어 바람직한 문학사를 써야 한다고 한다.

추가 질문에 대답한 다음 논의를 이었다. 유럽문학사를 바람직하게 쓰기 위해서 유럽 특히 프랑스에서 애쓰는 것을 깊은 관심을 가지고 살필 만하다. 이에 관해 《문학사는 어디로》에서 길게 다루었다. 일본에서 한 작업도 있으면 알려주기 바란다. 프랑스인이 편자가 되어 작업을 총괄하면서 유럽 거의 모든 언어의 집필자를 참여시킨 방식이 특히 주목할 만하지만, 전체 설계가 흐릿하고 자료를 잡다하게 열거하거나 한 결함이 있다.

유럽문학사의 전례를 검토하고 동아시아문학사를 더욱 바람직하게 쓰는 방법을 찾아야 한다. 대한민국학술원과 일본학사원에서 각기 한 사람씩 저자를 내세워 동아시아문학사를 자기 구상대로 쓰도록 하고, 여러 나라의 동참자들의 조력을 얻을 수 있게 지원하기로 하자. 중국과 월남에서도 이렇게 하자고 제안하자. 네 나라에서 이런 작업을 각기 진행하면서 과정과 결과를 비교하면, 동아시아에서 세계 학문의 새로운 발전을 선도할 수 있다.

함께 발표한 鹽川徹也의 〈고전과 클래식-용어와 개념〉에 대한 소견을 종합토론 시간에 말했다. 고전이라는 용어나 그 개념에 대한 논의를 하고 만 것이 유감이다. 무엇을 고전이라고 해왔는가, 일본문학사를 쓰면서 고전이라고 인정하고 취급의 대상으로 삼은 내역이 어떻게 변천해왔는가? 이에 대한 고찰은 내 발표와 바로 연결된다. 이렇게 말하고 응답을 청했으나, 일본문학사 서술에서 문제된 고전의 범위에 대해서는 아는 바 없다고 하고서, 불문학사에서 불어 이외의 언어를 사용한 문학은 제외한, 내가 이미 말한 사실을 들어 대답을 대신했다.

나는 발언의 수위를 높였다. 용어와 개념에 관한 고찰이나 하면서 필요 이상 깐죽거리기나 하니 인문학은 인기가 없다. 용어와 개념에 대한 고찰에 머무르면 각자의 특수성을 확인하기나 하고 문학에 대한 공통된 논의를 할 수 없어, 자국문학사가 문명권문학사로, 세계문학사로 나아가지 못하게 막는다. 오늘 같은 자리에서 이어서 한 농학에 대한 발표를 보자. 기후, 생물, 농업 등에 관한 용어나 개념은 문제로 삼지 않고, 한국어, 일본어, 영어 가운데 어느 것을 쓰든 공통된 논의를 해서 학문이 발전한다. 인문학도 용어나 시비하는 자폐증에서 벗어나 넓은 세계로 함께 나아가야 한다.

기상 변화 때문에 생기는 농업의 위기를 함께 다루면서 한국의 박승우(대한민국학술원)는 국내의 사례만 고찰하고, 일본의 佐佐木惠彦(사사키 사토히코, 일본학사원)는 동남아시아 여러 곳까지 포함한 광역의 자료를 활용했다. 많은 사례를 비교해 고찰하니 말하고자 하는 바가 더욱 분명해지고, 연구의 의의가 확대되었다. 문학에서 내가 하는 것과 같은 작업을 했다.

한국의 농학이 국내에 머무르는 것은 생각이 모자라서가 아니고 여건이 미비한 탓이리라. 조사하고 연구하는 범위를 넓히도록 지원할 필요가 있다. 일본의 문학연구가들은 농학을 보고 반성하기 바란다. 농학에서처럼 시야를 넓히면, 나와 함께 나아갈 수 있을 것이다.

현장에서 하고 싶었으나 시간이 부족하고 기회가 없어서 하지 못한 말이 있다. 고전의 개념에 관한 발표를 두고 토론을 더 하려면 해야 하는 말이다. 고전은 평가해야 할 것만이 아니고 폐해도 적지 않다는 것이 요지이다.

영국의 야만인이 인도의 문명인을 다스리려니 열등의식이 생겨, 특단의 대책이 필요했다. 셰익스피어만으로 영국 문명을 자랑할 수는 없어, 고대 그리스를 내세웠다. 고대 그리스의 고전은 인류 최고의 유산이어서 산스크리트 고전보다 우월하며, 영국이 그 정통 후계자라는 두 가지 허언을 조작했다. 인도에 파견되는 영국의 군인이나 관리들이 허언을 신앙처럼 받들어 고대 그리스의 고전을 열심히 공부하고 외기까지 하고, 현지에 가서 인도인을 누르도록 했다.

영국에서 앞장서서, 고대 그리스 문학을 규범으로 삼아 문학을 이해해야 한다고 했다. 〈일리아드〉처럼 사건의 중간에서 이야기를 시작해야 '진짜 서사시'(true epic)라고 했다. 연극의 원리는 오직 공포와 연민의 감정을 불러일으키는 '카타르시스'여야 한다고 했다. 영미의 위세를 업어 자신만만한 세계 도처의 수많은 영문학자들이 부지런히 약을 팔아 이 허언도 천하를 휩쓸게 되었다.

프랑스는 고전을 좋아하다가 망조가 들었다. 고대 그리스의 고전을 충실하게 재현했다고 하는 17세기 고전주의 작품을 크게 자랑하느라고, 자유롭고 발랄한 창조를 과소평가해 위축시키는 자해행위를 했다. 라시느를 왕좌에 모시고, 라블래 따위는 행방을 알 수 없게 멀리 내쫓았다. 낭만주의 시대 이후에도 그 폐해가 회복되지 않았다. 프랑스문학이 으뜸이라고 여기는 온 세계 추종자들은 문학을 이해하는 안목이 협소하지 않을 수 없게 만들었다.

독일은 고전 숭앙에서도 뒤떨어졌다. 고대 그리스의 고전을 영국이 크게 우려먹고, 프랑스에서 가장 훌륭하게 이어받았다고 자부하는 것을 보고 분발해 한 수 더 뜨려고 과욕을 부렸다. 괴테는 열정을 잠재우고 점잔을 빼며 필요 이상 유식한 척했다. 휠덜린은 독일의 자랑인 낭만주의시를 사변적인 잠꼬대로 변질시키고, 고대 그리스를 우상으로 섬기자고 했다. 독일문학은 객쩍은 논설을 늘어놓는 전통이 그래서 생겼다.

일본은 脫亞入歐를 표방하면서 유럽문학 예찬에 앞장섰다. 고대 그리스 이래의 유럽문학이 문학의 규범이라는 유럽문명권 중심주의, 영국이 고전교양의 모범을 보인다고 하는 영국 예찬론의 전도사가 되었다. 동아시아 이웃들의 문학은 규범에서 벗어나 수준 이하라고 폄하하고, 일본문학의 유산은 남다르게 진기한 특수성을 들어 옹호하는 기형적인 의식을 지니게 되었다.

나는 이 모든 잘못의 시정을 사명으로 한다. 유럽 고전을 일방적으로 예찬하면서 행세하는 패권주의 발상을 뒤집고, 차등의 세계관을 대등의 세계관으로 바꾸고자 한다. 천대받는 사람들이 이어오고 계속 창조해가는 구비문학이 문학의 지속적인 원천이다. 그 생동하는 모습을 확인하면서, 구비문학과 기록문학의 관계를 밝히는 것이 문학사

서술의 사명이다. 이런 관점에서 한국문학사를 쓰고, 동아시아문학사로, 세계문학사로 나아가, 문학사 혁명을 일으키고 확대한다.

서사시의 본류는 세계 도처에서 아직도 살아 있는 구비서사시이다. 고대 그리스의 서사시는 예외적인 변형물이다. 구비서사시가 살아 있는 곳에서 서사시 연구를 다시 시작해야 한다. 연극 미학은 '카타르시스'·'라사'·'신명풀이'가 삼각구도를 이룬다. 셋의 맞물림을 깊이 고찰해 근시안적인 편견을 시정하고 보편타당한 일반론을 다시 이룩해, 세계의 공연예술을 정상화해야 한다. 이렇게 하는 것을 중요한 과제로 삼고 분투한다.

3. 비교신화학의 새로운 방향

알림

이 글은 중국에 가서 국제학술회의에 참가해 논문을 발표한 소감을 적은 것이다. 《대한민국학술원통신》 제291호(2017년 10월)에 게재한 보고문에 설명을 더 붙이고, 발표한 논문을 수록했다. 한국 제주도와 중국 운남의 신화 전승을 비교하는 연구를 하고 있어서 큰 기대를 가지고 갔다가 학술회의가 부실해 실망한 이유를 말하고, 우리는 어떻게 할 것인지 생각했다.

모임의 내력

2017년 8월 20일부터 21일까지 중국 昆明의 雲南大學에서 首屆東亞民俗文化與民間文學論壇(제1회 동아시아 민속문화와 민간문학 논단)이라는 국제학술회의가 열렸다. 제시한 두 용어를 합쳐 民俗文學이라고 할 수 있어, 위의 표제에서 사용했다. 중국·한국·일본·대만의 학자들이 모여 주제와 관련된 발표를 했다. 이 모임에 참가해 논문을 발표하고 와서, 보고하고 싶은 말이 있어 이 글을 쓴다.

이 모임은 2016년 4월 24일부터 25일까지 제주도에서 열린 제주 신화 국제학술회의와 관련이 있다. 운남 신화 연구를 개척한 운남대학 李子賢 교수가 초청되어 와서 제주와 운남의 신화 비교 논의에 참여했다. 다음 차례는 운남이라고 하고, 돌아가서 이 대회를 준비했다. 제주에서 하던 작업의 발전을 기대하고, 경기대학 김헌선 교수와 함께, 조동일·김헌선, 〈제주와 운남 신화전승의 층위 비교〉를 집필하고, 중국어 번역본 〈濟州和雲南神話傳承的層位比較〉를 준비했다.

그런데 사드 문제로 중국과 한국 사이에 불편한 관계가 생겨 행사를 개최하기 어렵다고 하다가, 한국어 사용은 허용되지 않으니 양해해 달라는 통지를 받았다. 중국어가 아니면 영어를 사용하라고 했다. 현장에 가보니 일본어를 사용하고 중국어로 통역하는 발표는 여러 번 있었다. 형평에 어긋나는 조처라고 항의하면 모임을 조직한 학자들이 감당할 수 없을 것을 알고 그만두었다.

종합토론 때 일본 학계의 신화 연구를 일본어로 말하고 중국어로 통역한 다음 한국은 어떤가 하는 질문이 나왔다. 이 질문을 내가 맡아 한국어로 말하고 중국어로 통역하도록 해서 균형을 맞추었다. 구전신화를 포함한 구비문학이 한국문학의 중요한 영역으로 인정되고 전공자들이 한국문학과의 교수로 자리잡아 좋은 연구 여건을 얻었다. 한국문학사는 구비문학과 기록문학이 관련을 가진 역사라고, 내가 쓴 책이 널리 읽힌다. 이런 것은 일본이나 중국보다 앞서는 우리 학계의 자랑이다.

한국어를 사용하지 못하니 발표를 영어로 해야 했다. 발표 시간이 30분이라는 말을 전해 듣고, "A Comparative Study of the Levels of Mythology Transmission in Cheju and Yunnan"이라는 영문본 발표문을 써서 보냈다. 현장에 가보니 모든 발표는 시간이 15분이었다. 나는 30분용 발표문을 15분으로 줄여 말하고, 김헌선 교수는 내가 말하는 대목이 화면에 나타나 있는 중국어본 어디에 있는지 짚어 보이느라고 둘 다 진땀을 뺐다. 두 방법을 함께 사용해 전달이 어지간히 된 것 같았다.

논문의 요지를 간추려보자. 거인의 몸이 흩어져 천지만물이 되었다고 누구나 말한 것이 제1층위 신화이다. 신을 창조주라고 섬기는 노래를 무당이 부르게 된 것이 제2층위 신화이다. 두 층위의 신화전승을 조형신화·행위신화·노래신화·이야기신화로 구분해서 표를 작성하면 다음과 같다.

	조형신화	행위신화	노래신화	이야기신화
제1층위	돌하르방	立春굿	(의식요)	설문대할망
제2층위	巫神조형	무당굿놀이	본풀이	본풀이이야기

두 층위는 쉽게 구분된다. 제1층위의 조형·행위·이야기는 관련이 확인되지 않는 별개의 전승이다. 제2층위의 조형·행위·노래·이야기는 밀접한 관련을 가진다. 이러한 현상을 어떻게 이해할 것인가? 제1층위가 먼저 있다가 제2층위가 강력한 힘을 가지고 등장하자, 제1층위는 밀려나면서 균열과 변질을 겪어 내부의 관련이 훼손되었다고 보는 것이 타당하다. 그 때문에 '설문대할망'이라는 거인의 내력이 단편적으로 구전될 따름이고, 무당이 신들의 내력을 노래하는 '본풀이'

에는 전연 등장하지 않는다.

운남에서는 제1층위의 거인신화가 별개의 것으로 전승되지 않고 제2층위에 수용되었다. 白族의 盤古와 盤生, 彝族의 米恒哲이 그런 본보기이다. 제1층위를 밀어내고 제2층위가 등장하는 변화가 서서히 그러면서도 철저하게 진행된 증거라고 할 수 있다.

운남에서도 신령서사시·영웅서사시·범인서사시가 순차적으로 나타나 층위의 세부적인 교체가 이루어진 것이 제주와 기본적으로 동일하다. 신령서사시의 하위갈래인 창세서사시는 아주 풍부하다. 영웅서사시는 대외적 투쟁의 역사적인 사실을 말해준다고 여기고, 아버지에게 버림받아 죽을 고비에 이른 아이가 살아나 지배자가 되었다는 내부 변혁은 나타나지 않는다. 여성이 사랑 때문에 겪는 수난을 말하는 범인서사시가 많이 있다.

그러면서 신령서사시를 《東巴經》과 같은 경전으로, 영웅서사시를 《銅鼓王》과 같은 역사시로 만든 것은 제주의 경우와 다르다. 《銅鼓王》은 彝族의 구전이지만, 納西族의 《東巴經》은 민족 고유의 상형문자를 사용한 기록이다. 역사 전개의 제3층위 유교, 불교 등의 보편이념과 한문 같은 공동문어를 사용하면서 문명권이 성립되고 거대제국 중국이 형성된 층위가 멀리서부터 더욱 큰 규모로 미쳐와 대응책을 적극적으로 마련해야 했다. 신화전승을 중국이 자랑하는 문자문명에 대항하는 민족의 고전으로 격상하기 위해 상대방의 방법을 차용했다. 무당의 지위가 향상되어 보편종교의 사제자처럼 되고, 중원제국의 위세에 눌리지 않고 민족문화를 수호하는 최고의 지식인이라고 자부한다. 納西族의 東巴가 그 가운데 우뚝하다. 東巴문자를 만들어내 구비전승을 기록전승으로 보존하는 것이 특기할 사실이다.

제1층위 신화가 먼저 있다가 제2층위 신화가 나타난 것은 세계 공통의 현상이고, 둘 사이의 관계는 경우에 따라 다르다고 우리 연구에서 밝혀 논한다. 제1층위가 지속되면서, 제2층위의 특징을 지닐 수 있다(일본의 아이누). 제1층위가 지속되면서, 그 일부에서 제2층위가 나타날 수 있다(아프리카 반투). 제1층위와 제2층위가 공존하면서 기능을 분담할 수 있다(필리핀). 제1층위에서 제2층위로 이행하고, 그 흔적을 남기거나(하와이, 중남미, 북구), 남기지 않을 수 있다(운남). 제1층위가 제2층위 때문에 파괴되고, 흔적을 남기나(고대 그리스), 흔적을 남기지 않을 수 있다(제주).

이것은 지금 전개하고 있는 학설의 중간보고 개략이다. 구체적인 입증이 더 필요하고, 취급 범위의 확대가 요망된다. 세부까지 충실하게 갖추어 연구를 완성하고, 국문본과 영문본으로 큰 책을 써내려면 수십 년에 걸친 엄청난 노력이 필요하다. 그 결과는 세계 학계의 커다란 업적으로 평가되리라고 기대한다. 나는 시간이 얼마 남지 않았을 수 있으므로, 아직 50대인 김헌선 교수가 수고를 가로맡아 끝장을 보아달라고 당부한다.

기대와 실망

이번의 雲南大學 학술회의에서 두 가지를 기대했다. 이 학설에 관한 토론이 벌어지기를 바랐다. 그러나 관심의 수준을 너무 멀리 뛰어넘는 발상이어서 토론은 물론 소감도 얻을 수 없었다. 연구 진행에 필요한 정밀한 부품을 운남 소수민족 신화 전승 자료에서 구하고자 했다. 이것은 당연한 기대인데, 알찬 소득이 단 한 건에 지나지 않았다.

운남 소수민족의 하나인 彝族(Yi)의 학자 李世武가 자기 민족의 창세신화 〈梅葛〉에 대해서 우리가 알고 있는 것 이상의 발표를 했다. 현지조사를 충실하게 해보니, 같은 신화가 세 가지로 전승된다고 했다. 祭天地에서는 무당이 그 노래를 엄숙하게 부른다. 놀이를 할 때에는 예사 남녀가 노래나 말을 주고받으면서, 전해 들었다는 토막 사설을 흥밋거리로 삼는다. 장례를 지낼 때에는 상두꾼이 그 전승에서 필요한 대목을 따다 쓴다. 祭天地의 무당이 이어온 본래의 전승이 분화되는 양상을 확인할 수 있다. 제2층위 신화에서 일어난 변화를 구체적으로 고찰하는 데 필요한 좋은 사례이다.

그런데 발표자가 본래의 전승을 조사하고도 아직 제대로 전사하지 못했다고 했다. 자기 민족의 말이지만 친숙하지 않고 이해하기 어렵기 때문이라고 했다. 이런 고백을 운남 소수민족 신화에 관해 발표하는 다른 사람들에게서는 듣지 못했다. 잘 아는 듯이 말하는 자료가 민족어를 사용하는 원래의 전승 자체와는 거리가 먼 중국어 요약본이다. 누가 언제 어떻게 요약하고 번역했는지 밝히지 않은 것들이 이 책 저 책에 돌아다닌다.

이번 발표에 가서 책에서 보던 것들보다 더 나은 자료를 얻지 못했다. 소수민족이 스스로 자기네 전승을 현장에 들어가 조사한 성과는 위에서 든 것 하나뿐이었다. 漢族 발표자들이 계속 등단해 늘어놓은 다른 발표에서는 자료에 대한 고찰을 정확하게 하려고 하지 않고, 전승 위기에 관한 일반론이나 펴고 관광자원으로 이용하는 방안을 말하는 것이 고작이었다.

한국에서 간 발표자 가운데 몇 사람은 연세대학교 중국연구원 연구원으로 재직하면서, 운남의 신화 전승에 대해 오랫동안 연구하고 한국의 경우와 비교해 고찰한 실적이 있다. 金善子, 〈中國少數民族女神神話與圖像敍事-以'袋'與'繩'的象徵性爲中心〉; 田英淑, 〈韓國"仙女和樵夫"與傣族"召樹屯"故事之比較〉에서 그 성과의 일단을 유창한 중국어로 발표했다. 한국 학계의 실력을 보여주었으며, 중국 쪽에서 큰 자극으로 받아들일 만했다.

일본에서 온 발표자들 가운데 몇몇 중국인은 행사의 주제와 관련된 자료를 다루었다. 于曉飛, 〈赫哲族口傳文學'伊瑪堪'的紀錄與傳承〉에서 만주 赫哲族(Hezhen, Nanai)의 무속 영웅서사시 〈伊瑪堪〉(Yimakan)의 자료가 구전되고 기록된 내력을 소상하게 밝히며, 새로운 조사 성과를 로마자로 표기하고, 일본어·중국어·영어 번역을 병기했다. 중국 한족인 연구자가 일본에서 활동하고 있어 정밀하고 정확한 자료를 제시해야 인정을 받을 수 있는 것 같다. 제시한 자료가 〈英雄誕生〉의 서두 일부에 지나지 않고, 해석과 평가에 대한 논의는 하지 않았다.

遠藤耕太郎, 〈"喻"與"音"－中國少數民族歌謠與日本古代歌謠〉에서는 중국 納西族(Naxi)의 가요와 일본 고대 가요의 같은 소리 반복으로 비유를 하는 기법에 대한 치밀한 분석을 해서, 일본 학풍의 장기를 관심의 폭이 좁은 특징과 함께 보여주었다. 다른 일본 학자들은 민속이나 구비문학에 관한 논제를 무엇이든지 택해 발표를 위한 발표라고 할 것을 했다. 아이누인의 신화 전승은 언급의 대상도 되지 않았다. 대만 학자들은 그쪽의 신화 전승에 대해 소개하는 발표를 해서 이해를 넓히는 데 도움이 되었다.

마무리

학문은 미시와 거시, 현미경 작업과 망원경 작업 양면에서 상식을 넘어서는 탐구를 한다. 제주도의 신화 전승은 치밀한 조사가 충분히 축적되었다. 그 성과를 근거로 김헌선 교수가 거시적인 망원경 작업을 하고자 해서 내가 힘을 보태 위에서 든 학설을 전개하고 있다. 거시적인 가설을 충분히 입증하려면 미시적인 자료가 필요해 논저를 찾고 멀리 있는 현장을 찾아가야 한다. 얼마 뒤에는 새로운 자료를 입수하고 토론을 함께하려고 이란까지 갈 작정이다.

가까이 있는 중국 운남은 제주와 함께 신화 전승이 살아 있는 대표적인 지역이다. 논저에 올라 있는 자료를 이용해 우리는 이미 많은 연구를 하고, 생생한 현장에 대한 정밀한 이해를 기대하고 갔으나 얻은 것이 별반 없었다. 중국 학계에서는 육안으로 보이는 것만 말하고, 미시의 현미경 작업도 거시의 망원경 작업도 하지 않는다. 미시 작업을 하지 않으니 새로운 자료를 얻을 수 없고, 거시 작업에 관심이 없어 토론 상대가 되지 못한다. 이 얼마나 섭섭하고 통탄스러운 일인가!

모든 불만을 우리에게 돌려야 한다. 우리는 연구를 얼마나 잘하고 있는지 반성하고, 중국에서 하지 못하는 일을 할 수 있어야 한다. 우리가 주최하는 국제학술회의도 외교적인 친교에 머물러, 허장성세를 일삼고 알맹이가 없는 것이 대부분이다. 우리 학계에서 연구한 성과가 무엇인지 대회 조직자들은 몰라 제대로 알려주지도 못한다. 언어 소통을 중요시하느라고 내용은 돌보지 않는다.

공동의 관심사를 두고 다각적인 발표를 하고 심도 있는 토론을 해야 국내외 어느 학술회의라도 성과 있게 할 수 있다. 김헌선 교수와 함께 하고 있는 연구는 국내의 역량으로는 제대로 다루기 어렵다. 세계 각국의 전공자들을 모아 내실을 충분히 갖춘 국제학술회의를 할 수 있기를 간절하게 기대한다. 대중의 관심사가 되지 못해 지원을 받을 수 있을지 염려된다.

붙임

운남대학에서 발표한 영문 논문을 첨부한다.

A Comparative Study of the Levels of Mythology Transmission in Cheju and Yunnan

Cho Dong-il·Kim Heon-seon

1. Goal of the Research and the Methodology

Transmission of mythology(神話傳承) is a term that includes various means of transmitting myth, including tangible forms, rites, songs and tales. Yunnan(雲南) Province of the People's Republic of China and Cheju(濟州) Island of the Republic of Korea are places where a lot of research about the prolific transmission of mythology has been done. In order to establish a starting point for an all-encompassing theory of mythology transmission, we need to go beyond individual and isolated research, and to develop comparative studies as a means of mutual enlightenment.

Layer(層位) is a term that is taken from geology. The crust of the planet Earth is an accumulation of many strata. New layers are formed on top of the older layers. When the crust is uncovered by events such as earthquakes, the lower layers are exposed, and geologists can then understand the historical sequence of the formation of the strata.

The transmission of mythology is also not single-layered; it contains many different layers. We want to identify and categorize those layers, by comparing the cases of such transmission in Yunnan and Cheju. The expected result is to be able to apply the categorization to many different traditions around the world, and to establish a general theory of the transmission of mythology that can encompass the entire world.

2. The Reason for Affinity

The transmission of mythology in Yunnan and Cheju shows a remarkable affinity. We want to know what the reason for this affinity is.

The first possible reason for this affinity is simple coincidence.

The characteristics of coincidental happenstance are that they are fragmentary and sporadic. But the characteristics of affinity in transmission of mythology between Yunnan and Cheju are too omnipresent and too structural.

Another factor that can result in affinity is direct or indirect influence. However, the physical distance between Yunnan and Cheju is too great, and the Chinese continent between them shows no trace of connection between Yunnan and Cheju.

Another idea is that the two places share a mythological root because the people of Yunnan and Cheju are both of Dongyi(東夷) descent. But this is not backed up by historical evidence.

Similar transmissions of mythology are found everywhere in the world. Thus it is more logical to assume that it is a universal tradition of mankind, rather than of particular racial and cultural groups. Human civilization, no matter where it is, has almost the same type of transmission of mythology. It is a human heritage.

Mythology is a universal method of understanding the relationship between nature and life, between humanity and other animals, and between people in society. It is also a common occurrence that transmission of mythology appears in tangible forms, rites, songs and tales.

3. Layers of Cheju's Transmission of Mythology

The history of humanity universally evolves anywhere in four layers. In the first layer, everyone is equal, in direct relationship with nature. In the second layer, religious and political leaders with authority creat ruling ideologies and political systems. In the third layer, widespread religions such as Confucianism and Buddhism, along with shared scripts such as Classical Chinese and Sanskrit, create universal civilizations. Now in the fourth layer, world views and linguistic expressions are diversified, while science and technology are respected unanimously.

It is in the first and the second layer that transmission of mythology was initiated and evolved. We take Cheju's transmission as a case study. Some of Cheju's mythology is identified as having been created and transmitted by the common people. That is the commoner mythology of the first layer of historical progression. Some other mythology is created and transmitted by shaman(巫堂, mudang) of the second layer. That is the shaman mythology of the second layer. To classify them by both their transmitters and their medium, we created a table:

Medium \ Transmitter	Tangible Myth	Ritual Myth	Sung Myth	Told Myth
First layer Commoner Mythology	stone old man *Dollharubang* (石翁)	spring rite *Ipchungut* (立春祭儀)	(ritual songs)	female giant *Seolmundae Halmang* (老姑巨人)
Second layer Shaman Mythology	shamanic statues (巫神像)	shamanic rites (巫祭儀)	epic song *Bonpuri* (由來神歌)	Stories of *Bonpuri* (由來譚)

In the first layer, tangible forms, rites, and tales are separate transmissions without any connection, and songs are absent. In the second layer, tangible forms, rites, songs, and tales are mutually interrelated ways transmitting of same mythology. How do we understand such phenomenon? It can be conjectured that at a certain time the first layer commoner mythology was pushed aside by the second layer shaman mythology. So the first layer went through deterioration and degeneration, and the link between different media was lost.

In the first layer of mythologies, the tale of Seolmundae Halmang(老姑巨人) maintains to a certain degree the original form. A human-shaped giant goddess, she disintegrated herself to transform into all creatures,— human beings among them— or gave birth to all creatures or manually created everything.

She is a relatively lightweight amongst giant creators of the world. She only created little islets around Cheju. She created humans were a very small portion of the population. She explains nothing of how the whole world was made, and she also does reveal how nature aligns with humanity.

The reason why the myth of Seolmundae Halmang is so limited is that her story was damaged severely when the second layer, shaman mythology rose in prominence and took its place. In one of the tales, she dies poor and starving, wearing nothing because of her poverty, an object of pity to even the lowest of the classes of Cheju. The shaman, mudang in charge of the second layer mythology told no story at all regarding Seolmundae Halmang.

Dolharubang(石翁) is a kind of totem statue. The shapes of these statues have been remained unchanged for a long time throughout Cheju Island. They seem to have a long history, but the story of their origin and function has lost. The relationship between these statues and Seolmundae Halmang is out of the question even among researchers of Cheju mythology.

The ritual myth of Ipchungut(立春祭儀) is one of examples of fertility rites around the world. It was acknowledged by society, for it was accepted belief that the rite helped with the year's harvest. Thus it did not become extinct, but was transmitted in conjunction with the shamanic rite. Its link with the Seolmundae Halmang myth or Dolharubang has been entirely lost.

The Seolmundae Halmang myth, in the first layer, is a tale and not a song. That means it can be told by anyone, without any training or formalities. The second layer transmission, bonpuri(由來神歌) is solemnly sung. Its performance is monopolized by expert ritualist shaman. Commoners can remember and tell only the outline of the story. Bonpuri is an epic narrative which talks about the origins and the lives of the gods.

It is divided into types, according to the characteristics of gods; the spiritual epic, the heroic epic, and the commoner epic. The spiritual epic, explaining how the world is created, proved the shaman's religious authority. The heroic epic heralded the appearance of political leaders. The commoner epic dealt with ordinary interests.

A typical story of a heroic epic is transmitted by the hereditary shamans who look after the Songdangbonhyangdang(松堂本鄕堂) in western Cheju. The story tells of a child-hero who was abandoned by his father, survived trials, defeated his enemies and returned, to take power from his father, become the new ruler. It can be read as the founding epic of the ancient kingdom of Cheju, called Tamra(耽羅) at that time.

The epic song about Segyeong(歲耕), the god of agriculture,

unfolds as a love story with a female hero. After various hardships, she sought and obtained the love of the ideal male partner. These kinds of tales are commoner epic, or epics of the humble people, which appear when religious beliefs have been weakened and audience seeks to hear stories that relate to their own lives.

When the third layer ideology of Buddhism and Confucianism, came from mainland Korea, and threatened Cheju mythology, shamans managed to overcome the crisis by using a two pronged approach, adopting Buddhism and reacting to Confucianism. This new wave could not have a deep influence in Cheju, because of the shamans' reaction.

The governor of Cheju tried to forcibly change the shamanic rites into Confucian ceremonies. He succeeded on small scale but evoked widespread resistance, which made the indigenous beliefs stronger. In order to weaken the second layer's power, the governor promoted the first layer rite, Ipchungut(立春祭儀).

4. Comparison with the Yunnan's Case

In Yunnan Province, the giant myth of the first layer was never actually distinguished from the religious practices of the second layer. Pangu(盤古) and Pansheng(盤生) of the Baizu(白族) people, and Mihengzhe(米恒哲) of the Yizu(彝族) people are some examples. It seems that the second layer mythology replaced the first layer mythology slowly and thoroughly.

In Yunnan, the consequential appearance of the spiritual epic, the heroic epic, and the commoner epic is also identified in the same order. The creation myth, a subgenre of the spiritual epic, is very rich and well-developed in Yunnan. The heroic epic tells the tale based on historical events, but the elements of abandonment by the father or eventual dethronement of the father are never actually shown. A lot of commoner epics talk about women who are suffering because of their love.

Cheju's transmission of mythology was the tradition of the lower classes. But in Yunnan, the spiritual epic became a holy religious script as Dongbajing(東巴經), and the heroic epic, such as Dongguwang(銅鼓王) was judged to be a proud national history. When the third layer ideology of Buddhism and Confucianism, came from inner China, the Yunnan peoples utilized it to take their mythological tradition more organized and highly philosophical.

In this part of our paper, we presented and explained some examples of Yunnan mythology. In the Chinese text all of them are translated. I am afraid that there may have been mistakes. The examples of Yunnan mythology are indispensable for Korean readers who are not experts in comparative mythology. But the Yunnan audiences are not students but teachers. So I will skip unnecessary explanations.

5. Expansion of Comparative Study

The Ainu people of northern Japan have rich heritage of sung myth, called Yukar. But there are no shamans, everyone can participate in transmitting myth. Their mythology is not shaman mythology, but commoner mythology.

In Cheju's case, the shaman sings in the third person, while in Ainu Yukar, the voice of a holy bear-god is sung in the first person. These facts suggest that in the primal form, in the narrative, the bear-god is one with humans.

Later, these songs began to change, when prayers for hunting, expressing the desire to capture more animals, became the dominant message. Then the Yukar were diversified. In addition to the spiritual epic, the heroic epic and the commoner epic appeared. This seems to be the result of a process of change similar to that seen in Cheju.

The Bantu people of inland Africa still retains a rich tradition of creation myth in spoken narrative. A subset of the Bantu, the Nyanga people, also have a sung traditon called Mwindo. It is a heroic epic, told by a professional shaman. The life story of an abandoned hero is similar to that of Cheju.

In some other instances, the first and the second layer traditions eventually gained equal status. The Philippines offer a typical example. The first layer commoner mythology presents only gods, while the second layer shaman mythology narrates heroes. They never go beyond their respective domains.

Various mythologies about many different gods exiss, starting with Batlala who created the universe. Heroic epics also proliferated. The hero Bantugan defeated heavenly gods. The two layers exist independently, as gods never act as heroes, and heroes can never be gods, no matter how great their feats are.

Hawaiian mythology is mainly transmitted through the song of Kumulipo, which means 'Song of Creation.' Mayan, and the succeeding Quiche kingdom's mythology is transmitted through the Popol Vuh, which means 'Book of the People.' In the beginning of both books, the creation—giant myth is described, and then a trickster appears as the hero in the middle part of each books. He is banished, faces the threat of death, and revives to become a new ruler.

In the cases of Ancient Greek myth, the earth giant and the sky giant wed each other, give birth to twelve titans, and one of whom has a son, Zeus. Zeus leads a rebellion against the titans, eventually drives them out, and becomes the king of gods, sitting on top of Mount Olympus. The struggle between the first layer and the second layer, which concludes in the victory of the latter, is shown in the progression of the mythology itself.

Norse mythology, transmitted through Norway and other Nordic countries, also had giant demi—gods, whose bodies break to create the universe, or manifest as natural phenomena. Ymir, one of the giants, is the great—grandfather of Odin, the father of the Nordic Pantheon. However, in this case, the transitional struggle does not appear.

6. Tentative Conclusion

The age of the giants prevalent in the first layer of human history leads to the age of gods in the second layer. This is the evolution of mythology, commonly observed all around the world. Everyone can establish a connection with the giants; but the gods of the second layer are only accessible through shamans.

There are various types of relationship between the transmission of mythology of the first and the second layers: The first layer can continue and have some features of the second layer. (Ainu) The first layer can continue, and a part of it can be transformed into the second layer. (Bantu) The first layer and the second layer can equally divide contents and functions. (Philippines) The first layer can be transformed into the second layer, leaving traces(Hawaii, Quiche, Norse), or without trace(Yunnan) The first layer can be destroyed by the second layer, leaving traces(Greece), or without trace(Cheju).

Many other cases must be examined to undestand more clearly the general as well as specific history of the transmission of mythology. It is closely related to social history. Mutual enlightenment between myth and society will open a new way toward truly total history.

4. 창조학의 계승과 발전

알림

이 글은 내가 한 연구의 핵심을 원론과 각론 양면에서 간추린 것이다. 생극론에 입각한 창조학을 원론으로 해서 소설의 이론을 쇄신한 것이 각론이다. 얻은 결과를 영어로 옮겨 밖에 내놓는 작업이 원론에서는 난관이 있고 각론은 어느 정도 가능한 것을 보여주면서, 어떻게 해야 할 것인지 검토한다.

내가 택한 길

나는 한국문학 연구를 근거로 세계적인 범위의 일반이론을 창조하려고 노력했다. 창조적 학문의 전통을 철학에서 계승해야 할 수 있는 일이다. 氣철학에서 生克論을 가져와 창조학의 근거로 삼는 작업을 오랫동안 많은 논저에서 했다.

지금까지 내놓은 업적을 모두 들면, 저서가 60여 권, 논문이 200여 편이다. 모두 단독저서이고 단독논문이다. 공저도 있으나 긴요하지 않다. 논문은 단독논문뿐이다. 이 가운데 생극론에 입각해 문학의 일반이론을 이룩하는 데 힘쓴 것들이 특히 다음과 같다.

《한국의 철학사와 문학사》(지식산업사, 1996);《철학사와 문학사 둘인가 하나인가》(지식산업사, 2000)에서 생극론 일반론을 폈다. 《소설의 사회사 비교론》1-3 (지식산업사, 2001)에서 생극론에 입각한 소설이론을 이룩했다. 《탈춤의 원리 신명풀이》(지식산업사, 2006)에서 생극론의 연극이론을 제시했다. 《세계문학사의 전개》(지식산업사, 2002);《한국문학통사》제4판(지식산업사, 2005)에서는 생극론으로 문학사이론을 마련하고 문학사를 서술했다. 《세계·지방화시대의 한국학》1-10(계명대학교출판부, 2005-2009)에서 기존의 작업을 다각도로 재검토했다.

이 모두를 설명하는 것은 가능하지 않다. 그 가운데 몇 대목을 가져와 토론 자료로 삼는다. 전문적인 내용을 줄이고, 다른 분야의 연구에도 적용할 수 있는 것을 우선적으로 선택한다.

창조학의 요체

崔漢綺의 용어를 사용하면, 창조학은 一國一鄕을 위한 학문이 아니고 天下萬歲公共을 위한 학문이다. 천하만세공공을 위한 학문은 앞서 나가는 쪽에서 맡아서 하니 우리는 일국일향을 위한 학문에 힘쓰면 된다고 하는 후진의 사고를 청산해야 한다. 우리의 경우를 연구해 얻은 성과를 출발점으로 삼고 광범위한 비교연구에서 공통점을 찾아 널리 타당한 일반이론을 새롭게 마련해야 한다. 세계 학계를 위해 큰 일을 할 때가 되었다는 것을 알고 보편적 의의가 높이 평가되는 창조학을 하려고 힘써야 한다.

수입학·자립학·시비학을 넘어서서 창조학으로 나아가는 것이 새로운 학문의 길이다. 수입학은 남들이 이미 한 결과를 가져와 자랑하는 학문이다. 자립학은 우리 것을 그 자체로 연구하는 데 머무르는 학문이다. 시비학은 기존의 연구가 잘못되었다고 나무라는 것을 능사로 삼는 학문이다. 창조학은 창조를 내용으로 하는 이론이면서 창조하는 길을 제시하는 학문론이다. 선행하는 세 학문, 수입학·자립학·시비학을 나무라고 물리치면 넘어설 수 있는 것은 아니다. 각기 이룬 바를 받아들여 발판으로 삼아야 창조학으로 나아갈 수 있다. 수입학으로 시야를 넓히고, 자립학에서 연구를 실제로 수행하며, 시비학으로 잘못을 가리는 작업을 합쳐서 발전시켜야 창조학을 할 수 있다. 수입학·자립학·시비학을 하는 사람들이 창조학을 질투해 손상을 입히지 않고 창조학을 위해 기여하는 것을 보람으로 삼으면서 창조학에 다가오도록 하는 것이 마땅하다.

학문은 역사적 성격을 지닌다. 보편적 진실을 역사적 조건에 맞게 추구하고 실현하는 작업을 학문이 선도한다. 현재의 상황을 판단하고 미래를 전망하는 역사의식을 분명하게 해야 학문을 제대로 할 수 있다. 유럽문명권 주도로 이룩한 근대학문을 청산하고 근대를 넘어선 다음 시대의 학문을 이룩하는 것이 이제부터 하는 창조학의 사명이다. 역사는 종말에 이르고, 거대이론의 시대는 끝났다고 하는 말에 현혹되어 동반자살을 하려고 하지 말고, 선수 교체를 수락해야 한다. 선진이 후진이 되어 생기는 공백을 후진이 선진이 되는 전환을 이룩해 메우면서 세계학문의 주역으로 나서야 한다. 정치나 경제는 아직 후진이므로 학문에서는 선진이어야 하는 사명을 수행해야 한다.

다음 시대로 나아가는 창조학은 지난 시기의 학문에 대해서 이중의 관계를 가진다. 근대학문에서 이성의 가치를 최대한 발현해 역사, 구조, 논리 등에 대해 분석적 고찰을 한 성과를 폐기하는 데 동의하지 않고 이어 발전시키면서, 근대학문이 부정한 중세학문에서 이성 이상의 통찰로 모든 것을 아우르고자 한 전례를 되살려 두 시대의 학문이 하나가 되게 하는 것이 마땅하다. 중세에 뒤떨어진 곳에서 중세를 부정하고 고대를 긍정하면서 근대화에 앞섰듯이, 이제 근대의 피해자가 된 곳에서 근대를 비판하고 중세를 계승하면서 다음 시대 만들기를 선도하려고 분발해야 한다.

근대에 이르러 고착화된 자연과학·사회과학·인문학의 구분을 바로 잡는 것도 긴요한 과제이다. 먼저 '학문'을 공통개념으로 삼아 용어의 불균형을 시정하고 '과학'의 횡포를 제어해야 한다. 자연학문·사회학문·인문학문으로 구분된 세 학문 가운데 인문학문이 앞서서 학문 혁신의 주역 노릇을 해야 한다. 인문학문이 배격되는 세태에 자각으로 맞서 전반적인 상황을 검토하고 조정하는 학문학을 하는 것이 창조학의 긴요한 내용이다. 자연학문·사회학문·인문학문 순서로 정해져 있는 우열에 따라 직분이 상이하다고 하는 차등론을 뒤에서부터 뒤집어 우열을 부정하고 직분을 통합하는 방향으로 나아가야 한다.

창조학은 철학의 소관이라고 주장하지 말아야 한다. 학문학 일반론이었던 철학이 개별학문의 하나로 자처하면서 영역과 방법을 따로 마련하다가 자폐증에 사로잡혀 창조의 역량을 잃고, 지나치게 신중해 혁신을 기대할 수 없게 되었다. '철학하기'로 나아가는 넓은 길을 폐쇄하고 뒤로 물러나 '철학 알기'를 궁벽하고 난삽하게 하면서 학과의 밥벌이로 삼다가 인문학문은 무용하다는 증거를 제공하기나 한다. 철학이 따로 있다고 하지 말고 철학과 다른 여러 학문을 연결시켜 함께 다루는 것이 철학이 이론 창조의 기능을 살리고 자폐증에서 벗어나게 하는 최상의 방안이다. 이 일은 다른 학문에서 시작해야 한다. 밖에서 반란을 일으켜 안으로 쳐들어가는 것이 모든 혁명의 공통된 전략이다.

창조학의 발상은 갑자기 떠오를 수 있으나 직접 서술하는 것은 힘들고, 설득력이 부족해 수고한 보람이 없을 수 있다. 근대학문에서 부정하고 폐기한 선행학문의 유산 가운데 무엇을 가져와 자기 것으로 만드는 고금학문 합동작전을 하면 여러모로 유익하다. 고인의 학문을 다시 고찰해 새롭게 활용할 가치를 발견하고 자기가 하고자 하는 작업의 지침으로 삼아 말을 보태고 이론을 발전시키는 것이 합동작전의 요령이다. 고금학문 합동작전의 대상으로 삼을 만한 유산의 가치 등급이 미리 정해져 있는 것은 아니다. 모든 문명권이나 어느 나라의 것들이든 다 소중하다고 할 수 있다. 그러나 이용 가치에는 등급이 있다. 남들이 이미 충분히 써먹은 것들을 다시 들추어내면 수입학에 머무르고 말 수 있다. 멀리 있어 절실하게 이해하기 어려운 것들에 다가가면 수고는 크고 소득이 적다. 이 두 가지 것들은 연구가 상당한 정도로 진행된 다음 비교대상으로 삼아야 한다. 한국 또는 동아시아의 유산에 새롭게 활용할 여지가 많이 남은 것이 흔히 있어 출발점으로 삼기에 적합하다. 숭앙을 요구하는 우상은 멀리해 구속받지 않고, 자유로운 논의가 가능한 대상을 찾아 마음대로 휘어잡아야 소득이 크다.

徐敬德에서 崔漢綺까지의 氣철학에서 生克論을 이어받아 문학사의 이론으로 발전시킨 것이 내가 시도한 창조학의 가장 긴요한 작업이다. 《소설의 사회사 비교론》에서 특히 진전된 성과를 제시했다. 이것은 고금학문 합동작전의 본보기이고, 우리의 경우를 연구해 얻은 성과를 출발점으로 삼고 광범위한 비교연구에서 공통점을 찾아 널리 타당한 일반이론을 다시 마련한 사례이며, 문학·역사·철학을 연결시켜 함께 다룬 실제 작업이다. 변증법이 상극에 치우친 편향성을 시정하고, 상극이 상생이고 상생이 상극임을 밝히는 대안으로 생극론이 소중한 의의를 가진다는 것을 소설사에서 상론해 효력을 입증하고 설득력을 갖추었다. 생극론은 누구나 자기 것으로 삼을 수 있는 공유재산이고 다른 여러 측면에서 크게 기여할 수 있다. 찾아내 이용할 유산이 생극론만은 아니다.

창조학의 원천 생극론

생극론은 동아시아철학의 오랜 원천에서 유래했다. 이른 시기 철학적 저술에서 뚜렷한 논증이나 체계는 없으면서 산견되는 사상이다. 《周易》에서 "一陰一陽謂之道"(한번은 음이고 한번은 양인 것을 일컬어 도라고 한다)(〈繫辭傳〉 제1장)고 하고, 《老子》에서 "有無相生"(있고 없음이 상생한다)(제2장), "萬物負陰而包陽 沖氣以爲和"(만물은 음을 품고 양을 껴안아 텅 빈 기로써 화를 이룬다)(제42장)고 한 것을 그 가운데 특히 주목할 만하다.

위의 두 논거에서, 천지만물은 음과 양으로 이루어져 있고, 음과 양의 관계 외에 도라고 할 무엇이 별도로 인정되지 않는다고 한 것이 첫째 원리이다. 없으므로 있고, 있으므로 없는 상생의 관계가 음과 양에서 구현되어, 음과 양은 있음의 관계를 가지고 서로 싸우면서 없음의 관계를 가지고 서로 화합한다는 것이 둘째 원리이다. '相生' 과 '和'만 말하고, 그 반대의 개념은 말하지 않았으나 보충해 넣을 수 있다. 첫째 원리만이면 '음양론'이고, 둘째 원리까지 갖추면 '음양생극론'이다. '음양생극론'을 '생극론'이라고 줄여 말할 수 있다.

여러 가닥으로 나누어져 있는 기존의 논의를 아울러 생극론의 기본명제를 정리한 사람은 徐敬德이다. "一不得不生二 二自能生克 生則克 克則生"(하나는 둘을 생하지 않을 수 없고, 둘은 능히 스스로 생극하니, 생하면 극하고, 극하면 생한다, 〈原理氣〉)이라고 한 것이 그 핵심이다. 여기서는 하나가 둘이고, 둘이 하나라는 명제를 하나인 氣 와 둘로 갈라진 음양 사이의 관계로 구체화했다. 음양은 둘이면서 하 나여서 상생하고, 하나이면서 둘이어서 상극하는 것이 생극의 이치라 고 했다. 서경덕에서 시작된 한국의 기일원론 또는 기철학은 동아시 아 공동의 유산인 생극론을 더욱 가다듬고 한층 풍부하게 하는 데 특별한 기여를 하면서 그것을 그릇되게 해석하고 부당하게 적용하는 다른 유파의 잘못을 시정하기 위해 노력했다.

지금에 와서는 생극론의 논쟁 상대는 변증법이다. 유물변증법이 유 럽에 머물러 있지 않고 세계에 널리 퍼졌으며, 러시아혁명에 이어서 중국혁명을 이룩했다. 중국혁명의 지도자 毛澤東은 그 원리를 간명하 게 풀이해 대중화하는 데 앞섰다. 〈矛盾論〉에서 말하기를, 모순은 처 음부터 있었고 중간에 생기지 않았다고 했다. 그러나 모순만 처음부 터 있었고 조화는 중간에 생긴 것은 아니다. 처음부터 모순이 조화이 고, 조화가 모순이다. 상이한 모순은 상이한 방법으로 해결해야 한다 고 하면서 갖가지 모순을 든 것에 민족모순은 없다. 계급모순은 상극 의 투쟁으로 다루어야 상생에 이를 수 있지만, 민족모순은 상생의 화 합으로 다루어야 상극의 투쟁을 전개할 수 있다는 것을 말해야 한다.

유물변증법은 맞으면서 틀렸다. 상극에 관해서 전개한 이론은 맞 고, 상생은 부차적인 것으로 돌리거나 제외했기 때문에 틀렸다. 한쪽 으로 기울어진 잘못을 바로잡아, 유물변증법을 음양생극론으로 바꾸 어놓아야 한다. 음양생극론에서 말하는 음양의 '기'는 유물변증법의 기본개념인 물질을 모두 포괄하면서 그 이상의 것이다. 생명을 중심 에다 두고 물질과 정신을 포괄한다.

변증법은 선진과 후진의 교호작용을 파악하는 점에서 형식논리보다 앞선다. 그러나 선진과 후진의 교체는 알지 못한다. 그것은 생극론이 할 수 있는 일이다. 상생이 상극이고 상극이 상생이라고 하는 것과 함께 선진이 후진이고 후진이 선진이라고 하는 것이 생극론의 또 하나 기본명제이다. 선진과 후진의 교체는 희망이 아니고, 역사의 실상에 근거를 두고 파악된 사실이다. 고대에서 중세로, 중세에서 근대로 전환할 때 후진이 선진이 되고, 선진이 후진이 되는 변화를 겪었다. 그런 일이 다시 일어날 수 있다고 하는 것이 합당한 사실판단이다.

역사의 전개는 거기서 끝나지 않았다. 선진이 다시 후진이 되는 변화가 뒤따랐다. 아랍인은 중세의 선진이었으므로 근대에는 후진이 되었다. 영국은 근대를 이룩하는 데 앞섰으므로 근대를 극복해야 하는 지금에 와서는 어려움을 겪고 있다. 다음 시대로 나아가는 전환은 근대의 후진이었던 곳에서 선도해 근대의 평가기준에서는 가치를 인정할 수 없는 방법으로 시작하는 것이 당연하다. 역사는 종말에 이르러 다음 시대는 없다고 하는 것은 거짓이다. 과거에도 한 시대의 지배자는 누구나 자기 시대가 역사의 종착점이라고 주장했으나, 그 말대로 되지 않았다. 그렇게 말하는 것 자체가 물러날 때가 되었다는 증거이다.

그렇게 하는 나의 작업은 세계문학사 서술에서 구체화되고 있다. 한국문학에서 시작한 연구를 세계문학으로 확대하고, 한국학문을 세계학문으로 발전시켜, 유럽문명권 중심주의 문학론을 이룩한 근대학문을 비판하고 극복한다. 세계사의 전환이 닥쳐왔음을 문학을 근거로 입증하고, 유럽문명권이 지나치게 앞서나가다가 자초한 문학의 해체 위기를 극복하는 대안이 제3세계문학에 있어 근대가 종말의 시기가 아님을 입증한다. 제3세계 생극론 소설의 의의를 생극론에 입각한 소설사 이론서를 써서 평가한다.

소설의 이론에 관한 변증법과 생극론의 토론

문학이론 가운데 가장 논란이 많은 것은 소설이론이다. 문학이론이 모두 그렇듯이 소설이론도 철학을 근거로 한다. 소설이론을 이룩하는 데 변증법이 다른 어느 철학보다 긴요하게 쓰여, 헤겔(Hegel)·루카치(Lukacs)·바흐찐(Bakhtin)·골드만(Goldmann)의 이론이 이루어졌다. 이들의 소설이론은 우상이 되었다. 우상숭배자들이 국내외 학계를 지배하면서 새로운 이론 창조를 막는다.

그러나 이들 이론은 한국 또는 동아시아의 소설에 적용하면 많은 무리가 있다. 다룬 대상에 시대적·지역적 편향성이 있어 일반이론이라고 할 수 없다. 소설 및 소설사에 대한 이해에 타당성이 결핍되어 있다. 이런 결함은 변증법이 지닌 한계에서 유래하므로, 변증법을 생극론으로 대치하는 적극적인 대안을 마련해야 한다. 이렇게 해서 전개한 길고 복잡한 논의 가운데 헤겔에 대한 반론의 핵심 대목을 들어본다.

헤겔의 소설이론을 구성하는 시적인 것과 산문적인 것, 마음과 상황, 비극과 희극, 현실 인정과 현실 대치 등의 용어는 모두 변증법적 대립을 나타내는 개념이다. 헤겔은 둘 사이의 대립에서 모든 사물이 존재하고, 문학이 이루어지며, 소설의 특징이 결정된다고 보아 그런 용어를 사용했다. 그런데 대립의 짝을 잘못 파악했다. 마음속에 있는 것과 마음 밖에 있는 것을 대립의 짝으로 보고, 안팎을 통괄하는 대립의 짝은 파악하지 못했다.

문학은 안팎을 통괄하는 대립의 짝으로 이루어진다. 자아와 세계의 구분을 작품내적인 것과 작품외적인 것의 구분과 함께 파악해 음양이 겹으로 교차되는 넷 사이의 관계를 파악해야 한다. 그래서 파악된 작품내적 자아, 작품외적 자아, 작품내적 세계, 작품외적 세계란 것이 변증법에는 없다. 변증법에서는 둘씩 따로 노는 것이 음양론에서는 넷으로 합쳐지고 다시 여덟으로 합쳐진다. 그래서 복잡하고 다면적인 구조를 파악할 수 있는 길이 열린다.

둘로 나누어져 대립하는 것이 다투어 제3의 형태로 바뀐다는 것이 변증법의 명제이다. 그러나 제삼의 형태가 과연 처음 둘과 다른 새로운 무엇인가가 의문이다. 시적인 것과 산문적인 것, 마음과 상황, 비극과 희극, 현실 인정과 현실 대치 같은 것들이 서로 다투어 제3의 형태를 만들어낸다고 하지 않고, 둘 가운데 하나가 이기고 다른 것이 지는 관계를 말할 따름이다. 제삼의 형태란 처음 둘 가운데 이긴 쪽이다. 이기는 과정에서 상대방의 특징을 일부 받아들이기는 하지만 상대방을 아우르지는 못한다고 본다.

변증법은 생극 가운데 상극에 일방적인 우위를 부여하는 편향성을 지녔으므로 상극이 상생이고 상생이 상극이어서 제삼의 형태가 이루어지는 것을 파악하지 못한다. 소설을 이루고 있는 자아와 세계, 작품내적인 것과 작품외적인 것, 소설 작품과 소설을 산출한 사회, 소설을 창조하고 향유하는 여성과 남성, 귀족과 시민이 모두 생극의 관계를 가진다.

소설이 근대시민의 문학만이라고 규정하는 것은 잘못이다. 소설은 귀족과 시민, 시민과 귀족 쌍방의 관심사를 함께 나타낸다고 해야 하고, 그 둘이 생극의 관계를 가지고 이룩한 경쟁적 합작품이라고 해야 한다. 변증법에서 잘못 파악한 사실을 생극론에서는 바로잡을 수 있다. 시민은 "광범위한 배경"을, 귀족은 "시적인 세계상"을 제공해서 소설을 함께 이룩했다고 하면 될 것도 아니다. 상황과 마음을 그렇게 갈라 말하는 엉성한 논법을 넘어서서 양쪽의 생극관계가 소설을 어떻게 만들었는지 실상을 들어 분석하는 성과를 한층 선명하게 이론화하는 작업을 진행해야 한다. 생극론이라야 감당할 수 있는 과제이다.

생극론의 소설이론, 핵심 내용

'소설'이라는 말을 기본용어로 삼아 세계소설 일반론을 전개하는 것이 마땅하다. 그 어원인 '小說'에 매이지 않아 지나치게 넓은 뜻을 배제하고, 외국용어의 번역어라고 하지 않아 지나치게 좁은 뜻에 매이지 않아야 한다. 'novel'이나 'roman'을 기본용어로 삼아 소설일반론을 전개하려면 그 말이 '소설'과 같은 뜻을 지닌다고 규정해야 한다.

소설은 자아와 세계의 상호우위에 입각한 대결이어서, 세계의 우위에 입각한 대결인 전설이나 자아의 우위에 입각한 대결인 민담과 다르다. 전설이 민담화하고 민담이 전설화된 설화, 같은 방식으로 전개되는 범인서사시는 광의의 소설이라고 할 수 있다. 그러나 기록문학으로 정착되고, 창작되고, 유통되어야 협의로 규정되는 본격적인 소설이다.

중세까지의 기록서사문은 소설이라고 할 수 있는 작품도 있으나 두드러진 성격이 전설이나 민담이다. 고대소설이나 중세소설이 국지적인 갈래로 인정될 수 있으며, 세계문학사의 보편적인 갈래인 소설은 중세에서 근대로의 이행기 이후의 소설이다. 소설은 자생적으로 마련되었든 외부의 충격을 받고 이루어졌든, 어디서나 공통되게 중세에서 근대로의 이행기문학으로 시작되었다.

소설이 자생적으로 출현할 때에는 기존의 문학갈래 체계에 서사산문을 위한 자리가 없었으므로, 존중되는 지위를 차지하고 있는 교술산문 가운데 어느 것이라고 자처하면서 출생신고를 하고, 그 수법을 차용해 기록문학으로 행세할 수 있는 격식을 마련했다. 그러나 그 때문에 소설의 독자적인 특성이 부인될 수는 없다. 소설의 특성이 당대에도 분명하게 인식되었다는 증거를 소설배격론에서 찾을 수 있다.

소설은 어느 집단만의 문학이 아니며, 한편으로는 귀족·민중·시민, 다른 한편으로는 남성과 여성이 생극의 관계를 가지고 만들어낸 경쟁적 합작품이다. 중세에서 근대로의 이행기에 이르러서 신분이 계급으로 바뀌고, 남성의 우위에 대한 여성의 반론이 제기되자 소설이 이루어졌다. 자아와 세계의 대결을 상호우위에 입각해 전개하는 소설의 기본특징이 바로 그 시대의 구조이다. 한편으로는 귀족·민중·시민이,

다른 한편으로는 남성과 여성이 자아와 세계의 관계를 가지고 상호 우위에 입각해 대결하는 문학을 함께 만들어내면서 서로 경쟁했다.

귀족은 기존의 기록문학에서, 민중은 구비문학에서, 시민은 현실에 대한 직접적인 체험에서 필요한 내용을 소설로 가져오는 데 각기 장기를 보였다. 사회생활은 남성이, 개인생활은 여성이 적극적으로 다루었다. 그 모든 작업이 한데 어우러져 소설의 다면적이고 복합적인 성격이 마련되었다.

소설은 그런 공동작의 과업을 맡아서 수행할 만한 개방적이고 복합적인 특성을 지닌 작가라야 잘 쓸 수 있다. 시민에 근접한 귀족, 귀족처럼 살고자 한 시민, 여성의 관심사에 민감한 남성, 남성 같은 여성이라야 소설의 작가로서 뛰어난 능력을 발휘해 자기와는 다른 독자를 광범위하게 끌어들이는 작품을 이룩할 수 있었다. 그런 특성은 오늘날까지도 지속된다.

소설은 또한 작자·전달자·독자 사이의 경쟁적 합작품이다. 귀족·민중·시민의 만남이 작자·전달자·독자의 관계에서 이루어지기도 한다. 작자는 독자의 관심사를 받아들이면서 창작하고, 전달자에게도 관심을 가진다. 전달자는 필사본이든 인쇄본이든, 비영리적으로 유통되든 영리적으로 유통되든 가리지 않고, 어느 경우에나 작가와 독자 사이에 개입해 편집·수정·가공하면서 작품에 개입한다.

소설의 구조와 내용을 이룬 생극의 관계는 적대적이면서 우호적이고, 대립하면서 화합하며, 상대방에 근접해서 자기주장을 관철하고, 승리하면서 패배하는 양상으로 전개된다. 그래서 전후 불일치, 표리 부동, 논리적 당착 등의 특성을 지닌다. 그 양상이 얼마나 복잡하고 다면적인가 분석하는 작업은 여러 시각에서 거듭 새롭게 해야 한다.

귀족·민중·시민의 관계양상이 달라지고, 우열이 바뀌면서 소설사가 전개되었다. 귀족이나 민중을 누르고 시민이 일방적으로 우위를 차지하면서, 생극의 관계를 단순화하고 평면화한 근대소설이 생겨났다. 다른 계급이 모두 시민화되어 시민이 독점적인 지위를 누리자, 계급 사이의 생극의 관계가 파괴되어 자아와 세계의 대결이 해체되는 소설이 나타났다.

선진이 후진이고, 후진이 선진인 역전의 원리가 다른 모든 역사에서처럼 소설사에서도 구현되었다. 중세에서 근대로의 이행기소설을 만드는 데 앞선 동아시아는 근대소설을 이룩하는 데 뒤떨어져 유럽 근대소설을 받아들여야 했다. 중세에서 근대로의 이행기 때에는 뒤떨어졌던 유럽이 근대소설을 앞서서 만들어내다가 소설이 해체되는 위기를 맞이했다. 유럽소설의 충격을 받고 중세에서 근대로의 이행기소설을 뒤늦게 이룩한 제3세계 여러 곳에서 지금은 소설의 의의를 최대한 발휘하는 창조력을 보이고 있다.

전달의 어려움

헤겔·루카치·골드만의 소설이론을 비판한 내 견해를, 이탈리아에서 가져가 로마대학 비교문학 교수 시노폴리(Francia Sinopoli)가 이탈리아어로 번역하고 자기가 엮은 책(*Letteratura europea vista dagli altri*, Roma: Meltemi, 2003)에 수록했다. 번역하면 책 이름이 《다른 쪽에서 본 유럽문학》이다. 유럽문학을 유럽 밖 여러 곳, 아랍, 인도, 동아시아, 라틴아메리카 등지에서 어떻게 보는지 논한 글을 청탁해서 모았다.

영문 편지를 받고, 한국어 원고를 보내겠다고 하니 이탈리아말로 번역할 길이 없다고 했다. 영문 원고를 만들어 보내면서 제목을 "Against European Theories of Novel"라고 했다. 이 말을 그대로 옮겨 "Contro le teorie europee del romanzo"(유럽의 소설 이론에 맞서서)라고 옮겼다.

영문 원고를 작성할 때 생극론을 어떻게 옮겨야 할지 고민이었다. 서울대학교 대학원에서 한국고전문학을 전공하는 미국인 나수호(Charles La Shure)와 상의해 "Becoming-Overcoming Theory"라고 하기로 했다. 그런데 편자가 처음 보는 말이어서 이해할 수 없다고 했다. 본문 서술에서 생극론을 두고 논의한 내용도 무엇을 말하는지 알지 못해 이탈리아어로 옮기기 어렵다고 했다.

보충 설명을 요구한다고 전자우편으로 알려왔다. 그래서 전자우편으로 응답한 말의 요긴한 대목을 주에 옮겨놓았다. 우편을 주고받으면서 사용한 말은 영어이다. 영어로 쓴 응답을 이탈리아어로 번역하지 않고 원문 그대로 보여주었다. 그 글이 다음과 같다. 이번에도 영어로 쓴 원문 그대로 적는다. 한국어로 옮기면 무엇이 문제인지 이해하기 어렵게 된다.

The Becoming-Overcoming Theory is contradictory. The truth is in the contradiction. If we disbelieve and exclude the contradictory truth, all extremisms fighting each other with one sided instances must be allowed. Such a confusion is undesirable. In the Western philosophy, the metaphysics and the dialectics, the static structuralism and the genetic structuralism are two separate sects denying each other. But in the Oriental philosophy, they are two as well as one. Fighting is cooperating in itself. I recreated such tradition of thinking with more convincing arguments to make a general theory of literary history. The contradictory proposition that the harmonious way of Becoming is the conflicting process of Overcoming solves many difficult problems of literary history. The rise and changing of the novel in the global perspective can be understood by the Becoming-Overcoming theory. We have to realize well the fact

Oriental and Western traditions of thinking are quite different even nowadays. So it is not easy, I think, to understand my point of view to criticize Western literary theories. But one thing is very clear. There is no crisis of literature, such as the demolition of the novel, in East Asian countries. The fundamental reason can be found in the philosophical tradition. So it is an indispensable duty for me to revise the literary theories imported from the West, to open a really general horizon.

소설사 전개의 이론

2001년 10월 한국비교문학회가 주최하는 비교문학 국제학술회의가 서울에서 열렸다. 기조발표를 해달라는 요청을 받고 원고를 준비했다. 대회의 주제가 'Eastern and Western cultural memory'(동서양의 문화 기억)이어서 꼭 맞는 내용의 영문 논문을 주최 측의 체면을 살릴 수 있게 잘 써야 했다. 영어를 잘해 기조발표를 맡은 것은 아니다. 무엇을 말하는가 하는 것이 긴요했다.

기존의 작업이 있어 임무를 감당할 수 있었다. 《소설의 사회사 비교론》에서 다룬 사실을 간추려 글 한 편이 되게 연결시키고, 제목을 "Biography and Confession: Eastern and Western Modes of Cultural Memory"라고 했다. 동아시아에서는 '傳'을, 유럽에서는 '고백록'을 부정의 대상으로 삼아 시작된 소설이 후대에 어떻게 전개되었는지 고찰한 내용이다.

한국학에서 시작해 세계적인 범위의 보편적인 이론을 이룩하는 본보기로 삼으려고 여기 내놓는다. 자연과학과는 사정이 달라, 연구한 모든 것을 밖에 전하기 어렵다고 위에서 말했다. 연구물 본론은 전문성을 충분히 갖추어 한국어로 자세하게 쓰고, 예비지식이 모자라도 이해할 수 있는 내용의 요약본을 영어로 작성해 외국에 알리는 것이 적절한 방법이라고 생각한다. 요약본을 한국어로 번역하는 것은 필요하지 않은 일이므로 영어로 쓴 것을 그대로 둔다.

이 원고를 2002년 5월에 네덜란드 레이덴대학에 초청되어 강연을 할 때 다시 활용했다. 그 대학교수 10여 명이 와서 열심히 듣고 적극적인 관심을 나타냈다. 일본학 교수가 질문을 길게 해서 장시간 토론을 했다. 일본에서 일본문학 자체의 연구에 몰두하고 보편적인 이론에는 관심을 가지지 않는 학풍이 밖에서까지 일본학을 왜소하게 하는 것을 확인할 수 있었다. 원고를 *Seoul Journal of Korean Studies* 15(Institute of Korean Studies, Seoul National University, 2002)에 발표하고, 나의 영문저서 *Interrelated Issues in Korean, East Asian and World Literature*(Jimoondang, 2006)에 수록했다.

Biography and Confession: Eastern and Western Modes of Cultural Memory

Two Archetypes

It is a common desire of the human race to leave cultural memories using some kind of narrative form. Among these various heritages, the highest one is the mode of the final judgment of human conduct. It is chosen according to religious traditions.

Eastern Confucianist society or Western Christian society each has its own mode: the biography for the former, the confession for the latter. These two archetypes of the life history have been handed down, with modifications, over the long course of literary history. They can help to explain many of the contrasting features of literary products of the two civilizations.

The formal biography, written as a part of the official historical records of the Eastern nations, following Sima Qian's model, decided a man's honour or dishonour, which are then passed on to his descendants. This is the last judgment of Confucianism. The historian must be fair and impartial; the readers of later generations will judge his sincerity. All other forms of biography are advised to follow such a norm. Any life history without the objective third person point of view is unacceptable; autobiography is not allowed.

In Western civilization, the highest mode of the life history is the religious confession to God, who judges the confessor's conduct -- Augustine best exemplified this form. There is no other way to get to Paradise. The writer must be honest; God does not forgive any lie. In later modifications, the receiver may not be God himself, but the first person narration revealing an undisguised inner truth is retained. It is desirable for all distinguished persons to write an autobiography.

Two Novels

The East Asian novel began as a mock biography. It was fictitious story of a humble person who was not qualified to be treated in the formal biography. Assuming the place of the biography, this enfant terrible registered its birth illegally, and started to destroy from within the declining medieval civilization.

The first novel in Europe, the picaresque novel, was a mock confession. It was a non-religious confession producing social disorder. The confessor was a swindler(picaro in Spanish) who boasted of his evil deeds under the pretext of begging pardon for them. The receiver was changed into an ordinary social leader.

The main concern for the two rising novels was the love affair. The secularizing society of the transition from the medieval to the modern era wanted such a interesting story. This story was embodied differently in the framework of two modes of cultural memory. The basic structure of two novels showed an interesting contrast, and each modified a common tradition.

In East Asia, what was popular was the polygamous novel. It revealed the life history of a dignified man making love with many female partners. Such a situation helped to gain wider support for the mock biography. Whether the female characters were also interesting or not is different according to each work.

One Japanese example, Ihara Saikaku's *Koshokuichiaiotoko*(*The Life of an Amorous Man*, 1682) was, as the title says, a man's story. The male protagonist pursued his adventure of sexual love unilaterally. There was no mention of the life histories of the female partners; they were expendable commodities.

A Chinese novel with a similar theme by an unidentifiable author, *Jinpingmei*(*The Plum in the Golden Vase*, late 16th century or early 17th century), was not wholly dominated by the erotic male protagonist. The three female characters, whose names were revealed in the title, led their own lives. After the death of the tyrannical hero, the story continued for a while to tell of the women's fate.

In Korea, Kim Manjung's *Kuunmong*(*Dream of Nine Clouds*, 1687) was a life history of nine characters introduced as the nine clouds in the title. They are one husband and his eight wives. Such a relation can be labeled as unfair, but it was always the women who initiated the meetings for love in different ways, according to their social positions. Female readers could enjoy imagining themselves as each of the eight women.(1)

The Western counterpart of the Eastern polygamous novel was the so-called adultery novel. The polyandrous relationship, a love affair of a woman with two men or more had such a dishonourable name, but there is no decisive difference between the two. The multiple love affairs of polygamy or polyandry make for a more interesting story than monogamy. The two civilizations shared their choice.

The polygamous novel of East Asia was a biography or a series of biographies, so it used the third person point of view without exception. The adultery novel, however, used the first person point of view to confess the suffering of the inner mind. The recipient of the confession was changed into the lover; the lover became a new idol, was transformed into a new religion. Female readers ardently welcomed such a novel.

Its representative example, Jean-Jacques Rousseau's *Julie ou la nouvelle Heloïse*(*Julie or the New Heloise*, 1761) is a collection of letters. Two desperate lovers, who could not realize their love because of social barriers, exchanged endless letters repeating unbearable laments. What is important is only the inner consciousness. There is no noticeable development of the story, and only the death of one lover brings it to an end.

This sort of epistolary novel was the rearranged confession of the new age. It became fashionable in all of Europe and produced many variations. Its English representative, Samuel Richardson's *Pamela* (1740), which was mistakenly received as the founding father of the novel, was an exceptional "happy ending" story. The female protagonist succeeded in making the recipient reads her letters and marrys her.

Johann Wolfgang von Goethe's *Die Leiden des jungen Werthers*(*The Sorrows of Young Werther*, 1774) returned to the tradition of useless confession. The recipient of the desperate letters, however, is not a beloved idol but a third person confidant. The protagonist's death is not the convincing result of a failed love, but the beginning of a novel of inexplicable inner complex.

Two Orientations

The modern East Asian novel received much influence from European precedents. Its traditional mode, however, was not lost but recreated. The family novel appeared as a new form of objective biography. It treated the social problem of historical change to the modern age.

The representative examples of such family novels were Shimazaki Toson's *Ie*(*Family*, 1912) in Japan, Ba Jin's *Jia*(*Family*, 1931) in China, and Yeom Sangseop's *Samdae*(*Three Generations*, 1931) in Korea. They treated a common theme, the death of the patriarch, and through this theme showed the same historical change from traditional to modern society. The specific features of each, however, were different according to each country's situation and each author's way of thinking.

The three novels agree that the death of the patriarch cannot stopped or delayed, as it is an inevitable process of the historical change from traditional to modern society, from authoritarian to democratic values. But the characters of the patriarch are different. In Shimazaki Toson's *Ie* he is a leader of peasants, in Ba Jin's *Jia* he is a member of the Chinese gentry who achieved his privileged status through the civil examination, and in Yeom Sangseop's *Samdae* he is one who achieved his position in the Korean gentry, the yangban, by money.

There are two types of successor: the moderate successor, who regrets the death of the patriarch, and the revolting successor, who welcomes it. The successor in Shimazaki Toson's *Ie* is moderate. the successor in Ba Jin's *Jia* is revolting, and in Yeom Sangseop's *Samdae* there are both moderate and revolting successors.

The moderate successor in Shimazaki Toson's *Ie* wants to inherit the fading Japanese tradition in order to overcome the impact of the West. The revolting successor in Ba Jin's *Jia* adopts Western liberalism to be free from patriarchal despotism. Yeom Sangseop's *Samdae* depicts the complicated conflict of Western liberalism, Communism, and conservatism among various successors.

The European novel had a similar work. Roger Martin du Gard's *Les Thibaut*(*The Thibauts*, 1922−1936), in France, depicted the death of the patriarch and showed a competition between the rightist way of the moderate successor and the leftist way of the revolting successor. But it is regarded as an outmoded work and standing outside the main tradition of the European novel of the 20th century.

The European novel was inclined to the stream of consciousness. Its models, Marcel Proust's *A la recherche du temps perdue*(*In Search of Lost Times*, 1913−1927) and James Joyce's *Ulysses*(1922), receive ever increasing attention. They are new forms of the confession where the recipient is oneself. There is no lover or confidant; communication beyond oneself is impossible. It is the inner monologue in its literal sense.

The critical comment about such novels, that "even the most painstaking analysis can hardly emerge with anything more than an appreciation of the multiple enmeshment of the motifs but with nothing of the purpose and meaning of the work itself." is convincing.(2) But it cannot change the situation. There is no alternative but to follow the course already chosen.

Franz Kafka and some other novelists destroyed the novel once more. At last, the so-called nouveau roman or anti-roman appeared. This is a final assault on the novel. The story is disturbed, the character is disintegrated, and historical consciousness has disappeared. There seems to be no remedy for the crisis of the novel.

New models of European literature are always highly evaluated by East Asian literary critics with a background in Western learning. They advised writers to imitate them. But the epistolary novel was not adapted as a fixed form, and experiments in writing stream of consciousness novels produced no noticeable results.

Confession without religious faith brought about the crisis of the European novel, but it is not a crisis of world literature. The tradition of biography, East Asia's mode of cultural memory, is still valid in secular and modernized society. East Asian novels continue to depict history using third person point view.

The Japanese watagushi shosetsu ("I" novel) uses the first person point of view, but it does not destroy the novel. Historical novels on a large scale are very popular in Japan and Korea. Chinese and Korean novelists are eager to narrate modern social and political history better than the historians.

At first, the novel was a mock biography, but now it is a new form of the formal biography of society. The novel of mock confession can not be labeled as hopeless. If it can avoid too extreme an orientation, it will be able to offer a sincere testimony of human experience.

The East Asian mode of cultural memory emphasizes the outer side. While life in the family, community, and nation is highly valued, the individual's inner consciousness is relatively neglected. To unite the outer and inner orientations is the best method to improve cultural memory.

A Third Way

Just as the European sense of superiority is harmful, the East Asian insistence of self-righteousness is also wrong. Yet there are more than just two civilizations on the earth, and each civilization has its own mode of cultural memory. Comparative study in a wider scope will help overcome any kind of ethnocentrism.

Indian and Arab civilizations do not forget their glorious histories. The peoples without a written heritage must also not be neglected. Among them, I will select Africa to discuss the relation between the traditional mode of cultural memory and the modern novel.

Kenyan novelist Ngugi wa Thiong'o said that the European novel died with the death of God, but the African novel is still alive.

"There was even a movement in search of noveau roman but I am not sure whether there was also a parallel movement in search of a new God or, for that matter, whether the search was fruitful." This is the European situation. "What's clear is that something answering to the name 'novel' has been showing significant signs of life somewhere in Africa and Latin America." (3) This is the other side of the story.

It is a well-known fact that the African novel was born as an imitation of the European model. Then why does it not have the same life cycle? The answer is that Africans did not believe in the European God but in their own myth.

The European God produced its peculiar mode of cultural memory, the confession. The death of God is well manifested in the decay of the confession in the novel. But the African mode of cultural memory is the myth and other oral folk narratives. African myth does not die, since it is a continuous prophecy concerning history.

The African novel is a union of its own tradition and the imported model. Its own tradition refuses to fade away and continues to protest against imperialism. Its mythical imagination goes beyond factual description of African tragedy and seeks a hopeful future. The Latin American novel has a similar orientation.

The European novel is not an obstacle. It has helped in the investigation of the psychological side of the historical problem. Minute insights into the inner complex, received from European novel, are used well. Even the technique of the inner monologue produces appropriate effects. So the African novel has a better organization than the East Asian novel. It opens a third way to successfully unite the different modes of cultural memories.

If all civilizations on the earth were to exchange their merits in an egalitarian fashion, human wisdom would be greatly increased. This is the way to avoid the clash of civilizations and to realize the harmony of civilizations. Whether the new millenium is hopeful or not depends on our efforts. (4)

Notes

(1) Cho Dong-il, "Male-Female Partnership and Competition for the Classical Novel", Korean Literature in Cultural Context and Comparative Perspective(Seoul: Jipmundang, 1997), p. 91

(2) Erich Auerbach, Willard R. Trask tr., *Mimesis, the Representation of Reality in Western Literature*(Princeton: Princeton University Press, 1971), p. 551

(3) Ngugi wa Thiong'o, *Decolonizing the Mind, the Politics of Language in African Literature*(London: James Currey, 1981), p. 64

(4) This paper is a partial summary of my book written in Korean, Soseoleu Sahwesa Bigyoron vol. 1-3(*A Comparative Social History of the Novels,* Seoul: Jisigsaneopsa, 2001)

더 다지면서 저 멀리까지

위에서 든 영문 원고는 《소설의 사회사 비교론》의 일부를 이해하기 쉽게 간추린 것에 지나지 않는다. 이 글을 발표하고 일본이나 유럽 학자들과 열띤 토론을 벌였다. 동서소설사를 아우르는 보편적인 이론을 창안해 세계문학사를 새롭게 이해하는 성과를 이룩했다고 인정되는 시발점을 마련할 수는 있었다.

영어는 교통어여서 그 나름대로 편리하게 쓰이지만 부족한 점이 많다. 우리말로 쓴 방대한 원본의 더욱 중요한 내용은, 생극론이 무엇인지 영어로 알리는 것이 가능하지 않는 데서부터 난관이 생겨 외국인들과 함께 논의하지 못하고 있다. 영어의 한계를 넘어서서 한국어로 하는 학문을 이해하는 외국인이 많아져야 내가 무엇을 해왔는지 제대로 알고 본격적인 논란을 벌일 수 있을 것이다.

우리말만 이런 특권을 가지는 것이 아니다. 인류가 사용하는 모든 말이 각기 그 나름대로의 장점을 지녀 영어에서는 가능하지 않은 인식과 표현을 위해 기여한다. 그 총체를 인류가 공유하는 것은 쉬운 일이 아니고 가까운 장래에 가능하지 않지만, 영어 만능주의에 말려들어 각자의 언어 및 그 언어와 표리를 이루는 문화유산을 포기하지 않아야 희망을 가질 수 있다.

진정으로 보편적인 내용을 갖추어 세계문학사를 다시 쓰는 커다란 과제가 미해결로 남아 있다. 위의 글은 새로운 시도의 본보기를 보이는 작은 예증이다. 논의를 확대해 세계소설사를 충실하게 이룩해야 한다. 소설사에서 더 나아가 모든 문학갈래를 포괄하고 유기적으로 연결시켜 문학의 전 영역을 다루는 세계문학사를 이룩해야 한다.

《세계문학사》에서 8개 언어로 나온 38종의 세계문학사를 나무랐다. 유럽중심주의를 벗어나지 못하고 제3세계문학을 정당하게 평가하지 못한 잘못이 있다고 했다. 문학과 사회의 관계, 문학사와 총체사의 연결을 밝히는 데 실패했다고 했다. 《세계문학사의 전개》를 써서 이런 잘못을 시정하는 생극론의 대안을 제시하고자 했으나, 설계도를 제기하는 데 그치고 시공을 하는 데까지 나아가지 못했다.

자국문학사를 충실하게 쓰는 것은 사람의 일생에 가능한 일이 아니다. 그래서 개인작과 공동작의 장점을 살려 바람직한 업적을 낼 수 있는 방법을 〈문학사의 내력과 진로〉에서 제시했다. 세계문학사는 자국문학사보다 몇백 배나 되는 엄청난 일이다. 그래도 포기하지 않고 훌륭하게 이룩해야 한다. 지금까지의 실패나 차질을 시정하고 진정으로 세계적이고 보편적이며, 문학의 역사를 총체사의 본보기가 되게 보여주는 거대한 업적을 내놓아야 한다. 이를 위한 방법을 강구하는 작업부터 해야 한다.

이 작업에도 사용하는 언어 문제가 있다. 우리말로 쓰고, 다시 세계 여러 나라 말로 내놓는 양면 작전이 필요하다. 세계문학사를 우리말로 써서 지금까지의 잘못을 시정하는 최상의 본보기를 보여주는 작업을 국내의 필자를 총동원해서 하는 것이 선결 과제이다. 이룬 성과를 확대하고 다면화해서 동아시아 이웃에서 시작해 멀리까지 나아가면서, 세계 여러 나라 말로 내놓는 데까지 이르러야 한다.

세계문학사를 우리말로 쓰는 작업은 한 사람의 설계를 수많은 동참자가 시공을 하는 방식으로 진행해야 한다. 이를 위해 세계문학연구소가 있어야 한다. 이 기구는 예산은 전액 국고로 지원하고, 외국어대학교 부설 연구소로 하는 것이 마땅하다. 다수 연구교수의 인건비가 예산에 포함되어 있어야 한다. 총설계자가 소장이 되어 필요한 연구교수를 선발해 작업을 진행해야 한다.

다음 단계로 세계문학사를 여러 나라 말로 내놓은 작업는 이 연구소가 담당하면서 유네스코와 공동으로 진행하는 것이 바람직하다. 국내의 인력을 총동원해도 감당할 수 없으므로 외국인 연구교수를 다수 초빙하고, 각국의 학계와 긴밀한 관계를 가지고 다각도로 협력해야 한다. 인류역사상 전례가 없는 거대한 작업을 통일된 우리나라의 역량으로 주도해 성취하기를 바란다.

우리말로 쓴 세계문학사를 각국어로 옮기면 되는 것이 아니다. 옮기지 않고 다시 쓰기 위해, 내용 보충에도 힘써야 하지만, 언어들끼리의 대응관계에 대해 깊은 연구를 하고 최상의 대안을 제시하는 새로운 경지를 개척해야 한다. 인류의 가장 자랑스러운 공유물인 언어문화에서 소통의 범위를 획기적으로 확대해, 상극을 넘어서서 상생을 이룩하는 방안을 제시하는 성과를 기대한다.

　민족통일에서 세계문화통일로 나아가야 한다. 한국의 시대가 와서 우리나라의 시대가 되고, 동아시아와 함께 인류를 위해 크게 기여하는 미래상의 일단을 이 작업에서 구상한다. 통일된 역량으로 패권을 장악하겠다는 망상을 철저하게 불식하는 분명한 대안을 제시하고자 한다.

　지금까지 미래를 설계하는 학문을 두고 한 말은 탐색에 지나지 않는다. 가능성을 실현하려면 연구의 원리와 방법을 철저하게 다져야 한다. 생극론을 더욱 발전시켜 효용을 넓히는 것이 그 핵심이다. 이런 일을 다음 책 《창조하는 학문의 길》에서 해내려고 한다.